清末时局图

西方列强瓜分中国漫画

此是光緒二十六年五月二十四日英國人墨大夫帶領兵丁圍打率府圍廟內坎字義和圍五六十名五斃屍橫滿地之圍也

英军攻打义和团

《辛丑条约》签约现场图

李鸿章与晚清官员及外国军官

1900 年 8 月 14 日，八国联军在故宫午门前广场举行入城仪式

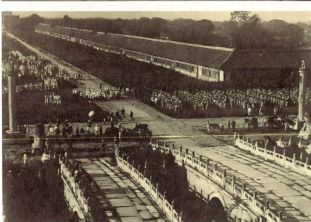

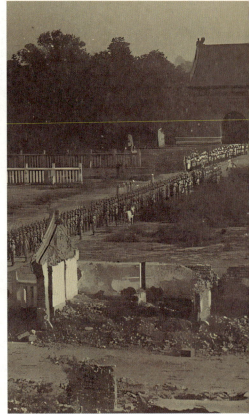

八国联军在北京城内活动

通州、天津等地景象

慈　禧

袁世凯

奕　劻

毓　贤

1900

庚子国变

姜迪伟 著

山西出版传媒集团 山西人民出版社

图书在版编目（CIP）数据

庚子国变：八国联军侵华始末 / 姜迪伟著 .

太原 : 山西人民出版社 , 2025. 1. -- ISBN 978-7-203

-13456-5

Ⅰ . I25

中国国家版本馆 CIP 数据核字第 2024CA0118 号

庚子国变：八国联军侵华始末
GENGZIGUOBIAN: BAGUOLIANJUN QINHUASHIMO

著　　者：姜迪伟
责任编辑：陈俞江
复　　审：傅晓红
终　　审：梁晋华
装帧设计：宋双成

出 版 者：山西出版传媒集团·山西人民出版社
地　　址：太原市建设南路 21 号
邮　　编：030012
发行营销：0351- 4922220　4955996　4956039　4922127（传真）
天猫官网：https://sxrmcbs.tmall.com　电　　话：0351-4922159
E－mail：sxskcb@163.com　发行部
　　　　　sxskcb@126.com　总编室
网　　址：www.sxskcb.com

经 销 者：山西出版传媒集团·山西人民出版社
承 印 厂：三河市天润建兴印务有限公司

开　　本：710mm×1000mm　1/16
印　　张：34.5
字　　数：590 千字
版　　次：2025 年 1 月第 1 版
印　　次：2025 年 1 月第 1 次印刷
书　　号：ISBN 978-7-203-13456-5
定　　价：118.00 元

序 言

1900 年是中国农历的庚子年，那一年中国与英、俄、日、美、法、德、意、奥这八个世界主要强国爆发了一场战争。

这场规模不算大、持续时间也不长的战争给中国带来了极为深重的灾难，直接改变了中国近代史的走向，最后导致了一个封建王朝的灭亡。

这场爆发于 100 多年前的战争被中国人称为"八国联军侵华战争"，由这场战争引发的可怕事变被中国知识界称为"庚子国变"。

在中国，但凡有一点历史常识的人都对此略知一二。那段屈辱的历史就像一条深深的刀疤铭刻在所有中国人心里，历经百年都挥之不去，至今提起来仍然让人痛心疾首，唏嘘感叹。

然而，这场战争是如何爆发的？其中有着哪些不为人知的真相和隐情？恐怕很多人都未必清楚。

作为中国乃至世界历史上最复杂的事件之一，"庚子国变"的真相从一开始就笼罩在层层迷雾之中，给人以扑朔迷离之感。

近百年来，无数中国人和外国人从各个角度尝试对它进行研究和解读，撰写了难以计数的文章和研究资料。

经过中外多年的努力，总算将这一特殊历史事件的脉络理清，拨开重重迷雾，让其真相逐渐呈现在了世人面前。

根据中外都已承认的观点，导致"庚子国变"的直接原因是八国联军侵华，八国联军侵华的直接诱因是义和团运动。普通中国人不一定知道"庚子国变"，但一定知道八国联军和义和团。那么，义和团运动是如何发生的？它和八国联军侵华又有什么关系呢？

《庚子国变——八国联军侵华始末》将告诉你答案。根据本书作者、青年作家姜迪伟多年潜心研究，义和团运动的发生不是偶然的，它和中国近代所遭受的屈辱息息相关。

从1840年的鸦片战争起到19世纪末，英、法、俄、日、德等帝国主义国家纷纷侵入中国，他们在中国领土上横行霸道，任意划分势力范围，中国的民族危机日益加深，百姓生活在水深火热之中。

伴随列强入侵的西方传教士打着传播福音的旗号，勾结官府，鱼肉百姓，招收了大量不法教民。在传教士的庇护下，教民为非作歹，欺压良善，激起民众的普遍痛恨，民教冲突不断升级，以"扶清灭洋"为口号的义和团在山东悄然兴起。

戊戌政变后，朝中保守派得势，对光绪皇帝极度不满的慈禧太后想将他废黜，立侄女婿端王载漪之子溥儁为帝。不料此举遭到西方列强的坚决反对，被迫搁置下来。眼看即将当上太上皇的端王载漪对此怀恨在心，日夜谋划如何报复洋人。

听说此时在山东兴起了有刀枪不入神功的义和团，载漪心中大喜，决定利用他们来对付洋人，以实现自己的政治野心。

军机大臣刚毅、大学士徐桐和庄王载勋等朝中权贵均附和载漪的主张，紧密团结在他周围，积极鼓动慈禧太后利用义和团来对抗洋人。

慈禧太后对洋人屡次干预大清朝政早就心存不满，戊戌政变后多次派人刺杀维新派首领康有为和梁启超。因为英国和日本的极力庇护均未能得逞，这让慈禧对洋人愤恨至极。听载漪等人述说义和团忠勇爱国、刀枪不入的事迹后，大为欣喜，暗中予以鼓励。

在载漪、刚毅等人的纵容和推动下，义和团迅速在华北发展壮大，他们毁铁路、拔电杆、烧教堂、杀教民。

列强对此大为恐慌，多次向清廷提出抗议，要求限期镇压义和团。慈禧太后阳奉阴违，致使数万义和团民涌入京城，京师秩序大乱，洋人人人自危。

列强失去耐心，以保卫使馆、传教士和侨民为由，组建八国联军从天津进犯北京。慈禧太后在载漪、刚毅等仇洋派的怂恿下向列强宣战，号召全体国民同仇敌忾，执干戈以卫社稷。

没想到数以十万计的义和团和清军在洋枪火炮面前竟然不堪一击，不到两个月，京城就被八国联军攻陷。

惊慌失措的慈禧太后在凌晨扮作农家妇女逃出皇宫，丢下臣民与皇亲国戚仓皇西逃，留下千年古都被洋人蹂躏。

李鸿章从广东赶到京城收拾残局，经过将近一年的艰苦谈判，和奕劻代表清政府与列强签订了丧权辱国的《辛丑条约》。中国虽免遭瓜分之祸，但从此背上了4.5亿两白银的沉重债务，主权受到了前所未有的伤害，彻底沦为半殖民地半封建社会，为后来大清帝国的崩溃埋下了种子。

这就是本书的主要内容。应该说，作者对那段复杂而特殊的历史的来龙去脉概括得非常到位，看似错综复杂、头绪纷繁的历史事件，竟然被他精准地概括出来了。

更难能可贵的是本书读起来还非常生动，要做到这点很不容易。众所周知，历史类书籍往往有一个通病，就是专业性过强，叙述艰深枯燥，让普通读者敬而远之。

本书完全没有这个毛病，作者用的不是古板的说教、生硬的阐释，而是用生动的语言、有趣的人物和故事来展现那段纷繁复杂的历史。全书全景式地讲述义和团运动和八国联军侵华的真相，书中的每一章、每一页都有精彩曲折的故事、生动有趣的人物，让人沉迷其中，回味无穷，在学习历史的同时，得到艺术的享受。

俗话说"台上一分钟，台下十年功"，任何一种成功都不是轻而易举可以得到的。据了解，作者从小就对中国历史感兴趣，尤其对晚清历史有着深入研究。

为了写作这本书，他下了大量的功夫。在读大学的时候就天天泡图书馆，查阅大量中外历史资料，做的读书笔记有厚厚一摞。毕业后又通过各种途径搜集素材，积累的各种文字资料达两百多万字。

经过多年消化吸收，构思成熟之后才开始动笔，前后花费了十余年时间，中途三易其稿，才终于完成这部长篇历史纪实作品，这样的创作精神在喧哗浮躁的今天显得尤其难得。

阅读本书，我时常有一种错觉，仿佛自己不光是在读一本严肃的历史书籍，更是在读一本有趣的小说。正如作者所言，《庚子国变——八国联军侵华始末》比史书更有趣，比小说更真实，兼具史书的严谨和小说的趣味，是近年来难得一见的通俗历史佳作，尤其在描写庚子国变那段历史的书籍里，暂时还没有看到第二部。时间会证明，作者为写作此书所付出的心血和汗水是值得的。

今天的中国和一百年前相比早已脱胎换骨，当年那段悲伤屈辱的历史已经一去不复返了。

不过回顾那段特殊的历史，从中吸取经验教训，仍然有着现实意义。

以史为鉴，可以知兴替；以人为鉴，可以明得失。

读者朋友，让我们翻开这本有趣的书，跟着作者一起重温那段特殊的历史，就像到电影院去看一场惊心动魄的历史大戏，相信走出来的时候，你一定不会感到失望的。

凌　翔

目录

第一章　引狼入室 \ 1

第二章　大刀兴起 \ 7

第三章　民教冲突 \ 14

第四章　巨野教案 \ 46

第五章　冠县教案 \ 64

第六章　日照教案 \ 87

第七章　义和团兴起 \ 100

第八章　袁世凯镇压义和团 \ 141

第九章　废立风波 \ 158

第十章　仇洋派之兴 \ 177

第十一章　义和团在华北的蔓延 \ 184

第十二章　使馆卫队进京 \ 214

第十三章　清廷分化 \ 222

第十四章　义和团进京 \ 230

第十五章　西摩尔联军 \ 235

第十六章　杉山彬遇害 \ 240

第十七章 义和团在京肇乱 \ 246

第十八章 大沽沦陷 \ 260

第十九章 御前会议 \ 267

第二十章 廊坊大捷 \ 275

第二十一章 克林德被杀 \ 278

第二十二章 向列强"宣战" \ 284

第二十三章 联拳抗洋 \ 290

第二十四章 围攻使馆 \ 300

第二十五章 袁世凯的选择 \ 316

第二十六章 东南互保 \ 321

第二十七章 天津保卫战 \ 326

第二十八章 沙俄入侵东北 \ 349

第二十九章 诛杀反战派 \ 358

第三十章 八国联军攻陷北京 \ 369

第三十一章 大臣死难 \ 393

第三十二章 联军暴行 \ 396

第三十三章 两宫西狩 \ 413

第三十四章 议和 \ 449

第三十五章 李鸿章之死 \ 488

第三十六章 恩海之死 \ 494

第三十七章 仇洋派下场 \ 496

第三十八章 克林德碑 \ 513

第三十九章 两宫回銮 \ 515

第一章　引狼入室

　　1886年秋天的一个清晨，薄雾笼罩，四野茫茫，晨光熹微中，一辆满载货物的骡车行驶在官道上，车轮碾压着坚硬坑洼的路面，发出嘎吱嘎吱的响声。车上坐着两个人，一个浓眉大眼，身材魁梧；另一个相貌斯文，体型瘦削。浓眉大眼的汉子手里拿着一根鞭子，不时抽打着骡子的屁股，催促它跑快点。容貌斯文的汉子坐在他旁边，沉默不语，面带愁容，似有满腹心事。

　　二人是粮贩，一个叫张守栾，一个叫李学文，分别是巨野县麒麟镇张庄和李庄的村民。他俩是铁哥们兼合作伙伴，靠做粮食生意养家糊口，以前主要在本县及周边一带做买卖，近来时局动荡，生意越来越难做，不得不到更远的地方去碰碰运气。今天他们的目的地是济宁，那儿有一个大型的粮食交易市场，许多外地客商都会去那儿做买卖。由于路途遥远，他们天刚蒙蒙亮就出发了，一路急赶，到达济宁时，日头已经偏西。当天去卖已经来不及了，两人又累又饿，找了个客栈安顿下，吃过晚饭就早早上床休息了。

　　次日一早，二人来到市场上，抢占了个有利位置。将货物摆开后，就开始大声吆喝着兜售起来。市场上人头攒动，来自全省各地的粮贩聚集于此，顾客们挎着篮筐在各个摊位前转悠着，仔细检验着商品的成色，和老板讨价还价，人声喧哗，煞是热闹。

　　他们的摊位人气也不错，但却总是看的人多，买的人少，不是嫌他们的粮食不够新鲜，就是嫌他们卖得太贵，小半天过去了，才卖出区区十来斤，赚的钱连付摊位费都不够，这样下去不知何时才能卖完，在外食宿一天也不便宜，两人有点发愁。

这时，一个穿着税服的瘦高个子走过来了，手里拿着根鞭子，来到两人摊位前，口气生硬地说："你们两个，来把摊位费交了。"

"刚才不是已经交过了吗？"两人诧异地说。

"交给谁了？"

"一个又黑又胖的老爷，刚才走过去了。"

"收据呢？"

"他没有给。"

"扯淡，交了都要给收据。别耍赖，老实交了，免得吃鞭子。"

两人只得乖乖遵命。

不一会儿，又有一个当官的过来收钱。

这下两人不干了，说是已经交过两次了。

"那是摊位费，这是税，懂不懂？"

"老爷，我们在这儿守了半天了，还没有卖出多少呢。您就行行好，放过我们吧，要不等我们卖了再来收行不？"两人恳求道。

"管你卖了多少，我只管收钱，少啰唆，快点交。"官爷态度蛮横，毫不通融。

两人知道胳膊拧不过大腿，只得忍气吞声，乖乖照办。

转眼就到了中午。顾客都散得差不多了。两人又渴又饿，把带来的几个馍馍吃了，打开水囊喝了几口水，趴在骡车上打起了盹。时值正午，艳阳高照，晒在身上暖烘烘的，甚是舒服。习习微风中，骡子低头咀嚼着干草，嘴里发出一阵细微的沙沙声。粮贩们吃过饭，都在午休。有的靠在粮车上，有的坐在杌子上，有的睡在凉席上，还有的直接躺在地上，酣畅的呼噜声此起彼伏，宛如沸腾的波涛。

午时刚过，渐渐又有人来买粮了。粮贩们纷纷苏醒，伸着懒腰打着哈欠，又开始忙碌了起来。张守栾和李学文揉了揉眼睛，伸了伸筋骨，准备迎接顾客的到来。下午的生意似乎有所好转，不一会儿就遇上个大买主，一次买了二十多斤麦子，也没怎么讲价钱。两人心头窃喜，抖擞精神准备大干一场。一个官爷带着两个小卒往这边过来了。

沿途的商贩都很紧张，强装出笑脸来迎接这位官爷。官爷压根儿就不理会，径直走到张守栾和李学文的摊位前站住了。

见他面色不善，两人心里有点恐慌，毕竟上午刚吃过亏，现在不晓得又要出什么幺蛾子，不知如何是好。官爷狠狠地盯着他俩看了一会儿，口气严重地说，"刚才有人举报你们卖的麦子有质量问题，"手拿一把发霉的麦子伸到二人面前，"都已经发霉了还敢拿出来卖，你们想毒死人吗？"两人吃了一惊，正想分辩，官爷喝令："出售变质粮食，根据大清律法，全部没收。"话音刚落，手下两个小卒就开始动手。两人不敢阻拦，眼睁睁地看着一大车粮食被拉走了，气得干瞪眼。

"不带这么欺负人的，"张守栾愤怒而委屈地说，"走，咱上衙门告状去！"李学文也表示赞同。两人找人写了张状子，就去州衙告状。

知州大人听他们陈述了冤情，将当事人叫来当堂对质。买方一口咬定发霉的麦子就是在他们那儿买的。收粮的官也说他们的麦子有问题。他们虽然矢口否认，但因无法证明自己的清白，知州大人还是判他们败诉，将违法所得全部罚没，一顿板子后撵了出去。

"他妈的，什么世道！"张守栾摸着肿痛的屁股气愤地骂道，狠狠地往地下吐了口浓痰。

"操他奶奶的！"李学文也愤恨难平，自打出娘胎以来，还没遇到过这种混账事。

路过的一个老大爷见了，好奇地问他们是怎么回事。他俩就把事情的经过一五一十给他说了。

"你们傻呀，如今打官司，没钱没关系怎么打得赢？这不是自找挨打吗？"老大爷说。

两人听了发起了愁："可是我们初到此处，人生地不熟，这次出门也没带多少钱出来，经过这一番折腾，就剩点回去的路费了。"

老大爷见他们那么可怜，就给支起了招。

"要不你们去找洋人吧，现在洋教士势力很大，如果他们能为你们说情，当官的就不敢不把粮食还给你们。"

两人听后一阵惊喜。他们倒是知道洋人厉害，连朝廷的军队都被洋人打得丢盔弃甲、落花流水。可自己跟他们非亲非故，人家肯为自己说情吗？他们可拿不准。

"洋人不要钱吗？"

"不要，入了他们的教，以后就受他们的保护了，谁也不敢欺负你，我就信天主教。"老大爷颇为自豪地说，将胸口的一个小十字架拿出来给他们瞧。

两人听说还有这种好事，当然求之不得，连忙说愿意。老大爷当即带着他们去了附近的一个教堂。

一个身材魁梧、高鼻深目的裴姓神父接待了他们。第一次见洋人，两人难免有点害怕。他和传说中的西洋人一样相貌古怪，身材如巨人一般高大，头发金黄而卷曲，眼睛像狼一样泛着绿光，让人望而生畏。两人在他面前畏畏缩缩，半天不敢开口。

"说啊，有什么事情你们尽管说。"裴神父倒是很和蔼，面带微笑一个劲儿地鼓励他们。他的中国话虽然发音不标准，但也勉强能听懂。

两人见他如此热心，也就不再害怕，大着胆子把情况如实告诉了他。

裴神父听了，深表同情，见天色已晚，就留二人过了一夜，次日一早便带着他们去了州衙。

知州见神父来了，大为惶恐，忙满面堆笑迎出来，问神父来此有何贵干。

"昨天本教有两个教民在市场上卖粮，税吏污蔑他们卖的粮食有质量问题，不问青红皂白就给没收了，这是怎么一回事？"裴神父口气严厉地质问道，一双绿眼睛看得人心里直发毛。

知州心头打着鼓，暗自叫苦："我的妈，原来这两个都是教民啊，昨天怎么不早说，这下可惹上麻烦了。"赔着笑脸道："大人，此事下官不知详情，马上派人调查，马上调查。"知州当即派衙役去把昨天那个税吏叫来，仔细询问了一番，发现果然是冤枉了人家，不禁勃然大怒，将其劈头盖脸臭骂了一顿，把罚没的粮食和银两全部归还了张、李二人。

知州连声抱歉道："此事下官没有调查清楚，委屈了贵教教友，给大人添麻烦了。"

裴神父神态傲慢地说:"我教教民都是遵纪守法的良民,怎么可能会干这种伤天害理的事?你也不动脑子想想,下次给我小心点儿。"

"是,是,下官知道,以后再也不敢了。"知州赔着十二分小心,打躬作揖地将他们送了出去。

张守栾和李学文大喜过望。见教会如此威风,心中钦慕不已,当天就迫不及待地办了入教手续。裴神父给他们一人发了一个十字架和一本《圣经》,嘱咐他们要虔诚祷告,敬仰天主,遇到危险,及时向主祷告,"主会保佑你们的,阿门!"叮嘱完毕,还没忘让他俩帮自己拓展业务。两人连声答应,把十字架往脖子上一挂,昂首挺胸地走了出去。

有了这个护身符,官爷再不敢来刁难他们了,不但摊位费和税费全免,见了他们总是客客气气,面带微笑主动打招呼。他俩长这么大,几时有过这种体验?心中欢喜不尽,如八月里喝了冰山上的雪水一般舒服。

卖完粮食回家后,二人将这次奇遇告诉了父老乡亲。大家一听还不大相信。两人赌咒发誓说这绝对是真的,若有半句假话,天打五雷轰。众人见他们说得那么诚挚,不禁有些心动。他们被贪官污吏欺压惯了,向来只知道逆来顺受,从未想过世上竟然还有一个组织能为自己主持公道,有了它的保护,以后就再也不怕贪官污吏,走到哪里都能让人敬畏三分,这样的好事上哪儿找去?纷纷询问怎样才能加入教会,有什么条件没有?张守栾和李学文说没什么条件,只要愿意加入都可以加入。一听此言,好多人都动了心,恨不得立马就入教。但村里没有教堂,也没有神父,无法受洗,要到济宁去又太远了,他们就跟村里的大佬商量,希望能在村中兴建一座教堂,方便大家入教。乡绅们经过商议,觉得这个主意不错。洋人的厉害他们早有耳闻,附近的许多州县都已修建了教堂,自己也不能落在后面。第二年初,他们就派张守栾和李学文到济宁去请裴神父来张庄建立全县第一座教堂。

张庄的教堂建起来不久,附近的段庄、付庄、何楼、何堂、高庙、国庙等村也相继建起了教堂。教会在这些村庄建起据点后,立即开展活动,教民发展迅速,几年时间,张庄就有三分之二的人加入了天主教,并很快形成了以张庄为中心的天主教传教网。

张庄虽然小,却很有势力。张庄人到外地去,一说自己是张庄的,别人就畏惧三分。教会发给每个教民十字架，遇事将其拿出来一亮，别人就不敢惹他。

教民被禁止参加丧葬、祭祖等传统活动。迎神赛会、祈雨演戏等公共事务，多数由民间分担费用，教民以不崇拜偶像为由拒绝分摊。教民与非教民发生纠纷引发诉讼，官府不论是非曲直总是偏袒教民。这引起了非教民的强烈不满，双方的矛盾逐渐加深。

第二章　大刀兴起

晚清时的鲁西南地区经济贫困，人口稠密，士绅势力薄弱，食盐走私、鸦片种植等非法活动盛行，盗匪猖獗，有"土匪窝"之称。当时那一带著名的土匪头子有岳二米子、段二瞎子等。他们啸聚草泽，劫掠富户，滋扰平民，民间深受其苦。在济宁的美国传教士抱怨道："鲁西南、豫东、苏北和直隶南部等地区简直就是恐怖之地，有组织的强盗团伙经常在夜间拦路抢劫，杀害反抗者，绑架妇女儿童，借此榨取赎金，已成家常便饭。连县衙的营兵都曾遭到袭击，军火和其他贵重物品被洗劫一空。"当时山东的匪患遍及全省，以曹州府为最甚。

1889 年，内务府汉军正黄旗人毓贤出任曹州知府。

那时曹州经济落后，民生凋敝，百姓无以为生，很多人走投无路只好去当了强盗。虽然历任知府都严令缉拿，却每每劳而无功。

毓贤到任后，听说当地有很多盗匪，满不在意地说："这个好办。"命令木工做了四个齐肩高的大木笼，内壁布满铁钉，将抓住的盗匪装入笼中，用木环锁住他们的脖子，将其吊在笼内，在脚下垫几块砖头，似踏非踏。人在笼中稍有动弹，就被刺得鲜血淋漓；当人脚踏到砖上，马上抽去一块，体弱的半天，身体强壮的一昼夜就会被吊死。木笼排列在府衙门前，像仪注一样威严。

一天，有个外地的读书人赴京赶考，路过曹州，看见天色将晚，就找了家旅馆住下，准备明早再走。

赶了一天的路，他又累又乏，到二楼房间安顿好行李，就倒在床上，打算休息一会儿再出去吃饭。

他闭上眼睛眯了一会儿，忽然听见外面传来了一阵喧哗声，吵得人无法安睡。

他从床上爬起来，打开房门，看见店里许多人都在匆匆往外走，不知道是去干什么。

他向其中一个大汉打听道："大哥，外面在吵什么？"

大汉边走边兴奋地对他说："官兵在抓强盗。"匆匆往楼下跑去。

他生平从未见过官军抓强盗，在好奇心的驱使下，也跟着跑出去看。

走出店门，他看见马路斜对面的一家旅馆外面围了一大群人，叽叽喳喳，议论纷纷，刚才的喧哗声应该就是从那边传过来的。

他忍不住走了过去，看见两个士兵持枪站在门口维持秩序，众人伸长了脖子望着里面，像是在等着看一场百年难遇的好戏。

过了大概一袋烟的工夫，十个黄皮寡瘦的人被士兵们陆续揪了出来，用绳子绑着拴成一串，拖着往街东边走去。

众人在后面一路尾随，不久就来到了曹州府衙。士兵将犯人们押进了衙门，他和一些胆大的群众也跟了进去。

来到公堂上，众犯人齐刷刷跪在堂下。

知府毓贤高坐堂上，随便问了问各犯人的姓名履历，就厉声叫道："站！"

在一片哀号喊冤声中，四个犯人被衙役拖进院子里，强行装入笼中，因没有多余的木笼，剩下的六人暂时可以苟延残喘。但他们还没来得及庆幸，灾难马上就降临了，二门内还有六个木笼，刚好可以把他们全部装进去，众人连呼冤枉，哀号不绝。

他不忍再看，心情沉重地回到了寓所，那一夜都没睡好觉。

第二天早上再到府衙去看，只见累累之尸，被衙役横拖倒拽而出。问将把他们运往何处，衙役说要将其投入深谷。尚有一二人气息未绝，呻吟于笼内。众人见了啧啧称叹，都说毓贤整治强盗有手段。

毓贤仕途不顺，苦熬了十年才做到知府，当时年已 47 岁，他很想在短期内做出一番成绩，以便迅速实现升迁。为肃清盗匪，他大肆逮捕有"盗贼"嫌疑的人，不分良莠，一律诛杀，赢得了"曹州屠夫"之名。他惯用轧杠子、打板子、打杖条、站铁鏊、跪铁蒺藜、跑铁链子、气蛤蟆、站木笼等酷刑，被折磨致死的人几乎天天都有（其中多为无辜百姓）。惯偷杨炮会偷了一个包袱，被官军追捕，杨炮会情急之下将包袱扔到一家姓于的人的院子里，毓贤不问青红皂白就判姓于的"站木笼"，将其残忍杀死。

一天，毓贤应邀到某大户家中做客。席间有人问起治盗之事，他岸然说道："我到任两个月，已判三百七十余人站木笼之刑，然而盗匪仍未绝迹，曹州人真是强横！"

后来他继续加大力度惩治"盗匪"，杀到千余人时，曹州百姓忍无可忍，群起暴乱，将府衙团团围住，声言要把他杀掉。毓贤吓得要命，幸亏曹州镇总兵及时赶来营救，才躲过一劫。

1890年的冬天，白莲教一个首领因参与造反被清兵追杀，辗转奔逃，从直隶河间府一直逃到山东曹县烧饼刘庄。此人名叫赵金环，已经70多岁了，留着飘然若仙的白胡子，骑一匹雄伟健壮的大黑马，精神矍铄，相貌堂堂，腰板挺直，威风凛凛。为免引人注意，在路上他把大胡子剪了，黑马卖了，将白衣换成了土色布衣，用泥土把脸涂污，走路佝偻着腰，一步三喘。到了烧饼刘庄后，他把自己伪装成一个逃难的难民，说家乡遭了百年不遇的大水灾，房屋被毁，土地被淹，迫不得已外出逃难，家人在逃难途中相继病饿而死，自己一路讨饭流落至此，还给自己取了个假名叫刘林。村民见其可怜，将他收留了下来，把村东头的一间破屋让给他住。

烧饼刘庄有个大地主，名叫刘士端，有一百多亩地，家里呼奴使婢，骡马成群，是庄里首屈一指的大富翁。他性情豪迈，为人正气，年轻的时候读过书，曾有志于科举但运气不佳，连个秀才也未曾考中，只好在后来捐了个监生。他是条一米八的大汉，闲着没事就爱持刀弄棒，习武练拳，只是不得名师指教，不过练点野路子，真干起来派不上用场。

烧饼刘庄东南边有一座名叫卧龙的巍峨大山，山上盘踞着一帮打家劫舍的强盗，首领是岳二米子和段二瞎子。他们仗着自己兵强马壮，时常下山抢劫乡民富户的财物。官府多次围剿都未能将其剿灭。刘士端家也被抢过很多次，对此非常头疼，只好让仆役加强防范。

赵金环不好意思白吃村民们的，就想帮着大家干活儿换口饭吃。人见他那副弯腰驼背的样子，都让他省省吧。但赵金环执意要自食其力，众人只好顺从。别看他年纪高，身形老迈，干起活来却比年轻人还厉害，一亩地很快就锄完了，让人刮目相看。

隐居了一段时间，风声渐渐过去了。赵金环那颗不安分的心又开始蠢蠢欲动起来，他白天帮人干活儿，晚上就偷偷练习神功。去山上砍了根手腕粗的树枝做成棍棒，当作自己的武器。

一天半夜，赵金环正在熟睡，突然被一阵吵闹声惊醒了。他爬起来一看，见村里火光熊熊，狗叫声里夹杂着妇人的哭声和尖叫声。不用说，一定又是那伙匪徒下山来抢劫了。他心头大怒，从门边提起大棒，健步如飞地往村里跑去。到那儿一看，好几个村民的房子已经着火了。土匪们正在疯狂地抢劫财物，他们将一袋袋粮食物品从村民家中拖出，稍有不从，就拳打脚踢，乱棍齐下，悲惨的号哭声响成一片，令人不忍耳闻。一个身材魁梧，右眼上蒙着块黑布的强盗头子正将一个年轻女子使劲往马背上拖。女子坚决不从，嘴里发出一阵撕心裂肺的哭喊声。赵金环看得血脉偾张，按捺不住，提起棒子就冲上去一顿乱打，把强盗头子打得嗷嗷直叫，撒手放开了那女子。

强盗头子捂着受伤的肩膀，两眼冒火地瞪着他，一脸凶相地说："老不死的，给老子滚开，别来多管闲事。"

赵金环毫不畏惧，神色镇定地说："把抢的东西全部留下，赶紧滚蛋。"

"哟嗬，这老不死的，我看你是不要命了，兄弟们，给老子上。"

众匪徒闻言，一拥而上将赵金环围住，刀枪棍棒如疾风骤雨般落在了他身上。村民们吓得闭上了眼睛，心里默默地念着阿弥陀佛。过了半晌，就在大家都以为他已经变成一堆肉酱的时候，只听一声大吼，众匪徒像被雷炸了似的四散开来。众人睁眼再看时，只见赵金环身上的衣服已被砍成了碎片，肉体却毫发无损，身上不见半点血迹，浑身如钢铁铸就一般。匪徒们吓得腿发软，不敢再上来。赵金环趁机从其中一个手里夺过一把大刀，挥舞着朝其一阵乱砍。众村民趁势手持锄头、棒子上前助战，打得强盗们哭爹叫娘，抱头鼠窜，丢下财物，狼狈不堪地逃回了卧龙山。

赵金环从此成了村里的大英雄。

翌日，大家凑钱置办了几十桌酒席以表感谢。赵金环欣然赴宴。酒酣耳热之际，有人好奇地问："刘师傅，昨天你用的是什么功夫，怎么强盗的刀枪到你身上，竟像稻草似的丝毫也不能伤？"

赵金环得意地说："这是金钟罩，练成以后就如一口金钟罩在身上，可以刀枪不入，水火不侵。"

大家听了啧啧称奇，众口相传，惊为仙人。

刘士端闻言大喜。"金钟罩"是一种传闻已久的神功，自己苦苦寻访多年也求之不得，没想到这个糟老头子居然会，这可真是踏破铁鞋无觅处，得来全不费工夫。忙将其邀至家中，奉若上宾，大鱼大肉，殷勤款待。酒足饭饱后，赵金环向其展示了自己的神功。他嘴里念诵咒语，焚烧符纸，将灰烬用水冲服，让仆人用刀枪棍棒轮番攻击自己，竟毫发无伤。

刘士端看得目瞪口呆，当即伏倒在地，愿拜其为师。赵金环欣然接受，开始传授他金钟罩神功。

半夜，刘士端跪在地上，让仆人燃灯焚香，在桌上供一碗新打上来的井水。赵金环用白布画符，其符鄙俚不经，上写"周公祖，桃花仙，金罩铁甲护金身"等字样，又传授他咒语："法官请到符神位，铁宗神灶保护身，弥陀训字镇三道，铁盔铁甲穿铁衣"，然后诵咒焚符，将符灰倒入碗中水里，让他跪着喝下去，随即在灯上吸气，对他从头吹到脚，再用砖头、棍棒轮番击打他，说练习三夜就能抵御刀棒，练习时间长了枪炮也不能伤。

在赵金环的悉心指教下，刘士端的武艺突飞猛进，三个月不到就练成了金钟罩，徒手格斗一二十个人不在话下。

乡民们争相向赵金环拜师学艺。一时村里诵咒练拳之风大盛，一改往日软弱可欺的面貌，个个身强体壮，悍勇异常，强盗们轻易不敢再到村里来抢劫了。

此事渐渐引起了官府的注意，上面频频派出士兵来村里查探。

曹州知府毓贤向上级报告称："本年正月间，有外来匪徒传习练气邪术，自谓刀砍不能伤，名曰铁布衫（金钟罩），又曰同心会。"

赵金环听到风声，害怕暴露身份，就在一个月明星稀的晚上悄悄离开了烧饼刘庄。后来四处传徒，足迹遍及河南归德府、江苏徐州府、安徽亳州府等地。

刘士端接过了师傅的衣钵，将乡民组织起来自卫，抵御土匪。为免与白莲教发生瓜葛，就自号"大刀会"。

那时洋枪肇兴，强盗用以为利器，以曹州府为甚，百姓不能抵御，听说大刀会能避刀枪，可保身家，于是争相学习，不惜钱钞，许多有钱人都加入了进来。

参加大刀会每天都要烧香，要花十多文钱，赤贫之人交不起，大刀会就不收他们的钱。对有钱的富户，大刀会要求他们以京钱六千为礼，每天烧香时交十文钱，唱戏时交百文钱。在富户的带动下，许多佃户也加入了大刀会。

随着影响力的扩大，单县的曹得礼和彭桂林、江苏砀山的庞三杰、江苏丰县的智效忠、河南虞城的王锦韬等人纷纷慕名前来拜刘士端为师，加入大刀会。

不久，刘士端和曹得礼等人就变得有钱有势，可以呼风唤雨了。

大刀会声势越来越大，引起了官府的警惕。

曹州知府毓贤打扮成算卦先生，偷偷摸到单县一带探查大刀会的底细。

他在调查后认为，大刀会都是乡民练习武艺，保卫身家，并无不法行为，遂默许其存在。

毓贤对以岳二米子、段二瞎子为首的大股悍匪深恶痛绝，派官兵多次剿捕都未能将其根除。

刘士端率领大刀会与官府密切合作，在各个村庄公开活动，习练刀棒，保卫家园，协助官府缉剿盗匪，经过几场恶战，终于剿灭了岳二米子、段二瞎子等匪徒，四周的盗贼销声匿迹，剩余的土匪害怕富人捉拿报复，纷纷加入了天主教。

刘士端因为缉盗有功，获赏清廷二品顶戴，从此名声大振，在当地百姓中流传着"从南滩到北滩，谁不知道刘士端"的民谣。

大刀会在协助官军剿匪中日益壮大，随着徒子徒孙的不断加入，到1894年，会员已发展到十万余人，遍布鲁苏皖豫毗连的曹县、单县、兰考、成武、永城、归德、夏邑、涡阳、商丘、沛县、丰县、砀山等十余县。

甲午战争爆发后，清廷调在中法战争中建有战功的李秉衡出任山东巡抚。部下将大刀会的情况报告给他，请示是否应该禁止。

李秉衡闻言，怫然拍案道："这些都是义民，奖励还来不及呢，怎么能够禁止呢？"

这话传出去后，许多游民土匪，争相招摇勾煽，设坛立社，大刀会声势暴涨，连善良殷富之家，也不得不投身入会以求庇护。

毓贤迎合李秉衡的心意，想借此获得进升，竭力奖励倡导，数年之间，大刀会几乎传遍了山东全境。

随着势力的壮大，刘士端的野心也越来越大，1895年那年大旱，庄稼没啥收成，人心惶惶，饥饿所迫，鲁西南几个县的民众在大刀会的鼓动下准备起来闹事，他们聚集在安陵堌堆一带，声势浩大。刘士端头戴金冠，身穿黄袍，自称皇帝，乘坐八抬大轿，威风凛凛。但不久之后下了几场大雨，村民就四散回家种豆子去了。

第三章　民教冲突

1880 年，圣言会德国籍传教士安治泰来到山东兖州、沂州、曹州一带，建立教堂，发展教众。安治泰雄心勃勃，在他的领导下，山东南部建立了 12 座教堂，有传教士 34 人，教徒 4000 多人。

1891 年，罗马教廷批准圣言会鲁南教区归德国保护，成为中国境内第一个不受法国保护的传教区。安治泰通过德国使馆向清政府要官阶，1893 年，他得到了三品顶戴，次年获得二品顶戴，级别与中国总督、巡抚相当。

安治泰在山东的传教事业之所以能取得如此大的成就，除了其执着和敬业，也与当地经济贫困、盗贼猖獗有关。在恶劣的社会环境中，底层百姓迫切需要寻求保护。为吸引中国民众入教，传教士常常会对其进行利诱，主要通过请人吃饭、送人钱财、赈灾救济等方式。

据巨野某村民回忆："教民并不是真信教，而是生活没出路，为穷困饥寒所迫。入教只是为吃教堂供给的馍馍，或用教堂两吊钱。当时入教的，教会先给两吊钱，所以当时有民谣："我为什么要入教，为了铜钱两大吊；不给铜钱两大吊，我就不在你的教。"直隶地区也有这样的民谣："为什么要入教？为了六块北洋造；花完再找神父要，神父不给就退教。"

第二次鸦片战争中，清政府被洋人彻底打怕了，由列强撑腰的外国传教士也变得有恃无恐。时人回忆："神父不把县官放在眼里，县官许廷瑞听说神父要到县衙，手忙脚乱，迎到街心，打躬作揖，装笑奉承。其下属跪迎跪送，俯首不敢仰视，神父昂首阔步，毫不理会。"

洋神父一旦对中国地方官不满，就会向法国或本国驻华公使反映；驻华公使会径直前往总理衙门交涉，以开战为要挟，强迫清廷干预地方事务；清廷为息事宁人，常饬令地方官按照洋神父的意志行事，若处理不善还会将其罢官治罪。

除了土匪团伙和秘密教门，加入教会成了底层民众寻求庇护的又一选项。"庄稼人要是受了气，就信教。入教后，依靠教会的势力就没人敢欺负他，年岁好的时候连地租都可以少给，说是淹苗，收成不好，也没人来查问。"

为避免官府的打击，一些地痞无赖、土匪盗贼也纷纷入教。教民成分日益复杂，泥沙俱下。教会为了发展势力，对愿意入教的人统统来者不拒。

不良教民依仗教会的庇护横行霸道，胡作非为，百姓敢怒而不敢言。时人回忆："神父很厉害，连县官也不敢惹，教民仗着教会撑腰，打官司时写个状纸给神父就行，不用到县衙过堂就能打赢。""教民依仗洋人，连杀人害命都没事。有个女人嫁给了一个教民，那教民脾气不好，经常对她实施家暴，女人不堪忍受，就上吊自杀了。他兄弟到衙门去告状，官府非但不替他申冤，反而把他打了一顿，差点把他关到牢里去。"

列强和教会在中国的强势地位造成了中国底层社会的分裂，那些没有加入教会的普通民众面临着来自教会势力的强大压迫，这种压迫又难以依靠官府通过正常司法程序得以解决。为了反抗，他们只好选择以暴抗暴。山东巡抚李秉衡对此看得很清楚，他在与安治泰等人打交道的过程中切身感受到教会势力的强势，对普通民众遭遇教会的压迫抱有同情态度。

到1896年，普通民众与教会之间的冲突已经非常激烈。遇有冲突发生，官府时常迁就教民了结。百姓认为官府不足恃，只有私斗可以泄愤，遂有聚众寻衅、焚拆教堂等事。刘士端率领的大刀会也由"保卫身家"转变为"兴华灭洋""杀赃官"，准备公开进行武装斗争。

郝和升，山西人，大刀会会员。在单县、曹县、成武三县交界的太平集上开了个生药铺，一人在外，做点小本生意养家糊口不容易。如今年头不好，生意难做，付现钱的越来越少，打白条的越来越多，竞争又激烈，光这一条街上就有四五家药铺，僧多粥少，日子越来越难过。

1896年2月初，眼看春节将至，晚上盘账时，他发现还有好多账都没收，心里有点着慌，也不忙着做生意了，打算先把欠账收了好回家过年。次日他拿着账本一家一家挨个儿去收。多数人都很配合，把欠的药钱还了（毕竟临近年关，人家也要用钱），即使一时还不起也会与他约定一个具体时间，如年后一月、两月、三月的都有。他对此也能理解，爽快答应了。可收到教民吕登士家时，却遇到了阻碍。

"我现在手里没钱，再缓两天吧。"吕登士漫不经心地说，眼睛看着外面。

郝和升心头纳闷："你身上穿着绸子，手上戴着金戒指，圆头肥脑像个地主，怎么会没钱？"只是没好说出来。便问："你打算缓多久？"

"不知道，等有钱了再给你吧，现在说不准。"

一听这话，郝和升有点恼火，"你这是什么话，要是一直没钱，就一直不给了？"

"唉，你做生意的大老板，还在乎这几个小钱吗？随便去哪儿弄点都够俺们吃一年了，真是小家子气。"

"话不能这么说，你从去年初到现在，拿了十几次药，一分钱都没给。要人人都像你这样，这生意还做不做了？我也要吃饭，要养活一大家子人。"

"得了吧，你就别装了，谁不知道你家有的是钱。"

郝和升见他要无赖，恼火地说："你到底还不还？"

"我不还你能把我怎么样？"吕登士满不在乎地说。

郝和升气得面红耳赤："别以为你是教民就可以赖账，杀人偿命，欠债还钱，天经地义。"

"那是你功利心太重，主教导我们要懂得宽恕。"

"别扯犊子，快把钱拿来。"

"我偏不给，你还能把我吃了？"吕登士欺负郝和升是个外地人，人单势孤，有意赖账。

郝和升见他如此无赖，气得爆了粗口。吕登士也不是省油的灯，当即回骂了过去。两人你一言我一语就对骂了起来，脸红筋涨，唾沫四溅。里屋有个大汉听见了，走出来说道："有什么话不能好好商量吗，吵什么吵？"这人是吕登士的堂兄吕莱，原来是个土匪，干了不少伤天害理的事，在官府和大刀会的联合打击下，无处栖身，只好加入教会寻求庇护。郝和升知道他的底细和为人，没指望他会主持公道，白了他一眼，冷冷地说："这是我们两个之间的事，与你无关。"

"嘿，瞧你这话说的，怎么不关我的事？他是我兄弟，他的事就是我的事。"吕莱走到两人面前，挺着胸脯说道。

郝和升望着他，道："那你打算怎样？"

"不怎样，就想论个是非曲直。"

"那好，你给评个理，他欠了我一年的药钱不给，该不该找他要？"

"该，但不该这个时候来要，马上要过年了，你跑到人家家里来讨债，这不是存心给人添晦气吗？"

"你们要过年，我也要过年，做人不能只顾自己，不管别人吧。"

"瞧你说的，我就不信，不收一家的债，还能把你饿死了不成？你做药材生意，一年要挣多少黑心钱，你自己心里没个数吗？"

"我做生意向来天公地道，童叟无欺，绝不赚黑心钱。"

"你就装吧，无商不奸，别以为我不知道，你们这些生意人，心肠比煤炭还黑呢。"

"你心肠才比煤炭还黑呢！"郝和升感觉自己受了侮辱，气愤地说，"别以为我不知道你的底细，我只是不想说出来罢了，做人要自重，别自讨没趣。"

吕莱一听这话，知道他要说出自己的丑事，决定先出口为强，"你知道什么？你这个白莲教妖人，还有脸皮说别人吗？"

郝和升闻言大怒，愤然回敬道："你这个羊羔子教庇护的盗匪，也好不到哪里去。"

吕莱被戳着了痛处，气得眼歪嘴斜，鼻孔冒烟，和他用脏话对骂了起来，把祖宗十八代都搬出来了，激烈的叫骂声飘出院子，传到了大街上，吸引了很多过路的人前来围观，把院门堵得水泄不通。

两人互不相让，越吵越凶，揎拳捋袖就要动手。吕登士的家人怕打起来影响不好，忙上前将二人拉住，解劝了半天才总算把他们劝开。

郝和升债没收着，倒惹了一肚子气，连叫倒霉，往地上狠狠吐了口痰，愤然离去了。

吕莱也窝了一肚子火，这该死的郝和升，竟然当着众人的面揭自己老底，让自个儿在众目睽睽之下下不来台。以前的事不去说它，自己现在已经加入了教会，是上帝的子民，他再怎么着也该对自己尊敬一点，谁想他依然把自己当强盗，对教会完全没有表现出丝毫敬意，简直岂有此理，可恶至极。他越想越咽不下这口气，等郝和升走了不一会儿，也跟着出去了。

他没有去找郝和升打架，而是径直去了附近单县的破楼角寨教堂（破楼角寨西接曹县，北与成武县境内的天宫庙寨、东与单县境内的李海集"犬牙交错，边界毗连"），那里有个东昌人张连珠在教堂里做教师，两人是好友，吕莱当初就是经他介绍加入的教会。

一见到张连珠，吕莱就添油加醋地把今天的遭遇告诉了他，一把鼻涕一把泪地控诉起了郝和升："他骂我是土匪倒也罢了，竟敢公然侮辱天主教是羊羔子教，完全不把天主放在眼里，实在太嚣张了，不好好收拾他一下简直不知道天高地厚。"

张连珠是个暴脾气，听罢勃然大怒。作为教堂的教师（准确地说应该是布道事工，他还没有达到教师的级别），他在当地也算是个有头有脸的人物，他的身份地位完全建立在教会的基础之上，如今有人辱骂天主教，就像是在辱骂他一样，不禁怒火中烧，立马召集了一伙教徒手持刀棒，准备去找郝和升算账。

众人拿着家伙怒气冲冲地直扑郝和升的药铺。到那儿一瞧，门关得死死的，不见郝和升的影子。张连珠两手叉腰，圆睁双眼，扯直了喉咙大叫道："郝和升，你这个龟儿子，快给老子出来。"

没人答应。

"有种的快出来，别当缩头乌龟，刚才你的威风上哪儿去了？"吕莱大声叫道。

还是没有回应。

众人七嘴八舌，叫骂了半天，把喉咙都快喊哑了，也没人来开门。气得挥起拳头棒子使劲打门，门板不停震颤着，发出咚咚巨响，房门上的灰尘不住地往下飘落。两旁的商铺惧怕教民的势力，谁敢来多管闲事？

过了一袋烟工夫，门板被打得伤痕累累，如一张俏脸上长满了麻子。他们也发泄得够了，骂了一通龟儿子、王八蛋、胆小鬼，往门上吐了几十口痰，轰然而去。

那天下午，郝和升收完账回来的时候，被眼前的景象惊呆了：早上出门时还完好无损的大门，此刻已变得千疮百孔，上面还布满了恶心的痰液。心下大怒，脑子一转，已隐隐猜到是谁干的，跟左邻右舍一打听，果不其然。怒气填胸，当场就要去报仇，左思右想，好歹忍住了。对方人多势众，又有刀枪等武器，自己孤身一人前往，肯定讨不了好果子吃。虽然加入大刀会学了点武艺，但自己的主业是做生意，并没把太多心思放在这上面，不过是学了点皮毛功夫而已，真打起来派不上多大用场。自己又是个外来户，在此地没什么人脉关系，若去衙门告状，县老爷多半也不会帮自己说话。教民仗着教会撑腰，横行霸道，早就不是一天两天了，连县老爷都怕他们，这些年乡民跟教民打了无数官司，从来没听说有人打赢过。想了想还是算了，只好先忍下这口气。

次日是附近李海集的集日。李海集是单县的一个大集，每逢集日各路商贩都会齐聚于此，售卖各种百货商品，种类丰富，价格便宜。郝和升常去那儿赶集，眼看春节将至，他打算去那儿置办点年货，给孩子买点零食玩具，好准备过年。

这天一早，他就挎着个布包出门了。

冬日的清晨，天气很冷，郝和升穿着厚厚的棉衣，嘴里呼出阵阵白气，在乡间小路上快步疾行。走到半路上，看见前面有个熟悉的身影，近前一瞧，是李大爷。李大爷患有哮喘病，平时常在他那儿抓药。郝和升知道他家条件不大好，收费总比别人便宜。李大爷对此很感激，两人关系不错。

"李大爷，你上哪儿去？"郝和升笑着问。

李大爷一看是他，十分高兴，亲热地说："我去李海集赶集呢。"

"真巧，我也去那儿赶集，咱俩一路吧。"

"太好了。"李大爷正巴不得，两人边走边聊了起来。

教民李宝田正在路边的地里干活，听见这话，连忙放下锄头，风风火火地跑去了破楼角寨教堂。

"张老师，告诉你个好消息，郝和升那家伙到李海集赶集去了。"李宝田上气不接下气地说，累得汗流浃背。

"哟，就他一个人吗？"

"两个，旁边还有个糟老头子。"

"他们带武器没有？"

"没有，就背着个包。"

张连珠闻言大喜，昨天没收拾到郝和升，还余怒未消，今闻其独自外出，正是教训他的好机会，立即纠合了十几个教民手持武器匆匆赶去。

走了半小时的路，郝和升和李大爷来到李海集。放眼望去，方圆几百平方米的空地上，密密麻麻摆满了各种摊位：有卖日用百货的、有卖衣裤鞋袜的、有卖水果蔬菜的、有卖鸡鸭鹅狗的、有卖烧饼馍馍的、有卖冰糖葫芦的、有卖狗皮膏药的、有看相算卦的。顾客们在各个摊位前走动着，人如潮涌，热闹非凡。郝和升和李大爷暂且分开，各自去挑选心仪的商品。

不一会儿，张连珠等人就赶到了集上。打眼一看，面前黑压压的全是人，不知道有几千几万，郝和升就像游进大海里的一条鱼一样，哪里还有踪影？

"肯定在里面，兄弟们，给我搜。"张连珠一声令下，指挥众人开始搜寻了起来。

看见身形外貌相似的，就走上去扳过来看，一连看了十几个，都不是郝和升，引起人家一阵不满。

李大爷正在一个摊子前买鞋，听见骚动，扭头一看，却见张连珠带着一帮教徒正在查验众人的身份，不由吃了一惊。昨天他亲眼看见这帮家伙到郝和升的药铺逞凶，当街辱骂了半天，把人家大门都快打破了，不知所为何事，当时满腔义愤，只是不敢上前拦阻，今天见此景象，猜到多半与郝和升有关，也顾不上买鞋了，到处去找他。

他在密集的人群中钻来钻去，一边走一边睁着一双老花眼到处看，寻了半天也不见郝和升的影子，急得满头大汗。在人丛中找了好一会儿，终于在一个衣裤摊前看见了郝和升，他把旧棉衣脱在地下，正将一件灰色棉袄往身上穿，浑然不知危险将至。李大爷急忙走上去，在他肩膀上拍了一下。

郝和升回头一看是他，笑着道："李大爷，你东西买好了吗？你看我这件衣服怎么样，好不好看？"

李大爷哪有心思跟他谈衣服，神色严峻地说："要出大事了，快走。"

"什么事？"郝和升问。有点摸不着头脑。

"张连珠他们来了，正在到处找你呢。"

郝和升吓了一跳，忙问："在哪儿？"

李大爷手往那边一指。郝和升顺着他指的方向透过人群的缝隙往那边一瞧，果见张连珠等人气势汹汹地往这边过来了，个个手上拿着家伙，离自己已经不到十米远。心头又惧又怒，这帮孙子，实在太过猖狂跋扈，昨天的事不跟他们计较倒也罢了，居然得寸进尺，还要来找自己麻烦，当真以为老子是这么好欺负的吗？想到此处，不禁气血上涌，恨不得这就过去跟他们拼个你死我活。但想到自己孤身一人，又赤手空拳，肯定不是这帮凶汉的对手，好汉不吃眼前亏，三十六计，走为上计，便听从李大爷的劝告，悄悄从人群中溜了出去，躲进了附近的一条小胡同里。

张连珠等人把整个集市都找遍了，也没发现郝和升的影踪，失望至极，愤恨不已，开始沿街寻找，四处探问，发誓就算掘地三尺都要把他找出来。

众人嚷嚷着，从郝和升躲藏的那条胡同的口经过，不时往里面瞥上一眼。郝和升躲在一个裁缝铺的招牌后面，缩成一团，大气也不敢出，候他们走过了，一颗悬着的心才放了下来。知道躲在这儿早晚会被他们发现，忙起身钻进另一条胡同。躲了一会儿，那帮家伙的吵闹声再次出现，他连忙转进另一条胡同里躲起来。过不多时，又听见了他们的声音，似乎正是往这边而来，吓得他又换地方躲藏。一连换了四五条胡同，这才稍稍消停了。心头松了口气，寻思此地不宜久留，得赶紧设法回去。大路不敢走，他记得有一条小路可以回到太平集，去年有一次天色晚了，为了赶时间，他曾经和一个朋友走过，只用一半的时间就可以到家。那条小路的大概位置他还隐约记得，但在胡同里转了半天，把脑子都转晕了，早已辨不清东西南北，正在他琢磨要不要走出胡同去确定一下方位时，那帮家伙的声音又远远传来了，他心里连叫见鬼，只好再次转移，刚冲到巷口，一个黑色的身影骤然出现，郝和升躲避不及，一头撞了上去。

只听"哎哟"一声，他结结实实地撞到了一个大汉的胸口上，几乎把他撞倒在地。

"你干什么，走路没长眼睛啊！"大汉胸口被撞得生疼，恼怒不已，挥起老拳就要揍他。拳头举到半空又突然停住了。

"咦，老郝，你怎么在这儿？"那汉子一下子认出了他，不禁转怒为喜。此人不是别人，正是大刀会会友程英。

见事态紧急，郝和升来不及多说，将事情简要告诉了他，说教民此刻正在追捕自己。

"不怕，曹师傅在这儿，快去向他求助。"程英道。

郝和升闻言大喜。曹师傅是单县大刀会首领曹得礼，武功高强，为人仗义，有他在，自然不用怕教民了，忙问："曹师傅在哪儿？"

"就在附近，我带你去。"程英说道。带着他穿街过巷，七弯八拐，在一座宏伟的大茶楼前停了下来。楼上挂着一块金字招牌，上写"兴隆茶馆"四个大字。程英掀开帘子，带头钻了进去。

茶馆里顾客众多，二十几张桌子几乎没有空着的，客人们一边喝茶一边聊天，煞是热闹。程、郝二人引颈翘望了一圈，不见曹得礼的影子，就咚咚上了二楼。

二楼也几乎座无虚席，茶桌对面搭着一个台子，一位须发花白的说书先生正坐在台上说水浒，今天的剧目是《鲁智深拳打镇关西》。客人们听得津津有味，不时发出阵阵喝彩。程英和郝和升四处张望，看见屋子中央的一张茶桌前，一个浓眉大汉倚坐在木椅上，眯缝着眼睛听先生说书，模样甚为享受，旁边坐着两个年轻后生。此人正是单县大刀会首领曹得礼。

程、郝二人快步急趋近前，恭恭敬敬地喊了声："曹师傅。"

曹得礼正听得起劲，听见有人叫，睁眼一看，见是自己帮内的弟兄，好不欢喜，笑着说道："你们怎么来了？快快，坐下一块儿听评话。"

两人虽爱听说书，可此时哪有心情？

"曹师傅，我今天来，是有件急事要求您帮忙。"郝和升神色焦急地说，满脸愁容。

曹得礼见他那样子，猜想必是遇到了麻烦，便在椅子上坐正，神情严肃地望着他道："有什么事，但说无妨。"

郝和升瞄了瞄两个年轻后生，这两人他没有见过。

"不妨事，他们都是自己人，你只管说就是。"曹得礼道。

郝和升这才放了心，就把教民吕登士如何欠钱不还，自己上门讨债，和其堂兄吕莱发生争吵，后他们纠集教民多人上门打闹，自己为免冲突，忍气吞声，今日来此赶集，对方又纠合多人跟踪而来，欲对自己行凶等事情一五一十说了出来。

曹得礼听罢，怒火中烧，咬牙切齿道："岂有此理！以前咱们打土匪，教会不说帮忙，还公然对其收留庇护，咱们不找他们麻烦倒也罢了。现在居然得寸进尺，公然欺辱本会会员，藐视本会，以为咱们大刀会是吃素的吗？"

听闻此言，几人均义愤填膺。

"兄弟，不用怕，大哥给你主持公道，今天咱们要好好杀杀他们的威风。小张、小王，速去召集众弟兄，在楼下会合，待会儿去给这些王八羔子点颜色瞧瞧。"

两个后生得令而去。

"兄弟，坐下来喝杯茶，压压惊。"曹得礼微笑着说，招呼郝和升和程英坐下。

郝和升连声道谢，对首领的慷慨仗义感激不尽。

"这有什么，应该的，不用跟我客气。"曹得礼豪爽地说道。

"对，有问题，就该找首领。"程英附和道。

郝和升心里涌起一股暖意，顿时有了找到了家的感觉。

不一会儿，楼下一阵喧哗，几十个持刀带棒的兄弟已在楼下聚齐。曹得礼从椅子上站起来，束了束腰带，精神抖擞地下楼去了。

郝和升在前面带路，大帮人马杀气腾腾地往集市那边赶去。

街上的行人见这阵势，知道今天又有好戏看了，大为兴奋，一路尾随而去。

他们在一个药铺门前撞上了张连珠等人。

"大哥，就是他们。"郝和升指着张连珠等人道。

曹得礼怒气上冲，虎目圆睁，死死地瞪着他们。

张连珠本想以众欺寡教训一下郝和升，万万没想到会引得大刀会集体出动，大感意外，见对方全副武装，人多势众，心里已有几分胆怯，想打退堂鼓，又放不下面子，正在进退维谷之际，忽听曹得礼厉声大叫道："喂，姓张的，你这两天是吃错药了还是怎的，为何屡次欺负我会会员，以为我们"娘家"没人吗？"

张连珠听他当众叫自己姓张的，心下好不恼火，怒道："姓曹的，你才吃错药了，这是我们跟他的私事，你少来管。"

"他是我兄弟，我不管谁管？"

"你要怎么管？"

"你平时不是很嚣张吗，今天咱们就来较量较量，见个高下。"

"较量就较量，谁怕谁？"张连珠嘴硬道，但心里发虚，但此时箭在弦上，不射也不行了。

两帮人马相互逼近，剑拔弩张，血战一触即发。

药铺老板王宗念见势，担心城门失火殃及池鱼，连忙跑出来劝道："大家消消气，有什么话好好说，不要冲动。"将曹、张二人拉到里边，斟茶倒水，好说歹劝，"大家乡里乡亲的，抬头不见低头见，为这些鸡毛蒜皮的小事打架割裂多不值得。来，喝口茶，消消气。"

"谁跟他是乡亲？！"曹得礼横眉怒目道，"他是教会，我是大刀会，他走他的阳关道，我过我的独木桥！"

张连珠想回敬他，害怕挨揍，没敢搭腔。

"哎呀，就是各自的信仰不同罢了，何必如此较真？大家都是大清的子民，还是要和睦相处才是，犯不着为这种小事闹矛盾。"王宗念赔着笑脸苦口婆心地劝道。

曹得礼见他说得恳切，张连珠此时也没了脾气，决定还是多一事不如少一事，从凳子上站起来，爽快地道："好，今天我就给老板你一个面子，不跟他计较，兄弟们，走。"说完，他带着徒众们扬长而去。

围观的群众见一场即将上演的好戏就此化为乌有，好不扫兴，嘟囔着纷纷散去了。

张连珠从药铺里走出来，教民们望着他问："张老师，咱们现在怎么办？回去吗？"他感觉大家看自己的眼光有点异样，问话的口气也不像原来那么尊敬，似乎带着点嘲讽的味道。作为教堂的教师，刚才自己在大刀会首领曹得礼面前表现得不够强势，上风全让他占了去。这场争端是由自己挑起来的，最后又这样不了了之，实在是有点丢面子，难怪大家会看不起自己。如此一想，他心头刚刚熄下去的怒火瞬间又升腾了起来，愤愤地说道："不把那帮龟孙子收拾了，老子不姓张。"

但此地是大刀会的天下，单靠这一帮子人，肯定斗不过他们，得去找帮手才行。临近的成武县天宫庙寨有座天主教堂，那儿有个教师王大头，生得肩宽背厚，膀大腰圆，功夫了得，是他的拜把子弟兄，找他帮忙他绝对不会推辞，便带着人马直奔天宫庙寨而去。

王大头听说兄弟被大刀会欺负了，勃然大怒，发誓要为其讨回颜面，当即召集了一大帮弟兄准备找大刀会寻仇，并派教徒朱三去给曹得礼下战书，约其一天后在天宫庙寨决一雌雄。

信送到的时候已是傍晚。曹得礼看到这封充满挑衅意味的战书时大为恼火，没想到张连珠会这么敬酒不吃吃罚酒，不把事情闹大好像心里不舒服，既然他要这样，自己就奉陪到底，看到底谁怕谁。

"回去告诉你家师傅，我们一定准时赴约。"曹得礼对送信的教民说，将他打发走了。

天宫庙寨是对方的地盘，教民人多势众，贸然前往害怕吃亏，曹得礼就派一个弟兄连夜赶往曹县烧饼刘庄，与大师傅刘士端取得联络，希望他届时率队前来助阵。

因为众多土匪和不法之徒加入了教会，教民在教会的庇护下飞扬跋扈，为非作歹，刘士端早就将其视为眼中钉、肉中刺，必欲拔之而后快。这些年大刀会和教会一直在暗中较劲，因彼此有所忌惮，尚未发生过正面冲突。如今对方竟然主动约战，刘士端正求之不得，当即慨然允诺。

他知道此战的胜败关系到今后双方运势的消长，丝毫不敢马虎，次日就集合了上千精锐徒众，携刀持枪，前往单县，和曹得礼的队伍会合后，浩浩荡荡开赴天宫庙寨，场面甚为壮观。

走到天宫庙寨外一二里时，被当地防营哨官宋清太发现了，他大吃一惊。

"他们这是要干吗？去打土匪吗？这一带的土匪不是早已经绝迹了吗？"

他闹不明白，急忙报告给了成武县令杨义坤。

杨义坤闻讯大惊，害怕闹出乱子，急忙火速赶来，与宋清太、天宫庙寨寨长、地保等一起将曹、刘等人拦住，问他们这是要去干什么。

刘士端雄赳赳地说："去和教民决斗。"

杨义坤大惑不解地问："为什么要和他们决斗？"

"教民太放肆了，我们要给他们点颜色瞧瞧。"曹得礼气冲冲地说。

"这到底是怎么回事儿？"

曹得礼就把事情的始末缘由告诉了他。

杨义坤听了，连忙劝说道："兄弟，有事好商量，千万不要鲁莽行事。"

"不是我们想打架，是他们非要招惹我们，昨天战书都已经下了，我们如果不去，岂不是胆小鬼吗？"曹得礼说罢，把那封充满火药味的战书拿出来给他看。

杨义坤看得直皱眉头。

这时，德国天主教圣言会传教士白德禄正好路过这里，看见上千人手持刀械聚集在此，大为惊诧，问这是怎么回事儿。

杨义坤认识白德禄，恭敬地跟他打了个招呼，就把这事告诉了他。

白德禄正好是王大头那个教堂的，听说了事情的经过后，认为张连珠和王大头多事，他操着流利的中国话劝曹、张等人不要冲动，有话好好说。

杨义坤和宋清太等人也劝他们要保持冷静。

见这些有头有脸的人物都来劝说自己，曹得礼和刘士端心中的怒气才稍稍平复。

当天一早，王大头和张连珠带着上百名弟兄来到天宫庙寨，摩拳擦掌，准备和曹得礼大干一场。

众人等了半天，也不见曹得礼带人来。

王大头心中焦躁，骂骂咧咧道："这孙子怎么还不来？莫非要当缩头乌龟吗？"

张连珠说："曹得礼是个大刺头，脾气很暴，他应该不会临阵退缩。"

王大头问送信的朱三道："那天那封信你是直接交给曹得礼的吗？"

"是的。"

"他怎么说？"

"他说一定会来。"

"他没说什么时候来？"

"说是一早就来，让我们在这儿等着他。"

王大头心头纳闷，嘀咕道："这都日上三竿了，那孙子上哪儿去了？"伸长了脖子往那边张望。

过了一会儿，看见大路上有人骑着一匹马朝这边走了过来，近前一瞧，却是自己教堂的传教士白德禄。

王大头见了他，忙满脸堆笑地迎上去道："哟，白师傅，您回来了，今日收获如何？"

白德禄并不回答，见众人执刀带棒，全副武装，问道："你们这是要去干什么？"

王大头如实说道："我们要去和大刀会干仗。"

"为什么要跟他们干仗？"

"他们欺负我教兄弟，可恶至极，"王大头愤愤不平地说，把张连珠身上发生的事添枝加叶地说了一遍，问道，"您说大刀会该不该打？"

白德禄摇着头说："为这点鸡毛蒜皮的小事儿，你们就要去跟大刀会打架？没必要，我看还是算了吧。"

张连珠急着说："这可不是小事儿，他们欺负我倒没什么大不了的，可恨的是那帮孙子竟然侮辱我们敬爱的天主教，骂我们天主教是羊羔子教，这不是无法无天吗？"

王大头附和道："这种目无尊长的家伙，必须好好教训一下，看他们以后还敢不敢这样。"

白德禄对此不以为然："为了几句口角，就去打架斗殴，搞得流血受伤，多不值得，大家还是回去吧。"

王大头毅然说道："您不用管，是我们自己要去，打死打伤都心甘情愿，绝不埋怨他人。"

张连珠说："对，今天就是豁出性命，也要争回这口气。"

众弟兄也都义形于色，要与大刀会一争短长。

白德禄见自己劝了半天，他们也不怎么听得进去，不禁有些恼火，神色严厉地说："你们不听我的话，非要去跟大刀会作对，要是惹出大乱子来，你们承担得起责任吗？"

王大头听了这话，顿时有点怵了。白德禄虽然不是神父，但在教堂里的地位也是很高的，他要是去神父那里告一状，自己可得吃不了兜着走。琢磨了一会儿，还是决定听从他的劝告，不去捅这马蜂窝，招呼弟兄们回去。

众人连叫扫兴，纷纷往回走。

白德禄见一场激烈冲突被自己成功化解，心里松了口气，高兴地骑着马走了。

回去的路上，王大头对张连珠抱歉道："不好意思啊兄弟，不是我不帮你出头，是师傅不让我去，我也没有办法。"

张连珠憋着一肚子气说没事儿。

走了一阵儿，王大头情不自禁地说："战书都下了，今天要是不去，我这张脸怎么挂得住？"

张连珠语带讥讽地说："这有什么，你那张脸算什么？"

王大头听了这话，臊得一阵脸红，灰头土脸地回去了。

曹得礼和刘士端在成武县令和营管等人的劝说下，也放弃了敌对行动，各自带领兄弟们散去了。

回到破楼角寨教堂，张连珠越想越气。他是个心胸狭窄、睚眦必报的人，平时跟人发生一点点小摩擦，都会想方设法报复，何况被曹得礼当着这么多人的面羞辱，搞得狼狈不堪，颜面扫地？这口恶气他实在咽不下。找曹得礼单挑他没有勇气，打群架又找不到帮手，怎么才能出得了这口气呢？他苦思冥想了一夜，终于想到个好主意。

第二天，他添油加醋地将此事报告给了负责曹县、单县、成武县一带传教事宜的德国传教士韩宁镐，让他给自己主持公道。

韩宁镐听信了张连珠的一面之词，随即写信给曹县知县曾启埠，声称："大刀会首领刘士端带人拆毁了破楼角寨教堂，将教堂大门、桌椅等毁坏殆尽。"

曾启埠接函后大惊，立即亲自前往破楼角寨秘密查探。

经调查，他发现事实与韩宁镐的来信大不相符，所谓拆毁教堂、毁坏器物等事纯属捏造，回信敷衍了一番就罢了，未做任何处理。

韩宁镐对此大为不满，随即将此事上报了德国天主教圣言会鲁西南教区主教安治泰。

安治泰专横跋扈，性情暴躁，他所领导的德国天主教圣言会向来在山东横行霸道，无人敢惹，今见大刀会成员竟敢公然向教会发起挑衅，怒不可遏，当即致函山东巡抚李秉衡："曹县境内有大刀会成员数千名，将各处教堂毁坏，将从教人员掳去，查明是刘士端、曹得礼等为首，必须严加惩办。"

李秉衡知道安治泰的厉害，不敢怠慢，立即电饬曹县知县曾启埙迅速设法查明电复。

第二天，曾启埙根据亲自密查所掌握的情况电禀李秉衡："查明洋人在卑县传教，向来系用教民房屋作为洋学，并无专立教堂，安治泰所称将其各处教堂毁坏，自系洋学影射。"[①]

两天后，曾启埙又会同单县知县李铨和成武知县杨义坤，共同前往单县破楼角寨和成武县朱楼村勘察。

发现几个地方有洋人借用教民朱君照等人的草屋各二间作为洋学堂，四面没有墙垣，也没有大门，各间房屋坚固完好，屋内桌椅什物均未毁坏，教民也没有遭到抢掠，此事明显是教会诬赖。

曾启埙等人考察后发现，加入教会的多是地痞无赖，因为刘士端、曹得礼等屡次率领大刀会捕获大盗，对教民不利，所以他们就故意夸大其词，以致洋教士误听祖护。

他们明知曲在教会，为了息事宁人，还是采取了妥协退让的态度，随后在单县、曹县、成武县等地联名发布告示，严禁大刀会活动，如有互相传徒学习，从重惩办，以期民教相安。

此举并未讨得教会欢心，1896年3、4月间，安治泰又捕风捉影，捏造

---

① 注：当时曹州所在的鲁南教区，一般将德国传教士所居之处称为"教堂"，每个"教堂"有八九间瓦房，与民房没什么不同，屋内悬挂天主神像，还有桌椅床凳等器物；洋教士雇用入教华人中稍通文字者，每月酌给工食钱三千文，分赴各处传教讲学，借用乡民草房两三间，也有借用瓦房的，平民多将其称之为"洋学堂"，简称"洋学"。这种"洋学"，一般门外各置旧铁钟一座，屋内山墙上有天主画像一张，桌子一张，板凳一条，苇席二条，床一张，更有并无画像、桌凳之处者。如破楼角寨洋学，只有草屋二间，木门一扇，屋内床、桌各一张，板凳、苇席各二条。

事实，致函德国驻华公使绅珂称："山东西南单县、成武县、曹县等处，去年十二月底（即1896年2月初）有（大刀会）肇乱起衅情事，至今仍未弹压，该处入教之民受害最重，教堂十六所被会匪毁坏，西国教士当即藏匿求生。各地方官只向会匪商酌，并未将首领拿获。曹县知县曾启埙升堂时，聚众甚多，亲闻该知县辱骂教士及入教之人。并将教士韩宁镐之送信人殴打，其受伤甚重。该会匪过河南省界，指望攻击该省天主教堂，经睢州地方官派官兵将该匪驱逐回山东。"

收到安治泰的来函后，4月14日，绅珂致函总理各国事务衙门，抱怨山东官员并不出力保护教会，山东巡抚李秉衡素来厌恶教务，松懈怠慢，将教会放在无关紧要之地，要求总理衙门饬令李秉衡查明受损情况，赔偿教会损失。

总理衙门接到绅珂的来函，高度重视，立即按照他的要求行文山东，要求李秉衡速饬下属查办。

4月15日，为庆祝大刀会祖师真武神诞辰，刘士端、曹得礼邀集会众在单县刘庄、曹楼、火神庙聚会唱戏，展示功夫，到会者有十万之众。在火神庙前的广场上，东西两侧搭起两座戏台，戏台前撑起彩棚，彩棚两旁红旗如林，刀枪满架，棚柱上写着一副对联："替天行道安天下，一口宝剑震乾坤。"会员们肩扛红缨枪，身背大刀，腰别匕首，全副武装，威风凛凛，现场表演画符念咒、吐火吞剑、降神附体、排刀排枪等诸般绝技。围观的群众人山人海，喝彩之声不绝于耳。

因镇压土匪有力，毓贤此时已升任山东按察使。他闻讯后来到火神庙微服私访，认为大刀会势力越来越大，有造反的可能，暗中加紧防备，准备予以打击。

李秉衡此前已收到曾启埙、李铨和杨义坤的会禀声明，此案是教民与曹得礼等发生口角引起，经人调停处置了结，并无毁坏教堂、掳去教民等事。如今又收到总理衙门的咨文要求查办此案，他一面命令新任曹州知府邵承照确查电复，一面委派候补直隶州知州秦浩然驰赴三县密查此案起衅根由，务必查明确切底细，据实禀复。

秦浩然接到李秉衡的密札后，改装易服，亲自前往三县密查暗访。

经过一段时间的调查，他查清了刘士端、曹得礼与张连珠等人相互口角的缘由，禀告李秉衡："德国公使绅珂所言去年十二月底肇乱起衅一节，实乃教会与大刀会之间因赖药账互相口角"；"绅珂所言数千人者，想指在集之人而言"；"所言教士藏匿求生者，想指白德禄与宋清太在营内闲谈而言"。在禀文中，秦浩然还指出："此案起衅虽由于吕登士、郝和升彼此口角，告知张连珠、刘士端曹得礼等一再寻衅，希图泄愤，然已先后经人劝解，实在并未交手，教堂均无毁坏受害情事，实属无可赔偿。卑职周履三县各乡，遍讯居民等，众谋佥同"，"曹属民情人所共知，该三县因恐别生事端，于腊杪会衔出示，遍贴乡镇，禁止大刀会再行传习。本年正月初二日（2月14日）三县会哨弹压，共见共闻，此该地方官并未置之无关紧要之列实在情形也。韩教士（宁镐）送信人，曾令（启埧）当堂问话，事诚有之，实未侮辱教士、教民，也无喝打等事。询之城中居民，众口一词自属可信。至于州县坐堂，（民众）环绕观听，比比皆是，不独曹县为然，非聚众也"。

接到秦浩然的禀告后，李秉衡指示山东各州县官员凡遇民教冲突，务必持平办理，不让教会稍有借口，同时饬令各属严禁异端邪术，不准再行传习，并悬赏捉拿会党头目，但这不过是做给洋人看的表面文章，官府并没有对大刀会采取实质性镇压行动。

在江苏砀山县有个名叫"东湍"的地方，1875年黄河改道后，这里成了大片肥沃的良田。它原本属于曲阜孔府，不完粮，不纳税，后因战乱逐渐被废弃，附近谁有势力谁就可以霸占耕种。

庞氏家族企图霸占东湍，他们的头领是一个名叫庞三杰的武科生员，年轻力壮，箭术精良，家有三百多亩地。刘堤头村的地主刘芢臣也想将东湍据为己有，双方为此冲突不断。为壮大各自的势力，庞三杰加入了大刀会，刘芢臣加入了教会。

1896年盛夏，东湍的麦子熟了，金黄金黄的一大片，看得人心里直痒痒。刘芢臣不禁动了歪心肠，一天晚上，在夜色的掩映下，组织人手悄悄将地里的麦子割了，一共拉了好几十车。

次日，庞三杰的庄农刘二下地干活，来到东湍时，被眼前的景象惊呆了——昨天还麦浪翻滚、生机勃勃的麦田，如今变得死气沉沉，只剩下一片光秃秃的麦茬，吓了一大跳，连忙跑回去报告了庄主庞三杰。

"东家，不好了，咱家的麦子被人割了！"

庞三杰正躺在藤椅上闭目养神，闻言吃了一惊，撑起来问道："什么，你说什么被人割了？"他没有听得太清楚。

"咱家的麦子被人割了！"刘二大声重复了一遍。

"哪里的麦子？"

"东湍那块地的。"

庞三杰心在滴血，勃然大怒："是谁干的？"

"不知道。"

"这还用说，肯定是刘荩臣那狗日的干的好事儿，除了他，还有谁敢割咱家的麦子。"管家庞四说。

庞三杰觉得也是，切齿痛恨道："这狗日的，活得不耐烦了！今年麦子是咱家播的种，他来割什么割？真他妈的是强盗。"愤恨之下，立马就要带人去收拾他。

庞三杰的父亲见了，连忙制止道："这事还是要调查清楚，不要冤枉了人家。"

"怎么调查？"

"这好办，看他今天有没有在打麦子就知道了。"

庞三杰觉得有理，带着管家直奔刘堤头村而去。来到刘荩臣家院外时，见坝子里铺满了麦秆，众庄客正把麦子打得热火朝天，打好的麦子一包一包地码在院角，堆成了一座小山。

庞三杰见了，气不打一处来，厉声大叫道："姓刘的，快给老子出来！"

正在忙碌的庄客听见叫喊，转头一看，见庞三杰虎视眈眈地站在院外，大惊，有人忙跑进去报告了东家。

刘荩臣正躺在竹榻上抽烟，听说庞三杰来了，吓了一跳，手上的烟枪差点掉到地上。想让管家出去说他自己不在，又怕这样会显得自己做贼心虚，思来想去觉得也没什么好怕的，这是自己的地盘，他还能把自己吃了不成？索性放心大胆地出去，看他要怎么样。思量妥当，便从屋中走出来，满面堆笑地对庞三杰说："哟，庞兄，好久不见，什么风把你刮到这里来了？"

"少废话，快把我的麦子还给我。"

"什么麦子？"刘苠臣一脸茫然。

"你还装呢，昨晚我东淄地里的麦子是不是被你割了？"

"冤枉，哪有这事儿？"刘苠臣大叫冤屈。

"那这是什么？"庞三杰指着院里的麦子问。

"这是我自己种的麦子。"

"你哄鬼呢，你家的麦子哪有这么多？"

"今年收成好，感谢天主保佑。"刘苠臣说，在胸口画了个十字。

"别扯鸡巴淡了，哪个天主会保佑你？"

"请嘴巴放干净点，你说我割了你的麦子，有没有证据？不能空口说白话，冤枉好人。"

庞三杰倒被这话问住了，此事自己只是怀疑他，若要确凿证据，他也拿不出来，因为无目击证人。

"干了缺德事还不敢承认，你良心上过得去吗？不怕遭天打雷劈？"

"我从来不做亏心事，有什么过意不去的？"

庞三杰见他死不认账，气得青筋暴起，七窍生烟，恨不得冲进去揍他一顿。

"你若不服气，可以上衙门去告我，县太爷自会给一个公断。"刘苠臣提议道。

庞三杰才不吃这一套，刘苠臣是地主，又是教民，连县太爷都畏惧他三分，自己跟他打官司，绝对没有胜算。厉声问道："你到底还不还我麦子？"

"这是我的麦子，为什么要给你？"刘苠臣说。

"好，你给我等着。"庞三杰咬牙切齿地撂下这句话，愤然而去。

他回去召集了六十个大刀会弟兄，当天傍晚就直扑刘堤头村而去。刘苠臣听到风声，提前躲进了东淄教堂。庞三杰到刘家没有找到人，和留守的庄客发生了一场激烈的战斗，将其打得落花流水，抱头鼠窜，把屋里的桌椅器具砸得稀烂，从俘获的庄客口中得知刘苠臣躲进了教堂里，便带着人马直扑教堂而去。此时夜幕降临，天上乌云四合，星光晦暗，他们举着火把，喊着口号，如一条移动的火龙一样往教堂蜿蜒而去。走到离教堂不到五百米时，被放哨的教民发现了，教民吓得惊慌失措，赶紧报告给了教堂的神父。这是一座乡村小教堂，平时业务有限，总共只有一个神父和两个传教士，教民数量也少得可怜，又没有枪炮等武器，敌人突然一下来了这么多，哪是他们的对手？这时去搬救兵也来不及了，如果跟对方硬拼肯定会死得很惨，左思右想，神父决定放弃教堂保存实力，带着教士、教民仓皇撤离（刘莛臣也在其中）。庞三杰等人赶到时，只剩下了一座空荡荡的教堂，神父和教民早已不见踪影，搜了一遍也没找到仇人刘莛臣，大怒之下一把火将教堂烧了。

神父、教士连夜去县里将大刀会行凶的事报告给了当地的德国教会。主教闻讯大惊，当即与砀山知县朱学煌严厉交涉，要求对祸首庞三杰做出处置。朱学煌不敢违命，火速派出大批人马到庞林村搜捕庞三杰。庞三杰得知消息，自知难以匹敌官军，匆忙逃往单县，向大刀会首领刘士端请求援助。

在与张连珠等人发生摩擦后，大刀会和教会的关系日趋紧张。后来教会又多次诬蔑大刀会拆毁教堂，抢去洋学东西，迫害教士、教民，刘士端对教会的仇恨日益增长，今见教会又来欺负自己手下弟兄，怒不可遏，立即派彭桂林、尤金声、智效忠等大刀会头领率千余人前往支援。

他们在单县黄岗集聚集，新仇旧恨令这支队伍群情激奋，打击刘莛臣、夺回东湍的目标已经显得微不足道，广泛打击教会和教民成了他们新的目标。

6月15日，他们首先袭击了黄岗集的教堂。后在彭桂林和刘士端之子刘孔章的率领下向砀山进发。

次日，在庞三杰、彭桂林等人的领导下攻打了砀山侯家庄教堂。在接下来的数天里，又陆续袭击了侯家庄附近13个村的礼拜堂和洋学校。

6月20日，庞三杰等人率领大刀会突入徐州地区，攻打丰县戴套楼教堂。翌日，大刀会撤离侯家庄返回山东境内，在单县焚烧了薛孔楼教堂，处死了作恶多端的教民巩克亮、王学亮。

在随后的几天时间里，大刀会又攻击了单县境内多处教堂和神父、教民宅邸。短短几天时间内，就有30余处教堂被毁。大刀会所到之处，教堂里的天主塑像变成碎块，《圣经》被烧成灰烬，教士、教民纷纷逃散。大刀会声威大震，人民群众拍手称快。

安治泰闻讯，勃然大怒，立即通过德国公使向清廷发起了强烈抗议，要求严惩大刀会。

总理衙门于 6 月 24 日致电山东巡抚李秉衡，指示他与江苏、安徽两省筹商会剿。

李秉衡对教会的嚣张跋扈本就心怀愤恨，这几个月安治泰等人的胡搅蛮缠更加深了他对教会的恶感，自己作为朝廷大员，不敢公然与其对抗，如今大刀会把教会狠狠收拾了一顿，也算是替自己出了一口恶气，不禁暗中叫好，将朝廷的指令放到一边，没有采取任何实质性行动。江苏方面却不敢轻视，随即派出大批官兵向砀山一带逼近。

此时，发泄完心中愤恨的庞三杰和彭桂林等人茫然无绪，不知道下一步该怎么办，是迅速解散队伍还是继续攻打教会？一个现实的难题摆在了他们面前——上千人怎么吃饭？还有会员参加此次行动的补偿问题，他们可不能一无所得。经过商议他们决定：既然已经闯下大祸，索性一不做二不休，要干就干到底。

6 月 28 日，大刀会在庞三杰、彭桂林、尤金声等人的率领下，向单县和砀山交界的马良集发起了进攻。经过一昼夜激战，大刀会于次日攻入集内，抢劫了盐店、酒店、京货铺、杂货铺，将粮草、布匹、钱币、京广杂货等一扫而空。6 月 30 日，他们又到单县东南乡攻打教会，夺得大量粮食、马匹等物。

清廷闻讯大为震惊，7 月 3 日，发出电旨，饬令两江总督刘坤一与山东巡抚李秉衡各派队伍速往镇压大刀会。在苏、皖一侧，刘坤一除饬徐州镇总兵陈凤楼率部赴砀山剿捕外，又加派总兵刘光才率 4 个营的亲军赶往徐州会同防御。在山东一侧，李秉衡委派山东按察使毓贤会同兖沂曹济道锡良查办，并调派候选道马开玉所统开字 3 营分驻曹、单、鱼台等县，会同原有单县防营参将岳金堂、守备史镇廷加强防御，统归毓贤调遣。同时委派候补知府杨传书、兖州府通判陈光绥、候补知县屠乃勋分往各处，随时弹压开导。兖州镇总兵田恩来也带济字中营出驻鱼台，与毓贤等相互策应。

7 月 3 日，大刀会在砀山马良集西门外与民团接仗，受到赶来的刘光才部袭击，败退至单县，又遭清军与民团截击，2 人当场死亡，18 人被俘。

次日，大刀会重新集结 500 多人前去攻打马良集。陈凤楼得到消息，亲率马步队赶来支援。大刀会被清军击溃，死亡 80 多人，首领彭桂林被擒，智效忠被击毙，惹出乱子的庞三杰却逃跑了。

作为大刀会的主要领导，此时刘士端和曹得礼处于十分危险的境地中，不过二人却表现得很淡定，并没有马上逃走。他们自认为与官府的关系一直不错，又没有亲自参与此次暴乱，并且肇事的下属也受到了相应的惩罚，想必官府不会把自己治罪，决定静观其变，同时磨刀备枪，以防不测。

眼见大刀会遭受重创，教会方面甚为满意，并不甘心就此罢休，准备趁热打铁，将这个死对头彻底铲除，免留后患，继续向官府施加压力，要求限期将大刀会剿灭。洋人的命令官府不敢违抗，只好制定了擒贼先擒王的策略，将目标瞄准了大刀会的首脑刘士端和曹得礼。此二人武艺高强，拥趸众多，如果硬上难免会造成重大伤亡，经过反复研究，决定设计智取。

那天早晨，刘士端正光着膀子在后院练拳，庄客忽报有客人来访。

"是谁？"刘士端一边打拳一边问。

"是曾广寰。"庄客说。

"他来找我，有什么事？"刘士端心头纳闷。曾广寰是当地的民团首领，以前在打击土匪中曾和他长期合作，二人关系不错。

"来了几个人？"

"就他一个人。"

"有没有带武器？"

"没有。"

刘士端松了口气，决定出去会会他再说，边穿衣服边道："请进来。"

刘士端走到客厅里，曾广寰刚从外面进来，见到刘士端，好不亲热，笑着拱手作礼道："刘兄，许久不见，最近可好？"

"还好，兄弟光临寒舍，有何指教？"

"没什么，就是好久没见了，想来看看你。"

刘士端招呼他坐下，吩咐仆人泡茶。

两人寒暄了一阵，刘士端见他肚里似乎藏着话，又欲吐不吐的，不肯说出来，心里大不耐烦，道："咱俩是兄弟，你别跟我藏着掖着，有什么话就直说。"

"刘兄真是个直性子，其实也没有别的事，就是晚上曾县令想请你吃个饭，不知可否赏光？"曾广寰笑着说。

"哦，有什么事吗？"刘士端一听，顿时警觉了起来。最近大刀会闹出了很大乱子，虽然都是下属干的，跟自己并无直接关联，但他作为大刀会的最高领导，下属作乱，终究难脱管理不善之咎。这不，官府还是找自己麻烦来了，这顿饭多半就是鸿门宴，可不能去。

"我晚上有事，去不了。回去谢谢曾县令，他的好意我心领了。"刘士端委婉地推辞道。

"看吧，我刚才之所以没有一来就直说，就是怕你误会，果然你还是误会了。曾县令请你去，也没有别的意思，就是想跟你聊聊咱大刀会下一步该如何发展。你们老这样跟教会对着干，终究不是个办法。教会是可恶，我们也讨厌他们，但人家有洋人撑腰，咱能奈何得了他们？现在连朝廷都怕洋人。"

"那就任由他们无法无天、胡作非为吗？"刘士端愤怒道。

"多行不义必自毙，坏事干多了，自会遭报应，用不着咱来出头。你们这样干，让我们夹在中间也很为难。逼急了，最后朝廷还不是只有拿你们下手。你不见彭桂林和智效忠二位头领的下场吗？"

刘士端沉吟了一会儿，问："那你说该怎么办？"

"曾县令倒是有个好主意，就是不知道你干不干。"

"什么主意？"

"现在教会仇视大刀会，恨不得把你们赶尽杀绝，给官府施加了很大的压力。我们是自己人，当然不忍心这么干。曾县令的意思，想趁此机会把大刀会编入民团，既能敷衍教会，免其追究，又能保存实力，以图再举，可谓两全其美，今天请你去就是要和你商量这个事。"

刘士端觉得这主意倒是不错。若大刀会真的编入了民团，自己至少是个总兵，不但吃上了皇粮，多年悬而未决的身份问题可迎刃而解，而且可以号令一方兵马，照样有权有势，不失为一个好主意。不禁有点动心，问道："曾县令约我去哪儿吃饭？"

"就在县衙里，今天曾县令为了你，特意摆了好几桌酒席，把县里的头面人物都请来了，大家借这个机会好好认识认识。"

刘士端一听又有点犹豫，从烧饼刘庄到曹县县城有几十里地，那儿不是自己的地盘，只身前往会不会有危险呢？他拿不准，心里犯起了嘀咕。

曾广寰说："今儿这个机会可难得，曾县令说毓大人也要来，正好可以在酒席说这个事，咱们多敬他几杯酒，再下来做做工作，这事准定能成。"

刘士端闻言甚喜。他和毓贤是老相识，当初毓贤任曹州知府的时候，自己协助他打土匪，立下汗马功劳，在其保荐下获赏二品顶戴。毓贤也因治盗有方，一路高升，如今做到了山东按察使。他若来了，肯定会照顾自己，这机会可不能错过。于是不再犹豫，不带武器也不带仆人，骑着匹大马跟着他出发了。

那时太阳已经升到半空，盛夏时节，天气酷热，二人快马加鞭，一路飞驰，溅起滚滚黄尘。将近中午时，两人终于看见高高的县城城墙，快马加鞭驰近城门。守城的士兵见了，面容和善，以礼相迎。二人骑马进城，正午时分，烈日当头，街上几乎没什么人。两匹马在宽阔的街道上飞驰着，直朝县衙奔去。

不多时，眼前出现了一座气势恢宏的大宅，灯笼高挂，大门敞开，门上匾额高悬，篆书"曹县县署"四个金字，大门两旁各矗立着一只威武霸气的石狮。县衙到了。

两人骑马来到衙门前，衙前静悄悄的，一个人也没有，此时应该是在吃午饭。二人汗流浃背，又渴又饿，从马背上下来了。

"你稍等一会儿，我进去通报一下。"曾广寰说完，匆匆进去了。

刘士端站在外面等着，过了半袋烟的工夫也不见一个人出来迎接自己，白花花的太阳晒在身上，火辣辣的好不难受，身上汗珠如雨般滚落。他热得不行，周围又没棵大树可以遮阴，心头不禁有点恼火：曾县令既然请自己来吃饭，就该好好招待才是，大中午的让自己一个人在毒日头下晒着，是何道理？也太不把我刘士端当回事了。他心头恼火，愤然转身欲走，突然听见一阵急促的脚步声从县衙里传来，须臾，只见一个管家模样的中年人满面春风地走出来，笑容可掬地招呼他道："刘师傅，不好意思，让您久等了，快请进来。"

刘士端见他言貌恭敬，连声赔罪，怒火稍息，问道："曾广寰去哪儿了？"

"他在里面等你呢。"管家笑着说。带着他就往里走，吩咐仆人把马牵到后院去喂草。

进入大门是一个院子，院子对面就是县衙大堂，大堂正中的墙上挂着"明镜高悬"的匾牌。时值正午，里面静悄悄的，没有一个人。

"曾大人在吗？"刘士端不禁问道。

"大人正在午休，让我好好招待您。刘师傅赶了半天的路，一定饿坏了，走，咱们先去吃饭。"管家说。带着他七弯八绕，转了好一会儿，终于在县衙深处的一间雅致的厢房前停了下来。

"曾大人吩咐我给您准备了一桌好酒好菜，请进去慢慢享用吧。"管家和蔼地说。

刘士端早已饥渴难耐，这时一股酒肉的香味钻进鼻孔，诱得他腹中馋虫蠕动，食欲大发，跟管家道了声谢，便迫不及待地掀帘而入。

他刚进门，头上就挨了重重一棒。眼前一黑，站立不稳，顿时晕倒在地。埋伏在屋里的十几条壮汉一拥而上，将他五花大绑捆了个结结实实。

几分钟后，他被一瓢凉水泼醒了。睁眼看时，只见县官曾启埙高坐在大堂上，曾广寰站在他旁边，两边站着一班如狼似虎的公人。

"你们这是干吗？"刘士端又惊又怒，在地上奋力挣扎，身子被麻绳绑得死死的，哪里挣扎得脱。

"刘士端，你知罪吗？"曾启埙厉声喝问道。

"我有什么罪？"

"你指使大刀会作乱，还说没罪吗？"

"那是庞三杰和彭桂林他们干的，不关我的事。"刘士端大声辩解道。

"扯淡，他们都是你的部下，你不授意，他们敢这么干吗？"

刘士端自知理亏，默然无语，心中后悔不迭——原以为官府不会把自己怎么样，谁想还是给打进了网里，早知如此，今天就不该来了。怒道："曾广寰，你这个杀千刀的，我和你往日无冤，近日无仇，为什么要设计害我？"

曾广寰脸一红，说："老刘，你不要怪我，就算我们不抓你，洋人也不会放过你。要怪就怪你自己没有管好手下人，给你惹了祸。"

"王八蛋，我变成鬼也不会饶了你！"刘士端大叫道，心里涌起一种绝望的感觉。

这时，门人匆匆跑进来报道："毓大人到了。"

曾启埙慌忙离座，带着手下一路小跑着出去迎接。

刘士端听说毓贤来了，心头大喜，登时看到了希望的曙光。毓贤跟自己关系一直不错，当初若不是自己帮着他打土匪，他也不会有今天。今见自己遭此大厄，一定会为自己主持公道，洗刷冤屈的。

正在想着，毓贤已在众人的簇拥下进来了。他中等个头，眉毛短而稀疏，眼袋松弛下垂，唇上留着半圈胡子，数年不见，身材也没有发福。他为官清廉，做官多年从不收人半分银钱，这副身材就是他清正廉洁的真实写照。

"毓大人，您还认得我吗？"刘士端眼巴巴地望着他问。

毓贤面无表情，没有回答。

"我是刘士端啊，您忘了吗？以前我还帮您打过土匪的。"刘士端大声说道，努力提醒他。

毓贤听见这话，皱了皱眉头，也不知道他想起来没有。

一旁的曾启埙见了，厉声呵斥道："那都是多少年前的老皇历了，你还翻出来干什么？还是说说你自己的事吧。"

"毓大人，他们冤枉我，您可要给我主持公道啊。"

"他们冤枉你什么了？"一直默不作声的毓贤终于开口了。

刘士端得此机会，赶紧申辩道："他们污蔑我指使大刀会作乱。这段时间我一直待在曹县刘庄，从未离开过半步，众乡亲都可以作证，如何指使得了？这不是天大的冤枉吗？"

毓贤闻言大怒："混账！你们围攻马良集，抢劫平民百姓，抗拒官军，胆大包天，形同土匪，死有余辜，还好意思说冤枉。"

刘士端惴惴地辩解道："那是庞三杰、彭桂林他们干的，跟我没关系。"

"强词夺理，你是大刀会的首领，你手下人干的就和你干的一样，还敢狡辩。来人啊，给我拉出去砍了！"

众皂隶闻言蜂拥而上。刘士端武功再高，此时被绑住了手脚，也施展不了，被生拖死拽地拖出去了，嘴里大叫冤枉不绝。

当天傍晚，他就被斩首于县城西门外。行刑的士兵将其头颅挂在县城城头上，以示警诫。

几天后，单县知县李铨如法炮制将曹得礼逮捕。兖沂曹济道锡良主持了对他的审判和处决。

主犯庞三杰逃脱后，教会向当局施加压力，要求迅速将其捉拿归案，严加惩处。官府开出悬赏，四处缉捕，过了一个多月，仍未发现其下落。为了应付洋人，只好把他哥哥抓了起来，将其家产全部充公。地方士绅们接到指示去观看其"采邑"的毁灭。他们犹豫不决，害怕遭到大刀会的报复，但官府的命令又不敢不遵，只好硬着头皮去了。

教会对这种李代桃僵的做法并不买账，庞三杰是大刀会的头领，又是此次暴乱的祸首，惹出了那么大的乱子居然还能逍遥法外，是可忍，孰不可忍？他们相信庞家人一定知道庞三杰的下落，只是不愿意把他交出来而已（也许就躲在家中的地窖里）。官府之所以迟迟抓不到他，多半是因为收受了贿赂（这是清朝官员的通病）而故意包庇纵容。再过一段时间如果事情还没有进展，他们将直接向总理衙门反映，让中央派人下来搜查，那时有人就要倒霉了。

在教会的强大压力下，砀山知县朱学煌惶惶不安，为保住自己的乌纱帽，又派人把庞三杰的弟弟抓了起来，威胁庞家人，限其一月之内把庞三杰交出来，如若不然，将把他们全部抓进大牢。巨大的压力像乌云一样笼罩在每个庞氏家族成员心头，让他们提心吊胆，寝食难安。

十八个村庄的庞姓长者聚在一起商讨对策。他们研究讨论了半天，也想不出切实可行的办法，个个一筹莫展，唉声叹气。有人恼火地认为，当下的麻烦都是庞三杰惹出来的，一人做事一人当，不应该由全家族的人来替他背这个黑锅。这一意见得到了另外几个长者的附和。庞三杰的父亲对此很郁闷，莫说自己不知道儿子的下落，就是知道，也不可能把他交出来。又有人提议干脆把庞三杰的名字从家族名单中除去，以此和他划清关系，免得受其牵连。此言遭到了庞三杰父亲的坚决反对，儿子并没有做愧对家族的事情，将他从家族中除名是没有道理的。

"他惹出了那么大的麻烦，害得大家跟着遭罪，还说没有愧对家族吗？"

"他去打教会也是为了给老百姓出气，你们平时不是也看不惯教会横行霸道、欺压乡里吗？如今出了事，就要把他抛出去，是不是也太没人味儿了？"

"那你说怎么办，莫非让大家都跟着进监狱？"

庞三杰的父亲默然无语。

"大家不要吵了！"庞三杰的伯父庞仁轩大声说道。他是庞氏家族的现任族长，眼看这样下去家族有可能分崩离析，心里好不着急，"越是到关键时刻，大家越是要团结一致，千万不要闹内部矛盾，世上没有过不去的坎"。

大家这才安静了下来。

"我倒是想到个主意，不知道大家觉得怎么样？"庞仁轩说。

众人问是什么主意。

"现在官府要找咱们麻烦，咱也没有别的办法，我寻思了一番，干脆加入教会算了，成了教民，官府就不敢再跟咱们为难了。"

大家一听，觉得这想法太过荒唐，堪称离经叛道。庞氏家族是当地的名门望族，历来恪守传统，对教会提倡的那套皈依上帝、弃神忘祖的学说很是不齿。加上目睹教民的种种恶劣行径，更是羞于与他们为伍，因此多年来从无一人加入过教会。作为家族的族长，庞仁轩竟然主动提议让大家入教，实在让人不可思议。换在平时，多半早有人跟他干起来了，但在此刻，大家都默不作声，个个低头陷入了沉思。这个主意虽看似荒唐，却不失为非常时期保全自身的一个法子，除此以外他们也想不到更好的办法了。只是如今教会痛恨庞三杰，恨不得食其肉而寝其皮，作为他的族人，在走投无路的情况下才请求加入教会寻求庇护，人家会答应吗？大家心里可没底。

庞仁轩说："试一下吧，不行就再想别的办法。"

众人一听，也只好这样了。

几天后，庞仁轩带头向当地教堂的法国神父多尔提交了一份4000多人的庞氏家族名单，希望皈依天主教。多尔又惊又喜，简直难以置信。庞氏家族是当地一块有名的硬骨头，为了发展他们入教，多年来自己几乎跑断了腿，磨破了嘴皮子，也无丝毫成效。本已将其放弃了，如今他们却主动提出要全族入教，是何缘故呢？他捉摸不透，不敢贸然答应，说这事儿要跟领导请示一下再做答复。庞仁轩等人只好回去等消息。

过了好几天也不见回复。

大家心里惴惴不安，教会对愿意入教者向来都是大门敞开，来者不拒，如今大家主动提出入教，居然还爱搭不理的，看来这事多半悬了，不禁愁上心头。

庞仁轩认为教会不回复并不代表不答应，咱们索性再主动一点，用实际行动去打动对方，让他们没法拒绝。那个礼拜天，他带着大大小小几百个族人去了教堂。

周日早晨，多尔神父刚打开教堂的大门，三四百人就蜂拥而入（其中包括庞三杰的父母和儿子）。

多尔吓了一跳，以为遇到匪徒了，正要大叫救命，庞仁轩站出来客客气气地说道："神父，我们入教的事你问得怎么样了？上面答应了吗？"

多尔看见他，这才松了口气，说："上面已经同意了。这两天太忙了，忘了告诉你。"

众人听了十分欢喜，连叫阿弥陀佛。

多尔神父问："你们准备什么时候办手续？"

庞仁轩说："我们今天就是来办手续的，不过在这之前你得答应我们一个条件。"

"什么条件？"

"饶了庞三杰的命，让他回来与家人平安度日；放了他的哥哥和弟弟；允许我们保留宗祠，可将部分祠堂改建为教堂或学校。"

多尔一听有点犯难，说："这个我可做不了主，要看上面同不同意。"

庞仁轩说："我们就这几个条件，如果可以，马上就加入教会。"

多尔迅速将情况报告给上司格恩神父。

几天前，格恩神父听说庞家有 4000 多人想要加入教会，还以为是多尔在跟自己开玩笑。从教几十年，他还从来没遇到过这种事情，认为这是天方夜谭，也没太当一回事。今天，当他亲眼看见几百个庞氏族人涌进教堂，个个脸上带着渴望的表情，才不得不相信这是真的。他们提出的条件也不算苛刻，除放过庞三杰稍微有点麻烦外，其他的都不难答应。如果这事能成，将是天主教传播史上的一次重大胜利，自己在教会中的前程也会变得更加光明，应该好好把握这个难得的机会，于是立即上报主教安治泰，请示定夺。

安治泰闻讯，也有点不敢相信。他虽然对庞三杰恨之入骨，但与几千人同时皈依天主教的诱人前景相比，他那颗小小的脑袋就显得微不足道了。安治泰立即指示格恩，让他尽快落实此事。

格恩神父随后找到道台锡良，告诉他这样做比杀掉庞三杰要好得多。锡良没有明确表示赞同，因为有一道逮捕和处死庞三杰的上谕尚未撤销，他暗示庞三杰这段时间最好不要露面，以便让这件事情慢慢过去。他可以先把庞三杰的哥哥和弟弟放出来，让他们与家人团聚。

问题最终得到圆满解决，庞氏家族4000余人加入了教会成为教民。

在外逃了大半年后，庞三杰又回到了老家，不久后公开露面，频繁参与教会活动，和当地神父成为朋友，时常来往。

这个事件结束后，新任德国公使海靖开具清单，要求清政府赔偿损失。曹州知府邵承照与单县知县李铨查验后认为，被焚教民房屋只是薛孔楼、李家集较重，其余各庄仅拆毁房顶，掠去家具，教民并未被害。

山东巡抚李秉衡指示："查被扰地方有房屋实被焚拆者，不分民教，一体谅予抚恤。"先发给陈河滩等庄教民共121户抚恤银569两，后又发给薛孔楼等六庄抚恤银447两。

到当年11月，德国公使海靖又照会总理衙门，提出单县境内"教堂焚毁、教士物件遗失"，要求赔给京钱15000吊。李秉衡坚持认为这是德国公使的无理要求。他于12月23日致函总理衙门指出：（一）此案业经查办处理，已将匪首刘士端、曹得礼，并匪众30余人拿获正法；（二）有关遭受损失的教民，也已发给恤银，"教民帖服，教士亦无异词"；（三）此案起因于教民刘茞臣抢割麦子，以致激成事端，应以教民刘茞臣为祸首，就算有洋学被毁，也是互相寻仇，现在办理已得其平，此案足可了结。

但海靖态度强硬，又照会总署称："屡奉本国国家之命请赔。本国亦知邻省法国教案早已如愿办妥，今山东德国教案务须一律办结。"他所称的邻省法国教案，是指江苏砀山、丰县教案，和单县教案是同一类事件，但江苏方面早已与法国议结。在德国的一再逼迫下，李秉衡只好派济宁直隶州知州彭虞孙与安治泰进行谈判，最后在索赔数额上减去三分之一，给京钱1万吊，合库平银3585.6两，作为了结。

刘士端和曹得礼等人被杀后，大刀会的活动暂时沉寂了一段时间。后来刘清云组织了 3 万多大刀会会员在金乡万福河一带集结，准备攻占曹、单等县。因为缺乏粮食，又连逢大雨，最终没能如愿。大刀会向周边的巨野、菏泽、茌平、汶上、郓城、嘉祥、济宁、肥城、平原等县扩散，部分会员渡过黄河转移到聊城、德州一带，后来加入了朱红灯率领的义和团。

第四章 巨野教案

第二次鸦片战争后，欧美天主教和沙俄东正教依靠不平等条约和机枪大炮的保护，大规模地向中国派遣传教士。传教士在中国建立教堂，网罗信徒，收集情报，为本国政府出谋划策，攘夺中国利权，起到了机枪大炮起不到的作用。

教堂形同中国境内的第二个政府。传教士与大清官员按对等职位平起平坐，当时清廷规定："主教"与"总督""巡抚"平行；"副主教"与"藩司、道台"平行；"神父、牧师"与"知府、知县"平行。

老百姓对县太爷要叩头跪拜，尊称"老爷"。老爷的妻子叫"太太"，三品以上高官的老婆才可尊称为"夫人"。主教的老婆等同于中国的"一品夫人"，牧师的老婆等于"太太"。一般老百姓见了他们都要下跪。

教会霸占百姓田产，包揽词讼，干涉行政，甚至自居为一方之主（如一国之中，有无数自专自主之敌国），非法组织武装，收买地方败类作爪牙，鱼肉乡民。当时入教的，既有受蛊惑的贫苦百姓，也有不少地主、恶霸和流氓分子。他们在教会的庇护下，作奸犯科，无恶不作，激起民众的普遍愤慨。

19世纪末，在中国的外籍传教士达3200人，建立教区40多个，教会60多个，入会教徒80余万人，仅山东一省就建有教堂1300多座，遍及全省72个州县，有传教士300多人，发展教徒8万余众。其中以天主教势力最大。天主教在济南、烟台、兖州设立总堂，以之为基地，指挥和联系分布在全省各地的教堂，鲁西南地区的教堂是由兖州教堂指挥和联系的。

巨野所处的鲁西南地区是德国天主教的势力范围。当时巨野县内有天主教传教点 21 处，中心教堂设在城东 7 千米处的张庄，德国传教士薛田资长住此地。薛田资身材魁梧，头顶半秃，眼泛绿光，生着一把又浓又黑的大胡子。他以传教为名散布所谓的"教义"，麻痹民众思想，帮助国内搜集情报，为其侵略开道。还勾结官府，强占民田，侮辱妇女，无恶不作，在当地名声很坏。

刘德润，巨野县独山镇小刘庄人。自幼习武，练就一身好本领，一把大刀使得出神入化，人送外号"刘大刀"。他性格豪放，交游广泛，朋友遍及三教九流，和大刀会的一些头领往来密切。

鲁西地区过于稠密的人口、不稳定的社会环境和迅速恶化的经济状况导致出现了大量赤贫者，他们经常聚集起来抢劫，将抢钱叫做"请财神爷"，绑票富人家小孩叫做"抱凤凰雏"。刘德润也参与过此类行动，有个名叫魏培喜的拜把子兄弟常给他打下手。此人一贯吃喝嫖赌，不务正业，钱不够用时，就去找刘德润借。

刘德润为人豪爽，对兄弟讲义气，有多少给多少。但他终年以打拳卖艺、兜售膏药为生，手里也不富裕，不是每次都能满足他的要求。为了多弄钱，魏培喜就投靠了巨野知县许廷瑞，在其手下充当了一名捕快，做了不少伤天害理的事，从此二人关系渐渐疏远。

魏培喜好吃懒做、拈轻怕重惯了，在衙门混了一段时间，也没混出什么名堂。做捕快工资不高，他又没立下什么功劳，自然得不到奖赏，靠领点死工资哪里满足得了他的高消费？没过多久又变得囊空如洗了，只好厚着脸皮又去找刘德润借钱。

那天傍晚，刘德润拖着一身疲惫从外面回来，刚进院门，身后就传来一个熟悉的声音，"刘哥，好久不见，近来可好吗？"扭头一看，正是自己以前的拜把子兄弟、如今的衙门捕快魏培喜。

一见是他，刘德润就不大高兴，板着脸说："还凑合，有什么事吗？"

"没有事，就不能来了吗？"魏培喜笑嘻嘻地说，"大半年没见，兄弟我都想死你了。"

刘德润一听这话，心头一阵厌恶，又不好撵他走，只得放他进来。

二人进得屋来，刘德润的老婆和女儿刚好把饭菜端上桌子。

刘德润问："你吃饭了没？"

"还没呢。"魏培喜说。

"那就一起吃吧。"

魏培喜正巴不得，道了声谢就上了桌，边吃边夸道："好久没来大哥家吃饭了，嫂子的手艺还是那么好。"

刘德润的老婆笑着说："你过奖了。"

"没有，嫂子的手艺是出了名的。哟，多少日子不见，侄女都出落得这么漂亮了。"魏培喜故作惊讶地望着刘德润的女儿说。把小姑娘羞得满脸通红。

"闺女长得丑，兄弟见笑了。"刘德润的老婆说。

"不要谦虚嘛，侄女条件这么好，将来准能许配个好人家。"魏培喜说。

一边吃饭一边叽叽聒聒地说个没完。

饭后，刘德润的老婆和女儿把碗筷收进厨房去了。

两人坐在凳子上聊起了天。

"你最近在衙门怎么样？"刘德润面无表情地问。

"唉，别提了，衙门管得忒严，每天一大早就要去应卯，累死累活也挣不到什么钱，还不如以前逍遥自在。"魏培喜连声抱怨道。

刘德润没有搭腔，心想这是你自作自受，怨不得别人。

"我最近赌博又输了，欠了不少钱，到处都有人在追债，日子不好过啊。"魏培喜可怜兮兮地说，两眼巴巴地望着他。

刘德润知道他多半又要问自己借钱，皱着眉头说："不好意思啊，兄弟，我闺女马上就要嫁人了，这段时间在给她准备嫁妆，现在我手上也很紧，可能帮不到你。"

魏培喜一听就急了，说："你我兄弟一场，这点小忙你都不肯帮吗？"

刘德润说："不是不帮，真是有心无力，要不你上别处去问问吧。"

"只借一吊，就一吊，翻了本，马上还给你。"魏培喜用乞求的口吻说。

刘德润心里冷笑：你小子在我这儿借过多少次钱，什么时候还过？我还不知道你是个什么德行？他摇着头说："我现在手上半吊钱也没有。"

魏培喜一脸怀疑："不会吧，你今天刚收了摊回来，怎么着也有个一两吊吧。"

刘德润见他不信，把腰间的荷包取下来，解开拴口的绳子，将铜钱全部倒在桌上，对他说道："你看看吧，这就是我今天挣的钱。"

魏培喜定睛一瞧，果然只有两三百个铜钱，大出意外，难以置信地说："现在生意就这么难做了吗？"

刘德润说："可不是？而今年头不好，大家手里都没钱，能混碗稀饭吃就算不错了。再这样下去，我都要准备改行了。"神色有点忧愁。

琢磨了一会儿，魏培喜兴奋地提议道："大哥，要不咱组织人马再干以前的老本行，那个来钱倒快。"

刘德润白了他一眼，说："亏你想得出来，这种伤天害理的事哪里还能干，那是要遭报应的。你现在又是专门抓这个的，这不知法犯法吗？"

魏培喜不以为意道："没事儿，跟兄弟伙打好招呼就行，让他们睁一只眼闭一只眼。如今这年头，能挣钱才是硬道理，哪里管得了那么多。"

刘德润听了，心里一阵鄙夷，说："要干你找别人去干吧，我是不干了。"

"你真打算金盆洗手了？"

"我想过点安定日子，不想再像以前那样提心吊胆地过了，还望兄弟见谅。"

魏培喜见他既不肯借钱，又不愿跟自己去绑票，心头大为恼火，扯了几句，就气呼呼地走了。刘德润也懒得送他。

回去的路上，魏培喜越想越气，"这该死的刘德润，真他妈的是个铁心肠，以前和我关系多好，这才几个月不见，就把老子当路人了，问他借一吊钱都不肯借，真是抠门到家。还好意思在我面前装纯洁，你以前干过多少缺德事，以为老子不知道呢。现在想金盆洗手，没这么容易，老子不答应，得罪了大爷，要你丫吃不了兜着走"。他狠狠地想着，一个阴毒的主意在脑子里形成了。

次日一到衙门，他就向县太爷报告，说刘德润结交匪类，意图谋反。

许廷瑞闻言大惊道："真有这事儿？"

魏培喜十分肯定地说："千真万确，卑职已经暗中观察他好几天了，最近他一直在悄悄跟大刀会联系，居心不良，意在造反。以前这家伙经常干些绑架勒索、见不得人的勾当，消停了没几天，老毛病又犯了，这样下去，只怕早晚要闹出大乱子。"

许廷瑞听了一阵心慌。大刀会前段时间刚刚被镇压下去，几个主要头领都被杀的杀，抓的抓，眼看着已经不成气候了，这才过了多久，莫非要死灰复燃不成？若在别的地方他倒也不怕，但在自己的地盘上再闹起来，他可承担不起这个责任。为了头上的官帽着想，他也无暇核实情况是真是假，当即下令："马上带一帮人，去把他给我抓起来！"魏培喜遵命而去。

县衙里有个叫赵刚的差役，跟刘德润关系很好，听见消息，不忍坐视其被抓，忙偷偷跑去给他报信。

刘德润当时正在镇上卖膏药，这天不是集日，镇上人不多，过了小半天也没卖出几块。他心头有点着急，扯直了喉咙大声吆喝道："祖传膏药，专治跌打损伤，一贴就好，价钱公道，快来看，快来买呀。"吆喝了好一会儿，吸引了一群人前来围观。刘德润精神大振，眉飞色舞地给顾客们介绍着膏药的神奇疗效，正说得起劲，肩膀突然被人拍了一下，他扭头一看，却是哥们赵刚，不禁又惊又喜："咦，兄弟，你怎么来了？"

赵刚见人多说话不方便，忙把他拉到僻静处，悄声说道："刘哥，大事不好，衙门派人来抓你了！"

刘德润大吃一惊，忙问："为什么？"寻思最近自己也没干坏事啊。

赵刚说："魏培喜诬告你结交匪徒，意图造反，把许知县吓坏了，下令派兵来捉拿你，现在人已经在路上了。"

刘德润又惊又怒，万万没想到魏培喜这小子竟会如此可恶，"我要到衙门去给县太爷解释清楚，清平世界，可不能如此诬陷好人"。

"你傻呀，县太爷哪会听你说？你去了有十张嘴也说不清。"

刘德润一想也是，而且自己以前有老底，要是被翻出来，也够喝一壶的，急道："那你说怎么办？"

"只有一个办法，带上家眷赶紧跑。"

为今之计，也只好这样了。刘德润谢过兄弟的指教，赶紧收了摊子，往家飞奔而去。他匆匆收拾了几包细软，带着老婆、女儿仓皇出逃。

刚离开不一会儿，魏培喜就带着几十个全副武装的捕快赶到了。他知道刘德润武艺高强，不好对付，准备趁其外出时先将他妻子和女儿抓走作为人质，再在屋中设伏，待他筋疲力尽回家时将其一举擒获。

一行人走进院子里，见房门关着，四周静悄悄的。魏培喜喊了好几声嫂子也没人答应，又没有钥匙开门，只好在外面等。过了半天也没有人来开门。众人大不耐烦，只好踹门而入。屋内空无一人，箱柜敞开，器皿散乱，看样子多半已经收拾东西逃走了。

眼看煮熟的鸭子要飞了，魏培喜又急又怒，招呼众人分头追赶。

刘德润带着妻女仓皇逃命，一路风餐露宿，几天后，逃到郓城刘庄族叔刘殿奎处。听说了侄儿的遭遇后，刘殿奎深表同情，慨然将其全家收留下来。因官府正在通缉自己，刘德润不想连累族叔，在将妻女安顿下来后，就独自一人外出流浪。

晓行夜宿，走了四五日。

一天上午，刘德润来到一个山坡上。坡上没有什么树，东一块西一块地种着各种蔬菜。坡下不远处有一个小村落，村民的土房和茅屋清晰可见。深秋时节，天清气爽，微风拂面，格外舒适。他想放开嗓子大吼一声，以排解这些日子胸中积压的郁闷，却见坡边有一个小姑娘正挎着篮子在地里择菜，几个过路的小流氓见她孤身一人，色心骤起，围上去调戏。小姑娘又羞又怕，满脸绯红，提着篮子一直往后退，不一会儿就退到了山崖边。

姑娘急得大叫："我警告你们，不要再过来了，再过来，我就往下跳。"

"跳啊，你倒是跳给我们看看啊，看你有没有这个胆子。"几个小流氓嘻嘻笑着，继续往前逼近，伸出的魔爪眼看就要够到她身上了。

姑娘顿生绝望，心想与其被这帮流氓蹂躏玷污，贻羞家人，倒不如死了干净，心一横，闭上眼睛抱着篮子就要往下跳。

刘德润心头大急，正欲上前施救，忽闻一声大吼，一条黑大汉从斜坡上蹿出，手提一条哨棒如猛虎下山般朝众人冲将过去，几个小流氓还没反应过来是怎么回事，就被打得哭爹喊娘，连声求饶。

黑大汉手持哨棒指着几个流氓厉声质问道："你们几个撮鸟，下次还敢不敢调戏良家女子？"

"不敢了，再也不敢了，借我们十个胆子也不敢了。"几个小流氓哭兮兮地说，个个被打得鼻青脸肿，头破血流。

"下次再这样，看我不打断你们的狗腿，快滚吧！"黑大汉怒斥道。

众流氓如蒙大赦，抱头鼠窜而去。

小姑娘感激不尽道："谢谢大叔救命之恩。"

黑大汉说："不客气，下次一个人不要再到山上来了，不安全，快回去吧。"护送姑娘就要下山去。

和他擦肩而过时，刘德润突然觉得这人好面熟，想了一会儿猛然想起来一个人，试探着叫了声："老五。"

黑大汉回过头来，望着他看了好一会儿，终于认出来了，惊喜道："老刘，你怎么在这里？"

刘德润激动地上前一把抱住黑大汉，欣喜地说："老五，果然是你。"他正是自己许久不见的好兄弟奚老五（原名奚际田）。

久别重逢，两人俱各欢喜，叙了一番契阔之情。小姑娘欲邀二人到家里去做客，以表感激。两人谢过了她的好意，将其送至山下分别，往另一条小路走去。

二人并肩而行，边走边聊。刘德润把自己遭魏培喜陷害，被官府通缉，不得不外出逃亡等事告诉了他。奚老五听得毛发倒竖，怒气填膺，恨不得立刻就去把魏培喜那个忘恩负义的家伙收拾了。刘德润劝道："君子报仇，不急一时，且避过这阵风头再说，以后有的是机会。"奚老五一听也有道理，暂且先咽下这口气。

"老五，你为什么会在这里呢？"刘德润好奇地问。

奚老五哈哈笑着道："我跟你一样，也在逃命。"

"哦，是什么情况呢？"

"一周前，我在街上看见一个军汉欺负一个卖糕的老人，气不过，一顿拳脚把他给打死了。现在官府到处在抓我，不得不离家出逃。"

刘德润笑着说："你还是像以前那样爱打抱不平，几年没见，脾气一点没改。"

奚老五说："为什么要改？我生平最看不惯这种恃强凌弱的人，见一个就想打一个，可惜这世上恶人太多，总也打不完。"

"痛快，做人就应该像你这样，潇潇洒洒，敢作敢为，我都要向你学习。"

"做人不能率性而为，老是瞻前顾后，窝窝囊囊，倒不如死了算了。"

"就是。你现在要去哪儿呢？"

"我要去安徽太平府采石矶定武军投奔我族叔奚效方。你呢？"

"我还不知道该去哪儿呢？"刘德润一脸忧愁。心想天下之大，何以为家？

"要不你跟我一块儿去吧，我族叔是个痛快人，最喜欢英雄豪杰之士，他又在那里做营帮带，咱俩去了，说不定能借此谋个出身。"

"那样最好，只是给你们添麻烦了。"

"都是兄弟，说这些干吗？咱俩难得聚在一起，这下正好可以结伴同行，旅途不会寂寞了。"

"哈哈，就是。"

两人边走边说，大感快意。

半月之后，来到安徽采石矶。

采石矶位于长江南岸，南接著名米乡芜湖，北连六朝古都南京，历史悠久，风光绮丽，古迹众多，素有"千古一秀"之美誉。三国东吴时，此处曾产五彩石，形如蜗牛，有"金牛出渚"之传说，故又名牛渚矶，与岳阳城陵矶、南京燕子矶合称"长江三矶"。采石矶突兀江中，绝壁临空，扼据大江要冲，水流湍急，地势险要，自古为兵家必争之地。

时值深秋，层林尽染，漫山红叶，醉人心目，两人上山游览了一番，大有心醉神驰之感。山顶有一座五层高塔，名曰三台阁，居高临下，视野极佳。二人来到塔上，极目远眺，但见晴空万里，长江滚滚东去，一轮红日悬挂在江面上，把江水照耀得一片金黄，远处的江面上隐隐有白帆数点，俨然一幅绝美的长河落日图。二人心旷神怡，豪兴大发，直欲赋诗一首，以抒胸怀，可惜文才欠佳，只好作罢，夕阳西斜时才恋恋不舍地下了山。

天色将晚，两人跟人打听定武军的所在。几经询问，来到江边的一座军营前。军营不大，由十几座瓦房围成了一个长方形。傍晚时分，士兵们正在操练，营盘里传来阵阵口号声，屋顶的烟囱里冒出阵阵炊烟。

二人来到大门口就要往里走，被一个持枪的士兵拦下了。

"你们是干什么的？"士兵厉声盘问道，抬眼打量着眼前的两个陌生人。

奚老五和刘德润微笑着说："我们是来找人的。"

"找谁？"

"奚效方。"

士兵一听找他们上司，口气和缓了点，问道："你们找奚帮带有什么事？"

二人不敢说实话，只好道："他家里出了点事，我们来给他送个信。"

"你们是他什么人？"

奚老五说："我是他侄儿。"

"带证件了吗？"

"不好意思，没有带。"

士兵一听，态度又变得严厉起来："没有证件，我怎么知道你们说的是不是真的？"

两人被这话问住了，一时无法向他证明，只好央求道："大哥行个方便，放我们进去吧，等见了奚帮带自然就知道了。"

"我不能放你们进去。没有证明就随便放人进入军营，被发现了是要遭处分的，我可担不起这个责任。"士兵拒绝道。

两人央求了半天，他也丝毫不肯通融。眼看天色已黑，军营就要关门了，奚老五急得大叫道："效方叔，你在里面吗？快来接我一下，你手下的人不放我进来。"

"你乱嚷嚷什么？赶紧给我闭嘴。"士兵吓得连忙制止他。

奚老五才不管他的，继续大喊大叫道："效方叔，你听见了吗？我是你侄儿老五，快出来接我一下啊。"

"你再这样，我可要不客气了。"士兵恼火道，把枪举起来，就要往他身上砸。刘德润和奚老五也不是省油的灯，立即摆开架势准备收拾他。恰在这时，里面突然传来一个浑厚的声音："谁在外面喧哗？"话音刚落，一个身材高大的军官就从营里走出来了。

奚老五定睛一看，此人不是别人，正是自己的族叔奚效方。欣喜地大喊道："效方叔！"

军官走将近来，一看是侄儿，大为惊喜道："老五，你怎么来了？"由于军务繁忙，他已经好几年都没有见过侄儿了，如今蓦然相见，格外亲热。

士兵一见这情势，心里后悔不迭，早知道他说的是真话，刚才就不该对他们那么粗暴了。得罪了上司的亲属，今天还不知道要怎样倒霉呢。

奚效方转过头来，神色严厉地质问他："你刚才嚷嚷什么？"

士兵脸色灰白，栗栗危惧道："奚帮带，他们两个说要找你，又没有带证件，无法核实身份，小人担心是坏人，就把他们拦住了。不想竟冲撞了大人的亲眷，小的该死！"

奚老五心头一阵快意，暗想：你刚才的威风上哪儿去了？现在知道锅儿是铁铸的了吧。不依不饶道："我们好说歹说地解释了半天，他死活也不肯听，还举起枪托要打我，要不是我反应快，这会儿都已经挂彩了。效方叔，你可得好好管教管教手下的兵，别让他们太放肆了。"

士兵听得心急如焚，暗叫：你少说两句不行吗？别再火上浇油了好不好。

奚效方狠狠地瞪了他一眼，厉声怒斥道："你眼睛瞎了？连好人坏人都分不清，明天别再守门了，给我去打扫厕所。"

士兵低眉垂手，诺诺连声。

奚效方见刘德润长得身材魁梧，相貌堂堂，颇有英雄气概，不禁好奇地问："这位兄弟是？"

"这是刘德润，是江湖上一位侠肝义胆的好汉，也是我多年的好兄弟。"奚老五连忙介绍道。

奚效方也听说过他的名字，忙改容相敬道："久闻大名，如雷贯耳。"

刘德润连说："承蒙谬赞，愧不敢当。"

奚效方高兴地说："你们还没吃饭吧？快进去，咱们一边喝酒一边慢慢说。"就带着他们进了军营。

奚效方吩咐伙夫准备了一大桌好酒好菜，在自己的营房里殷勤管待二人。

饮酒吃菜之间，刘德润说起自己这次出逃的经过，皆是缘于魏培喜的陷害，可怜自己以前还把他当兄弟，没少看觑照顾他，谁想到头来竟会对自己做出如此翻脸无情的事，害得自己有家难归，不得不四处逃亡。

奚老五怒道："这种恩将仇报的无耻小人，就该一刀杀了才好，免得祸害世人。"

奚效方连声道是，说："许廷瑞也是个昏官，这种大事也不调查核实，仅听一面之词就断人为匪，随意派兵逮捕，未免也太不把人命当回事了。"

"唉，如今这些当官的，个个都只管自己头上的乌纱帽，哪个会把小老百姓的性命放在心上？"刘德润叹息道，对此颇为无奈。

奚老五愤愤地说："许廷瑞那厮本来就不是个好东西，他当县官才几年，做的缺德事数都数不清，好多人都恨不得将他食肉寝皮。又是洋人的狗腿子，洋鬼有点什么吩咐，他跑得比狗都快。"

奚效方问刘德润："兄弟下一步有什么打算呢？"

"还没有想好，走到哪一步算哪一步吧，先把眼前的麻烦避过去再说。"

"兄弟若不嫌弃，要不就留在敝处做个军士，一来可以避难，二来你又会武功，将来不愁没个出头之日。"奚效方提议道。

刘德润正求之不得，当即感激地答应了。

当晚三人尽醉方休。

在奚效方的庇护下，奚老五和刘德润都留在定武军中做了亲随军士。

话分两头。那天魏培喜没有抓到刘德润一家人，气恼不已，知其已逃走，四处打探他们的去向。几经探问，得知他们已逃到郓城，立马向县太爷报告。

许廷瑞闻讯，立即派兵到郓城刘庄刘殿奎家搜捕刘德润，发现其已逃走，不甘心空手而归，竟把刘德润未出嫁的17岁女儿抓走作为人质，关进了巨野的大牢中。

此举激怒了郓城的刘氏族人，他们随即联名申诉巨野知县越境捕人的非法行为，恳请郓城县令行文巨野，释放无辜少女。郓城知县也认为许廷瑞在自己的地盘上随便抓人欺人太甚，随即委托在地方上颇有影响力、曾在北京做过御前侍卫的孙道隆前去巨野要人。许廷瑞自知理屈，只好将刘德润的女儿放回。

远在安徽的刘德润得知女儿被捕的消息后，悲愤异常，随即将此事告诉了奚效方和奚老五。

"许廷瑞这狗官简直欺人太甚，上次不分青红皂白派人来抓我，逼得我四处逃难。这次又无缘无故把我女儿抓走了，简直岂有此理！当真以为我刘德润是软柿子好捏吗？兔子逼急了，也是要咬人的。"刘德润攥着拳头痛恨不已地说。

奚老五闻言，气破胸膛，厉声大叫道："咱去把那厮狗头割下来，给刘兄报仇雪恨。"

奚效方慨然答允。

刘德润本不想采取这种极端行动，但此时怒火攻心，也顾不得那么多了，深谢了二人。

次日，三人以回家省亲为由请了一周假，一同秘密潜回巨野。为免被人发现，刘德润和奚老五匿居在奚阁村奚效方家中。

要行此事，光靠三人力量显然不够，刘德润就邀请自己的好朋友——巨野蓝衣社首领奚金兰（巨野奚阁村人，青皮光棍，蓝衣社首领，因夜出穿蓝衣而得名）和嘉祥县大刀会首领曹言学等人前来共同商议此事。

因为县衙守备森严，外人万难入内，大家认为直接刺杀许廷瑞的可能性不大。当时在巨野，民愤最大的是教会和洋教士，许廷瑞的许多罪恶都是在洋教士的挟持参与下进行的。杀洋教士是打击教会势力和赃官许廷瑞最有效的办法，既可泄民愤，又能借清廷之手惩处许廷瑞，让其丢官去职，可谓"一箭双雕"。张庄有个德国神父薛田资利用教会特权横行乡里，欺压百姓，作恶多端，民愤极大，大家决定拿他下手。

公元1897年11月1日晚二更时分，天色阴沉，蒙蒙细雨中，十多个手持钢刀和红缨枪、身穿黑衣的人跳进了张庄天主教堂内，他们猫着腰摸到正房门外，准备砸门而入。刚砸了没几下，室内就响起了枪声。情急之下，刘德润和奚老五就砸开窗子跳了进去。经过一番激烈的搏斗，在黑暗中将室内的两人当场杀死。外面的同伙一拥而入，点燃火把查看时，发现被杀的两个洋人中并没有薛田资。地上有一把手枪，桌上放着个手提箱，打开一看，里面尽是金光闪闪的东西，奚老五顺手提了出来。他们迅即又到别的房间搜查，看见耳房的门敞开着，里面空无一人，以为薛田资已经逃走，正要外出搜寻，教堂里的教徒已被惊醒，纷纷涌来相助，他们担心寡不敌众，遂各自散去。

11月1日是天主教万圣节，那天下午，阳谷县传教士能方济和郓城县传教士韩理加略到兖州天主教总堂参加"诸圣瞻礼"后路过巨野县，因天色已晚，又下着小雨，就借住在张庄天主教堂内，打算明天再走。薛田资盛情招待了二位德国老乡，为表热忱，将自己的卧室让给他们歇息，自己到正房旁边的耳房去住。

当那群黑衣人闯入教堂时，薛田资还没有入睡，他听见枪响，紧张地从床上爬起来，发现自己竟然没有将门上栓。屋外枪声接连响起，火把将小小的教堂照得通明，喊杀之声不绝于耳。窗外传来砸门声、玻璃的碎裂声和凄厉可怕的叫喊声。他拿着一根铁棍躲在屋内，浑身因为紧张而颤抖不已。不知过了多久，外面的嘈杂喊叫声渐渐平息下来，那伙人从卧室中走出来，嘴里嚷嚷道："这两个人没胡子，找大胡子，剥他的皮。"薛田资吓得战战兢兢，缩在床角大气也不敢出，心里默念着上帝保佑。此时被惊醒的教徒们纷纷涌来，这伙人才撤离。待其走光后，薛田资走进自己的卧室，点燃灯后看见室内一片血迹，能方济头颅被打开了花，胸膛被刺穿，已经死去。韩理加略腹部被捅烂，躺在地上奄奄一息。薛田资为他做了临终圣礼后方才死去。

事发第二天，奚效方就回了安徽太平府采石矶定武军，装作什么事也没有发生，继续做他的营帮带。奚老五回家仔细检查那个手提箱，发现金光闪闪的东西尽是金皮的外文书（德文版《圣经》），感觉此案重大，怕出破绽，将书用泥土封藏于屋檐之下，随后远走他乡，不知所终。刘德润带着妻女逃到梁山附近一个偏僻的村庄（张博士集）隐居了起来，从此再未露面。

教案发生后，巨野知县许廷瑞吓得魂飞魄散。为取得朝廷和洋人的宽恕，他在自己的轿杆上锁上铁链，摘去官帽，火速赶往张庄验尸，派军队保护县内所有教堂，发给教堂枪支、土炮，亲自为张庄的天主教堂打更守夜，同时对涉案人员进行大规模搜捕，凡平日与教会有过纠纷或对教民看不顺眼的一个也不放过。因教案发生在巨野、嘉祥两县交界处，嘉祥知县叶大可也学许廷瑞的样子，派兵前去协助抓人。

教案也吓坏了清政府，几天后，从中央到地方的各路高官云集巨野查办此案。一个官员指着许廷瑞的鼻子咆哮道："在你任内出此巨案，若不破案，要你驴头！"

为保住自己的脑袋，许廷瑞派兵疯狂搜捕疑犯，把张庄乃至整个巨野闹得人心惶惶，民不安生。官兵所至，男女老幼四处逃难，很多村庄逃得不剩一人，许多人躲避不及，当即被捕，无辜被捕者达50余人。若有钱行贿还能得到释放，若是没钱只好任其摆布。许廷瑞对被捕者一律严刑逼供，许多人经不起严刑拷打，只好屈打成招，承认自己参与了刺杀，立即被判站木笼的死刑。

嘉祥县民雷协身因母亲刚死，重孝在身，没有出过家门，还不知道外边发生了什么事就被官兵抓走了。惠二哑巴是巨野城东惠庄村人，本名超现，排行老二，因为口吃，村里人都叫他惠二哑巴。他家里很穷，常年给人当雇工。那天在外村给人盖房子，听说母亲在讨饭时被地主的狗咬伤了，连忙赶回家，走到半路就被官兵抓住，押送到县衙审讯。惠二哑巴口吃严重，难以辩解，许廷瑞就说他是理屈词穷，将他与雷协身一同判处死刑。另外，汶上县前方屯一个姓杨的绅士和巨野城东两个姓刘的也被当作教案的主犯关进了死牢里。

薛田资对此洞然于心，他在日记中写道："中国官僚将人命看得一文不值，抓了大量无罪的人严刑拷打。杀害两个神父的真正凶手尽人皆知，却一直逍遥法外。"

此时，环游世界的著名旅行家沃尔夫正好来到巨野，薛田资就和他一起去拜访巨野知县许廷瑞。沃尔夫向许廷瑞提出，根据他的了解，五名被囚禁在狱中的所谓"凶手"是无辜的。许廷瑞说，他们已经招供，有罪无罪并不重要。沃尔夫坚持认为，如果他们是无罪的，就必须加以释放。许廷瑞恭维了他一番，说他们是经皇上定过罪的，除了皇上外，谁也不能释放他们。

薛田资和沃尔夫坚持要见这五人。无奈之下，许廷瑞只好将五人从监狱中提出来。五人手脚被铁索铐住，浑身肮脏，长满虱子，其中一人已得了伤寒病。他们向薛田资和沃尔夫诉说了被严刑拷打到生不如死，不得不承认所谓"罪行"的经过，坚称自己是无辜的。薛田资和沃尔夫向许廷瑞提出了抗议，但他不为所动，等待这五个人的仍是死亡的结局。

此外许廷瑞还从狱中提出三名囚犯，将其当作教案的主犯一并杀害，蒙冤屈死者多达十五人。死者头被涂黑，在城门上挂了几个星期。

案发后，薛田资前往济宁，将情况电告德国驻华大使并转呈德国政府。安治泰当时正在荷兰史泰勒，听闻此事后立即赶到柏林，积极鼓动德国政府侵占胶州湾，并通过德国外交部要求清政府在济宁、兖州和曹州建造三座大教堂。

德国皇帝威廉二世得知巨野教案后，额手称庆。他觊觎胶州早就不是一天两天了，苦于一直找不到入侵的好借口，恰在这时突然发生了巨野教案，正是天赐良机，岂能错过？11月7日深夜，他密令驻扎在上海的远东舰队立即开赴胶州湾，占领该地，并威胁报复，积极行动。德国远东舰队司令棣利斯于11月10日率领3艘满载陆战队士兵和军火的巡洋舰从吴淞口出发，13日下午抵达胶州湾。驻防的清军哨兵从旗色上判断出是德国军舰，迅速报告总兵章高元。章高元闻讯正欲派人前去探询，却见德舰放出一艘短艇驶向岸边，从艇上下来3名德国军官。在翻译的帮助下，他们恭敬地表示自己是奉舰队司令棣利斯将军之命前来拜访章总兵，此次进港只为借地操演，别无他意，暂泊几日就离去。章高元信以为真，提出当晚在总兵衙门设宴款待3位将军，为其接风洗尘。德使委婉地谢绝了他的好意。当晚清守军未做丝毫戒备。14日清晨7时许，舰队司令棣利斯发布占领胶州湾的命令。由500人组成的陆战队乘快艇登上青岛栈桥，分头占领清军军械库、弹药库、炮台和总兵衙门周围的高地。正在出早操的清军对德军的行动没有丝毫警觉。中午，棣利斯向章高元发出最后通牒：德军已占领胶州湾，清军必须在3小时内撤至女姑口和崂山以外，限48小时内撤完，过此时限即当敌军对待。章高元这才如梦初醒，立即电告直隶总督王文韶和山东巡抚李秉衡请示行止。同时传令：没有总兵手谕，一律不准开战。然后亲自前去会见棣利斯，剀切告之"未奉本国公文，碍难擅离"。但棣利斯根本不予理会，声称下午3时德军必须进驻清军营房；清军若不撤离，一切后果自负。在德军的威逼之下，章高元被迫于14日下午3时下令撤军，率部移驻至青岛山后的四方村一带。"威廉二世号"鸣炮20响以示庆贺。棣利斯召集陆战队员训话并四下张贴布告，宣布占领胶州湾及附近一切海岛及属地，声称倘有中国人敢滋事端，定加严惩。同日，一部分德军又至四方清军住所，逼令其继续后退。德军一再侵侮，使清军群情激愤，非战不可。章高元一面压抚部下，一面数次急电王文韶和李秉衡，请示进退。李秉衡要求章高元坚守毋动，积极备战。并电令曹州镇总兵万本华火速招募五营兵力，如德兵不退，即与其决战。王文韶认为李秉衡素不喜谈洋务，深恐办理未能妥善，应派他员处理此事。清廷下令："德国图占海口，蓄谋已久。此时将借巨野一案而起，度其情势，万无遽行开仗之理。唯有镇静严扎，任其恫喝，不为之动，断不可先行开炮，衅自我开。"但德军得寸进尺，继续逼迫章高元退兵。并在各山口挖沟架炮，声称将于16日下午3时发动进攻。章高元被逼无奈，只得再次退兵至沧口。李秉衡认为国家的土地不可在自己手上丢失，急电总署请战。次日清廷颁旨予以驳回。旨称："敌情虽强横，朝廷决不动兵。此时的办法，总以杜绝后患为主。若轻言决战，立启兵端，必致震动海疆，贻误大局。试问将来该如何收束？"为免他生事，将其调离山东，任四川总督。命令停止招募兵勇，山东沿海各营均归王文韶节制，令继任者张汝梅速赴新任，将教案从严惩办，务期速结。19日，德军强令已撤至沧口的清军再退，章高元不从。25日，章高元被要挟前往德舰谈判。见到德军司令棣利斯时，章高元怒不可遏，叱骂其玩弄阴谋诡计，有辱军人形象，德军占领青岛胜之不武。棣利斯被戳到痛处，羞惭满面，无言以对，使裨将持刀威吓，令其退兵。章高元毫无惧色："老子身经百战，难道还怕死吗？怕死今天就不会来了。"说时拔出佩刀就要自刎，被德军急忙制止。想跳海自杀，又被拦住。见章高元不肯屈服，德军将他扣押起来。30日，军机处下令：章高元部调驻烟台，并告知德方勿再逼迫。12月3日，章高元才获释归营。17日，章高元奉令完全撤离胶州湾，退守烟台。德军不费一枪一炮就占领了美丽富饶的胶州湾。

章高元屡次请求和德军一战，都未获批准，振跃叱咤，无可发抒，两耳从此失聪。次年2月被免职。

1898年3月，李鸿章代表清政府与德国驻华大使签订了《胶澳租借条约》。

从此，德国不仅强行租借了胶州湾，还攫取了从青岛到济南的铁路建筑权和铁路两侧的矿山开采权，进而把整个山东纳入其势力范围。

德国人认为是李秉衡庇护大刀会，才导致这场惨祸，非将他革职不可。当时朝议主张排外，坚决不答应，只把李秉衡调去做四川总督。德国人大为不满，继续施压，在强大的外交压力下，清廷只好将其免职。德国人仍然认为这样的处理不能抵消他的罪过，逼迫清廷将其革职，永不叙用。

李秉衡本来在教案发生前一个月就已调升四川总督，遗职由张汝梅接替。不幸他官运欠佳，正在办理交接而尚未离任时，巨野就出了事。李秉衡自知大事不好，急令毓贤彻查此案，8天后就将"案犯"全部缉获，并向德使请罪赔礼，可最终还是没能逃脱制裁。

李秉衡和毓贤都仇视洋教，时常相互切磋，关系非常亲近。离职时，李秉衡语重心长地对毓贤说："我离开后过不了多久，你必将接替我的位置，无异于实现我的抱负。朝廷畏惧洋人的势力，不想与其决裂开衅，可谓颇具一番苦心。但我们做臣子的一定要坚持这个志向，百折不回，不扫尽妖魔，决不罢休。你要好自为之，我已向朝廷秘密保奏你了。"

毓贤闻言，感动地说："鉴帅（李秉衡字鉴堂），你放心走吧，灭洋的事就交给我了，我一定会好好努力，不辜负你的重托。"

按照德国人的要求，清廷惩办了兖沂曹济道锡良、曹州镇台万德力、巨野知县许廷瑞（被革职）等近 10 名地方官；在巨野张庄、曹州、济宁建造 3 座规模宏大的天主教堂，规定每座造价 64000 两银子；于巨野、郓城、菏泽、单县、成武、曹县、鱼台 7 县各为德国教士盖造两层住房一所；赔偿 2 名被杀教士 20 万两白银；降谕保护德国传教士，保证今后不再发生类似事件。

此后，地方官员日益畏惧传教士，天主教会有本国军事势力做后盾和清政府地方官员的悉心庇护，更加飞扬跋扈，为所欲为。张庄常有教民指控某某为大刀会员，某某参加过杀教士事件，唆使官府对其捕杀。有的教民还公开抢劫大刀会家属的财产，强迫其为教会做苦工。在此情况下，民间反教斗争的怒火又熊熊燃烧了起来。

1898 年 6 月，巨野城北大刀会首领刘景春和郭履贞联络汶南大刀会领袖陈兆举等，聚集徒众 1000 多人，再次攻打了张庄的天主教堂。刚来巨野不久的德国传教士纳广训吓得惊魂失魄，急命教民持火枪抵抗，并向县衙紧急求救。县官茅乃厚闻讯惊恐万状，急向曹州总兵龙殿扬求援。官兵赶到后不敢与大刀会交锋，冲进教堂救出纳广训，将其转移到县城。

大刀会攻进张庄教堂后，把教堂的砖瓦门窗拆运馨尽，将《圣经》、"圣物"尽行烧毁，把准备盖大教堂的砖、瓦、石灰等物低价卖给群众。附近村民对此拍手称快，给大刀会送茶、送饭的络绎不绝。之后不久，巨野龙固大刀会首领徐传忠带领徒众数千人攻打黄庄的教会。黄庄教会抵抗不住逃往马庄。大刀会围攻马庄教堂时，因对方有洋枪抵抗，一时攻打不下，转而进攻教会势力较大的马海。攻下马海后，他们迅速清除了当地的教会势力，发动乡民进行反洋教斗争。一时间，东明、成武、单县、曹县等地纷纷组建大刀会，很多农民都不信洋教了。

不久，又发生了以李崇礼、袁效本、杨大故为首的大刀会攻打巨野县城的战斗，他们率领徒众 3000 多人攻打巨野，准备活捉德国传教士纳广训。此时纳广训已由茅乃厚派人护送至济南。大刀会进城砸了教堂，惩办了城内一家郭姓地主教民。城内官兵慑于大刀会的威势，不敢妄动，茅乃厚自知无力镇压，对大刀会首领许以官禄，欲行招抚，却遭失败。大刀会稍事休整后，开赴定陶、郓城各地，在巨野基本摧毁了天主教势力后，他们又和济宁一带的大刀会联系，开往济宁以南微山湖一带继续开展反洋教斗争。在官府的镇压之下，后来大刀会转入地下，会众出走外乡，向山东北部和直隶一带蔓延。

第五章 冠县教案

　　山东冠县在直隶威县境内有一块"飞地"，孤悬漳卫河之北，被称为"冠县十八村"。其境北越馆陶县、邱县域，东界清河县清河屯，西界威县方家营，南界威县沙儿寨，北界南宫县红河村。梨园屯位于"冠县十八村"中央，约有300户人家，加入天主教的有20余家，一条大道将村子分为前街、后街和西街三部分，逢五逢十便有集市，地位重要，每年冠县都派粮书在此设柜征收钱粮。

　　因该地孤悬境外，风俗迥殊，民教杂处，盗匪充斥，清政府鞭长莫及，难以管理。致使该地乡团遍布，拳会林立，宗支复杂，门派众多，既有白莲教、黄沙会、青洪帮、圣人道之类秘密结社，也有金钟罩、大刀会、梅花拳等武术团体。

　　早在19世纪60年代，天主教方济各会在"冠县十八村"的传教活动便已开始。到80年代，小李固庄、陈固村、后店村、梨园屯、鸭窝村、固献村、赵村、王曲村、东小庄、孙家庄都建起了教堂，红桃园还建有一座洋式大天主教堂，其中多数设于教民家中，未与村民发生纠纷。唯梨园屯天主教堂设于该屯之旧玉皇庙址上，民教之间纠纷不断。

　　在梨园屯中央，有废弃的旧义学一所，其后有坍塌的玉皇庙阁数间（传说该庙建于1861年，后毁于兵燹，一直失修），附近连着38亩学地，是梨园屯村民的公共财产。随着村中教民越来越多，1869 年，民教双方要求分配义学公产，经该村三街会首、地保及执事人等公议，写立分地清单："立清分单：冠邑北境梨园屯圣教会、汉教公，因村中旧有义学房宅一所，护济义学田地三十八亩，日久年深，风雨损坏，墙垣坍塌，无力修葺，今同三街会首、地保共同商议，情愿按四股清分。汉教三股，应分田地三十八亩，圣教会应分房宅一处，上带破厅房三间，破西屋三间，大门一座，计宅地三亩零九厘一毫，以备建造天主堂应用。邀同各街会首、地保觌面较明，并无争论，同心情愿，各无忌言，亦无反复。恐后无凭，立清分单存证。"

但教民分到庙基后，也无力修建教堂，便将分得的 3 亩多庙基转让给意大利传教士梁宗明。1873 年，梁宗明以个人名义将庙宇拆毁，在庙基上修建天主教堂，引起村民公愤，以三街会首阎立业为代表的村民将教民告上县衙，控诉其无权将村里的地献给洋人。但关于这个问题，本就是一笔糊涂账。朝廷因在第二次鸦片战争中战败，被迫允许基督教传教士进入内地传教，教民拿自己的地献给教会修建教堂到底可不可以，总理衙门夹在民族感情和洋人的威势之间一直支支吾吾，未予断决。

冠县知县韩光鼎听取了双方供词，核对了当年分地清单，说道："此案既已明立分单于先，何得追悔混控于后？殊属不合。"判定传教士拿地有效，修建教堂行为合法。三街会首签的分地单原本是为防止教民反悔，如今却让自己吃了哑巴亏，情急之下对韩光鼎出言不逊。韩光鼎以滋事为由将阎立业等人分别责押，以示惩罚。后经直隶文生朱生堂等人公恳保释。

1881 年 2 月 7 日，梨园屯村举行一年一度的玉皇庙会，为玉皇大帝"送驾"，村民通过燃香点烛、叩首跪拜、载歌载舞、欢呼雀跃等方式讨其欢心，保佑人们延年益寿，五谷丰登。当天一早，由众多乡民组成的送驾队伍就开始上街游行。队伍前方由八面彩旗开道，锣鼓唢呐队紧随其后，旱船队、狮子队、高跷队等在后面尽情表演，精彩纷呈，现场人山人海，喝彩之声不绝于耳。

游行队伍途经天主教堂大门外时，游人聚观拥挤，不慎将教堂大门挤开。堂中教民愤然出来理论，与游人发生口角。当时人多嘴杂，村民左保元说该天主教堂本就是借用玉皇庙的地基，等将来重塑玉皇神像，还要送进去供奉。教民阎付东大为不服，双方发生激烈争论，差点打起来。

方济各会山东主教顾立爵以此为借口，怂恿法国公使宝海出面干涉。宝海在给总理衙门的照会中称，梨园屯地方有匪徒将教堂大门砸坏，率领众人闯入教堂，在堂院中作戏耍玩，有教民上前理论，被其殴成重伤，威胁将派天津领事狄隆前往山东调查此案。

后经查对，证明此系子虚乌有。知县韩光鼎对为首的村民左保元和教民阎付东进行了"剀切开导"，并饬差查禁村民擅进教堂滋扰，阎付东亦不得恃教生事。当年6月，任道镕任山东巡抚，委派候补知县耿紫昌到冠县复审此案，又以如下处理结果回复总署："左保元虽未率众滋扰，究系好事，阎付东亦属恃教逞刁，分别薄责示惩。至该教堂地基，断令民教仍旧和好，暂行借用，俟该教民等另买地基设立教堂，再议归还，取结完案。"

1887年春，天主教方济各会教士费若瑟在教民王三歪等人的帮助下，购置砖瓦木料，欲在庙基上重建教堂。三街会首刘长安等又到县禀报："前因教民将庄内旧庙改建教堂，庄民不愿，屡经涉讼。现在教民王三歪等复将教堂拆修，扩充地基，庄众愤怒，拟往拆毁教堂，索地修庙。"知县韩光鼎没有理睬。开工数日后，梨园屯村长左建勋，三街会首刘长安、阎立业等率领数百人各执器械将物料抢走，拆毁了建设中的教堂，用其砖料就地盖起瓦房三间，装塑神像。费若瑟和教民见村民人多势众，不敢与争，吓得躲藏起来，堂内衣物有所丢失。

方济各会山东主教马天恩将此案报给法国公使李梅。1887年12月22日，李梅致函总理衙门，要求详细审明此案。总署咨转山东巡抚张曜处理，又据1881年任道镕的咨文认为："当日办理此案，本未定议断给该教士永远承管。兹据法使所称各节，似与原案未符。"时任县令何世箴亲至梨园屯调查，认为教会所控属实，令庄民停止建庙，会同有关人员集案审讯，认定刘长安等理屈肇衅，本应究惩，姑念衅非一日，议出多人，从宽详革监生，断令于1888年2月前拆除庙宇，将庙基归还教民。但村民并未屈服，一面制备大刀，派人武装护庙，一面由王世昌、姜老亮等六位士绅带头继续上诉，时人称之为"六大冤"。教民一方对判决和事态也不满意，由王三歪带领先行上控。

双方先告到东昌府，随后告到济东泰武临道，最后又告到山东巡抚衙门。

省府把案子批回县里重审。此时何世箴已经卸任，新任县令魏起鹏传讯两造，见案情曲折，双方各执一词，相持不下，难以剖断，遂禀明山东巡抚张曜，檄委何世箴回县会审。何世箴奉命重返冠县，与魏起鹏共同审理此案。他请十八村梁庄的著名绅耆潘光美等出面调停，经过耐心调解，双方都不愿将争讼延续下去。王三歪等情愿将教堂所占庙基归还该村为庙，刘长安等也情愿另购地基为王三歪等新建教堂。教堂内少失衣物，如数退还。双方言归于好，各自安心度日。何、魏各捐白银 100 两资助建堂。督饬克日兴工照旧教堂格局修造完竣。在绅耆和官方的竭力调和下，教民和村民之间达成了妥协。

但两年多后，马天恩又对这一处理提出反对意见，声称教民已将庙基转让给传教士，只有传教士才有资格签订一项权威性协定，坚持要在原庙基础上修建教堂，不同意更换新址。何世箴坚持己见，认为这是村里信教和不信教的中国人之间的事端，既然教民对此已经满意，他将不再与外国神父交涉。1890 年 6 月 20 日，法国公使李梅照会总理衙门，声称教堂案并未彻底查核，公平了局，多次催促"妥速完结"。

1891 年，长江流域发生了宜昌教案。受其影响，山东反教情绪高涨，焚毁教堂案件层出不穷。朝廷饬令地方官员切实保护教士教民，从速处理从前未结所有重大教案，否则严惩不贷。1892 年 2 月，法国公使李梅利用此令，企图推翻地方上已经达成的协定，在其一再催促下，总理衙门咨文山东巡抚福润，要求梨园屯一案地方官与山东主教迅速当面商谈办结。1892 年初，山东巡抚福润饬令东昌知府李清和越过县官直接复审，断令将庙基归还教民改建教堂。恐民心不服，由县令何世箴捐银 200 两，京钱 1000 串，听民另购地基，建盖新庙，设立义学。俟新庙竣工，再拆毁旧庙，移置神像，取结完案。

教民对这一处理仍不满意，扬言必将抗争之人按名拿究，方肯罢休。民教冲突升级。1892 年 4 月底，村长左建勋从临清请来道士魏合意到玉皇庙做住持，并将往年办团练时所用武器移存庙内，意图守御，教民吓得纷纷逃避。福润得知此事，饬济东泰武临道张上达亲往相机妥办，严拿首要，解散胁从。张上达到冠县后，令何世箴先将道士魏合意拿获，后督同东昌府李清和、临清州牧陶锡祺、冠县县令何世箴和直隶威县、曲周、清河三县县令传集附近士绅晓以利害，剖切开导，将滋事民众全行解散。

在官绅的斡旋下，"六大冤"只好答应不再起诉。村民将庙基交出，让改教堂，眼同各庄首事，将庙内正殿三间拆毁。张上达亲自监督拆庙并由教民将地基查收，为村民在另一个地方盖了座庙。主教马天恩和法国公使李梅对此处理十分满意，分别向济东泰武临道和总署致函表示感谢。同时，马天恩还向张上达赠送匾额，但张上达没有接受。

"六大冤"虽然在1892年5月那次官绅调处中表示不再上诉，但此后他们还是做了最后一次努力——上诉到东昌府。知府洪用舟表示自己不敢管束教民。王世昌等据理力争，在公堂上大声质问道："非好民之好，恶民之恶，岂能为民父母？"洪用舟恼羞成怒，当堂判王世昌、左建勋、阎德盛各监禁半年。出狱后他们无脸向村里要钱，自掏腰包为巨额诉讼费买单，有几人还为此变卖了家产。知道胳膊扭不过大腿，他们心灰意冷，逐步退出了抗争。有八个不甘心的村民还想继续上告，他们找"六大冤"帮忙，结果遭到拒绝，最终也没有闹起来。

教民重得庙基后，得意扬扬，开始修建教堂。遭到十几名年轻村民的袭击，他们被称为"十八魁"。"十八魁"得名于十八村，由每村一名血气方刚的贫苦村民组成，首领是武术高手阎书勤和高元祥。阎书勤出身贫穷，善习红拳，长于刀法，人称"大刀阎书勤"。他身材高大，浓眉大眼，相貌堂堂，慷慨仗义，在群众中享有很高威望。高元祥武艺高超，疾恶如仇，身材瘦削，长着一脸麻子，人送绰号高小麻子。他们不愿眼睁睁看着祖先的遗产被洋人霸占，在士绅放弃斗争后毅然挺身而出。他们说："官已不论法，我们就不守法。"各执器械武力护庙。教民躲在教堂里，以石头和枪炮进行抵抗，此举更加激怒了进攻的村民，他们猛烈攻击教堂，打伤了几个教民，部分教民逃到武城传教士住处避难，一时不敢回家耕地。双方形成僵局，持续了好几年，无论村民修庙还是教民建堂，对方都会进行干扰，甚至将其拆毁。1895年，东昌知府洪用舟见这样闹下去不是办法，命令双方停止修建，直到达成一项新协定。

"十八魁"的护庙行为很快让他们成为教会的眼中钉，教会必欲除之而后快。他们自知势单力薄，不能长期抵抗教会势力，决定投奔威县久负盛名的梅花拳首领赵三多。

赵三多是威县沙柳寨村人，出身贫苦农民家庭，早年拜梅花拳传人张如纯为师，学得一身好武艺，刀枪棍棒样样精通，为人豪侠仗义，在直东交界各村镇广设拳场，先后收徒达两千余人，其中许多是各县衙门的班房皂役，在当地威名赫赫，影响力很大。"十八魁"久闻其名，极为仰慕，遂前去投靠，寻求帮助。

他们从冠县风尘仆仆地赶到威县沙柳寨，跟人打听赵三多的住所，几经探问，来到一座大庄园。庄外绿柳成荫，透过院墙的孔隙往里看，只见二十余条大汉正在院中练拳，一位身材高大、威风凛凛的师傅站在场边指教，招式整齐划一，有板有眼，一看就知道训练有素，看得众人暗暗喝彩。

那师傅正在教徒，忽然扭头一瞥，看见十几条大汉站在院外面，神色和悦，满脸笑意。心下疑惑，叫来一个庄客低声耳语了几句，不一会儿，那庄客跑出来问道："众位好汉来到敝庄，不知有何贵干？"

阎书勤连忙施礼道："这位大哥好，相烦通报庄主一声，晚辈阎书勤、高元祥等有事求见。"庄客转身进去了。

片刻间，那师傅满面春风地迎了出来，拱手作礼道："不知列位好汉光降，有失远迎，还望恕罪。"

阎书勤和高元祥忙躬身回礼道："久闻赵师傅大名，如雷贯耳，今日一见，大慰平生渴想之念。"

师傅笑呵呵地说："不必客套，快请进来。"将他们迎至厅上，分宾主而坐，吩咐仆人泡上茶来，寒暄了几句，和气地问道："众位师傅来到敝处，不知有何见教？"

阎书勤道："实不相瞒，今日我等来到宝庄，是有一件棘手的事要麻烦赵师傅帮忙。"

"所为何事，但说无妨。"

阎书勤就把玉皇庙案的前后经过讲了，说到动情处，不禁满脸涨红，悲愤不已。

师傅听罢，义愤填膺："混账，这帮王八羔子实在太欺负人了！"

高元祥说："我们也是实在忍不下这口气，才决定挺身而出，一定要为大家讨回这个公道。但单靠我们自己力量不足，久闻赵师傅行侠仗义，扶危济困，又是梅花拳的首领，门徒众多，一呼百应，所以不揣冒昧，贸然来投，还望不弃鄙陋，相助一臂之力。"

"你们搞错了，我不是你们要找的赵师傅。"那位师傅摇着头说。

阎、高二人吃了一惊，问道："你不是赵三多赵洛珠吗？"

"我不是赵三多，我是他弟弟赵洛宝。"那师傅解释道。

阎、高二人恍然大悟，一脸尴尬，忙说不好意思。赵洛宝说没关系。

"赵师傅这会儿在家吗？"阎书勤问。

"他应朋友之邀到邱县设场授徒去了，要一周以后才回来。"赵洛宝说。

阎、高等人闻言，脸上流露出失落之情。

赵洛宝见状，说："诸位好汉这几天不妨就在小庄暂住，等家兄回来之后再议此事，权当是在自己家里一样。"

众人连声道谢："那给您添麻烦了。"

赵洛宝笑着说："些须小事，何足挂齿？"

吩咐仆人以上宾之礼款待众人，每日好吃好喝，殷勤招待。

一周后的下午，赵三多满面灰尘地回来了。听闻有贵客在家，也顾不上休息，忙更换衣衫，叫请相见。

阎书勤等人在大厅上见到日思夜想的赵三多，见他长得人高马大，威武雄壮，气度不凡，和传说中的一模一样，当即跪倒在地道："晚辈阎书勤等拜见赵师傅。"

赵三多忙俯身将他们扶起道："鄙人前几日有事外出，不知英雄到来，照顾不周，还望包涵。"

相互寒暄了一番，阎书勤就将此次来投之意说了出来："我等不甘忍受教民欺侮，欲投托在赵老师门下为徒，精学武艺，待学成之后回去报仇雪恨，为众乡亲讨回公道，望老师不吝赐教。"

赵三多闻听此言，面露难色，皱眉沉吟了起来。过了好半响，才缓缓开言道："我劝你们不要跟教民为敌，为了一个小小的玉皇庙，不值得。"

众人听罢一怔，没想到他会说出这种话来，一时不知道如何回答。

过了一会儿，阎书勤说："不光是玉皇庙的事，近来教民越来越飞扬跋扈，无法无天了，不好好打击一下他们的嚣张气焰，早晚有一天要骑到咱们头上来拉屎撒尿。"

"就是，这些该死的教民，以为有教会和洋人给他们撑腰，就可以为所欲为。呸，还得看咱们答不答应？"高元祥愤然说道。

赵三多说："我理解你们的心情，不过也要看清形势，如今连朝廷都惧怕洋人，地方官更是畏教如虎，你看这些年跟教会和教民为难的，有几个有好下场？我劝你们还是不要给自己找麻烦，回去好好过日子吧，再怎么样，天总不会塌下来的。"

众人满腔热情被浇了一瓢冷水，觉得很心塞。

"那您是否愿意收我们为徒呢？"阎书勤问。

赵三多说："容我考虑考虑吧。"背着手进屋去了。

过了几天，赵三多也不给个答复。阎书勤等人都是直心汉子，见他这样，想是不愿意，再待下去也没有意思，遂一齐向赵洛宝辞行："既然赵师傅不愿收留，我等也不强求，今日就告辞。"

赵洛宝急道："诸位且慢，待我再劝劝家兄。"

对赵三多说："大哥，阎书勤他们都是难得的侠义之士，闻你大名而来投，你为什么不肯收留他们呢？"

赵三多说："我知道他们是好汉，也不是不肯收留他们，只是他们的想法有问题，这样下去早晚要闹出大乱子，咱都得跟着受牵连。你我都是有家室的人，不为自己考虑也得为家人考虑。"

赵洛宝说："哪有那么严重？他们只不过是来跟你学武，又没说要去造反，你想得太多了吧。"

赵三多说："你没听他们说学成之后要去找教民报仇雪恨吗？真闹起来到时官府肯定会查到咱们头上来。"

赵洛宝说："他们要去找教民报仇那是他们的事，跟你无关。你的徒弟那么多，要是每个人犯了事官府都要来找你，那还了得？"

赵三多一听也有道理，眉头紧蹙，默然不答。

赵洛宝说："人家诚心诚意来投，咱却前怕狼后怕虎将其拒之门外，这事要传出去，恐让天下好汉寒心，还望大哥三思。"

这时别的拳师、徒众也纷纷来劝，让把阎书勤等人收留下来。赵三多见众意难违，只好勉强答应了。"十八魁"就拜赵三多为师，在沙柳寨潜心学习梅花拳。在赵三多的悉心指教下，"十八魁"武艺进步神速，以一敌十不在话下。

教民闻知此事，随即报告官府说"十八魁"都加入了梅花拳，还扬言官府要派兵来逮捕赵三多。

赵三多闻讯既惊又怒。他对教民的嚣张可恶虽然早有耳闻，但踩到自己头上还是有生以来第一次。作为梅花拳的嫡派传人和主要首领，他在当地也是有头有脸的人物，对方居然一点不给自己面子，惊怒之下有些不知所措。

见他愁肠满腹的样子，阎书勤等人知趣地说："我们给师傅添麻烦了，深感抱歉，情愿就此告退，免得连累师门。"

赵三多一听此言，不禁怒火中烧："我又没犯事，官府凭什么来抓我？不怕，看他们能怎样，我就不信这世上真没有王法了？"

赵洛宝说："就是，不做亏心事，不怕鬼敲门，咱行得正，走得端，谁都不用怕。大家不要走，传出去，叫江湖上好汉笑话。"

1897年春，梨园屯教民王太和等人从外国传教士那儿领到200两银子，备齐砖瓦木料，准备在庙基上修建教堂。他们担心开工后"十八魁"又来捣乱，便通过神父要求官府派兵保护，以防患于未然。

阎书勤闻信大惊，力邀赵三多到梨园屯比武"亮拳"，震慑教民。赵三多起先有所顾虑，在阎书勤和赵洛宝等人的轮番鼓动下，最终还是答应了这一请求。

3月24日至26日，赵三多聚集各地拳众3000余人到梨园屯"亮拳"3天，展示武功。他们成群结队，声势浩大，驻梨园屯保护教堂的官兵不敢阻拦。教民生怕梅花拳阻止他们修建教堂，遂向冠县县令何世箴诬告梅花拳阻工谋叛。众人闻讯不服，手持刀械，涌至教堂理论。教民见他们人多势众，来势汹汹，吓得不敢开门，爬到房上朝其抛掷砖石，开枪射击。被激怒的拳民捡起砖瓦石块猛烈回击房上的教民，双方均有多人受伤。

4月27日，阎书勤率领周围各乡拳众2000余人手持刀械袭击了守护建堂工地的10余个教民，在格斗中，教民王太清身受重伤，被拳众捆缚至威县而死。附近25户教民除2户外均遭到抢掠，约200名教民被迫逃到外村避难。村民拆毁了建设中的教堂，用其建筑材料重新建起了玉皇庙。梅花拳和"十八魁"声威大震。"六大冤"见势不妙，怕受牵连，相继带领家人离开梨园屯，远走他乡。

事件发生后，东昌府知府洪用舟奉山东巡抚李秉衡之命前往查办。他认为互争庙基是多年纠纷的根本原因，打算将该庙基归官经理，作为义学，另为教会置买地基，建立教堂。建堂的工料费用，约需京钱1000串，庄民修玉皇庙所用教民的砖料及教会失少物件，估价作京钱1000串，两项共计京钱2000串，付给教会，由教民自行起盖教堂。致死王太清的威县凶犯由冠县协助缉拿。这一处理意见经教士费若瑟同意后，转商主教马天恩，马天恩当时并未提出异议。到当年秋天，两名德国传教士在巨野被杀，德国人借机占领胶州湾，山东巡抚李秉衡被革职，山东境内教民权势骤增，马天恩顿翻前说，通过法国驻华公使吕班向总理衙门施压，要求迅速议结梨园屯教案，并以逮捕"十八魁"作为重要条件。

"十八魁"闻讯大怒，随即率领部分梅花拳众采取行动，他们袭击并抢掠了周边麦子乌营、孙庄等处的教民。传教士向地方官施加压力，要求迅速镇压拳众，当地局势又骤然紧张起来。

1898年2月间，冠县、威县等地纷传要来洋兵，一时人心惶惶。一个名叫姚文起的梅花拳师找到赵三多，希望和他联合起来对付洋人。姚文起是直隶广平人，以四处流浪为生，曾在临清西边一个村庄中作陶工，在直东交界梨园屯西南的留善固镇传授梅花拳，后移居沙柳寨，在那里居住了一年左右，与赵三多成为好友。姚文起在梅花拳中的辈分比赵三多还高一辈，赵三多称其为师。

姚文起富有反叛思想，趁机介绍了不少反清成员到拳会中来，这引起了梅花拳中一些师傅的担心，他们劝说赵三多："你不要听姚文起的话，这家伙野心很大，别闹出乱子来，我们祖师自明末清初授业至今，已有十六七代，文的看书，给人治病，武的练拳，强身健体，从没有过叛乱的事，若事闹不成，以后就不能出头露面了。"

起初赵三多还听从这些劝告，当民教冲突激化后，他发现自己干与不干都无法解脱。最后梅花拳其他首领同意赵三多单独行动，但不准用梅花拳的名义。赵三多就给反教拳民取了一个新名字——义和拳（取"干枝梅花义合拳"的后称谐音）。

从此，赵三多率领的梅花拳、梨园屯地区的红拳、大刀会和其他拳会大都改称义和拳，广招徒众，习武练拳。义和拳力量迅速壮大，使洋人深感震惊，他们威逼清廷逮捕"十八魁"，剿灭义和拳。

姚文起再次鼓动赵三多带头起来对抗洋人，赵三多犹豫不决。他对洋人横行霸道固然痛恨，但要与其公开对抗又顾虑重重。

姚文起说："因为梨园屯的事，你已经被洋人盯上了，就算你不反抗，他们也绝不会放过你，听说这次洋兵来的主要目的就是来抓你。与其窝窝囊囊束手就擒，还不如放开手脚跟他们干一场，谁输谁赢还不好说呢。"

赵三多沉吟良久，面露难色道："咱们人数有限，又没有像样的武器，怎么跟装备精良的洋人干？"

"这还不好办？以你在江湖上的威望，只要招呼一声，十里八乡的兄弟准保闻风而来，有这么多武艺高强的弟兄，还用怕洋人吗？咱一人一刀都能把他们剁成肉酱。"

赵三多一听也有道理，事到如今也没有更好的办法，只好行此险棋。于是发出传贴，号召威县、曲周和"冠县十八村"等地的拳民到他居住的沙柳寨一带"亮拳"。各地拳众纷纷响应，向沙柳寨汇集，一夜之间就聚集了上万人。

新任山东巡抚张汝梅檄饬东昌知府洪用舟驰往从速查办，并派兵勇协同查拿人犯。同时按法国人的要求将冠县知县何世箴罢黜，遴委政绩平平的江苏生员曹倜接任冠县县令。曹倜一到任，就前往"冠县十八村"插花地带的干集开展调查，随行者只有一名书吏和两名差役。当他到达干集时正逢集场，处处可见拳民，短衣带刀，填街塞巷，情状混乱，触目皆然，梨园屯多数教民都已逃窜无踪。

曹倜见状，眉头紧锁，他知道自己的首要任务是缓和局势，就在干集书院住了下来。为深入了解情况，他邀请当地人派代表次日与自己会面，但到第二天却没有一人前来。他又召集学生进行考课，以茶点相待，亲为阅卷，优者奖励，顺便探听拳民的情况，但他们口风很紧，所获仍甚为有限。过了十天，他发现自己仍不了解拳民的内情。只好设法收买了一个叫高老六的拳民，每日给钱五千，令其探视拳民活动。他通过高老六了解到赵三多是拳民的主要首领，他与当地一位团防首领杨昌浚来往密切。曹倜随即召见杨昌浚，威胁说若不将赵三多带来，就把他本人抓起来。杨昌浚又惊又惧，但他也无法说服赵三多前来投诚，那时赵三多已是几省通缉的要犯。曹倜的使命最后以失败告终。许多拳民担心洋枪队埋伏在附近，避匿在大户空屋中不敢回家。

为逮到"十八魁"，知府洪用舟购觅眼线，四出踩缉，在探到阎书勤等人行踪后，亲率一伙兵勇到梨园屯捕拿。在交锋中，"十八魁"被打死一人。士兵同情阎书勤，对他放了空枪，纵其逃走。洪用舟下令将上一年建成的庙宇拆毁，将地基交还教堂并给银四百两；令在外乡十二里庄教堂等处避难近一年的教民返回梨园屯，并留下一些兵勇驻扎当地维持治安。洪用舟在奏折中称，他杀死了一个拳民，打伤了拳首阎书勤，使其身负重伤，奄奄一息，阎书勤被同伙救走。

上次曹倜没有解决赵三多的问题，洪用舟责其办事不力，将他数落了一顿，决定亲自出马。他派人去把团防首领杨昌浚叫来，说有事要问他。

见知府大人召唤，杨昌浚心头惴惴，只好硬着头皮前往。

"不知大人召见小的，有何指示？"

洪用舟看着他，幽幽地问道："听说你跟赵三多是铁哥们？"

杨昌浚一听这话，大为心慌，急忙辩解道："哪有，这都是别人乱传的，我跟他只是普通朋友关系。"

"哦，是吗？"洪用舟冷笑道，脸上写满怀疑。

"别人可不这么说呢，他们说你俩经常在一起喝酒吃饭。"

杨昌浚脸上燥热，心头打鼓，支支吾吾地说："也没有经常，就是偶尔吧。"

"那说明你俩关系还不错了？"

杨昌浚没有回答，算是默认了。

"有件事情想委托你去办一下，不知你做不做得到？"

"大人尽管吩咐，小的竭力而为。"

洪用舟面色和善地说："你去把赵三多叫来，我有点事想跟他聊聊。"

杨昌浚闻言，一脸难色道："现在到处都在通缉他，只怕他不敢来呢。上次曹大人让我去叫他，他死活也不肯来。"

洪用舟说："你告诉他，就说知府大人发话了，让他只管放心地来，我绝对会保证他的人身安全。"

"大人叫他来，是有什么事吗？"

"关于义和拳的事。"

"具体是什么呢？"

"这个你就不用多问了，他来了我自然会告诉他。"

杨昌浚还是有点为难，担心赵三多不愿意来。

洪用舟微笑着说："想想办法吧，相信你一定可以的。如果你连这种小事都办不来，以后还怎么做团防首领呢？"

杨昌浚心头叫苦，只好答应了。当天下午就去了沙柳寨。

赵三多听说洪用舟要见自己，又惊又疑，问："他有说什么事吗？"

杨昌浚道："说是义和拳的事。"

赵三多一听，知道多半没什么好事，婉拒道："你就说我不在。"

杨昌浚着急道："不行啊，你不去，他肯定不会罢休的，他可不像曹倜那么好糊弄。"

赵三多说："我去了他把我抓起来怎么办？"

"他说绝对会保证你的人身安全，让你不要担心，只管放心去。"杨昌浚说。

赵三多不大相信，一脸犹豫。

杨昌浚劝道："他既然都这么说了，应该不会把你怎么样。不管怎么着，先去看看再说吧。不要敬酒不吃吃罚酒，到时他派人来请你去就不好了。"

赵三多仍然犹豫不决。

杨昌浚急了，道："他威胁我，若不把你叫去，我这个团防首领都做不成了。看在兄弟的面上，你就答应了吧，就当帮我一个忙。"

赵三多是个讲义气的人，对兄弟尤其如此，听他这么说，不禁有点心软了。杨昌浚又趁热打铁，软磨硬泡，劝了半天，终于把赵三多说动，答应了他的请求。为防不测，他专门带了一帮弟子同去。

次日到达干集时，赵三多受到了当地群众像英雄一样的欢迎。洪用舟率领一班随从兵丁站在书院外面迎接他。赵三多见到洪用舟，连忙拱手作揖道："有劳知府大人远接，不胜惶恐。"

洪用舟笑着说："赵师傅一路风尘辛苦，快请进书院坐下喝杯茶。"把他往里面迎。赵三多见官兵不多，洪用舟的态度也很和善，似乎并无恶意，就跟着他进去了。随行的几百个义和拳弟兄也想跟进去，但守门的士兵不让，双方相持不下。

赵三多说："你们就待在外面吧，按老规矩办事。"来之前他们有过约定，如果发生危险，赵三多就在里面摔杯为号，众人听见声音便一齐冲进去解救。

进到书院，两人寒暄了一番，洪用舟吩咐仆从泡茶，两人一边喝茶一边闲聊。洪用舟见赵三多身材魁梧，仪表堂堂，两道浓眉高竖，极有英雄气概，心中暗暗称赞。赵三多见洪用舟只顾跟自己扯闲天，绝口不提正事，心头有点焦躁，便问："洪大人今日呼唤赵某前来，不知有何指教？"

洪用舟笑着说："指教不敢当，久闻赵师傅大名，如雷贯耳，今日一见，果然英雄不凡。"

赵三多说："大人过奖了，赵某不过一介平民而已，若称英雄，实在愧不敢当。"

洪用舟说："你不要谦虚，一介平民怎能组织得起如此庞大的队伍，登高一呼，应者云集，这可不是一般人能做得到的，洪某甘拜下风。"

赵三多听他口风不对，连忙辩解道："那不过是一帮同好聚在一起练拳习武，强身健体，没有别的意思。"

洪用舟冷笑了一声："到梨园屯亮拳，打伤教民，抢掠麦子乌营和孙庄，也是为了强身健体吗？"

赵三多沉默了，他不知道该怎么回答。

洪用舟劝道："你家道殷实，儿孙满堂，为何不图自保身家，反而纵容徒众滋事？你知道这样做的后果吗？且杀人放火另有其人，你何必为他人做傀儡？"

赵三多沉默了半晌，面有悔意地说："前段时间梨园屯案中人前来投靠，我本不想收留，无奈徒弟百般劝说，勉强将其接纳下来。谁知他们不守规矩，之后闹出诸多事端，教民污我为'罪魁'，才不得不和徒众纠集以自保，如今我已深陷其中，无法摆脱，势成骑虎，如何是好呢？"

洪用舟说："只要你解散义和拳，不再聚众闹事，我就可以把你和'十八魁'区别对待，另外再赐给你一块官匾，挂在家门上，保证你一家老小平安无事。"

赵三多心存疑虑，道："现在我是几省通缉的要犯，就算你不抓我，直隶那边也不会放过我的。"

洪用舟说："你放心，只要你答应解散拳民，不再作乱，我就跟直隶那边做工作，让他们也放你一马。"

赵三多不敢贸然答应，说："让我考虑一下。"

洪用舟道："你尽快考虑好，趁现在朝廷还没有明令追究你的责任，赶紧洗白上岸，再跟那帮叛乱分子混在一起，没有好果子吃。"

两人谈了小半天，赵三多告辞而去。

回到沙柳寨，他心事重重，闷闷不乐，饭也没胃口吃，径直走进了自己的卧室。

不一会儿，赵洛宝走进来，关切地问道："大哥，今天洪用舟跟你说什么了？"

赵三多沉默了一会儿，神色凝重地说："他让我把义和拳解散了。"

赵洛宝闻言吃了一惊，忙问："为什么？"

赵三多就将洪用舟劝自己的话告诉了兄弟。

赵洛宝大声说："你别相信他，那都是忽悠你的，等你把拳会解散了，他马上就会派人来抓你。"

赵三多说："他跟我保证了，只要解散拳会，不再聚众生事，就会放我一马，让我一家人平安度日。"

赵洛宝说："当官的话是信不得的，自己还是要留个心眼。你想咱们闹出了那么大的乱子，他会那么轻易放过你吗？"

赵三多说："如果要抓我，他今天就可以把我抓起来，但他没有这么做，说明他还是有诚意的。"

赵洛宝说："那是因为他忌惮你，现在你手下还有上万的弟兄，他若把你抓起来，这些人一造反，就够他喝一壶的。"

赵三多满脸忧愁道："但这样闹下去终究不是个办法，早晚有一天咱会被搞得身败名裂，我现在已经是官府的通缉犯了，难道你想看我掉脑袋不成？"

赵洛宝见说不动大哥，忙将此事告诉了姚文起。姚文起又进来劝道："洪用舟那厮阴险狡诈，诡计多端，他的话如何信得？现在咱手上有兵，倒不用怕他，等真的解散了，他捏死你就像捏死一只苍蝇。你可要考虑好，一旦走错这步棋，可就悔之不及了。"

朱九彬、刘化龙、项得胜等激进派弟子也纷纷来劝："师傅，官府的话是不能信的。不蒸馒头争口气，咱好不容易把众兄弟聚拢在一起，正要轰轰烈烈干一番事业，却莫名其妙说散就散了，多可惜。这事传出去，不得让人家笑掉大牙吗？"

赵三多觉得他们说的也有道理，一时犹豫不决，左右为难，陷入了深深的矛盾之中，不知道该怎么办。

洪用舟会同临清知州，冠县、威县、曲周三县县令进行沟通，经过努力协商，他们都答应只要赵三多解散拳民，不再滋事，就保护他的安全，以往的事情就不再追究。为了表示诚意，洪用舟亲至沙柳寨，在赵三多家门上挂起一块"直良可风"的廪生匾牌。赵三多深受感动，随后召集徒众在干集书院前面的十字路口会合，命令他们解散。

但留守的官员和士兵惹了麻烦，几个当兵的惹是生非，抢掠村民财物。人们愤然而起，扣留了官员，不拿出银两赔偿他们的损失就不让走。整个春天，驻防这一带的山东部队胡作非为不断，许多人为了安全逃到了城里。

4月，附近大名府科举榜上出现了一则告示："有鉴洋人逾越禁规，各省志士约于四月十五日杀洋人，烧洋房，心有二意者皆为品行不端之男女，见帖而未广告者亦然，仅此，无须多言！"（"各省爱国志士，睹西人无法无天之行为，已决定四月十五日集合，屠戮西人，焚毁其居。其不与我同心一致者，男盗女娼。阅此告示，而不传播者，亦如之。"）

5月初，曹州教民控告大刀会聚众滋事，山东巡抚张汝梅命令毓贤前往查办。毓贤回报曹州府属民教相安，并无大刀会滋扰。

5月30日，法国驻华公使毕盛照会总署，就梨园屯教案提出四条要求：一、将犯罪之首十八名，限三日内全行拿获。或该犯逃走，须将家口扣留，产业入官。二、应赔偿教会银两万两。三、东昌府知府洪用舟撤任。四、济东泰武临道吉灿升撤任，调前济东泰武临道张上达接替。

按照洋人的要求，清廷加强了对当地反教事件的镇压，派出众多眼线四处侦缉"十八魁"，务必将其早日捕获。

此时，义和拳势力已经波及直隶、山东、河南三省交界的大片地区，非府、州、县地方官员所能控制。

1898初春，清廷任命张汝梅为山东巡抚时，曾希望他能有效遏制大刀会等民间反教团体的活动，但张汝梅在办理民教纠纷过程中，感到民教纠纷大多是因外国教会引起，对教会放纵教民欺压百姓、惹是生非也很不满，力主持平解决纠纷，并不一味弹压中国百姓。他向朝廷奏报民众反教原因："窃以教士远涉重洋，其传教原是劝人为善。惟入教之始，不细加选择，入教之后，遇事多所偏祖。于是抢劫之犯人入教者有之，命案之犯人入教者有之，负欠避债因而入教者有之，自揣理屈，恐人控告，因而入教者有之，甚至有父讼忤逆，子投入教，遂不服传讯者有之。一经入教，遂以教士为护符，凌轹乡党，欺侮平民，睚眦之仇辄寻报复，往往造言倾陷，或谓某人毁谤洋教，或指某人系大刀会匪，教士不察虚实，遽欲怵以兵威。不知教士之势愈张，则平民之愤愈甚。民气遏抑太久，川壅则溃，伤人必多，其患有不可胜言者。"请总理衙门照会外国公使，"转饬各教士，嗣后务须慎收教徒，严加禁约，毋得始终祖护莠民"。

大刀会被官府镇压下去后，山东的民教矛盾并没有缓和，反而更加激化。张汝梅感到民情已经扼抑太甚，如果再对义和拳等拳会采取镇压措施，难免激生变乱。6月，张汝梅在给朝廷的奏折中称："直隶、山东各州县，人民多习拳勇，创立乡团，名曰义和，继改称梅花拳，今年复沿用义和名目。远近传讹，以义和为义民，遂指为新立之会，实则立于咸、同年间未有教堂以前，原为保卫身家，防御盗贼起见，并非故与洋教为难。"奏折还两次明确地称义民会就是义和团（这是"义和团"这一名称的首次出现）。奏折隐瞒了给总署咨文中所讲的梅花拳传播面广及牵入梨园屯教案等情节，只说由于梅花拳有约期聚会亮拳的风俗，在直隶的南宫、曲周、清河、威县等地都不免时有谣传，"如任其自立私会，官不为理，不但外人有所借口，并恐日久别酿事端"，"此项拳民所习各种技勇，互有师承，以之捍卫乡闾，缉治盗匪，颇著成效"，"应请责成地方官谕饬绅众，化私会为公举，改拳勇为民团（毓贤提议），既顺舆情亦易钤束，似与民教两有裨益"，主张采取怀柔政策笼络这些拳会，朝廷采纳了他的建议。

10月中旬，秋收后，谣言四起，直、鲁交界一带风传"山东文武各衙门出有批票，要拿拳民"。拳民惊惶不已，怀疑是教会给官府施加了压力。

几天后，果然有两个拳民被官府逮捕，他们是阎书勤的长兄阎书堂和"十八魁"的骨干佃农阎士和（两人有犯罪行为）。拳民更加恐慌，在他们还没有下决心与教会为难时，驻防临清小芦教堂的一队防勇越过边界进入直隶，在搜查村子时，拿走了赵三多家乡沙柳寨村的一些牛肉，此举激怒了拳民。

在外躲藏多日的阎书勤和高元祥最先做出反应，这次他们没有联系赵三多，而是找到了姚文起。姚文起和他们一样也是积极的反洋者，因曾在几个月前劝说赵三多不要上官府的当而躲藏起来，一直没有露面，他们暗中一直有联系。

阎书勤悲愤不已地对姚文起说："洋人真是太可恶了！最近我们已经没有闹事了，打算老老实实过日子，谁想这些狗杂种还是不肯放过我们，威逼官府要把我们全部拿获。如若逃走，就将家口扣留，产业入官，前天我哥哥阎书堂和佃农阎士和已经被官府抓走了，这样下去非把我们赶尽杀绝不可。等把我们收拾了，接下来就会收拾你，你早就上了洋人的黑榜了，咱一个都跑不掉。赵三多倒是安逸，把兄弟们出卖了，自己过上了安稳日子。"

姚文起怒道："我叫他不要相信官府的话，他偏要信，把兄弟们闪得四分五裂，被人各个击破，他心里就舒服了，这杀千刀的！现在洋人步步紧逼，咱绝不能坐以待毙。"

高元祥问："那怎么办？"

姚文起琢磨了一番，说："既然洋人非要置我们于死地，咱也不用东躲西藏了，干脆发动大家跟他们拼了。"

阎书勤一脸难色："就咱们三个，怎么发动得起来？"

"咱把项得胜、刘化龙、朱九彬叫在一起，他们肯定也会干。"

阎书勤说："但人手还是不够啊。"

姚文起想了想，道："把赵三多也叫上。"

高元祥说："他已经退出江湖了，还肯跟着咱们闹？"

姚文起说："我自有办法。"

三人将此想法告诉了项得胜、刘化龙和朱九彬，他们都表示愿意参加，接下来就是如何说动赵三多的问题了。

10月25日晚上，姚文起、阎书勤、高元祥、项得胜、刘化龙和朱九彬来到沙柳寨赵三多家。那时赵三多已经吃过晚饭，洗了脸，准备上床睡觉了，突然听见院子外面传来一阵敲门声，这么晚了，还有谁会来呢？他心头纳闷儿，从屋内走出，来到院子里，警惕地冲外面问道："是谁？"

黑暗中一个熟悉的声音回答道："是我。"正是自己的爱徒项得胜。

自从拳会解散后，众人各奔东西，赵三多已有半年多没有见过徒弟了，心里蛮挂念的，徒弟今日突然上门，不禁又惊又喜，连忙把门打开，只见外面站着好几个人，在微弱的月光下定睛一看，却是姚文起、阎书勤、高元祥、刘化龙、项得胜和朱九彬，心里吃了一惊。

姚文起微笑着说："三多，久违了，近来还好吗？"

赵三多见是他们，心头大不高兴，绷着脸说："还凑合，你们今天来，有什么事吗？"

"没事就不能来了吗？"姚文起说，"这么久没见了，不请我们进去坐坐？"

赵三多只好让他们进来了。

一行人进了屋，不知道该说什么好，气氛有点尴尬。出于礼节，赵三多让老婆姚翠花给大家泡茶。姚翠花见这几个杀人放火的家伙又来了，心头不大高兴，但夫君的吩咐又不能违背，只好板着脸照办了。

喝了几口茶，赵三多说："有什么事你们就直说吧。"

姚文起说："两天前官府把阎兄的哥哥阎书堂和佃农阎士和抓走了，你知道这事吧？"

赵三多说："知道，听说是因为他们抢劫教民的钱财。"

阎书勤急忙辩解道："这完全是污蔑，我大哥向来为人正派，从来不会拿人寸丝半粟，这是官府为了抓人，故意往他身上栽赃。"

众人闻言一阵唏嘘。

姚文起责备地说："三多，你当初不听我的劝告，执意把拳会解散，你自己倒是安生了，却让兄弟和百姓们遭了殃，驻防的官兵抢掠财物，为非作歹，形同土匪，闹得人心惶惶，很多人都逃到城里避难了。若是队伍还在，他们敢这么干吗？"

赵三多一阵脸红，没有回答。

姚文起说："如今官府在洋人的威逼下发出批票，四处捕拿拳民。别以为你把拳会解散就可以高枕无忧了，作为拳会曾经的头领，洋人是不会放过你的，要不了多久就会来抓你。"

赵三多一听这话急了，问："那你说该怎么办？"

姚文起说："只有一个办法，把队伍重新集结起来，跟洋人拼了。"

赵三多满脸忧愁，恳求道："我劝你们不要再闹了，这样下去不会有好下场的。"

阎书勤说："现在官府到处都在抓我们，害得我们有家难回，像惊弓之鸟一样四处躲藏，惶惶不可终日，还有什么下场能比这更坏？"

赵三多提议道："你们可以去自首，争取宽大处理嘛。"

"官府巴不得我们去自首，去了就是自投罗网，别想活着出来，我们可不会那么傻。"高元祥说。

赵三多又建议："或者你们可以逃得远远的，这段时间先不要回来，等风声慢慢过去了自然就没事儿了。"

"说得倒是轻巧，你不知道洋人有多记仇，得罪了他们，一辈子都不会忘记的，不把我们置于死地绝不会善罢甘休。"高元祥说。

赵三多见劝他死活不听，心里煞是着急。

姚文起说："三多，不用多说了，跟兄弟们一起干吧，大家都等你一句话呢。"

项得胜、刘化龙和朱九彬也劝道："是啊，师傅，一起干吧，别再犹豫了。"

"要干你们自己干，我是不会再干了。"赵三多说。

姚文起问："莫非你看着兄弟们受苦受难就无动于衷？"

赵三多不吭声。

姚文起见他油盐不进，大为愠怒，厉声质问道："你到底干还是不干？"

"不干，打死我也不会再干了，你们去找别人吧。"赵三多态度坚决地拒绝道，要下逐客令了。

姚文起登时就火了，和阎书勤、高元祥一起动手，把赵三多的老婆和儿子绑了起来。姚文起从腰间抽出一把刀，架在赵三多儿子赵大宝的脖子上，瞠目威胁道："你干不干，不干我马上就把他杀了。"

赵大宝吓得浑身直哆嗦，连叫："爸，救救我。"

赵三多又惊又怒道："你干什么？快把刀放下，有话好好说。"

"有什么好说的？反正我们也没啥好活了，不如今天大家就同归于尽吧。"阎书勤把刀搁在赵三多老婆姚翠花的喉咙上一脸决然地说。姚翠花骇得脸色苍白，一动也不敢动。

赵三多急道："快把他们放开，有事好商量。"

"你答不答应？"姚文起问。

赵三多知道今天要是不答应，老婆、儿子的命准保不住，万般无奈之下，只得勉强答应了。当晚在姚文起等人的胁迫下来到直鲁交界处"冠县十八村"的蒋家庄，准备亮旗起事。但反清要落得个千刀万剐、株连九族的下场，这是赵三多无论如何也不会干的。他能够同意的只是继续反教反洋，为"十八魁"争回土地，为此他们须要打出一个响亮而又不让官方反感的口号。在当年6月四川大足（现重庆市大足区）的反洋教起义中，余栋臣领导的反教队伍打出了"顺清灭洋"的口号，这个著名的口号几乎传遍了大半个清朝，赵三多也可以为他的队伍打出类似的口号。

10月26日清晨，以赵三多、姚文起和阎书勤为首的义和拳三千余人在威县蒋家庄马场集合，他们头包帕首，足穿马靴，手持长矛、火铳，高举着一面镶有黑边的黄色大旗，上书"助清灭洋"四个大字，然后祭旗誓师，宣告举行反教会起义。

赵三多站在高台上对众宣布："我们义和拳只灭洋人，不反朝廷，只要朝廷不站到洋人一边，义和拳决不与之对抗！"拳民群情振奋，发出山呼海啸一般的呐喊。

起事仪式完毕，姚文起、阎书勤就率众向蒋家庄教堂发动进攻。传教士被打跑，教民被打散，一个教民被杀，教堂被拳民焚毁。

清廷在得知义和拳起事的消息后非常震惊，一面急令直隶总督裕禄火速派兵前往弹压；一面谕令直隶、山东两省督抚派员劝谕赵三多解散队伍。

见目的已达到，姚文起和阎书勤放还了赵三多的家人，和他分兵两路开展行动。赵三多与二人分开后，带领部分人马回到了老家威县沙柳寨。

10 月 29 日，威县县令戚朝卿、冠县县令曹倜、邱县县令李子芳在威县、冠县、邱县三县团总及耆绅的陪同下前往沙柳寨对赵三多开导劝散。赵三多发动起义本来就是被逼无奈，见拳民惹出了这么大的乱子，心中后悔不迭，在一众官员的软硬兼施、威胁利诱下，双方很快达成了口头协议，按此协议，赵三多将在官府张贴正式赦免文告后将拳会就地解散。

曹倜在这件事上看到了希望，他认为魁首赵三多既然已经悔悟，其他人就很容易对付了。他派人追上了正赶到小里固村的姚文起，劝说他们解散。但姚文起没有给予回复。拳民毁坏了小里固村的一座教堂和几间房屋后继续向南，进入山东边界和直隶境内。

11 月 1 日，曹倜与威县县令戚朝卿再次出面谕饬三县团总、绅董，开诚布公，晓以利害，向拳民极力劝谕，拳众仍不为所动。

赵三多见状大急，从人群中站出来，向姚文起和拳众们当场下跪："兄弟们，听我一句话，别再闹了，快回家吧，父母妻儿都在家里等着你们呢。再闹下去以后就没有机会和家人团聚了，求求你们散了吧，我给你们磕头了。"边说边涕泪交流，趴在地上砰砰磕起了头。

众人从未见他这样，一时大为感动，纷纷解散回家了。

拳民返乡时，一部分人路过梨园屯红桃园教堂，堂中教民看见了，对其冷嘲热讽道："你们不是厉害得很吗？怎么还是灰溜溜地回家了？有本事就接着干啊，别做贪生怕死的胆小鬼。"

拳民闻言大怒，直想冲进去教训他们一顿，但对方有武器，自己赤手空拳，人数又不够，只好先忍下这口气，骂道："狗娘养的，别得意得太早，回头有你们好看的。"

"哟嚯，还要吓唬人，你们这些胆小怕事的缩头乌龟，还敢来咬大爷的鸟吗？"教民得意扬扬地讥笑道，全不以为意。

被惹火的拳民随即将此事告诉了姚文起。姚文起听了火冒三丈，怒不可遏，立即组织了七八十个激进的拳民，于 11 月 2 日夜重新集结，次日清晨，他们攻击了红桃园教堂，将数十间教堂和教民房屋烧毁，杀死了两个教民。出了这口恶气后，他们沿着教民集中的村庄向威县城北活动。那里的法国传教士在四个大村中组建了一支装备精良的民团，人数多达477人，拳民望而生畏，在11月3日转而进攻第三口村，焚毁了村中的天主教堂，将教民家劫掠烧毁。

11月4日清晨，拳民在威县侯村、魏村焚烧教堂时，清军闻讯赶来，向其开战（这或许是自义和拳诞生以来，双方的首次对战），当场打死4人，俘虏16人，姚文起被活捉，次日即被枭首，头悬于红桃园示众。各村士绅都来劝本村人回家。大名道台电饬威县县令戚朝卿，将未随众闹事的安分拳民编入民团，加以笼络。

赵三多得知姚文起等人牺牲的消息后，深感震惊，自己之所以同意官府的劝谕解散义和拳，无非是因为官府对拳民没有采取暴力行动，如今血案已经发生，如果再像以前那样继续听从官府的话做个良民，那就未免太对不起死去的弟兄了。兔死狐悲之下，赵三多毅然决定挺身而出，率领义和拳余众转移到临清西留善固村，他将队伍分成三股：自己亲率一股到直隶枣强、武邑、晋州、正定、沧州、阜城、献县组织队伍；一股由朱九彬、刘化龙、项得胜率领到直隶固安、良乡、保定以北、京城以南组织拳民继续抗洋；一股由阎书勤、高元祥领导在冠县活动，后向武城、平原、茌平、夏津、恩县等地发展，和金钟罩神拳相互融合，与朱红灯、心诚和尚、于清水领导的义和团遥相呼应，共同战斗，把直鲁交界一带的反洋斗争开展得风生水起。

第六章　日照教案

　　在巨野教案发生一年后的 1898 年 11 月 7 日，薛田资被调往日照街头村传教。日照是传教最为困难的地区，该地有很多出名的秀才，在民间拥有巨大影响力，他们极为敌视传教士。

　　街头村由前街头村和后街头村组成，村中共有百余户人家，李姓和杜姓是大姓。一天下午，村中李姓家族的一位青年男子外出砍柴，直到天黑尽了也没回家。家人担心，点燃火把四处寻找，发现他竟死在了杜姓家族的山林里，背上被捅了好几刀，血流满地，死状极为凄惨。家人悲愤不已，次日就将杜家人告上了衙门，请求官府主持公道，严惩凶手。

　　这让县官犯了难，此案既无人证，也无物证，仅凭李氏青年死在杜家的山林里就定杜家人的罪，未免太过草率了。斟酌再三，没有支持原告的请求，只判杜家赔偿了几两银子的烧埋费了事。李家人不服，又上告到沂州府。知府经过审讯，觉得日照知县的判决没有问题，就驳回了李家的请求。李家人见告官不能得到解决，愤恨难平，恰好这时有个德国传教士穆勒到村里来传教，听说了他们的遭遇后深表同情，觉得这是一个发展信徒的好机会，遂大胆许诺只要他们加入教会，就可以为其主持公道。李家人对教会并没有好感，但为了给亲人报仇，也顾不得那么多了，二十余户李氏族人都加入了教会（这是天主教在日照发展的第一批教民）。

诱使李家人入教后，穆勒兑现承诺，随即找到日照知县沈介福，要求对此案进行重审。知县惧怕洋人，不得不遵命而为，简单审理后即改判杜家男主人监禁 10 年，赔偿 100 两银子。杜家人大为不服，知道这是李家利用教会挟持官府的结果，愤而向沂州府提起上诉。沂州知府也怕得罪洋人，将其请求驳回，维持原判。

杜家几十个愤愤不平的族人手持刀棒来到李家讨要说法，双方互不相让，破口对骂，随即爆发群殴，致使多人受伤，官兵赶来才将人众驱散。

此后双方不时发生摩擦，吵架斗殴几乎成了家常便饭。告到官府，县官慑于教会的威势，总是判李家赢。杜家人深感委屈，对李家恨之入骨，双方矛盾越积越深，俨然成了世仇。

见教会如此厉害，许多村民都要求入教，很快德国传教士就在街头村站稳了脚跟，成为当地一股显赫的势力。村里的秀才和绅士对此又惊又怒，他们不能忍受洋人在自己面前指手画脚，趾高气扬，为阻止教会势力的扩张，决定利用江湖力量与其对抗。

街头村的江湖领袖是厉应九。他靠贩卖花生、替油坊运油等为生，善武术，尤工长拳，曾设拳房教习拳术。性情刚直豁达，豪侠仗义，交游广泛，在当地很有声望。和秀才、绅士们一样，他也对教会看不顺眼，一直想找机会好好教训一下他们。

薛田资来到日照的当天，就从前任传教士穆勒处获悉李、杜两姓的家族矛盾，觉得双方这样冤冤相报下去不是办法，出于好意，便自告奋勇到村里去调解双方的矛盾。期望借此改变村民对教会的负面看法，以进一步打开传教的局面。

11 月 8 日一早，薛田资就从日照教堂骑马出发了。他决定先到街头村去看望众教民，和大家认识熟悉一下，再去调解李、杜两家的纠纷。

那天正好是当地的集日，为免发生意外，他带了四个手无寸铁的士兵和一名衙役同去。在无数人仇恨的目光中，他们穿过人声喧哗的集市，来到了街头村。

初来乍到，薛田资要努力给大家留下好印象，他微笑着向看到的每一个人打招呼。村民们用惊惧的眼神看着他，站在一旁指指点点，窃窃私语。这个新来的神父面相好不凶恶，长着一大把乱糟糟的黑胡子，穿着一身黑魆魆的教士服，骑在马上就像个打家劫舍的强盗一样，令人望而生畏。对于人们的反应，薛田资早已经习惯了，他每来到清朝的一个地方，几乎都会引起这样的反应，这倒不是因为人们对他有敌意，而是因为自己的长相实在太与众不同了。

薛田资去教民家里挨个儿拜访了一遍，告诉他们自己是来接替穆勒的新神父，初到宝地，人生地不熟，请大家以后多多关照。然后来到李氏教民家里，劝他们和杜家化干戈为玉帛，和平友好相处，不要再起无谓的纷争了。李家人告诉他，这是不可能的，他们和杜家的冤仇结得太深，这辈子只怕都难以解开了。薛田资说精诚所至，金石为开，只要想做，没有不可能的事，自己待会儿就会去杜家做工作。李家人劝他别去，说杜家人现在恨死教会了，你去了只怕会遇到危险。薛田资说不用怕，我带了卫兵的，他们不敢把我怎么样。劝说完毕就去了杜姓村民家里。

杜家人见突然来了个外国大胡子神父，警惕而畏惧，问他是来干吗的。薛田资自我介绍了一番，说自己是来给他们和李家人做和事佬的。杜家人一听，立马板起了脸，说不用你费心了，我们老大因为李家人的诬告，被关进了大牢里，到现在都还没放出来，要我们和李家言归于好，做梦去吧。薛田资也觉得他有点冤枉，说我可以到县官那儿去给你们做做工作，如果成了，你们得答应我一个条件才行。杜家人问什么条件？薛田资说你们得加入教会，成为天主的门徒。杜家人有点为难，说须要考虑一下。薛田资说你们好好考虑，两天后给我一个答复，就告辞离开了。

他前脚刚走，这事就在村里沸沸扬扬地传开了。大家议论纷纷，"村里新来了个洋鬼子，说是来调节李杜两家矛盾，谁知竟没安好心，一来就劝杜家人加入他们的教会，说是入了教就能把杜家主人放出来"。

"还有这种事？这王八羔子，可真会打算盘。"

有热心的村民不忍坐视，忙跑去劝说杜家人："千万不要相信，他肯定是骗你的，看他那蛮横凶恶的样子都不像是好人，等你入了教，再来慢慢收拾你，到时你想哭都哭不出来了。"

有教民也来劝杜家人："你就答应了吧，等入了教，以后大家就是一家人了，共同团结在我主耶稣周围，相亲相爱，祸福与共，多少是好！你要是早入了教，何至于闹到今天这步田地？"

杜家人也不知道该何去何从。

村里的秀才们知道了，惊怒交集。没想到这个新来的洋鬼子会如此可恶，刚到村里就来挖自己墙脚，一点规矩也不懂，不给他点颜色瞧瞧他不知道厉害。立即将此事告诉了厉应九。厉应九闻言大怒，咬牙切齿道："这该死的狗杂种，板凳还没坐热乎呢，就要来搞事，看老子怎么收拾他。"在秀才们的支持下，他发动了当地村民两千余人，准备抓住薛田资。

薛田资从街头村出来时，天色尚早，又去附近的一个村子拜访教民。那个村子有十几户教民，大家对这个新来的神父充满好奇。他想今天来都来了，索性全部走一遍，混个脸熟也好，省得过几天再来跑一趟。他见没什么事儿，就叫四个士兵先回去了，让衙役留下来陪自己。等把该村的所有教民拜访完，天色已晚，当天回日照县城已然来不及，应一个热心教民邹三之邀，当晚便住在了他家里，享用了一顿好酒好菜，洗漱完毕，安然就寝。

次日清晨，薛田资还在睡梦中，外面突然传来一阵急促的敲门声。他费力地从床上爬起来，趿着拖鞋过去开门。昨晚高兴，酒喝多了，到现在还有点头晕，走路摇摇晃晃的，步子不太稳。打开门一看，正是主人邹三，微笑着问他有什么事。

邹三满脸惊慌、结结巴巴地说："薛师傅，不……不好了，外面来了几千人，说要……要来抓你。"

薛田资大吃一惊，酒顿时醒了一半，忙问："这是些什么人？为什么要来抓我？"

邹三苦着脸说："我……我也不知道。今天，天还没亮，这帮人就打……打着火把进村来了，威胁我们把你交……交出来。我们不干，就和他们打……打起来了。"正在说话时，外面传来阵阵清脆的枪声。

薛田资也来不及细问了，连忙穿好衣裤鞋袜，走到外面。枪声越来越响，渐渐由远而近，不甘心坐以待毙的教民纷纷翻出抬枪、长矛和土炮，在街上修筑防御工事，准备抵抗。

薛田资见教民人数太少，实力悬殊，硬碰必然会被全部消灭，就劝他们放弃抵抗，让护送他的衙役前去和对方沟通，看他们到底是什么意思。衙役领命而去。众人焦急地等待着，不知道接下来事情会向哪个方向发展，个个惊惶不安。

过了半袋烟的工夫，衙役气喘吁吁地跑回来说："薛师傅，他们没有别的要求，只让把你和六个欺压百姓的不法教民交出来，答应会好好对待你们，不让你们吃苦。若不答应，就要捣毁这个村子，把村里的教民都杀光。"

众人闻言大惊。薛田资去年在巨野就见识过暴民的凶狠残忍，好友能方济和韩理加略惨死的画面至今仍存留脑海，像梦魇一样挥之不去，谁想刚调到日照，就又遇到了这种惊心动魄的事。他们说是会善待自己，谁知道出去了会是什么样子，也许能、韩两人的遭遇就是自己的下场，他可不愿意拿自己身家性命去冒险。六个教民也不愿意出去，看那帮人凶神恶煞的样子，恨不得把自己撕成碎片，这一出去准没好果子吃。谁都没动，一时形成了僵局。眼看时间一分一秒地流逝，衙役心里好不着急，劝道："你们都不出去，待会儿他们杀进来，大家都要跟着倒霉。出去吧，不用担心，他们不会把你们怎么样的。"众人还是不为所动。

薛田资知道这样下去不是办法，对六个教民说："你们先出去吧，看看情况怎么样，我待会儿就出来。"

六人虽然心里害怕，但神父的命令还是不能不听，犹豫了好一会儿，到底还是壮着胆子走了出去。

薛田资心里默念上帝保佑，为他们做了一番祷告。过了好一会儿，还是鼓不起勇气出去。知道要不了多久他们肯定会进来抓自己，焦急万分，筹思对策：现在村庄外面到处都是他们的人，要想觅路逃走几乎没有可能。若化装成村民混出去呢，自己的相貌又太过奇特，无论装成什么样子都会被人一眼认出。怎么办？怎么办？他心急如焚，既然逃不掉，那就只好先找个地方躲起来，也许上帝保佑，能侥幸躲过这一劫。他东瞅西望，到处寻找藏身之所，无奈他个子太大，找了半天也没找到合适的。这时外面传来了一阵疯狂的叫喊声："打死洋鬼子，宰了他！"愤怒的人们气势汹汹地涌了过来。薛田资吓得魂飞魄散，情急之下连忙躲进了屋后一间矮小破烂的茅房里。衙役跑到屋后的竹林里躲藏了起来。

众人把教民的房屋里里外外都搜了一遍，连衣柜里、床下都没放过，也不见薛田资的影子，他就像从人间蒸发了一样，离奇消失了。刚才跟他在一起的衙役也不见了踪影。

厉应九恼火地质问道："大胡子去哪儿了？快说，不说就打死你。"

邹三手被反绑着，神色惊恐，苦着脸说："刚刚还在这儿的，怎么突然不见了？跑到哪儿去了？"

另外五个教民被绳索绑着，心里叫苦连天。刚才薛神父让他们先出去，说自己随后就出来，可等了半天也不见他的踪影，谁想竟然扔下他们自己先跑了。这个自私自利的家伙，实在太可恶了，早知道他会这么胆小懦弱，刚才就不该听他的话，如今后悔已经来不及了。众人叫苦不迭，暗暗诅咒薛田资不得好死。

厉应九厉声威胁道："继续搜，不把大胡子找到，你们今天都别想活。"

教民们无奈，只好分头带着众人在房前屋后到处转，不一会儿就有一拨人转到了茅房边。薛田资紧张不已，躲在茅房里大气也不敢出。

"这个地方你们搜了没有？"其中一个人问。听声音像是教民王二。

"没有，这地方臭死了，怎会躲在这儿？"另一个人嫌恶地说。

"还是要搜一下，说不定他就在里面呢。"王二说。薛田资暗暗叫苦，心里默念着上帝保佑。

一个人捏着鼻子走上前，正要伸手去掀茅房的破竹帘，突然不远处传来一声大叫："这儿有个教民，大家快过来。"

众人闻声，暂时先放下这头，纷纷往那边奔去。听见人声渐渐远去，薛田资心里松了口气，寻思躲在这里不安全，还得想办法转移。茅房太过矮小逼窄，他身材又高大健壮，站在里面腰都打不直，只好像拉屎一样蹲着，全身的重量都压在腿上。刚才蹲了半天，脚都蹲麻了，恶心的粪臭几乎快把人熏晕，他一刻也不想再待下去了。正要站起来，突觉小腿一麻，脚下一软，站立不住，差点没掉进粪坑里，惊出一身冷汗。好一会儿才缓过劲儿来，正想转移，不料又有人过来了，暗叫不好，只好继续老老实实待在里面。

众人把村子搜了一圈，也没有发现薛田资。只当他已经逃走了，愤恨不已，正要去外面追索，这时一个人突然内急，想解大手，又不好意思就地解决，正在心急，看见路边有一间茅房，如见救星，二话没说就一头钻了进去。

却见一个洋人躲在里面，头顶半秃，面相凶恶，长着一把阴森森的大胡子。不用说，这正是大家要找的那个洋鬼子。仓促之间也顾不上害怕了，本能地大叫道："大家快来，大胡子在这里。"边叫边往外退。

薛田资急得不行，一个劲儿地央求道："不要叫，求求你了，不要叫。"

众人听见声音，急忙赶过来。看见苦苦寻觅了半天的仇人竟然躲在这里，大感意外，将他从茅房里揪了出来。厉应九上前一把抓住薛田资的大胡子，将他拖到了附近的一个院子里。薛田资痛得嗷嗷直叫，心中绝望顿生，知道今天不死也要脱层皮，不禁连叫上帝救命。一群人围住他拳打脚踢了一顿，将其衣服剥光，胡子和头发拔掉，随后将他捆绑起来用一根麻绳牵着游街示众，有五十余人在两旁手执长矛、棍棒随同。在游街过程中，赤身裸体的薛田资遭到了各种各样的羞辱和折磨，无数人围着他痛骂，往他身上吐痰。每次有人跳过来拿着刀作势要砍他头时，都激起了围观群众的热烈欢呼。薛田资被绳子牵着，跋山涉水，穿村过寨，所到之处迎接他的都是人们的辱骂，妇女和姑娘们盯着这个浑身赤裸的洋鬼子掩嘴而笑。

衙役躲过了众人的搜查，急忙赶回日照去报信。

中午时分，众人来到驼儿山中的一座小庙里。庙中的和尚见他们抓了个洋人，连声夸赞干得好，热情接待了他们。由于宗教对立，加上对洋人横行霸道的反感，和尚对传教士也极为仇视，今见抓了一个活的，欢喜不尽，连叫阿弥陀佛。

折腾了半天，众人又饿又乏，在和尚的安排下纷纷去用餐歇息。为防薛田资逃跑，就把他关在厕所旁边的一间狭小潮湿的黑屋里，派了个叫张三的人在外面看着。

薛田资浑身疼痛，又渴又饿，嘴里呻吟着要吃东西。张三怒斥道："狗杂种，死到临头了还想吃东西，没给你吃板子就是好的了。"

薛田资又惊又怕，不敢再开口，不时发出阵阵痛苦的呻吟。

到太阳快落山时，里面好一会儿没有听见声音了。张三有点奇怪，趴在窗口一看，见薛田资倒在地上，一动不动，就像死了一样。吓了一跳，忙打开门进去，一边用脚踢他一边说："喂，你死了吗，怎么不动弹了？"没有任何反应。张三不禁有点心慌，暗自嘀咕道："大伙儿让我看守他，才过小半天就死了，这可不好交差呀。"

心急之下就要到外面去叫人。这时薛田资突然动了动，嘴里发出了微弱的呻吟。张三见他还没死，不禁松了口气，恼火道："你敢装死，吓我一跳。"

薛田资声息微弱地说："给我点水……我口渴。"

张三不敢擅作主张，忙去外面报告了众人。

厉应九带着人众进来看了看，见薛田资已经生命垂危，奄奄一息，不禁有点惊怕。这个洋人跟大家并无多大过节，今天的本意只是羞辱折磨他一番，让其知难而退，并不是要他的命，他要是死了，作为这次行动的组织者，自己准得吃不了兜着走，洋人追到天涯海角也不会放过自己，看看以前的教案就知道了。如此想来，便叫张三给他端来了一碗饭和一碗水。

薛田资见了食物，顿时两眼放光，拼命挣扎着从地上爬起来。他手脚被捆住了，不方便吃，便请求人们把绳索给他解开。但众人有意要折辱他，对此并不答应。

薛田资没办法，只好爬到那碗水前，将嘴巴贴在碗边急不可待地喝起来。不知道为什么，这水有一股尿骚味，而且颜色也混浊泛黄。他此时渴极了，也顾不得那么多，咕噜咕噜地喝了下去，洒了不少在地上。喝完水，他又爬到那碗饭前，正要张嘴开吃，却见饭里夹杂着不少糠壳和石子，不禁皱起眉头，面露难色道："这个饭，怎么吃啊？"

"狗日的，有东西吃就不错了，还要挑三拣四，你不吃就算了，我拿去喂狗吃。"张三鄙夷地说，就要把碗拿走。

薛田资委屈至极，只好趴在地上像条狗一样吃了起来。他快饿昏了，也不再挑剔，不一会儿就把一碗粗粝不堪的饭吃得干干净净。

吃喝之后，他感觉好受些了，知道自己一时半会儿死不了，心中默默感谢着上帝。

暮色降临后，人们拿出从教徒家抢来的酒开怀畅饮，庆祝今天这场反教斗争的完全胜利。张三也加入了欢庆的人群，一个脑筋有点问题的年轻人周兵被派来接替他的工作。

那时已是深秋，晚上寒气逼人，待在阴暗潮湿的黑屋子里，更加冷不可挡，薛田资只穿了两件衣裳，无法御寒，冷得浑身瑟瑟发抖。他可怜巴巴地对周兵说："兄弟，行行好，给我件衣裳穿吧，我身上衣服太单薄，冷得不得了。"

周兵傻乎乎地说："哪有衣服，我都没衣服穿呢。"

薛田资又说："要不你去给我拿床被子来吧，里面什么盖的都没有，这样下去，今晚我会被冻死的。"

周兵心生同情，便去告诉了众人。

厉应九正和兄弟们在一起喝酒划拳，听见这话，满不在乎地说："不用管，冻不死他的，哪有那么娇气。"

"就是，这洋鬼子，一天事情真多。"另外有人不满地说。

周兵就回来告诉薛田资："我去问了，他们都不给你。"

薛田资央告道："求求你了，兄弟，再想想办法吧，我真的冷得不行了，就当做件好事，上帝会保佑你的。"

周兵只好又跑去说。

厉应九喝酒划拳正在兴头上，见他不时来搅扰，好不恼火，厉声说道："让他老实点，再瞎嚷嚷，就给他一顿拳脚。"

周兵说好，转身正要走，厉应九又把他叫住了："等着，你和赵三去院子里烧把火，给他点温暖，省得他再磨叽。"

赵三喝酒正喝得高兴，听见这话，大不情愿地站了起来，和周兵去柴房里搬来一堆木柴，架在院子中央，用火镰点上火，不一会儿，柴堆就熊熊燃烧了起来，火光冲天。赵三冲黑屋里的薛田资大声喊道："嘿，洋鬼子，这下你不冷了吧？给我放老实点，再不听话，就把你放在火上烧。"说完这话就走了。

薛田资听得胆战心惊，看见黄色的火光穿过窗口，在屋里的墙上舞动着，吓得不敢再声唤，蹲在墙角缩成一堆，浑身不停地哆嗦着，牙齿咯吱咯吱打战。

周兵见他可怜，不禁动了恻隐之心，趁没有人在，悄悄去拿了条破烂不堪的床单来给他盖，还偷偷给他解开了绑缚的绳索，好让他舒服点。薛田资感动得热泪盈眶，一个劲儿地对他说着谢谢。

周兵坐在屋子外面的凳子上，抱着肩膀缩成一团，困意袭来，不久就睡着了。

半夜的时候，众人喝完酒，七歪八倒地去睡觉。厉应九不放心薛田资，让赵三去看看他。

赵三醉醺醺地走出来，晃晃悠悠地穿过院子。院里的那堆柴已经快烧净了，只剩下零星的火光在黑暗中闪烁着，映衬着天上的几点寒星，显得更加清冷。赵三来到黑屋子外，见周兵歪着脑袋坐在凳子上，双目紧闭，打着响亮的鼾，不满地嘟囔道："这家伙，让他守着洋鬼子，自己倒先睡着了。"点燃火把走到窗口往里瞧，屋里空无一人，不见薛田资的影子。吓了一跳，连忙把门打开，进屋一看，却见薛田资背靠着窗下的墙壁已经进入了梦乡，身上裹着一条破烂的床单，拴他的绳索被解开了丢在一边。不禁惊怒交集，走出来往周兵身上猛踢了几脚。周兵被从睡梦中踢醒了，一脸蒙圈地望着他。

赵三横眉立目地冲他怒斥道："谁让你给他解开绳子的？你脑子被驴踢了吗？"

"我看他手上都勒出血了，好不可怜，想解开让他舒服一点。"周兵说。

"笨蛋，他要是跑了怎么办？"

"跑不掉，关着门的，有我在外面守着呢。"

"那你给他床单干什么？"

"我看他冷得直哆嗦，怕真给冻死了，就给他找了件盖的。"

"吃饱了没事干，有这个好心，不如自己拿来盖。"

周兵被骂了个狗血淋头，只好进去用绳子把薛田资重新捆起来，把那条床单也拿走了。

次日清晨，众人来到驼儿山顶峰。薛田资被吊在房梁上囚禁于山顶的老母庙中。

听到衙役回来报告薛田资被抓的消息，日照知县沈介福大惊失色，连声叫苦。早知道会发生这种事，昨天就该多派些士兵去护送他了，都怪自己太托大，如今已是后悔不及。这个传教士可不一般，巨野教案就是因他而起，他要是出了什么意外，以德人的凶蛮，别说自己的官帽，就是脑袋都未必保得住。情急之下，连忙点选大队人马，全副武装，十万火急地赶去解救。来到村里时，众人早已不见。跟村民一打听，说是往西边去了。急忙指挥士兵往那边追赶。众人翻山越岭，一路探问，快到黄昏时，才终于在驼儿山顶追上了他们。

上千人或坐或站地散布在寺庙外的山坡上，看见官兵来了，顿时紧张起来，有人赶紧进去报信。少顷，厉应九在众人的簇拥下从寺庙里走出来，看见沈介福从马上下来，笑着迎上去道："沈大人好，什么风把您给刮来了？"

沈介福知道他就是远近闻名的江湖好汉厉应九，忙拱手作揖道："厉师傅好，久仰久仰。"

"不敢不敢。"

两人客套了一番，厉应九问："沈大人亲自前来，有何贵干？"

沈介福说："厉师傅是个爽快人，我也不跟你绕弯子了，听说薛神父被你们抓起来了，不知所为何事？"

厉应九说："不为什么，就是看不惯他挖我们墙脚，想收拾收拾他。"

沈介福问："他如今在哪儿？"

"在庙里。"

"我去看看可以吗？"

"没问题。"

厉应九带着沈介福进了寺庙，七弯八拐来到一间偏房外，吩咐从人把门打开。沈介福往里一看，见屋梁上吊着一个赤身裸体的人，身上汗毛浓密，被绳索捆得像个粽子一样，此人不是别人，正是刚到日照的德国传教士薛田资，顿时吓了一大跳。

薛田资已经气息奄奄，听见开门声，睁开眼一看，见是日照知县沈介福，惊喜万分，就像濒死之人看见了救星一样，忙低声哀求道："沈大人，救救我。"

沈介福急忙道："快把他放下来。"

厉应九表情轻蔑，不为所动。

沈介福问："你们要怎么才肯放他？"

厉应九傲然道："要放他可以，但得答应我几个条件。"

"什么条件？"

"第一，不准再到日照传教；第二，不准去洋人那儿告状，就当这件事情没有发生。你能做到吗？"

这两个条件都极为苛刻，但此时为了保命，薛田资也顾不得那么多了，连说："我都答应，都答应。"

厉应九就让人把他放下来了。

绳索捆得太死，解了半天也解不开，随行的衙役不得不用剪刀为他剪断绳索。薛田资生平从未遭受过这样的侮辱，重获自由时，再也忍不住了，坐在地上号啕大哭了起来，哭声格外凄惨，如鬼哭狼嚎一般。大家从没见过洋人哭，没想到他们哭起来也会这么伤心，又好笑又可怜，听得心里怪不是滋味。沈介福和衙役安慰了薛田资好一番，他才渐渐止住哭，从地上站起来往外走。

"慢着，此事口说无凭，你得写个字据才行。"厉应九突然说。

众人没带纸笔，只好找庙里的和尚借。薛田资被吊了半天，胳膊早吊麻了，手握着毛笔不住颤抖着，费了老大劲儿才歪歪扭扭地写下字据，按了个手印后被释放。

沈介福用轿子把他接回日照。在县城休养了十几天后，薛田资被德国人的小汽船接到青岛，经检查发现全身有刀枪伤 15 处。

山东巡抚张汝梅怕事情闹大，令地方官员与德方订立赔偿协议。

12 月，安治泰借口薛田资"受伤惊脑"，迫使山东当局订立了第二个协议，以薛田资"终身养身费"的名义强索白银 2.5 万两，令街头村民众为薛田资代修 5 间教室和 4 间厢房。

1899 年 1 月 23 日，德使照会清廷，要求镇压日照、莒州等地的大刀会，保护德国人，"若再有闹德之事，必加重罚"。

2 月 19 日，安治泰指挥德军百余人攻打日照城，锯断城门闩，拥入县衙，盘踞数天。

3 月 14 日，张汝梅因对义和拳弹压无力，被清廷革职，以毓贤为山东巡抚。

3 月下旬，德国海军陆战队 40 人在安东卫登陆，其中 3 人去往沂州府，途经王家疃村时被 100 多个乡民围住。德兵开枪打死打伤乡民多人，由地方官派兵护送返舰。

3 月 29 日，德国胶澳总督叶世克派上尉冯·法尔肯海因率领 120 名海军陆战队士兵乘坐 4 艘小船靠近山东日照海岸，伤愈的薛田资也随船返回日照。这个名叫石臼所的滩头砌有高大的石墙，盘着辫子的中国人站在岸边平静地向海面上凝望。把枪托握出汗的德国士兵对中国人的平静姿态感到十分惊奇。因为地上有水，德军怕弄脏鞋子不愿走过去。薛田资就用中国话大喊起来，他告诉中国人如果能下水把德国人背过去，就会给他们一些钱。中国民众一听这话，纷纷挽起裤腿走向海中。冯·法尔肯海因在日记中记载道："大胆的人真的把裤管卷到膝盖上向我们走来，第一个刚过来，其他人也跟着过来了。每个'敌人'竟然都把一个德国军人背到自己背上，德国军队是骑在中国人的背上进入他们的城池的"，"大家不敢相信这是在敌人的国家。我们迈着悠闲的步伐，是那样高兴和无忧无虑"，当晚德军兵不血刃地占领了日照城。

4月9日，清廷谕令军机大臣等，电寄山东巡抚，克日带营驰赴日照，帮助德军镇压反教民众。

4月18日，6个德兵在林家滩测绘地图时，闯入民家图奸，枪杀该村农民于永福，打伤于文明等。

5月4日，十里铺、相家庄团练操演鸣放鸟枪。德兵恰好路过，疑为挑衅，次日清晨，胁迫知县杨耀林到庄里挨户搜查枪支，将在籍翰林蔡曾源和几个村民带至县中押审。

5月25日，入侵日照的德军撤离，将5名绅士带到青岛作为人质。直至6月"沂州教案"谈判结束，安治泰又索银77000余两，叶世克才将人质释放。

当月，已被革职的山东巡抚张汝梅在给朝廷的奏折中痛陈："山东教案之繁，办理之难，尤以日照沂州为甚。德人动辄胁之以兵"，使我"海疆重地，后患靡穷"。德国人的蛮横霸道进一步激起了山东官民的愤怒情绪。此后，山东人民反对洋人侵略压迫的斗争愈演愈烈。

第七章　义和团兴起

　　朱红灯，原名朱守财，又名朱占鳌，生于山东泗水县柘沟社宋家庄一个贫苦农民家庭。祖籍金陵，五世前由金陵迁来宋家庄定居。他自幼父母双亡，孤身一人，童年时以给地主放牛为生。长大后，白天给地主扛活，夜间就跟人学习拳棒，练就了一身好武艺。

　　年轻时，朱红灯曾参加邹东田黄社社长宋继鹏领导的文贤教（白莲教的一个支派）起义。1863 年，起义被僧格林沁部镇压，他只身返回家乡。

　　朱红灯曾几次在宋家庄聚众设立拳场，遭到官府缉拿。他精于拳术，白手较量三五人不能近身，官府屡缉不逞。后来他隐身江湖习医，略通医道。

　　1898 年 8 月，黄河在东阿、济阳、历城等处决口，山东 34 个县受灾，数以千计的村庄被淹没；这年，直隶也遭受了严重的洪灾，滂沱大雨让直隶 52 个州县被淹。据奉旨查看山东赈务的溥良查报：北岸灾区"各州县平地水深一二尺至三四尺不等，广自十余里至五六十里不等，长自二十余里至百余里不等"，南岸灾区章丘以东"各州县平地水深四五尺至丈余不等，广自十余里至七八十里不等，长自二十余里至七八十里不等"，"麦秋仍无可望，父老每一言及，辄为泪下"。农田和棉花地基本变成了一片汪洋，房屋被冲毁，道路上全是逃荒的灾民，灾民吃光了路边的柳树叶、榆树皮、地里的毛毛虫、路边腐烂的野狗和老鼠尸体，连丢在路边的死婴都成了灾民的食物。

朱红灯的家乡泗水一带水灾严重。为了避灾，他逃到长清县大李庄投奔舅父刘亭水。刘亭水也是穷人，靠挑贩为生。朱红灯晚上练拳，白天给人家干活儿，人家管他饭吃。他个子不高，身材粗胖，一脸大黑麻子，为人很好，常给人治病治疮也不要钱，又会组织联络群众，庄里人都很喜欢他。

朱红灯来到长清时，鲁西北一带也发生了水灾，洪水冲垮了多处黄河堤坝，泛滥的洪水淹没了黄河两岸的农田，庄稼颗粒无收，加上教会横行乡里，欺压百姓，地主及奸商乘机哄抬粮价，囤积居奇，致使广大穷苦百姓生活无着，流离失所，产生了大量难民和流民，百姓不堪忍受，纷纷组织起来学习拳棒。时任山东巡抚张汝梅上奏朝廷道："直隶、山东交界之区，拳民年多一年，往往趁商家虚市之场，约期聚会，比较拳勇，名曰亮拳。"

鲁西北地区是典型的封建自给自足小农经济区。东昌下辖的高唐、茌平、恩县等地自明代起就是产棉中心。这一带农民土地占有量少，各村落农户大多兼以手工纺织为生。因洋纱、洋布大量输入，严重摧毁了当地的手工纺织业，加以海运畅通，原靠运河运输为生的船主、船工、搬运工等下层民众相继失业，导致大量无业游民出现。

朱红灯原本就受文贤教反叛思想影响，借机在大李庄设立拳场，招徒授拳。起初，朱红灯化名朱逢明，号天龙，假托明朝朱氏后裔，以"反清复明"为号召，以行医为掩护到各村宣传主张发动群众。因为当时国人与帝国主义侵略势力的矛盾相当尖锐，"反清复明"的口号影响力已经不大，于是改为"助清灭洋"，四处宣扬反洋教主张，受到了广大群众的普遍拥护和响应。

朱红灯的神拳会，继承了白莲教杂拜各家鬼神的传统，使用画符、念咒、请神等法术，宣称练成"神拳"后，即可"降神附体，刀枪不入"，且能使枪炮失灵。

降神仪式开始前，练习者先将一块红巾戴到头上，向东南方山东肥城桃花山磕几个头（传说桃花山上有七十二个山洞，洞里住着各路神仙，比如大名鼎鼎的孙悟空、猪八戒、杨戬、关公、赵子龙、黄天霸等），然后将画好的神符护在心上，揣在肚兜里，掐指念咒："头顶天灵，脚踏地灵，身披黄灵，我有十万神兵，十万鬼兵，遇山山倒，遇地地崩，遇树两截，吾乃太上老君，急急如律令"，又念："稽首北方洞门开，洞中请出铁佛来，铁神铁庙铁莲台，铁人铁眼铁鼻腮，天地漩涡日月照，止住枪炮不能来"，接着烧一炷香，喝下一碗符水，当感觉神灵快要附体时（只可意会不可言传），就到方桌上的一把椅子上坐下，双目紧闭，凝神运气，渐渐身体开始摇晃起来，直到呼吸加速，浑身乱颤，口吐白沫，就算附体成功。

神拳初建时，只为看家护院，看病行好，加入神拳就可夜不闭户，不受洋教的气。一个拳场就是一个团，一般有二十五人，每个拳场有一个大师兄，一个二师兄，拳民不分老少，祖、孙、父、子皆以师兄师弟互称，见面时彼此打问心礼。

为吸引更多人练习神拳，朱红灯还在民间散布"明年为劫年，玉皇大帝命诸神下降"的观念。劫年的灾难是因洋人的侵略而起，只有请神练拳，让神在劫期下凡附在拳民身上护善除恶，驱逐洋人，才能过上幸福的生活。朱红灯还向群众许诺，将带领他们打击积粮居奇的地主和奸商，只要加入拳会，就可做到人人有饭吃，不愁饿肚子。"时值山左饥荒，贫民乏食，闻言野起附和，动辄千人。"

大水过后，受灾各县神拳遍地开花，灾民们整家、整村地加入，连那些因交不起香火钱而被大刀会排斥在外的贫民也纷纷入会。

1898年6月，朱红灯率领拳民清算了柴家洼、前庄、后燕村的关正清、孙重兰、刘重生等恶霸地主。接着又围攻了长清县最大的徐家楼、河东龟村两处天主教堂。将抢来的粮食和财物分给贫苦百姓，赢得群众的推崇和爱戴，声望与日俱增，加入神拳的人越来越多，朱红灯也被推举为长清一带拳会的首领。

神拳的行动引起了地主们的恐慌。不久，长清县潘西里团总（教民兼地主）王洪骆纠集了三十六个庄的地主武装对拳会展开凶猛反扑，经过激战，三十多个拳民被杀害，拳会遭受严重挫折。

为继续发展拳会，朱红灯于1899年2月率师转移，西渡黄河来到茌平。他是坐骡轿来的，轿上一边插着一杆旗，外面围着黑帷子，朱红灯身穿红褂红裤，戴着红头巾。

茌平地处南北往来要冲，境内教堂林立，教士教民横行霸道，欺压百姓，民教矛盾极为突出。

"1898年，黄河决于东阿县香山之南，茌平适当其冲。水之汹涌，高阜处亦深数尺，南北官道以东尽成泽国。庐室、财产，淹没殆尽，人多巢居。又窘于阴雨连日时行，人民炊断，衣襟俱湿，衣寒交迫，有数日不得一食者。为期复长，直至中秋后，乃渐消减……然其被灾之苦，实空前绝后矣。"灾后的民众衣食无着，难以为生，纷纷加入民间秘密组织寻求庇护，神拳就在茌平大兴起来。朱红灯先在五里庄设场练拳，广招徒众，很快扩展到三十里铺、姚家庄、八里庄、马沙窝、王莫庄、琉璃寺、大柳庄、南关、西关、双营、林庄等地。

1899 年 4 月，朱红灯率领拳民冲击并焚毁了梁庄、王相庄、马沙窝、八里庄、业官屯、姚家庄等地的教堂，先后结识了于清水、心诚和尚、王立言、徐福和等人，彼此联络，互相声援。

于清水，山东高唐琉璃寺乡郝庄人。家中贫穷，靠做小买卖和扛活为生，是"没爷没娘，有些流氓"的一个人。1899 年春神拳起来前，曾长期练拳。当拳民向教会势力展开激烈斗争时，于清水也加入进来，与朱红灯、王立言一道在丁家寺设场授徒，竖起"替天行道，兴清灭洋"的旗帜，活动在高唐琉璃寺一带。他英勇威武，作战勇猛，深受拳民爱戴。

心诚和尚，高唐后杨庄人。原名杨照顺，又名杨天顺，法号心诚。幼年多病，被送至后杨庄东二十里丁家寺出家为僧。在彼学得一手好拳脚，刀枪棍棒，无不精熟，还会金钟罩、铁布衫等硬气功。每与人赛武，十多人不能近身，尝自夸"浑身气功，能拒枪炮，金刚附体，外洋无敌"，有"铜头和尚"之称。在战斗中经常用头撞向敌人，撞到者非死即伤。有一次他单独行动，被一群洋人包围，洋人里有一拳师，自恃力大拳硬，单独向其挑战，两人拳来腿往几十回合不分胜负。心诚狂性大发，像愤怒的公牛般一头撞向洋人胸口，把人高马大的洋人撞飞七八米远，胸口肋骨被撞得深深凹陷进去，当场吐血而亡，吓得一群洋人落荒而逃，从此就有"铜头和尚"之美誉。外国传教士在山东胡作非为，民怨沸腾，心诚和尚在丁家寺设场授徒，练拳习武，率领徒众焚烧教堂，杀死传教士，打击土豪劣绅，成为茌平一带颇孚众望的著名拳首。

王立言，高唐神拳首领。他是个文人，在村里教书，曾开过布店卖洋布，好赌，当地人称其为王先生。像所有拳首一样，他也穿黄马褂子（这一般是有军功得到皇上赏赐的人才有的）。他年纪很大，视力不好，不带队打仗，负责写帖子出谋划策，是神拳的文书兼军师。

王尚选，茌平神拳头领，家境贫困，原是推车做小买卖的；另一神拳首领是个狱头的儿子，本人很穷，只有十亩左右常遭水淹的地；茌平冯官屯的神拳首领有外村来的雇工，也有卖面的；禹城有个神拳头领是武生员，喜抽大烟，家中虽有三四十亩地，也是日渐没落；禹城尚河头村的首领有两人是贫农，一人是没落地主。有个和朱红灯一块儿起事的叫刘太清，家中有点土地，曾靠卖菜油度日，在外面名声很大，城里人把他想神了，其实他人很笨，不会打拳，师傅教他很多次都学不会，只在家里弹棉花。

小芝坊村西邻马颊河，是个中等村庄，拳首名叫孙延邦。孙延邦是高唐县大董庄人，生于清同治十一年（1872年），乳名孙二，家有二亩半地和三间土房，早年丧父，与母亲相依为命。十五岁时，在邻村周化南家扛小活，周家是书香门第，给他起了个名字叫孙延邦。后来孙延邦跟着一个铁匠当小伙计，学习铁匠手艺。

光绪二十三年（1897年）腊月初五，孙延邦到辛店赶大集，出售菜刀锅铲之类的小家什。辛店村有个外号叫孙大头的人，凭着自己入了天主教，认识洋教士，在当地横行霸道，胡作非为。这天赶集，孙大头路过孙延邦的摊位，见他卖的菜刀挺好，不禁动了心，又不想给钱，便谎称自己家境困难，要拿两把去顶"地皮税"。孙延邦本不想给，见他说得诚挚可怜，就勉强给了他一把。孙大头执意要两把，孙延邦不干，两人发生了争执。孙大头见他不给，便要硬抢，孙延邦大怒，将其痛打一顿，舍弃地摊逃走了。

之后，孙延邦在高唐与茌平交界处以打铁为生，改名董延邦。光绪二十四年（1898年）春，董延邦去琉璃寺赶集，在地上摆出一大堆铁器。吸引很多人前来围观。高唐琉璃乡王莫庄（原属茌平）的拳首王立言正好路过，见他擅长打铁，悄悄把他叫到一座寺庙里，商议让他帮助拳民打制兵器。董延邦爽快答应下来。这年董延邦母亲逝世了，从此他常住在琉璃寺里，与王立言结为知己，跟他学习拳术。

光绪二十五年（1899年）春节，董延邦到平原县小芝坊村走亲，趁便宣传神拳，建立拳场，练习武艺。外国传教士出门传教大都坐轿或坐车，有护兵马弁跟随，进村先放三声炮，很是威风。他们勾结恶霸地主、地痞流氓，霸占田产，敲诈勒索，行凶杀人，罪行累累。小民奉了洋教就有势力，见人就想发个横，官府也不敢管他们，老百姓对此恨之入骨。小芝坊的拳场建起来后，年轻的贫苦农民踊跃参加，他们公推董延邦为大师兄，晚上集中在打谷场上练拳，师兄教练拳术、刀术、排枪，使用大刀、红缨枪等武器。消息传开，附近村庄的许多青壮年都来找董延邦学习拳术。随后北堤、小屯、锅培口、杠子李庄等村也相继建起了拳场，神拳的影响越来越大。后来，董延邦娶了小芝坊村的王姓姑娘为妻，在当地安家落户，更名孙长友。

他们以茌平为中心，到附近的禹城、长清、博平、恩县、平原等地开展活动。拳众发展迅速，"始则一两处秘密学习，继则遍及村庄，纷纷设场"，"长至妇人孺子且有习之者。忽而千百成群，忽而三五结侣"，"茌平县治八百六十余庄，习拳者多至八百余处"。几乎村村有拳坛，家家练神拳，大街小巷到处都是红布包头、手持刀棒的拳民。

受赵三多的影响，朱红灯将神拳更名为义和拳，并被推举为这些地区的义和拳总首领，提出"先学义和拳，再学红灯照；杀了洋鬼子，灭了天主教"的口号，打出"天下义和拳兴清灭洋"的旗帜公开活动，得到了人民群众的热烈响应。

在朱红灯率领义和拳活动的同时，1899 年 5 月 17 日（农历四月初八），赵三多召集各路义和拳首领以佛祖寿辰烧香为名，在正定大佛寺召开秘密会议。会议分析了去年义和拳起义失败的原因，认为是大家不够团结，各自为战，缺乏配合，没有拧成一股绳。有个姓李的河间拳首说："我有个办法，诸位老师和师兄们看行不行。如今静海、青县、东光各县有红门，又叫铁布衫，他们信奉白莲教，拳未明开，暗里吃符念咒，会刀枪不入，能避水火，不怕洋枪大炮，天天夜里练，老百姓很信他们。他们与我们本不通气，但灭洋的宗旨和我们是一样的。咱们不妨凑他一步，也学他们吞符念咒，刀枪不入，以后就不怕洋人了。我们义和拳是明的，可以到处开会亮拳，他们与我们联成一气，也能正大光明地亮拳开会，双方各取所需，皆大欢喜，这样就好往下搞了，众位师兄们看怎么样？"刘化龙听了，赞许道："李师兄这个主意很好。畿南这几县的白门和黄门我已联系妥当了，只是尚未亮拳开会。"一个姓赵的拳首也附和道："我看咱们就这样办吧，赵师父，你看怎么样？"

赵三多点头赞同道："很好，咱们就改名叫神助义和拳。暂时只说练拳习武保护村庄，以免官家干涉，两面受敌。将洋鬼撵跑，大清就自倒。咱们分头行动。李师兄你们负责交河、献县、静海、青县；刘先生你与朱先生负责京南；我与王师兄在滹沱河两岸各县活动。往后有什么情况，随时写信给大佛寺老公师父中转。老公他是个僧道官，久住大佛寺，联络方便。"安排妥当，大家纷纷散去。赵三多与跟来的人在寺里住了三四天，临行前，他叮嘱老公道："这副重担就全靠你来挑了。"老公说："打仗我不行，送信我还做得到。"

大佛寺会议后不久，各地教门会社就纷纷设坛练拳，以义和拳的名义公开活动。官府也不禁止。

神助义和拳分为乾、坎二门。传授之法不一，主要以降神为主。降神就是请神附身，自会武功，不畏枪炮。乾门的降神之法是让拳民俯伏在坛前，由大师兄为其焚符诵咒，名为请神，再让他死死咬住上下齿，从口呼吸，不一会儿口吐白沫，大师兄高声说道神降了。让他站起来手执刀棒，如癫若狂，随意舞弄，就会了神灵的武艺法术。坎门请神与此略同，唯有使人上下跳跃，等到气喘吁吁才算神降稍有不同。得法之人，无论何时何地，若想请神，只须按法演习，等到流沫喘气，就自称神降。又有种叫"明体"的，说是神降以后，自己还有知觉，不会昏迷。还有种叫做"缘体"的，说是神与其有缘，不用麻烦去请，只须心里想着，在地上跺一下脚，神就会自动降临到他身上。

起初都是小儿童子（大多十三四岁，最小的不过八岁）练习，说是从小到大，要学数年才能有所成就，若已长大成人再来练，神就不会附体。

拳民以当日请神念咒时神灵所附之人为首领，群听号令以为向往，改天就另换一人。

拳民出队时，目不旁视，全靠神灵附体。神一附体，就不省人事，执刀乱扑，视死如归。

义和拳为赢得更多人的支持，到处宣传他们受术于神，传之于人，刀剑不入，枪子不中，掣云御风，进退自在，能使敌人枪炮不燃，可咒其火药自焚，能在屋中不用兵器将百里之外的敌人斩首。

时人记载："其可异者，一则响应之速，直有一日千里之势。诚不解是何神通；一则无知幼童，一诵咒言，立即迷失本性，口眼歪斜，舞刀弄棒，竟于青天白日下惨喊杀声，其狞恶不可向迩，又不解是何法力。"

大佛寺会议后，阎书勤率领一股义和拳沿运河南下攻打武城十二里庄教堂。十二里庄教堂是天主教方济各会代牧区的主教堂，是鲁西北教会势力的中心。阎书勤在郝洛有、任寡妇的夏津义和拳和戴大木的武城义和拳的合力支持下，从 7 月 16 日开始，对十二里庄教堂发起了猛烈的进攻。因教徒配有洋枪洋炮，又有寨墙围护，义和拳攻打数天，伤亡很大，也未能将其攻下，拳民队伍却得到进一步壮大。阎书勤率部南下转移到直鲁交界的邱县常屯一带传贴聚众，攻打教堂。冠县知县程方德闻讯，立即禀报东昌府，副将马金叙上禀山东巡抚毓贤。程方德派人前往常屯哨探动静，被阎书勤捉住杀掉了。

在义和拳重新酝酿斗争的同时，一支大刀会人马也在直隶大名府成安县开展反教会斗争。到 1899 年六七月，已有会员六千多人。会首是刘胜先，他领导大刀会的反洋教斗争惊动了天主教直隶东南教区，耶稣会把他们看成是与义和拳有密切联系并危及自身生存的可怕力量，组织教民武装对其进行镇压，刘胜先被戮于乱枪之下。刘胜先之死使大刀会在成安一带的斗争遭受严重挫折。成安县令企图将这些大刀会成员编入自己的团局之中，但他的如意算盘没能实现，大刀会众都投奔直隶顺德府沙河县和河南省武安县（后属邯郸）去了，与当地的义和拳汇合开展斗争。

1899 年的天气很反常，往年春夏饱受洪涝之苦的华北各省从春天开始就几乎一直没有下过雨，山东、直隶春麦未能播种，勉强种下的庄稼也尽皆枯萎而死，整个华北大地陷入大面积干旱之中。这次旱灾蔓延甚广，除山东与直隶外，山西、河南与陕西等地也饱受干旱之苦。在无数次设坛求雨都徒劳无功后，民众陷入了一种日益增长的焦虑和不安中，他们认为这一切都是洋人的邪教得罪了老天造成的。进入夏季后，大量因干旱而无所事事的青壮年农民纷纷加入了义和拳。随着练拳之风兴起的是关于杀死洋人、铲平教堂即可平息老天震怒，结束干旱的流言蜚语。当时一位传教士说："他们所有的求雨活动都以失败告终，这使他们大为恼火。他们说：'肯定是洋人的错，我们应该除掉他们。'"持续干旱导致的饥饿让华北大地上一向安分的农民恐慌焦躁起来，极端排外的情绪、全民狂热的幻觉，伴随着义和拳队伍蔓延、传播着。

1899 年 6 月，德华山东铁路公司在柏林成立后，德国人开始在山东修建胶济铁路。此举点燃了被干旱折磨的农民蓄积已久的怒火，时人记载："德人方将布铁路，插旗买地，土人喧传，凡铁路所经若千里内，禾稼皆死，将为联庄会，齐向洋人拼命。"

德国人在山东铺设铁路，所到之处，尽将村落民家拆坏，遇到坟墓就将其毁掘，非但不有意避让，且毁坟拆屋一文不赔。当地人田地房屋被毁，饮食无着，无处栖身，父子夫妇兄弟流落荒野，死后被遗弃在沟壑里的不知道有多少人。

一个外国人记述当时的情形：铁路经过牛庄的民田，正当谷物成熟之时，俄国人强行霸占农田，不予赔偿。农民为了保护自己的身家利益，奋起与之抗争，遭到血腥屠杀。德国人在高密濠里修建铁路，阻塞田间水道，妨碍小民生计。高密地势南高北低，北部濠里一带汛期常遭水灾，若再修建一条东西铁路，无异于制造一座拦水大坝，铁路南部低洼地区将遭受更加严重的水灾。当地群众要求德国人多建几座大桥以便泄洪，遭到断然拒绝，理由是没有必要。修路人员办事不遵章程，肆意挖毁麦苗、菜蔬，遇到坟墓，不等人家迁走就自行刨掘，雇佣的华工狐假虎威，仗势横行，时常欺压乡民，群众愤恨已久。

德国人修建铁路的工作进入高密县境芝兰庄、姚哥庄一带，他们横冲直撞，为所欲为，广大农民在忍无可忍的情况下，纷纷组织起来将德国人勘测后插竖的修路标志全部拔去。路标被拔后，德国人只好再次插竖。但往往是他们前脚刚插好，群众后脚就将其拔去，使修路工作难以进行。德国人对此十分恼火，派军队去沿路附近村庄搜捕拔标农民。一天，几个德军士兵带着翻译气势汹汹地闯进大吕村，四处搜捕毁坏路标的群众。大吕社社长仪鹤龄将其拦住，应付到一家客栈，暗中通知群众。满腔怒火的村民迅速聚集起来，拿起早已准备好的大刀、长矛、锄、镰等将客栈团团围住，把威胁恐吓群众的翻译拖出来一顿痛揍。德军士兵见势不妙，狼狈逃回。

不久后，铁路公司一名员工在大吕集市上买鸡，看见一个年轻妇女生得十分美貌，按捺不住，上前肆意调戏。那天正逢集日，赶场的人很多，此举引起众怒，大家一拥而上，拳打脚踢将他收拾了一顿。那个员工被打得鼻青脸肿，回去添油加醋给公司告状，说刁民拔标阻工，把自己打了，脸上的伤痕就是证明。高密县令葛之覃闻知此事，徘徊观望，没有及时采取补救措施。

　　骄横傲慢的德国驻胶澳总督叶世克得知修路在高密受阻，立即派兵前去镇压。面对气势汹汹的侵略者，高密东乡人民没有退却，纷纷组织起来迎战。

　　6月13日，德军进攻高密芝兰庄，遭到村民顽强抵抗。由于准备不足，加上武器低劣，抵抗很快失败了。德军攻入村庄，兽性大发，杀伤村民百余人。然后直扑抗德斗争中心大吕村。到那儿发现当地村民已经撤离，随即扑向与大吕村隔河相望的堤东村。听到德军开来的消息，堤东村群众毫不畏惧，在德兵逼近村子时，纷纷操起大刀、长矛、土枪、土炮进行抗击。经过激烈的战斗，村庄最终被德军攻陷，15人牺牲，60余人受伤。

　　6月14日，叶世克又从青岛向高密增派德军94名，从堤东出发直扑高密县城。高密县令葛之覃按照山东巡抚毓贤的电令，不准高密人民抵抗，德军不费一枪一弹就占领了高密县城。这是高密有史以来首次被外国侵略者占领。

　　德军进城后，拆毁了城防大炮，占据了县城的最高学府通德书院，将书院内所存书籍桌凳悉数焚毁。又以搜查枪械为名，窜扰城乡各村，四处捕杀抗德群众，先后打死20余人，打伤者不计其数。后胁迫官府对他们的损失予以赔偿，数额高达白银3495两。对侵略者这种颠倒黑白的强盗行径，人民群众无不义愤填膺，但腐朽的官府畏洋如虎，在侵略者面前一味退让，最终满足了侵略者的全部要求。

　　在扑灭了高密东乡人民的抗争烈火和勒索赔款得到满足后，德军宣布从高密撤兵。至此，以大吕、芝兰庄为中心的历时20多天的高密东乡人民抗德斗争告一段落。

　　铁路建成后，沿线旧有交通废弃，造成大量水手、船夫、纤夫、店员、脚夫、驿夫等失业。据时人粗略估计，受铁路之害而失业的人，仅顺天府属州县后来加入义和团的就有4万余人，各地实际遭受失业之苦的人要远远超过这个数字。这些因铁路通车而破产的广大群众，生计断绝，流离转徙，困苦异常，他们直觉地感到铁路、电线、机器等都是洋人借以祸害中国之物，对其深恶痛绝。后来参加拆毁铁路的群众甚多，并不只有义和团员，卢保铁路就是如此。奉命前往镇压的清军统领杨慕时向上级报告称："是匪是民，无从分别。"另一目击者艾声也说："徐察拆路者，多沿途各村愚民。"

毓贤纵容义和团

随着各地群众的踊跃加入，义和拳势力迅速壮大，不久就发展为"济南至德州三百余里皆其党羽"的局面，这引起了官府的恐慌。

山东巡抚毓贤本是个杀人不眨眼的屠夫，在任曹州知府期间，曾血腥镇压过"土匪"。就任山东巡抚后，依然采取镇压政策，多次下令不准民间私立大刀会、义和拳、红拳会等，不准设场习拳。但这些民间组织已经遍布全省，人数多达数十万，如果单纯采用杀戮的方式解决问题，只会激起更加强烈的反弹，引发更大规模的暴乱，闹到不可收拾的地步。他担任山东地方官二十多年，深知省内民教矛盾的实情，德国强占胶州湾后，教会气焰更盛。接任山东巡抚后，毓贤上奏朝廷："东省民教不和，由来已久。缘入教多非安分良民。在二十年前，平民贱视教民，往往有之，并未虐待教民也。迨后，彼强我弱，教民欺压平民者，在所多有。迩来，彼教日见鸱张，一经投教，即倚为护符，横行乡里，鱼肉良民，甚至挟制官长，动辄欺人。官民皆无可如何，断无虐待教民之事。每因教民肆虐太甚，乡民积怨不平，因而酿成巨案。该国主教袛听教民一面之词，并不问开衅之由，小则勒索赔偿，大则多端要挟，必使我委曲迁就而后已。近年情形如此，委无虐待教民情事。此奴才服官东省二十余年，耳闻目睹，知之甚确者。"

毓贤对此愤恨不平，基本沿袭了张汝梅以抚为主的方针，不再像过去镇压土匪那样卖力地镇压拳民。他深感教会比义和拳对大清的威胁更大，自己身为朝廷大员，不能公然仇教，就想借拳民之手与其对抗。

朱红灯等人竖起"兴清灭洋"旗帜，率领拳众攻击教堂，劫掠教民，毓贤非但不加惩罚，反而暗中叫好。当属下传言朱红灯有刀枪不入的神功时，毓贤欣喜不已，秘密传令召见他。

朱红灯听说巡抚大人要见自己，吃了一惊。只当是为仇教的事，此去多半凶多吉少，有去无回，遂推辞道："不好意思，最近家中事多，实在走不开，麻烦大哥替我给巡抚大人告罪，等改日得空，再来当面聆听教诲。"

差役明白他的心思，笑着劝道："不用担心，毓大人叫你去没有别的意思，他听说你会刀枪不入的神功，格外高兴，想请你去当场演示演示。若果然是真的，以后正好可以收拾洋人。毓大人也痛恨洋人，恨不得把他们统统消灭干净。"

朱红灯一听，心中窃喜。降神附体的神功历来被官府视为邪术，长期被严加禁止，只能私下偷偷传习。近来管制虽有所放松，但还远远未到合法的地步。如今居然有朝廷命官对它感兴趣，这还是有生以来第一次，看来自己"兴清灭洋"的旗帜算是打对了。岸然说道："我的神功当然是真的，要不然怎么会有那么多人相信？我现在就可以给你演示演示。"

衙役说："不用给我演示，我相信是真的。只是毓大人想看一看，以去心中之疑，你方便跟我走一趟吗？"

朱红灯犹疑不定，自己从未跟毓贤打过交道，不知他为人如何，也许这就是个圈套，自己去了便会被抓起来处死。可转头一想，自己成天灭洋闹教，还不是把脑袋别在裤腰上的勾当，不知道哪天就会人头落地。如今既有这么个机会，为什么不去试试呢？若是真的，说不定就能借此鲤鱼跳龙门了。自己辛苦奔波、冒着杀头的危险组织拳会抗洋，等的不就是这一天吗？这可是个出人头地的好机会，错过这个村就没这个店了。

思来想去，朱红灯终究还是答应了，带了两个徒弟跟随衙役来到了济南巡抚衙门。

毓贤见朱红灯个子不高，身材粗胖，长着一脸大黑麻子，跟自己想象中的神拳领袖大不一样，不禁有点失望，疑惑地问："你就是朱红灯？"

"小人正是。"朱红灯朗声答道，剑眉上扬，目光炯炯，不卑不亢。

"听说你有刀枪不入的法术，可以给我演示一下吗？"毓贤懒懒地说。对此没抱多大希望，心想若是假的，今日就当场把他杀掉。

"悉听遵命。"朱红灯说，和两个弟子来到院子里，开始表演神功。

…………

毓贤看罢，惊得目瞪口呆，由衷赞叹道："果然名不虚传，朱师傅真神人也！"

朱红灯笑着说："大人过奖了，雕虫小技，何足挂齿？"

毓贤忙改容相敬，将其奉为上宾，殷勤请教道："敢问朱师傅的神功，是如何练成的？"

朱红灯说："今日我等所练之拳，乃义和神拳。它是由乾隆年间的义和门演变而来，来历久远。到嘉庆年间，义和神拳更盛。时下我辈习拳弄棒，降神召众，烧香磕拜玉皇大帝，习经奉佛，持诵咒语，养成无边法力，故不惧洋枪洋炮，杀洋人如杀鸡犬。"

毓贤闻言大喜，暗想：神拳如此厉害，若能将其收拢起来，为我所用，何惧洋人哉？便道："听说朱师傅不扰平民，专与教堂教民为难，却是何？"

朱红灯愤然道："我大清好端端的一个国家，洋人进来后横行霸道，为非作歹，到处修建教堂，招收不法教民，传播歪理邪说，惹得天怒人怨，灾难连连，民不聊生，我恨不得把他们全部消灭干净才罢。"

毓贤听了，连声称赞道："朱师傅忠勇可嘉，在下十分佩服。有你们这些义民为国尽忠，我大清就有希望了。"

朱红灯逊谢道："大人过奖了，我等不过略尽绵薄之力而已，大人才是国家的柱石。"

毓贤自惭道："哪里，与你相比，我真是自愧不如。眼看洋人在我国土上强横霸道、胡作非为，却无能为力，实在汗颜。"

朱红灯说："大人不必自责，此乃职位所缚，你也没办法。只要大人不出面干涉，就是对我们最大的支持。"

毓贤慨然道："别的我不敢说，这个我还办得到。"

朱红灯说："这段时间大人多次张布禁止习拳的告示，不知是何用意？"

毓贤满不在意地说："那是做样子给洋人看的，不必当真。"

朱红灯释然道："那就好，我代众兄弟感谢大人的庇护之恩。我们最痛恨教民，明明是大清的子民，却甘心把灵魂出卖给洋鬼子，甚至倚仗教会的势力横行乡里，欺压良善，这种人最可恶了，我们逮住一个就杀一个，绝不姑息。"

毓贤深有同感道："我也恨假洋鬼子，多杀几个才好，以儆效尤，让他们知道背弃祖宗的下场。"

两人越聊越投机，大有相见恨晚之意。天色渐晚时，毓贤吩咐仆人准备了一大桌酒席，亲自作陪，为朱红灯斟酒夹菜，殷勤相待。席间向其讨教神拳的诸多神奇之处，朱红灯侃侃而谈，神采飞扬。听得毓贤啧啧称叹，欣喜不已道："朱师傅，今晚就不要回去了，咱们一醉方休。"

朱红灯爽快答应，感觉今天真是不虚此行，竟然遇到了知己。

酒酣耳热之际，毓贤说："朱师傅，我有一个不情之请，不知当讲不当讲？"

朱红灯说："大人有话尽管吩咐，小人无不遵命。"

毓贤说："我处兵勇虽有数千，奈何未得名师指授，武艺不精，难以对敌。若朱师傅肯不吝赐教，指点一二，实感万幸。"

朱红灯做梦都没想过能给官兵做教头，又惊又喜道："承蒙大人看得起，在下荣幸之至，焉敢推辞？"

毓贤又说："朱师傅神功天下闻名，若在济南设场收徒，四方好汉必闻风而来，不知你可有此意？"

朱红灯走的是农村包围城市的路线，没想到这么快就能把神坛设到省城，听他这么一说，正求之不得，当即爽快答应了。

这次只来了三个，人手大大不够，就派徒弟回去叫心诚和尚、于清水、徐福和等首领带兄弟到济南来帮忙。

众头领闻信大为惊喜，随即带领得力弟子欣然前往。

毓贤见拳民个个武艺高强，神通广大，心中甚喜，对其加倍优待，奉若贵宾。

众人在济南设场授拳，各展神通，悉心训练士卒。

时光如梭，转眼大半个月过去了。朱红灯等人见他们也学得差不多了，待在这儿也没什么意思，离家日久怕军心涣散，便要告辞回去。毓贤政务繁忙，不便久留，赠送了他们一千两银子路费，亲自送行，临别时，殷切叮嘱道："抗洋斗争尚未成功，诸位还须继续努力。"

众人道："大人放心，我等一定尽忠报国，不负大人所托。"和毓贤依依惜别。

有官府暗中支持，朱红灯等人发展徒众更加卖力，到那年春夏，义和拳已遍及鲁西北并跨界蔓延到直隶，许多村庄都建起拳场。拳民对教民的小规模骚扰日渐普遍，洋人（尤其是美国人）不断提出强烈抗议，对地方官员行动迟缓、不能有效控制反教拳会大为不满。

对此，毓贤提出"民可用，团应抚，匪必剿"的方针，只要民间各种拳会安分守法，自保身家，就可将其列诸乡团之内，不予制止，若真有捉人勒赎、抢掠无忌等事，即当派队查拿。

通令山东省内的义和拳、大刀会、红拳会等组织合并为"义和团"。允许朱红灯统率的义和团打出"毓"字黄旗和"兴清灭洋"大旗公开活动，任凭其设场授徒，攻击教堂，杀戮教民，义和团声势愈张。

法国公使毕盛为教民屡遭拳民杀害之事多次责问总署。总理衙门大臣许景澄报告给军机大臣荣禄。荣禄为此多次警示毓贤，要求他妥善保护教堂教民，以免贻人口实。毓贤口头上答应得好好的，却并不采取实际行动。

杠子李庄冲突

1899 年初，湖广荆门人蒋楷从莒州调到平原任知县。此地没有西式教堂，教民不多，盗匪也不像鲁西南那样猖獗，他庆幸自己来了个好地方。此时义和拳已在临近的恩县盛行起来，平原也有不少人在练习义和拳。

5 月初，天主教士高凤仪给蒋楷来函，称教民张安业被他的叔叔张泽打了。张泽是平原北堤村的一个里长，有武科生员的功名，家有七八十亩地。他性格暴戾，语言粗俗，用铁腕称霸乡里，人们将北堤村称作"张五朝廷"。张安业也是个武生，素来凶横霸道，在村里是个刺头，为乡民所不齿，蒋楷接信后未加理睬。高凤仪又从禹城来见他，口气严肃地说张泽与魏奉宣等人聚集堤上不逞子弟夜练义和拳，已袭扰小魏庄两座教堂，小屯武生王治邦是他们的首领。蒋楷不能再敷衍，只好前去调查，发现被损坏的并不是教堂，而是堤上三间旧草屋，草屋是教民的公产，顶部被人打出一个瓮大的洞。张泽说是张安业干的。小魏庄的民宅有教士往来，憩息之所的耶稣神像有轻微破裂，什物多被毁坏。蒋楷为息事宁人，出钱给地保让其修补。

蒋楷把王治邦的儿子武生王甲三招来县城，对其殷切劝导道："民教不和已经很久了，咱们若以气凌之，对方必将以势凌我，有事可与其理论，千万不要动手。"王甲三不醒悟。蒋楷又说："百姓以教案泄愤，洋人就以教案启衅，前年发生巨野教案，教堂增加了十三所。去年发生沂州教案，日照、郯城、莒州城中都建起了教堂，扼我咽喉，吸我膏血，犯事人员还被杀了头，无损于教民毫末，却让自己损失巨大。普通百姓或许不懂这道理，但有身份地位的人应该要懂。"王甲三仍不省悟。蒋楷只好威胁他道："符咒是妖人所使，以符咒惑民，是邪教所为。邪教必叛，妖人必乱。乱则被斩，叛则被灭，你是有身家的人，不要相信教匪的邪术，否则一定没有好果子吃。"王甲三这才惶恐大悟，回家劝告父亲别再惹麻烦。后来经过蒋楷居中调解，堤上、小魏庄的案子总算了结。

张泽、魏奉宣洋洋自得，夜聚明散，气势汹汹，自称刀剑不能伤，枪炮不能入。试验的时候，有人手臂被砍断，有人胸口被洞穿，众人以为是法术不精所致，继续操练如故。

北堤村与恩县隔着一条马颊河，平原的义和拳就从此处兴起，东至小屯、胳膊口、南乡等庄，各个村落都设有拳场，场前横大刀一柄，也有枪炮戈矛等武器。拳民崇奉的神仙主要是二郎神杨戬，称为太老师，其次有孙膑、马武、张飞、孙悟空等。神之所附，称为马子，马子的年纪二十上下，拳民的法术有符箓也有咒语，符箓一贴上头顶或佩在身畔，就会像疯癫了一样，力气比寻常大出数倍。拳民相互以师兄相称，头领被称为大师兄。

蒋楷认为这是邪教，若不加以制止将会引发祸乱，在6月向上司禀告请求严禁义和拳："自巨野一案，德意志借为口实，强租胶澳，尽攘山东矿路利权，各国逐逐眈眈，惟恐中国之无事。义和拳符咒治病，与汉季张角同，其与教民为难，为荧惑人心计耳。齐鲁间多邪教，白莲闻香，屡起屡仆，自古无邪教能成事者，亦无邪教不滋事者，应请一体示禁，以杜他族之口，而定斯民之心。"济东泰武临道吉灿升和济南知府卢昌诒都批准了他的请示。

蒋楷随即召集四十六里里长再三申儆，告诫他们旁门左道不可信，聚众之罪不可犯，民教矛盾不要随便挑起。里长们觉得他说得有道理，回去教育乡民们要遵纪守法。父兄也训诫家中子弟不要闹事。

有拳民从济南来，闻言不以为然，说：如今义和拳在省城设场已遍及城内外，佐字两营的士兵有一大半都加入了义和拳，连巡抚毓大人都向着我们，你一个小小的知县又能把我们怎么样呢？

蒋楷虽不大相信，但巡抚大人的批示久久未下，心里也暗暗担忧。

8月，抚台的批示终于下来了，说义和拳就是红拳会，是会首邵玉环从江南传来的等，东拉西扯地说了一大堆，唯独对他提出禁止义和拳的请示不置可否。

蒋楷隐隐感觉巡抚大人是向着义和拳的，为投其所好，也为约束拳民不生事端，便向毓贤报告道："前因外来拳师，在境内夸炫技勇，乡民年少无知，为之欣动，约集人众学习拳棒，其意亦为自相保卫。卑职查知前情，即令强壮者归入团练，仍不失为各保身家。"

9月初，商家庙的村民王付前来报案，说他被庄长王朋玉和张泽、魏奉宣、曹玉琢（胳膊口庄庄长）等人抢了。父母在抢劫中受伤，当晚父亲就因为伤势过重身亡了。

次日，蒋楷带人前往商家庙王付家中勘察。见门窗剥落，箱笼歪倒，一片狼藉，确实像是被抢了。不过他父亲年过八十，身上并无伤痕。蒋楷心下疑惑，当场仔细审问。王付说父亲遭抢时虽未受伤，但的确是因受气而死，求青天大老爷为民申冤。张泽、魏奉宣前来申辩。蒋楷让他们将所抢衣物归还王付，各自画押了结。

中秋前后，平原抢案四起。董路口、新庄、杠子李庄等地最为严重。

杠子李庄位于平原县城正南约10公里处，分为前杠子李庄和后杠子李庄，两村之间有一大片不能耕种的盐碱地。

前杠子李庄是个十分分散的村庄，分为杨家、东李和西李，有40户人家。拳民首领李长水是西李人。李长水出身农家，是条黑脸大汉，当过木匠，开过粉坊，会武术，纵身能上房，人缘很好，结交广泛，穷人相信他、拥护他。光绪年间，帝国主义入侵加剧，教会势力不断向农村渗透，李长水深受其害，为反对教民的欺压，决定拜师练拳。1899年夏，他将朱红灯等27位义和拳首领请到杠子李庄，邀请附近拳场的拳首前来举行"拜拳师会"，尊朱红灯为"大师兄"，自与本村杨传文结社组织义和拳，成为首领。周边村子经常有拳民来向他学习拳术。

东李有个天主教徒李金榜，家有七八十亩地，雇了一个长工，经营一家小酒店。李金榜为人刁钻刻薄，又是个教徒，没人愿意和他来往，他在村里十分孤立，没人愿意和他共用井水。

1899年秋，因为连续干旱，庄稼几乎颗粒无收。拳民饥饿难耐，为了生存，不得不向李金榜借粮。

李金榜暗想："你们平日不是很嚣张吗？怎么也有求我的时候？"他故意装出一脸难色道："不好意思，今年收成不好，我家也没有多余的粮食，你们去找别人借吧。"

拳民赔着笑脸说："别人家哪有啊？就你家富裕点。俺们要是挨得过去，也不来麻烦你了。今年实在是困难，家里都快揭不开锅了，你就行个方便，接济一下吧。"

李金榜想了想，说："你们让李长水来，我有话跟他说。"

众人便去告诉了李长水。

李长水知道此去少不了会挨一番刁难，却又别无他法，只得硬着头皮来到李金榜家。

李金榜见了他，笑着说道："哟，李师傅来了，稀客稀客。"语气中带着嘲讽。

李长水讪讪地笑了笑，没有说话。

客套了两句，李金榜昂然问道："李师傅亲临贱地，有何贵干啊？"

李长水客气地说："今天来，是有件事要麻烦一下你。"

李金榜笑着道："我就说嘛，李师傅是无事不登三宝殿的，果然没错。有什么事，就请吩咐吧。"

李长水说："今年不是年景不好吗，地里没啥收成，大家伙儿都快吃不上饭了，想找你借点粮食，渡过眼前难关。"

李金榜说："这你可找错人了，我家也不富裕，存那点粮食也就够自己一家人吃的，哪有多余的可以拿出来借？"

李长水了解他的为人，知道他肯定不会白借，便说："你放心，俺们不会让你吃亏的，利息按一分算，等明年丰收了，就连本带息一起还给你。"

李金榜摇着头说："不是这个意思，实在是没有多余的，我也爱莫能助，你们去找别人想想办法吧。"

李长水知道这分明是托词,刚才进来的时候,看见他家粮仓满满的都是粮食,只是他不愿意借罢了。便说:"以前是俺们不对,我代大家给你赔罪了。"

李金榜说:"哟,这我可不敢当。你们有什么不对的呀?"

李长水面带悔意说:"俺们不该因为你是教徒而孤立你,不跟你来往。希望你大人大量,不要往心里去。"

李金榜冷笑道:"那不是你们的错,是我自作自受,活该做孤家寡人。"

李长水说:"你不要见气,以前的事就让它过去吧,往后大家还是要和睦相处,守望相助才是。"

李金榜说:"不用说这些。你们走你们的阳关道,我过我的独木桥,咱们井水不犯河水不是挺好吗?"

李长水一生极少求人,如今低声下气地央求了半天,见他还是不为所动,心头不禁有点恼火,说:"都是乡里乡亲的,莫非你就忍心眼睁睁看着大家饿死吗?"

李金榜暗想:"以前你们挤对我的时候,可没把我当乡亲。现在没饭吃就想起我来了,这乡亲可真不好当。"便道:"没饭吃,可以去吃草根树皮呀,怎么就会把人饿死了?"

李长水闻言大怒,他心中暗想:"这是人说的话吗?没想到你这家伙,心肠竟然如此歹毒。"厉声问道:"你到底借不借?"

"不借。别说没有,就是有也不借。"李金榜决然道。

"狗东西,你给我等着。"李长水抛下这句话,怒气冲冲地走了。

再过两天就是中秋节了,李金榜一家这几天都在忙着准备过节。今年虽是荒年,但一年一度的中秋佳节还是不能错过的。他指挥仆人把米粉、蔗糖、红枣、芝麻、玉米油等原料准备好,将月饼模洗净晾干,烤炉收拾干净,木炭备好,打算明天做月饼。桂花酒早已泡好放在床下的坛子里了,中秋之夜将取出来喝。花灯已经扎好,在门口屋檐下陆续挂起来了。院子里桂花盛开,四处弥漫着浓郁的香气,令人陶醉。李金榜想象着中秋夜一家人热热闹闹地围坐在院子里,一边吃月饼喝酒一边悠然自得地聊天赏月,心里美滋滋的。想到穷人连饭都吃不起,自己还能吃月饼喝桂花酒,一种强烈的优越感就油然而生,不禁感叹：做地主真好。里外巡视了一番，见诸事齐备，就上床安歇了。

大约三更时分，院子里的狗突然汪汪汪地叫了起来，打破了乡村深夜的宁静。李金榜睡得正香甜，被猛烈的狗叫声惊醒了，迷迷糊糊地从床上爬起来，正要趿着拖鞋出去看是怎么回事，狗儿哀叫了一声，又不再声唤了，一切复归于宁静。他以为是狗儿受了惊吓（这条狗向来警觉，一点风吹草动都会引起反应，尤其是在夜里），没什么大不了的，又回床继续睡觉。刚躺下没一会儿，只听"砰"的一声响，卧室门被人猛然踹开，一群蒙面大汉闯进了屋里。

李金榜吃了一惊，正要从床上爬起来，一把冰冷的尖刀已架在了脖子上，黑暗中一个声音冷冷地说："不许动，不然捅死你。"听声音有点耳熟。

李金榜吓得不敢动弹，惊恐万分地说："你……你们要干什么？"

"没饭吃了，找你借点粮食，你干不干？"那人恶狠狠地问。

李金榜心头叫苦，知道今儿个遇到强盗了，要是不答应他们的要求，只怕休想活命，虽然极不情愿，还是只好说："都在粮仓里，你们自己去拿吧。"

那人就指挥手下人开始动手，把粮仓里的粮食一袋一袋地搬出来，码在院子里的推车上，一连装了四五车，把一座粮仓都快搬空了。

李金榜见了，心头滴血，连声哀求道："大哥，行行好，给我留点吧。我一大家子人也要吃饭，你们都拿光了，我们可就要饿肚子了。"

"扯淡，没饭吃，可以去吃草根树皮，饿不死你。再啰唆，老子给你一刀。"那人凶巴巴地说。

李金榜哪敢再开口。家里的长工见来了强盗，也吓得不得了，见主人都不敢说什么，自己哪敢出面干涉？索性躲在屋里不出来。老婆儿女更是吓得浑身哆嗦，心里直念阿弥陀佛。眼睁睁地看着众人把粮仓里的粮食搬得一干二净，又进屋来搜索财物，但凡家里值钱点的东西都没有逃过一劫，连李金榜藏在床脚下、准备明天晚上喝的两坛桂花酒都被搜出来了。

"谢谢慷慨支援。兄弟们，走。"那人招呼一声，率领众人迅速离去。

李金榜目送他们远去，气得差点吐血。好不容易挨到天明，叫了辆马车，直奔平原县衙而去。

知县蒋楷刚坐到大堂上，就有人前来报案，让衙役把他召进来。

李金榜跪在地上哭兮兮地告道："大人，昨晚小的家里被人抢了，粮食财物全被洗劫一空，您可要给我主持公道啊。"

蒋楷一听又是抢案，顿时皱起了眉头。王付的案子才了结了没几天，治下又发生了严重的抢案。这年头，真是不太平。便问："是什么人干的？你可曾看清楚。"

李金榜说："他们个个用黑布蒙着脸，看不清楚长相，但我知道他们肯定是义和拳的人。"

蒋楷闻言心里一惊，忙问："有证据吗？"

李金榜说："两天前义和拳首领李长水等人来找我借粮，我自己家里也不宽裕，就没有借给他们，李长水大怒而去，让我等着瞧。这才过了两天，我家里就被抢了，不是他们干的是谁干的？"

蒋楷说："这只是你个人的猜测，可有人证、物证？"

李金榜道："当时是深夜，没有别的人在。他们个个蒙着脸，那个头子拿刀威胁我，听他说话的声音，分明就是拳首杨传文。他和李长水都是我庄义和拳头领，关系好得恨不得穿一条裤子。"

蒋楷陷入了沉思。如今连巡抚毓大人都庇护义和拳，自己一个小小的县官，莫非还能跟他们对着干不成？就算此事真是他们干的，也得谨慎从事，否则一不小心就会惹火烧身，这年头，官可不好当啊。思来想去，他决定大事化小，小事化了，把这件事糊弄过去就好。便说："你先回去吧，我过两天派人下来调查一下，若果然是他们干的，一定严惩不贷，将丢失的财物追还给你。"

李金榜见他态度敷衍，不大高兴，说道："这还用调查吗，明明就是他们干的，大人派人去他们家里一搜就知道了。"

蒋楷说："没有确凿证据，怎能随便去人家里搜查，莫非仅凭你一家之言，就能定人家的罪不成？岂有此理。快快下去，再胡搅蛮缠，我可要打板子了。"

李金榜也不是吃素的，当即使出了撒手锏："大人要是不给我做主，我就只有报告教会，让神父来给我主持公道了。"

蒋楷闻言大惊。暗道：他奶奶的，原来这是个教民，怪不得态度如此蛮横。仔细一瞧，见他胸前果然挂着个十字架，心头直叫苦，连忙筹思对策。

他知道洋人惹不起，以前在莒州当知州时，当地民教冲突很激烈，在处理民教纠纷案时，往往袒护教民，压抑平民。这引起了时任山东巡抚张汝梅的不满，张以其"人本昏庸，办事不能持平，几酿大祸"为由，将他降为平原知县。吃一堑长一智，这次来到平原再遇到类似事件，他往往两不偏袒，居中调节，上任的前几个月，民间虽有过一些小的冲突，都被他巧妙地平息下去了。这次他准备继续这样干，便说："这样吧，我马上派人跟你下去调查一下，若情况属实，立即把他们抓起来，按律处置，如何？"如此既不得罪上司，又不开罪洋人，可谓两全其美。

李金榜不好再胡搅蛮缠，只好同意了。

蒋楷随即派陈德和、李金榜去杠子李庄调查。

到李金榜家一看，只见粮仓空空如也，器物散乱一地，院角躺着一条死去的黄狗，头颅被打开了花，脑浆流了一地，样子十分可怕。李金榜的老婆子女和长工纷纷前来诉说昨晚的惊险遭遇，至今仍然心有余悸。种种迹象表明，李金榜报告自家被抢情况不虚。接下来就要调查是谁干的。

应李金榜的要求，陈德和带人去了李长水家。

李长水正和几个徒弟在院子里练拳，看见差役来了，镇定自若，招呼寒暄一番后，问其来此有何贵干？

"你昨晚干什么去了？"陈德和问。

李长水说："没干什么，在家睡觉。"

"李金榜家昨夜被人抢了，你知道吗？"

"今早听人说了。"

"你知道是谁干的吗？"

"听说是一伙强盗干的。"

"你认识他们吗？"

"不认识。"

陈德和说："有人说是你们义和团的人干的呢。"

李长水叫屈道："冤枉，我们都是守法良民，从来不干这种伤天害理的事。"

李金榜愤然道："你还想抵赖呢，别以为我不知道，就是你们这帮死家伙干的。前两天厚着脸皮来找我借粮，我没答应，昨天半夜就组织人马来硬抢，真是好不要脸。"

李长水说："你说是我们干的，好，请拿出证据来，不能含沙射影，血口喷人。"

李金榜说："是条汉子就老实招了吧，别有种干没种承认。"

李长水说："不是我们干的，为什么要承认？"

李金榜说："你敢让我们进屋去搜一搜吗？"

李长水怒道："我又没犯法，凭什么搜我的家？"

李金榜道："这分明就是做贼心虚。"

李长水说："你才做贼心虚呢。"

两人争得面红耳赤，几乎要打起来。陈德和劝道："别吵了，我看搜一下也好，如果没有，就能证明你的清白，也可免得他疑心。"

李长水只好极不情愿地答应了。

陈德和带人进屋搜查了起来。他们里里外外地搜了一遍，任何一个犄角旮旯都不放过，也没有发现赃物。李长水家境贫穷，除了几张破桌烂凳、矮床旧柜外，几乎别无长物。众人一阵失望，从屋里出来了。

李金榜还不依不饶，说："他抢了东西，怎会藏在家里等我们来搜，肯定被他转移到别处去了。"

李长水闻言大怒："你再这样无理取闹，我可要不客气了，我的忍耐是有限度的。"

陈德和说："算了算了，咱们到别处去看看吧。不好意思，打搅了。"就带着弟兄们出去了。

在李金榜的指引下，众人又去了杨传文家里。

杨传文外出不在，只有一个八十多岁的老母亲在家。众人向其说明来意，问她儿子去哪儿了？老太太耳朵很聋，说了半天也听不明白，反一个劲儿地问："你说什么？啊，你说什么？"众人大不耐烦，也懒得跟她费嘴了，索性直接进屋去搜查起来。杨传文家比李长水家更穷，连张吃饭的桌子都没有，几乎家徒四壁，众人搜了一圈也没有发现什么线索，只好沮丧地离开了。

李金榜还想去别的拳民家里搜查，陈德和说："我看就不必了吧，现在天色也不早了，我们就先告辞了，改天再来吧。"

李金榜大为心急，这一回去，知他什么时候还会再来？说不定这事儿就没下文了。忙把他拉到一边，从怀里掏出几两碎银子，递到他手里悄声道："陈捕头，这是一点小意思，相烦回去禀报的时候，替我美言几句，小人全家感激不尽。"

陈德和假意推辞了一番，还是收下了，笑着说道："你放心，这事包在我身上，好歹要把财物追回来，还你一个公道。"

李金榜说："这事只怕蒋大人不肯尽力追查，你要这样跟他说才有用。"便把嘴巴贴到他耳边窃窃私语了起来。

陈德和听得连连点头，说道："好主意，就这么办。"带着士卒兴冲冲地回去了。

蒋楷问他调查得怎么样。

陈德和说："启禀大人，经小的悉心调查，昨晚的抢案确是李长水等人所为。他们借粮不成，心怀怨恨，聚众洗劫了李金榜一家，以图报复。"

蒋楷闻言愁上心来，问道："有证据吗？"

陈德和说："有。院子里有一条打死的狗；家中粮食、财物被抢劫一空；昨晚案发的时候，李金榜的老婆儿女和长工都在家里，他们亲眼看见这帮人行凶。"

蒋楷说："李金榜家人的话怎么能作为证据？还有别的人证吗？"

陈德和说："没有，深更半夜大家都睡了，他们正好选择在这个时候下手。"

蒋楷问："在他们家里搜出赃物了吗？"

陈德和说："没搜到，赃物已经转移了。拳首杨传文畏罪潜逃，不知去向。"

蒋楷沉吟了一番，道："仅凭这些，也不能证明就是他们干的呀。"

陈德和说："大人千万不可轻忽。我听村里的人说，最近他们悄悄在和白莲教的人联系，密谋造反。近来附近村里好几户教民家都被抢了，他们把粮食财物运到山里藏起来，暗里招兵买马，约期举事。"

蒋楷闻言，大为惊慌，自己治下有人造反，这可比单纯的抢案麻烦多了，忙问："消息可确切？"

"千真万确，大人若不相信，可亲自到村里去访查一番便知。"陈德和道。

蒋楷见他说得那么肯定，料想不会有假，满脸忧愁道："那可如何是好？"

陈德和说："先下手为强，趁他们现在还没有闹起来，赶紧派兵去把他们一网打尽，将祸乱消灭于萌芽之中，才是上策。"

蒋楷道："好，这事就交给你了，明天就带兵去把他们抓起来。"

次日一早，陈德和就带领几十名兵勇直扑杠子李庄。到达村子时，李长水、杨传文等人正打着"兴清灭洋"的旗号招党聚众，敲锣打鼓，声势雄壮。

陈德和见拳民人多势众，不敢下手，忙派人到临近的恩县去请求支援。走到半路上，遇到一支路过平原去恩县的骑兵，骑兵队长朱景荣是陈德和的哥们儿，听他说明情况，愿助一臂之力，立即率兵同往杠子李庄围捕拳民。

大队官兵到来的消息很快传到了村里，李长水、杨传文见势不妙，赶紧带领拳民逃离。邱被子等6人转移不及，被官军抓住，带回县城，关进了牢里。

陈德和亲自审讯，软硬兼施，逼迫他们承认参与造反。

蒋楷非常满意，对陈德和赏钱百贯，以示嘉奖。陈德和还不满足，借机又向6个拳民的家属讹诈钱财。人家不给，他就威胁要将其置于死地。家属被逼无奈，只得答应了他的要求。

两天后，朱景荣的骑兵部队从恩县调到平原驻守，在各个村庄里搜查巡逻。在去往杠子李庄的路上时，有个乜姓教民突然拦马报案，说自己家昨晚被拳民抢劫了。朱景荣闻言大怒道："这帮匪徒，前两天刚被收拾了，居然还敢作案，真是贼心不改，胆大包天，今天非把他们统统抓起来不可。"率队急奔杠子李庄。赶到拳首李长水和杨传文家时，屋里空无一人，主人早已离去。士兵在屋内搜查，发现有个破旧的小箱子里装着一双小巧的绣花鞋，李金榜眼前一亮，兴奋地说道："这是我女儿的鞋子。"士兵把鞋子掷还给他。随后又发现一床布被和一条棉裤。乜姓教民说："这是我的。"士兵让他认领去了。将二人的房屋器具交给庄长和地保看守。

蒋楷向毓贤奏报前景乐观。几天后，他发布了一个禁止拳民设立拳场的告示，希望乱子就此平息。

李长水率领拳民逃离后，直奔茌平请求朱红灯率团援助，营救被捕者。朱红灯慨然应诺，偕同心诚和尚、关东岭、朱启明、王子龙、王青山、孙治泰等27名拳首，邀集茌平、长清、高唐等地的义和团和原曹州大刀会共1000余人，于 10 月 9 日会集到杠子李庄。平原当地的 1000 余名义和团民闻讯也带着武器、干粮赶来助阵。

他们强迫附近的教民供应吃喝，抓住 2 个教民作为释放 6 个被捕拳民的人质，还要求把衙役陈德和交给他们处置。驻守官兵不敢擅自做主，派人飞马跑回县城报信。

蒋楷正悠然自得地躺在床上，嘴含烟枪，吞云吐雾。衙役突然慌慌张张地跑进来，上气不接下气地说道："禀告大人，大事不好，朱红灯等人聚众造反了！"

蒋楷闻言大吃一惊，吓得烟枪差点掉落在地，慌忙问是什么情况。

衙役气喘吁吁地说："昨晚朱红灯率领几千个拳民将杠子李庄围得水泄不通。他们抓了 2 个教民作人质，要求释放前几天被捕的 6 个拳民，把他们的钱财交出来，将陈捕头交给他们处置，否则就不离开。"

蒋楷又气又恼："这还了得，这不反了吗？这帮乱民，不给他们点颜色瞧瞧真不知道厉害。"立即亲率勇役数十人（其中骑兵十几人）前去镇压。

蒋楷坐着轿子，在兵勇的前呼后拥下直奔杠子李庄。走到捉狐屯时，探马回报前方拳民越聚越多，几千人在庄外的田野里搭棚居住，他们十几人住一棚，将整个村庄团团包围了起来。蒋楷闻言大惊，督促兵卒鼓勇前进。到达杠子李庄外时，拳民已列阵准备迎敌。朱红灯头戴大红风帽，身着红衣红裤，披着大红斗篷，骑在马上威风凛凛；手下两个头目各执一杆红旗，旗上写着"天下义和拳兴清灭洋"九个大字。拳民中有和尚道士，还有许多散兵游勇，他们手上的刀枪戈矛均以红布为饰。官兵刚进入杠子李庄东北角，义和团就擂响了战鼓，拳民先向东南方磕头，念诵了一通咒语，等待神灵附体。李长水在拳场边的三堆土上插着旗子，站在椅子上左右晃悠，闭眼念咒，身边的拳民跪伏在地，虔诚地问他道："什么神仙下山了？"李长水说："狮子精下山了，我就是狮子精，跟我来。"说罢就领着一大帮拳民向官军冲去。面对如潮水一般汹涌而来的拳民，蒋楷慌忙指挥官军向其开枪射击。拳民以四人为一组，采用轮伏轮起、轮退轮进的战术向官军发起进攻，前面的拳民中枪倒地了，后面的又冲上来补上。两个十七八岁的年轻拳民冲近前来砍倒了两名掌旗的官兵，将门旗夺了。清军顿时阵脚大乱。其他拳民士气大振，高声呐喊着挥舞着大刀长矛冲向敌人，杀得官兵人仰马翻，溃不成军。蒋楷吓得慌了手脚，忙问陈德和：
"骑马和坐轿哪个更快？"陈德和二话不说把他从轿子里拉出来放到一匹马上，
往马屁股上狠狠踹了一脚，马儿驮着蒋楷往北仓皇逃去。拳民追了一阵儿就不
追了。

蒋楷狼狈不堪地逃回县城，仍然惊魂未定。他发现事态快要控制不住了，
准备向山东巡抚毓贤报告，请求军事援助。当地百姓不想看到暴力冲突升级，
当晚有四个村庄的首领（施砚田、商永和、黄某、段某）来到县衙拜见他。

蒋楷问："你们来干什么？"

四人说："求大人不要请兵。"

蒋楷一听有点恼火："你们是来为义和拳说情吗？"

四人说："不是。"

蒋楷问："那为什么不让我请兵？"

施砚田说："如果请兵，朱红灯肯定会造反。他来的时候就说了，恩县是
其死案，平原是其活案，只要大人答应释放之前抓获的六个拳民，他们就会自
动离开。"

蒋楷问："什么是死案？"

商永和说："是恩县前几天打死拳民的那个案子。"

蒋楷问："那他们为什么要抢劫？"

施砚田说："今年大旱，地里没有收成，他们实在是没有东西可吃，逼不
得已才这么干的。"

蒋楷问："那他们绑架教民又是为什么？"

施砚田说："是为了赎回那六个被捕的拳民。"

蒋楷怒道："胡说，朝廷的法律官民都得遵守。如果那六个拳民不参与抢
劫，就不会被抓。既然他们参与了，也不会被轻易释放。如果拳民自动解散，
从此民教相安，把这六个人放了倒还可以考虑。但若以此相要挟，不答应他们
的要求就不离开，我就偏不放，哪有朝廷命官反受匪徒要挟的道理？"

四个人劝说了半天，蒋楷也不为所动，只得怏怏而退。

县丞许秉德闻讯，害怕事情闹大，随后和县衙里另外两名官吏林丞和张尉
前来劝说蒋楷。

折腾了一天，蒋楷早已疲惫不堪，正要上床睡觉，听门人报说许秉德等人又来求见，大不耐烦道："告诉他们，就说我已经睡了，有什么事情明天再说。"

门人禀道："他们说有一件十万火急的事，不能耽误，今晚一定要见大人当面说清楚。"

蒋楷只好让他们进来了。

许秉德等人告罪道："卑职深夜来访，打搅大人休息，实在该死。"

蒋楷哈欠连连道："不用客套，有什么事你们快说。"

许秉德说："听说刚才有四个村庄的首领前来拜访了大人，请求大人不要申请派兵镇压拳民，大人为何不同意呢？"

蒋楷闻言大为恼火，咬牙切齿道："为什么要同意？这帮乱民简直无法无天，刚才我带兵前去弹压，他们竟敢公然抗拒，当场砍死了两名掌旗的士兵，要不是我跑得快，只怕命都没了。如此猖狂凶暴，不好好收拾一下怎么得了？"

许秉德劝道："大人请息怒，拳民这样凶横也是事出有因。据卑职了解，此事都是因前几天二快总役陈德和谎报案情、讹诈拳民家属引起公愤而起。朱红灯等人聚众并非欲图造反，只是希望释放前几天被捕的六个拳民，如果答应他们的条件，骚乱马上就能平息。卑职等恳请大人速将被捕拳民释放，将不法总役陈德和逮捕下狱，以平息民愤。"

蒋楷大不谓然："荒唐！草民倒挟持起官府来了，成何体统？若这次答应了他们的要求，以后他们动辄就会绑架勒索聚众闹事，试问将来如何收拾？此事绝不能姑息纵容，必须依法严惩。"

许秉德等人苦劝道："如今村民同情拳民，舆论都站在他们一边，若派兵大举镇压，恐将激成大祸，还望大人三思。"

蒋楷不屑道："谅这一帮乌合之众能掀起多大风浪，只要大兵一到，立马冰消瓦解，抱头鼠窜。你等休再乱言，我自有措置。"将他们撵了出去。

次日，蒋楷就向山东巡抚毓贤禀报义和拳谋反，以"情势渐大，恐滋巨患"为由，请求省城派兵弹压。不知何故，他依然按照平时的拖拉方式，通过邮差呈送请求。

这时，恩县知县来函，请求与他联合请兵。蒋楷没有答复。敦促再三也不见回信。恩县知县心急如焚，他听外间传言：义和拳要杀尽教士教民。吓得他心惊胆战，寝食不安。预感到拳乱的危机后，早在9月份，他就向县内的庞庄教堂派去数名勇役进行保护。该教堂的美国公理会传教士博恒理在一封信中说："自从县城派少数兵勇前来保护我们，以抵抗义和拳暴徒可能的、然而看来却是即将发生的进攻以来，到今天早晨恰好有一个月了。"博恒理有他自己的防卫措施，他在日记中写道："我们立即进入帐篷，美国国旗迎风招展，在我们周围聚集了一支很强的教民力量作警卫，我们借来土枪，购买了很多炸药，准备应付突然而至的紧急状况。"

但那是在平时，在特殊时期可就难说了，以县城目前的兵力，如果暴乱升级，恩县知县将肯定无法保护县内的教堂和传教士。思量再三，他以平原县令蒋楷的名义急电济南，称平原县城已被拳匪包围，危在旦夕，请求省城急速派兵援助。此举的高明之处在于，若因此惹得暴民揭竿而起，那蒋楷就是罪魁，自己不用承担责任；若乱民被官军剿灭殆尽，恩县也就没有后患，可谓两全其美。蒋楷对此浑然不知。

10月14日早晨，历城县令秦应逵给蒋楷来电，说马队将于次日巳刻出城。晚上又来电称省城的军队已经连夜出城。蒋楷正在惊讶为什么两封电报来得这么突然，恩县县令忽然星夜前来，告诉蒋楷自己已经以他的名义向省城发去了两封急电，请求派兵支援。蒋楷闻言大惊，发现他用心险恶，有苦难言。

毓贤接到禀报，立即派济南知府卢昌诒和济南候补知府、统带袁世敦（袁世凯之兄）率领骑兵两哨赶往平原查办、弹压拳民。临行前，毓贤特意指示他们不准孟浪生事，要对拳民出示劝谕，开导被胁良民解散，若不听劝谕，聚众抗拒，则予弹压。一面加派候补知府王绍廉、候补知县赵炳分往密查。

10月15日早晨，朱景荣率马队一哨来到平原。

中午，卢昌诒率卫队二十人也到达平原。

下午，袁世敦率马队一哨匆匆赶来，他对蒋楷说道："我快到黎吉寨的时候，见到了义和拳的马探。过二十里铺时，又听见了凌厉的号角声，像是拳民在恐吓官军。看这样子，招抚恐怕不容易呢。"

"可不是吗？"蒋楷也有同感。

当晚，蒋楷以县城安然如故电禀毓贤。

卢昌诒在会见县丞许秉德等人时表示，自己想亲自前往杠子李庄劝谕拳民解散。

众人齐声谏阻。

卢昌诒问："谁熟悉杠子李庄的情况？让他去劝说拳匪解散。"

许秉德下来把知府大人的话转告大家。

众人听了说道："见老百姓可以，见匪徒就算了吧。而且他们都是外来的，咱一个都不认识，去了也不会听我们的话。"没一个人愿意去。

次日早晨，许秉德将众人的话回复知府。

卢昌诒说："你告诉大家不要有顾虑，如果去了能把匪徒劝散，是他大功一件，本府一定重重有奖；若去了匪徒仍不解散，我也不会怪罪他。看有没有人愿意去？"

许秉德又拿这话问大家。

有个叫方清洁的人闻言挺身而出，愿意担此重任。

许秉德带他来见知府。

卢昌诒勉励他道："好样的，你先去，我明天就来，在捉狐屯等你的好消息。"

方清洁应命而去。

当晚，卢昌诒派人到杠子李庄张贴招抚的告示，被拳民驱回了。

10月17日早晨，袁世敦带队率先出发。卢昌诒和蒋楷随后跟去。

快到孙刘庄时，两个姓张的教民前来报告道："拳匪听说官军到了县城，前天连抢了十三家教民。近日来这帮匪徒越发肆无忌惮了，完全没有悔改的意思。"

袁世敦点了点头。

走到捉狐屯，日头已经偏西。

方清洁前来报告道："朱红灯带着大伙拳民已经离开了，我没有见到他，只见到恩县的四个拳会头目，他们表示愿意解散。"

卢昌诒一听就要前去。

方清洁劝他先不要去。

卢昌诒不解地说："如果他们果真愿意解散，那就是良民，为什么不能去呢？"

傍晚时分，官兵来到拳首李长水家，拳民果然已经撤离。李长水家设防甚严，院门内凿着一个一丈多深的巨坑，院中摆着一面大鼓，当道设有一尊百十斤重的大炮，屋内有一堆一尺多高的纸灰，拨开一看，里面还有没烧尽的花名符箓，灰烬尚有余温。

袁世敦说："看这样子，拳匪并不是解散了，而是转移了。咱们赶紧回去，免得被他们抄了后路。"

众人赞同他的建议，连忙调转马头回去。

朱红灯是在杠子李庄长者的请求下离开的，他们不愿自己的村庄进一步卷入麻烦。朱红灯本人也不想和官府作对。他和李长水率领 500 多个拳民离开了杠子李庄，用几辆大车拉着土炮、火药等，往西北恩县方向转移。拳民沿着马颊河前进，一路上不断有人赶来加入，人数迅速增加到 2000 多人。当晚，这支声势浩大的队伍在距离平原县城西 18 里、大芝坊村东头的森罗殿停了下来。

森罗殿大战

森罗殿是一座气势雄伟的古刹，工艺精良，布局得当，坐北面南，前有一座青砖蓝瓦的药王庙。高枕于马颊河东岸，四周林木茂盛，地势居高临下，易守难攻，在庙上可清楚俯视平原县城墙，有一条连接平原和恩县县城的东西要道经过此村，战略地位十分重要。

大门为半圆拱形，横墙挑角，朱漆大门，楣洞之上是横镶池匾，内嵌"森罗殿"三个遒劲大字。进穿心殿门，两旁空间内各塑一匹栩栩如生的骏马，鞍鞴齐备，旁有武士，宛如活人。

前院内有古松一株，高十数丈，葳蕤苍郁。前殿五间，圆柱廊厦，高脊建瓴，翘檐飞角，上有五驹六兽，古风凌健。正殿门额上有朱绦漆木匾一块，书"森罗宝殿"四个鎏金大字。殿宇之内，正壁前迎门是一尊伟岸肃坐的"五帝阎君"塑像，殿顶之下，悬着一块金字横匾，刻有"森罗大帝"四字，落书为"睿亲王"。塑像神态逼真，貌悦神严。长条供桌上，有三腿鼎式大铁香炉。下面有"牛头马面"各种塑像，场面宏大，层次错落、形态骇人。墙上绘满各种宣扬"因果报应"的壁画。

后大殿也是五间，建筑样式与前殿相似。殿堂内供奉的是佛像。前后殿外有东西廊房，俱是格窗朱户，漆光耀目，廊内壁画，大多是宣扬"二十四轮回"等劝人向善的迷信说教。

前殿西南隅有一钟亭，有千斤古铁钟一口悬在亭内。后殿后有僧舍、仓库、敞棚、菜园、水井、磨坊等，西墙有通外的小门。历代都有僧人居住，也有道士间居。殿前大门外，有一条东西大壑叫"牛头沟"，直通马颊河内。森罗殿西连龙王庙大街，北顺大堤，东南皆是深达七八米的沟壑，与村庄分离。

当晚，义和团两千多人齐聚森罗殿。殿内外刀枪林立，旌旗猎猎。四乡百姓自带干粮赶来助阵。拳民在殿内及附近村庄宿营，准备稍作休整，攻打恩县城西的刘王庄和庞庄教堂。

卢昌诒等人刚回到县城不久，庞庄就派人来告急，说拳民将要进攻庄内的教堂。卢昌诒急忙派朱景荣带马队一哨前往支援。须臾，恩县又来告急，卢昌诒又派马队三十人前去增援。卢昌诒不想让拳民找到生事的借口，命令把之前捕获的六个拳民全部释放了。

半夜时分，派去侦察敌情、劝说拳民解散的马探失魂落魄地跑回来报告说，自己被拳民抓住了，朱红灯告诉他："我之所以离开杠子李庄，是为了给卢大人和袁大人留面子，并不是我们惧怕官军。请好自为之，不要再来相逼，否则两下动起手来，自失颜面，可不要怪我。"卢昌诒闻言，心中甚为忧闷。

10月18日早晨，卢昌诒将义和拳的情况电告毓贤。不一会儿，恩县派人飞马前来告急，说拳匪声势浩大，县内的教堂岌岌可危，请求将省城的军队全部开过去加以保护。卢昌诒闻言大惊，忙和袁世敦商量对策。

卢昌诒一脸愁容地说："拳匪闹得越来越厉害了，这可如何是好？"

袁世敦说："大人不必忧心。昨天我等前去，没有碰到拳匪，今日不妨再去，拳匪见大军到来，必然惧而解散，就算不解散，相去二三里也应该不会把我们怎么样。否则拳匪猖狂肆虐，各处告急，防不胜防，驻守在县城里，也不是个办法。"

卢昌诒点头称是。让袁世敦率兵前去扼守咽喉要地。派南庄庄长施砚田、商永和先去森罗殿跟拳民讲和。

袁世敦率亲兵马队与亲兵步队一营前去。

过了一会儿，卢昌诒和蒋楷也出发了。走出七八里地，突然听见一阵枪声。随即看见一个受伤的士兵踉踉跄跄地跑来说道："报告大人，我军和拳匪打起来了！"

卢昌诒吃了一惊，忙问："为什么这么快就打起来了？"

士兵说："我也不知道，事发突然，我防备不及，刚才还受了伤。"

众人心怀畏怯，欲进不进。袁世敦再三派人前来催促，大家只好前行至小马庄。小马庄离前线只有半里路，离森罗殿有三四里。

因为村首禁止习拳，大芝坊村没有拳民，拳民被阻挡在村外。很多人肚子饿了，只好过河到恩县张庄集市上去吃早饭。南庄庄长施砚田与商永和试图前去说服拳民解散，但是没有结果。随后袁世敦率领 20 名骑兵和一队 400 多人的步兵分三路向森罗殿包抄过来，企图剿灭义和团。

刚靠近森罗殿，突然听见一阵炮声，一个年轻拳民骑马送来一张黄纸，上面用红字写着稀奇古怪的文字，宛如符箓一般。官兵问是什么，拳民说这是战书，又骑马离去了。正在惊愕间，拳民已以两三倍的数量猛然扑来，就像中了邪一样。袁世敦大惊，连忙指挥士兵向其开火。拳民有大刀、长矛、少量原始猎枪和两门老式土炮，他们怀着刀枪不入的信念奋勇冲杀。官军只带着单发步枪，射击后来不及装弹，在拳民猛烈的攻击下，有 3 名士兵被当场砍死，10 余人受伤，后哨的门旗都被拳民夺去了。一个哨官吓得想要逃跑，袁世敦拔刀出鞘厉声大喝道："敢逃，就先把你斩了！"命令士兵摆出五圆阵与拳民相持，催促县中马步队速来增援。拳民攻势猛烈，官军招架不住，不断后撤，袁世敦骑马跑到小马庄，仰天悲叹道："今天不活了！抓几个土匪都受辱至此，以后还有什么面目见人？"众兵闻言大为感奋。有个道士抄小路想来袭击袁世敦，被士兵当场斩杀。袁世敦趁势挥军猛进，再次向森罗殿发起进攻。拳民奋力抵抗，头目各执两面红旗，旋绕胸前做盾牌，有的被击中数枪才倒地而死。

这时庞庄和恩县的马队闻警赶来支援，两面夹攻，官兵排枪齐发，拳民纵有刀枪不入的神术，也抵挡不住官兵的真枪实弹，经过约五个小时的激战，义和团遭受重创，阵亡二十七人（包括三个头目，其中的两个是朱红灯的弟弟和恩县拳首孙治泰），朱红灯率余部渡过马颊河往西南逃去。马队穷追不舍，直到将拳民彻底驱散才罢。缴获大旗一面、大炮两尊、抬枪十余杆、刀矛各以百计。

在此次战斗中，附近四个平民被误伤毙命。森罗殿旁边有两家客店，官兵指控店主窝藏拳匪，强行闯入搜查，当时人多手杂，店内物件有所丢失。兵勇在将拳民击散后又捕获了十六人。经卢昌诒审问，这些人都是良民，将其释放了。

拳民逃散后，官军在大芝坊村外鸣枪放炮，准备进入村中搜查余匪。村民担心官兵骚扰，派十几位老者走出村寨，希望面见袁世敦，声明他们没有卷入这场冲突，恳请官军收兵。不料官军误认为他们是义和拳，朝其开枪射击，当场打伤数人，秀才裴秀亭的父亲因为伤势过重当场身亡。官兵进村搜查拳民时又抢了一些东西。

森罗殿之战后，拳民力量分散，多数人回了家。朱红灯带领一批骨干成员逃到禹城丁家寺，与心诚和尚、于清水和其他拳首一起商讨下一步行动。团民暂时停止了活动，除长清发生了两起小敲诈外，该地整整两个星期都没出事。

不久，朝廷发来上谕："著毓贤选派妥员秉公查办，务即从速迅结，毋任酿成事端。"毓贤随即委派卢昌诒彻查此案。

卢昌诒于 10 月 23 日向毓贤禀告道："卑府在途中即访，闻平原县二快总役陈德和，有讹诈拳民以致酿祸情事"，"查陈德和久充快总，非平日鱼肉乡民，何至为众人侧目？李长水等闹教，既以该役得财借口，其酿成事变，实为此案罪魁，且难保无因事诈赃别案"。

毓贤也认可此判断，批示道："查平原县二快总役陈德和，借案讹诈，妄拿无辜，以致百姓众怒，土匪乘乱，酿成事端，实堪发指。应即提省严办，以儆不法。至该县蒋令，始而纵役诈赃，舆情不恰；继而张皇失措，民变几成，忽禀地方安静，忽报乱级围城。其往日之昏聩，办事之荒谬，竟至如此。"随后上奏朝廷："奴才再三查访，该署县蒋楷前在莒州本任时，人本昏庸，办事不能持平，几酿大祸；经前抚臣张汝梅调署平原，不知改悔，仍然谬妄，始而纵役诈赃，继则张皇失措。似此昏聩糊涂，若不据实严参，无以整肃吏治。相应请旨将调署平原县事莒州知州蒋楷即行革职，永不叙用，以免投效开复再误民生。至管带亲军营袁世敦心地直爽，勇于任事，不无可取，惟此次弹压查办实属猛浪。至搜查匪党未能约束勇丁，以致客店失物，误伤良民，虽非无心，究属异常草率。应即撤去统带，由奴才另行择人接统，以肃戎行而服民心。可否将袁世敦发交袁世凯随营历练，以观后效，抑应如何示儆之处，出自圣裁。"并强调："东省民风素强，民俗尤厚，际此时艰日亟，当以固结民心为要图。"

朝中不少官员都附和毓贤的主张，御史黄桂均在奏折中说："自德人占据胶澳，教焰益张，宵小恃为护符，借端扰害乡里。民间不堪其苦，以致衅端屡起。地方官不论曲直，一味庇教而抑民。遂令控诉无门，保全无术，不得已自为团结，借以捍卫身家"，"盖刀会、拳会与团练相表里，犯法则为匪，安分则为民"。建议朝廷对义和团"善为安抚"，以"收干城之用"。

父亲无故被官军打死，裴秀亭悲愤异常，毅然上告，引起轩然大波。

御史王绰上折弹劾袁世敦，称其"不察虚实即纵兵开枪，并有掳掠情事"，建议朝廷将其罢免。

后来军机处寄给毓贤的上谕除支持将蒋楷撤职外，并称："营官袁世敦，行为孟浪，纵勇扰民，著一并革职。该抚谨请将袁世敦发交袁世凯军营历练，显系意存祖护，岂封疆大吏所宜出于此？毓贤著传旨申斥。"

平原事件处理完毕后，清廷采纳了毓贤的建议，倾向于招抚义和团，使义和团在森罗殿之战后发展得更加迅速。但由于缺乏一定的军事编制，不能组织起一支有效的作战队伍，都是随打随集，打完即散，加上后来泥沙俱下、鱼龙混杂的情况比较严重，内部也出现了一些矛盾和分化。

朱红灯在和心诚和尚、于清水等首领商议后，认为"事已闹大，诚恐官兵兜拿，不如分党四出，抢得赀财，以图再举"。

11月4日，朱红灯、心诚和尚等率领义和团前往禹城苗家林庄"闹教"，袭击了四户教民，烧毁房屋四间，杀死看门人一个。而后兵分两路，一路以朱红灯为首南下长清；一路由心诚和尚率领奔赴茌平北部和博平一带。

11月8日，朱红灯率领义和团从禹城苗家林转战长清，袭击了长清县李家庄李公堂家，抢夺银钱、衣物、车辆、牲畜，绑架李公堂的父亲李凤来，得赎金两万文，将李家房屋烧毁。

11月9日早晨，义和团抢劫长清县郑家营教民郑继先家，牵去牛马，放火烧毁房屋三间。晚上，转回茌平南部张官屯，在教民徐清华家放火抢劫；将平日欺压乡里的教堂教读王观杰从教堂中架出杀死，悬首树上，抛弃尸身。

11月11日，义和团在博平抢劫，将教民朱明经绑架，烧毁其房屋；向周克存家勒索五十两银子；抢劫教民赵文灿家车辆粮食，放火烧毁房屋四间；绑架赵文灿，勒索马一匹。

11月12日，朱红灯与心诚和尚的队伍集结于马家窝。

在博平抢劫完以后，朱红灯等人听到这样的传言：假如义和团愿意自动解散，不再闹事，官府将对他们法外施恩，对以往的罪行不予追究。他们前思后想，认为暂时歇手、就地分钱是最好的选择。于是把抢来的东西简单分了一下后就各自散去了。

不料，二十多个拳民在回家时路过茌平张庄教堂，又引发了新的冲突。

张庄是茌平的天主教中心，这里的教堂也是茌平最大的，村民几乎都是清一色的教徒，为了保卫教堂和教民，当地县令专门为他们派去了五个骑兵，那里的教民也装备了枪械。

11月15日晨，五个骑兵和张庄的教民发现有一小股拳民在附近的庙里歇息，随即持枪向其冲去，口里高喊着："要捉活的！"向其开枪射击。拳首徐大香和拳民奋力反击。距离张庄不足二里的义和团大队听到枪声，在首领于清水的率领下迅速赶来增援，他们扛着大旗，身穿绸缎，像演戏一样，三百多个拳民将张庄教堂团团包围了起来，他们对教民和卫兵发动攻击，砍死教民两人，砍伤三人。随后搬来秫秸、柴草等物冲入教堂，将其点燃。教堂内本就藏有火药，着火之后发生爆炸，顿时火光冲天，大火从傍晚一直烧到次日黎明都未熄灭，十六间教堂和一百八十余间教民房屋全部化为焦土。

于清水因为攻打张庄教堂出了名，当地人给他编了首歌谣："于清水，真英雄，黄马褂子红斗篷；红缨枪，拧三拧，东门外面安下营，一心要把张庄平。"

打完张庄教堂后，朱红灯、于清水等人暂时歇手的想法无法实现了，因为他们又闹出了大动静，官府和教民无论如何也不会放过他们。经过商量，他们认为"势成骑虎，一旦解散，教民必不放手，不如再行纠聚，以顾眼前"，决定将抢劫继续下去。

随后，朱红灯率领拳民到吴、杨二庄勒索银子700两；又到博平教民刘开太家抢劫，烧毁房屋12间，绑架男丁2人；村民张万春与其理论，被拳民用枪扎死。

地方官多次禀报山东巡抚毓贤："自茌平拳匪闹教以来，博、清、高、恩多被窜扰"，"此堵彼窜，实属防不胜防"。

在一番大肆抢劫后，11月17日，朱红灯率队到博平华严寺和心诚和尚会师。他被人用精致的轿子抬着，全身穿红，轿旁的旗帜上写着"兴清灭洋"几个大字。那天正好是集日，朱红灯让人把轿车停放在西店杀猪场，下轿到西店里坐下，派拳民到小张庄教民家去拆屋抢东西。回来后因为分赃不均发生了争吵。朱红灯将队伍分为左右两哨，右哨是其嫡系部队，每次抢得财物后他都有意偏袒右哨，分给他们的东西要多一些。这次引起了左哨的不满，不多一会儿双方就干起来了，一些激动的拳民要杀掉朱红灯，吓得他赶紧钻进了轿子里。拳民将枪头往车里乱捅，把朱红灯脑袋捅破，轿车篷子也打碎了。朱红灯在慌乱中钻出轿车，独自往南逃去，来到茌平五里庄躲避疗伤。心诚和尚和于清水率众向东去往长清，不久两人也闹崩了，拳民分散，纪律废弛，打教扰民事件骤然增加。

11月到12月，团民抢劫勒索长清教民40余家，平民十几家。《长清县志》记载："拳匪四起，倡言保清灭洋，横行劫掠，架户勒赎，河西被害者不计其数。"

方济各会山东主教马天恩致书毓贤："贵抚不为教民计，独不为平民计乎？即不为平民计，独不为朝廷大局计乎？"毓贤对此无动于衷。

马天恩通过法国公使毕盛向总理衙门提出抗议，称2个月以来山东教案迭起，法方数次请求弹压，不仅没有实质进展，而且情势愈演愈烈，可见山东巡抚答应确查、派兵之语均是托词。毕盛指责其中必有欺蒙，总理衙门应当追究欺蒙之人的责任并予以惩办。

庞庄教会和临清的传教士也不断向美国驻天津领事、驻芝罘领事、驻北京公使康格控诉拳民的暴行，声称他们处于十分危险的境地。

美国公使康格以强硬的口吻抗议毓贤制裁镇压义和拳的官员，认为此举将助长匪徒的气焰，要求严令保护传教士和教民的人身安全。美国驻烟台领事甚至威胁说，如果毓贤不能充分保护美国公民的生命和财产安全，那么他们将自己来保护。

针对康格的控诉，毓贤向总理衙门辩解道："该教士以谣言为实事，美使不察，竟听其词，烦渎贵署，殊出情理之外。希贵署衡情酌理，转告美使勿轻听教士，并饬教士约束教民为要。"

总理衙门以为"美使向不多事，所言似非无因"，要求毓贤不可掉以轻心，须认真弹压，否则一旦酿成巨祸，局面将难以收拾。

毓贤对义和团的招抚政策，使山东西北部义和团迅速发展。拳民四处打教堂、杀教民、逐教士，引起外国传教士的极度恐慌。他们纷纷致函各自驻华领事，或直接告到驻京使馆，指责毓贤明知义和团在本省气势汹汹，四处扰教，却把对其竭力镇压的平原县令蒋楷和清军统领袁世敦等人撤职，致使拳会在山东迅速发展壮大，推请各国领事、公使出面，要求清政府将毓贤革职，永不叙用。美国、英国、法国、意大利等国，以在山东有其传教士和工程师为由，由各国驻京公使向清廷施压，坚决要求取缔义和团。

美国公使康格数次联合法国公使毕盛向总理衙门提出照会，要求对义和团从严惩办，以靖地方，屡次申明毓贤在山东的所作所为是在鼓励盗匪，要对他的行为负责。

面对美、法等国公使的威胁，慈禧虽然很不满意，但也不敢十分违背其意愿，几天后，清廷发出上谕，申斥毓贤"固执成见，以为与教民为难者即系良民，不免意存偏袒，似此因循日久，必致滋生事端"，要求他"抚绥弹压，消患未然"。

面对朝廷的指责，毓贤上奏辩解道："迨二十二年（1896年）在兖沂道任内，查办大刀会，将会首刘士端、曹得礼拿获正法后，该会遂即解散。上年闰三月间（1898年4月21日—5月19日），教民又讹传大刀会聚众滋事。其时，奴才在臬司任内，奉旨著就近调队前往曹属切实弹压。当即轻骑简从驰赴该处，详细访查，并无大刀会聚众滋扰情事，惟曹、单、城武一带民教时有龃龉。究其起衅缘由，仍是教民欺侮平民，平民万难忍受，始有谋立拳会以自卫身家者。当经奴才出示谕禁，并通饬地方官遇有民教相争，务须持平办结，不得稍有偏袒，别滋事端。"

面对来自朝廷和列强的双重压力，毓贤不能不为自己的前途考虑，于是他改变了过去一意主"抚"的做法，在严查保甲、整顿团练、开导劝说的同时，加强了对义和团的镇压，以改善其在外国人眼中的形象。他派遣济东泰武临道吉灿升和东字正军统领马金叙领兵前往茌平弹压打教团众，保护各地教堂。

马金叙知道毓贤素来袒护义和团，临行前专门向他请示道："如果弹压不了拳民，怎么办？"

毓贤说："那就用好言抚慰。"

马金叙问："若用好言抚慰他们不听，反而对我施以毒手，怎么办？"

毓贤说："应该不至于这样。"

马金叙郁郁而退，顿足发狠道："养兵就是为了剿匪，不剿匪养兵来干什么？我是绝不会让军队屈从于匪徒的。"

他带兵一进入博平就派人四处张贴禁令，不准聚众习拳，若有违犯，定当严惩不贷。拳民对此不以为然，对其大加嘲讽道："姓马的，别他娘的自以为是了，毓大人不过是让你来走个过场，你还当真了？给你个梯子，你就要上房了？一边凉快去吧，不要再来老虎头上拔毛了，惹恼了毓大人，没你的好果子吃，蒋楷和袁世敦就是你的榜样。"马金叙毫不理睬，一面禁止习拳，一面大肆搜捕义和团首领。他重金收买了一个名叫陈凤阁的拳民，通过他打听到了朱红灯的下落，火速带兵前去捕拿。

近日外面风声越来越紧，躲在五里庄疗伤的朱红灯老是心绪不宁，眼皮跳个不停，知道此地不宜久留，准备转移他处。

11月21日清晨，官军进入五里庄，开始挨家挨户搜查拳首。朱红灯闻讯大惊，赶紧换了一身破烂衣服，扮成农夫模样，挎着一个粪筐，匆匆走出门去。

陈凤阁正带着官军搜查朱红灯，见他头缠白布，手挎粪筐，衣裳破败，身影似乎有点眼熟，试探着朝他喊了一声："大师兄。"

朱红灯哪敢答应，两脚如飞地走着，头也不回，眼看就要走进田野了。

陈凤阁大为心疑，立即向马金叙禀告："马大人，那个人像是朱红灯。"

马金叙大喜，立即带兵朝其追去，一边追一边喊话让他站住。

朱红灯见身份已经暴露，索性将粪筐往地下一扔，撒腿飞跑了起来。

"站住，快给我站住。"马金叙在后面大喊道。

朱红灯哪里听他的，跑得更快了，转眼已经穿过大半个田野。那边有一大片杨树林，郁郁葱葱，如树海一般，要是让他钻进去，可就不好抓了。

马金叙急得冲他大声威胁道："给我站住，你再不站住，我就要开枪了。"

朱红灯还是不听。

马金叙指挥士兵对他瞄准，叮嘱道："不要打死了，要抓活的。"

士兵遵命扣动了扳机。只听一声清脆的枪响，朱红灯左腿中了一枪，一个趔趄摔倒在地。他知道被官军抓住必死无疑，拼命挣扎着爬起来继续跑，还没跑出两步，右腿又中了一枪，扑倒在地，再也起不来了。官军迅速赶上，将他控制住，扳过来一瞧，只见两道浓眉，一脸大黑麻子，正是义和团魁首朱红灯。

马金叙大为欣喜，随后又以利诱的方式收买了心诚和尚的外甥，通过他探听到心诚和尚已转移到高唐县后杨庄。11 月 23 日夜，马金叙率军直扑后杨庄，将正在家中酣睡的心诚和尚抓了个正着。搜出数十封秘密书信，里面写着"明年四月初八日攻打北京"等话。马金叙见事关重大，害怕毓贤将书信烧毁，交给茌平县令转呈给他，将朱红灯和心诚和尚解赴济南。

毓贤不敢包庇，只好将两人交给济南知府卢昌诒审讯，但对私书一事只字不提。

经审问，朱红灯和心诚和尚对抗官拒捕、杀人抢劫等事供认不讳。卢昌诒请求核实惩办，毓贤没有答复。

朱红灯被捕后，王立言接替了他的位置，率领拳民在茌平边界上大肆劫掠，徐大香、董燕榜等人也率众与他会合。他们让各庄派出马队驮运劫来的财物，远近贩卖如马市一般。

禹城有个富人担心义和团前来抢劫，加入天主教寻求庇护。王立言闻知此事，随即率拳民到他家中抢劫，将粮食用马车拉走，根据衣物的价值向其勒索银两，得逞后，又把他儿子绑走，让拿二十匹马来赎。富人见其贪得无厌，只好到县衙报案。禹城知县向大令闻讯大惊，亲自前往乡间开导王立言等人，好说歹劝，说得唇枯舌燥也不能让他们悔改。

11月底，王立言将队伍分成几股前去攻打韩庄教堂。韩庄教堂是禹城天主教的总堂，堂内戒备森严，配有洋枪洋炮。教士高凤仪得知义和团将要来犯的消息，预先设下埋伏，将其一举击退，杀死拳民十数人，教民无一受伤。拳民退回高唐涸河安营扎寨，设伏打败了前来镇压的高唐李联奎所率官军。

那时济南、东昌、曹州三府，济宁、临清二直隶州有数十伙打家劫舍的拳民，每伙都有好几百人，闹得教民惶惶不安，只有用银钱贿赂才能逃过一劫。地方兵力不足，州县官员请求省城派兵镇压，上面迟迟不发兵，打上去的报告也不见批复。聪明人只好学教民用银钱贿赂拳匪，以求不被滋扰，否则任其胡来，损失更大。

毓贤自以为没事，就算总署来电说他沽一己之名，置大局于不顾，他也置若罔闻。

东字正军奉毓贤的命令在高唐和茌平之间与义和团装模作样地周旋已经很长时间了，拳民以为他们不敢打自己，更加得意妄为，一天双方相遇于高唐界，官军害怕发生冲突，主动选择撤退。拳民得寸进尺，在后猛追不舍。官军只好反身接仗，双方在旷野上大战了一场，拳民被杀掉数人。次日又打了一仗，义和团再次被击败，死伤惨重，王立言受伤被俘，被押往济南。毓贤闻讯大怒，对马金叙恨之入骨，但又不好说什么。

于清水手下有一支几百人的队伍，他们占领了高唐和茌平边界的南镇。11月末，于清水从几个富裕的村民那儿抢了钱粮、牲畜和大车。被抢的人中有两个是下层士绅，他们在当地颇有名望，琉璃寺附近的拳首转而反对于清水，将他交给了官府，不久就将其押赴济南。

三名主要拳首被捕后，茌平、高唐的义和团活动销声匿迹，拳民陆续散去。

第八章　袁世凯镇压义和团

戊戌政变后不久，荣禄建议慈禧太后，将京畿地区的各支部队统编成武卫军，以加强对军权的控制和京畿重地的防卫。慈禧采纳了他的建议，命其节制京畿一带的毅、甘、武毅、新建陆军诸军。以聂士成武毅军为武卫前军，屯芦台；董福祥所统甘军为武卫后军，屯蓟州；宋庆统领毅军为武卫左军，屯山海关；袁世凯所率新建陆军为武卫右军，屯津南小站；荣禄自率武卫中军，屯京郊南苑。

袁世凯政治嗅觉敏锐，他以德国在山东挑衅侵权，亟宜妥为防范为由，上折称："东省民教积不相能，推原其故，固由教民之强横，亦多由地方官未能持平办理。"建议朝廷"慎选牧令，须求谙练约章、明达时务者"办理，隐含自荐之意。

荣禄认为袁世凯在朝鲜处理外交事务多年，兼有军事才能，是一个有魄力、能够解决棘手问题的人物，加上当时德人正在胶州闹事，也正须派兵震慑。1899年5月1日，荣禄命袁世凯与聂士成各率所部开往山东直鲁交界一带进行军事演习。5月13日，袁世凯率军抵达德州。此时的他血气方刚，跃跃欲试，欲与德军决一雌雄。但经过一段时间的观察后很快就改变了主意，认为"整军察吏，防海治河，与夫清内匪以安民生，慎外交以敦睦谊"，才是上策。以德军的强悍，自己根本不是对手，与其较量无异于以卵击石。慈禧之所以同意荣禄派自己到德州演习，无非是向臣民表明其有意抗敌的态度。

在山东军事演习期间，袁世凯将山东巡抚毓贤的种种不是，包括德国驻青岛官员请治其罪等要求上告荣禄。在给谋士徐世昌的信中，袁世凯说毓贤糊涂，特别没用，偏激而且昏乱，极其厌恶洋务，对他的种种做法不胜愤懑。7月回到天津小站后，袁世凯立即向清廷上了一道奏折，称自己目睹山东乱局，夙夜忧愤，提出在山东必须讲求约章，分驻巡兵，遴员驻胶，以便导愚民而缔邻好。

11月，袁世凯进京向荣禄面陈了自己对解决山东问题的意见。此时的山东已成为反洋风暴的中心，引起了列强的极大恐慌。面对山东愈演愈烈的局势，荣禄极力保举袁世凯代替毓贤出任山东巡抚。

各国驻华公使对毓贤纵容义和团极为不满。德国扬言出兵相恐吓。

12月5日，美国公使康格照会总理衙门，强烈要求将毓贤撤职，改派能干、勇敢、有胆量的人来接替他的位置。他提出的人选是袁世凯。康格在照会中称："既然毓贤没有充足的武力来保护传教士和镇压义和团，那就该派一位能干的来代替他的职位，把袁世凯在天津操练得很好的军队调过来，在该省开创一个新纪元。"英国公使窦纳乐说："对于今后山东北部的局势，我认为最好的前景是挑选袁世凯接任巡抚。这位官员曾多年担任中国驻朝鲜大臣一职，最近统帅驻天津附近受外国人训练的军队约八千人。他已经宣布，必须将全军调往该省。他性格果断，在必要的时候会立即使用武力，这是他一生中在各种危机形势下行动的特点，所以人们可以期望，在他所管辖的省份中将会顺利地平定叛乱。"

在列强的逼迫和荣禄的保荐下，12月6日，清廷令毓贤卸任赴京陛见，并依列强所请，改派袁世凯署理山东巡抚。

毓贤自感危机临近，不愿把在押的朱红灯和心诚和尚等人留下，增加袁世凯邀功请赏的资本，幻想通过杀戮义和团首领来换取朝廷的谅解和支持，暂缓列强对自己的一味追究。

毓贤亲自提审朱红灯、心诚和尚和于清水，判定他们是匪首，怒道："胆敢纠胁人众，抢劫各处教民财物，放火杀人，波及平民，复抗官拒捕，伤毙勇丁，实属形同土匪，不法已极。"

12 月 24 日，毓贤在离任前两天将朱红灯、心诚和尚和于清水杀害于济南。

12 月 25 日，袁世凯率领新建陆军 7000 人到达济南。

第二天，毓贤将山东巡抚关防、临清关监督关防、盐政印信和诏谕、旗牌、文卷、书籍等件，委派济南知府卢昌诒和抚标中军参将刘云会移交袁世凯。

在京的山东籍保守派官员担心袁世凯为在平原事件中受到处分的哥哥袁世敦雪耻泄愤，动用精兵对义和团大开杀戒，频频上奏弹劾袁世凯。

刚接任山东巡抚，袁世凯就收到朝廷的谕令，要求他"遇有民教之案，持平办理，不可徒恃兵力，转致民心惶惑"。

山东义和团中有一支初名义和会，会众擅长拳术，会员不分老幼一律以"师兄""师弟"互称。他们宣称自己会神功，能够刀枪不入。四方无赖游民闻讯纷纷归附，声势越来越大。前任山东巡抚李秉衡震惊于其声势，客客气气地将拳民首领请进巡抚衙门。看见头领每人手持一盏红灯。李秉衡询问缘由，头领说道："这两盏红灯是教主的两只眼睛，光芒照射之处，枪炮就会失灵。"李秉衡信以为真，对其重加赏赐。毓贤就任山东巡抚后，更与拳民深相结纳，特别优待。

袁世凯刚到济南时，拳首们根据以往山东巡抚对自己的优待经验，满以为他也会主动与自己联络。当袁世凯乘着轿子前去拜访当地的名门望族时，他们就带着大批团众，手提红灯，身披彩衣，排列在街市中，口中喃喃地念诵咒语，希望袁大人看到后下轿咨询，只要他一开口询问，就劝其与自己共同排外，杀尽洋人，完成前任巡抚毓贤的未竟之志。

谁知袁世凯经过街市，假装没看见，对其不理不睬。

拳首们没想到这位新巡抚竟然如此冷漠，不禁大失所望，只好带着徒众悻悻而去。

回到衙署后，袁世凯问侍从："刚才那些是什么人？"

侍从说："他们是义和拳的'神师'。"

袁世凯说："既称'神师'，究竟有何法力？"

侍从与拳首们结识已久，又得了他们的贿赂，就把义和团的"神技"吹得天花乱坠，希望巡抚大人对他们加以重用。

袁世凯虽面露欣悦之色，却没有任何表示。

侍从只好怏怏而退。

为了了解义和团的真实情况，袁世凯在当地官员的陪同下去看望一个拳坛的大师兄。大师兄见到袁世凯后夸夸其谈，吹嘘自己神通广大，刀枪不入，不惧任何洋枪洋炮。袁世凯听后心生怀疑，说这些都是骗人的诡计，根本骗不了他。大师兄见他不信，将其带到拳坛外的一块空地上。念诵了一通咒语后，双手抱胸，命徒弟向自己开火。砰砰几声枪响，硝烟散尽后，袁世凯发现他真的完好无损地站在原地，面带微笑地看着自己。袁世凯非常惊讶，不敢相信自己的眼睛，他下意识地摸出了腰间的短枪，二话不说就朝他开了一枪。大师兄还没反应过来就中枪倒地，呻吟了一会儿就气绝身亡了。"刀枪不入"的大师兄居然被自己打死了，袁世凯一时也不明白其中的缘故。在审问刚才开枪的拳民后才得知，原来他们放的全是去了弹头的空枪。

袁世凯认识到义和团的"真正实力"，知道他们绝非利国利民之辈。他对谋士徐世昌说："地方禀遵京官之奏，均不敢派兵剿除，胥役又不能捕，未知闹到何时始能了事。前任一味纵容，并出示讽煽。匪民自谓奉官所允，又为法所不禁，兵吏均不敢逼前，安得不猖獗也。"

徐世昌建议他对拳民采取安抚政策，以奖励献首自新为诱饵，对义和团众进行分化瓦解，以为"先以解散晓谕为主，次则缉其匪首，以清祸根；如再抗拒不散，再派兵弹压；倘来格斗，再相继击歼，如此办法，可谓格外慎重"。

随后，袁世凯发布《查禁义和拳匪告示》，说自己"统率重兵弹压镇抚，原不难立加扑灭，究未忍不教而诛"。除前任巡抚毓贤已将义和团首领朱红灯、心诚和尚、于清水等正法外，特出示晓谕军民一体知悉："务宜互相劝诫，守分安常"，"毋误堕于迷途。其已入拳教者，痛改前非，立时解散；其未入拳教者，勿复附从。有能激发天良缚献首犯者，定予以自新之路，并奖其除恶之功；如其执迷不悟，怙恶不悛，是乃甘蹈刑章，定当严缉惩治。或敢包庇匪首，隐匿不报，一经发觉，定将窝主按律科罪，并将里保一并严惩。倘再目无法纪，恃众抗官，大军一临，玉石俱碎。本署抚部院谆谆苦心，勿谓言之不预也"。为达到家喻户晓的效果，他命人将这些布告在各府、州、县、村庄张贴，先后达十八次之多。

他让人大量印发劳乃宣撰写的《义和拳教门源流考》，以求民众知晓利害，不致盲从。他还仿效曾国藩、罗泽南镇压太平军时的《解散歌》，派人编印各种歌谣四处张贴，通过官吏、乡绅、塾师和组织临时的"宣讲生"宣传自己的政策，劝导民众脱离义和团。

袁世凯在《劝谕百姓各安本分勿立邪教会歌》中说："本院抚此土，敬愿广皇仁。嫉恶如所仇，好善如所亲。但论曲与直，不分教与民。民教皆亦子，无不勤拊循。尔皆同乡里，还须免忿争。忿争何所利，仇怨苦相寻。传教载条约，保护有明文。彼此无偏倚，谕旨当敬遵。出示已多次，昏迷应早醒。如再堕昏迷，法网尔自撄。首领惧不保，家产将尽倾。父母老泪枯，兄弟哭失声。作孽自己受，全家共艰辛。扪心清夜思，梦魂惊不惊。从此早回头，还可出火坑。倘能获匪首，指拏解公庭。并可领赏犒，趁此立功勋。"

他将山东原有旧军加以改造，派冯国璋负责主持操练事宜。分拨营队扼要屯扎在全省各地，弹压逡巡，以备不虞。

但袁世凯万万没想到的是，自己上任后仅四天，平阴、肥城交界处就发生了一起教案，一个英国传教士被大刀会杀死了。

1899 年 12 月 30 日中午，吴方城、吴经明、孟广文等五名大刀会会员在泰安府肥城县张家店的一家小酒馆里喝闷酒。他们是奉命前来招兵买马的，但在此地的工作却开展得颇为不顺——他们宣扬自己有刀枪不入的神术，一遇洋人即可立刻将其斩杀，但是没几个百姓愿意相信他们。眼看口袋中的银两日渐减少，又值数九寒冬，出门卖艺也没几个人来捧场。几个人合计了一番，准备去抢劫当地的大地主张洪远。张洪远是天主教徒，在大刀会眼中，这种人简直十恶不赦，禽兽不如，他们打算深夜动手，将其家洗劫一空。几个人筹划妥当时，酒馆老板娘进来告诉他们，一个洋人正从自己酒馆外经过。五人闻言临时改变了主意，准备先抓住这个洋人，再去找张洪远算账。这个倒霉的洋人就是卜克斯。

卜克斯是基督教圣公会传教士，1897 年春天抵达中国时，年仅二十二岁，刚从伦敦圣奥古斯丁神学院毕业。来到中国后，卜克斯被分配到鲁西平阴，追随马焕瑞牧师传教，并发愤学习中文。他精力充沛，富有宗教热情，工作积极，不到两年就被提拔为马焕瑞牧师的助理。

在民教冲突激烈时，洋人的生命安全受到很大威胁。有天晚上卜克斯做了一个奇怪的梦，他梦见自己又回到了母校，走进一座庄严肃穆的纪念堂里。墙壁上有一块碑文，上面写着神学院殉道毕业生的名字。他凝视碑文，看见自己的名字竟赫然在列。此事是吉是凶，他也闹不明白。心想也许是日有所思，夜有所梦，也没太当回事。

距平阴以东约五十里的泰安同属英国圣公会教区。在泰安传教的圣公会牧师伯夏里与卜克斯有着非同寻常的关系，卜克斯的姐姐莫甘娜是伯夏里的未婚妻。1899 年圣诞节，伯夏里牧师与莫甘娜在泰安举行婚礼。卜克斯专程从平阴赶来参加典礼，无论局势如何紧张，姐姐的婚礼毕竟是一件大事。

婚礼结束后，伯夏里夫妇就度蜜月去了。卜克斯在泰安百无聊赖，决定启程返回平阴。

当时山东正处在新旧巡抚交接过程中，老巡抚毓贤尚未离开，新巡抚袁世凯还未到任，局势动荡，平阴、泰安一带尤为严重。泰安地方官员听说卜克斯将要出发的消息格外紧张，劝其暂缓行程，耐心等待时局好转后再走。但卜克斯是个非常执着的传教士，对于宗教近乎狂热，他听不进任何人的劝告，执意要在此时返回平阴，还拒绝了中国方面派兵保护的好意。

1899 年 12 月 29 日，卜克斯从泰安雇了头骡子返回平阴，有一名骡夫随行。天黑时，他们在旅舍宿了一夜，第二天早上继续前行。

当日天降大雪，骑着骡子的卜克斯飘飘欲仙，万万没想到危险正在向自己一步步逼近。

中午时分，抵达距离平阴只有二十里的肥城张家店一家酒馆时，卜克斯突然发现前面有五个头裹红巾的壮实汉子手持大刀拦住了自己的去路。其中一个（吴方城）一见他就嚷道："近来教民欺诓平民，多半是洋人主使。"几个人立刻上前围住了卜克斯，喝令他下骡。骡夫见来者不善，吓得一溜烟跑了。卜克斯见势不妙，急忙跳下骡子，从孟广文手里夺过一把刀，乱舞乱刺，威胁他们不要靠近。吴方城见状大怒，执刀上前刺伤了卜克斯头部。孟广文趁机夺回刀子，扎伤了卜克斯的右臂。众人一拥而上将卜克斯摁住，五花大绑地将他捆了个结结实实。一伙人押着他走到肥城、平阴交界处的"四棵树"时，天色将晚，卜克斯被五人绑在一棵大树上，周围的老百姓纷纷上前围观。此时卜克斯惊恐至极，连连呼喊自己有银子，请求饶他一命，但观众们却嬉笑如常，不为所动。五名大刀会会员得意扬扬地走进了附近的一家馆子里，向老板和顾客们吹嘘自己的勇敢，并将抢来的一些衣物和器皿送给了大家。当他们吃完饭出来的时候，发现卜克斯竟然挣脱绳索逃跑了，大怒，立即联络当地的百姓一起追捕。可怜的卜克斯一路奔逃，他受伤严重，又被折磨了很长时间，一头撞进了当地一个村民家里，以为这下安全了，支撑不住晕了过去。醒来时，他发现自己周围全是来看热闹的老百姓，他感到大事不妙，急忙拨开人群准备逃跑，孟广文、吴方城等人已骑马赶到，一通乱砍将其砍死，将尸体扔进附近的山沟里扬长而去。

事发后，袁世凯感到问题严重，立即饬令泰安知府潘民表勒限缉拿案犯，并将情况电奏朝廷。为免再次发生类似事件，他训令各州县派遣军队对所有教堂和传教士严加保护，恳求教士集中居住，不要随意外出。

朝廷因为事关外交，命令袁世凯严缉凶犯，从严惩办。

英国公使窦纳乐得知卜克斯死讯，立即向总理衙门发出照会，声称必须使传教士得到有效保护，并指令驻上海副领事甘伯乐和两名传教士到济南会同审办。

潘民表通过悬赏购线，严密侦查，于1900年正月先后将孟广文、吴方城、吴经明等5人拿获。

人犯到案后，袁世凯先命按察使胡景桂和济南知府卢昌诒审理，随后又亲自审讯了一次。

甘伯乐到来后，提出了四条处理意见：第一，将凶犯从重治罪，巡抚会同观审，领事监刑；第二，将泰安知府及肥城、平阴两县知县革职，永不叙用；第三，照教会绘制的图样，在行凶之处为卜克斯建立教堂，由教士选择地方，官府拨款，由民众集资立碑；第四，将疏防各官先行参处的谕旨及办案情形由巡抚出示晓谕，确保今后不再发生此类事件。

袁世凯对甘伯乐的要求通通照办，将泰安知府及肥城、平阴两县知县革职。判处首犯孟广文和吴方城斩首，吴经明终身监禁，另外2人充军，4个村保受鞭笞之刑。赔偿教会白银9000两，允许其购地5亩扩建南关教堂，责令出事地点群众集资500两白银在卜克斯被害之处建立"纪念碑"。

1900 年 1 月 2 日，孙文、李金榜率领附近 10 余个村子的 200 多名群众执旗抬炮，拆毁了县城附近梁家埠一带德国铁路公司的 5 座草窝棚，夺其粮食财物，并欲焚毁高密县城外的铁路公司分局。

高密知县季桂芬急忙致电袁世凯："幸好有所预备，没有伤及工人。卑职一面竭力保护铁路公司，一面率兵役赶散村民，只是不便开炮穷追。现已答应洋人调兵至潍坊震慑，约限 5 日。同时让人劝解村民不要再闹事，倘若他们不听劝告，再搞破坏或抢掠铁路公司，应该如何处理？"

次日，袁世凯回电季桂芬："立即调潍坊全队前去弹压，须先照约与德国胶澳总督叶世克商量妥当。务须严密保护铁路公司洋员，切毋疏忽生衅，断不可任由乱民抢掠。"

随后，袁世凯命令夏辛酉、冯国璋等率军抵达高密县境，屯兵于各个交通要道，严防死堵，不让事态向别处扩大蔓延。

这时，济南的义和团首领觉得机会来了，率领数十个拳民再次来到巡抚衙门拜访。出乎意料的是，这次袁世凯一改上回的冷漠态度，对他们倒屣相迎，优礼有加，还极口夸赞义和团的"神术"。

大师兄以为袁世凯一定有求于己，趁机鼓动道："洋人欺我太甚，他们修筑胶济铁路，是想以邪术摄取民间童男童女的灵魂，镇压在轨道之下，待火车运行时为其推送助力。我等不忍坐视不救，现已号召高密、昌邑两县团民武装起义。我的两位师弟口诵神咒，已经咒死了无数德国人，用不了多久，就能将全省洋人消灭干净。大帅身为我们山东的父母官，难道忍心坐视千万山东人民遭受外人荼毒，却不施以援手吗？"

袁世凯唯唯应诺，谦逊地问道："不知大师兄要我如何给山东民众施以援手呢？"

大师兄神色慷慨地说道："事到如今，唯有官民一心，杀尽洋人，方能彻底铲除妖孽。"

袁世凯面有难色地说："洋人的火器如此厉害，咱们只怕难以抵挡吧？"

大师兄笑着说道："只要大帅同意，一切具体措施，全由我们负责。对付洋人的枪炮，我们自有独门奇术，足以震慑破解。"

袁世凯听了连连摇头，对此似乎不大相信。

大师兄还没开口，徒众们乱哄哄地说道："大帅如果不信，我等愿意当面一试。"

袁世凯连连摇手道："这样不好吧，倘若伤害了你们，日后与洋人对垒，岂不少了一批健将？"

拳民们慨然说道："我们自愿如此，即使有所伤害，也与长官没有关系。"

袁世凯这才应允，带着大师兄及其徒众进入署中的射击场，召来数十名卫兵，环立四周，手持火枪，准备射击。

几十个拳民分成四五队，每人左手提一盏红灯，伸出右手食指和中指指向空中，脚踏禹步，口中喃喃念咒。

大师兄和袁世凯站在一起，请他下令卫兵射击。

袁世凯大手一挥，卫兵举枪射击，拳民们立即伏倒在地。

等拳民们站起身来，袁世凯又把手一挥，卫兵们又举枪射击，拳民们再次伏倒于地。

连续射了三次，拳民们都毫发无伤。

袁世凯诧异地说道："枪已装入实弹，为什么射不出来？真是太奇怪了，神师的话，果然一点不假！"

大师兄得意扬扬地说："当然是真的，我怎么敢欺骗大帅呢？"

话音未落，只听"砰"的一声，众人再看时，大师兄已跌扑在地，痛苦挣扎，奄奄一息。

原来，袁世凯事先悄悄嘱咐卫兵对拳民空枪相向，虚张声势。大师兄以为火器果然已被自己的"神术"制伏，正在沾沾自喜，自鸣得意，不想袁大人已乘其不备，拔出手枪直击要害，他还没反应过来是怎么回事儿就做了枪下之鬼。

击毙了大师兄，袁世凯转头对众拳民说道："我早就看出来了，你们所谓的神功不过是骗人的鬼把戏，瞒别人可以，如何瞒得过我老袁？你们的大首领尚且禁不住我一颗子弹，何况你们的技艺还远不如他呢，赶快束手就擒，还可以给你们留条活路，不然，就让你们的血肉之躯尝尝真枪实弹的滋味。"说完一挥手，只听哗啦啦一阵响，众卫兵装弹、瞄准、手扣扳机，只等袁大人一声令下就要开枪射击。

拳民们吓坏了，全部跪倒在地，磕头不止，连声求饶，有的吓得眼泪都流出来了。

袁世凯对他们厉声呵斥道："我如果杀掉你们，就像杀猪屠狗一样简单，你们这些草包，还不值得浪费我的子弹，今天姑且饶了你们，回去以后务必洗心革面，不准再以邪术害人。倘若再犯，本帅绝不宽恕！"说罢让士兵将他们赶出了衙门。

对高密民众阻止德国人修筑胶济铁路之事，袁世凯一面电告高密知县季桂芬委婉劝阻德国公司暂缓开工，劝告群众解散，广出告示，解释铁路多架桥梁，不会造成水灾，如真成灾，必定奏请豁免钱粮，绝不让人民流离失所；一面电饬莱州知府查办，驻登州防营派兵弹压，保护德国的铁路局。因高密群众不服，朝廷指责袁世凯意存推诿。袁世凯就下令将领导群众阻止德国人修铁路的高密武生李金榜逮捕。后又奏调荫昌前来与德国人谈判，签订了修路条约和德国人在铁路沿线30公里内开发煤矿的章程，问题才得以解决。

卜克斯案发生后，为切实保护外国人，袁世凯加大了对义和团等反教团体的打击，他说"义和团实系匪类，以仇教为名，而阴逞不轨"，认为其之所以在山东迅猛发展，主要是因为前任巡抚毓贤一味纵容，一改其一意主抚的政策，派兵勇前往各州县大力镇压义和团。一些山东籍京官连续奏劾袁世凯，说他一意主剿，致滋事端。清廷也担心袁世凯操切从事，会激成大祸，连下三道上谕，告诫他不可徒恃兵力，意气用事："拳民聚众滋事，自无宽纵酿祸之理。惟目前办法，总以弹压解散为第一要义。如果寻击官军，始终抗拒，不得已而示以兵威，亦应详察案情，分别办理，不可一意剿击，致令铤而走险，激成大祸。著袁世凯相机设法，慎之又慎……倘办理不善，以致腹地骚动，惟袁世凯是问。"

袁世凯接到上谕，认为这是居心倾排者所为，于1900年1月13日上奏朝廷，为自己的剿办政策辩护："该匪等虽托名仇教，而观其举动，实只在于纠众劫财。得财稍多，则蓄马购械；分赃不匀，或互斗交殴。乃犹立帜大书，侈口于洋人可灭，借以行其耸动号召之私，而不知其伎俩毫无"，"该匪等一经勇对抵御，即不能支，况能举强盛之洋人而灭之乎？""就使能纠合百十万人鞭挞五洲，而该匪等势成燎原，不可向迩，国家又将何以制其后？"表示自己

"不敢畏避嫌怨，扶徇欺蒙"，对义和团必须痛加剿办。

他发布《严禁拳匪暂行章程》：

一、禁止拳匪，在各州县勤加访查，认真缉办，以遏乱萌。嗣后倘在该境内有拳匪设场教习者，即将该管州县照纵匪例从严参办。

二、禁止拳匪，并须责成该庄长首事地保，令其随时禀报。如有拳匪设场教习，庄长地保徇隐不报，经官查明，即将该庄长首事拿获监禁一年，地保监禁三年，倘地保与匪相通，及在官人役与匪通气，查获讯明，即行正法。

三、父兄纵听子弟学习邪拳，除将其子弟正法外，该父兄拿获禁监三年。

四、拳匪设场聚众教练之处，经官查出，即将该场毁平。如在人家聚设，除将该场毁平外，勿论何人家产，仍将其家产充公具报。

五、如有人告发拳匪设场之家，经官查获后，验讯明确，即将该犯家产提出，一半赏给告发之人，一半充公。其有拿获设场匪首，即送案者，将该犯家产全数赏给。

六、村内设有拳场之邻人，如虑拳匪报复，不敢出名告发，应即通知庄长首事地保，密报到官，以凭拿办，倘知而不报，致酿成焚杀重案，定将该邻右提案严办。窝留者与匪犯同罪。

七、此项禁章，系为嗣后习拳者而设，其从前拳匪除著名匪首及曾犯焚抢重案者，仍应查拿外，其余被胁之愚民，如无案犯，但能悔过自新，一概从宽免究。亦不准差役地保借端扰累株连。

八、倘有挟仇诬告，希图分赏者，查询毫无实据，即行反坐科罪，绝不宽贷。

袁世凯认为数量有限的官军难以对付人数众多、分布广泛的义和团，有效的做法是阻止分散的拳民聚集在一起，他用新建陆军大部扼守全省各个要冲，将各地义和团分割隔离，阻止他们流动聚集，使拳民失去活动空间，难以萌发串联聚众起事之心。再用小部分兵力巡查、盘问、晓谕、弹压。让新建陆军先锋队在直鲁边界设防，阻击由直隶盐山犯境的拳民。再以机动兵力对付大股义和团，对抓获的拳首严厉处置，凡是聚众四十人以上的首犯一律"绞立决"，对普通拳民一般不予惩办，只是勒令解散，遣散回家。

同时采用行政手段调动各级地方官、兵勇、乡绅、团练协同查禁，并责令地方官府与团练配合军队弹压解散义和团。

山东士绅平日颇为拳民所信赖，他们可以凭借自身威信劝解拳民解散，袁世凯要求各村首事庄长出具不得设场习拳的甘结，责成他们剀切劝导庄民，不得设场习拳，聚众滋事，命令各地效仿办理。

在官府的压力下，不少士绅被迫退出了义和团，转而成为对抗义和团的力量。

袁世凯还"悬赏购线"获取义和团及其首领的活动情报。

为防止军队撤走后拳民重新聚集，袁世凯命令各州县官员必须每日上报本地义和团的活动情况，不得隐瞒拖延，并派人到各地查访，严格监督。若地方官对辖区内义和团活动弹压不力或不及时禀报，一律严加惩办，对有功人员予以重奖。

在解散义和团的同时，袁世凯派军队保护教堂和传教士住宅。将各地教堂以"充作公所"的名义保护起来（如济南天主教堂就悬挂出"官书局"的招牌）。传教士外出活动受到严格的限制，袁世凯通知部下联系所辖地区的各差会（基督教新教差派传教士进行传教活动的组织）负责人，指令今后传教士不能随心所欲地外出，只有在必须处理重要事情时才能出行。外出时，须向当地官员提出申请，由官府提供一支军队随行保护。袁世凯提醒："假如有传教士拒绝遵守这项要求，义和团给他们制造了麻烦，当地官员不对传教士的安全负责。"

为保障外国侨民的生命安全，袁世凯提议派兵将山东境内的洋人全部护送到通商口岸，外国人欣然同意。

由美国驻烟台领事法勒出面从羊角沟包了一艘日本轮船"广谷丸"号，来回四次将在山东的二百多名外国人全部从海路送到烟台，每一次袁世凯都派兵提供保护，他对待每一批离去的外国人都极为关切而周到。

袁世凯深知民教冲突和义和团暴力活动蔓延的主要原因在于教民欺压平民，他密令各地官府以名为自愿实为强迫的方式劝谕教民反教。为了不给传教士留下口实，他要求地方官采取面谕的方式劝谕教民退教，强调教民退教与否应当听其自便。

此举遭到了外国人的投诉，法国领事致函袁世凯，询问是否"此事果系出自尊谕，俾可电达敝国政府"；英、法、美三国驻烟台领事先后致电袁世凯，称山东一些地方"现出示谕，痛诋洋人，并将教堂产业器具概行充公。又勒令所属各州县教民具结反教，有不从者，则用刑哭拷，请查明，俾可电达各国政府等情"；"各国领事来电，谓该郡出示勒令教民永远反教，有违条约"。

袁世凯对此解释道："知县官担心在本地发生叛乱者对教徒发泄仇怨和抢劫教堂等事，所以才要求信徒暂时宣布退出教会，并将教堂置于地方官的严密保护之下，他们希望消除引起纷乱的隐患，才能确保尽到保护之责。这是从困难中想出来的唯一好办法，并无别的用意。"

但没出一个月，拳民暴力活动在齐河、聊城、堂邑、平阴、肥城、夏津、东阿以及黄河以南的长清地区爆发并且如旋风般快速蔓延。

1900年1月19日，袁世凯上报总理衙门：山东十七个州县，"匪徒滋扰案件总共一百四十六起。内中扰害教民案件一百二十七起，共三百二十八家。民人案件十九起，共二十八家。共烧毁、拆毁大小教堂十处，架房、伤毙教民二十三名，民人七名"。随后他向朝廷上报了更新的统计数字，称暴力事件已波及鲁西北四十余个州县，"凡掠害教民、焚拆教堂之案，计共一千余起"。

这些暴力活动大都是拳民锁定要攻击的目标（包括教民和富有的村民）后，聚集起几十上百人，向各拳场发出传帖，用刀枪等器械武装起来，吹着螺号向其发动攻击，许多缺衣少食的贫穷百姓也拿着棍棒尾随其后。拳民进攻得逞后，威胁对方交出所有钱粮和值钱之物，如遇反抗便将教民捆绑起来无情地殴打。若拳民感觉被抢掠者还有油水可榨，就会绑架其家人进一步勒索。如"张李家庄教民李公堂家，于本年十月初六日被拳匪抢去银钱、衣物、车辆、牲畜，伊父李凤来与伊弟均被掳去，用京钱二十千赎回。又于是月十八日被拳匪放火烧毁房屋十间"。

对那些拿不出钱财的贫穷教民，拳民会把他们绑架到别处勒索赎金。如果拳民拿不到赎金，被绑者只能自认倒霉，或被撕票或被伤害。平路张官屯平民王方宽被拳民抢去钱财家具，绑架到胡集，割去右耳后才放回。拳民将抢来的钱财交由"管赈"分配或充作活动资金。

拳民们还强迫教民反教，对不听从者轻则殴打，重则杀害，焚毁他们的房屋，或将房梁、大门等处的木材拆除拍卖。教民的土地也被以极低的价格拍卖。拳民一般选择孤立的小教堂或个体教民作为攻击对象，对像庞庄这样戒备森严、武器精良的教堂则有意回避。

袁世凯知道拳民吃硬不吃软，派军对其进行血腥镇压，他派山东督粮道尚其亨和济东泰武临道吉灿升，督同任永清、马金叙、吴长纯等5营清军到鲁西北各州县搜查，逮捕、屠杀拳民，拆毁拳场，命令军队要见"匪"必杀，对于那些"拳匪"成堆的村庄，可开炮轰击，不必缩手缩脚。如果作战不力，无论官兵一律提头来见。又命各级地方官员，捕获拳匪不必开堂审讯，可以当场处决。

在袁世凯的严厉打击下，义和团损失惨重。拳首们经过商议，决定派一名代表前去游说袁世凯，希望改变他对义和团的敌视态度。这位代表告诉袁世凯，民间的仇外情绪正在猛烈上升，奉劝巡抚大人顺应民意铲除洋毛子，让其子民都从那可恨的西化风气中解脱出来。见多识广的袁世凯根本不相信他的话，他知道在实力对比悬殊的情况下，洋人不可能被赶出中国，更别谈永远。他明确告诉这位代表，想把洋人赶出中国的时代早已过去，义和团的失败是必然的。这位代表却自信地告诉他，胜利是确定无疑的，因为兄弟们有法术护身，洋人的子弹不能伤害他们分毫。袁世凯严厉地说，自己的士兵手上就有这些子弹，对方不妨当场做个试验。拳民代表对此表示拒绝。但袁世凯哪里依他，让他站到院中，指挥士兵对其瞄准，在他恐惧的求饶声中，枪声大作，当场将其击毙。

袁世凯对义和团的野蛮杀戮和媚外行径引起了朝中权贵的极度不满，那些因为相信义和团刀枪不入而变得凶狠狂躁、发誓要将大清帝国境内所有洋人统统杀光的保守派对他群起而攻之。愤怒的底层民众咒骂他是"混世魔王"，声称要"替天行道"除掉他。

山东人民对他也是无比憎恨。当时在济南广泛流传着"杀了袁鼋蛋，我们好吃饭"的民谣；还有人在巡抚衙门的照壁上画了一只头戴红顶花翎的大乌龟俯伏在洋人屁股后面的大幅漫画。袁世凯为此吓得坐立不安，很长一段时间都不敢出门。为防有人潜入珍珠泉巡抚大院行刺，他命人在巡抚衙门院墙外设置了一层又一层铁丝网。

官民的痛恨并没有动摇袁世凯剿杀义和团的决心，他将山东原有的三十四营勇队裁并，留下二十营，共一万五千余人，改称武卫右军先锋队，重加训练，换发新式毛瑟枪，后又将其余十多营改编为左翼防军、右翼防军和沿海防军，分别部署在全省各个要地。

不到两个月，就将活跃在山东大地上的数十名义和团首领擒获并斩首。拳民在山东没有立足之地，纷纷逃往直隶。

山东各地逐渐安靖，袁世凯又派员分赴各州县，切实核查被义和团骚扰的村庄户口，不分民教，一概予以抚恤。

山东临清州下属的武城县，距离直隶故城县和清河县最近，义和团蔓延过来也最早。有个叫王玉振的义和团头目，因与清河某村有仇，特意纠集同党徐福和尚、朱西公、朱士和、陈光训、邢殿五等各率数百拳民，于3月9日窜入茌平、博平、司家营一带，扰犯清平县境内的许庄，掳人勒赎。清平县令梅汝鼎闻讯，亲率勇役前去追捕，拳民窜入高唐境内的袁王庄。3月11日傍晚，又窜入夏津境内的师提庄，恣意抢掠。夏津县令屠乃勋率队前去捕拿。拳民回窜至清平松林庄，随即旁窜到武城杨庄。

武城县令龚敦仁急忙将情况电告袁世凯。袁世凯认为山东境内已经平静两个多月了，岂可再容外来匪徒窜入？立即委派武卫右军马前队统带王开福督队前去剿捕。还没出发，哨长阎凤鸣率领数十名骑兵前往杨庄一带巡逻，突然与义和团相遇，拳民立即列阵相拒。阎凤鸣见该处村舍太密，不是用武之地，命士兵假装撤退。拳民以为官军害怕自己，在后面紧紧追赶。阎凤鸣等拳民追得较近，突然勒转马头，指挥士兵返身杀回，枪声陡起。拳民来不及防备，几十人应声而倒。这时东字前营管带戴守礼自北而来，东字左营哨官李文成从西面来援，前后夹击，又击毙拳民数十人。拳首王玉振、朱士和、陈光训、邢殿五均在其中，当场生擒朱西公、范小、陈卷等十一人。范小、陈卷在押送回去的途中因伤身死，朱西公等九人，由龚敦仁禀明袁世凯发交东昌知府洪用舟审讯明白，分别处以正法监禁之刑。

禹城与临邑、陵县、平原、恩县等处毗连，距离直隶边境很近，义和团也不时出没其间。1899年冬天，袁世凯派重兵驻扎在此，先后拿办多名拳首，义和团已渐渐销声匿迹。不料三月十四日（4月13日），忽有外来匪徒王立东、李传和纠合王文义、张得胜、阎朝义、宋仁义等，各集徒党百余人，窜入临邑县田家口。袁世凯探访清楚后飞饬各营县，限五天之内务必将首犯全部捉拿归案，超过时限一律撤职。

三月十六、十七两日（4月15、16日），拳民又窜入禹城王彩武庄和临邑、陵县交界的百家庄、路家庄，肆意抢掠。禹城县令许源清会同济康营哨官马占无、武卫右军马右队哨官吕长顺，率领马步队三十余人赶往追捕。拳民又窜至临邑庞河，正在抢劫该处村庄，吕长顺就率众向前围捕。义和团列队抗拒，在阵前竖立黄旗一杆，数名拳首骑马在中间指挥，拳民头裹花布包巾，把头发结起来，袒露胸脯，形同痴癫，枪矛兢进，极为凶猛。当时带去的勇役只有五十余名，众寡悬殊，许源清竭力激励士卒，众兵奋勇向前。马勇谷魁宾、张维虽然身受重伤，仍然毫不退却，吕长顺更是身先士卒，率马步兵围攻拳民。先击倒拳首王文义，子弹贯穿他的胸膛，另一个骑马的王某拳首也被连人带马一起击毙。张得胜见势不支，立即伏地叩头，口诵真言，想做法伤及官军，偶一抬头，被流弹打中，当场身亡，马队乘势赶上，夺取阎朝义所执大旗，将其砍杀。宋仁义也中枪而死，李九芝等四人被生擒，剩下的拳民四下逃散。官军缴获长枪三十余支，刀叉五杆，大旗一面，神像一轴，符咒多件，红布花名册一本，内载有统领前敌、总办粮台和某哨、某队等名目。

往年直隶的义和团多起于清河、故城一带，所以只蔓延到山东曹州各属，没到武定。1900年直隶遍地都是义和团，以天津管辖的沧州、静海、盐山、庆云最多。武定下属的乐陵、海丰与直隶盐山、庆云相邻，极易被拳民窜扰煽惑，袁世凯访悉乐陵境内的范家屯、杨安镇、牛角屯、张义庄、张吉庄、前后董家庄及暨城东的孙家堰庄，都有外来拳民，派武卫右军马队统带任永清率队前往查办。

任永清于五月十六日（6月12日）率哨长孟效曾、暨先锋右路左营哨官郝耀宗，会同乐陵县令何业健，驰赴牛角屯，将私开拳场的宋清云拿获，又到前董家庄拿获拳首董关来和边法三等，归案讯办。拳师张成芝以知机逃脱。任永清随即被调到别的地方，袁世凯又派马右队统领孟恩远前往防堵。

十九日（6月15日），据报直隶盐山拳民窜扰三间堂，孟恩远当即会同何业健驰往堵剿，未到时拳民已闻风先逃。当晚，孟恩远探悉孙家堰地方有外来拳民聚集，又带队前去拘捕。当场击毙拳首孙洛泉等二十八人，搜获神牌一个、铜佛一尊、义和拳点名单一份、妖符一张、妖诀多件、军械五十余件，才收队回城。所获各犯，有七人受伤，一并交给何业健讯问明白，分别惩办。随后探闻盐山聚集拳民多达七八千人，传言拳民将侵犯三间堂和朱家寨，于是又禀请袁世凯添派帮带先锋右路各营都司张奉先、管带先锋后路左营副将张勋先，先后驰往驻扎，以资防堵。

在袁世凯的大力保护下，山东境内成了外国人的"安乐窝"和"避难所"。

第九章　废立风波

戊戌政变后，慈禧太后重新"垂帘听政"。她起用旧党，重用满人，疑忌汉人，搜捕革命志士。康有为因变法获罪，许多人受到株连，逢迎干进之人，都以攻击康有为为名，稍与其意见不合，就指为新党，罪在不赦。光绪虽然还是名义上的皇帝，实际上却形同傀儡，每日召见群臣百官均由慈禧代理，他在一旁垂首默坐。光绪与慈禧同坐一炕。炕多靠南窗下，慈禧在左，光绪在右，群臣向中间跪起。先相对数分钟，均不发一言。慈禧徐徐开口道："皇帝，你可问话。"光绪才问："外间安静吗？年岁丰熟吗？"凡历数百次，只此两语。就是一日数见也是如此，二语以外，更不加一字。他的声音极为轻细，就像蝇蚊叫一样，不熟悉他的人几乎听不见。光绪问完话，慈禧就滔滔不绝地说了起来，她尤其喜欢拈用四字两字名词和古文成语，脱口而出；对于人情世故极为明澈，几句话就能洞悉来意。因此诸大臣对慈禧颇为畏惮。

太监们并不太把光绪放在心上，虽然称他为万岁爷，实际无异于他们摆布的傀儡。光绪萎靡无威仪，闲暇时常与众太监坐地玩耍，尤其爱在纸上画出各种大头长身的鬼怪，再拉杂扯碎。有时他会画一只乌龟，在龟背上填写袁世凯三个字，粘在墙壁上，用小竹弓射击，然后取下剪碎，撒向空中，让其片片作蝴蝶飞。（因为戊戌告密，光绪对袁世凯极为痛恨，故有此举。）

后党（慈禧太后的同党）起初想谋害光绪，暗中派太监传出风声，说"皇上病势日渐沉重，恐怕会致不起"。驻京各国公使闻讯，纷纷到总理衙门问安，询问光绪皇帝的病是如何引起的。他们频频约见庆亲王奕劻和李鸿章，表示只承认光绪为中国的首脑，如果他不明不白地死去，将会产生不利于中国的后果。慈禧吓得不敢轻举妄动。

见谋杀行不通，又改取废立。御史张仲炘、黄桂鋆上密疏，说皇上得罪祖宗，应当被废黜。慈禧心喜其言，但不敢立即行事。让人宣称皇帝久病不能君临天下，命太医捏造其患病的脉案，遍示内外官署，并送到东交民巷各国使馆。

各国公使谒见奕劻，请求让法国公使馆的医生给皇帝看病，慈禧不允许。各国公使又屡次请求，慈禧不得已，只好将其召入皇宫。法国医生多福德给光绪看完病，出来对众人说道："皇帝病情没有大碍，不过是有点血虚之症而已。"慈禧听了很不高兴。

绥远将军贻毂听说了太后的阴谋，邀合两三个满洲大佬联名上疏请求速行大事。荣禄谏阻无效，害怕自己背上恶名，对慈禧献策道："朝廷不能独立，要仰赖众力维持。若封疆大臣们同意，天下就没人敢议论了。臣请私下打探一下他们的意思，然后再行事未晚。"慈禧允许了。

荣禄以密电分别询问各省总督，说太后将拜谒太庙，为穆宗（同治皇帝）立后。两江总督刘坤一得电，约湖广总督张之洞联合上疏反对。张之洞起初答应，后来又反悔了，但奏折已发出，他派人中途将邮差追回，把自己的名字从奏折上划掉。

刘坤一慨叹道："香涛见小事勇，见大事怯，也罢，姑且留着他为日后做打算。我已经老了，没什么好怕的了。"就独自复电荣禄："君臣之分已定，中外之口难防。坤一为国谋者以此，为公谋者亦以此。"

正阳门外的关帝庙，房屋非常低矮狭窄，相传神像是明熹宗亲手塑造。凡有车驾出城，必要到庙里来上香，前来拜神求签的人特别多，慈禧太后也深信不疑。地安门内有一个瞎子，姓赵，不知何名，世人都叫他"赵瞎子"。赵瞎子擅长梅花易数，慈禧曾派宫人向其询问吉凶，凡是满洲贵族无不尊信其术。荣禄收到刘坤一的复电，不敢马上奏报太后。他知道慈禧素来相信阴阳小数，秘密派人去关帝庙里求了一签，找赵瞎子占了一卦，将卦签揣进怀里上朝。慈禧问他："外省复电如何？"荣禄说："外省复电迟迟未到，奴才也时时挂念着。昨天到关帝庙里去求了一签，不太吉祥；去赵瞎子那儿算了一卦，也不吉祥，颇为忧虑。"慈禧忙问："卦辞是怎么说的？"荣禄将怀中的卦签取出来呈给慈禧。大意都说不可轻举妄动，否则将会追悔莫及，慈禧默然。过了两天，荣禄才将刘坤一的复电呈交慈禧。慈禧害怕各路诸侯造反和外国干涉，不得不暂时停止了废立计划。

朝廷宣布光绪病重后，下旨令各地督抚举荐良医入宫诊治。外界不知光绪病情如何，他的身体状况又牵涉到权力之争，一时流言四起，有人说光绪病得不轻，有人说慈禧要对光绪下毒手，还有人说光绪已经逃出了紫禁城。

1899 年，湖北武昌的金水闸客店突然来了一主一仆。主人二十多岁，长身玉面。仆人四五十岁，没有胡须，说话尖声尖气，音调很怪，两人均操着一口纯正的北京官腔。两人在公馆里深藏不出，衣着食物极其奢华。主人吃饭时，仆人就跪着伺候；和主人说话时，仆人必称"圣上"，自称"奴才"。

公馆里的其他租户大多是在衙门里当差的，见此奇事，便告诉了同事。没过几天，整个武汉都传得沸沸扬扬。汉口各报均以光绪皇帝逃出瀛台、前来武汉投靠张之洞为题加以报道。经过上海报纸大力转载，所谓张之洞保驾的传言便广泛传播于海内外。

这对主仆随身携带玉碗一只，碗上镂有五爪金龙；还有玉印一块，上刻"御用之宝"。主仆二人有意无意地将此类物件示之于人。不久，武汉城内很多人都以为此人就是光绪，每日前往拜见者甚多。他们去拜见时大多行三拜九叩之礼，此人略微挥手道："不必多礼。"武汉当地的候补官员闻讯大喜，认为这是一个夤缘谋职的大好机会，纷纷携巨款前去以求谋得一官半职。此人来者不拒，通通笑纳，说道："朕回头自有安排，卿且回去静待佳音。"众人欢喜而退。

江夏（今武昌）知县陈树屏闻讯，又惊又疑，觉得此事非同小可，决定亲自前去查探一番。

他和两个衙役换了一身便装来到公馆，跟掌柜一打听，来到两人的房间外。门关着，其中一个衙役伸手敲了敲门。

"谁呀？"里面一个又尖又细的声音问道。

"一个朋友，有点事想求您帮忙。"陈树屏说。

那人正躺在床上抽鸦片，一听这话，以为又是来送钱谋官的，便吩咐仆人把门打开。

陈树屏和衙役进得门来，屋里烟味浓重，呛得三人连打了好几个喷嚏。烟雾散去后，那人从床上坐了起来。陈树屏走近两步，睁大了眼睛仔细观瞧，见他长着一张鹅蛋脸，面白无须，唇若涂朱，斯文秀气，模样像极了当今圣上光绪，内心惊疑不定。

那人见他只顾盯着自己看，有点不大高兴，问道："你有什么事吗？"

陈树屏盯着他看了一会儿，试探着问："你是什么人？"

那人冷笑着说："我是什么人你还看不出来吗？"

陈树屏说："恕小人眼拙，没看出来。"

仆人在一旁正要说："大胆奴才，见了皇上，还不赶紧下跪。"刚说到"见了"二字，就被那人挥手打断了，他悠悠地说道："看不出来就算了，你们可以回去了。"

陈树屏更加疑惑，总觉得有什么地方不对劲，又继续追问道："你到底是什么人？为什么待在这里？"

仆人一听这话就火了，说道："你是什么人，只管问来问去干什么？有事说事，没事就赶紧走，别再啰唆。"

陈树屏摸不透他俩的虚实，哪敢贸然暴露身份，又死缠烂打地继续磨问。

把那人磨得不耐烦了，说道："见张之洞方可透露。"

陈树屏见二人口风甚紧，硬问也问不出个名堂，便换了个方式，和颜悦色地说："最近汉口新开了家澡堂，服务特别到位。二位刚来不久，一路风尘辛苦，小人想邀请你们前去洗浴，顺便为二位接风洗尘，不知可否赏光？"

那人说："无功不受禄，我看还是算了吧，你的好意我心领了。"

陈树屏笑着说："不要客气，二位千里迢迢来到武汉三镇，是武汉人民莫大的荣幸。小人无处可以效劳，也请让我尽一尽地主之谊嘛。"

见盛情难却，那人只好说道："我就不去了，小德子，你跟他们去吧。"

仆人巴不得，知道这一去定能占到不少便宜，便痛快答应，欢喜地跟着他们去了。

来到澡堂，人声喧哗，生意十分兴旺。陈树屏特意选了个单独的浴室，让一个衙役陪仆人进去洗澡。脱掉衣裤后，衙役一边和仆人吹牛一边留神观察其下身，见他没有阴茎，也没有睾丸，活像是个被阉过的太监。陈树屏又找出光绪的照片来对照，和他主人的面貌也极为相似。陈树屏疑惑不已，托在京的朋友打探，却并没有光绪出走瀛台的消息。不知该如何是好，就将此事报告给了湖广总督张之洞。

张之洞对此传言早有耳闻，见陈树屏来报，密电在京的耳目仔细打探，得知光绪确在瀛台，立即将此二人抓来，当堂审讯，以弄清真相。

主仆二人解到堂上，张之洞说道："听说你要见我，今天见到了，可老实说出来历。"

那人说："大庭广众，人多口杂，说话不方便，可退堂当面讲。"

张之洞说："少跟我要鬼把戏，你们到底是什么人，趁早老实交代，免得吃苦。"

两人就是不说。

张之洞怒斥道："你们胆子好大，竟敢盗用宫中物品，按照大清律法，应当杀头。"

二人闻言十分坦然，只说："任凭你处理。"

张之洞审了半天也没有审出头绪，大为恼火，将二人交给陈树屏，要求他无论用什么方法，一定要审个水落石出。

总督大人的命令陈树屏怎敢怠慢，知道这两人不吃软，跟他们好说没用，也不再客气了，上来就一顿严刑拷打。二人细皮嫩肉，吃打不过，不一会儿就连声求饶，供出了真相。原来主人是旗籍伶人，名崇福，幼时曾在宫中演戏，熟悉宫中情形，因长得像光绪，一起演戏的伶人都称他为"假皇上"。仆人是看守皇宫仓库的太监，因盗窃宫中物品被发现而逃出皇宫（玉印、玉碗等物均是其从宫中盗出）。二人从小是好友，碰面后经过合计，想到了这条来钱的捷径，结伴游走各省，假扮皇帝太监，大肆行骗，得财巨万。

真相大白后，张之洞大怒，立即将二人处决。

建立在慈禧太后垂帘听政体制上的守旧派权力是很不稳固的。慈禧已年过六旬，光绪才刚而立之年，一旦慈禧驾崩，光绪马上可以重揽大权，这样的局面使参与鼓噪太后训政的大小官吏对自己未来的政治命运忧心忡忡。慈禧在光绪成年后继续垂帘听政也不符合大清的家法，她必须寻找新的理由来巩固自己至高无上的地位。

因光绪没有子嗣，废立后须在近支王公——宣宗（道光）皇帝的直系子孙溥字辈中物色后嗣。当时有承嗣资格的有宣宗长子奕纬之孙溥伦、溥侗；五子奕誴之孙溥僎、溥儁、溥修；六子奕訢之孙溥伟以及九子奕譓之孙溥忻。在此七人中，溥伦、溥侗的父亲载治位至郡王，早于光绪六年（1880 年）去世；溥忻的父亲载沛爵位仅至贝勒，早于光绪四年（1878 年）卒。且溥伦、溥侗、溥忻三人均已成年，无论谁即位，太后都不能再临朝听政。因此只能在道光五子奕誴、六子奕訢的孙辈中选择后嗣。奕誴之子载津已于光绪二十二年（1896 年）去世，爵位仅至镇国将军加不入八分辅国公，死后无子，以其长兄载濂之子溥修过继袭二等镇国将军，溥修自然不可能入选。溥伟年届十八，已届婚龄，若入嗣大统，慈禧也不能长期听政。溥儁的母亲是慈禧的弟弟承恩公桂祥的女儿，14 岁的溥儁是慈禧的内侄孙，就像光绪是慈禧的侄儿一样，他无疑是一个合适的人选。

溥儁这种优越的政治地位吸引了一班富贵熏心之徒，使清廷最高统治集团内部迅速形成了一个以端王载漪为中心的"大阿哥党"。

在叔辈醇亲王奕譞、恭亲王奕訢相继去世后，载漪的地位仍然无法与光绪之弟醇亲王载沣相比，在政治上少有建树。他表面上还会带兵，但其实就是个醉心于声色犬马、擅长吹拉弹唱的花花公子。戊戌政变后的"废立"将他推到了历史前台，为抓住这稍纵即逝的机会，他疯狂培植党羽，竭力将儿子扶上宝座，梦想自己成为天子之父。

刚毅坚决反对戊戌变法，力主废黜光绪，升任兵部尚书、协办大学士，成为慈禧的亲信。他极力主张立端郡王载漪之子溥儁为大阿哥，力引载漪居要职，宠眷在诸王之上。大学士徐桐、礼部尚书启秀、户部尚书崇绮等人均投靠刚毅。

徐桐因仇视新学被慈禧太后所器重，戊戌政变后，慈禧对他优礼有加，只是因为他年龄太大没有让他进入军机处，有大事都会向他咨询。徐桐曾做过同治皇帝的师傅，不把光绪放在眼里，暗地里称其为"汉奸"。光绪也对徐桐大为不爽，1887 年到 1898 年间，只召见过他一次。时人有诗讽刺云"十年不召老尚书，秘殿伤心论建储"。

启秀是同治四年（1865 年）进士，自附于理学，以孝闻名，备受徐桐赏识。戊戌政变后，得徐桐向慈禧引荐，从翰林学士擢升为礼部尚书。

崇绮是同治皇帝的岳父。他年轻时是蒙人中唯一的状元，学问渊博。同治皇帝驾崩后，不得立嗣，他女儿以皇嫂寡居宫中，逐渐失去了慈禧太后的欢心，难以自存，次年就喝毒药自杀殉夫了。崇绮从此再无用武之地，长期称病在家，在野多年，此时也开始蠢蠢欲动。

"大阿哥党"还有庄亲王载勋，载漪的兄弟载濂、载澜等人。庆亲王奕劻控制京师神机营，为荣禄所猜防，颇受压制，也投靠端王，力主废立。

在"大阿哥党"的积极活动下，1899 年冬，废立之议在压制了一年后又冒了出来。11 月 21 日，朝廷突然颁布了一道意味深长的谕旨："近来各省督抚，每遇中外交涉重大事件，往往预梗一和字于胸中，遂至临时毫无准备。此等锢习，实为辜恩负国之尤。兹特严行申谕：嗣后倘遇万不得已之事，非战不能结局者，如业经宣战，万无即行议和之理。各省督抚必须同心协力，不分畛域，督饬将士杀敌致果。和之一字，不但不可出于口，而且不可存诸心。"

甲午战败后，李鸿章被革去了直隶总督和北洋大臣之职，以内阁大学士身份进入总理衙门办事。后来又被逐出，闲居京师贤良寺。他心情愁闷，不喜欢接待来客，前来拜访的人绝大多数都被他谢绝了，门庭显得更加冷落。每纵观时事，常拊膺叹息。

一天下午，贤良寺外突然车马喧阗，仆人报有宾客来访。李鸿章问是谁。仆人说是荣禄。

李鸿章听说老友到访，忙热情地将他迎了进来。两人深谈一番后共进晚餐。饭后，荣禄屏退左右，小声说道："太后将行大事，天位就要更易，只是那些不要性命的家伙在肆意鼓吹，真让人担心列强会为其迷惑。朝野上下都知道中堂熟知列强情形，麻烦探听一下他们的意向。"李鸿章略思片刻道："我现在已经是废人一个，与外国使臣少有往来。而且我办理外交数十年，照例都是别人先来拜谒我。此事是我国内政，若先询问外人，未免有失国家体面。如果必须咨询，可派我到外地当总督。我先在英国著名的《泰晤士报》上透露消息，外国公使闻讯必然来贺，询问我国大事，我就可顺便试探。"作为人所共知的亲洋派，李鸿章素来受到保守派的嫉恨，他担心废立会引起京师生变，危及自身安全，想借机出去躲一躲。

荣禄答应了他的请求，对慈禧说李鸿章是旧勋宿望，不能久闲，广东是康、梁原籍，可命他前往查办。那时康有为在海外倡导保皇会，势力很大，慈禧担心广东生变，想派重臣前去镇压，几天后就任命李鸿章为两广总督。

在任命李鸿章为两广总督的第二天，慈禧以光绪之名诏谕各省督抚："康有为及其死党梁启超先已逋逃，稽诛海外，犹复肆为簧鼓，刊布流言，其意在蒙惑众听，离间宫廷"，"近闻该逆狼心未改，仍在沿海一带候来候往，著海疆各督抚禀遵前谕，悬赏购线，无论绅商士民有能将康有为、梁启超严密缉拿到案者，定必加以破格之赏，务使逆徒明正典刑，以申国宪"。

外国公使听闻李鸿章荣升两广总督，纷纷前来向他表示祝贺，并询问报上关于废立的传言是否属实。李鸿章借机旁敲侧击。各国公使委婉中暗藏锋芒地说：中国更换君主我们当然没有理由干涉，只是国书上已经写明是致当今皇帝，现在更易帝位，是否继续承认，尚须请示本国。李鸿章默然，将此转告荣禄。

徐桐、崇绮、启秀等人朝夕密谋，拟好废立的奏折，相约造访荣府，欲等荣禄署名后一起上奏太后。荣禄当时是军机大臣兼武卫军总统，节制京津直隶地区所有军队，最为太后所宠信，慈禧事无大小都要听取他的意见再下决断，权势之重为清廷所罕见，若他表态支持废立，此事十有八九能成。

12月29日，启秀下朝后先来拜访荣禄，传达了另外两位的意思。荣禄听后大惊，含含糊糊地敷衍了一阵，将他打发走，命门人不准放徐崇二人进来。荣禄知道光绪一直为西方各国所青睐，被视为开明之主，若轻易将其废黜，恐招西方各国非议。而且自己已和汉人实力督抚刘坤一、张之洞等人探过底，知道他们反对废黜光绪，如果硬来，后果不堪设想。

12月30日早朝后，荣禄请求和慈禧太后单独谈谈。荣禄问："传言将有一场废立之事，可信吗？"太后说："没有的事儿，这种事能行吗？"荣禄说："太后想做的事哪有不成的？只是皇上罪名不明，恐怕列强会出面干涉，这件事不可不慎呢。"慈禧说："可这事已经透出去了，如何是好呢？"荣禄说：

"这个不妨事，当今圣上已到极盛年华，仍无子嗣，不如在近支里选个孩子，建储为'大阿哥'，继光绪嗣，兼祧穆宗，带到宫内培养，等将来时机成熟了再慢慢继承大统，这样也算师出有名啊。"慈禧沉吟良久道："你说的是。"

慈禧认同荣禄的想法，找个年幼点的孩子，在他成年之前自己仍可垂帘听政，舆论也无话可说。不同的是，她需要的是继同治嗣，兼祧光绪的孩子，这样更合祖宗成法。同治和光绪是同辈，选光绪时已经违背了祖法。如今挑一个孩子做同治的后代，也就回归了祖法，即使有人想反对也无话可说。

近支里的孙子们，尽是些不学无术的主儿，没几个自己瞧得上眼的。立储条件严苛，既要近支，又要年幼好掌控，不仅要有爱新觉罗的血统还要有叶赫那拉的血统——这是她几十年前选光绪时的逻辑，同样也是这次选大阿哥的逻辑。

慈禧挑来选去，最后相中了端王载漪的次子、14岁的溥儁。溥儁把几大件都凑齐了，他曾祖是嘉庆皇帝，母亲是慈禧太后的嫡亲侄女。具有这个条件的还有他哥哥溥僎。但溥僎已经19岁，慈禧吸取了光绪一成年就不受掌控的教训，这次一定要选个年纪小点的。

端郡王载漪是惇亲王之子。惇亲王是宣宗之子，文宗之兄。慈禧谋废光绪，先择近支王公之子为皇嗣。其中溥字辈最亲而年纪最大的，是溥伦、溥侗兄弟。溥伦是孚郡王之孙。孚郡王是宣宗第九子。穆宗同治皇帝死后无子，按位次该由溥伦接班。慈禧认为这样一来，穆皇后就是皇太后，自己就当为太皇太后，不能再继续把持大权，于是就不为穆宗立嗣。推说溥伦之父已出继远支，溥伦兄弟皆不当立。溥字辈无人，不得不选载字辈。遂选醇亲王奕譞之子载湉入嗣大统，是为德宗光绪。德宗之母是慈禧的妹妹，慈禧以内亲故，希望他长大了会亲自己。而且立个小孩当皇帝，她也可以以辅佐的名义继续垂帘听政，未来还能把揽大权很长时间。所以载漪以至亲年纪最大，不得立。等到光绪年长，亲自主持朝政，见国家日益衰落，外敌入侵加剧，想变法自强，却受到慈禧的压制，不能尽情施展抱负，渐渐失爱于慈禧。

载漪是惇亲王奕誴的次子，咸丰皇帝的侄子，道光皇帝的孙子。在道光皇帝的几个儿子中，他最不喜欢的就是五子奕誴。奕誴的几个兄弟都长得眉清目秀，只有他长得高大粗莽，喜欢舞刀弄枪。年少时，道光召集兄弟几个谈话，其他人都能"子曰诗云"地说上一通，只有奕誴不分场合，胡言乱语，气得道光拿起一个痰盂将他砸得头破血流。奕誴后来过继给惇亲王绵恺后才得到王爵。载漪也是过继给瑞敏郡王奕志后才得到郡王爵位。不想其子溥儁竟然又要过继，而这次过继的结果居然是皇位。这对他来说可谓天大之喜，可一洗父子两代人多年的委屈。

载漪的父亲惇亲王奕誴与慈禧关系密切，在辛酉政变时曾有隐德于太后。戊戌政变时，载漪与其兄载濂、弟载澜又以告密取信于慈禧，在捕杀康梁新党、囚禁光绪的政变中为慈禧所倚重，他们都是太后的死党亲信。

载漪少不读书，刚愎自用，性格粗鲁，睚眦必报，和他父亲奕誴一样鲁莽浅薄，不学无术。他善弓矢，精枪法，尤好太极拳术，曾高薪聘请太极拳名家杨露禅、杨班侯等为教练。亦好京剧，能操琴，善唱皮黄，名角谭鑫培和孙菊仙等常在其府中教戏。儿子溥儁认为练拳学戏耗资过多，载漪认为无君子不养艺人，花些钱无所谓。载漪在京城是有名的花花公子，声色犬马，吹拉弹唱，无一不好。

1894年甲午战争，清廷加紧整饬戎行，载漪奏请在八旗火器营、健锐营等军营中挑选一批精壮兵丁专门训练，以提升战斗力。朝廷准奏，在各旗中共拨出一万旗兵组成"武胜新队"，由载漪亲自掌管。1899年3月20日，朝廷赐其名为"虎神营"，有编制一万五千多人，与神机营一同保卫京师的安全。

慈禧见载漪自幼好武，在率领虎神营时显示出一定的才干，不像一般亲贵那样一心钻营文职。为培养一个能领兵的亲贵成为自己的心腹，她相中了载漪，将自己的内侄女嫁给了他，想尽快为其册封王爵。但载漪的父亲仍然在世，一个王府不能同时册封两个王爷，碰巧瑞怀亲王之子瑞敏郡王奕志死后无子袭爵，慈禧遂降旨让载漪过继给他为子，袭封贝勒（按例降一等袭封）。后晋封郡王时，办事人员误将"瑞"字写成"端"字呈奏上去，光绪皇帝没看出是个错别字，朱笔一挥通过，圣旨不可更改，瑞郡王就这样成了端郡王。

载漪生性虽鲁莽暴躁，但极其畏惧太后，每次慈禧跟他说话，他都紧张不安，汗流浃背，这被慈禧认为是忠诚可靠的表现。

载漪的原配夫人与光绪的皇后隆裕是亲姊妹。她因病不幸英年早逝。载漪丧偶后，未敢再娶，后来慈禧出面，将蒙古阿拉善旗罗王的妹妹嫁给他，续为正房。阿拉善旗罗王很会讨好慈禧，妹妹也常在慈禧身边，她擅长梳头，聪明伶俐，能说会道，八面玲珑，常进宫伺候慈禧，很得宠幸。载漪时常通过她给慈禧进献珍宝，光白金就送了百万两，又贿赂慈禧身边的太监宫女。太监李莲英善于揣摩慈禧心意，常与太后一起打牌，同饮共食，深受慈禧宠幸，慈禧为他打破了"太监品级以四品为限"的皇家祖制，封他为正二品总管太监，统领全宫所有太监，赏戴二品顶戴花翎。荣禄、徐桐等人都巴结奉承李莲英。光绪入朝慈禧时，李莲英倨傲地坐着不站起来。载漪与李莲英极为相得，李莲英在慈禧耳边为他说了不少好话。

综合考虑，慈禧确定立载漪之子溥儁为皇储。

溥儁生得瘦巴巴的，两眼无神，尖嘴猴腮，面有鼠相，和他父亲一样粗野莽撞，不爱读书，生平只喜欢三样东西：音乐、骑马、拳棒。

载漪的福晋挺会来事儿，每次入宫都带着溥儁一起去。溥儁人也机灵，每次总能做出点什么事来让老佛爷高兴一阵子。溥儁唱戏不错，每次老佛爷叫他唱戏，他都想方设法逗她开心。

对溥儁这个半大小子，慈禧虽然偏爱，却不甚满意。说到"文"，溥儁除了会拉二胡哼几句戏文外，别的几乎啥也不懂；说到"武"，就只会吹牛。一次，慈禧问他长大了想干什么。他眉飞色舞地说："奴才愿意带兵！帮老佛爷将洋人赶出大清。"这样的回答自然合慈禧的胃口，老佛爷夸了他两句，又说："你的志向倒不小，功课怎么样？"溥儁得意的神情顿时烟消云散，代以一脸迷惘，问到的问题不是答不出就是答不对，令慈禧很是失望。

慈禧的贴身宫女荣儿回忆道："大阿哥溥儁，提起他来，咳，真没法说。说他傻吧，不，他绝顶聪明，学谭鑫培、汪大头，一张口，学谁像谁；武打场面，腕子一甩，把单皮打得又爆又脆。对精巧的玩具，能拆能卸能装，手艺十分精巧。说他机灵吧，不，人情上的事他一点儿也不通。在宫里，一不如意就会对天长嚎，谁哄也不听。"

载漪的左膀右臂，一为徐桐，一为刚毅。

徐桐是载漪的智囊。他是道光三十年（1850年）进士，从翰林起家，官至体仁阁大学士，学养深厚，名重一时，被视为清朝学识最渊博的官员，慈禧太后对他也很尊敬。他崇尚宋儒学说，思想极端守旧，厌恶西学，门人有谈新政的，就不许他入见。戊戌变法时，徐桐大肆攻击康有为等维新党，称其多行不义必自毙，又称"宁可亡国，不可变法"。戊戌政变后，慈禧因其是德高望重的老臣，对他颇为优待，上朝请安时让近侍搀扶他以示恩宠。

徐桐对西方科学文明极端排斥，他掌管翰林院时，严禁部下学习西方的奇技淫巧，每日告诫属下，不要用洋货，服洋药。他绝不穿洋布制成的衣服，永远是一身中国绸缎或土布；他最不喜欢中国人戴西洋眼镜，看见了就要骂；有人提着一袋子银洋来送礼，徐桐也会大发雷霆，因为银洋大多产自南美，也是洋货，他坚决唾弃，要收也只收国产的松江银。洋伞、洋布、洋烟、洋眼镜、洋家具，只要跟"洋"字沾边的，徐桐一概不用，他不但自己不用任何西洋器物，也不许家人使用，以免自己的理学道统被那些洋玩意儿玷污。

徐桐任刑部左侍郎的三儿子徐承煜同样是守旧卫道士，在反对维新变法上与父亲一样愚顽，但在物质生活的享受上却颇能"趋新"，他的私宅里是全套的西洋家具。徐桐每次从儿子家门前经过，都要闭上眼睛，唯恐看到那些西洋物件。

徐承煜酷爱洋烟，每天都要吞云吐雾地抽上几根才过瘾，只是不敢让老爸看见。有一天，他口含雪茄烟从庭前快步走过，被徐桐看见了，大怒道："我在你都敢这样，等我死了，你怕是要胡服骑射做洋鬼子的奴才了！"罚他跪在烈日下暴晒，以示惩戒。

洋务运动兴起后，一度出现过"同治中兴"的繁荣景象，徐桐对此也不满意，认为在京的洋人过多，违背了祖先成法。

徐桐对有人把美国翻译成"美利坚"十分恼火，说中国什么都美，美国有什么可"美"的？中国什么事情都顺利，美国有什么可"利"的？清国军队无所不坚，美国有什么可"坚"的？他拒不承认世界上有许多国家，坚持认为那些乱七八糟的国名是英国人胡编出来吓唬人的："西班有牙，葡萄有牙，牙而成国，史所未闻，籍所未载，荒诞不经，无过于此！"

徐桐每次看见洋人，都以扇掩面，以示厌恶。徐桐家住在东交民巷与洪昌胡同交界的东南侧，这里原本是许多京官开设私宅之处，第二次鸦片战争后，东交民巷逐渐成为外国使馆聚居区，洋人开始扎堆涌进来，不巧的是，法国和意大利公使馆恰好就设在徐桐家正对面，这让他十分恶心，无奈之下，只好在大门口贴上一副"望洋兴叹，与鬼为邻"的门联，以示对洋人的憎恶。他进宫上朝，宁愿绕道往东走崇文门大街，也不抄近道走东交民巷。但洋人总在门外晃悠也不是办法，后来徐桐索性让人把前门封住，全家老小一律从后门出入，眼不见心不烦。但长期走后门也不太方便，最后干脆砸烂院墙重开一扇门，从根本上杜绝与洋人照面的机会。

对洋人尚且如此，对那些跟在洋人屁股后面跑的"假洋鬼子"更是无须多言。"戊戌变法"失败，六君子喋血菜市口，徐桐高兴得忘乎所以，请戏班子来家里连唱了三天三夜大戏。

载漪的另一推手刚毅家世寒微，早年曾做过满文翻译（笔帖式），但却不怎么认识庚字，就提笔将其写作"瘦"字，下属提醒他写错了，反遭其大声斥责，说属下不识字。诸如将"刚愎自用"的"愎"读作"fù"之类的笑话更是不胜枚举。1899年，为解决朝廷的财政困难，刚毅赴南方各省督办税务，其间多有搜刮行为，一时舆论哗然，称其为搜刮大王。

刚毅识字不多，以清正廉洁自诩。由部曹外任巡抚，内召为尚书，进入军机处，很得慈禧太后赏识。他奉命到江南查案，随即到广东，敛浮财四百万两白银。后至东南诸省，又搜刮了上千万两白银回到京师。他在广东看到梁启超编撰的《清议报》对后党多有不敬之词，回京后将其进呈太后。慈禧看毕大怒，愤恨洋人庇护康、梁，思欲报仇。

刚毅极其仇洋，看到谈洋务的人，就斥其为汉奸。路过金陵时，他看见两江总督刘坤一建立的储才学堂在教授新学，大不满意，立即下令将其关闭。董福祥以杀洋人自任，刚毅在慈禧太后面前对他大加赞誉，使其恩宠日隆。

刚毅文化程度不高，却编过一本《居官镜》。打开此书，"居官以忠、敬、诚、直、勤、慎、廉、明八字为主""居官办事全凭公心，一人所见以为是未必即是，一人所见以为非未必即非，当求公是公非"等名言警句比比皆是。写完这本廉政读本，他就到南方督办税务去了。他在两江两湖两广闽浙等省大肆搜刮，除常款外，无论公私悉取之，一年要搜刮几百上千万两白银，海内骚然。这还是托称为公家办事所得，中饱私囊的更是不可胜数，他回京之时，箱笼等物多达数千件，道旁观看的人说："这里面装的都是黄金白银啊！"

刚毅担任广东巡抚时，碰上慈禧太后六十大寿，他想进京祝寿，以此得到重用。那时内地和京城普遍还在使用生银计价，唯独广东已经开始制造银币。一天，刚毅传见造币厂的总办某道员，突然对他说："给我造三万元银币，限十天之内必须完成，我要带到京城里去。"总办唯唯听命。如期制成，给他送去。刚毅命人收起来，就不再过问此事，也不说此项如何开支。总办不得已，只好瞒着刚毅将其列入解京项下进行报销。

刚毅到京后，通过太监将银币献给慈禧太后，又贿赂太监万金，通过他对慈禧说："刚毅知道老佛爷万寿时赏犒繁多，特铸新币，以表敬意。"慈禧见银币光芒夺目，格外高兴，命人收起来，凡宫中得宠之人均加赏赐，众人将其当成宝贝一样珍爱。

不久刚毅就被擢升为户部尚书，进入军机处。总办将那三万银元解京报销，太后也不过问。

后来刚毅知道了这事，非常生气，他认为那三万元应该是送给自己的，不该用于公款报销，对总办大为不满，想方设法将他罢黜。不久，清粮事起，刚毅奉命南下督查，江浙诸省无不被其搜括，公私为之一空。

刚毅不大识字，而又不肯自安拙陋，遇到文人就想自炫其能。他曾经在江苏与某巡抚畅谈，岸然说道："人家都说我'刚复'自用，我只知道刚直而已，什么是'刚复'我实在不懂。"他把"愎"字误为了"复"字。刚毅粗鄙不文如此，却唯独与大学问家翁同龢相处得来。翁同龢对李高阳、孙毓汶等人十分不满，愤然道读书人过于颟顸，就不能治事，治事还需要薪不识字的人。进入军机处后，他就向上引荐刚毅，称其为人朴直，办事干练，可授以大任。哪知刚毅只知道贪婪，却并没有什么良心，在得志后，非但不感激翁同龢的举荐之恩，反而还要设计陷害他。翁同龢十分无奈，只有诙谐自嘲以抒发内心的愤懑。

刚毅对文字茫然不解，对事理也没有多少见识。一天，和诸大臣进宫入对，刚毅极力宣扬总兵龙殿扬的能耐，说他就是自己的黄天霸。众人听了都窃笑不已。退朝后，翁同龢诘问他："龙殿扬是你的黄天霸，那你就是施世纶吗？"刚毅哑口无言。刚毅曾说："当官只要会管事就行，何必要什么学问呢？只要实事求是就行。像我这辈子只会作破承题，而且很快就忘了，不屑于弄这些舞文弄墨的雕虫小技，照样能当上宰相。与那些咬文嚼字，动不动就自夸下笔千言，而落拓潦倒，连自身都难保的人相比，哪个更强呢？"听见的人也不屑与他辩论。

某年除夕，刚毅命其幕宾作春联，所拟者都不合他的心意。一个学究为府中录事，妄希荣宠，也撰一联进呈。刚毅看后激赏道："还是他写得好。"命人马上写下来贴在府门上。

这副对联是他从前人的诗句中抄来的，旧本印刷出错，将"花暖凤池春"印成了"花暖凤墀春"。学究不知，将其原样抄来，以讹传讹。刚毅也不懂，还说他写得好。其他幕宾见了，大为不忿道："我们不能为白字先生分谤。"相继辞去。

刚毅做云南按察使时，突然想沽名钓誉，命人编刊《官场必读》，遍赠僚属，还带到京中送人。人家打开一看，见里面尽写着些札咨、呈移、告示等，了无他物，无不失笑。

刚毅因督办税务，到江宁调查盐务厘金和地方行政簿，见簿册多如牛毛，根本看不过来，便说："只需让五岸督销，增认若干。各地方田赋、杂税增额若干，我的事就好办了。"有厘金总办某道员想巩固其地位，请月增十万金，刚毅爽快答应。另外一个道员听说后，请人来对刚毅说："我可以增至十二万金。"刚毅说："你快把金子拿来，我把他的差事交给你来办。"

保甲局每年岁费只有六千金，刚毅说："这是浪费，有什么用？不如裁了。"后来盗贼白昼横行，无人防卫，也不管了。起初，江宁藩司不了解刚毅，听说他来查账，大为紧张，日夜督促员吏会计核对账目。时值盛暑，刚毅急欲入京复命，见状不耐，说道："你为何如此自苦？天下事都不难办，每天只需两句钟，着坎肩，挽起辫子，一个小童掌扇，什么事都完了。"藩司领会了他的意思，草草润色了之。刚毅见他这么快就完成了，大喜，束装而去。后来听说藩司送给他的银两也不下二万。

刚毅时常反抗皇上，颇受太后赏识，将其提拔进军机处，身兼军机大臣和礼部侍郎。光绪在朝议上每谈及改革，刚毅必会极力反驳。光绪被其激怒，一次对左右说道："朕每次召见大臣谈变法，刚毅就盛气言不可。朕他日事事改旧制，行西法，看刚毅更作何语。"刚毅知道后，又怒又惧，不敢再多言。

刚毅是个极端保守派，坚决反对改革维新，曾对人说："改革，是汉人之利，满人之害！我有产业，宁愿赠送给朋友，也绝不送给奴隶！"

他对汉人极不信任，认为满族统治者必须想尽一切办法打压汉人，不然满人天下必失。他在家里刻有座右铭："汉人亡，满人强；汉人瘦，满人肥！"

进入军机处后，刚毅曾对慈禧进谏道："满汉不两立，宜慎用汉人。"

慈禧说："徐桐是汉人，不也忠实可靠吗？"

刚毅磕头道："徐桐虽好，终究不如我满洲一家人。"

1898 年戊戌变法时，刚毅痛恨康有为废八股、学西方等建议，扬言宁可违背旨意受罚，也不愿变法。戊戌变法失败后，刚毅力主将变法措施悉数废除，大力提拔保守势力。

一天，刚毅见到荣禄，听他谈起清军装备的旧式步枪笨重而不合用，颇为心烦。刚毅说："这个好办，可采用德国产小口径毛瑟步枪，此枪快捷好使，练兵必定要用它。"刚毅的随从听见了，出门惊呼："不好了，我们这个刚中堂也讲起维新来了。这班维新党人又要用起来了！"英国传教士李提摩太曾与在山西巡抚任上的刚毅打过交道，并记下了他的荒唐事迹："刚毅是山西最顽固反对改革的官员。他同江湖术士打得火热，许多个夜晚，他孜孜不倦地观察星相，以判断其对命运的影响。每当接到军队购买演习用子弹的申请书时，他总是说子弹太贵了，不能买。命令士兵用土块演习。"难怪现在他建议使用德国步枪，手下会惊呼。

刚毅曾参与审理杨乃武与小白菜一案，使该案真相大白，由此名噪一时。对刚毅，时人评价不一，有人认为他为官清廉，重视操守。翁同龢在日记中写道："此君清廉明决，特沾沾自喜耳。"实际上他表面廉洁奉公，暗中收纳无数，捞足银子后，就在京城开设了三座当铺。

1899 年，刚毅进入军机处，力荐李秉衡，令其查办盛京案。李秉衡办案回来后就被任命为巡阅长江水师大臣。

荣禄、刚毅担任军机大臣后，二人结下了梁子。

当时的军机处，首席军机大臣是年近六旬的礼亲王世铎，此人胸无点墨，完全是靠清朝皇族的身份跻身顶级宰执的行列。往下就是荣禄、王文韶、刚毅、启秀、赵舒翘。五人当中王文韶和赵舒翘是汉人，王文韶人称"油浸枇杷核"，是个官场老滑头。赵舒翘排名最后，是个名副其实的"挑帘子军机"（别的军机进屋前帮忙挑帘子）。启秀是刚毅的人。实际主宰军机处的就是荣禄和刚毅。荣禄倚慈禧的威力而自傲，刚毅挟载漪的前景而自骄，权力的争斗也在他二人之间展开。

庚子事变前，刚毅正在闹"职称"问题，因为他仅仅是协办大学士，是个"副宰相"，属于"有相权而无相位"的军机。帝国的大学士名额是固定的，满汉各二，当时的两个满族大学士是荣禄和昆冈，两个汉族大学士是徐桐和李鸿章。

而荣禄是正宗的"文渊阁大学士"，是既有相权又有相位的正宗军机，是帝国中的独一份。论当军机大臣的资历，刚毅比荣禄要早四年多，因此他心里总是不服气。大学士的替补，要到一个大学士死了以后才有机会，刚毅看到荣禄和昆冈都还很结实，根本没有突然死亡的可能，心里总是十分不畅。

一天，刚毅在军机处摔摔打打、骂骂咧咧地发泄不满。

荣禄问他这是干什么？

刚毅说："公与昆筱峰（昆冈）各占一正揆缺，我何时得补正揆？想及此，是以快快。"荣禄皮笑肉不笑地回答："何不用毒药，将我与筱峰毒死？"

刚毅听闻此言，愤恨地说道："不是没有这一天！"

两人钩心斗角，相互倾轧，暗中较劲。

1900年1月7日，李鸿章春风得意、精神抖擞地准备离京南下，临行前去向荣禄告辞，见他容貌清癯，面有病色，惊讶地问道："仲华为何如此忧心？"荣禄说："南海虽然偏远，却是一个大都会，有中堂前去镇守，朝廷就没有南顾之忧了。你马上就要高举远引，跳出是非圈外，实在是无量之福。而我受恩至重，责备也最严。近数日来，求生不能，求死不得，忧愁苦闷，实在不知如何是好，中堂可以指教我一下吗？"李鸿章问是何事。荣禄附在他耳边悄悄说道："非常之变，恐在目前……"李鸿章还没听完，就站起来大声说道："这是什么事儿，怎么能够做？你有几颗脑袋，敢这样干？此事若果然成真，危险万状。各国驻京使臣将首先抗议，各省封疆大臣，也会仗义声讨。无端而动天下之兵，为害曷可胜言。太后圣明，阅历最深，母子关系难道真没有转圜的希望了吗？请仲华委婉地将此利害关系禀告太后，劝她不要操切行事。"荣禄听罢，悚然若失。次日将李鸿章的话密奏太后，无奈慈禧不听。

1月24日，慈禧召集近支王公贝勒、军机大臣、各部尚书、内务大臣、南上两书房翰林到西苑仪鸾殿开会，商议废立之事。她说："当今皇上之立，国人颇有责言，说不符合继嗣的传统。况且我立他为帝，自幼抚养，直到今天，不知感恩，反而对我种种不孝，甚至与南方奸人一同谋陷我，实在忘恩负义之至，所以我打算将他废了，另外选立新帝。此事将于明年元旦（农历正月初一）举行，卿等今日可议皇帝废后应加以何等封号？明朝景泰帝在其兄复位后，被降封为王，此事可以为先例。"慈禧说完，诸人相顾无言。良久，徐桐奏道："可封为昏德公。当年金人封宋徽宗，曾用此号。"慈禧点了点头，又说："新帝已择定端王次子溥儁。端王秉性忠诚，众所共知，此后可常来宫中监视新帝读书。"文渊阁大学士孙家鼐忙站出来谏阻道："请太后勿行废立之事，若行此事，恐南方有变。"慈禧闻言，大不高兴，马着脸对他说道："这是我们一家人的会议，兼召汉大臣参加，不过是为了体面罢了。此事我已告知皇帝，他也没什么话说。"慈禧命诸大臣皆至勤政殿恭候，等太后、皇帝驾到，阅视立嗣之谕，立储典礼定于新年元旦举行。

众大臣皆遵旨至勤政殿恭候。数分钟后，慈禧乘轿而至，诸人跪接。有太监数人随驾，慈禧命在外边等候。让李莲英去请皇帝，不一会儿，光绪乘轿到外门下轿，向慈禧叩拜。慈禧坐在殿内宝座之上，召皇帝入殿，光绪再次跪下。诸王公大臣仍然跪在外面，慈禧说："进来，不用跪下。"让皇帝坐下，召诸王公大臣都进来，共约三十人。慈禧重述前意，问光绪意下如何。光绪说道："太后所言极是，我也正有此意。"荣禄以所拟谕旨呈慈禧阅看，慈禧看过就发下，没跟光绪说一句话，只商议选择帝师等余事。命新帝在弘德殿读书，以承恩公崇绮和大学士徐桐为师。议定后，诸王公都退下，只有军机大臣留下等待后旨。光绪神情恍惚，如在梦中。

会后慈禧以光绪的名义发布诏书："朕以冲龄入承大统，仰承皇太后垂帘听政，殷勤教诲，锯细无遗。迨亲政后，复际时难，亟宜振奋图志，敬报慈恩，即以仰副穆宗毅皇帝付托之重。乃自上年以来，气体违和，庶政殷繁，时虞丛脞。惟念宗社至重，是已吁恳皇太后训政一年有余。朕躬总未康复，郊坛宗社诸大祀弗克亲行，值兹时事艰难，仰见深宫宵旰忧劳，不遑暇逸，抚躬循省，寝食难安。敬念祖宗缔造之艰难，深恐弗克负荷，且追维入继之初，恭奉皇太后懿旨，待朕生有皇子，即承继穆宗毅皇帝为嗣，此天下臣民所共知者也。乃朕瘤疾在躬，艰于延育，以致穆宗皇帝嗣继无人，统系所关，至为重大，尤思及此，无地自容，请病何能望愈，用是叩恳圣慈，就近于宗室中慎简元良，为穆宗毅皇帝立嗣，以为将来大统之归。再四恳求，始蒙俯允，以多罗端郡王载漪之子溥儁，承继穆宗毅皇帝为子。钦承皇旨：感幸莫名，谨当仰遵慈训，封载漪之子溥儁为皇太子，以绵统绪，将此通谕知之。"

立储消息传出后，人心大为震动，上海电报局总办经元善鼓动上海各界绅商 1231 人联名抗议，他们认为光绪励精图治，深得民心，如今名为立皇储，实为废光绪，如此作为，实属不当，恳请光绪亲政，反对另立皇储。湖北各地官绅 53 人，经上海北上，愿请一死以示抗议。此后各地阻止废立的通电公告如雪片一般飞往北京。康有为在海外鼓动保皇党和华侨纷电恭请皇帝圣安，要求太后归政。梁启超在日本办《清议报》，歌颂光绪圣德，揭发后党丑恶。维新派蔡元培和海外保皇党华侨号称数十万人，纷纷发电反对。西方各国认为让态度开明、主张变法维新的光绪掌握政权更符合他们的利益，对保守派端王载漪之子被立为皇储反应冷淡。英国公使窦纳乐扬言："立储虽是内政，外国无权干预，但以后遇有交涉，我大英帝国只认光绪二字，其他人一概不知。"多方压力下，慈禧被迫中止了废立计划。

第十章　仇洋派之兴

起先为争取列强的支持，慈禧特意邀请各国公使夫人来宫中饮宴，谈笑风生相聚甚欢，席间趁机谈起立端王之子溥儁为储君一事，让她们回去给老公吹耳旁风，临别时还馈送了许多珠宝礼物。但各国公使对此并不买账，非但没有一人表态支持，还多有反对之言。因为端王载漪是个极为保守的人物，特别仇视洋务和洋人，各国公使都不喜欢他。

不久康有为逃到英国，英国人将其庇护起来。慈禧让两广总督李鸿章悬赏十万金取他的人头，但英兵保卫很严，试了很多次都找不到机会下手。李鸿章将情况报告太后，当时慈禧正在吃饭，闻报大怒道："此仇必报！"抓起一个玉壶往地上狠狠一摔，咣啷一声摔得粉碎，怒气冲冲地说："就像这个壶一样！"慈禧听说梁启超逃到了日本，派刘学洵和庆宽前去刺杀，也失败而返。从此对洋人恨之入骨。

在儿子被立为储君后，载漪身价倍增，顿时成为焦点人物，不少王公大臣争相来附，已经有满大臣送来了玉如意，更不用说各级官员的贺礼了。载漪心情大悦，一度想改善与西方各国的关系，派人给各国公使送去请帖，命仆人在家里备好茶点，以备各国公使来贺。结果等了三天三夜，竟无一个洋人前来祝贺，让载漪丢尽脸面，自此痛恨西方各国极甚，日夜谋划着怎么报仇。

但洋人厉害，难以下手。后来勃发奇想，四处打探何方有剑仙侠客，可以招募来杀尽洋人。有人告诉他："你想杀洋人，不必去求什么剑仙侠客，只须求义和团就行了。"载漪闻言大喜。那时义和团以灭洋为口号，在山东、直隶烧教堂，杀教民，闹得满城风雨，人心惶惶，他早有耳闻，听说拳民还有请神附体、刀枪不入的神功，更是欣喜不已，只未知其实。

毓贤卸任到京后，到处向王公大臣们宣扬义和团神通广大，法力无边。载漪、刚毅、徐桐、载勋等人听闻如获至宝，将其请至官邸，详细询问义和团的神迹。毓贤夸夸其谈，大肆宣扬拳民神术，不畏洋枪大炮，忠勇可靠，正是天赐神力，助我大清灭洋。为证自己所言不虚，他还当众生吞了两条活鱼，说义和团的法术比这个厉害多了，让跟来的拳师现场表演吞符念咒、刀枪不入等神功。载漪、刚毅等人看得瞠目结舌，信以为真。毓贤得意扬扬地说："义和团有两个魁首，一个是鉴帅（李秉衡），另一个就是我。"

载漪倚仗权势，希望国家生变，可以排挤光绪，让儿子速登皇位。他知道要想达到这个目的，不用兵力威慑洋人，难以如愿。见义和团如此厉害，极口嘉叹道："洋兵打仗全靠火器，神拳能够克制他们，真是天助我也，必须把他们收编起来好好利用。"

毓贤在京城里听说士大夫们大多斥责拳匪生事作乱，祸害黎民，心中大为不忿，见只有载漪、刚毅等人与自己意见相合，遂将其倚为盟主，以攻击反对者。

在载漪、刚毅等人的支持庇佑下，毓贤胆气更壮，动不动就说："朝廷跟洋人交涉，太过软弱，没有主张。"痛骂朝中大臣畏洋媚外，缺乏骨气。载漪、刚毅大喜，将他引为知己。

毓贤经常到端王府邸密议如何利用义和团的事。

载漪对他说道："我若得到总理衙门的差使，与洋人交涉，必无困难之事。"

毓贤说："我如果能够东山再起，一定要把义和团好好组织起来，将洋人全部杀尽。"

此言正合载漪心意，他随即向慈禧太后禀报此事，极力推荐毓贤复出。

慈禧对洋人干涉自己废立、庇护康梁极为恼火，闻言大为欣悦，在京城公开接见毓贤。毓贤面见慈禧时，大谈义和团对朝廷的忠心，并吹嘘他们都有"刀枪不入"的神功，无惧洋枪洋炮，若能善加利用，必能将洋人赶出大清。慈禧大喜，盛赞毓贤在山东任内的治绩，亲赐"福"字以示嘉奖。载漪、刚毅、徐桐等人趁机夸赞义和团神通广大，忠勇爱国，鼓动慈禧利用他们对付洋人。朝中很多王公亲贵都附和他们的观点。慈禧虽未明确表态，心中也隐隐有这个意思，随即以光绪皇帝的名义发布了一道耐人寻味的上谕："近来各省盗风日炽，教案迭出，言者多指为会匪，请严拿惩办。因念会亦有别，彼不逞之徒，结党联盟，恃众滋事，固然属法所难宥。若安分良民，或习技艺以自卫身家，或联村众以互保护闾里，是乃守望相助之义。地方官遇案不加分别，误听谣言，概目为会匪，株连滥杀，以致良莠不分，民心惶惑，是直添薪止沸，为渊驱鱼。非民气之不靖，实办理之不善也。我朝深仁厚泽，涵濡二百余年。百姓食毛践土，具有天良，何致甘心盗弄，自取罪戾。全在各省督抚慎择贤吏，整饬地方，与民休息，遇有民教词讼，持平办理，不稍偏重，平日足以孚民望，遇事足以服众心。化大为小，化有为无，固根本在于此，联邦交者亦在此。各省督抚爱恩深重，其济时艰，必能仰体朝廷子惠元元，一视同仁至意，严饬地方官，办理此等案件，只问其为匪与否，肇衅与否，不论其会不会，教不教也。"

该上谕让各国公使感到担忧和不安，1月27日，英、美、德、法等驻华公使第一次联合照会清廷，要求取缔义和团。但公使们选择的日期非常不妥，三天前的"己亥建储"，他们都拒绝入宫朝贺，反对慈禧废掉光绪帝，让慈禧大为不悦；如今，他们又来要求禁止拳会，干涉大清内政，慈禧的愤怒可想而知。

2月19日，清廷采用内部廷寄的方式指示直隶、山东督抚，责成他们张贴布告，取缔义和团："着直隶山东各督抚，剀切出示晓谕，严行禁止。俾百姓咸知私立会名，皆属违禁犯法。"这样做既没有公开否定之前的那道上谕，又能给外国公使一个交代。但各国公使并不接受清廷这一做法。

3月2日，英、美、德、法、意第二次联合照会清政府，要求在《京报》上发布禁止义和团的上谕。清廷对此予以拒绝，解释说之前已经寄发过廷寄，没有必要再在《京报》上发布。

3月中旬，一位从霸州赶往北京的美国传教士说："我的行程有数百华里，却只见到两处张贴着直隶总督禁止拳会的谕示……地方官虽已接奉此告示数日，仍然不愿将其张贴出来。"

在载漪和刚毅等人的积极运作下，3月14日，毓贤被任命为山西巡抚。

各国公使得知这一消息后立即作出反应。英国公使窦纳乐声称，如果卜克斯案不能得到妥善处理，清政府就应该对毓贤严加惩处。美国公使康格甚至在毓贤得到任命的一周前就向清廷提出，鉴于毓贤个人强烈的排外立场，希望清政府将来即便重新使用毓贤，也不得将其任命在有传教士活动的地区。而山西恰恰是英美传教士势力较大的地方。在列强看来，清政府的这种做法明显是对各国的挑衅。

3月23日，窦纳乐致函英国外相索尔兹伯理，要求英国政府派遣两艘军舰开到大沽口待命。

拜命之日，拳民额手相庆，欢喜地说道："我们要往西边去了。"毓贤的卫兵数十人都是义和团拳民，他们在此之前已经将这个好消息报回团中了。拳民听说毓贤做了山西巡抚，如蚁附膻，如蝇逐臭，成群结队，都赶到山西来。

毓贤对自己在山东被罢黜极为愤恨，认为这都是洋人干的"好事儿"，发誓一定要报此大仇。和当初单枪匹马跟洋人对抗不同的是，如今有朝中大佬的鼎力支持，他大可以坦然无忧，放开手脚干了。

毓贤怀着对洋人的满腔怨恨到山西走马上任。

他自称义和团统领，一下车，就向属员大谈杀洋灭教之事。属下有赞同的，也有不赞同的。太原府知府许涵度、阳曲县知县白昶和学政山长都附和毓贤的主张。

一周后，义和团的揭帖就在山西许多城镇公开张贴出售，上面尽写着发洋财、杀洋人之类的话。

五六月，太原、榆次的街头巷尾出现了成群结伙练拳的人，他们向东南方拈香三炷，跪拜礼毕，面向东南站立，手切一诀（大指切食指第三节），默诵咒语："南极仙翁、太上老君，弟子奉请金神、罗神、十二门人、三仙圣母、唐僧、沙僧、八戒、悟空，学艺学艺，一心熟艺。"立即仰面倒地，如入梦乡。不一会儿，手足动转，挺身起舞，容色凶怒，眼闭不开。随后握拳透爪，踊跃奔腾；画地为兵，空手如持。或为大刀舞，或为短刀舞，或为双戟舞，或画巨石而举之，或画劲弓而挽之。或射箭，或用矛，纵横自如，犀利无比。颠起倒插，披劈横击，活提朝天，智当斜闪，如醉如痴，如狼似虎。练习数刻后卧倒在地，仰面朝天歇息片刻，又起来练。时间长了会恍然醒来，有些要用土抹在脸上才会醒来。醒来还想练的，再持咒练习。有旁观者询问练习者感觉如何，他们说："持咒请神后，只觉神志昏聩，不知为何会手舞足蹈。练久了眼睛会睁开，不像开始练的时候那样浑噩。"尤为可异的是，如果练习的时候懈怠懒惰，就会自行撞到地上，屁股像是受到了抽打，嘴里发出呻吟，起来后就痛楚难行。大师兄说："这是神师震怒，打他四十军棍以示警诫。"有人没过一会儿就被责罚了好几次，此外还有练摆行阵的，持法令的，书写符咒呼风唤雨的。神神鬼鬼，怪怪奇奇，奇幻渺冥，旁人不得窥测其中奥妙。

毓贤从山东带来的拳民首领分散到山西中部的许多城镇中去发展组织，传授拳术，义和团在山西迅速发展壮大，很快就发生了攻击教堂、掠杀教民等事。

山西北圻教区正主教艾士杰、副主教富格拉和英国牧师再三恳求毓贤派兵弹压义和团，保护教堂，毓贤均置之不理，致使谣言四起，日甚一日。

不久，平阳府的教堂被拳民焚毁。府、县将此事上报，称拳民为"团匪"。毓贤大怒，将其痛斥一番，差点把他们革职。郡、县官员为了自保，只好迎合他的意图，不敢再诋毁拳民。

过了不久，毓贤收到朝廷的上谕，让他妥善保护教民。他表面上遵旨，将大量文书下发给各个州县，传教士以为他要采取措施保护教堂教民了，都很感动喜悦。

五月二十四日，大同府的拳民毁坏教堂，劫取财物。

五月二十七日，主教写信向毓贤告急。毓贤不回复。

五月三十日，北方义和团结队进入太原城，在巡抚大院前设立拳场，传习拳术。

六月初，太原县内出现了南城角村、北格镇、小店镇三支义和团队伍，其中南城角村义和团声势最大。南城角村义和团首领名叫胡兴元，号称"三教师"，他左右有古寨号称"菩萨"的，索村号称"赵云"的，草寨号称"真武"的，固驿号称"黄天化"的，姚村号称"白袍"的，邵村号称"黄天霸"的义和团首领，南城角村的二郎庙是他们的集会地点，他们借祭祀三清神之际，三次在晋祠集会，旗帜上写着"某村义和团"，又写"扶清灭洋"字样。

北格镇义和团首领号称"关老爷"，手下有团民四五百人，经常在本镇关帝庙练拳，附近村庄习拳练武之人都投到他的门下。

小店镇的义和团首领郭七只号称"老寿星"，手下也有数百人，曾带领团民到南城角村帮助胡兴元诛灭教民。他们率百余人赴县，召邑令何宗逊出城迎候。何宗逊恐惧，率绅耆吏役出北门将其迎入县衙。"三教师"登上大堂，昂然高坐，"老寿星"在旁边侍座，其余都佩剑执刀排列左右。官绅在堂下参谒，"三教师"指着何宗逊一顿辱骂，"老寿星"愤怒地将唾沫吐到他脸上，呼其为"民贼"，勒索仓粟数十斗而去。小店镇还有另一支义和团队伍，首领是在小店做木匠的清源人，号称"周仓"，他手下也有几百人，经常在宝莲寺练拳。

毓贤在山西时常与载漪、刚毅秘密通信，自言："朝廷外的事，交给我来办。等把山西的洋教赶尽杀绝后，再将其他地方的洋教一一消灭，我一定会为公等分忧，对朝廷尽忠，对上官尽职，对地方尽力，对义民尽信，对天下后世无愧。"载漪、刚毅等叹为义士，对其大为倚重。总理衙门屡次接到外国公使的责难，要求撤换山西巡抚，朝廷均置之不问。李莲英对人说道："如今督抚中只有毓贤一人，可算得尽忠报国。"

毓贤闻言，更加得意自负，亲至太原兵器制造局命铁匠精制钢刀数百把，分赐拳童，刀环上都刻着一个"毓"字。他把拳童唤入衙署，谆谆教导道，"你们仇杀洋教，要同心协力，不要辜负了我的一番心意"，就像教诲自己的孩子一样。拳童们欢呼雀跃，向他索要钱帛饼饵。毓贤命手下给他们，对身边的人说："这些小孩天真未凿，都是忠勇之气所成，不宜拘以礼节。"赏赐完毕，亲自将他们送出巡抚衙门。百姓鼓掌跟从，艳羡垂涎不已。无业游民闻讯，纷纷前来学习拳术。做生意的小贩们东奔西走，终日操劳还填不饱肚子，听说有这等好事，索性将担子往地上一扔，站起来说道："我真傻，为什么不去学拳呢？学拳就能马上得到富贵。"前来学拳的人越来越多，衙门应接不暇，毓贤颇为厌烦苦恼，命令各州、县分给拳民钱米，抚署不再直接供应。州、县敢怒而不敢言，有的坚决不给，拳民就把衙门包围起来滋扰不休，气势汹汹地威胁说要放火杀人。此类案件一天就有好几起，毓贤也置之不管。拳民在州、县无所得，又来巡抚衙门求告赏赐。

毓贤亲自把大师兄（榆次义和拳首姜晋华）接进衙署，绿轿朱盖，尊若贵宾，与他商量安插拳众的妥善办法。大师兄大摇大摆地走进来，与他分庭抗礼。开谈后，毓贤向他长揖求教。大师兄说："我已与部下约定好了：凡是得到教士的财产，以十分之三赏给首功，十之三分赐各兄弟，其余十分之四作为公费。此后老公祖奖励团众，只须让其便宜行事，通令各地方官不要干预，粮饷自然会很充足。取鬼子不义之财，供同胞倡义之费，一举两得，以后就再不用麻烦公祖抚恤了。"毓贤闻言大喜，极口夸赞道："这真是个好办法！你果然是天生奇才，安内攘外，保佑大清，是国家的福气！"

在毓贤的大力扶植下，义和团在山西迅猛发展，如野火燎原一般席卷三晋大地，大同、朔州、五台、太原、徐沟、榆次、汾州、平定，蔓延殆遍，民教冲突日益尖锐激烈。朝廷为息事宁人，对双方都有所打压和保护，尽量不使二者对抗升级。但毓贤却一味庇护拳民，打压教民，引起洋人的强烈不满，纷纷向朝廷提出抗议。

义和团的兴起，使载漪、徐桐、刚毅等保守派王公大臣欣喜若狂。他们希望借助义和团的力量对外消灭洋人，重振国威，一雪近代以来屡战屡败的羞耻。对内铲除异己，扶持溥儁登基，实现载漪为天子父、徐桐为天子师、刚毅为中兴臣的梦想。

荣禄在出了建储的主意后，发现保守派势力日益强盛，义和团越发猖獗，各国公使的抗议越来越让人难以喘息，身处漩涡中心的自己难以应对，决定三十六计，躲为上计，干脆以"手足之疾"请了两个月病假。

第十一章 义和团在华北的蔓延

从 1899 年春天开始的干旱还在华北大地上持续着。在 1900 年山东、直隶、山西等省很多地方的县志中，都有"春夏大旱""十室九空""晚禾尽萎，大饥"的记载。直隶"春天至冬，未得下雨，旱，春麦未种"。山东灾情更重，既遭旱灾又遇虫害。时人回忆："天大旱，卫河枯干，地里粮草不生，百姓穷得锅上无米，锅下无柴，饿得活不下去。"直隶威县东境的邵固村"原有千把户人家，饿死五百多人，尸体遍地，很多人家灭门绝户，景象凄惨"。不少农民只好贱卖土地，一亩地只值四吊钱，有的甚至用一亩地换一斤粮食。饥饿的民众为求生存，只得揭竿而起，纷纷加入义和团的行列。

谣言蜂起，日甚一日。传闻传教士拐骗男女幼孩，取其精髓，制造丸药。洋银必须取中国人的眼睛配药制作，用西洋人的眼睛就不行。所以西洋人死了，没有挖眼取睛之事，唯独中国人入教后才有。洋人能够咒水飞符，摄取生人魂魄与其奸宿，名曰神合；又能取妇人头发和指甲放于席下，让其自己送上门来；还能取男童女童生辰八字粘在树上，念诵咒语，摄其魂魄为耳报神，暗中给自己通风报信；"童子割肾，妇女切乳，剜眼取胎，婴孩同煮"；入教后"子淫其母，兄淫其妹，父奸其女，翁奸其媳"；洋人在井内暗下毒药，需用乌梅七个、杜仲五钱、毛草五钱，用水煎服才能解毒。说的人不知其妄，听的人也信以为真，争相传播，闹得人心惶惶。

1900 年 2 月，一首充满杀气的歌谣传遍华北大地："神助拳，义和团，只因鬼子闹中原。劝奉教，自信天，不信神佛忘祖先。男无伦，女行奸，鬼孩俱是子母产。如不信，仔细观，鬼子眼球俱发蓝。天无雨，地焦干，全是教堂止住天。神发怒，仙发怨，一同下山把道传。非是邪，非白莲，念咒语，法真言。升黄表，敬香烟，请下各洞诸神仙。仙出洞，神下山，附着人体把拳传。兵法艺，都学全，要平鬼子不费难。拆铁路，拔线杆，紧急毁坏火轮船。大法国，心胆寒，英美德俄尽消然。洋鬼子，尽除完，大清一统靖江山。"

在华北各地出现了大量义和团揭帖："窃有天主教，由咸丰年间，串结外洋人，祸乱中华，耗费国币，拆庙宇，毁佛像，占民坟，万恶痛恨；以及民之树木禾苗，无一岁不遭虫旱之灾，国不泰而民不安，怒恼天庭。今以上天大帝垂恩，诸神下降，赴垣设立坛场，神传教习子弟，扶清灭洋，替天行道，出力于国家而安于社稷，佑民于农夫而护村坊，否极泰来之兆也。"

"兹因天主、耶稣教（新教），欺神蔑圣，不遵佛法，怒恼天地，收起雨泽，降下八百万神兵，扫除外国洋人，才有细雨。不久刀兵滚滚，军民有灾。佛门义和团上能保国，下能救民。见帖速传，免一家之灾，传十张免一方之灾。见帖不传必受刀头之苦！"

"今天不下雨，乃因洋鬼子捣乱所致……消灭洋鬼子之日，便是风调雨顺之时。"

"只因天主爷、耶稣爷不遵佛法，大悖圣道，不焚香，蔑视五伦。今上帝大怒免去雨雪，降下八百万神兵，传教义和团神会。待借人力扶保我中华。待逐去外洋，扫除别邦鬼像之流后，即降时雨。"

"只因邪教不敬神佛，不焚香，不遵佛法，欺压我大清太甚。传邪教曰耶稣，曰天主，种种无伦常之事不必赘。怒恼天庭，降下赵云，带领八百万神兵，收灭邪教，不久刀兵滚滚，军民有灾。佛门义和拳，上能保国，下能救民。"

"神出洞，仙下山，扶助人间把拳玩。兵法易，劝学拳，要灭鬼子不费难。"

"岁次庚子年，便将海底翻，山摇地也动，将将出神仙。来在尘世上，拳棒把人传，只要虔心至，哪怕不成仙。"

"我朝定鼎以来。即奉儒释道之教，今人奉天主教，则三教不几乎息矣，于是上帝震怒，饬下神兵附于众民，焚毁其教堂戕戮其教民。"

"弟子存心苦用功，遍地草茅都成兵。愚蒙玉体仙人意，除灭鬼子保大清。"

"焚黄表，生香烟，请来各洞众神仙。不用兵，只用拳，要废鬼子不为难，挑铁路，拔电杆，海中去翻火轮船。"

传闻甲午战争后，天津北乡疏浚河道时发现一块残碑，碑文因年代久远模糊不清，只有二十个字略可辨识："这苦不算苦，二四加一五；满街红灯照，那时才算苦。"

人传："拳民之起，悉由天意，拳民之戕教民，戮洋夷，由上天之赫然震怒，甚恶洋夷之凭陵中夏，教民之叛本国而附外夷也。乃若辈不畏于天，而返恃强以寻仇，岂能逃天之法网乎？斯时洋夷强盛，华人不敢撄其锋，天殆将降之罚而厚其凶恶耳。"

从此各府县人民，都疑其为神，愿受其传，焚教堂杀教民之事，时有所闻。官无论大小，民无论男女，相信的大约有十分之八，不相信的只有大约十分之二。

义和团兴起后提出了许多反帝口号，如"扶清灭洋，替天行道""扶保中华，逐去外洋""兴清灭教"等。但"扶清"并非所有义和团的宗旨，一些义和团在揭帖中说道："我中华帝国以圣教著称于天下，诠释天理，教化人伦，文教所及，光照河山。孰料神州巨变，世风日衰败。五世一来，赃官委以重任，官府为卖官鬻爵者开，惟富者任职于朝中。科举形同虚设，举人秀才埋没于乡里，官位按银价而定。达官显宦，腰缠万贯，皇帝垂涎。大小官吏，辗转盘剥，鱼肉百姓，劫掠民食，陷黎民于水火。……苛捐杂税，名目繁多，一应俱全。贪官污吏，诡计多端，背离三纲，天良丧尽，无法无天。彼等系一丘之貉，目光所及惟不义之财。公理荡然无存，敲诈勒索之外，无所事事，讼案不胜枚举，衙门绝无公断，不行贿买，势必败诉，草芥子民，无处申冤。……今天庭震怒，命诸神降世，不分尊卑，普查人间。罪魁乃当今皇帝，业已后断无人，断子绝孙。满朝文武，花天酒地，纸醉金迷，难以言状，置寡妇孤孀哭声于不顾，毫无悔过从善之心。"

"烧了毛子楼，灭了耶稣教（新教），杀了东洋鬼，再跟大清闹"，"男练义和团，女练红灯照。砍掉电线杆，扒了火车道，杀尽东洋兵，再跟大清闹"。

"一弋止在心，八牛不安忍，白鼠江边乱，大闹西落村，该当无言亥，两羊一口吞，大道改沙岭，小道一条金，两陕东西乱，齐鲁水淹浸，何日才了结，修齐归死门，家人戴草帽，戈矛也不真，若惹真灵怒，四斗下山林，八八至五五，方来有福人。日月从头起，文武拜圣君。"（反清复明）

"可笑胡儿不害羞，何人保你万年秋，但等莲花开遍地，五羊赶你出幽州。"

义和团人员组成：农民、铁匠、船夫、佣工、叫卖商人、教书先生、土棍、无赖、散兵、游勇、盐枭、马贼、乞丐、赌徒、走江湖的、被释放的囚犯、和尚、道士、妓女、喇嘛、武举、廪生、士绅、官吏、世家、贵族、王公、贝勒、帝国主义走狗、人贩等。

"各处拳党，尽有衣冠之族，殷实之家杂乎其中，非尽无业游民也。"

"所习者多农家子弟，且有读书小康之家，非尽无赖匪徒。"

"杀刘四家之拳匪，有后门钉补刘，是个小炉匠。"

"方砖厂瓦匠之子王福。"

"（定兴）大沟拳民王洛要……初为北河水手。"

"昌平县西关外人杨货代者，在和尚湾村马家佣工，学了义和团。"

"有王佐臣者，向在天津一带，以卖膏药为生……在侯家后坛上为大师兄。"

"拳匪中有个姓梁的，是教书先生。"

"即以惠民县先后正法者而论，孙玉龙、梅鸿文、营混也，王惟仔、王雨仔、赵长命仔，人贩也，盐枭也……张黑小，马贼也……李芳同、王正南、于两仔，亦土棍也。"

"惠民县拳首张黑小，原先曾在直隶练拳，后回家乡冒充神会，设坛敛钱，闻票传紧急，遂逃到直隶。"

"杀刘四家之拳匪，有金刚圈，是个乞丐，金秃子，亦是无业乞丐人。"

"红灯会首仙姑二名……传言此二女子原系侯家后妓女，均不过二十余岁。"

"其党有和尚、道士，其人皆外来，其中多游勇。"

"鲤鱼沟喇嘛庙的喇嘛已充当了拳匪。"

"有士绅参加义和团，谓之香客。"

义和团按照八卦编制，另立一"中"字门，共九大门，乾字门尚黄，坎字门尚红，两门势力最大；离字门红巾、红带，间有黄带、蓝带；兑字门色尚黑，间或戴白帽，打白字旗；巽字门尚黑；震字门所见不多；坤字门就更少。拳民胸系八卦兜肚，信仰多神。

义和团的基层单位是坛（或厂、炉、场、团），各坛人数不等，多至百人以上，少则五十人或二十五人，几个或十几个坛组成总坛（总团），坛口供奉祖师神位。各坛之间彼此独立，不相统属，仅彼此拜会，柬书上写："某县某村义和团大师兄大师姐同胜。"全团大旗呈锯齿形，上写"义和团"三个大字。总坛首领称为老师、老祖师或元帅，各坛首领称为大师兄、二师兄。大师兄平时掌管坛内诸事，战时负责领队和指挥作战。管事的称为大先生、二先生、三先生。山东地区的义和团有总办、统领、打探、巡营、前敌、催阵及分编哨队各名目。有的义和团还有大元帅、副元帅、大先锋、军师、总管粮台等称谓。其中总办、统领一般由有威望的教师担任；前敌、催阵由勇敢能战者充当（作战时他们骑马当先，往来督战）。义和团主要使用大刀、长矛等冷兵器，并有少量鸟枪、抬枪、抬炮等火器。作战时分编为哨、班，一哨有五十至一百人，用方形大旗，中间写"令"字，负责人称哨长（或队长、百长）。哨下分班，每班十人，用三角小旗，设班长（或称十长）。义和团组织松散，没有统一领导和指挥机构，主要靠传帖聚会，有事时"传单一出，千人立聚"，事毕即各自散去。

拳民在练拳之前，要先向东南方山东肥城桃花山烧香磕头，山上的洞窟中住着民间传说的各路神仙和英雄好汉。

黄表朱墨写咒符："家住东海南，日没昆仑山，砂子赛冰凌，闭炮不冒烟。"咒语后画"五雷正法"符图。

咒语："快马一鞭，几山老君，一指天门开，二指地门开，要学武技请师傅来。"

"北六洞中铁布衫，止住风火不能来，天有天道，地有地道，齐天大圣护我身，五雷刚。"

"义和拳称神拳，以降神召众，号令皆神语。传习时，令伏地焚符诵咒，令坚合上下齿，从鼻呼吸，俄而口吐白沫，呼曰神降矣，则跃起操刃而舞，力竭乃止。其神则唐僧、悟空、八戒、沙僧、黄飞虎、黄三泰，其所依据则杂取《西游记》《封神演义》诸小说。"

拳民向西北一揖，复向东南三拐，口念咒语，即刻倒地如死。少顷，即起，闭目练各种击刺之法，自能娴熟，力大无穷，人不能近。逾时，有人以手击额者三，其眼即开，仍如常人，无复前此勇猛矣。

大师兄拿着香，二师兄拿着黄表纸向东南方磕头请老师，团员就跟着在师兄后边跪着。请老师来以后团员就坐在两边求神附体，坐在凳子上两手扶膝盖，低下头不吭声。各人寻思各人平常最佩服的英雄好汉，如李逵、武松、关公等。这时当先生的就在屋子里走来走去，不断地告诉人们：不要胡思乱想，各人想各人的老师，一口阴气换一口阳气，觉着身上发麻就往外跑。一附了体就神喘，呼哈呼哈地跑出去舞刀弄枪地练起来。

团民武器："拳众侈述所用兵器有金箍棒、九莲挂飞刀、降魔杵、引魂幡、捆仙绳、翻天印、火扇子种种，然未尝一试，且从无得见之者，皆附会耳。"此外，所谓的"关圣之青龙刀，桓侯之鞭，镇江之斧，罗汉之戏龙珠、伏虎圈"等，亦为拳民崇奉的常见"宝物"。这些"武器"大多出自《封神演义》与《西游记》诸小说。拳民以为这些"武器"具有神力，以至"各庙宇神着衣冠及持器具悉为伊等盗去，置之棚中，认为至宝。凡盗窃神物名曰'盗宝'，谓其得之，以御刀枪，虽外洋火器不足惧也"。

团民装束："各团服色有别：曰龙团者驻端邸，其衣帕红质黄缘；曰虎团者驻庄邸，其衣帕红质紫缘；曰仙团者驻大公主府，则红质蓝缘。又有兔团者缘以白，龟团者缘以黑。别色分群，一望可辨，时有五色团之称。"造反农民的衣装五颜六色，而得到官费资助的那支义和团的衣装也许是农民们世代都不曾穿过的：一律青色黄缘的"号坎"，上有红字；两肩前是"奉旨"二字；前后胸是"团勇"字样，围绕着这两个大字的是四个小字"义和神兵"。

"匪若干，似有一匪率之行，此匪则戴戏场中武生帽，玻璃镶嵌，红绒飞舞。以红巾勒额，余布曳于脑后；以红带束腰，前后胸背皆袢成十字，余布由肩下垂，几及踝。又有着渔网高巾者，有着会场马童之扎巾抹额者，数千人中有百余人似此装束，间杂而行。作指麾之状，其为匪中之小头目无疑。"

"大师兄身穿黄靠，头包黄巾，马如飞，黄令旗招展，人皆让路。"

"每团出队，先以二童子为前导，双丫直掇，且有涂脂抹粉者。"

直隶的义和团活动，最初主要集中在与山东冠县、临清交界的威县、曲周等地，这是受到了"梨园屯教案"的波及。但到1899年后，直隶的拳民活动开始北移到与山东德州交界的直隶东南枣强、故城、吴桥和景州、阜城一带，其规模已不可小觑。

当时在枣强县一带活动的拳民首领名叫王庆一，他是本县张家屯人，年龄不到三十，家里有十来亩地，他种地之外，也兼卖瓜果。1899年，平原一带闹神拳的时候，从山东茌平县来了个卖小鸡的周姓汉子，他在枣强县流常镇镇武庙开了个拳场，大搞降神附体活动，吸引了不少徒众。王庆一最初练习"五祖神拳"，在此时跟他学会了神拳，随后成为当地的拳民领袖，竖起"助清灭洋"的旗帜，开展反教活动。

王庆一等人的活动引起了当地教会的不安，他们向当地政府报告请求保护。枣强县令凌道增对教会的要求未予理会，后来王庆一等人得以公然出入县衙（凌道增因"纵匪不拘"于次年被革职）。在1899年8月20日（阴历七月十五，鬼节）的晚上，王庆一等人烧毁了故城县大月庄教堂。神父任德芬随后向故城县令投诉，正当故城知县准备召唤王庆一进行审问时，王庆一带着数百拳民涌进县城，反向知县告状道："洋教士觊觎我们的财富，破坏我们的法律，煽惑群众加入他们的邪教，他们的控诉是为了陷害我们。我们之所以如此穷困，我们天津之所以如此混乱，都是这些可恶的洋人造成的，我们要大人狠狠地攻击他们。"

知县向他们解释洋人传教是条约所允许的，他也不能干涉，将王庆一等人训诫一番放走，损毁的教堂用官费重新建起。王庆一等人见官府不敢把自己怎么样，胆气越壮，后来公然手持刀械在乡间威风凛凛地来回巡游，让当地传教士和教民胆战心惊。

献县张家庄总堂的葛光被主教闻讯，向河间知府王守堃投诉。

河间知府王守堃曾微服前往拳民聚集处查探，他对拳民的怪异表演和异端邪说非常愤怒，让手下士兵将其神牌捣毁。此举激起了拳民的愤怒，他们挥刀砍死了王守堃的护卫，王守堃吓得狼狈逃窜，等到救援的清军赶到才得以脱险，他将此事上报直隶按察使廷雍，反被廷雍一顿斥责。王守堃又向直隶总督裕禄报告。

裕禄接到王守堃的报告后，派出负责洋务的官员陶式銮前去处理。陶式銮来到故城县后想把王庆一带到天津，但拳民们摆出要武力抗拒的架势。陶式銮不得不放弃强行拘捕王庆一的计划，只是要求教民和拳民和平相处，随后匆匆离开了故城。

八月二十八日（10月2日）是景州宋门镇的大集之日，拳民在当地开设拳场，宣称他们将在九月二十一日（10月25日）的集市上公开表演刀枪不入的神术，任由大家参观。到九月二十一日（10月25日）果然有上千人前来参观。拳民又说这天不吉利，要改到下一个集日（10月30日）再进行表演。众人的胃口被吊得很高，九月二十六日（10月30日）来的人比上次还要多，大家都想看看这件神奇之事。

当天，义和团大师兄在村外的空地上升坛作法，他先让两个徒弟跪在神坛前，其中一人使劲磕头、作揖、念经、烧香，过了很久都没显灵。直到下午，正念着咒语的大师兄霍然站起，脸色大变，牙关紧咬，双目圆睁，开始跳起舞来，他似乎被某种不可抗拒的力量控制住了，两个徒弟站了起来，给枪装上子弹。大师兄上身赤裸，敞开胸脯对着枪口，无所畏惧地让徒弟对自己开枪。只听"砰"的一声响，围观的群众看见大师兄表情痛苦地跪了下来，随后瘫倒在地上。这一枪打穿了他的胸膛，鲜血直流，伤势严重。大师兄在地上痛苦地翻滚了几下，两腿蹬直，不再动弹。拳民对围观的群众说道："各位，这没什么好奇怪的，大师兄经常这样，到不了明天就会醒过来。"用布将他裹起来抬走了。这位大师兄没到第二天就咽了气。

次日，拳民宣称是天主教徒用邪术谋杀了大师兄。附近的义和拳连夜赶到宋门镇，要与教堂为难。消息迅速传开了。景州知府王兆骐闻讯不敢怠慢，他一面派出军队前去弹压，一面派出地方上的士绅进行劝服，但教民和拳民之间的冲突一时难以消除。在对峙了十几天后，拳民们答应退出宋门镇，但要求官府出钱宴请拳民，请人来唱戏，让官兵在义和拳的神位前磕头等。王兆骐大为恼怒，立刻向上级请求派重兵剿捕。直隶按察使廷雍说"拳民具有忠义之气"，对其剿杀可能会激成巨案，不仅驳回了王兆骐的请求，还责备他"张皇"。王兆骐一气之下，不久就辞官回家了。

教民得知官府对义和团的态度后，决定用自己的力量进行自卫。宋门镇附近的朱家河教堂随后购买枪支组建了一支五十人左右的青年护卫队，开始进行操练。朱家河村位于景州西侧大约十公里处，分为东西两个村子，其中东朱家河村大约在两百年前就有人信教，此时村中的百来户人家大多信教，朱家河教堂是该地区的第一堂口，设有男女学校和育婴院。由于习俗和文化上的冲突，朱家河村受到临近村庄的敌视。宋门镇周围的义和拳因为上次表演失手丢了面子，不肯善罢甘休，他们借故前去挑起事端，反被教民用现代枪械打垮，死伤了一些人。他们宣称宋门镇是"不洁"之地，随后从这里消失了。

在朱家河教堂南边的杜桥镇也有个义和拳中心，首领是牛贵选，他是当地的一个地主，家有一百多亩地。牛贵选的神拳是从宋门镇的郗树芳处学来的，此人家中有五六十亩地，还开了一家杂货店。这一带的义和拳都来自衡水县留仲镇，武秀才渠成江是当地的拳民首领，他是地主之子，家有一百亩地，当地人称"渠五爷"。留仲镇的义和拳传说是一个叫葫芦和尚的人带来的。

在宋门镇北边武邑县有一个叫武修和尚的拳民首领，他以萧村为中心，陆续将拳场扩展到阜城县临镇村等地，并树起"神助灭洋"的旗号。武修和尚所办的拳场，其仪式和练习方法跟山东的神拳基本是一个套路，也是树立神坛降神附体，在各村设立拳场发展徒众。

直隶东南部的反教活动引起了献县张家庄总堂的警惕，他们向法国驻天津领事写信报告当地的危机。领事接信后向直隶总督裕禄发出照会。裕禄派梅东益率军队前去河间府一带保护教堂。梅东益是淮军旧将，身材魁梧，面庞黝黑，性情刚烈，膂力过人，作战机智勇敢，身先士卒，逢战必争当先遣队、敢死队，战功卓著，受到光绪皇帝、李鸿章的青睐和重用。他派兵到景州和献县一带巡逻，亲率骑兵前往献县保护张家庄教堂。

在梅东益的军队到达前，武修和尚等人袭击了阜城县临镇村教堂，掠夺了教会的一些财物。当地教民在拳民的打击下纷纷逃离。

此时清军主要采用查拿首要、解散胁从的办法对付义和团，只有在拳民抵抗官兵、拒绝解散时，他们才加以镇压。由于摸不清上面的意图，官员对义和团态度比较谨慎，不敢轻举妄动，12 月 14 日，景州知府王兆骐及营官吴有珍和范天贵致电裕禄请示："督宪钧鉴：真电谨悉。总堂已带队保护，如不服弹压，官军众寡悬殊，危急之际，应否击打？请示。兆骐、有珍、天贵。"裕禄回复："拳民如不服弹压，胆敢抗官拒捕，该营官等自应督队奋力捕击。"

12 月 14 日，在景州岔道口村，拳民焚烧教堂，抢劫教民。同日，安平县拳民摆出攻打教堂的架势。15 日，拳民袭击了德州恩县明恩溥所在的庞庄教堂，又袭击了枣强县三岔口教堂。16 日，东大过村拳民与教民发生冲突。

事态愈加恶化，拳民宣称要攻打献县张家庄天主教总堂。

在此之前，当地的义和团决定先拿下上次让他们受辱的朱家河教堂。武修和尚率领千余拳民向朱家河教堂进发。此时，梅东益麾下的游击范天贵率领两营兵力到达景州，在得知义和团的行动计划后，景州知府王兆骐和范天贵率兵在途中将武修和尚等人拦住，范天贵问："你领着这班人众，来干何事？"

武修和尚说："我们要来拆毁教堂，杀灭随从洋人的二毛子，保护大清皇帝。"

范天贵说："我奉皇上的命令来保护这座教堂和全村的教民，请大住持给兄弟留个脸，领着众人回去，不要骚扰这个小小的村庄。"

武修和尚态度坚决地说："不可能。"

范天贵怒道："我善言劝你，是给你留脸，你若不要脸，可怨不得我。"

说完打出一个手势，手下士兵猛扑上去将武修和尚抓住，拳民试图夺回他们的首领，双方展开激烈交战。结果拳民被打死三四十人，八十多人被俘，最后武修和尚被斩首，头颅悬挂在景州城门上。

同一天，王庆一等人在故城县策划了一场《火烧望海楼》的梆子戏，这出大戏以 1870 年"天津教案"为故事背景，观者人山人海。故城知县无力阻止，不过很快请来军队，前往王庆一的据点进行搜捕，将组织者之一的大贵和尚抓住（次年被处死），王庆一侥幸逃脱，后来去了北京，直到 1900 年义和团运动高潮时又回到这里。

吴桥县令劳乃宣一向认为义和拳是邪教，他专门撰写《义和拳教门源流考》，称其是白莲教的支流，源于八卦教中的离卦教，早在嘉庆年间就被明令禁止，呼吁百姓不要参加，在 1899 年九月发布文告："尔等当知习武防身，虽为例所不禁，而义和拳一门，有降神念咒等情，实属邪教，与寻常习武者迥然不同。"他认为义和拳仇视洋教，"其本心实在惑众以作乱"，"其处心积虑，在乎聚众而抗官。传单一出，千人立聚，兵刃森列，俨同敌国"，尽管打出"兴清灭洋"的旗帜，也不能容许它的存在，"使其果胜西人，则彼亦不可制矣"，因此强烈主张将其剿灭。

景州有个叫节小廷的拳首，号称能降神。劳乃宣派兵将他抓住，让百姓来围观。节小廷遭到鞭笞，痛苦地号叫着，再没有一点神仙的样子。他的头颅被砍下来示众，拳民从此不敢进入吴桥境内。

劳乃宣于 1899 年 12 月 9 日（农历十一月初七）禀告直隶总督裕禄，提出六条治拳措施：一、正名以解众惑；二、宥过以安民心；三、诛首恶以绝根株；四、厚兵威以资震慑；五、明辨是非以息浮言；六、分别内外以免牵制。奏请裕禄呈送朝廷明降谕旨，惩办义和团。

当地义和拳对他恨之入骨，他们张布揭帖说要剥劳县官的皮。

范天贵的军队很快抵达吴桥，随后对拳民进行了镇压。官军回到具城时，劳乃宣亲自到城门口迎接并对他们大声说道："告诉我你们战果如何？杀了多少义和拳？你们拿几个人头来作证，我要犒劳你们！"骑兵队拿出五颗人头给他看。

这些人头被装在木笼里传示城乡各村，以警示那些残余的义和拳民。在正规军的打击下，直隶东南部的义和拳风潮很快被平息了下去。那些逃脱了追捕的义和拳民离开被通缉之地，去了北京或其他地方，这一地区重新恢复了平静。

裕禄隐约察觉到上面的意图，只对滋事的拳民进行剿捕，对拳会的态度较为模糊，并未严禁义和团活动。袁世凯曾致电询问他："日前劳乃宣提出的惩办拳匪之法，颇中肯要，不知尊处是否已经向朝廷奏报上去了？"裕禄答道："近日查探该拳匪情形，并无多大伎俩，只要能够捕获首要，胁从自然容易解散。若依劳令（劳乃宣）所禀，张大其事，奏请明降谕旨，恐民教结怨甚深，有所挟持，妄攀诬指，多生枝节，反而不好。该令条陈六条，只可采择而行，似未可照禀出奏。"

被袁世凯从山东驱赶出来的义和团进入直隶后，立即与当地民众结合起来，乡野村庄，无不有坛。裕禄派贵州提督梅东益、道员张莲芬率兵到河间、深州、冀州等地弹压，并向朝廷奏报道："义和拳会始自山东，其传习拳棒者，皆系无籍游民，托之持符念咒，能以降神附体，金刃不入，枪炮不伤，游行各处，诱惑乡愚。拜师传徒，立厂设坛，聚而演习。其所供奉之神，大都采择稗官小说之人，穿凿附会，荒诞不经。无非为牟取衣食之计。现在饬令提督梅东益、道员张莲芬等随处稽查，督同地方各官切实开导，以期保安黎庶，消患无形。得旨，著即督饬地方官随时弹压，仍尊前旨，分别办理，毋稍偏纵。"

清廷在令梅东益、张莲芬相机办理拳民事宜的上谕中明确指示："民间学习拳技，自卫身家，亦止论其匪不匪，不必问其会不会。"因此梅、张二人实际上是率队在各处巡行，遇有义和团滋事才加以镇压。

那时直隶官员大多信奉义和拳，唯独直隶布政使廷杰力主剿办，命令州县搜拿拳民严加惩戒。直隶按察使廷雍和他意见相左，两人激烈争斗，互不相让。

1900年春，北直隶遵化州、绵州一带，有神师降世，专收幼孩为徒，教以咒语，说能请先朝名将护身，教他们练拳练刀，功夫到家，就能枪炮不入，刀剑不伤。不久，势力就日盛一日，壮年男子也相继跟从，乡野村庄，十个人里面有九个人相信，取名叫义和拳。之后跟随的人更多，华北三省几乎遍地都是，官府并不严禁，练拳的人越来越多，又更名为义和团，以已成未成分为上下两等：上等拳民胸系八卦兜肚，腰围黄布，腿扎黄带；下等腰围红布，腰扎红带，日夜操练刀矛拳法。

义和团向冀中地区迅速扩散，很快保定、清苑、定兴、涿州、新城等地就成为义和团活动的中心地区。定兴、新城、涿州、易县等处义和团纷纷向涞州汇合，拳民或十数人一起，或二三十人一起，壮丁幼童都有，持长枪的占十分之七八，持腰刀手袋的占十分之二三，持鸟枪的很少，有的腰缠红带，有的头裹红巾，目不旁视，鱼贯而行，不多说话也不买吃的，大有灭此朝食之势。当官的在街上看见了，也不敢过问。

4 月 5 日，道员张莲芬致电裕禄："景（州）、阜（城）、深（州）各巨案，均有成议，地方安静。顷得透雨，旱禾可种，民心更定。"但直隶其他地区的旱灾依然非常严重，一直没有得到缓解。

4 月，传闻遵化州的拳民开始焚烧教堂。

那些在华的传教士在不停地祈求上帝赐予人们一场大雨，一个传教士在信中写道："拳民们威胁要抢劫并杀害传教士和教民……人民无所事事，只谈论如何杀洋人和教民……形势越来越险恶，如果一直不下雨，什么样的暴力事件都有可能发生，我们知道，如果上帝愿意，他会普降甘霖来解救我们的。"另一个传教士也说："雨水对我们来说意味着安全，正是由于久旱无雨，他们才在这里闹事，并不是因为义和团是坏人，他们本来都是安分守己的人，但是他们现在被饥饿折磨得绝望了。"另一位传教士在临终前数周写到当时的情景："这个国家充斥着最野蛮的谣言和威胁。人们无所事事，只谈论如何杀洋人和教民，我们感到末日离我们每个人都不远了。"

大清海关总税务司英国人赫德说："中国人历经两千年来的驯化，热血早已冷却，不过我认为这些日子以来的绝望，会使热血以最狂暴的方式沸腾，届时我们这些洋人都会被赶出北京。"

美国公使康格忧心忡忡地说："该省目前的旱情为这样一场运动提供了方便。到昨天为止，近一年来滴雨未下，土地十分干燥，庄稼无法播种，人们穷困潦倒。整个地区充斥着饥饿、不满和绝望的游民，他们随时准备加入任何组织。"

英国驻华公使窦纳乐向外交大臣写信报告来自义和团越来越大的威胁，信末忽然谈到天气："我相信只要下几天大雨，消灭了激起乡村不安的长久旱象，这些拳民就会回去种地了。这将比清国政府或外国政府的任何措施都更有助于让一切恢复平静。"

4 月 13 日，总理衙门致电裕禄，说京广铁路即将修到正定，现接到铁路总办比利时人沙多的来信，称保定至正定一带发现大量义和团匿名揭帖，称将于4 月 19 日拆毁铁路，攻击洋人，要裕禄预先防范。

4 月中旬，义和团在卢沟桥至保定一线频繁活动，他们分散在附近的乡村中发展信徒，到处张贴定期举事的匿名揭帖，仅屯扎在保定府南门外的义和团就有万余人。在卢沟桥的义和团百余人举行会议，暗带兵器，散布揭帖，专以杀害教民、仇对洋人为词。

俄国公使格尔思告诉总理衙门，据他所知，涿州、易州等处月前已有义和团在活动，近日又到了卢沟桥。各国公使普遍担心这些在帝国京郊活动的义和团可能很快会与京城中的外国人发生冲突。

总理衙门将此情况电告直隶总督裕禄，并说："查拳会渐及近畿，早有所闻，俄使所言，不为无因。此事关系紧要，务须赶紧严密查办，免滋事端。"

裕禄的答复仍只是说，他已在全省各地"派有营队，分路弹压，并饬地方官严行查禁"。

4月16日，《京报》上发表了直隶总督裕禄要求禁拳的上奏。

但4月17日，《京报》上又颁发上谕，重申不禁拳的意思。

4月21日，清廷又颁布上谕，重申"只问匪不匪，不问会不会"，与之前的上谕意思一致。

清廷政策的反复性和随意性，让各国公使逐渐失去了对它的信任，觉得再在此事上纠缠已没有多大意义。

随着义和团在直隶活动的加剧，教民开始武装自卫。因有教会支持，他们的武器装备明显比义和团的精良，双方摩擦不断，矛盾日益激化。

4月，保定大张庄村民张洛弟家的打火石坏了，他请蒋庄的一个信奉天主教的补锅匠修复。修好后张洛弟拒绝付钱。补锅匠前去索要，两人发生争吵并相互侮辱。次日，愤怒的补锅匠带领三十个教民前来索讨，并对张洛弟提出四项要求：一、摆五桌酒席给自己赔罪；二、为教会兴修教堂；三、要京钱百吊作为修理费；四、令张洛弟全家入教。对于这些荒唐的要求，张洛弟当然没有答应。此后几天，教民先后五次前来催逼，均被他严词拒绝。最后一次，教民耐心耗尽，以武力挑起了冲突，将张家一人杀死，三人打伤。悲愤至极的张洛弟誓欲报仇，立即联系朋党，带领村民和拳民前去攻打蒋庄。在4月12日的进攻中，他们烧毁了教堂和十个教民的房子。装备精良的教民从屋顶向拳民开火，至少有二十个拳民被当场打死。

消息传开后，保定和北京间的义和团被激怒了。县令怕出大事，急忙赶往保定请求增兵维持秩序。可早在2月份，省城军队的负责人就抱怨说，他只剩

200个人维持省城的秩序和保护传教团，近来到处都在发生冲突，根本没有足够的军力派往各处弹压。

如何对付在京城附近如野草一般蔓延生长的义和团，越来越成为让统治者心焦的事。朝中有个官员说："拳民丑类甚众，诛之不可胜诛，即令震我兵势，暂就范围，而积恨既深，溃决必速，燎原之势，殊可忧虑。"从这种考虑出发，朝廷中不少官员认为，用兵讨伐是极为危险的事，不如还是用毓贤在山东用过的招抚策略为好。

5月1日，御史郑炳麟上奏，认为直东两省对义和团实行"严禁""弹压"，均未能奏效，建议朝廷改变策略，将私办的义和团变为官办的团练，由政府加以控制。

总理衙门令直隶总督裕禄和山东巡抚袁世凯等筹议此举是否可行。

袁世凯随即上奏道："该拳会聚众游行，每于数百里外劫取财物，不得谓之为保护身家；焚杀掳赎，抗拒官兵，不得谓之非作奸犯科；掠害平民，骚扰地方，不得谓之为专仇洋教"，"是宜严禁预防，未可权宜迁就"。

在鸦片战争前，清政府一直实行禁教政策。其后虽然解禁，暗中仍对教民严密监控，予以打压。有些平民出于种种原因，极其歧视欺压教民，如直隶曲周县牛家寨的平民耿作林、耿洛协等，在1872年带人多次捆打辱骂教民，用粪水强灌其口，还让教民设宴赔礼，讹索京钱一万三千文，毁坏教民秋禾，不许教民吃村中井水，不许教民使用碾磨，逼令他们反教等。

同治末年，涞水县高洛村有六户村民信奉摩尼教。村中首事阎洛福恶其淫邪，禀请县令将其拷打笞辱了一番。阎洛福是北高洛村大户，精通中医，常舍药给人治病，为人正直，好义多谋，在村中威望甚高，被大家推举为村长。随着时光的流逝，教民逐渐聚集到村子的一头。到19世纪90年代，高洛村分为南北两部分，教民集中在村南。

后来南高洛村信教人去北高洛村传播摩尼教，遭到阎洛福严厉斥责，被驱逐离开。为防止摩尼教蔓延，一天阎洛福带着狗肉来到南高洛村，强迫所有信奉摩尼教的人将其吃掉，迫使他们反教（民间传说吃了狗肉能破邪教）。

不久，意大利传教士在南高洛村建起了天主教堂，那些被迫吃了狗肉而反摩尼教的人怀着对阎洛福的刻骨仇恨加入了天主教。在洋教士的支持下，他们不断扬言要报复阎洛福，并伺机寻衅。

1899年正月十五日，高洛村举行敬神会。村民像往年一样将戏台搭在村南中心的十字路口，此处正好位于教民张才家的屋门前。唱戏那天，人们按照惯例搭起帐篷，从村庙里请出众神来听戏。张才认为村民把神像置于自家门前是对自己的冒犯，闯入会棚破口大骂，扯毁所挂佛像并踢翻了神台。此举引发村民公愤，在村长阎洛福的带领下，他们洗劫了教民张才家和南高洛村教堂作为报复。南高洛村教堂随即从保定请来法国天主教神父。在神父的要挟下，清河道员压迫涞水县令高拙园，迫使其拘留了阎洛福等6名肇事者，判决阎洛福赔偿教堂损失250两白银，置办60桌酒席，接请多处洋教士和教徒赴宴，为教会磕头赔罪。

阎洛福在村里也是有头有脸的人物，他儿子是生员，与当地庙首和地保都是亲戚。他和家人可以接受250两银子的罚金，但让他宴请神父和教民并当众向其磕头则无论如何不能接受，最后他作了委曲求全的道歉。从此教民愈加骄横，不到半年，村中入教的人就增加了20余家，阎洛福及其家人对此怀恨在心。

1900年春，义和团到达该地。阎洛福派人到邻县请来2名拳师，在村北庙中建起一座拳场。他自任拳首，亲自组织义和团，并赴各村"铺团"，在其影响下，高洛附近的南北汝河、永乐和县北的石亭、娄村也相继建起拳坛，他们互相援助，声威大震。

5月9日，清廷向步军统领衙门下达上谕："近闻畿辅一带，义和团拳会尚未解散，渐及京师。深恐良民被其诱惑，以致勾结为患。京城内外，地面辽阔，居民众多。著步军统领衙门严密稽查，设法除禁，毋任聚众滋事。致启衅端。"

北高洛村义和团的发展，吓坏了南高洛村教堂的传教士，他们一面加紧添置洋枪，组织教民武装，一面要挟官府派兵镇压北高洛村的义和团。

10天后，阎洛福准备对南高洛村教堂采取报复行动。

传教士闻讯大为恐慌，急忙向附近教堂求援。徐水县安家庄教堂的席教士派出数十名教徒赶来支援，他们配备了10余支洋枪，准备对付义和团。作为回应，阎洛福也请来易州、涿州、定兴、新城的千余团众与其对抗。

涞水县令祝芾闻讯大惊，于 5 月 12 日带领 4 名衙役来到高洛村，试图平息事端。他们刚进入村子就被拳民团团围住。拳民将其逼至村民阎洛梦家。阎洛福怒目圆睁，对祝芾厉声训斥，怪他多管闲事，威胁说要取他的狗命。祝芾惊恐万状，连连鞠躬求饶。经阎洛梦解劝，阎洛福才决定饶他一死，命其马上滚蛋。吓得魂不附体的祝芾连忙躬身告退，从人给他拉过一匹马来，他慌乱之下竟然倒骑在马背上，狼狈逃走了。

当晚，阎洛福率领千余拳民将南高洛村教堂包围了起来。教堂早有戒备，从徐水安家庄教堂请来的几十名教徒此时隐藏在教堂内。堂中备有毛瑟枪 10 余支，还有大刀、火枪和大量火药。所有参战教徒均身着白大褂（他们认为义和团是邪教，穿白衣可以破邪）。在洋教士的指挥下，部分教徒手持洋枪爬上教堂屋顶，居高临下向团民射击，其余教徒在下面策应。拳民一拥而上，挥刀猛砍，教徒纷纷中刀倒下。混战中，教堂屋顶的洋枪失去了作用。拳民在奋勇拼杀时趁机向教堂内投掷"砂锅罩"（一种新研制出来的武器，用沙吊带装入火种，可投掷引火），教堂内一大筐箩火药被引燃，顿时爆炸起火。那时正刮大风，火趁风威，越烧越旺，转眼整座教堂就被烧毁坍塌。房顶上的数十名教徒，除会武功的蔡洛云、蔡泽起二人侥幸逃出外，其余全部葬身火海。随后拳民烧毁了村中所有教民的房屋，将大约 30 户教民全家杀死，抛尸井中。

此事震动了省城，2 天后，保定派员带 20 名士兵到达这里，义和团原班人马仍集结于此，士兵不敢进村。次日，义和团大队人马撤离后，他们终于进入村中，一道石墙挡住了去路，村南火光熊熊，没有人知道教民逃往何方。

定兴县仓巨村也发生了类似事件。法国天主教驻北京的大主教樊国梁向清政府施压要求严惩义和团。清廷命直隶总督裕禄火速调兵弹压。裕禄派练军左翼马队统领杨福同率骑兵前往高洛村镇压义和团。

杨福同是直隶清苑人，同治七年（1868 年）投军，因屡立战功被多次提拔，升任游击，参加过镇压朝阳在理教起义，后以副将驻营大名，专门缉捕盗匪，以功记名总兵，分统练军左翼马队，兼统天津马步队各营。

杨福同率马队行军至史家庄，遭到义和团伏击。他带兵奋力抵御，擒获数人。

5 月 15 日，杨福同到达北高洛村，击毙拳民五六十人，打伤数十人，抓获二十二人，关闭了村庙里的拳场。

此事惊动了整个义和团，他们成千上万地集结起来，发誓"必得杨福同首级而甘心！"准备同官军展开决战。为争取有利地形，县南各村拳民纷纷转移到距离涞水城北约三十里的石亭镇。新城、涿州、容城、易州和房山等地的义和团闻讯也陆续汇集过来。很快，聚集在石亭镇的拳民就达一万多人。

5月17日，清廷再发上谕："近闻京城内外，奸民以拳会为名，到处张贴揭帖，摇惑民心。事关交涉，深恐酿成衅端。除应如何防范查禁之外，著步军统领衙门、顺天府、五城御史会同妥议章程，迅速办理。仍将筹办情形，先后复奏。并著裕禄一体严禁。"同日，总署致电裕禄："拳匪蔓延日广，势必酿成巨患，更难收拾。希望设法分别查办，以靖内患而弥外衅。"

同日，裕禄上奏朝廷，称直隶剿拳已见成效，反对将义和团编为团练："似此无知愚氓，其技既无可取，而其教习之人又皆匪类，用为团练，未必能奉公守法。而公正有为之绅士亦断不肯出为倡导，且该拳会方以仇教为名屡与教堂构衅，若再假以官势更恐恃众生事，外人益有所借口……如查有学习拳技之处，谨遵前奉谕旨，只论其匪不匪，不问其会不会，分别妥为办理。既不可姑息养奸，亦不可累及良善。"

杨福同派兵四处侦查，获悉拳民盘踞在涞水城北的石亭镇，于5月21日和涞水县令祝芾一道亲率马队前去劝谕解散，拳众并不听从。忽有几十个拳民执刀向他围扑过来。杨福同急令弁勇开枪射击。包括拳首梁珍在内的数十人被当场击毙，约二十个拳民被俘（阎洛福与其子阎肇修也在其中）。杨福同不忍多杀，命令义和团限期解散，留下三十余名士兵驻扎在石亭镇守，自己带队回到涞水县城。随后涞水县令祝芾下令将阎洛福父子枭首示众。

当日，在京外国公使团照会总署，逼迫清廷将参加习拳、传布揭帖恐吓外国人的人一律拘押惩办；将拳众聚会之处的住持屋主一并收监；将拘办拳众不力的官员一律惩处；将带头焚杀的拳众一并正法；将纵拳助拳之人尽行诛戮；直隶与邻省有拳团之处，地方官出示严禁。否则各国将自行调兵处理。总署接受要求，答应将立即"剿办"并"严禁该会"。

5月22日，清廷因"近畿一带派出之带勇员弁办理不善，甚至纵容兵勇，以查拿拳匪为名，择肥而噬，勒索乡愚，以致闾里骚然，良民不能安堵，似此情形，必致酿成事变。著裕禄严饬带兵各员及地方文武，查明实在滋事拳匪，指名拏办，傥或任意株连，借端讹索，波及无辜，即当从严惩办，总期匪徒知惧，良善获安，是为至要"，谕令裕禄严格约束兵丁。

当天早晨，拳民见留守石亭镇的官兵所剩无几，呼啸呐喊着向其发起围攻。杨福同闻信，急率骑兵三十名、步队百余名赶来增援。午时，马队行至石亭镇附近的赤土村北，大队拳民已列成阵势，准备应战。站在最前面的拳首是个和尚，身形魁梧，面相凶恶。杨福同骤马而出，对他殷勤劝导，让其率众解散。和尚充耳不闻，指挥拳民与官军交战。交锋不久，拳民力有不支，且战且退，杨福同率领马队一路追赶。追到两狼沟时，拳民踪影全无，寂然无声，四下沟壑纵横，马队无法再向前进，杨福同正要撤军，忽闻锣鼓齐鸣，杀声震天，事先埋伏在沟内的拳民手持刀矛骤然冲出，顷刻之间就将马队团团围住。杨福同知道中计，大惊失色，急忙纵马突围，但此处沟壑众多，马队无法驱驰，情急之下，杨福同命令士兵开枪扫射。拳民勇猛无畏，冒死冲入马队，向杨福同猛扑过来。杨福同举刀招架，左遮右挡，无奈寡不敌众，身中数刀，血湿衣襟，仍手持砍刀，格杀数人。一个拳民趁其不备，突然从背后纵身而上，手持长矛刺向他咽喉，杨福同顿时坠下马来。拳民蜂拥而上，白刃交下，将其刺得体无完肤，脏腑皆出。随行的两名军官孙裕清和卢玙璠都力战而死。官兵全军覆没，士兵大多带伤而逃。朝廷归咎官军，不肯为弹压拳民的杨福同等人议恤。

裕禄得知杨福同被杀，大为震惊，这才意识到问题的严重性，5 月 23 日致电总理衙门："查该拳匪等聚众设场，借仇教为名，烧杀抢掠，扰害地方，并胆敢恃众戕官，实属穷凶极恶，法所难容，若不予以惩创，必须顽梗者益肆强染，被胁者难于解散。"命驻守芦台的聂士成派兵前去镇压。聂士成随即派前军分统杨慕时率三营兵力前往涞水。

5 月 24 日是英国女王维多利亚的生日，窦纳乐特意在英国公使馆内备下盛筵款待各国来宾，在京的英国居民有六十人前去参加。宴会结束后，大家在击球场跳舞，尽欢而散。各国洋人认为北戴河气候十分宜人，很多都在整束行装，打算近日前去度假。关于义和拳的谣言日甚一日，因为时已久，都不太在意。

5 月 25 日，军机处给裕禄发来电旨："查拿首要，解散胁从，办法均是。此事，各处情形不同，迁就适是养奸，操切亦恐滋变。"

出发前，杨慕时接到裕禄等人的命令，让其"勿得孟浪"，此行的主要目的是"查拿首要，解散胁从"。他集合队伍，准备在当晚十二点出发。到晚上八点钟时忽然听说涿州车站有义和团在滋事，立即派人赶去查探。拳民聚集在高家庄，离高碑店有十八里，那时已是晚上十二点。他让前护队排尾先行离开，正调齐后队士兵向前查看，远远望见几十个十四五岁的少年站在铁道上，两边的群众在夹道围观，致使火车无法启行。杨慕时让士兵前去驱赶。那些少年看见官军一来就跑了，等官军一走又站到了铁道上，反复多次，就如儿戏一般。

前方有义和团在放火，火光熊熊，延烧而下，情势紧急，官兵不得不使用武力。但众人是匪是民，无从分别，杨慕时唯恐稍不注意就会酿成事端，让士兵放空枪惊吓。对方毫不畏惧，反要上前抵御。士兵逼不得已，只得实弹射击，放枪三排，打死打伤十余人，众人这才四散逃去。

杨慕时率兵抵达涞水北部的石亭镇陈家庄，见有数千拳民在聚众演习。因有上司命令，他只能保持克制，将杀害杨福同的两个拳民拿办，对其他人无可奈何。

5 月，保定府的拳民开始焚烧教堂，无论天主教还是新教，都付之一炬。又与教民为难，看见就要将其杀掉。起初还没有扰及南方人，后来以南方人为洋人做事的很多，对其恨之入骨，称南方人为二毛子，其他人以所操职业不同被称为三毛、四毛等，能脱离骚扰的寥寥无几，拳民认为电报局、铁路和车站等与洋人声气相通，也想将其毁坏。

5 月 26 日，一些拳民准备乘火车从高碑店去往涿州，在买票时与铁路员工发生不快，拳民一怒之下将高碑店铁路拆毁，拔掉了电线杆。

那天，丰台车站站长等人见当天从保定开来的火车到晚上还没到站，怀疑发生了变乱，正在惶急间，忽然接到停售保定车票的电报，更加骇异，只是不知道原因究竟是什么。

直隶中部芦保铁路沿线的义和团开始进攻涿州城。他们声言涿州兵备空虚，洋兵即将到来，愿代官军守御。涿州知州龚荫培自知兵力不足，难以抵挡，急忙向上告急。顺天府尹何乃莹揣摩到朝廷意图，非但不派兵救援，反而以其召变，将他免官。杨慕时闻讯也不敢率军前来镇压，因为朝廷只让他严拿首要，解散胁从，并未让他剿灭拳民。

5月27日，涿州城被义和团攻占。一时头戴黄巾、腰缠红带的拳民在城厢内外蜂屯蚁聚，数量达两三万人，城墙上万头攒动，刀矛林立，宛如大敌将至，龚荫培无计可施，只好选择绝食抗议。

占据涿州后，义和团气焰愈盛，当晚将卢沟桥、琉璃河、长辛店等处的铁路车站一齐纵火焚烧，电杆半数被拔去，各处烟焰弥天，大火不熄。洋人站长和电报学生等一律逃往天津，除银钱要物带走外，其余物品全部遗弃在屋里，将门反锁后离去。

次日（5月28日）上午9点钟，乡民等看见了，深为诧异，有狡黠者托名查看，纠结众人破门而入，趁机抢取物件，随后将屋子付之一炬。除卖票房、机器房、电报房被焚外，连戊戌年预备给光绪皇帝到天津阅兵用的"龙车"（价值约六万金）也被拳民焚毁。

马家堡车站的火车，本计划在这天午后直放天津，无奈丰台等站的站长已逃避一空，无从接开。所以北京到天津之间，当天只开了一列早车，后来就中断了。从天津开往北京的火车，当天早上走到杨村的时候，看见有个车头挂着一辆花车飞驶而来，向他们示以口号，知道发生了变故，也立即停车不行，听说各车站的洋人和穿戴西式衣帽的华人中来不及逃避的，均已被害，洋房都被焚烧。一时人心惶惶，谣言四起，无非铺张义和拳的神奇，种种怪诞，不可枚举。裕禄闻警后，立即檄调武卫前军统领聂士成，拨调部下二营，于当晚特开兵车驶往丰台，同时调武卫前军二营，由芦台开赴天津以资防御。当天只有电气车始终未停。

五月初二（5月29日）早晨，电气车刚开过两辆，忽有多名武卫军士兵拥至售票房和机器房滋扰，声言捉拿洋人，电气车因此也停了。此事很快被营官查知，立即将一名士兵插上耳箭示众，才略微安静。

当天武卫军和神机营均有数队士兵驻扎在铁路旁边。督办铁路大臣许景澄坐兵车驶抵马家堡，带来站长数人，谕令开车直抵天津。沿途蔡村、黄村等处，各派兵一队驻扎，以防再有不虞。铁路会办唐观察也从天津乘坐火车赶到丰台察验，发现除保定铁路被拆掉一百五十里外，其余路段还完好无损，士兵捉住了八名抢劫者，带到马家堡等候查究。丰台车站站长等人因闻警先逃，致使车站被焚，难辞其咎，被天津县先行收禁起来，等待严办。

五月初二（5月29日）傍晚时分，忽有身着洋装的士兵二十人骑马从保定方向过来，由涿州城南门而入，跃马往北驰去。拳民见状大哗，说有奸细入城，纷纷从城垣上下来，高声呐喊，如同雷震，向前追赶了一个多时辰才返回，命令将四个城门和市门全部关闭，又往附近各处搜查教民，见了就杀掉，被焚烧的房屋不胜枚举。

义和团命令涿州妇女七日不梳头，不洗脸，不裹脚，安坐床上，不要行动，让百姓齐声高呼道："七天不梳头，砍下洋人头；七天不洗脸，能把洋人赶；七天不裹脚，天下洋人杀尽了。"

据当时一个路过涿州的人记载："5月29日，由新城县前进，到三家店打尖，见义和团纷纷往北。又行十余里，见道旁电杆均经拆断，火车道烟火蔽天，询之路人，始知马家堡至高碑店二百余里铁路，自5月27日烧起，火犹未熄。申刻到涿州，城上皆红巾黄巾，刀矛林立，屯聚如蚁。城厢内外几万人，余见之，不免心悸，而涿州牧（龚荫培）不食已三日矣。"

义和团见官府不敢把自己怎么样，胆气更壮，乘胜继续北上，开始攻打涿州到北京铁路沿线的车站、桥梁和电报设施。为阻止裕禄调兵，义和团先后破坏了高碑店、琉璃河等处的铁路电线，烧毁了高碑店、涿州、琉璃河、长辛店、卢沟桥等车站，各处烟焰弥天，大火数日不熄，芦保、京津铁路中断。

裕禄认为"拳民断非语言文告所能劝解，若不厚集兵力稍加惩创，恐成燎原"，遂函商荣禄调聂士成、马玉昆带队前往镇压。

杨慕时向聂士成报告说："涿州城不失而失，城门启闭，概由拳匪，办公之人，不得入城，城内文武不过具文而已。松林店（离涿州城南二十多里）为拳民大宗，其余地方无处不有，穿起衣巾则为匪，脱去衣巾则为民，至于不可究诘。议论的人说义和团民有二三千，其实倡导的有二三千，附和的有一二万。"

随着局势的恶化，荣禄再也坐不住了，他提前销假回朝，连上七道奏折提醒慈禧太后，不管拳民是良是莠，他们的行为都将招致外国的武装干涉，这比拳乱本身还要危险。希望朝廷赶紧剿办，以清乱源而杜外人口实。庆亲王奕劻、军机大臣王文韶、总理衙门大臣兼吏部侍郎许景澄、总理衙门大臣兼太常寺卿袁昶、内阁学士联元和兵部尚书徐用仪等纷纷附议，赞同剿办义和团。李鸿章、张之洞、刘坤一等地方督抚也支持这种观点，他们坚决要求镇压义和团，反对与列强开战。端王载漪、吏部尚书刚毅等仇洋派大臣主张招抚义和团，利用其抗击洋人。

5月29日，清廷发布上谕："著派出之统兵大员及地方文武，迅即严拿首要，解散胁从。倘敢列仗抗拒，应即相机剿办，以昭炯戒。"

同日，刑部尚书赵舒翘、顺天府尹何乃莹联名上折奏请招抚义和团，反对剿办。他们在奏折中称："拳会蔓延，诛不胜诛，不如抚而用之，统以将帅，编入行伍，因其仇教之心，用作果敢之气，化私忿而为公义，缓急可恃，似亦因势利导之一法。"

5月30日，清廷命步军统领衙门、顺天府、五城兵马司、直隶总督严饬地方官并统带各员合力镇压义和团。裕禄饬令直隶提督聂士成"将芦保、津芦两路电线铁道专派队伍妥为保护，毋任再有疏虞"。聂士成命驻守保定的武卫前军统领邢长春和杨慕时火速带兵沿芦保铁路北上，分驻在保定至卢沟桥间的大小十七个车站，阻止涞水、涿州等地的义和团继续北上。武卫前军趁机疯狂烧杀抢掠，京津一带秩序紊乱。

5月31日，张之洞致电总理衙门："此乃借闹教而作乱，专为国家挑衅，且铁路与教堂何涉，可见实系会匪，断非良民"，"此等匪徒，抗拒官兵，戕杀武职大员，扰近都门，毁坏国家所设铁路，法所当诛"。刘坤一也致电总署，主张对义和团"应一意主剿，痛剿一二股则余股自灭"。

见义和团逐渐逼近京师，慈禧紧急调兵布防，除调武卫前军加强京南兵力外，又调端王载漪的虎神营、庆亲王奕劻的神机营加强京城各门的防御，永定门加派五营兵力，其余各门均加二营。命军机大臣荣禄亲率武卫中军至马家堡、丰台一带布防。

义和团占据涿州成功的消息传开后，各地团民纷纷向城市进军。6月9日，义和团占领深州。6月10日，义和团进入通州，焚烧邮电局和外国教堂。6月12日，静海县城被义和团占据。义和团聚集在离唐山50里的地方，准备包围唐山，焚毁唐山制造厂。到 6 月 15 日，唐山开平矿务局的办事人员都已散去，此外有无数广东人也已走散。张家口邮局被焚，古北口电线杆被拆毁，拳民势将入城。河间府数处教堂被义和团焚烧，沧州城厢内外有三四千拳民，在河流上拦截设卡，搜查行舟，商旅吓得不敢出行。到 6 月中旬，直隶省和顺天府已有相当一部分州县被义和团占据或成为义和团的活跃区域，形成了农村包围城市的局面。

直隶省城保定，5 月底就有团民在城内纵火。6 月上旬盛传有大股义和团来省城，并要焚烧教堂、捕杀传教士。城中洋人惶惶不可终日，在此之前直隶布政使廷杰和直隶按察使廷雍饬令在城中租房一处，将洋人集中起来保护；接着又派兵护送驻保定的传教士和法国、比利时等国的铁路工程技术人员数十人逃往天津。他们走到任丘境内时，遭到义和团截击，死伤数人。到 6 月 15 日，保定的电线被义和团割断。城中拳民充斥，扬言某日要举事焚烧教堂，杀死三名大员：一为直隶布政使廷杰，二为直隶督标中军副将张士翰，三为莲池书院主讲吴挚甫；还声称将有上万义和团赴京勤王，要经保定南门穿城而过，以耀神威。保定各大员均栗栗危惧。廷杰招募马队百名排列在衙署前自卫，又招募保定四街水社近千名壮丁协助守城。城内拳民纷纷设场，不到几天就增至十余团，北关基督教长老会教堂、南关公理会等教堂被拳民焚毁，传教士和教民数千人被焚杀殆尽，无一得脱，官府不敢过问。随后直隶布政使廷杰因主剿义和团被朝廷解职，直隶按察使廷雍取代了他的位置。莲池书院主讲吴挚甫逃往深州避难，保定在一定程度上已被义和团控制。

天津义和团运动首先在静海兴起。1900 年春，受山东义和团入境影响，静海县各村镇纷纷设立坛口，民众踊跃入团。他们以"扶清灭洋"为口号，广泛联合各种力量，其中贫苦农民占绝大多数，余为小市民、手工业者、商贩、车夫、船夫、兵弁、杂役、搬运工等，也有少量富人、文人、和尚、道士、会道门人员。全县共建立坛口二三百个，团民数万人。各团内组织分工略同。总坛首领称老师（均为自封），负责所辖各坛口一切军政事务，传授神法、铺坛。坛口多为一村一个，也有数小村一个，大村镇有数个或十数个。各坛人数不一，少者十余，多者数百，首领称大师兄、二师兄等，依次排列，均由老师指定，或自封后由老师认可。下设文书、管账、扛旗、吹号、马夫、哨探、护坛师、总管粮草、背负神像等。

张德成，直隶新城白沟河人，船夫出身，经常驾船沿大清河、子牙河、南运河往来于王口、独流、杨柳青、天津一带。他生性豪放，疾恶如仇，机智勇敢，广交朋友，受到渔户、船工、脚夫等的敬重。他在独流给一个姓段的富户打工时，结识了"铁枪"刘连胜和一些习武的朋友。

甲午战争后，洋人见清廷软弱可欺，在华肆意妄为，无恶不作。张德成对此极为愤慨，一心想把洋人赶出大清。当时直隶、天津等地积极响应义和团的号召，设坛练拳之风逐渐兴起。张德成受到影响，也有建坛之意。

为吸引民众，他预先在刘连胜的院中埋下一把钢刀，后将一大群人邀请过来，当众施了一通法术，对大家说道："院中有杀气，掘出当得刀。"有人照他说的做，果然在院里掘出了一口钢刀。众人不知有诈，连声称奇。

这天，有几个儿童在街上比手划脚练拳，张德成站在旁边看了一会儿，不禁冷笑起来。别人问他为何发笑，他说："这是假神拳，我给你们瞧瞧什么是真神拳。"说着，拿出一根裹着黄纸的高粱秆，扔到地上说："你们把它抬起来。"几个大汉上前七手八脚抬了半天居然抬不动。众人大惊，争相拜其为师，经过大肆宣扬，慕名来投的人不计其数。

1900年5月，在刘连胜等人的支持下，张德成在静海独流镇建立"义和神团天下第一坛"（又称"天下第一团"），自任坛主。他往来江湖，广结人缘，远近百姓纷纷归附，加入者达5000余人。随即又在杨柳青、新城、沧州、天津西郊等地设坛10余处，总人数达2万余。总坛设在独流镇，张德成自任总坛主，委任文武先生、旗手等，团民皆着红装，头巾上有八卦符号，或一"坎"字。

在"天下第一团"中，还有由12—18岁未婚少女组成的红灯照，首领称"大师姐"，其下有"二师姐""三师姐"……均着红短装，持红帕、红扇，入夜提红灯，配合义和团监视坏人、缉查奸细、发动宣传。由已婚中年妇女组成的蓝灯照，全身穿着蓝装；寡妇组成的青灯照，全身穿着青衣；老年妇女组成的黑灯照，全身穿着黑衣，她们到晚上各自手持笤帚、菜刀在十字路口焚纸烧香诅咒洋人："先剁脑袋后剁腔，剁得毛子死个净"；娼妓组成的花灯照；还有由王春甫领导的、由乞丐和丧失劳动能力的老人组成的砂锅照，服装颜色无标准，负责为义和团募集钱粮，提供后勤保障。砂锅照自成一队，每人携带一口砂锅，拳民在外打仗时，他们就砍柴淘米，为其做饭。砂锅只有巨钵大小，自称做出来的饭可让百人饱餐不尽。

黄莲圣母，船家女，姓林，小名黑儿，年纪三十余岁，是一个顶神看香头的巫婆；幼习拳棒，善戏艺，曾挟技走江湖，在上海表演技艺，她父亲因为触犯洋人的禁规被抓进捕房，在狱中受到种种折磨，从此痛恨洋人入骨。庚子年山东义和团兴起，她与张德成等人相互结交，密谋起事，自称仙姑，称能以符水治病，欲以此聚众。黄莲圣母和她的妹妹三仙姑、九仙姑居住在侯家后南运河中的盐船上，用红绸将船四面围严。她们刚到时，河岸两边的人民都焚香跪接，据说她们能治枪伤，应手即愈。治法是用香灰涂抹在伤处上，说能止痛收口，受枪伤之人多抬往求治。若没有治好，她们就说这人生平犯有过错，神仙不保佑他。一天，仙姑用手巾裹着许多小螺丝钉，举起来给人看道："这是我暗中从洋人大炮上盗来的。"众人皆惊为神。大炮上的螺丝钉没有特别小的，仙姑手中的螺丝钉最长的也不到一寸，明显是在铁铺里买来骗人的。又一天，一只甲鱼在其船前将头探出水面，黄莲圣母说："它是来讨封的。我封你五百年道行，速往海口将该处把住，不可有误。"于是众口相传，说圣母果真大有来历，连老鼋都来向她讨封，其品位可想而知。众人信之不疑，千里而来投拜的人，不绝于道。女人特别相信她的法术，黄莲圣母就趁机将她们组织起来，号称红灯照。

红灯照大都是十来岁的幼女，穿着红衣红裤，头上挽着双丫髻，年纪稍大的盘着高髻，左手持红灯，右手持红巾和朱色折叠扇，扇柄上涂着朱漆。起初是老年寡妇设坛授法，聚集闺女数十人，团团围着接受其法术。到七七四十九天时，法术练成，称为太师姐。再转授其他女子，练成后，手持折扇扇动，渐渐飞升，越飞越高，来到云端，将红灯掷下，部下将其拾缴坛内。女子身体直立空中，渐渐化为一颗明亮的星，比普通星星稍大，光芒闪烁，或上或下，或近或远，或紧紧地聚集在一起像连串的珍珠一样，或曲折连绵如贯鱼一般。天津人像疯了一样从各个地方跑出来围观，都说自己亲眼看见。有人爬到房顶上整夜瞭望。

红灯照自称能在空中掷火焚烧洋人的居所，呼风助火，将其焚毁无余。天津人深信不疑。到晚上，家家悬着红灯，迎红灯照仙姑。城内外火炬高悬，若万星齐耀，传说义和团到哪儿，红灯就跟到哪儿。每焚烧了一座洋楼，就说是仙姑掷火所致。

曹福田，天津静海沿庄人，游勇出身，嗜吸鸦片。自幼沉毅刚烈，好习拳练武，爱打抱不平。曾拜云游四海的海干和尚为师，学习"金钟罩"术。曹福田目睹社会腐败、外族入侵、教会横行，心中无限愤慨。义和团兴起后，以"扶清灭洋"为口号，到处攻打教堂，驱逐教士，民众纷纷响应。曹福田欣然加入，成为拳首，亲赴庆云、盐山、沧州、青县等地组织义和团，发展会员 2 万余人，自任总坛主。团民身着黄装，头巾上标有八卦符号，或一"乾"字。各坛供奉的总神主为元始天尊、鸿钧老祖、通天教主、二郎神。

曹福田率领 500 余拳民夜袭静海，攻占县衙，责令知县吴国栋当面订立减租减税条文，百姓无不拍手称快，踊跃参加义和拳，全县 300 多个村庄，设立拳坛 200 多处。他们在子牙河、运河两岸建点设卡，对来往船只严加盘查，发现洋货和不义之财一律没收。他们采取分大户、济穷人的政策，深受百姓拥戴。1900 年 4 月，一队洋兵途经静海，许多幼童前去围观，洋兵开枪射杀 10 余人，激起公愤，村民纷纷起来杀洋人、烧教堂，波及静海、天津的广大地区。

曹福田执法严明，从不妄杀无辜。静海有人在天津洋行做事，回家探亲，被拳民当成二毛子抓起来，要将他处死，家属和邻居出面担保也没用。经曹福田亲自审问，确认他并不是坏人，于是命令将其释放，返回天津。曹福田时常用义和团的教义教育拳民，使他们树立神拳至高无上的思想。静海县王庄子村的坛主王明德家境富裕，有明哲保身的思想，他在坛口高悬起"当今皇帝万岁万万岁"的横幅，表示对大清的忠诚。曹福田得知后，前去殷切劝诫，使其幡然醒悟，取下横幅，换上了义和团的旗号。

义和团在天津各地迅速发展，直隶总督裕禄不加禁止，逐渐蔓延进了天津城。

1900 年正月，义和拳流入天津，起初还不敢滋事，只是练拳的人逐渐增多。

二月，天不下雨，谣言越来越多，大家竭力诋毁洋人，仇杀教民的话每天都能听见，习拳的人更多了，官府也不深究，拳民更无忌惮，沿街孩童，三五成群，以练拳为戏。

三月，仍不下雨，天津城内瘟疫流行。拳民书符施水，驱鬼降魔，侥幸把人医好了，大家就争相传颂，夸张其道法的神奇灵验，信奉义和拳的人更多了。拳民趁势造言："扫平洋人，自然得雨。" 3月下旬，天津通城张布匿名揭帖，号召民众起来抗击洋人，约定于农历三月初一起事攻打外国租界，用法术将各教堂房屋悉数拆毁焚烧。

4月，仍不下雨。各处拳民渐渐开始立坛。

到四五月间，天津人几乎都在练习义和拳，拳民在津城内外遍张揭帖，有《关帝降坛文》《观音托梦词》《济颠醉后示》等，都以神的名义，号召大家消灭洋人。忽然传来玉皇大帝的敕令，命关云长为先锋，灌口二郎神为合后，增财神督粮，赵子龙、马孟起、黄汉升、尉迟敬德、秦叔宝、杨继业、李存孝、常遇春、胡大海皆来会师。拳民张旗挟刃游于街市，转相煽惑，旬日之间，神坛林立。炼铁之人，家家铸刀，丁丁之声，日夜不绝，如铃铎互答一般。官府不敢禁止拳民挟持刀械，只好禁止平民炼铁。命令刚下，拳民就纷纷聚集到官衙，持刀威逼官员撤销禁令，不得已而从之，炼铁炉迅速遍布街巷。拳民扬言灭洋，租界闻讯戒严，教堂尤为紧张。天津和保定之间的电线铁路屡次被毁。

5月，朝廷下旨严剿义和团，裕禄顺承端王载漪和刚毅之意，故意纵容，拳民气焰愈炽，传教士都逃到紫竹林租界里躲了起来，官员前去探视各教堂，为其加锁防护。拳民声称教堂里藏着地雷火药，会定期轰毁津城。鼓楼东教堂的洋楼特别高，某天夜半时忽然传说里面冒出火光，百姓闻讯纷纷前去围观，人越聚越多，拳民趁势率众放火，将其烧成灰烬。打开监狱释放囚徒，把洋货店和收藏洋书、洋器的人都举火焚烧。拳民禁止民间穿白衣，称其近于洋派。河东民居邻近租界，拳民说里面藏有奸细，将其焚毁殆尽。拳民自夸神奇，称其各携米一囊，囊只有二三寸大，饥时将几颗米放进嘴里，就不会感到饥饿。把几个馒头放进怀里，任取一个来吃，将吃剩下的小半个放入怀中，饿了再探时，仍是一个完好的馒头。老师给每个拳民二百文钱，随便拿去用，只要不用完，就会取之不尽，用之不竭。拳民命平民在家焚香供一盂清水，五个馒头，几枚青铜钱，在家中放置一根秫秸秆，上面粘着红纸，说供奉五天，拿来朝敌人一挥，敌头就会掉落在地。

当团匪起时，痛恨洋物，犯者必杀无赦。若纸烟，若小眼镜，甚至洋伞洋袜，用者辄置极刑。曾有学生六人，仓皇避乱，因身边随带铅笔一支，洋纸一张，途遇团匪搜出，乱刀并下，皆死于非命。罗稷臣星使之弟熙禄，自河南赴津，有洋书两箱，不忍割爱，途次被匪系于树下，过者辄斫，匪刀极钝，宛转不死，仰天大号，故以为乐；一仆自言相从多年，主人并非二毛，亦为所杀，独一马夫幸免。甚至"一家有一枚火柴，而八口同戮者"。

一知县谋回津挈眷，舟行至新安遇拳匪，搜出西籍，指为"直眼"，竟杀之……拳众谓学堂肄业者为二毛子，经人指出，往往罹害。

6月初，王志和在天津东北角的三义庙里竖起义和团大旗，设坛聚众，无业游民纷纷投奔。数天内，城内外立坛三四十处，每处数十人至数百人不等。其时，安次县义和团首领杨寿臣率数百团民入天津，也在三义庙设总坛口，揭开了外州县团民大批进天津城的序幕。

接着，著名义和团首领曹福田率静海、盐山、庆云等地乾字团团众数千人进入天津，在城西吕祖堂设立总坛口，又于城厢内外设立坛口十余处。继而，霸州、雄县、文安等地义和团民在王德成的率领下进入天津，在北门里小宜门内、大佛寺设立总坛口，城厢内外设坛口数处。6月下旬，张德成率领"天下第一团"（坎字团）五千余人从独流抵达天津，相继在城厢内外设立二十个坛口。此外，天津以东遵化州、永平府一带也有许多团民涌入天津。

拳民均以红布包头，余布二尺许，托至脑后。红布围腰，红巾裹腿，手执短刀，数十成群，招摇过市。沿街铺户看见拳民经过都执香跪迎，行人跪在路旁，对其口称"师父"。路上遇到各级官员，都叱令其下轿免冠，司道、府县都不敢冠带。

以曹福田、王德成、张德成等为首的义和团进入天津后，焚烧教堂，拆毁榆芦铁路，毁坏海关、县衙，打开监狱释放囚犯，在道、府、县大堂设立拳坛，闯入电报局捣毁一空，将沿街电线杆全部砍断，让乞丐背走。从6月中旬起，天津各洋行一律罢市，招商局除米粮外其他各种货物一律停运，与外界通信中断。

　　庚子年，有首歌唱遍了整座天津城："一片苦海望天津，小神忙乱走风尘；八千十万神兵起，扫除洋人世界新。"

第十二章　使馆卫队进京

随着义和团的迅猛发展，在华的外国人感到深深的恐惧，各国公使照会总理衙门要求取缔义和团这个非法组织，但没有得到明确的答复。各国公使又联合向总理衙门强调他们的要求，表示如果清政府不采取有效措施，他们将建议各国政府为保护其在华侨民和传教士的生命财产安全而采取必要的措施，包括在中国北部水域举行联合海军示威。随后各国军舰纷纷开到大沽口外海面，进一步向清廷施压。英、美、德、法四国公使4月6日再次联合照会清政府，要求其必须在未来两个月内剿灭义和团，否则将派水陆各军驰入直隶、山东两省，代为剿平。

因载漪、刚毅、徐桐等保守派王公大臣不断对慈禧太后说义和团的好话，慈禧对义和团的态度比较暧昧，清廷对各国的警告没有太当回事。义和团就在清廷的暧昧态度中不断发展壮大，逐渐从直隶蔓延到京师。

1899年秋，京城内青少年练习神拳活动开始流行，起初是在僻静处所，后来逐渐发展到中心地区，再到后来就公开在大街小巷传授拳艺。3月间，拳民多得几乎已经遍布京城。景山后墙外的空地上成了练拳最为活跃的场所，每当夕阳西下，肩挑背负的小商贩们，个个都在练拳，甚至有大户人家也在练。听说端王载漪是始作俑者。又传闻某处设有拳坛，坛上供奉着伏魔大帝或鸿钧老祖的神牌。不久，沿街贴出许多拳民告白，如同希腊神话一般。那时朝廷正禁止习拳，告示皇皇，但凡贴有告示的地方，必有义和拳的告白粘在后面，仿佛互相诘难。那时在京城流传着这样的乩语："大劫临头，只在今秋，白骨重重，血水横流，恶者难免，善者方留，但看铁马东西走，谁是谁非两罢休。"

4月下旬，部分外省义和团潜入京师，遍张揭帖，宣称："我非别人，乃玉皇大帝现身下凡。知汝辈虔文信神，特降凡颁旨，令汝等知道，世道将大乱，此天意注定，不能挽回。混乱扰攘均由洋鬼子招来，彼等在各地传邪教、立电杆、造铁路，不信圣人之教，亵渎天神，其罪擢发难数。我极为震怒，大发雷霆，日夜熟思，本想命令天兵天将下降凡尘，但又想到他们也无力挽回天运，因此，我才率领天神天仙下降凡间。凡义和团所在之地，都有天神暗中保护。今告尔三界人士，必须万众一心，必须精练义和团拳术，然后才得熄天怒。凡义和拳一经练通，逢三三或九九，或逢九九及三三，便是妖魔遭劫之时，天意命汝等先拆电线，次毁铁路，最后杀尽洋鬼子。今天不下雨，乃因洋鬼子捣乱所致。汝辈皆虔心奉神之人，应协办同心，共灭洋鬼子，以熄天怒。善行必有善报，消灭洋鬼子之日，便是风调雨顺之时。我今明白示汝，汝辈可将天意传播共处。"鼓动民众一起定期举事，攻击教堂和洋人。

4月底，京城第一个义和团坛口在东单牌楼西裱褙胡同于谦祠内出现。北京拳民传言在西郊温泉山煤洞中，掘出一块明代刘基的预言碑，内称"最恨和约，误国殃民""上行下效，民冤不伸""趋炎附势，肆虐同群""红灯夜照，民不迷津""义和明教，不约同心""待到重九日，剪草自除根"。

大阿哥溥儁也钦慕拳术，一天和几个太监在颐和园里的空地上练拳，被慈禧看见了，立即将他召来严厉责备。还责怪徐桐等不善教导，以致染上了这种下流习气。

义和团分遣党羽在华北各省煽惑愚民，近来因直隶拿办严紧，偷偷潜入近畿一带传教惑众，行踪诡秘，散布京城，潜通南宫、冀州一带，明目张胆，到处勾劝。

进入5月，京城内外的义和团相互配合，越闹越大。近畿一带，如清苑、涞水、定兴，尤其是保定，相继发生焚毁教堂、杀害教民等多起恶性事件。在京城里面，"颇有外来奸民，妄造符咒，引诱愚民，相率练习拳会；并散布谣言，张贴揭帖，辄称拆毁教堂，除灭洋人，借端煽动"。在西四牌楼羊市南壁上发现义和团乩语："一愁长安不安宁，二愁山东一扫平，三愁湖广人马乱，四愁燕人死大半，五愁义和拳太软，六愁洋人闹直隶，七愁江南喊连天，八愁四川起狼烟，九愁有衣无人穿，十愁有饭无人餐，过戌与亥是阳间。"不久，类似的揭帖在京城大街小巷到处张贴，拳民扬言要焚毁教堂和使馆，在京洋人均有自危之心。慈禧接到此类汇报，仅批一个"览"字，此时她对义和团一边默许，一边在观察。

义和团的浩大声势和专与洋人作对，吓坏了外国传教士。5月19日，在京城的法国天主教大主教樊国梁向法国公使毕盛致信道："北京四周受围，拳众已日渐逼近。义和团是要消灭欧洲人，这一目的已经明白无误地写在了他们的旗帜上。最大的不幸将要来临，我们已处于和1870年天津惨案前夕同样的险境，请派一支由四五十名水兵组成的海军陆战队前来北京西什库教堂，保护我们的生命和财产。"毕盛见信大惊，连忙将樊国梁的信交给任各国驻华公使团团长的西班牙公使葛洛干，葛洛干随即将该信在各国公使中传阅。樊国梁在京传教三十余年，同中国朝野人士多有接触，是个有广泛情报来源的人物，他的呼救信引起了各国公使的强烈不安。

5月20日下午，葛洛干应毕盛的请求，召集各国驻京公使开会讨论目前的形势和对策。因事关重大，英、美、俄、法、德、意、奥、西、荷、比、日十一国使节全都出席了。会上，毕盛首先吁请各国公使高度重视樊国梁对形势的估计，说义和团正威胁着住在北京的所有外国人。他建议直接调兵前来保护使馆和教堂，并联合照会清廷，要求对义和团采取有力的屠杀政策。俄国公使格尔思对毕盛的提议极力支持，赞同调军队到北京。他说："几天前，当我见到樊国梁主教的信时，我就深感不安，立即向沙皇陛下去了电报，请求国内派遣载有陆战队的军舰到秦皇岛待命。"但英国公使窦纳乐却反对调兵的主张，他认为樊国梁主教把前途看得过分悲观和黯淡，是受了中国教徒对义和团恐惧情绪的影响。窦纳乐以平静的口气说："不可马上调动军队，以免激怒中国人，进一步促使清廷中的排外分子结成一气。我们应该做的，是联合照会清政府。是气候的干旱大大助长了农村地区的动乱，助长了拳民对洋人的仇恨。但愿下几天大雨，使长期持续的干旱得到缓解。"窦纳乐的这番话得到了多数公使的支持。德国公使克林德说："我们应该按中国人先礼后兵的办法行事，先照会清政府。如果总理衙门对照会不作出令人满意的答复，不能根据各国使节的要求采取措施，就应采取一些共同行动对清廷施加压力。有效的办法不是调来少量军队保护使馆和教堂，而是在山海关附近集结军舰，必要时派兵登陆，为保护各国使臣和传教士进军北京。"经过一番讨论后，十一国公使团会议达成一致意见，决定如果清廷不对他们的要求作出令人满意的答复，就提请各自政府批准调集军队登陆或组织海军示威。

5 月 21 日早上，葛洛干代表十一国公使将联合照会交给总理衙门，向清政府提出如下要求：一、凡参与拳会操练，或在街头制造骚乱，或继续印刷、张贴或散发威胁外国人之揭帖者，均予逮捕；二、义和拳集会之庙宇或场所的所有人和监护人，均予逮捕；凡与义和拳共同策划犯罪活动者，均作义和拳论处；三、凡负有责任采取镇压措施之官员，犯有玩忽职守或纵容暴徒之罪行者，均予惩罚；四、凡企图杀人放火、谋财害命之首恶，均予处决；五、凡在目前骚乱中帮助及指点义和拳者，均予处决；六、在北京、直隶及北方其他各省公布这些措施，以便人人知晓。限定五天之内必须答复。

总理衙门大臣、庆亲王奕劻读罢照会，急忙上奏慈禧太后，请旨定夺。

但一连四天过去了，奕劻并未等来慈禧的懿旨。他只好在期限的最后一天答复各国公使："总理衙门正在奏请朝廷发布一道更加严厉的禁拳上谕，这与各国并无分歧，以往颁布的各项措施也证明与各国使节的要求完全一致。"各国公使问奕劻这道更加严厉的禁拳上谕内容是什么。奕劻支支吾吾，就是没个准话。各国公使大不满意，怫然而去。

5 月 26 日晚，葛洛干再次召开公使团会议讨论局势。一开场，法国公使毕盛就断言北京即将爆发一场危及所有欧洲人的严重骚乱，他建议各国使节应调来足够数量的卫队，以防发生暴动。德国公使克林德此时完全赞同毕盛的看法，他说："陆战队登陆的方案已不足以应付形势，列强更积极干涉的时机业已到来。"其他公使尽管对毕盛所预言的危险将信将疑，但都同意积极干涉，并议定由英国公使窦纳乐和俄国公使格尔思去同庆亲王会谈。

窦纳乐次日上午去往总理衙门，庆亲王奕劻连忙出来接见。奕劻得知窦纳乐的来意后，向他明确表示："义和团反对友邦，也反对朝廷，是我大清的蟊贼。朝廷正在尽其所能保护使馆和教堂。本大臣身为京都护军总领，愿意亲自承担对所有外国人的保护责任。"窦纳乐听了奕劻的表态，情绪安定了下来。

随后格尔思来见奕劻，得到的也是同样的答复。

格尔思特别对奕劻说道："各国政府认为中国自己不能管辖其民，势必派兵来京，自行保护，我们俄国在中国没有传教活动，无利益可图，但念中俄数百年友谊，不忍看各国派兵来京扰乱中国，在驻京各国公使开会时，我曾对主张派兵的各国公使从中开导，极力劝阻。"

奕劻感谢了他的好意，表示大清政府将竭力保护所有在京外国人的安全，请他们尽管放心。

但是不到两天，义和团焚毁丰台车站的消息和京津路轨均被义和团拆除的消息就传到了东交民巷。

各国公使大惊，5月28日，驻北京的各国公使再次举行会议，决定立即以"保护使馆"的名义调兵到北京，并且把这决定通知总理衙门。

各国公使感到局势已经极为恶化，立即开会，一致同意调卫队前来保护各国使馆。葛洛干代表列强向总理衙门提出照会，声称奥、英、法、德、意、日、俄、美等国公使已决定调集特遣部队立即来京护卫使馆，请总理衙门为其提供运输便利。

5月29日，驶抵大沽口外的各国舰队接到本国政府派兵北京的电令，迅速派出海军陆战队由海河乘船直抵天津。

各国军队在大沽等地集结时，法国驻天津总领事、各国领事团团长杜士兰代表各国领事致函直隶总督裕禄，要求他在各国军队抵达天津时尽力帮助登岸，速饬铁路部门尽快向各国军队提供火车，以便他们迅速赶赴北京保护使馆。

奕劻得知各国军队已到天津，又气又恼："洋人欺我太过！戊戌年间洋人就借口驻扎南苑的董福祥甘军与他们发生冲突，曾派遣海军卫队来京保护使馆。如今又乘义和拳兴起，向我京城大举进兵，这万万不行！"他急忙答复各国公使，重申大清将会尽力保护各国使馆，请各国军队不要来北京；同时传令直隶总督裕禄：不准外国军队乘坐火车进京。

总理衙门拒绝外国军队进京的消息一经传出，公使团立即推举英、俄、法、美四国公使于5月30日前去威胁，英国公使窦纳乐对庆亲王奕劻说："任何阻力也不能拦挡各国公使调兵保护使馆的决心。至于兵数的多寡，是调来一支保护使馆的卫队，还是调来可以镇压有组织的暴乱的大军，将视中国政府如何作为而定。"

为了避免将来不愉快的后果，他们劝告清政府对外交团的决定予以同意。如果清政府善意答应外交团的要求，那么卫队仅留驻到各国驻华使馆不再有危险的时候。如果清政府对此提出反对意见，继续拒绝各国派军进京保护使馆，后果就很难预料了。

奕劻见四国公使气势汹汹，吓得面色惨白，只有唯唯诺诺的分儿。四国公使更加趾高气扬，勒令他必须当晚把答应他们调兵进京的命令传达给直隶总督裕禄。奕劻唯唯连声，把他们敷衍走了。事后并未向裕禄下达同意调兵的命令。

各国公使回去后就分别电令集中在大沽口外的各国舰队派兵入京。5月30日中午12时，日军20名自塘沽乘火车赴津；下午5时，120名美军士兵自大沽乘船赴津，作入京准备。

这时驻天津的各国领事等不及了，推派法国驻天津总领事杜士兰前往直隶总督府威胁裕禄："今天特来禀告总督，调兵进京一事，各国公使主意已定，万无改移，各国此次送兵进京，并非与中国为难，不过自为保护起见，各国军队今日均已到达天津，无论总署是否准许，明天都一定会前往北京。"

裕禄见杜士兰口气凌厉，忙向奕劻告急。奕劻见情势紧急，只好将列强要求用火车运兵进京之事禀报慈禧太后。

5月31日，吃过洋人苦头的慈禧在征求了荣禄等大臣的意见后，命奕劻写信给四国公使撤回之前的答复，同意各国派兵进京保卫使馆，但人数不得过多，每馆以二三十人为限，完事后立即撤离。

她让奕劻电谕裕禄：保护使馆的洋兵准许由火车运送入京。为防董福祥的甘军与将要进京的使馆卫队发生冲突，将其从北京车站附近和京津铁路沿线两侧撤走了。

裕禄接到电谕，极不情愿地布置专列，让由三百五十六名英、俄、美、日、法、意等国的士兵组成的护馆军队在当天傍晚7时左右登上火车去往北京。

6月1日，奕劻差侍卫送信给载漪，说有三百多洋兵于昨日下午由天津来京护卫使馆，洋兵很少，没有妨碍，请他知会虎神营，不要阻止洋兵入城，此事太后已经许可了。载漪详细询问侍卫相关情况。侍卫说庆王曾接到直隶总督裕禄的来电，洋兵没有带大炮。载漪听了，笑着说道："几百个洋鬼子，怕他干什么？"

刚毅闻知此事，极力劝说载漪下令步兵统领崇礼阻止洋兵入城。但为时已晚，荣禄已经下令放洋兵进城了。刚毅因此甚恼荣禄，说不明白他是什么意思。仇洋派都怪荣禄，说不该让洋鬼子进城。

毓贤近日写信给端王，说山西百姓加入义和团不是很积极，不过他在极力提倡，使北方各省联成一气消灭洋人。外间传言袁世凯已吃洋教，若他果然在山东把忠勇爱国的义和团压服了，则虽死不足以蔽其辜。

首批洋兵进京后，德国、奥地利两国各派出 50 名和 30 名士兵于 6 月 1 日和 6 月 3 日分别进入北京，进驻东交民巷各使馆，构筑工事，抗击拳民。此后各国仍在不断增兵，到 6 月 8 日，进入北京的外国军队已接近千人。洋兵进京后得意扬扬，相互庆贺他们逼迫清政府敞开都城大门让其自由进入的所谓"胜利"。俄、英、德、日、美、法、意等国的二十四艘军舰停泊在渤海湾和大沽口外示威。

慈禧这才慌了神，急召荣禄、奕劻商议："三十年前，英、法联军攻陷北京，将京津繁华街市商铺洗劫一空，将圆明园烧成瓦砾。败乱中，先帝咸丰只得巡幸热河。今日洋兵大增，我担心故事重演，故召二位重臣相商。"荣禄、奕劻奏请电谕两广总督李鸿章与俄国公使格尔思暗通讯息，请求俄国在列强调兵进京一事上援助中国。慈禧当即准奏，令荣禄致电李鸿章。

李鸿章与格尔思私交甚好，接到朝廷电谕后立即致电请其相助，格尔思满口答应。随后奕劻前去访晤格尔思，格尔思面带微笑地说："因念中俄数百年友谊，不忍看各国派兵来京扰乱中国，愿意设法阻止各国。若各国不从，我国必调得力之兵入京，以相抵制。停泊在大沽口的军舰中，我国军舰就有九艘，庆王尽可放心。"奕劻不知格尔思怀有异心，以为与俄国有密约在先，俄国在危急时刻真愿意帮助大清，深谢了他的好意。

洋人派兵进京的消息激怒了义和团，华北各省的拳民闻讯争相涌向京津。直隶两万余拳民进据涿州后，迅速向京城移动，大肆破坏卢保铁路。冀中顺天府属义和团趁势大规模涌入京津两地，肆意焚毁各处火车站。先已进入京津的拳民仇洋情绪更加高涨，他们口口声声要杀洋人、烧教堂，官府禁止时，他们就埋怨朝廷，责骂官吏腐败媚洋。

荣禄见义和团已难以驾驭，将此种情状上奏太后。慈禧担心祸起肘腋，命董福祥、宋庆、马玉崑加强防范，下令严惩造谣生事之人，毋稍疏纵。

载漪、刚毅、启秀等大臣对义和团的行为仍赞赏不迭，与义和团首领暗相接洽。赵舒翘、何乃莹联名奏请招抚义和团后，户部尚书崇绮、军机大臣兼吏部尚书刚毅、大学士徐桐、礼部尚书启秀、庄亲王载勋等人纷纷表示赞同。崇绮在奏折中称赞义和团是"灭鬼子之神兵"，奏请"推广义和团，使其行之各省，如此处处是团，处处有备；家自为战，人自为兵，以同心御侮"。

6月初，骆成骧外放贵州主考，临走前去向礼部尚书启秀辞行，启秀对他说："等你回京销差时，北京应当没有洋人的踪迹了。"

何乃莹因阿谀载漪、刚毅被提拔为都察院左副都御史。奏请发给义和团口粮的鸿胪寺卿王培佑也在载漪、刚毅等人的荐举下被擢升为顺天府尹。王培佑升任顺天府尹后，更加仰承载漪、刚毅鼻息，百般庇护拳民，以致连慈禧太后授意颁布的上谕在顺天府都难以施行。顺天府属各县令，屡次接奉上谕拿办拳民，当往顺天府请示机宜时，王培佑对他们说道："近日拿匪明文，并非政府之意。你们只须奉行故事，便是尽职，否则定遭参办。"各县令恍然大悟，就将此事丢在一边。

总理衙门大臣兼督办铁路大臣许景澄见各处铁路被拳民焚毁，焦急万分，在奏请慈禧太后弹压义和团不成时，只得改奏请求拨款修理。载漪、刚毅、启秀等人对此大为恼火，拳民焚毁铁路电线，正合他们心意，上奏斥责许景澄多事。慈禧览奏，即发上谕称许景澄请拨款修理铁路之事无须再提。

见局势危急，正在汉口督办卢汉铁路的盛宣怀正式奏请朝廷派聂士成部迅速剿灭义和团，同时恳请东南三位封疆大吏李鸿章、刘坤一、张之洞也电奏请剿。

对于盛宣怀所请，刘坤一、张之洞给予了积极响应，李鸿章却迟迟按兵不动。他私下告诉盛宣怀，朝廷已被载漪、载澜等群小把持，慈禧一意回护，眼下时事非外臣所能匡救，言下之意，现在还不是说话的时候。

第十三章　清廷分化

面对日益严峻的形势，清廷内部开始出现分化，一部分务实派官僚，如刘坤一、张之洞、盛宣怀等人主张坚决镇压义和团，尽快平息骚乱，避免招致更大的祸患；那些盲目排外的朝中权贵则主张利用义和团去和洋人的军队较量。面对针锋相对的两种意见，慈禧左右为难，举棋不定，她既怕镇压义和团会激起更大的反抗，又怕招抚义和团会得罪列强，在"剿""抚"之间摇摆不定。她的这种矛盾心理助长了义和团的发展，进一步恶化了华北局势，使各国逐渐对清政府失去了信心。

6月1日，在保正路工作的36名欧洲人（主要是比利时人）从保定逃往天津，在距离保定约160里的地方遭到义和团截杀，9人失踪，其中4人死亡。义和团大规模地破坏北京到天津之间的铁路、电线，迫害洋人教民，与教堂激烈对峙。当日，拳民占据顺天府永清县，攻击教堂，杀死英国传教士查尔斯·罗宾逊和孟鹤龄。

6月初，大队义和团沿京津铁路向天津开进。

6月3日，因御史许佑身弹劾涞水县令祝芾"怂恿带兵官杨福同诱杀十余人"，清廷颁布上谕，责令裕禄"确切查明，从严参办"，严诫带兵员弁"毋得轻伤民命，启衅邀功"，"亟应妥速解散，以靖地方，不可操切从事"，警告荣禄对义和团"不得孟浪从事，率行派队剿办，激成变端，是为至要"。

6月4日，义和团拆除了京津铁路多段路轨，焚毁了黄村车站，割断了京津之间的电话线。

6月初的时候，身在广东的李鸿章收到了赫德从北京发来的紧急电报，这封电报几乎代表了所有驻华洋人的集体立场，也告知了北京的真实情况："此间局势极其严重，各国使馆都害怕受到攻击，并且认为中国政府即使不仇外，也无能为力，如果发生事故，或情况不迅速改善，定将引起大规模的联合干涉，大清帝国可能灭亡……请电告慈禧太后，使馆的安全极为重要，对于所有建议采取敌对行动的人都应予驳斥。"

李鸿章收到电报后，立即向朝廷发电，重申了赫德的意见，特别强调如果不停止排外行动，大清帝国可能灭亡。但他的电报石沉大海，没有起到一点作用。

在京各国公使更加恐慌，要求集体觐见皇帝和皇太后。这一要求并未得到满足，总理衙门告诉他们：朝廷将尽快恢复交通，请各国不要担心。聂士成军五千人被派去保护京津铁路。聂军刚刚派出，载漪就向慈禧进谗："此次洋人进京，必定要复皇帝大权。老佛爷万不可让洋人的诡计得逞。"慈禧一听这话，勃然大怒，立即降旨命前去保护铁路的聂士成军撤回营地，放任义和团焚毁杨村的铁路和桥梁。

各国公使意识到，慈禧身边的一群保守派权贵已经把持了朝政，京津地区的局势已经迅速恶化，若不采取更强有力的措施加以制止，局势将会更加难以控制，更加大规模的义和团运动随时可能爆发。解决这个问题的唯一办法就是派遣更大规模的军队占领北京，控制清政府，以达到控制义和团发展的目的。

问题是出现了僵局，列强越是要增兵，越会激发义和团的愤怒和暴行；义和团活动越是激烈，列强就越是要增兵，双方的矛盾已到一触即发的地步了。

对于义和团，慈禧的心情极为矛盾，她拿不准义和团到底能不能为己所用，许多官员宣扬的义和团神功无敌究竟是不是真的。在关于"神灵"的问题上，慈禧和普通的中国人没有什么两样，对其抱有相当的幻想。她的如意算盘是这样的——如果义和团真有他们自称的神奇法术，那么洋人的洋枪洋炮就没有必要害怕了，就让义和团把总是和帝国政府作对的洋人杀光算了。如果义和团没有这个本领，就镇压或解散他们，再和洋人们坐下来慢慢谈。

6月5日，军机大臣赵舒翘奉慈禧的旨意在顺天府尹何乃莹的陪同下前往义和团闹得最厉害的涿州，名为宣谕解散，实为隐察其情势。

一路上，两人看见许多奇形怪状的人，都是红衣红裤，跳跃狂喊，手里握着刀。胸前佩着小黄纸画像，画像有头无脚，手指很尖，脑袋周围散发出光芒，耳际腰间，都做狗牙诘屈状。胸口下面写着一行字："云凉佛前心，玄火神后心。"处处设坛，满竖旗帜，旗上写着"坎字拳张""坎字拳曹"等各种字样。附近百姓没一家不上供，供品是清水一盂，馒头五个，青铜钱数文，秫秸一把，上面满贴着红纸。市中家家冶铁铸刀，炉火冲霄，丁丁之声，日夜不绝。

6月5日，数千义和团向驻扎在高碑店的杨慕时部发动攻击，双方发生激烈冲突，义和团死伤一百多人。

义和团破坏铁路的行为日甚一日，荣禄不得不在6月6日电催聂士成火速北上，"按段迎护铁路"，聂士成当即率队前往。

赶到落垡时，看见大批拳民正在拆铁路、烧枕木。聂士成谕令他们赶紧离开。拳民不听，他命令士兵持枪向前，试图吓跑他们，一面劝谕道："铁路是国家产业，并非洋人之物，怎能任意作践？你们烧铁路就是与国家为难。大家快快解散，各安生业，不要再滋生事端，犯下叛逆之罪。"

拳民仍然不听，反而对他破口大骂道："此人必然得了洋人贿赂，所以如此仇视我们。"将砖石乱掷，又开枪射击，击毙军士二名，哨弁一人。

聂士成大怒，知道拳民不可理喻，立即命令部下开枪，击毙拳民十余人。

拳民非但不怕，反而分四路来攻，又将兵士击毙六七人。

聂士成愤怒至极，命部下开放机器快炮。随后兵士又被毙数人，众军怒不可遏，奋力将拳民击散，击毙甚多，又追赶入村，将房屋尽行焚烧。

此役，共焚村庄四座，击毙拳民四百八十余人。

兵士虽有死亡，为数甚少。有守备一人，因贪功穷追，被拳民戕杀。

落垡一战，让聂士成成了义和团的死敌。拳民对他极为痛恨，叮嘱同党诉于朝。载漪、刚毅等人捏词入告。朝廷对聂士成大开杀戒甚为不满，斥责他"浪战邀功"，警告以后如果再这样，就将他革职查办。义和团声势更盛，此后无人再敢攻剿。

当天，裕禄电告总理衙门："拳匪自焚毁铁路电杆之后愈加猖獗，明目张胆，不服劝谕，在天津焚杀教民；虽芦保、津芦铁路有兵分守，仍肆意焚毁，在各处拆毁教堂，各国洋人已甚忧愤，天津租界的洋人尤感惊恐，屡以中国办理太松，扬言欲派兵助剿，此时我军自行剿办，尚可操纵自如，若让外人干预，事将更难措手。目睹现今情况，拳民断非劝导所能解散，趁此匪势初起，必须剿抚并用，尚可克期而定。"

同日，慈禧在颐和园召见军机大臣荣禄。荣禄将拳民作乱的情形详细向她奏报，请求剿灭义和团。慈禧闻言大惊，心中迟疑不决。荣禄请求辞去军机大臣一职。慈禧不置可否。在荣禄的再三恳求下，慈禧命驾回宫。一路上，她心中甚急，催促轿夫快走。走到西苑瀛秀门，光绪皇帝和大阿哥溥儁将她跪接入宫。

当晚，慈禧召集各王公大臣讨论当前的紧急形势。以端郡王载漪为首的近支王公和刚毅、徐桐、崇绮、启秀大声疾呼义和团是忠心于国的义民，如果给予上等军械好生操练，就可成为有用的劲旅，可以用来抵御洋人，请求太后承认义和团，倚靠这些刀枪不入的神兵把洋鬼子赶出大清。他们慷慨激昂，别的大臣稍有异议，便谓之"通夷"。他们的强烈表态和众口一词基本把持了会议。尽管一些大臣明知义和团那一套都是些骗人的把戏，此时也不敢表达自己的意见，如为人圆滑的军机大臣王文韶就在会上未置一词。王文韶绰号"琉璃蛋"（又名油浸枇杷核），处世极为圆滑，害怕惹祸上身，默然无语，只求自保。庆亲王奕劻早已看穿义和团的鬼把戏，不过他是慈禧的应声虫，太后说东，绝不朝西。礼亲王世铎对义和团不以为然，因势力不及他人，说的话没有人听。荣禄稍表异议，立刻遭到载漪等人的攻击。力主利用义和团杀灭洋人的刚毅唯恐赵舒翘和何乃莹得出不同于自己的意见，在会上主动请缨前往涿州、保定视察拳民，得到太后的批准。

第二天一早，刚毅就出发了。一路上，他对拳民褒奖有加，称其所作所为都是忠义爱国之举，命令武卫中军停止剿拳行动。

6月7日，赵舒翘和何乃莹到达了混乱的涿州。他们看到的是这样一幅景象：四座城门上大旗招展，上面写着"扶清灭洋"四个大字。城墙上站满了头裹红巾、手持刀枪长矛的拳民。此时他们已经不是杂乱的农民打扮，而是有了统一的红色制服，全城上下红彤彤一片。义和团民也不再是清一色的农民，车夫、小贩、脚夫、衙役、乞丐、逃犯、理发匠、泥瓦匠等都加入了这个队伍。拳民和平民百姓混杂在一起，实行抽丁守城——家家户户都要派人站岗。城门把守十分严格，出入城都要仔细盘查。城中的一切军政事务都被义和团接管，官员们早已逃匿无踪，只剩下一个饿得半死的知州龚荫培。5月底，义和团蜂拥进入这座京畿小城，朝廷态度暧昧，龚荫培左右为难，只好选择主动绝食以示抗议。

赵舒翘为官清廉爱民，在任凤阳知府时，当地连遭水旱之灾，他及时拨出府库银两救济灾民，还捐出俸银2000两置买救生船、兴办育婴堂，并令夫人率婢女日夜缝制寒衣解救难民。在其任江苏巡抚期间，日本人借《马关条约》增开苏州为其通商口岸，欲占良田建造工厂和住宅。赵舒翘对日本人说："吾为朝廷守土，岂可尺寸失也。"由于清廷一再退让，赵舒翘不得已将一些闲置的荒地拨给日本人使用，并"岁课其租"，加以限制；同时上书清政府，提出"留民生计"、"保全厘金"及由华商兴办纺织、缫丝工业，以利国民。后调回刑部任职期间，他秉公执法，平反昭雪过大量冤案，如在清查当时震惊朝野的河南"王树汶临刑呼冤案"时，赵舒翘敢于抵抗朝廷权贵的阻力，将无辜青年王树汶释放，处死真凶胡体安，并将制造冤案的河道总督梅启照和河南巡抚李鹤年及开封府、镇平县一批官员革职。1898年，赵舒翘已身居高位，仍关心桑梓之事，捐俸银2.4万两，将破旧的沣河桥（亦名古灵桥）由木桥改建为石桥，桥长153.2米，宽1.7米，22孔。桥边有亭，赵舒翘题亭额："晴连渭树，影射昆池，汉鲸秋卧，周杞春荣。"时人评价他"扬历京外，开藩陈臬，并皆卓有政声；且学问淹通，持躬廉正"，"潜心法律，博古通今"，"《大清律例》全部口能背诵，凡遇大小案，无不迎刃而解"。

在戊戌变法中，他坚定地站在慈禧一边，对六君子下手又快又狠，因此深得宠信，在刚毅的援引下，进入了军机处。

如今，他被委以重任，名义上是前去"宣旨解散"，其实是"隐察其情势"。此次涿州之行，也许是赵舒翘为官以来所遇到的最为棘手的一件差事，他知道自己对义和团的判断结果将会影响慈禧太后制定策略，判断的正确与否不但关系到自己的身家性命，还会直接影响整个帝国的安危。

涿州的义和团大师兄将赵舒翘和何乃莹奉为上宾，恭恭敬敬地把他们迎接到知州衙门。寒暄了一番，赵舒翘提出要看看他们演练"神功"。

大师兄痛快答应。随即将两人请到城中的一个坛口，在袅袅香烟中，给他们表演起了"降神附体、刀枪不入"的神术。

赵舒翘是刑部出身的老法师，慧眼如炬，义和团玩弄的这些拙劣的骗术如何能瞒得过他？良久，他面无表情地说道："你们还是回家种地去吧。"

大师兄因为聂士成曾痛剿义和团，对他恨之入骨，回答道："必须将聂士成革职，方可从命，否则当与一战。"

赵舒翘知道聂士成办事认真，他的罪过尚不至于革职，况且此时朝中宿将不多，正要依靠他抗敌，怎能突然将其撤职？没有答应他的要求。

何乃莹也同意赵舒翘的意见，不从所请。

赵舒翘知道义和团都是些市井无赖，乞丐穷民，殊不足用，依靠这样一群人，大清的前程就真要完蛋了。同行的何乃莹代他拟好了一份奏折，准备回京后呈交慈禧太后。但他还没动身，军机大臣刚毅就到了。

刚毅问他准备怎么向慈禧太后汇报。赵舒翘把自己的真实想法告诉了他。刚毅一听，立马沉着脸说："展如（赵舒翘之字），万不可铸成大错！"

义和团首领为刚毅表演预先准备好的法术。这次表演在衙门大院内进行，前来观看的人极多。拳首让刚毅手捧香烛跪在地上，神神叨叨地念诵了一大通咒语，开始演练神功。不多一会儿，刚毅见他口吐白沫，浑身乱颤，甚觉奇异，见拳民用枪对他连射数次，竟然毫发无伤，惊得目瞪口呆，更加深信不疑。

刚毅和赵舒翘的看法大相径庭，力言拳民神功可恃。赵舒翘知道刚毅的权势远在自己之上，招抚义和团又是他和端王等朝中大佬的意思，与他争辩没有意义。况且自己进入军机处也多得刚毅推举，二人关系甚笃，踌躇再三，只好顺从其意。何乃莹人微言轻，更只能唯唯从命。他俩派人张贴了几百张宣谕拳民解散的告示后，就回京复命了。刚毅留下来与拳首密商机宜，随后聚集在涿州的义和团很快就解散了。

回到京城的赵舒翘犹豫了三天，始终没把写好的奏折呈交给慈禧太后，他思来想去，决定采用当面禀报的方式向太后汇报。当慈禧问他义和团究竟有无神功，是否可靠时，赵舒翘只是装出拳民样子，说是两眼如何直视，面目如何发赤，手足如何舞动，絮絮叨叨，说了一大堆，就是没有一个明确的回复。他知道此事毕竟非同小可，不敢完全谎报，只好选择含糊其词。

随后回京的刚毅向载漪、载勋、载澜等保守派权贵大肆鼓吹义和团的神术，并引荐拳民首领出入各大王公府邸。

刚毅面见慈禧，力言拳民忠勇可嘉，更有神术，观其操练，甚觉奇异，连击几枪，毫无所伤，若倚靠他们灭洋，洋人必然无法幸免。拳民志在拒敌，非叛逆可比，今已俯首受约，不如因而用之，请即收为团练，以端王统之。

慈禧默然，心中渐有活动之意。她问徐桐对招抚义和团的意见，徐桐奏道："这是天灭洋人，天意不可违，人心不可失。"

一天，刚毅和载漪出前门，看见护馆洋兵趾高气扬地进城，两旁围观的百姓很多，有人在悄悄地骂洋鬼子，却没一个敢出头。刚毅不屑地说道："其实洋兵有什么可怕的，若咱们群起而攻之，一个也逃不掉。我刚去过涿州和保定，看见直隶一省的百姓都在同心合力扶清灭洋，连几岁的小孩子都在练习拳术。这回一定能把洋人赶走，一点儿也不用疑虑。"

刚毅、何乃莹先后将拳民引入京城。拳民每天都以仇教为名，斥责光绪皇帝是教主。载漪想利用义和团图谋废立，屡次将拳民首领导入皇宫演习法术。太监总管李莲英特别相信义和团，时常将他看见的义和团神奇法术讲给慈禧太后听。慈禧很相信李莲英的话，载漪等人都借重李莲英来巩固自己在朝中的地位，李莲英的话就是太后的话，只要得到他的赞成，太后无不立即同意。当诸大臣争论拳匪不可信时，载漪、刚毅等在军机处大声说道："李总管也赞成招抚拳民，可见势在必行。"凡发出一道谕旨，必故意对人说道："此谕由李总管赞成始下。"载漪的哥哥载濂和弟弟载澜都因载漪而深受慈禧宠信，他们也附和拳民。载澜整日短衣窄袖，腰缠红布，呼呼跳跳；载澜夫人经常进宫将义和团的神异之事说给太后听，千方百计使她相信义和团的神奇力量；载漪、载濂等频频入奏太后，极力称赞拳民法术灵验，能御枪炮，刀枪不入；载勋请旨让大师兄李来中和曹福田入宫为太后演习。慈禧想亲自检验一下义和团的法术是否灵验，召其进宫面试。上身赤裸的李来中和曹福田上法后站在五米开外，慈禧拿着手枪对他们连射了好几枪，竟然没把他们打死，大为惊喜，这才相信众人的传言不虚，义和团果真具有神奇的法力，从此深信不疑，奖其义勇，慰劳有加，在宫中设坛学习义和团的秘咒。以后拳民出入宫闱，无论何处都许自由行动。宫中内侍、宫女都开始习拳。满、汉各营士兵加入义和团的占了一大半，亲贵争相信从，各王公府第纷纷招纳数百拳民居住，称之为保护。

慈禧明确立场后，官员们纷纷追随。礼部尚书、军机大臣启秀在慈禧面前赞扬义和团忠义可嘉，说他就是义和团，年幼时曾经习练拳法，听说的人无不惊异；太常寺卿王培佑紧随启秀脚步，说他家世代精于拳技，他的姊妹谙习红灯照，并历述其术之神奇，慈禧听后大为欢心。大阿哥溥儁由两名义和拳教师传授各种神术和拳棒，有四个少年亲王与他做伴一起学习。

士大夫谄谀干进，争相以义和拳为奇货。江南道监察御史徐道焜上书曰："洪钧老祖令五龙守大沽，龙背拱夷船，皆立沉。"御史陈嘉自称："从关壮缪得帛书，书言无畏夷，夷当自灭。"编修萧荣爵，言夷狄无君父二千余年，天将假手义民尽灭之，时不可失。这时，上书言神怪的人数以百计。

知府曾廉和编修王龙文献上三条计策，乞载漪代奏太后："攻打东交民巷，杀尽使臣，是上策；废除旧约，让洋人服从我们的规定，是中策；如果始战而终和，与衔璧舆榇有什么区别？"载漪得书，大喜道："这真是公论。"侍郎长麟先前因为附和光绪而被慈禧罢斥，久废在家，此时请求率领义民上前线杀敌，太后感动，不计前嫌将其起用。

庆亲王奕劻在谈论间时常讥笑义和团，说不值智者一笑，但在朝堂上，他发言就极为谨慎。几天前，太后曾问他对义和团意见如何，他说义和团可用，可以保家卫国。

因为剿灭义和团，载漪和刚毅等人痛恨聂士成，想乘机杀掉他。荣禄担心聂军激变，派人送信去安慰聂士成："贵军服制，颇似洋人，以致启衅，团民志在报国，别无他意，希望你们稍稍改换一下服饰。"聂士成得信，慷慨复书道："拳匪害民，必将贻祸国家。我身为直隶提督，境内有匪，不能剿灭，岂不失职？若因剿匪而招致杀身之祸，必不敢推辞。"

第十四章　义和团进京

6月初，北京街头陆续出现了一些外乡人，他们或二三十人一群，或四五十人一群，未成年的儿童特别多，一天要来几十批，看起来都是乡下务农的粗笨之人。他们都用大红粗布包头，正中披藏关帝神马，汗衫外面套着大红粗衣兜肚，绑着黄裹腿，缠着红布腿带。手执大刀、长矛、腰刀、宝剑等器械，各随所用，装束都差不多，面多菜色。有的晚上来了，城门已闭，到城下叫门，守城士兵并不拦阻，即刻开城放入。

这些拳民一到京城就有几个报到的地方，其中之一是位于西城官园附近的端王府，另一个是位于西四北太平仓的庄王府。端王载漪和庄王载勋都力主利用义和团对付洋人，他们的王府自然成了义和团在京城的大本营。有生以来，京城居民第一次看见普通人在王府里自由进出。王府大门口香烟缭绕，刀剑声、念咒声，声声入耳。载漪在府中设立拳坛，早晚虔诚敬拜义和团神灵，要用神仙来对付洋鬼；刚毅、载澜改穿义和团装束；崇绮对义和团笃信有加；徐桐说："此天意也，异种自此绝矣"；宫中太监、卫士和部分清军士兵纷纷加入义和团；甘军统领董福祥与义和团首领李来中结为义兄弟。

刚毅回京后没过几天，就有数千拳民整队到京，守城士兵见状大惊，坚决不肯放他们进城。双方正相持不下，忽有差官手持辅国公载澜的令箭赶来，命令他开门，守者不敢违抗，只好大开城门放拳众进入。从此风声所播，拳民相继而来日以千计，随处设立拳场，坛场触目皆是。

原来只是一街一坛，或两三街一坛，后来一街就有三四坛或五六坛。起初只是义和团设坛，后来身家殷实的人也在设坛。上自王公卿相，下至娼优隶卒，几乎无人不是义和团，无处没有义和团。京城义和团分为"乾""坎"两门。"乾"字团浑身穿黄衣黄裤，"坎"字团穿红衣红裤，以尖角红旗悬于门上，上书"奉旨义和团练"或"义和神拳"字样。长方形的旗帜上，或书"助清灭洋"，或书"替天行道"。每团多则数百人，少则百余人。资财雄厚的坛主，还要为党徒制备衣履刀矛。拳民装束跟戏剧中的武生完全一样，经常手执木棍，招摇过市，美其名曰二郎神棍。

连日由各处而来的拳民不下数万，多似乡下务农之人，既无为首之人统一调遣，又无锋利器械；而且自备盘缠，每日所食不过小米饭、玉米面而已。既不图名，又不为利，奋不顾身，万众一心；只仇杀洋人与奉教之人，并不伤害良民。他们喊出了这样的口号："一班赃与污，竟把清朝弄坏，不料洞门大开，吾等暗使文武材，感动人心枪刀排，扶保大清不坏。可喜天子不受害，官败民不败。自带口粮来，除国之大害。"

除祭坛习武外，各坛义和团还把自己的主张以揭帖的形式散布开来，这些揭帖在京城前门一带特别多。每有新出揭帖，总会吸引大批民众前来围观。

一天，一大群人在看一张新出的揭帖，只见那上面写道：

"庚子之春，日照重阴；君非桀纣，奈佐非人；

最恨和约，一误至今；割地赔款，祸国殃民；

上行下效兮，民冤不伸；中原忍绝兮，羽翼洋人；

趋炎附势兮，肆虐同群；逢天曹怒兮，假手良民；

红灯夜照兮，民不迷津；义和明教兮，不约同心；

金鼠漂洋孽，时逢本命辰；待到重九日，剪草自除根。"

这张揭帖是一个乾字团贴出的，在场的一位乾字团的二师兄对围观的市民说道："这张揭帖是从明朝刘伯温的预言碑那儿来的，这块预言碑埋在北京西郊温泉山地下十五丈处，是挖煤工人从煤洞中挖出来的。"市民们听闻此言，啧啧称奇。

正当这位乾字团二师兄向市民道出预言碑的来历时，在东单牌楼西裱褙胡同于谦祠堂的乾字团总坛内，一位身材魁梧的汉子正在对数百拳民现身说法。此人名叫李来中，陕西人氏，1899 年到山东发展义和团，因遭袁世凯血腥镇压，从山东转移到直隶、天津一带活动。义和团入京前，他联络新城、涞水、保定、涿州一带团众聚集到长辛店。武卫军总统荣禄派参将吴鉴衡赶赴该处谕令团民解散，李来中不从；又派候补知府吴炳鑫赴涞水、涿州劝告拳民解散，也未能成功。李来中等率众占据了涿州城，后来一路北上进入了京城。入京后，李来中与甘军首领董福祥关系密切。他武艺高强，法力无边，董福祥对其十分仰慕，二人结为义兄弟。李来中在京师设坛降神召众，很快成为京城义和团的著名首领。

此时李来中正以玉皇大帝现身下凡对众说法："天旱地荒，混乱扰攘，都是由洋鬼子招来的。只有消灭洋鬼子，才有风调雨顺之日。凡我神坛弟子，务须学成法术，精练神拳，协力同心，共灭洋鬼。"此时北方久未下雨，旱情严重，团众听闻此言，都说要跟着他杀尽洋鬼子。

在众人的喧哗声中，该团的三师兄提请道："请玉皇大帝为我团众宣示预言碑之事。"

李来中随即两眼上翻，双颊发赤。过了一阵儿，他拖着长腔说道："众凡辈请听清，预言碑本是我玉皇大帝派遣明朝大将刘伯温所留，定在今年现身，出来示众。碑上预言，正是天意。"

有拳民问："预言中，'金鼠漂洋孽'，不知是何含意，请玉皇大帝宣示。"

李来中说："金属西方，西方指庚；子年属鼠，金鼠即庚子。庚子之年，扫除洋孽，必定斩草除根。"

拳民闻言，齐声叫好，纷纷向他跪拜磕头。

前门揭帖张出不久，北京满城都在传说刘伯温预言碑之事。这时，宛平司马兰村义和团一个乾字团发出晓谕揭帖，自称要"扶清灭洋，替天行道"。另一坎字团则假托庆亲王奕劻连得三梦而散发揭帖，提出"义和团神会，特借人力扶保中华，逐去外洋，扫除别邦鬼象之流。不久刀兵就动，军民难齐，惟此秉正公心，终能保全一家之福。见而广传，即免灾殃……"。

义和团以"扶清灭洋"为口号把整个京城搅得纷纷攘攘，大学士徐桐对此欣喜不已。听说刘伯温预言碑之事后，他特地让儿子徐承煜陪自己前去察看义和团。他一连看了几处坛口，听说李来中的乾字团声势最大，不辞劳累，亲自来到位于东单牌楼西裱褙胡同于谦祠堂内的乾字团总坛口。

李来中闻讯，忙率众拳师出门迎接，对他格外礼遇。

徐桐向李来中详细了解了义和团的起源和派别后，李来中为他表演了刀枪不入的神功。

徐桐看得惊叹不已。接着又问如何摆坛，坛口供奉何种天神诸事。

李来中一一作答。

徐桐闻言顿生敬重之情，又问众多拳民如何组成，如何统率。

李来中说拳民多是二十岁以下的青年人，平时以兄弟相称。拳坛头目称为大师兄、二师兄。由各拳坛组成总坛，总坛头目称为老师，又叫团首、元帅、祖师或天官。总坛头目法术广大，只要一声号令，兄弟们无不听从。自己的乾字团自摆坛以来，每战必克，所向无敌。

徐桐闻言大为欣喜，极力夸奖李来中，勉励他用神功扶保大清，杀灭洋人，命人取来文房四宝，挥笔写就一副对联赠给李来中。其联云：

"创千古未有奇闻，非左非邪，攻异端而正人心，忠孝节廉，只此精诚未泯；

为斯世少留佳话，一惊一喜，仗神威以寒夷胆，农工商贾，于今怨愤能消。"（《书赠义和神团大师兄》）

李来中得到这副对联后，将其悬挂在拳坛门口两侧。从此，该坛场身价倍增，他本人更是被拥戴为京城总坛的祖师。

6月8日，数万义和团在北京外城示威，高呼"杀洋鬼子"。

当日，有个官员报告朝廷："自三四月（4、5月）间，都城即有聚习拳棒之事，犹属闾巷幼童，近则外来拳民，居然结党横行，深可骇异"，"宣武门外炸子桥内有破庙名朝庆庵者，自五月初一日（5月28日），忽来五六十人，供立神牌，演习符咒，日以砍刀炫惑市人。至初八日（6月4日）不知移往何处。仍有其党数人留住庵内。闻内城大佛寺，亦有此事。则其他旷僻之区，更可知矣。初十日（6月6日）清晨，又有拳会一百余人，分持刀枪棒，直出彰仪门，不知何往。尤可骇者，近时前门外打磨厂等处铁匠铺，日夜工作，铸刀甚多"。

这时，京城内到处出现了以义和团名义张贴的反对洋人的揭帖。朝廷多次下令，一定要"查拿""禁止""弹压""解散"义和团，但是在京城里的拳民却越来越多，而且公开设立坛场。

董福祥的甘军本来在南苑驻扎，载漪、刚毅等以京城空虚、非有劲旅不足以守御为由，奏请调甘军入京以防不测，慈禧准奏。董福祥率甘军于6月9日从南苑陆续拔队启程进驻京城，驻扎在永定门内的天坛和先农坛附近。

在京津铁路沿线，义和团杀死了越来越多的教民，焚烧了越来越多的教堂，他们一旦碰到传教士，也会果断将其斩杀，毫不留情。

巡视铁路沿线回京的荣禄觉得事态严重，请求慈禧太后从颐和园回宫主持朝政。

6月9日早晨，慈禧从西苑返回紫禁城。她和光绪再次召集王公大臣开会讨论局势和对策。荣禄和礼亲王世铎虽有心继续剿灭义和团，平息事态，但随着京津地区局势的持续恶化，尤其是列强的不断进逼，他们的意见在此次会议上不占主导地位。以端王载漪为首的主战派在会上喊出了"御侮"的口号，力言招抚义和团对付洋人。他们的请求得到了慈禧太后的赞同，会议决定不再对义和团进行剿除，任命端王载漪为总理衙门首席大臣。随同其进入总署的礼部尚书启秀、工部右侍郎溥兴都是仇洋派。之前主持总理衙门的庆亲王奕劻失去了实权。

这个任命让所有人大吃了一惊。在京各国公使普遍感到不安，他们认为这个端王载漪就是义和团实际的总头子，由他出任总理衙门首席大臣意味着总理衙门不会再像过去那样多少会考虑到外国人的利益，而极有可能变成一个执行清廷盲目排外政策的工具。大清海关总税务司赫德多年来浸淫中国官场，他对这一备受关注的任命有自己独特的看法，在写给英国公使窦纳乐的信中他这样说："过去有过多次类似的情况。一些极端的仇洋派在进入总理衙门后，由于责任重大，在对外交更加熟悉后反而变得友善起来。所以我认为端王入主总署未必是件坏事。"但各国公使并不这么看，他们认为载漪出任总理衙门首席大臣将使在京外国人的处境更加危险，依靠清政府来控制局势已经不现实，列强向北京增兵的决心更加坚定。

第十五章　西摩尔联军

早在6月6日，英国海军部就向英国驻华舰队司令西摩尔发出训令，要他在驻京英国使馆和英国人发生危险时，与其他各国舰队司令联合采取适当可行的措施。西摩尔得令后，将舰队集中到大沽口，邀请各国舰队高级军官到他的军舰上举行会议商讨局势，安排在必要的情况下采取一致行动。

清廷的最新任命引起了各国公使的高度恐慌，他们立即召开会议商讨对策，决定组建联军进京保卫使馆。

英国公使窦纳乐于当晚8时30分致电英国驻天津领事贾士礼和英国驻华舰队司令西摩尔将军，告诉他们北京的局势正在每时每刻变得更加严重，必须派部队登陆，立即为联军大规模进军北京作出一切必要安排，否则就来不及了。

在贾士礼的请求和安排下，各国驻天津领事和海军司令官立即举行了一次紧急会议，讨论窦纳乐所提出的立即安排卫队前往北京的紧急要求。日、意、奥、美等国领事和司令官同意和英国军队一起派遣所有能够使用的士兵充当卫队，保护正在修复铁路的工作人员，并为救援各国使馆逐步向北京推进。

会后大约两个小时，由西摩尔率领的三百名英国士兵、一百名美国士兵、六十名奥地利士兵及四十名意大利士兵组成的各国联军连夜由塘沽乘船向天津集结，其他国家的军队也连夜由大沽口外海面上的军舰换乘炮艇和鱼雷驱逐舰向塘沽转移。6 月 10 日凌晨三四时，各国军队在塘沽先后登陆，随后换乘火车向天津集结。

根据各国约定，这支临时组建的联军由英国海军中将西摩尔担任司令，美国海军上校麦卡加拉任副司令，俄国上校沃嗄克任参谋长，从天津搭乘火车前往北京保卫使馆。为平衡各方利益，列强在参加兵力上达成谅解，原则上各国数量大致相等。

在西摩尔联军向天津集结的同时，各国驻天津领事也在与直隶总督裕禄进行紧张交涉，他们要求裕禄尽快为联军提供一列专用火车，并下令中国军队及铁路管理部门尽快修复被毁坏的铁路，以便联军尽早踏上前往北京的征途。各国领事扬言，如果裕禄不答应这个要求，他们将采取必要手段自行解决，或者夺取一列火车。

面对联军和各国领事的压力，直隶总督裕禄表示，他在未得到朝廷的许可前，无论如何无法同意外国军队乘火车进入北京。见裕禄如此表态，大清铁路局也不肯为联军调度火车，他们的理由是铁路被义和团破坏了，开往北京的火车无法运行。

但这些消极的手段根本无法阻止联军向北京进发，英国人和德国人直接跑进车库抢夺机车，并派上了自己的司机。

6 月 10 日上午 9 时 30 分，西摩尔率领英、美、奥、意等国 500 名全副武装的联军乘坐第一列火车向北京进发。这列车除一节车厢装有速射炮、野炮等重武器外，许多车厢装有准备修复铁路的材料。他们计划如果遇到义和团破坏铁路，就边修复边前进。除了军人，联军还带了几名英国工程师和司机，让 70 多名中国劳工随行。

上午 11 时，由英、德、日、法、俄等国 600 余人组成的第二批联军也乘专列向北京方向驶去。这一天，联军共从天津开出三列火车，共运送联军 2053 人。另有俄军 1700 人 13 日从大沽口登陆，企图追赶联军但被义和团所阻，只得退守天津老龙头火车站。

在此后的两三天内，向北京运送的联军和武器不断增加，京城即将面临兵临城下的危险境地。

当时华北的军队共有 10 万余人：荣禄自领武卫中军 16 营 1 万人；董福祥

武卫后军 11000 人，共 25 营驻守北京；宋庆武卫左军 12000 人在山海关一带驻防；袁世凯武卫右军（新建陆军）7 营 7000 多人驻守山东；聂士成武卫前军 20 营 16000 人驻守天津；京城庆亲王奕劻统领的"神机营"和端王载漪统率的"虎神营"（专为对付洋人而建，因虎吃羊，神捉鬼，"虎神"专克"洋鬼"，当时被人称为"尽系团匪"）分别有官兵 14000 多人和 15000 多人；此外还有步兵统领崇礼所辖的万余京城警备部队。

经过反复权衡，慈禧决定调宋庆部和袁世凯部前往京津。同时电令两广总督李鸿章回京与洋人斡旋。

西摩尔统率各国士兵入京，将经过杨村。聂士成想要阻击，电告裕禄，裕禄不同意，聂大发愤，对属下说道："我身为直隶提督，境内有匪不能剿灭，有敌人来犯又不能阻止，还要这支军队干什么？"想拔队回驻芦台没有结果，就在京津沿线往来牵制洋兵，使其不能马上进入北京。

清廷和外国公使团的接触仍未中断。6 月 11 日，总理衙门派出两位富有外交经验且一直主张剿灭义和团的大臣许景澄和袁昶前往位于御河边上的英国使馆会见英国公使窦纳乐，劝他重新考虑征调军队是否有必要。窦纳乐高兴地认为，军队使清政府坐立不安了，以致两天后中方再次派出吏部侍郎许景澄、太常寺卿袁昶等要员前来商谈军队不要入京时，被他坚定地回绝了。窦纳乐的态度对主剿派无异于迎头痛击，此后他们在朝中说话再也无法使人信服，主张招抚义和团武力打击洋人的声音完全占据了上风。

见劝阻无效，慈禧深为忧虑，她给裕禄的上谕中说北京洋兵已有千余，若再纷至沓来，后患不堪设想。如果再有各国军队欲乘火车北来，让他竭力禁阻，命他速将聂士成军调回天津附近铁路地方扼要驻扎，以阻止洋兵。这是迄今为止意思最明确的一道上谕。在洋人的步步进逼下，慈禧已有抗洋决心。

西摩尔对此次进京护卫使馆行动估计乐观，他原以为只要几个小时，最多不过一天就能到达北京，甚至打算赶到北京公使馆去吃晚餐，因此各国海军陆战队在匆忙准备中只带了两三天的粮食，每名士兵也只发给两百多发子弹。对途中可能遇到的困难和危险，联军将领不仅丝毫没有预案，相互之间也没有进行必要的沟通和协商。从西摩尔到联军士兵都被自己优良的装备和高昂的精神状态所陶醉，他们既不相信乌合之众一般的义和团能与自己对阵，更倾向于认为清军已被他们的公使和领事说服，会避免与自己发生冲突。

因沿途铁路被毁，联军只能边修路边前进，当天晚上火车才到达落垡车站。11日下午到达廊坊时，前方铁路毁坏严重，火车只得停止前进，正当联军派人下车修复铁路时，几百名隐藏在铁道两旁树林里的义和团突然手持刀矛棍棒冲杀出来。联军陷入围攻，随即开枪还击。拳民冒着枪林弹雨与联军展开激战，顷刻伤亡60余人。

"拳匪信枪弹不伤之妄，遇有战事，竟冲头阵。联军御以洋枪，死者如风驱草，乃后队存区区之数，尚不畏死，倏忽间亦皆中弹而倒，西人皆深悯其愚。"

联军中的一名英国上校在随军日记中写道："义和团在训练上所缺少的东西，却由他们的勇猛来补足了。他们在武器占优的敌人面前所表现出来的勇敢，不断使我们相信，中国人并不像我们迄今为止相信的那样，他们很少怯懦，更多的却是爱国心和顽强的信念。"

"团民挥舞着剑、叉子和棍棒，迎着机枪的射击越跑越近……那些年轻的男人们明显处于极度疯狂的状态，他们撒野地跑在那些疯狂人群的前面……他们显示出使人震惊的英勇……在持续了一个小时的连续速射后，他们终于被击退了。"

西摩尔率军抢占制高点万喜煤栈，构筑"美少年炮台"，集中火力轰击蜂拥而来的义和团。在震耳欲聋的枪炮声中，无数团民倒在血泊里。后继的义和团高喊"为团友报仇"的口号冲到炮台下，点燃煤栈里的木料杂物，迫使联军纷纷逃回列车。团民用火枪、火铳等武器向列车射击。联军躲在列车里以密集的火力进行反击。

附近的义和团和民众不断赶来增援。他们武器落后，在联军机枪大炮的攻击下伤亡很大，但作战英勇无畏，舍生忘死，联军多次尝试，始终未能冲破他们的包围。这时西摩尔才感到形势远非自己想象得那么乐观。

6月13日早晨，经过近两天的战斗，联军终于冲出了包围圈，开动列车向西推进。列车蜗行到距廊坊车站7英里（1英里=1.609千米）半的东辛庄村时又被迫停了下来。前方铁道被毁，铁轨和枕木散落满地，大堆大堆的石头横在铁道中央。联军只好下车抢修铁路。乘敌疏防，集结在此的大队义和团和民众向修路的联军发动攻击。双方战斗了约半个时辰，义和团和民众伤亡 50 多人，只得撤出战斗，暗中继续监视敌人。当发现有 5 名意大利士兵离开队伍时，迅速包抄过去，将其全部砍死。

6 月 14 日，团民呐喊着企图夺取并摧毁装甲列车，联军猛烈射击，有军官记载："义和团仍以惊人的勇敢向前冲，完全暴露在联军的火力之下，毫不顾及自己生命地挥舞着刀剑。当他们冲到最后六十或七十码（1 码 =0.9144 米）时，一挺马克沁机枪向他们开火了……尽管盲信之徒极其勇敢……但当后面的队列踏在前面队列的尸体和倒下的伤员身上时，他们的勇气丧失了，扔下长柄叉、大刀和火绳枪，为了宝贵的生命逃走了。"

当天下午，团民猛攻留在落垡车站的部分联军，迫使西摩尔派兵回援。联军被包围在廊坊和杨村之间，前后两端的铁路都被拆毁，进退维谷，供应断绝。西摩尔只好率军退回杨村，再设法乘船沿运河北上。

第十六章　杉山彬遇害

西摩尔联军从天津坐火车前往北京的消息传来后，董福祥率甘军迅速控制了永定门外的马家堡火车站，准备迎头痛击联军。

各国使馆人员得知联军已从天津向北京进发的消息后欢呼雀跃。火车预计将于 6 月 11 日凌晨 4 点左右抵达北京城南永定门外马家堡火车站，各国使馆征集了大批车辆组成浩浩荡荡的车队（每个使馆有 20 到 40 辆马车）前去迎接他们的士兵，连北京饭店的瑞士老板沙莫夫妇也志愿带着马车前往车站。

意大利公使萨瓦戈和日本书记官杉山彬等人到达马家堡车站时，发现应正点到达的联军踪迹全无。当时电报线已被义和团掐断，火车也已停开，且有清军在车站附近驻扎。时间在一分一秒地流逝，联军还是一点消息也没有，萨瓦戈等得不耐烦了，准备打道回府，杉山彬不愿意走，请他回去转告日本使馆，说自己还要再等会儿，可能要晚一点回去。下午二点过，萨瓦戈回到使馆，将杉山彬的话转告给了日本使馆的一位秘书。三点左右，一个中国仆人上气不接下气地跑来告诉萨瓦戈，日本使馆书记官杉山彬被杀了。

萨瓦戈大惊，这才想起回程路上有惊无险的一幕：当他们的马车穿过董福祥甘军防区时，曾被清军喝令停下，所幸驾车的中国马夫急中生智，将马车赶入田野，绕了一个大圈才躲过一劫。

但杉山彬就没有那么好的运气了，西摩尔联军乘坐的火车遭到义和团阻击，铁路被破坏无法前行，杉山彬等到快天黑了也不见联军到来，只好怏怏而返。当他乘坐东洋马拉轿车从车站返回永定门时，与甘军武威骑兵营队相遇，被拦住检查。甘军营官安沣上前喝问："你是何人？"杉山彬会说汉语，且自觉是外交官，遂如实相告。甘军闻言，一片哗然。安沣冲他怒斥道："小小书记员，怎敢坐红帷马车？"当即揪住他的耳朵将其提下车来。杉山彬见势不妙，连忙婉言相告道："我确实不该坐红帷马车，愿面见大帅谢罪。"士兵大声喧哗道："我们大帅是天上人，岂是你这个倭子所能见的。"杉山彬又说："那么请大帅到我国使馆，由我国公使向其谢罪如何？"安沣不待他说完，就抽刀向前直刺其腹。杉山彬惨叫一声，蹲在地上。骑兵营队长（哨官）朱邦科率甘军一拥而上，将其斩首肢解，剖腹去脏填上马粪，丢在道旁，将东洋轿车没收了。

此前一天，两名日本人在一条小巷里对一个抱着婴儿的中国妇女非礼纠缠，欲图奸淫，妇女不从，其中一人将孩子夺走摔死在路旁，将该妇女强行奸污。此事引起中国军民公愤。次日（6月11日），日本使馆四周出现了许多化装成老百姓的清军士兵，他们个个怒目圆睁，望着使馆上空飘扬的日本国旗，恨不能将其扯下来撕成碎片。甘军素来仇洋，听说此事更对洋人恨之入骨，恰在此时碰上了东洋书记官杉山彬，就将满腔怒火发泄在了他身上。

安沣，甘军武威军骑兵左营管带（正五品），出身定西安氏名门望族，是一个颇有家学渊源的文武全才，名震陇中，因排行老四，被尊称为"安四大人"。"性孝友，好武功，善骑射。"其父安守中曾为候选知县，死于兵乱。1895年，甘军提督董福祥率军抵达安定剿匪。安沣招募了数十个骑兵，通过董军部营务处总办何鲁家和堂叔安维峻（翰林院编修、都察院福建道御史）介绍拜谒董福祥道："我父亲惨死于兵乱。愿从军杀贼，告慰亡父的在天之灵。"董福祥答应了。获准从军后，安沣被编入甘军骑兵一营，跟随董福祥征讨河湟匪徒，屡立战功，积功保举花翎同知衔陕西候补知县，任甘军骑兵第一营管带。庚子年义和团运动兴起，随董福祥进京。

朱邦科，甘肃环县人，定居宁夏金积堡，董福祥同乡，曾为董贴身亲兵，体格壮大，胆力超群，骁勇善战，后晋升为甘军骑兵营队长，不识字，喜交游，轻财尚义，热衷帮会活动，终身不事农桑。

两人都是董福祥的心腹爱将。

6月12日早朝时，军机首领礼亲王世铎不敢将昨天甘军在永定门外杀死日本书记官的事奏闻慈禧太后。礼亲王退下后，慈禧叫荣禄进来。荣禄奏对时，没一个人在旁边，退出后，他就直接回家了，没跟同僚说一句话。

慈禧得知日本书记官杉山彬被害之事，勃然大怒，招来甘军首领董福祥当面痛责，准备派员查办肇事者。董福祥辩解道："绝对没有这事，就算真有，把奴才斩了也无妨，若斩甘军一人，定然生变。"慈禧听罢，默然良久。想到事情已经发生了，就算把当事人全部杀掉，又有什么用？若因此惹得甘军哗变，那可就麻烦了。思来想去，她决定还是按下这口气，劝诫董福祥要好生管教部下，又将御敌大任托付给他。

随后董福祥来到端王府，端王载漪拍着他的肩膀，竖起大拇指夸赞道："你真是条好汉！如果各大帅都像你这样有胆量，洋人能不被灭吗？"军机大臣刚毅由衷赞誉道："董福祥就像黄天霸一样勇猛！"大学士徐桐更是逢人便夸董福祥，说将来使大清强大起来的人必定是他。董福祥从此更加骄傲自负，他统率的甘军越发猖獗，更以杀人为儿戏了。

董福祥是守旧派的忠实奴才，不仅因其愚忠而被慈禧"倚若长墙"，更因仇恨洋人而被守旧派和慈禧所器重。1897年德军入侵胶州，清廷命董福祥率部入卫京师，统领武卫后军。进宫召见时，他信誓旦旦地对慈禧太后说："臣无他能，唯能杀洋人耳。"慈禧大悦，认定董福祥对朝廷忠心耿耿，将其引为心腹。董福祥为人粗豪，平时对满人感情很坏，刚毅特别讨厌他，今见他力主灭洋，也转而对其加以利用。董福祥的武卫后军本来归荣禄节制，端王载漪暗相结纳，将其引为己用。

董福祥的父亲董世猷是甘肃当地哥老会的首领，哥老会是白莲教进入甘肃的一个分支，董福祥对义和团有着天然的亲近，暗中与义和团首领李来中结为把兄弟，在其影响下，不少甘军士兵都加入了义和团，虎神营、神机营参加义和团的更多。

董福祥于道光十九年（1839年）生于甘肃环县毛井，父亲董世猷为人豪爽，好赈人之急，疾恶如仇。董福祥自小受家风影响，嗜好练武而不喜读书，习得一身好武艺，加上为人豪爽，喜交江湖朋友，不少绿林中人和帮会成员都和他交情深厚。

同治初年，董福祥利用其父与"哥老会"的关系组织团练，建立地方武装，护陵卫民，保一方安宁，一时追随者众。

因势力越来越大，不光土豪乡绅对他心存畏惧，就连地方官员也对其多有忌惮，唯恐其闹出叛逆之举而影响自己的前程。

安化县把总王蔼臣就寻了个莫须有的罪名将其逮捕，关在笼中以"沸水烫顶"之刑慢慢折磨他。

董福祥命不该绝，看押他的狱卒同情其遭遇，趁人不备，偷偷将他放跑了。

董福祥大难不死，很快重整旗鼓，在安化县发动起义。

但起义的时机不合适，几经权衡，董福祥最终接受了环县县令翁健的招抚，与官兵一同护卫县城。

不久，其人马受到清军歧视，很快他又反戈相向，在金积堡大败清军，缴获无数。

很快，他就占领了陕甘十余州县。

1868 年，号称拥兵三十万的董福祥，自命陕甘自卫总团大元帅，率人马浩浩荡荡地攻进陕西一带。

此时，湘军已平定太平天国。在清廷的指示下，湘军将领刘松山率军攻打董福祥。

刘松山的湘军战斗力很强，且武器先进，很快就打得董福祥的人马溃不成军。

董福祥没有坚持多久，便率众投降了刘松山。

刘松山知人善用。他很欣赏董福祥领军作战的才能，董福祥打起仗来身先士卒，骁勇无比。多次战斗，都有不俗的表现。因此，他得到了左宗棠和刘松山等人的信任。

凭着赫赫战功，董福祥被提拔为提督军务总兵官，类似于如今的省军区总司令这样的职务。

1871 年，沙俄侵占伊犁，在陕甘总督左宗棠的积极推进下，清廷终于同意收复新疆，并任命左宗棠为钦差大臣，主办军务。

董福祥和他的队伍被左宗棠任命为先遣部队，一路以锐不可当的气势收复了乌鲁木齐等地，随后又和左宗棠会合攻打南疆。在抗击阿古柏的过程中，他攻无不胜，战无不克，很快就将南疆收复了。一时间，董福祥的威名传遍了整个新疆。清廷因其功勋卓著，给他加官晋爵，让其总理南疆军政事务。

董福祥这一待就是十九年。在这漫长的时间里，他不光对敌加强防御，还垦荒屯田，兴修水利。在他的治理下，南疆呈现出一片欣欣向荣的景象。

1890 年，董福祥擢升喀什噶尔提督。后调甘肃提督。1897 年，奉调防卫京师，所率甘军被编为荣禄统辖的武卫后军。

董福祥一贯仇洋，这次甘军进京时，先锋差弁持令箭入城，四处扬言现已奉太后之命，剿灭洋人，命义和团为先锋，我军为后应，闻者无不骇异。那时荣禄节制五军，因他对和战多有两可之言，董福祥竟拒不服从其调遣。荣禄入对时，光绪曾对他说："董福祥恐怕不是你所能节制的。"荣禄对此很无奈。

6 月 13 日清廷发布上谕："6 月 11 日永定门外，有日本书记官杉山彬被匪徒杀害之事，闻之实深愊惜。邻国客卿，本应随时保护，今匪徒蜂起，尤宜加意严防。迭经谕令各地方官，着派巡缉密为保护，奚止三令五申！乃辇毂之地，竟有日本书记被害之事！该地方文武，既不预为防范，凶犯亦未拿获，实属不成事体！着各该衙门上紧勒限严拿凶犯，务获尽法惩治。倘逾限不获，定行严加惩处。"

杀了日本书记官，朱邦科还不以为然。董福祥意识到事情的严重，赶紧把他叫来说："你这下闯了大乱子了，杀了外国使馆人员，别说你的脑袋保不住，连皇上都没法给洋人交代。"朱邦科这才知道此事非同小可，仍挺着腔子说："好汉做事好汉当，大帅可把我交给洋人，要杀要剐随便，不要让皇上为难。"董福祥说："现在杀你十个也不顶用，还是赶紧逃命去吧。"给足银两，让他连夜逃离京城回乡隐居，以"下落不明"逃过了追究。董福祥对安沣同样果断保护，以"已战死"为由令其改名安泾瞒过。

杉山彬之死在国际上引起了不小的震动，一时成为中外关注的焦点。眼见局势险恶，刘坤一会同张之洞电奏总理衙门："如再迟疑不自速剿，各国兵队大至，越俎代谋，祸在眉睫，此实宗社安危所系，不敢不披沥上陈，拟恳明降谕旨，定计主剿，先剿后抚，兵威既加，胁从乃散，或可转危为安。"

　　为平息事态，慈禧忙派军机大臣荣禄和启秀到日本使馆登门道歉，并向杉山彬的家人志哀。大概是觉得自己有错在先，日本使馆对此保持了相应的克制，西德二郎公使只是冷静地要求归还尸首，以一天一夜为期送达使馆。但尸体已经毁坏丢失，无法归还，清廷没有回复。经日方再三索要才将残损的尸体送还日本使馆。欧美公使们对杉山彬的遇害虽然感到震惊，但并未给予足够重视，因为他不是白种人，加上公使们认为西摩尔联军即将到来，没有必要在此事上大动干戈。

第十七章　义和团在京肇乱

　　在载漪等人的纵容下，从 6 月 10 日起，京外义和团开始昼夜鱼贯入城，日以千计，到处设立神坛拳场。冀中和顺天府属各州县拳民进入京城的特别多，声势浩大。来自京东的义和团称为武清团、香河团；来自京南的叫做固安团、永清团。他们在旗帜上写着某村庄、某集镇，金鼓喧阗，如乡社赛神一般，多得难以计数。守城官兵非但不加拦阻，反而为其喝道让路。

　　拳民在京城随处设立拳场，触目皆是，数日之内，全城设坛达千余处。王公府第，百司廨署，拳民均设神坛，名为保护。各坛场前均竖立大旗一面，上书"保清灭洋"等字样，人人都耀武扬威。

　　起初只有乡农儿童习拳，渐渐工匠商贩也跟着练拳，后来士大夫和身家殷实之人也开始学拳。最初一条街只有一个拳坛或两三条街才有一个拳坛，到后来一条街上就有三四坛或五六坛。

　　端王载漪不仅在府中设坛练拳，还经常召义和团首领到王府议话。李莲英召义和团入宫，摆列八卦阵，慈禧太后亲自拜受灵符。两宫诸邸左右，一半是拳会中人，满汉各军营大半加入了义和团。对义和团"神术"的迷信迅速在京城蔓延开来。城内居民都以加入义和团为时尚，上至王公卿相，下至娼优隶卒，几乎无人不团。尤其是满人，他们不分男女老幼都加入了义和团，没有统一的服装，就在腰间束一根红带作为标记。

辅国公载澜夫人的生日，多位高官前往拜寿。有一百多个拳民在他家里，大半都是乡民。五六个十三四岁的小孩儿在为大家表演降神附体的法术，他们状若昏迷，口吐白沫，随后起而奋跳，手执身前之物，乱跳乱舞，口出怪声，如若疯魔，众人惊以为神。载澜的哥哥载濂也在学习拳术。

入夏以后，城内外的祠堂、佛寺、庙庵坛口遍布，城内空地全被结伙练拳的人所占领。在载漪、刚毅等人的授意下，拳民后来不再只是练拳了，他们开始舞刀弄枪。前门外打磨厂等处的铁匠铺昼夜不停地为拳民赶制刀矛，打制好的武器被源源不断地运往各个坛口。

许多达官贵人的车夫和仆人都参加了义和团，主人不敢怠慢他们，反而要请他们保护。内城几乎家家门上都贴上了表示信奉义和团的红纸条。

拳民外出时，有闲杂人员跟随在后，他们也效仿拳民的装束，左手执香，右手执刀，沿街呼喊，号称助威，终日在街市往来，喊杀不绝。官兵不敢阻止，城门任其自由出入。

6月11日朝廷发出上谕："前因近畿一带，拳民借端滋事，人心浮动，迭经谕令，严行查办。近来京城地面，往往有无籍之徒，三五成群，执持刀械，游行街市，聚散无常。若不亟行严禁，实属不成事体！步军统领衙门、顺天府、五城均有缉捕匪徒稽查地方之责，岂容此辈麋聚辇毂，纷纷扰扰，摇惑人心！除谕饬管理神机营、虎神营、王大臣等，将所部弁兵全行驻广，并遣马步队伍各按地面昼夜逡巡，倘有匪徒聚众生事，即行拿办外，并责成步军统领衙门、顺天府、五城严饬该管员弁兵役人等，各分汛地，严密巡查。遇有形迹可疑及结党持械造言生事之人，立即严拿惩办，毋稍疏懈，以遏乱萌而靖地方。钦此。"

董福祥的甘军被调到正阳门、东安门一带驻扎，保护内廷，朝廷严饬他不准与洋兵发生冲突。

甘军入城后，京师秩序紊乱，人心不安，很多人都准备逃离京城。

6月12日晚上，义和团聚众焚毁了外城姚家井一带的教民房屋，彰仪门外的洋人西郊赛马场也在这一晚被焚烧。

杨典诰在《庚子大事记》中记载："今晨探报，东华门外教堂起火，不少教民牵而北去。是为义和团入京第一次肇祸也。"英国《每日电讯报》驻华记者辛普森在当天的日记中写道："拳民火烧礼拜堂及内城部分洋房后，洋人起而开枪，大规模冲突由此开始。"

德国公使克林德是波茨坦贵族，在28岁那年（1881年）进入外交部门并被派往中国之前，一直是位军人。来华后，他曾担任广州和天津等地领事，后任德国驻华公使。义和团大举进京后，局势日渐紧张，在京洋人人人自危。天生胆大的克林德却毫不示弱，他不但见了义和团不躲，还时常对其挥棍抽打，看见拳民操练就命令士兵开枪射击，连身着义和团服饰的儿童也不放过。

6月13日，克林德指挥使馆卫队开始"猎取团民行动"。这天早晨，一辆骡车从东交民巷使馆附近经过，领头的男人头缠红带，手腕上也扎着红带，这是当时京城最时髦的装束。他看见手拿拐杖的克林德走过来，将一把大刀放在鞋底下磨。克林德见状，二话不说，抄起铁头手杖就朝他一阵乱打，男人被打跑了。克林德从这辆骡车中揪出了一个同样打扮的12岁男孩儿，抡起手杖对他一顿毒打，将孩子打得遍体鳞伤后把他拖进德国使馆，绑在树上继续打。中午，他派人将被俘男孩儿的血衣送到总理衙门，称将在两个小时内处决这个拳民。

总理衙门闻讯大惊，立即派出载澜、英年、崇礼前来交涉，反复说明这个孩子并未对德国人采取任何敌对行动，要求克林德无条件放人。克林德毫不犹豫地拒绝了，他的理由是清国政府镇压拳民不力，他要代其清理门户。大批拳民集结在使馆区外要求放人。克林德指挥使馆卫队用机枪对拳民进行扫射，打死八人，打伤多人。

当天傍晚，数千愤怒的拳民从崇文门、宣武门和前门冲入内城，在意、奥使馆附近放火，使馆卫队开枪镇压。也许是过于紧张，奥地利士兵将机枪的标尺调得过高，猛烈的枪声过后，除了几个灯笼被子弹击中掉落外，几乎没有造成什么人员伤亡，义和团"刀枪不入"的神话似乎得到了"实战验证"。惊慌的使馆卫队随即开炮轰击，打死许多拳民。随后使馆卫队开始巡街，看见义和团和形迹可疑的市民就开枪射击；晚上，义和团在北京城内大肆焚杀，四处起火，崇文门内所有教堂都被焚毁。堂中传教士，早已避往使馆，因而没有遭害。唯有教民及家属两三百人，均被戕杀，情形甚惨。拳民焚烧灯市口及勾栏胡同等处洋房，火光极盛，直到天明，仍烟焰满天，余火未熄。

双方开始冤冤相报，暴力活动迅速升级，局势开始失控。

京城步军统领崇礼奏称："两翼地面所属教堂，突于十七日（6月13日）酉刻由崇文门内孝顺胡同起火，奴才等闻信，刻即调兵弹压，不意各处教堂，陆续起火，延续多处，情形甚迫，实非人力所能扑救。"

太常寺卿袁昶指责克林德："门吏等方与步军统领议弹压京城内外，遵旨严拿首要，以靖地方而弭邻衅。不意德克使闇于事机，擅自拿办拳匪，以致激变。酉正……拳匪不知何时闯入前三门，倏聚数千人……"比利时使馆随员德麦洛特说："直到6月13日为止，对中国教民的袭击尚未开始。杉山彬被杀和梅格林克被殴都是孤立事件。但从13日那一天开始，形势发生了根本的变化。"英国人赫德说："6月13日，哈德门（崇文门）的教堂被焚，是拳民大规模摧毁所有与外国人有关的建筑的开始。"

6月14日下午，克林德带领一队德国士兵行走在内城城墙上，发现下面的沙地上有义和团在操练法术，连忙率兵悄悄靠近，趁其不备突然开火，当场打死至少7人，打伤20多人。

当日，克林德命令德国使馆士兵对经过使馆旁的拳民开枪，打死20人。在此前后数日，另有数以百计的拳民被列强在北京的使馆卫队、外交官和记者杀死。

克林德等人的鲁莽行为彻底激怒了义和团，愤怒的拳民开始有计划地攻击教堂和教民，京城秩序彻底陷入混乱。涌入内城的大批拳民纷纷肇乱，专以毁坏洋人产业为目的。他们想攻入使馆，被洋枪一挡，折而往北，沿着王府井大街一路前进，看见教堂就烧，见到从教堂里逃出来的人就杀。所到之处，商铺关门，官兵走避，拳民为所欲为，一直烧到八面槽的天主教堂。乾隆年间意大利传教士、著名画家郎世宁曾在此教堂居住过多年，留下了大量精美画作，此时全都付诸烈焰。始建于明代的南堂遭到破坏，外国使馆派出救援队，将该处教士和多数教民转移到使馆区。义和团火烧西城根拴马桩、油房胡同、灯笼胡同、松树胡同教民房屋百余间，砍杀男女教民无数。顺治门内天主堂和医院，连带四周群房三百余间俱被拳民焚毁，烧死教民不计其数，逃出的教民老少二百余口，在四五名洋兵的护送下前往东交民巷使馆区避难。这天夜间，义和团对使馆哨兵进行了好几次攻击，均被击退。

西什库教堂主教樊国梁在日记中记载："6月14日十一点半，南堂亦被火，医院、学堂、婴孩院皆殃及。拳匪于北堂四面喊烧喊杀之声不绝，直至夜半两点钟，众人皆鹄立。后则声渐稀，拳匪亦稍退……一信友自外逃来，谓昨日早一点钟有外国兵一队往南堂驰救，故南堂之神父、圣母会修士、仁爱会及若瑟会修女皆安抵使馆无恙。"

教堂和教民房屋相继被毁，大批教民往西什库教堂转移。与此同时，拳民也在西安门附近汇聚，相约焚烧北堂。

6月14日（五月十八日），清廷发布上谕："顷闻义和团众约于午刻进皇城地安门、西安门焚烧西什库教堂之议，业经弁兵阻拦，仍约于今晚举事，不可不亟为弹压，着英年、载澜于拳民聚集之所务须亲自驰往，而为剀切晓谕。该拳民既不自居匪类，即当立时解散，不应于禁城地面肆行无忌。倘不遵劝谕，即行设法拿办。相应传知，贵总兵钦遵办理可也。"

但当时京城秩序废弛，义和团作乱屡禁不止，兼之载澜、英年等均属亲团大臣，劝令解散并不得力。在南堂被焚时，有人亲眼看见官兵与拳民合作的场面："十八日（6月14日）早，拳匪与官兵齐至南堂，先抢后烧……有见放火时，澜公并九门提督在旁助力。"除使馆外，京中洋房皆烧成平地。一夜火光四起，殊为奇观。刚毅与载澜前往顺治门，在6月14日凌晨三点指挥义和团焚烧法国教堂，教民数百，无论男女老幼均被烧死，臭味难闻，二人不得不掩住了鼻子。天亮后，刚毅入宫，李莲英告诉他："老佛爷在南海西苑小山上望见火光，看烧顺治门法国教堂特别清楚。问我为什么要烧教堂。我说因洋人先在崇文门对众放枪打死好些百姓，激怒了义和团，所以烧教堂杀教民作为报复。又说起徐相（徐桐）住在东交民巷，恐为洋鬼子所阻，不能出来。老佛爷听了十分惦念，命庆王前去与使馆交涉，将徐相移往安全地带。老佛爷见义和团如此奋勇，大为惊异。"刚毅得意扬扬地说："老佛爷现在虽未明下谕旨围攻使馆，但不久必然会允许。"李莲英告诫他道："不可过于称赞义和团，以免太后生疑。近来外间喧嚣之声时时传到西苑，太后不能安睡，现已移居宁寿宫了。"

6月14日，上海的英文报纸《字林西报》刊发了一则轰动世界的新闻：在义和团的攻击下，西方驻华公使中已有一人被杀害，此人正是克林德。欧美各大报刊纷纷转载了这条新闻。

两天后，当时十分活跃的拉凡通讯社接到来自天津的电报，确认了德国公使被杀的消息，报道同时援引"一艘日本鱼雷艇得到的消息"，说在京其他公使均已成为阶下囚。德国闻讯外交部大吃一惊，紧急致电其驻芝罘（烟台）的领事查询，领事馆对此毫不知情。

短短几天时间，拳民烧毁了孝顺胡同亚斯立堂、双旗杆伦敦会、八面槽天主教东堂、灯市口公理会、东四五条西口的美国福音堂、交道口二条长老会、鼓楼西鸦儿胡同长老会、西直门内天主教西堂、西四羊肉胡同基督教堂、石驸马桥安立甘会、宣武门内天主教南堂共 11 所教堂。东堂艾儒略神父、西堂金葆光神父被烧死。有 3200 名天主教徒逃入西什库教堂，2000 多名教徒逃入东交民巷使馆区。

慈禧感到"京城内外，扰乱已极"，下谕："拳匪滋事扰及京城地面，着步军统领衙门迅饬派出弁兵练勇，严行查拿，将首要各犯悉数捕获惩办，并解散余党。"但载漪、刚毅等仇洋派暗中作梗，此令并未得到有效执行。

旬日之间，拳民麇集都城不下数万。均头缠红布，手持短刀，杀人放火，昼夜喧嚣，官员不敢过问。

义和团在揭帖中宣称："洋人进京四十年，气运已尽，天意该绝，故天遣诸神下界，借附团民之体，烧尽洋楼使馆，灭尽洋人教民，以兴清朝。"

义和团将其镇压打击的对象分为"十毛"：老毛子、大毛子是遍体黄毛的洋人，杀无赦；二毛子是教民，允许退教，不退教也杀无赦；三毛以下是通洋学、懂洋语、用洋货、行洋礼等的人，依次类推，共有十毛之目，凡在十毛之列的人必杀无赦。像纸烟、小眼镜、洋伞、洋袜等物，有人用了就会被处以极刑。

这一时期，京津和其他义和团运动波及之处，屠杀教民事件大量发生。团民教民相互仇杀，很早以前就有，但大规模的屠杀却是从这时开始。义和团势力大增，生杀予夺都在掌握之中，朝廷对此先是默许，继而公开鼓励，杀人于是成为名正言顺的行为。

北京"各处城厢大小街巷，所有天主、耶稣奉教之人，尽被团匪搜拿砍杀不绝，而家产皆抢掠焚毁一空"。

京师乱起，载澜从拳匪入人家大索，得毡布及他物，皆以教民论，捕杀之，虽宗室大臣不免。

大学士徐桐说："拳民神也，夷人鬼也，以神击鬼，何勿胜之有？"

在拳民的意识里，他们确实是在与鬼战斗，本日圣帝端王体直上其楼，擒获鬼王，将其歼灭，鬼王有二百多岁了，练习妖法，能谋善卜，运筹帷幄，众鬼卒都听其调度，身着秽物，诸神退避。今日被擒，丑类不难屠平。

攻击毛子的区域从教堂发展到住家和路途，同时伴随着烧毁他们的房屋。

"城中日焚劫，火光连日夜，烟焰涨天，红巾左握千百人，横行都市，莫敢正视之者。夙所不快者，即指为教民，全家皆尽，死者十数万人。其杀人则刀矛并下，肌体分裂，婴儿生未匝月者，亦杀之，残酷无复人理。"

城中焚劫，火光蔽天，日夜不息，车夫小工，弃业从之。近邑无赖，纷趋都下，数十万人，横行都市。夙所不快，指为教民，全家皆尽，死者十数万人。杀人刀矛并下，肢体分裂。被害之家，婴儿未匝月亦毙之，惨无人理。京官纷纷挈眷逃，道梗则走匿僻乡，往往遇劫，屡濒于险。或遇坛而拜求保护，则亦脱险也。

"团民仇教，合门惨戮，虽妇婴亦纵横数十刀。彼法：大师兄上体后，先进刃，余则从戮之，每人三刀，视坛众多寡为进刃之数，肢体糜烂，较凌迟尤惨。"

"每坛杀一人，必众刀濡血。"

"遇有天主教及耶稣教（新教）均不能放过，俱以乱刀剁之，后又开膛，其心肝五脏俱同猪羊一样，尸身任其暴据，犬鸟啄吃，目不忍观。天桥坛根一带尸横遍野，血肉模糊。"

"义和团之杀教民也，备诸酷虐，锉、舂、烧、磨、活埋、炮烹、肢解、腰斩，殆难尽述。京西天主堂坟地，悉遭发掘，若利玛窦，庞迪我，汤若望，南怀仁诸名公遗骨，无一免者。胜代及本朝御碑，皆为椎碎。保定属有张登者，多教民，团匪得其妇女，则挖坑倒置，填土露其下体，以为笑乐。"

对当时中国最开明最爱国的维新派，义和团更是明言杀戮，要"拆毁同文馆、大学堂等，所有师徒，均不饶放"。

"其杀人之法，一刀毙命者甚少，多用乱刀齐下，将尸剁碎，其杀戮之惨，较之凌迟处死为尤甚。"

"近日更有善取者，或在路遇，或自家中，将良民指为'二毛子'揪扭于坛上，强令烧香焚表，如纸灰习扬或可幸免。倘连焚三次，纸灰不起，即诬为教民，不容哀诉。登时枪刀并下，众刃交加，杀毙后弃尸于野，因是负屈误死者不可胜计。"

"姚斌老爷庙义和团由汪太医胡同擒一二毛子姓张，乃柴火栏张家的女老妈，四十多岁，不多时焚表，将二毛子推绑往南坛根下，乱刀剁死，就地埋葬。"

义和团在游行时经常同市民齐声高呼"杀洋鬼子"的口号，二毛子听了瑟瑟发抖，有的吓得躲进棺材里，雇人吹打着，企图逃出城外。

团民打洋教的对象不仅局限于教堂和"二毛子"，同时还有大量未入教的平民，还有官署、官员；其行为就是抢掠、勒索、敲诈钱财，银钱、衣物、车辆、牲畜、粮食等固然在所必得，甚至连犁、磨、锄和锅碗瓢盆等粗贱之物也在抢掠之列。绑架人质更是为了勒索赎金，不遂所愿，则"撕票"继之。焚烧杀人同样如此，"凡稍殷实者皆目以教民，杀其人而分其财"，"以焚杀为敛财之具"。用护理陕西巡抚端方的话来说，就是"借仇洋教之名，而遂其发洋财之愿"。

除毛子以外，洋货此时成了义和团另一主要攻击对象，"自教堂教产烧毕后，所有城内外凡沾洋字各铺所储洋货，尽行毁坏，或令贫民掠取一空。并令住户人等，不得收藏洋货，燃点洋灯，于是家家将煤油或箱或桶泼之于街。又传言杀尽教民后，将读洋书之学生一律除去，于是学生仓皇失措，所有藏洋书之家，悉将洋书付之一炬"。就连衣服上的板扣子都拆下来换上旧式的。声势之大，前所未有。

"又哄传各家不准存留洋货，无论巨细，一概砸抛，如有违抗存留，一经搜出，将房烧毁，将人杀毙，与二毛子一样治罪。"

义和团的志愿是反对洋人、洋教、洋货、洋职员、洋生产工具，凡带洋字的一概反对。伴随着毁坏洋货的，是将洋货销售者店铺和洋货使用者住宅烧掉。

义和团"于是闲游市中，见有售洋货者，或紧衣窄袖者，或物仿洋式，或上有洋字者，皆毁物杀人，见洋字洋式而不怒者，惟洋钱而已"。

"拳众讳言洋，谓洋灯为亮灯，洋布为宽细布。凡教民皆目为直眼……时京师已尚舶来物，拳众搜得之，即目为直眼。以是官邸商廛悉索洋货毁之，玻屑磁片触处皆是。乃至官译署者（王毅注：'译署'即是清朝设立的翻译各国典籍文件的机构'同文馆'），不敢张其门封。"

又掠丰泰照相馆，谓摄像必以人眼，缚其主者刑迫之，务令指出藏睛处。教堂则无论天主耶稣，悉付一炬；洋人则无论英美德日，悉赐一刀。

"凡关涉洋字之物，皆所深忌也。"

"团毁洋货、洋油，倾倒满街，买洋药、洋布，皆以土字代洋字。"

"遇有紧衣窄袖以及平素所称洋务人员，必以刀刃相向。"

"各街市铺面有售卖洋货者，皆用红纸将招牌上洋字糊上，改写一广字，如洋货铺则改为广货铺之类，以防拳匪焚掠。"

"见东洋车亦用刀乱剁，由是改东洋车为太平车，用红纸书太平车三字贴在车尾，始得免。"

"城内城外各行铺户与各街住户，义和团俱饬令避忌洋字，如洋药局改为土药局，洋货改为广货，洋布改为细布，诸如此类甚多。"

由于洋货在很多方面的确具有先进性并为老百姓提供了方便，因此除了毁坏之外还有另外一种解决办法，那就是给洋货或者带"洋"的货品改名换姓，譬如"洋药"改称"土药"、"洋布"改称"土布"或者"西布"，"洋货铺"改称"广货铺"，就连从日本引进的东洋车，车夫们还是忙不迭地将之改名为"太平车"，并用醒目的红纸贴在车尾，以防不测。如此一来，义和拳在精神上获得了胜利，老百姓也由此得了便利，减少了损失，倒不失为一个万全之策。

"匪等每谓人曰：如灭洋人，必须将聂士成、杨福同、任裕升三人一并杀死，今杨福同既死，是外洋之势败矣，崇信拳匪者亦同声附和之，盖以聂杨任三姓之音，即灭洋人三字之音也。任裕升者，字世平，前任四门千总，曾同聂军门合谋剿匪，故亦为人所恨。"

在义和团眼中，就连光绪皇帝也不是好人，因为他在康有为的怂恿下背叛祖先，大搞变法维新，引进西方的歪理邪说，严重扰乱了大清的天下，这是义和团绝不能容忍的。他们喊出了要杀"一龙二虎三百羊"的口号。一龙指光绪皇帝，因他效法外洋，是教民"总教主"；二虎指礼亲王和庆亲王（也指办理洋务的庆亲王奕劻和大学士李鸿章），三百羊指京城所有崇洋媚外的官员（也指京师所有洋人）。他们说京官可以不杀的只有十八个，其余全都不能留。

曾廉、王龙文、彭清藜、吴国镛、御史刘家模等先后上书，称"义民所至，秋毫无犯，宜诏令按户搜杀，以绝乱源"；刑部郎中左绍佐，请戮郭嵩焘、丁日昌之尸以谢天下；户部主事万秉鉴甚至要找久居地府的曾国藩算账；满洲大员提出"诛三凶"（李鸿章、刘坤一、张之洞）的口号。仇洋派在北京恃慈禧之威，"或资拳以粮，或赠拳以械，三数人倡之于上，千万人和之于下"，"叫嚣隳突"，"凭恃城社，挟制朝廷"。

德宗谓之一龙，庆王、李鸿章谓之二虎，百官谓之羊，百姓年三十以上或与洋人相关者谓之二毛子，年四十以上或间接与洋人相关者谓之三毛子，洋人谓之鬼，洋钱谓之鬼钞，洋炮谓之鬼铳，洋枪谓之鬼杆，火药谓之散烟粉，铁路轨道谓之铁蜈蚣，机关车谓之铁牛，电线谓之千里杆，老妇谓之老寡妇，少艾谓之小媳妇，女阴谓之小妖洞，强奸谓之搅小妖洞，浪花者，妇女之小足也，杀鬼者，上阵也，开天宝盖者，帽子也。暖兜者，皮帽也。酒曰降神汤，烟曰救睡药，棍曰二郎神，靴曰黑脚裹。水叫雷公奶奶洗澡汤，饼曰老君屎，箸曰小二郎神，洋字改为右边加个"火"，其意盖为水火交攻也，改清字为"才清"，"其意盖谓扶清也"。

团民设坛长街，摩肩接踵，混在其中的歹徒再乘间闹事，一呼百应，拳民兽性大发，烧杀抢掠，一时俱来，京城秩序登时大乱。

义和团已经越来越难以控制了。慈禧事后回忆道："当乱起时，人人都说拳匪是义民，怎样的忠勇，怎样的有纪律、有法术，描形画态，千真万确，教人不能不信。后来又说京外人心，怎样的一伙儿向着他们。又说满汉各军，都已与他们打通一气了，因此更不敢轻说剿办。后来接着攻打使馆，攻打教堂，甚至烧了正阳门，杀的、抢的，我瞧着不像个事，心下早明白，他们是不中用，靠不住的。但那时他们势头也大了，人数也多了，宫内宫外，纷纷扰扰，满眼看去，都是一起儿头上包着红布，进的进，出的出，也认不定谁是匪，谁不是匪，一些也没有考究。这时太监们连着护卫的兵士，也真正同他们混在一起了。"

6月15日，军机处传旨令两广总督李鸿章和山东巡抚袁世凯火速进京。

李鸿章心里明白，此时京师已被仇洋派控制，义和团打出要斩"一龙二虎三百羊"的旗号，二虎之一就是自己，多年经办洋务、签署了诸多不平等条约的他，在义和团眼里是铁杆汉奸二毛子，如果此时进京，不但于事无补，反而可能白白送掉一条老命，不如留在广东观望，于是借故推掉了，此后朝廷一再催促，他都不为所动。

袁世凯对局势看得同样很清楚，列强军队即将进京，此时若带兵前去除了当炮灰外不会有任何结果。但若不派兵勤王，太后怪罪下来，丢掉乌纱帽不说，身家性命都难保。权衡再三，他决定两边都不得罪，采用欺上瞒下的手段渡此难关。他致电朝廷："京师是天下根本，袁某愿肝脑涂地，誓死保卫京城。"接着谎报军情，说山东形势吃紧，英、德屯兵数千于胶州湾，随时可能进攻济南。他手里的部队已全部开赴沿海驻防，若全数抽回，恐洋人趁虚而入。山东乃京畿左辅，南北要冲，一旦落入敌手，天下将危，故不能轻易撤防。在此形势下，他仍然勉力分出一支3000人的部队赴京勤王保驾。但该部并不是他那支精锐的新建陆军，而是从当地临时招募来的散兵。清廷接到报告，不辨真伪，以为洋人真的觊觎山东，复令其严加防范，不得疏忽。

6月15日，义和团开始围攻西什库教堂。当时堂中有法国水兵三十人，意大利水兵十人，法国传教士十三人，女教士二十人，中国教民三千二百人（其中妇女和儿童超过半数）。堂中存储的粮食平时可供五百人食用，被围之后，人数增加了不止五倍，食物出现短缺，起初中国教民每天还可以得到八两米，后来减到三两米，只能勉强维生。

主教樊国梁在当天的日记中记载道："七点钟，堂东、西、南三面皆被拳匪大队所围。七点三刻，拳匪自南来，为首者乃一喇嘛，乘马，后有极大之旗，年幼拳匪多人围之，皆念咒上体。衣为红色，先在堂前甬路上烧香叩头，即蜂拥前进。至距堂约二百米时，堂门前法兵乃发枪毙其四十七人，自谓能避枪炮也。后面之匪乃遁。堂中人即出，得花枪一枝，刀五柄。拳匪既退，乃纵火于堂南面毗邻之屋。拳匪此次前来，又万余人随之，盖欲抢掠也。既无功，乃益加咆哮，然未敢再犯。"

同在教堂内的玛弟亚神父的记载更为详尽："至六点十分钟时，拳匪已聚了二三千人于西安门内，官兵皆在门外后随。此时拳匪之声有如翻江倒海一般，皆云，'烧呀，杀呀，二毛子呀，你们的生日到咧'。此时吾与林主教正在公门前往外观望，大堂上有数教士各执洋喇叭以报信息，任神父携望远镜亦在堂上观望。既而大堂上喇叭一鸣，眼见一秃头僧人手持高香一束，来到西什库口外甬道上，向北堂一站，随后无数拳匪各执高香点燃，向北堂齐跪，叩头三次即起。满胡同之匪右手执刀，左手把香，即向北堂公门而来。此时洋兵十名把守公门，兵头即向林主教云，可开枪否，主教尚未回言，吾即云，快打吧，不可令其切近，就措手不及了。言犹未尽，兵头一叫号，吧啦啦一排枪，眼见皆打在拳匪身上，怎么一个也不倒。既结，而又一叫号，吧啦又一排枪，拳匪躺下一片。原来头次不倒之故，皆因前匪受伤，后匪拥挤不能倒。故立即又发第三排枪，又打倒十数人。后来者全然跑出口外去了。眼见拳匪死者三十余人，受伤者趴的趴，滚的滚，皆奔命去了。"

当年受困于北堂的中国教徒刘品一回忆道："义和团聚集多名，人声鼎沸，齐至西安门下。见城门紧闭，乃大声疾呼曰：'开门来！开门来！'喊声震天。霎时城门大开，义和团蜂拥而入，直趋西什库教堂。至西什库大街前，将某家棚铺点着。火光冲天，风借火势，火助风威，加以杀喊之声，实令人惊魂动魄。此时余等自忖必死无疑，人人面孔煞白，坐以待毙。猛听法军官一声号令，法兵射击，应声倒地者众。两排枪响后，四周寂静，团人撤退。"

当天聚集在北堂周围的义和团有好几千人。拳民初次进攻主要靠人多势众、扎堆喊杀冲锋，少量团民备有抬枪等自制武器，但威力有限，其冲锋前队在距北堂正门数百米处，即遭守堂卫兵强势火力击退，被打死40余人。肉身不敌枪弹，避枪法术失效，拳民自知吃亏，此后不大敢再组织这样的集体冲锋了。

6月16日，义和团在正阳门（前门，内城正南门）外大栅栏放火焚烧"老德记"洋药房。拳民将火点燃，令四邻焚香叩首，不可惊乱，宣称火有神力，只烧洋人的房，烧不着大清百姓的房。眼看火要烧到旁边的房屋，拳民不许水会（消防队）扑救，仍令各家焚香，可保无虞，不要自生慌扰。"老德记"药房间壁广德楼的老板见火已烧到自家店铺，急忙用水泼救。但此时火势大发，已无法扑灭，周围的店铺也跟着烧了起来。放火的拳民见势不妙，趁乱逃走了。各家铺户搬移商品不及，只有束手待焚，仅仅将账目抢救出来而已。熊熊烈火延烧煤市街、观音寺、珠宝市、廊房头二三条胡同、杨梅竹斜街、灯笼胡同、羊肉胡同、排子胡同、西河沿、东西荷包巷、正阳门城楼，四千余家民宅和商铺被焚，正阳门城楼被烧塌，京城 24 家铸银厂全被焚毁，所有钱庄银行被迫歇业，繁华的前门大栅栏数百年商业精华悉数化为灰烬，大火一直烧到次日天明都未熄灭。

对于法术为何失灵，义和团是这样解释的：广德楼老板救火泼的水是脏水，惹怒了神灵，所以延烧至此。正阳门桥头有两个大水缸，在义和团和水龙局取水救火的时候，有个老太婆带着四个小女孩突然出现在水缸周围，冲撞了神灵，致使水缸破裂，正阳门楼被烧成灰烬。被烧的百姓不怨拳民纵火，反恨广德楼救火。那个不合时宜地出现在水缸边的老太婆更是让人痛恨。

正阳门大火事件后，很多人开始反思义和团到底在干什么。杨典诰在《庚子大事记》中认为：义和团"虽有法力，只可以倡乱，不足以成事……闻者惊以为神术，遂开前古未有之奇祸……（拳民）烧电杆，毁铁路。不知电杆铁路乃国家营造者，既悬'保清灭洋'之旗，而又烧焚公家之物，是直与国家为难，非乱民而何。"

仲芳氏在《庚子记事》的前一部分还用肯定的语气记载义和拳的种种活动与传闻，但在正阳门大火后，他的态度发生了明显的变化，他在文中指责义和拳造成了一场"从来未有之奇灾"，认为"义和团如此凶横，是正耶，是邪耶，殊难揣测"；"若看其请神附体，张势作威，断无聪明正直之神，而附形于腌脏愚昧之体；以此而论，更焉有杀人放火之神灵乎？且焚烧大栅栏老德记一处之房，遂致蔓延如此大火，何以法术无灵；以此而论，又似匪徒煽惑扰乱耳"。

正阳门大火后，京城内无日不火光烛天，拳民四处破坏教堂攻击教民，庄王府前的广场成了集体大屠杀的刑场。在这空阔的广场上，他们肆意杀人，人头滚滚，尸积如山，天热尸腐，臭气冲天，全城一片鬼哭狼嚎。等到教民被赶尽杀绝，幸存者逃入使馆区和西什库教堂依附洋人筑垒自保。教民杀不着了，他们又开始滥杀无辜，诬指许多市民（包括妇女和小孩）为白莲教而将其杀害，据当时目击者记载："乡民适趋市集，七十余人悉絷以来；伪饰优伶冠服儿童戏物，指为白莲教；下刑部一夕，未讯供，骈斩西市。有妇人宁家，亦陷其中，杂诛之，儿犹在抱也"；义和团不同派别之间也在互相武斗残杀；京师禁军和甘军趁机肇乱，受害者不计其数。除杀人外，义和团和清军还掳掠商户平民，将赃物公开拍卖，连当朝权贵也不能幸免，大学士孙家鼐和徐桐的家均被拳民抢掠，时年八十岁的徐桐更是被团民拖出公审，他跪地苦苦哀求才幸免殴辱。

第十八章　大沽沦陷

在天津的各国军队将领总结了西摩尔联军进京受阻的教训，他们认为西摩尔之所以失败是因为联军的后路被清军所控制，后续部队无法及时跟上提供支援。从战略上来看，要想打通天津通往北京的道路，必须首先设法攻占大沽炮台，这样联军向北京进发就没有后顾之忧，并能为后续的大批联军取得登陆的据点。

大沽是黄河改道从天津入海冲积而成，东临渤海，北靠京山（北京—山海关）铁路，是北京通往海洋的东大门，又是从海上通往天津的必经之路，战略位置极其重要，自古以来就是大清的海防重镇。

大沽炮台位于白河口以南，北盐田以东。北岸叫北炮台，南岸叫南炮台，聚集在南部的叫新炮台，以泥土垒筑，外面围上石墙，坚固之处就是金城汤池也比不过。大沽炮台距离北京四百八十余里，距离天津二百余里，是从水路进入京城的咽喉要道，内港外港，均有险阻可守。港外有沙洲，水位极浅，而且离炮台很远，就是潮涨时，水深也不过六七尺，轮船想开进来颇不容易，军舰尤其不易驶近。确实是个天然要塞，一夫当关，万夫莫开。倘若布置得宜，防范有法，就算每天被大炮围攻，也无所畏惧。

1870 年，李鸿章就任直隶总督后，十分重视大沽口的军事防务，在对原有炮台进行加固的同时，增建炮台三座，增添大炮四门。又从欧洲购买铁甲快船、碰船、水雷船等装备。此后若干年一直不断建设，到 1900 年，大沽口防御体系大致完成，主要由坐落在海河入海口两岸的四座炮台组成，呈"田"字形排列。四座炮台共配备德式"克虏伯""阿姆斯特朗"和国内仿制各种口径火炮一百七十余门。这些大炮从各个角度编织出一张严密的火力网，足以阻挡任何企图闯入的敌人。

此时驻防大沽口的清军约有三千人，天津镇总兵罗荣光为大沽要塞最高指挥官。由北洋海军统帅叶祖珪率领的"海容"号巡洋舰和"海龙""海犀""海青""海华"四艘鱼雷艇也停泊在大沽口内。在距大沽炮台数十里处，还驻扎有不少清军部队，与大沽守军遥相呼应。

联军将领试图占领大沽炮台的计划最初无法获得各国驻天津领事的支持，各国领事担心联军立即进攻大沽炮台将会激起中国军民更加猛烈的反抗，从而使外国人和外国军队处于更加危险的境地。倘若联军执意夺取大沽炮台，那么联军将为每个身在内地的外国人签署死刑证。因此领事们主张即便确实须要占领大沽炮台，也必须"缓占"。

但各国海军将领却不这么认为。他们指出在中国需要保护的外国人有四类，即分散在各地的传教士、处境危险的西摩尔联军、在北京的外侨和在天津的外侨。如果延迟行动，并不意味着能使传教士和外侨的安全得到保障，反而会使西摩尔联军的处境更加危险。反之，如果迅速夺取大沽炮台，一则可为挽救西摩尔联军打开交通障碍，二则能为后继的大批联军取得登陆据点，三则可以排除驻守大沽炮台的清军对各国舰队的威胁。有了部队才能代剿团匪，才能真正保证传教士和外侨的安全。

各国将领执意强占大沽炮台的另外一个原因是京津局势日趋危急后，清军从山海关向大沽炮台增兵，并在大沽口水面部署了大量水雷，有计划地破坏铁路、电线，有意阻止各国军队在此登陆。在各国将领看来，清军的作为显然是一种"助匪为虐"的不合作态度，"实与各国有碍"。基于这些事实和判断，各国将领将大沽炮台视为自己必须占领的军事要地。

攻打大沽炮台本是各国海军的联合行动，但在行动中俄国军队表现得最为积极，最为迫切，实际上充当了这次行动的主谋和元凶。俄国将领是想尽快提高俄军在联军中的地位，以此削弱英国在联军中的影响。俄陆军大臣和总参谋长强调，如果俄国要运送军队前往中国，必须主宰北直隶湾的登陆地点和前往北京的铁路，就应在大沽设立前进基地，保证把大沽到北京的铁路沿线建成主要据点。驻扎在旅顺口的俄国远东舰队司令阿克谢耶夫也认为，既然英国西摩尔将军已取得首批进京联军的统帅权，那么攻占大沽口的联合舰队就应当由一个俄国将领来指挥，以便未来与企图担任联军统帅角色的西摩尔相抗衡。

军方的建议得到了俄国政府的全力支持，凭借地理优势，俄国政府迅速指派俄国太平洋舰队司令基利杰勃兰特海军中将立即从旅顺口抽调一千六百名官兵星夜往大沽口转移。

俄国太平洋舰队司令基利杰勃兰特海军中将是当时各国驻大沽口海军将领中级别最高的将领，且年岁居长。俄军事当局之所以任命他率领舰队前往大沽口，实际上是希望他能成为联军进攻大沽口的最高指挥官，夺取指挥权。基利杰勃兰特到达大沽后，一面派人详细侦察大沽炮台布防情形，一面加紧与各国舰队指挥官串联沟通，两次邀集各国海军将领到俄旗舰"俄罗斯"号巡洋舰上开会，密谋进攻大沽炮台的具体措施。基利杰勃兰特没有辜负俄军事当局的期望，他确实充当了联军进攻大沽炮台的总指挥。

6月15日，基利杰勃兰特邀请英国舰队临时指挥官普鲁斯海军少将、法国舰队指挥官库尔若利海军准将、德国舰队指挥官裴德满海军上校、日本舰队指挥官永峰海军大佐、意大利卡泽拉海军上校以及奥匈帝国科诺维茨海军少校等来到他的旗舰开会，讨论局势及应对办法。会议认为，中国军队已从先前对联军的友好转为敌视，大量情报表明清军正在进行大规模的异动，有切断津沽铁路的企图，在白河口也布置了水雷。各国将领一致认为必须采取措施保全铁路并保护天津外侨，于是迅速占领大沽炮台的主张很容易就获得了各国将领的一致同意。

各国将领认为，中国军队的动向毫无疑问带有敌对性质，大沽炮台中国守军企图遏制外国军队继续在大沽口登陆，从而使天津、西摩尔联军、北京的情势日趋险恶。特别是清政府在大沽及通往天津的道路上集中了大量军队。这一切都促使各国将领必须下决心立即夺取并占领大沽炮台，然后以大沽炮台作为联军大举进攻中国的滩头阵地。

不过，当天的会议并没有就联军夺取大沽炮台的行动作出最后决定，但已开始为这一军事行动进行准备。会后，三百名日军立即被派往塘沽占领塘沽火车站；二百五十名俄军和法军被派往军粮城火车站，企图控制津塘之间的交通，保障进入海河的水路畅通无阻。

次日（6月16日）上午，各国海军将领在"俄罗斯"号巡洋舰举行第二次会议。经缜密分析，各国将领认为清政府已从先前对义和团的镇压转为同情，为了控制局势，有效保障外国人的安全，各国将领最终决定不惜一切代价夺取对整个战局至关重要的大沽炮台。这个计划遭到了美军舰队司令肯布夫的反对，肯布夫认为他们没有得到授权向一个与美国保持和平的国家发动战争，因此拒绝参加，不过他宣布，一旦美军遭到清军的攻击，那美军就不客气了。

各国海军将领就兵力部署进行了周密安排，计划兵分两路攻击大沽炮台。当天的各国海军指挥官联席会议在中午十一时许结束。

傍晚六点钟，各国海军传令所有大沽口内的西方人，限一个小时之内全部转移到停泊在铁路码头旁边的美国军舰"莫诺开赛者"号上躲避，以免被炮火所伤。各国军舰也在紧张地准备，等待开战。

美军舰队司令肯布夫认为一旦启衅，天津租界必然会遭到中国方面的攻击，后果不堪设想，他很不愿参与这件事，只因各国将领已达成一致意见，难以拦阻，于是提前将军舰开出大沽口外，以观察动静。

又过了几个时辰，亥刻（晚上九点至十一点），俄国海军参赞副提督（中尉巴赫麦季耶夫）和英国通事二人突然来到清军军营面称："拳民焚毁教堂，清国政府并不尽力剿办，还在海口安装水雷，明显有与各国为难之意。现在俄、英、德、法、意、奥、日七国约定，限清军在明天凌晨两点钟让出大沽南北岸炮台营垒，以便联军屯兵，疏通从天津到北京的道路"，并交来一份由各国海军将领联名签署的公函。

联军送达最后通牒精心选择了时间，这时距离上午会议结束过去了八九个小时，离通牒的最后期限只剩三四个小时。联军有足够的时间准备进攻，而清军则连反应的时间都没有。

尽管事发突然，大沽炮台守将天津镇总兵罗荣光还是义正词严地向联军信使表达了自己的态度："中国拳民滋事，业经简派大员，调拨兵勇多营，严拿禁止，并保护各国教堂。所以不即刻剿办者，恐与各国商务有碍。至沽口安放水雷，不过备平时操演之用，别无他故。"答以此事未便做主，须禀由北洋大臣再为奉覆。

对罗荣光的回复，俄军中尉巴赫麦季耶夫很不以为然，他明确告诉罗荣光："中国意图，各国均已看破，不得强词掩饰，如两点钟不让出营台，定即开炮轰夺。"

罗荣光知道联军不会放过大沽炮台，加紧备战。此时电线、铁路均已不通，他下令南北各炮台加强备战，随时准备投入战斗，增加海口灯塔船至海河河口处放置水雷的数量，向两岸炮台增加战斗兵员。并派专弁到津面禀裕禄，各国兵舰在大沽内者，已有架炮夺取炮台之势。若洋兵开炮攻台，该提督即饬守台弁兵开炮，竭力抵御。唯各国洋人既欲占据大沽炮台，各国水陆各兵自必陆续麇至。而聂士成所部武卫前军，除驻守芦台及前赴保定等处，往调尚未到津外，在津仅只十营。其余准练各军，除分防各处外，在津不及三营。宋庆队伍尚无进关消息。兵力单薄，万无把握。为今之计，如果洋兵来扑，惟有督饬现有各军，竭力抵御。并请旨迅饬董福祥等统带所部，星夜来津接应，以维大局。

与此同时，罗荣光还派专人"密约"驻守在大沽的北洋海军统帅叶祖珪，请其命令各鱼雷艇管带赶紧预备战事，到时由海神庙夹攻，与炮台守军共同迎击向大沽炮台进攻的联军。并商定与副将韩照琦督守南岸大营炮台，营官卜长胜督守南滩炮台。

当大沽守军积极备战的时候，联军也在进行军事部署。携带两门火炮的三百名日军已于6月15日在塘沽悄悄登陆，十艘吃水较浅的千吨以下舰艇也于清军在海河口布设水雷、封锁航道前驶入海河，并停在适当的战斗位置，将炮口瞄准清军各个重要目标。16日，又有六百名英德俄官兵分批在塘沽登陆，准备从侧后方进攻大沽炮台。同一天，各国舰队司令还命令停泊在塘沽车站附近的日舰"亚打告"号及停泊在海关附近的法舰"里昂"号和德舰"意尔的斯"号全力保护车站与海关；命令英舰"声誉"号和"鳕鱼"号监视中国的四艘鱼雷艇，并以俄舰"海龙"号、巡洋舰"基立亚克"号等军舰配合已登陆的联军夹攻炮台。联军已做好武力夺取大沽炮台的一切准备。

夜幕沉沉，大沽炮台和周边海面一片寂静。清军的炮台和联军的军舰都鸦雀无声，寂寞得吓人，双方都在等待最后通牒时间的到来，谁也不愿意在此之前首先打出第一枪。

半夜，炮声突然响起，如霹雳震空，满江烟雾弥漫，几乎对面不相见。两面到底谁在开炮，无从查证。但见满江炮弹飞舞，半空隆隆之声，与江面滚滚波涛相互鼓荡。英国军舰"奥尔求林"号停泊的位置正好面对炮台，差点被一发炮弹击中，因在夜里，炮台未能将其瞄准，得以幸免。一枚炮弹落进了"威鼎"号鱼雷船的锅炉内，也没有爆炸。只有德国军舰"意尔的斯"号受伤稍重，舰上指挥官差点性命不保，幸亏躲避迅捷，才得无恙。正彼此相持，联军见从下往上打，颇为费力，悄悄派日本兵从偏僻小路包抄到炮台后面，前后夹击。天要亮的时候，大沽炮台旁边的火药库被联军的炮弹击中，引发剧烈爆炸，烈焰飞空，浓烟匝地，守台将士被炸死的不计其数，大沽炮台开始陷落。最北边的第一个炮台被日军最先占据，正在悬挂国旗，北边外面的炮台也被英军攻下。各国军舰乘势驶到港口。不久，德国和俄国的国旗旗号又高悬于南面炮台。

到天明后，中国军舰"海容"号和四艘鱼雷船都被英军俘获，它们在战前停泊于港内，不知要开战，都没有准备，被敌人唾手而得，也挂上了英国国旗，用铁索拴在"威鼎"号和"斐蒙"号后面。那时炮台上逃跑的士兵和华人，有的被枪炮击落在河中，有的自己跳进海河中随水漂流，几乎触目皆是，被美国军舰救起来得以不死。到上午十点左右，各国将领见事已大定，派军官登岸查看。只见各个炮台已半成焦土，无头无足的尸体难以计数，积尸如山，血流成渠。各国军官命士兵将死尸抬到一处，举火焚烧。炮台附近中国百姓的房屋为炮火所伤的不知道有多少。大沽口内有中国船坞，里面停着一艘捉鱼雷船（扫雷舰），至此也挂上了俄国国旗，被俄国人所得。

此役，清军伤亡为数甚多。联军只有英国军舰"奥尔求林"号死伤武官各一名，士兵阵亡三人；"芝腊克"号军舰有一名武官受伤，因船中火药库爆炸，死亡七十人；德国军舰"意尔的斯"号指挥官伤势很重，因船上锅炉房爆炸，炸死数人；俄国军舰"仆勃尔"号毫无伤损，只有"高丽支"号上有二名武官受伤，士兵死亡八人，十二人受伤；法国军舰"雷安"号死伤武官各一名。战后各国军舰都降下半旗以志哀悼。

　　联军指挥官原本担心一旦大沽口打起来，直隶总督裕禄会给予增援，导致联军腹背受敌。所以在进攻大沽炮台四个多小时后，法国驻天津领事杜士兰才代表列强向直隶总督裕禄提交联军司令官共同署名的照会，内容与送给罗荣光的相同。照会的日期标为 6 月 16 日，实际送交时间是 6 月 17 日清晨五点，此时大沽战斗即将结束，裕禄就算想增援也来不及了。

　　各国将领显然高估了裕禄的能力。裕禄事先虽然已通过罗荣光的专差获知了联军即将进攻大沽炮台的消息，但他却以"力顾津郡"为由，拒绝派兵援助大沽，致使战略价值极为重要的大沽炮台落入敌手。

　　收到杜士兰的最后通牒后，裕禄感到问题严重，立即给朝廷写了一份报告，以"八百里加急"快马火速送往北京。他在报告中说："各国水师提督、统领，限至明日早两点钟时，将大沽口各炮台交给伊等收管，逾此时刻，不愿善交，则各国水师提督、统领，即当以力占据等语……查大沽为海口重地，断无交其管束之理。来文强横已极。且此文标二十发，二十一日（6 月 17 日）卯刻始行送到。文内云，今日早两钟交给，文到已逾时刻，其情形尤为诡诈。当经奴才咨行聂士成、罗荣光严加防备，竭力扼守。一面由奴才照复该总领事，以大沽海口系属重地，本大臣断无擅允交给之理。且中国与各国并未失和，嘱该总领事转致各国领事等语。"

第十九章　御前会议

6月16日午刻，慈禧在紫禁城仪鸾殿东暖阁召开了一次规模很大的御前会议，共有一百多名在京大臣参加。后到的跪在门槛外。仪鸾殿是南北朝向，光绪皇帝和慈禧太后背窗向北坐，军机大臣礼亲王世铎、荣禄、王文韶、赵书翘自南向北跪在御案旁，诸臣皆面南。众臣跪行一叩礼后，光绪首先诘责诸臣不能弹压乱民，神色十分严厉。翰林院侍读学士刘永亨跪在后面，与侍读学士恽毓鼎前后挨着，他悄悄对恽毓鼎说："刚才我在董福祥那儿，听他自称，可将拳匪驱逐出城外。"恽毓鼎催促他赶快告诉皇上。刘永亨膝行而前，奏道："臣刚刚见到董福祥，欲请圣旨，令其驱逐乱民。"刘永亨话刚说到一半，端王载漪就伸出大拇指，厉声说道："好，这就是失去人心的第一个好办法！"刘永亨吓得不敢把话说完。慈禧默然。太常寺卿袁昶在门槛外高呼道："臣袁昶有话上奏！"光绪让他进去说。袁昶说："臣之前曾微服前往东交民巷，见拳匪中枪而死，伏尸遍地，并不能避枪炮，其法术究不足恃。"慈禧驳斥道："这是土匪，绝非团民，若是团民，绝不至于中枪炮。"袁昶说："就算拳匪真有邪术，从古至今，也绝无仗此成事的道理。"慈禧闻言，大为不悦："法术不足恃，难道人心也不足恃吗？今日大清积弱已极，可以倚仗的也只有人心了。如果连人心都失去了，何以立国？"仓场侍郎长萃大声说道："义和团是义民！臣刚从通州来，深知其间情形，通州如果没有义和团，早就不保了。"载漪、载濂都说长萃说得对，人心不可失。光绪说："人心有什么可恃的？不过只能添乱罢了。士大夫都喜欢谈兵，甲午一役，朝中主战派横行，朕也受其蛊惑，结果导致一败涂地。今日诸国之强，十倍于日本，倘若联合起来对付我们，如何抵御？"载漪说："董福祥擅长打仗，战功卓著，有他在，洋人没什么可怕的。"光绪说："董福祥骄傲难驭，各国器利兵精……"光绪自从戊戌政变被幽禁后，每次召见群臣百官，都是照例说两三句话就罢了，绝不谈论政事，唯独这天满怀忧愤，说话严正切直，他知道如果擅自启衅，将足以亡国。这番话立即遭到反对，慈禧训斥他身为国君其心羸弱不堪。又说："如今京城扰乱，洋人有调兵之意，咱们该怎么办？你们有何见识，各据所见，从速奏来！"贝勒载濂慷慨陈词道："拳民能避火器，虽无确据，但其勇猛之气，不顾生死，实为敌人所忌惮。不扰良善，则是众口一词。唯独漫无纪律，以致奸民乘势扰乱。倘派董福祥这样忠信素孚的统兵大员对其妥为招抚，练为前队，足以资敌忾而壮军声。就大势而言，拳民总宜善抚，不宜遽剿。洋人总宜力拒，不可姑容。剿拳民则失众心，拒洋人则坚众志。人心之所同，即天心之所系，转移之机，正在于此。"总理衙门大臣、礼部侍郎许景澄痛斥拳民作乱在先，京城百姓受其祸害，不知多少人家被拳民残害至家破人亡。拳民杀戮使臣，有悖国际公法，若无他们作恶，外衅必不会开。应将拳民驱离，再与洋兵统帅和谈方为上策。拳民法术不可恃，不能依靠他们保卫国家。袁昶也力言拳匪不可恃，外衅不可开，攻杀使臣违背国际公法。慷慨激昂，声振殿瓦。慈禧很不乐意听到这种话，气狠狠地瞪着他。

　　群臣纷纷奏对，有的说应该剿灭，有的说应该招抚，有的说应该尽快阻止洋兵前来，有的说应该调兵保卫京城，意见不一。会议决定派总理衙门大臣那桐和许景澄出京劝阻洋兵，一面安抚乱民，设法解散，让群臣出去。恽毓鼎与光禄寺卿曾广汉、大理寺少卿张亨嘉、侍讲学士朱祖谋见太后仍有庇护拳民之意，今日会议未得要领，骚乱不会平息，故意走到后面，等其他人走了，又反身回来跪下奏道："臣等还有话说。"慈禧让他们说。张亨嘉极力申说拳匪应当剿灭，只要诛杀数人，大事即可平定。张亨嘉是福建人，闽南口音很重，话又说得很急，慈禧没有完全听明白。朱祖谋说："皇太后相信乱民，欲与西洋为敌，不知打算依靠何人办此大事？"慈禧说："我靠董福祥。"朱祖谋道："董福祥是个无赖，第一不可用。"慈禧勃然变色，厉声问道："你叫什么名字？"
朱祖谋答道："臣是翰林院侍读学士朱祖谋。"慈禧怒道："你说董福祥不可用，
那你保举个可用的人来。"朱祖谋猝然之间不能应答。恽毓鼎应声道："山东巡
抚袁世凯，忠勇有胆识，可调入京镇压乱民。"曾广汉说："两江总督刘坤一也
可以。"军机大臣荣禄在旁说道："刘坤一太远，袁世凯就要调来了。"恽毓鼎
说："风闻銮舆有西幸之说，京师是根本重地，一举足，将会天下摇动，请太
后三思。"慈禧力辩并无此事。四个大臣说完，纷纷起身出去。朱祖谋往外走
时，慈禧怒气冲冲地目送他。随后载漪、刚毅联合上疏道："拳民可靠，法术
甚神，雪耻强中国，在此一举。"载濂也上书道："时不可失，有人敢阻挠，请
立即斩杀。"听到的人莫不痛心，暗骂他们是妖孽，知道这样做必定会给国家
招致灭亡，但都畏祸不敢说。

　　会后，许景澄和那桐被派往天津杨村劝告西摩尔联军不要入京。如果对方
不听劝说，就派董福祥甘军前去拦阻；若不服阻拦，则与其决战。

　　两人走到丰台，被义和团拦住，问他们出京干什么。二人回答奉命前去阻
止洋兵。拳民说："我们只知道祖师之命，不必问朝廷之命，你二人此去，必
引洋兵入京，应当杀掉！"许景澄和那桐对其怒叱，被拳民拥至坛场，对他们
说道："你二人心不可知，应焚香奉表以辨真伪。"上表后，拳民说："表已上
达天庭，虽得赦宥，但你二人不可去见洋人，立即回朝复命，否则杀无赦！"
许景澄和那桐无奈，只得退回。载漪闻讯大喜，说拳民忠于国家，将其召至府
邸嘉奖。

　　那桐近日上奏，请朝廷速向各国宣战，不要等他们的援军到来；庆亲王奕
劻不敢得罪朝中仇洋派，对和战依然保持模棱两可的态度；荣禄请求护送外国
使臣去天津，说必须先将直隶总督裕禄解职，免生他变。

　　慈禧接受了荣禄的劝告，让他全力保护使馆，并可派兵护送各国使馆人员
及其眷属离开北京，不得妄加攻杀。

　　荣禄预先调集两千旗兵，准备将驻京使团与各国侨民送往天津。他到东交
民巷与克林德等各国公使商洽，但遭到拒绝，各国公使给出的理由是此时出
京，路途上的安全得不到保障。

　　当天，清廷发布上谕："拳民仇杀教民，肆行无忌，本应严行剿办。本日

召见世铎、奕劻、纳勒赫、溥伟、载沣、魁斌、载勋、载漪、那彦图、载莹、载润、荣禄、昆冈、刚毅、王文韶、立山……沥陈愚民无知，姑开一面之网。即著责成刚毅、董福祥，亲自开导，勒令解散；其有年力精壮者，即行招募成军，严加约束。该拳民既以义勇为名，如足备折冲御侮之资，朝廷原可宥其前愆，以观后效。究竟该拳民临敌接仗，有无把握，世铎等须细加察验，谋定后动，万不可孟浪从事。"

同日，慈禧给直隶总督裕禄、直隶提督聂士成、新疆喀什噶尔提督罗荣光发去上谕："现在各国使馆，已饬荣禄派武卫中军认真保护，明降谕旨。此后各国如有续到之兵，仍欲来京，应即力为阻止，以符张翼等与杜士兰约定原议。如各国不肯践言，则衅自彼开，该督等须相机行事，朝廷不为遥制。万勿任令长驱直入，贻误大局，是为至要。"

当日，盛宣怀致函军机大臣王文韶，劝他无论如何要向朝廷最高层表达当前真实的危急状况，以坚定朝廷剿平义和团的决心。盛宣怀又致函荣禄，希望他能利用自己在朝中的特殊地位发挥作用，尽早平息内乱，杜绝外患。他通过荣禄向朝廷提出四点建议：

1. 请政府发布一道上谕，表示对畿辅各处义和团所焚教堂，所杀教民教士，以及伤毙比、法、意、瑞等国铁路工程洋员、洋匠加以悯惜。

2. 请政府发布一道上谕，限 10 天之内肃清畿辅及津京地区的义和团，并饬将电杆、铁路赶紧修复，以通消息，而便馈运。

3. 请政府发布第三道上谕，以赈为抚，安抚直隶、京津地区的流民，促使他们尽快返回乡里。

4. 请朝廷尽快调整人事，调李鸿章任直隶总督，李鸿章督直隶 25 年，深得民心，虽屡经奇荒，地方帖服，且剿平发捻，直隶、山东、河南等数省至今震其威名，此内乱不难荡平。目前各国兵船集于津沽，水师登岸，由津赴京，数已不少。李鸿章若至北洋，当可劝阻洋兵不再进京，外衅也较易消弭。

《北华捷报》，又名《华北先驱周报》或《先锋报》，是上海第一家英文报刊。1850 年由英国拍卖行商人 Henry Shearman 在上海的英租界创办，每周六出报。主要刊载广告、行情和船期等商业性材料，同时也刊有言论、中外新闻和英国驻沪外交、商务机关的文告，并转载其他报刊的稿件，供外国侨民阅览。

因其与英国在华外交机构及租界当局关系密切，该报在来华西方人中具有一定权威性，关注中外情势的中国人对之也很重视。6月19日，《北华捷报》将刊发一篇社论，内容是主张慈禧归政光绪。文稿在刊出前被该报华裔职工获悉，辗转传到江苏粮道罗嘉杰耳中。罗嘉杰为了邀功，将社论添油加醋译成中文，换成"绝密情报"，派他的儿子送给荣禄。

6月16日午夜，忽有人私叩荣禄之门，说有机密要事求见。荣禄接见后才知是他的心腹——时任江苏粮道罗嘉杰的儿子，奉父亲之命送来一份机密情报，称得悉洋人照会，各国联合决定向清廷提出四项要求：一、指明一地，令中国皇帝居住；二、代收各省钱粮；三、代掌天下兵权；四、勒令皇太后归政。若不答应将大举进军北京。荣禄得报，大惊失色，急得终夜彷徨，绕室而行，次日清晨就急忙进宫向太后汇报。慈禧览报，悲愤交集，热泪横流，她专断独裁了几十年，谁也不怕，就怕洋人，近两年来一直担心恐惧的就是洋人夺走自己手中的权力，如今这一幕即将发生，她只有豁出老命，跟洋人拼了。当天一早再次召集群臣开会，讨论是否宣战的问题。

6月17日，慈禧急召大学士六部九卿商议和战。她对众大臣说："皇上意在和，不欲与洋人开战，我心乱矣，今日廷论，你们可分别为上言。"兵部尚书徐用仪说："用兵非中国之利，且衅不可自我开。"光绪说："我国积弱至此，兵力不足以应战。用乱民以侥幸求胜，岂足恃乎？"侍读学士刘永亨说："乱民当早除，不然，祸将不测。"载漪说："义民起田间，出万死不顾一生，以赴国家之难，不因而用之，以雪国耻，乃视为乱民而诛之，人心一解，谁来保卫国家？"光绪说："乱民都是乌合之众，各国兵强炮利，乱民岂能抵挡？奈何以民命为儿戏？"慈禧见载漪辩穷，问户部尚书立山："你说如何？"立山因善于迎合慈禧心意而深得其欢心，慈禧想得立山以助载漪。立山说："拳民虽然没有别的，但其法术多不灵验。"载漪顿时色变道："用其心罢了，何必论法术呢？立山胆敢廷争，必与洋人私通，请以立山退洋兵，洋人必听。"立山说："首先言战的是载漪，载漪应当去。臣主和，又素来不习夷事，不足以担当此任。"慈禧说："昔日德国亲王亨利来我国游览，你曾为其供给，亨利对你甚为感激，你应该去。"立山没有回答。载漪大声诋毁立山是汉奸。立山不服，与其争辩。慈禧让他们别吵了，随即宣布道："刚才收到洋人四条照会：一、指明一地，令中国皇帝居住；二、代收各省钱粮；三、代掌天下兵权。（第四条没有宣布）今日衅开自彼，国亡在目前。若竟拱手让之，我死无面目见列祖列宗。既然战也亡，不战也亡，一战而亡不更好吗？"此言一出，全场惊愕，大家不知所措。载漪和溥良力主开战，语气尤为激昂。仇洋派亲贵二十余人相拥哭成一片。群臣顿首道："臣等愿效死力！"慈禧高声说道："今天的事，你们诸位大臣都看见了。我为江山社稷，不得已而宣战。结果尚未可知，如果战之后，江山社稷仍不保，诸公今日皆在此，当知我苦心，不要归咎我一个人，说皇太后断送祖宗三百年天下。"群臣叩首道："臣等同心报国！"

袁昶急禀："皇太后所言归政照会妄诞不根，荒唐无据。总理衙门、军机处均未曾见此照会，必定是内奸伪造无疑。"载漪闻言，对其恨得咬牙切齿，必欲除之而后快。内阁学士联元和户部尚书立山表示乱民不可靠，大清军力太弱，不是洋人的对手。兵部尚书徐用仪也站出来表示反对。

见反战的声音很大，慈禧决定派三位主和派大臣徐用仪、立山和联元去使馆谕以利害，劝告洋人不要再派兵来，如果一定要挑起战争，可立即下旗归国。立山以自己不负责外交为由推辞，光绪说："去年各国使臣瞻仰颐和园，不是你负责接待的吗？今日事情紧急，你难道畏难吗？"慈禧怒道："你敢去，也要去；不敢去，也要去！"三人先出去了。慈禧随即命令荣禄率武卫军加紧备战，各省督抚派兵星夜驰赴京师，听候调用。又下谕："徐用仪等深入险地，可派兵遥护之。"群臣退出后，聚集在瀛秀门外，以各国照会一事质询总理衙门诸公，都面面相觑，不知道是怎么回事。有人怀疑是直隶总督裕禄传来的。结果不是。询问各国使臣，也坚称并无其事，竟不知从何而来。太后既说照会有四条，却只说了其中三条，不知另外一条是什么，大家带着疑惑，退班后去询问荣禄。荣禄说是勒令皇太后归政，太后讳言，所以没有说出来。

同日，清廷收到两江总督刘坤一、湖广总督张之洞等人的电奏。刘、张等人在电报中坚决反对朝廷对列强宣战，力主严厉镇压义和团，声称朝廷在镇压义和团的问题上如果再迟疑不决，不将其迅速剿灭，必将引来各国干预，一旦各国军队大至，大清就祸在旦夕了。对载漪、刚毅等人主张利用义和团御敌的建议，刘坤一和张之洞在电报中也予以严厉驳斥：从来邪术不能御敌，乱民不能保国，外兵深入横行，各省会匪四起，大局溃烂，悔不当追。希望政府在利用义和团的问题上慎重考虑，谨慎行事。

刘坤一、张之洞的电报在清廷内部引起了极大反响。袁昶、许景澄等主和派深感得到了刘、张两位封疆大吏的支持，局面或许会有所改变。他们迅速起草《请亟图补救之法以弭巨患疏》，力陈对义和团"必中国自剿，乃可免洋兵助剿"，建议朝廷责成荣禄"得以便宜从事"，准其对义和团格杀勿论。

在刘坤一、张之洞等人的影响下，主和派积极活动，慈禧于次日第三次召开御前会议，商讨和战问题。

6月18日早晨，慈禧召集群臣再次召开御前会议。见昨天慈禧已有了宣战的决心，载漪不顾国际惯例和外交通例，提议首先攻打使馆，以此威慑各国公使。军机大臣王文韶知道这是个馊主意，大胆劝阻道："外衅万不可开，使馆更应好好保护。"载漪大怒，对他当面呵斥。王文韶吓得汗流浃背，俯首不敢再言。载漪这一短视而无知的建议竟然得到了慈禧的批准。联元顿首亟言道："不可，倘若使臣不保，他日洋兵入城，必将鸡犬皆尽！"载澜说："联元刚从使馆回来，怀有二心，其罪当诛。"慈禧大怒，立即命令斩杀联元。庄王载勋急忙替他说情（联元是载勋的包衣），才捡回了一条性命。王文韶说："中国自甲午以后，财绌兵单，众寡强弱之势既已不等，一旦开衅，何以善其后，愿太后三思。"慈禧大怒而起，以手拍案骂他道："这些话，我都听腻了，还要你来说吗？你有本事就让洋兵不要入城，否则就把你斩了！"王文韶不敢辩。光绪对许景澄说："你出使外洋多年，现又在总理衙门当差，必有更好的处置办法。"许景澄说："中国与外洋相交数十年，民教相仇之事，年年都有，但每次不过赔偿而止，唯独攻杀使臣，中外皆无成案，必将引来大祸。"启秀说："使臣不除，必为后患。"许景澄说："春秋之义，不杀行人，围攻使馆，实悖公法。杀害使臣，各国以为大耻，若联合一气报复我国，后果不堪设想。"刚毅辩驳道："使馆一破，洋人无种，天下自当太平。"

近支王公群相责备，人多言杂，不得要领。慈禧拿不定主意，目视光绪道："圣意如何？"光绪不敢答话。荣禄急忙奏道："臣请求不要攻打使馆，以免各国联合致死报仇。以一国而敌各国，难有胜算，请皇太后三思。"慈禧仍逼着光绪表态。一脸悲戚的光绪默然许久后说："请皇太后允从荣相所请，使馆不可攻，洋人应送往天津。是否妥当，出自太后圣裁，非朕所敢做主。"慈禧派王文韶、立山、许景澄三人，速往使馆劝阻联军勿犯北京，暂缓宣战。光绪见事有转圜余地，叮嘱荣禄道："我兵全不可恃，事宜审慎。好在兵权全在你手，不宜浪开衅。"

会后，立山、许景澄、王文韶三人来到英国公使馆拜会英国公使窦纳乐，转达清政府的建议。他们首先向窦纳乐表达了朝廷对义和团骚乱的遗憾，声明义和团对联军所采取的任何行动不应被认为是得到了朝廷的许可，因为朝廷不能阻止他们。不过他们向窦纳乐保证，局势很快就会恢复平静，各国使臣不必恐慌，建议各国援军应留驻在距离北京约 19 千米的黄村车站，不要冒险挺进北京。

窦纳乐对立山等人此次来访的真实目的心存疑惑，明确拒绝了他们的建议。对义和团与联军的冲突，窦纳乐表示相信立山等人的解释，承认清政府应该没有支持义和团对联军进军北京进行阻挠。但他接着威胁立山等人说：一旦发现清军进攻联军，那就是另外一回事了。立山等人的努力最终没有换来各国公使劝阻联军进京的承诺。

随后，许景澄与袁昶联名上奏《请速谋保护使馆维护大局疏》："攻杀外国使臣，必招各国之兵，合而谋我，何以击之？攻杀使臣，中外皆无成案。主攻使馆者，将置宗社生灵于何地"，"泰西公法，尤以公使为国之重臣，蔑视其公使，即蔑视其国。兹若令该匪攻毁使馆，尽杀使臣，各国引为大耻，联合一气致死报复，在京之洋兵有限，续来之洋兵无穷，以一国而敌各国，臣愚以为不独胜负攸关，实存亡攸关也"。但他们的意见非但没有被慈禧所接受，还遭到了主战派大臣的围攻。许景澄没有放弃，他继续提出解决危局的唯一办法就是为外国使馆提供保护，让使馆人员的生命安全得到保障，同时围剿作乱的拳民，诛杀纵匪作乱的祸首，以此来退洋兵。在主战派的一片疯狂叫嚣中，许景澄和袁昶被斥为汉奸和卖国贼。

当日，京城外州县各村庄义和团，不分昼夜鱼贯而来，通衢大街，尽是大兵，拳民滔滔而行。

第二十章　廊坊大捷

6月18日，董福祥奉命率2000余名甘军进驻京津铁路沿线，阻止西摩尔联军进犯北京。

当西摩尔率大部分联军撤出廊坊后，后卫部队遭到义和团和甘军的围攻。在御侮抗敌精神的感召下，义和团与甘军密切配合，甘军骑兵从侧翼包抄攻击联军，步兵和义和团则乘虚冲杀，使联军两面受敌。西摩尔在落垡获悉廊坊战事吃紧，命英、奥、意军折返廊坊，用重炮轰击敌人。清军和义和团几番攻击，均未能破敌，只得撤防原地。此役，甘军和义和团以死伤数百人的代价重创联军，打死敌军6人，击伤48人。

随后义和团和甘军又赶往杨村围攻西摩尔联军，使其完全陷入孤立，伤亡不断增加，再乘船北上入京已经不可能。6月19日，联军抢夺四艘平底帆船运载伤兵，沿运河撤回天津，一路上不断遭到清军和义和团的阻击，处境十分狼狈，不得不昼伏夜行。

6月22日凌晨4点多，西摩尔联军抵达西沽武器库附近，发现对面的河岸上有一座堡垒式建筑，派人隔岸喊话道："我们是朋友，需要过去。"守卫士兵回答道："可以，通过。"当联军官兵约一千人站在河堤上张望时，守军突然用来福枪和四门大炮对其发起攻击。联军仓皇躲避，借河堤作掩体，组织炮火反击。此时联军给养仅能维持3天，须按半数配给，决定不惜代价夺取堡垒以求喘息。

北运河宽不过三十米，西摩尔采取迂回战法，一面派琼斯通少校率领的英国陆战队向下游推进半里过河，借一个村庄做掩护潜伏到离守军一百米处向守军发起进攻；一面派两个连的德军和一个连的美军从上游过河，沿河岸匍匐前行。守军士兵利用围墙掩护阻击敌人。双方激战一小时，琼斯通少校的陆战队用梯子爬上堡垒，翻墙与守军进行白刃战，守军不敌，西沽武器库陷落，炮台阵地和克虏伯大炮落入敌手。联军在武库内发现了大量武器弹药和给养物资，得以获得补充。

下午两点，聂士成率军赶来从多个方向发动进攻，想竭力夺回武库。霍家嘴、白庙、教场口一带的义和团听到消息也赶来助战。有联军军官记载道："中国人顽强而极其坚定地冲向炮台和军火库，用炮火轰击炮台，其中一门设置在 1.6 千米远铁路线上的火炮，给联军造成了极大的威胁和伤亡。"营官徐照德带队攻入武库，与联军短兵相接，亲手杀掉了三个敌人，被枪弹击中，仍挥手杀敌，气尽而止。经过两小时血战，西沽武库失而复得。

陷入绝境的联军拼命反击，他们放火烧毁附近的村庄，与清军展开激战，又重新夺回武库。到下午 4 点半，联军全部躲进了武库。此战，美国纽瓦克舰舰长麦克卡拉、凯瑟琳·奥古斯塔号舰长布库勒兹被击毙，联军官兵伤亡六十多人。

6 月 23 日清晨，清军对炮台进行了一次准确炮击，给联军造成了较大杀伤。入夜，西摩尔派贝兹上校和多哥上校指挥海军陆战队突围，遭到聂士成军和义和团的有效阻击。贝兹上校被击毙，部下只得退守武库。西摩尔决定尽量留守西沽武库，派人去天津搬救兵。

6 月 24 日晚，联军向天上发射彩色急救信号弹，派中国人混出武库秘密前往天津租界联络，这些信使不是被义和团抓住就是被清军击毙。

终于有一个奸细混了出去，向租界联军求援。

6 月 25 日早晨，由俄国西林斯基中校指挥的大约 2000 名穿着白衣，打着俄、德、日三国国旗的援军离开天津租界，在上午 9 时许抵达西沽武库，经过激烈的战斗，终于解了西摩尔联军之围。

次日凌晨三点，一支光怪陆离的部队从陆路开拔：前面由俄军开路；中间是由三百二十多具担架组成的伤兵队；英国"百人队队长"号炮兵克罗福敦上尉等人骑马殿后，离开前，他们放火烧毁了西沽武库，撤回天津租界。

此役，西摩尔联军战死 62 人（包括 2 名舰长和 1 名上校，接近第一次鸦片战争英军阵亡人数的总和），受伤 228 人，占联军总数的 14%，这场战役在中国历史上被称为"廊坊大捷"。西摩尔后来回忆道："如果义和团完全使用现代武器的话，我率领的联军必将全军覆灭。"

裕禄表彰义和团的功绩，对其赏赐巨万，唯独不与聂军。

第二十一章　克林德被杀

6月19日中午，朝廷收到直隶总督裕禄用"八百里加急"快马送来的一份紧急情报：联军向大沽炮台发出了最后通牒，要求将炮台交与各国收管，否则就将武力夺取。请求朝廷立即宣战。慈禧览报，极为愤慨，认为列强简直欺人太甚。她所不知道的是，大沽炮台早在两天前就已沦陷，战争事实上已经打响了。

当日未刻（下午一点至三点），慈禧在西苑仪鸾殿紧急召开第四次御前会议。她恼怒地对众大臣说："在各国未索取大沽炮台之前，我尚有严惩团民之意。如今洋人竟想强占炮台，还要干预我大清主权，简直狂妄至极！"说罢，她命许景澄去给各国使馆送交照会，限各国使馆人员在二十四小时之内一律离开北京，由朝廷派兵护送到天津。光绪面如死灰，突然从座位上站起来，走到许景澄面前，拉着他的手哭着说道："兵端一开，朕一人死不足惜，只是苦了天下苍生！卿要设法挽救，更妥商量。"

许景澄也不由得眼眶湿润。

君臣相对而泣。

慈禧厉声呵斥道："皇帝放手，不要误事！"

光绪闻声，吓得浑身一颤，颓然放手。

许景澄还牵着光绪的衣袖哭泣着。

慈禧怒斥道："许景澄无礼，给我下去！"气得声音都变了调。

许景澄叩头高呼道："求皇太后保护我皇上。"就遵命退下了。

联元见情况危急，不顾一切出班恳谏道："法兰西是传教国，衅端也启自法国，即使开战，也只能与法国一国开战，万没有与十一国同时开战的道理。果真如此，国家可就危险了！"边说边哭，额头上的汗水像珠子一样渗了出来。慈禧置若罔闻，命军机章京连文冲草拟宣战诏书。派载润等特别注意捍卫宫墙，以备不虞。赏内膳房饭食，不必下班。诸臣皆退。

此时慈禧并不知道大沽炮台已经失陷，给裕禄下旨让他加紧备战："各国洋兵欲行占据大沽炮台……军事紧迫，兵衅已开，该督须急招义勇，固结民心，帮助官兵节节防护抵御，万不可畏葸瞻顾，任令外兵直入。设大沽炮台有失，定惟该督是问。兵机顷刻万变，朝廷不为遥制，该督若再贻误，试问能当此重咎乎？将此由八百里谕令知之。钦此。遵旨寄信前来。"

6月19日下午5点左右，总理衙门向各国驻华使馆发出照会："现据直隶总督奏报，称本月二十一日（6月17日），法国总领事杜士兰照会内称，各国水师提督统领，限至明日早两点钟，将大沽口各炮台交给伊等收管，逾此时刻，即当以力占据等语。闻之殊为骇异。中国与各国向来和好，乃各水师提督遽有占据炮台之说，显系各国有意失和，首先开衅。现在京城拳会纷起，人情浮动，贵使臣及眷属人等在此使馆情形危险，中国实有保护难周之势，应请于二十四点钟之内，带同护馆弁兵等，妥为约束，速即起行前赴天津，以免疏虞。除派拨队伍沿途保护并知照地方官放行外，相应照会贵大臣查照可也。"

该照会共有12份，分别由总理衙门在19日下午递交给东交民巷的十一国公使馆。另外一份单独送给海关总税务司赫德。

因为义和团拆毁了电线杆，北京和天津之间的电报通信早在6月10日就已中断，各国公使对联军要求清政府交出大沽炮台一事全然不知。

他们知道驻津领事没有宣战之权，怎会忽有此举？深为疑异，特意联名写就公函，送交总理衙门，请见王大臣载漪面议此事。载漪推辞不见。各国公使无奈，当天半夜，再次联名致函总理衙门，以路途安全无保障为由，请求将启程日期延缓到四十八小时以内，一面整束行装，做离京准备。

庆亲王奕劻回复说稍缓日期，可以通融。现在满大街都是拳匪，劝各国公使不要来总理衙门，以免在路上遇到危险。那时已是深夜，他的回复没有来得及送给各国公使，打算第二天上午再送过去。

各国公使胆战心惊地等了一夜，在次日（6月20日）早晨8点再次召开会议。到9点半仍然没有收到总理衙门的回复。德国公使克林德要求大家集体前往总理衙门问个所以然，但没有人愿意冒险，绝大多数公使都认为应该继续待在使馆等待，如果没有答复就贸然前往，坐在总理衙门等着大臣召见有损他们的尊严。性情暴躁的克林德见无法说服大家，气得一拳砸在桌子上说："我去总理衙门坐等，即使坐上一天，也要把他们等来。"俄国公使格尔思建议还是大家一起去，而且要有武装护卫。克林德满不在乎地说："没有什么危险，昨天和前天我派翻译出去过，他一点儿也没有受到骚扰。"格尔思说："既然如此，为什么不派翻译先去跑一趟探探消息呢？"克林德说："好主意，就派他去。"会议结束后，众人回各自使馆等待消息。克林德突然改变了主意，他吩咐下人准备两顶轿子，他坐一顶，翻译柯达士坐一顶，一同前往总理衙门，德国使馆卫队队长建议派兵护送，被他拒绝了，只由两名身穿制服的侍从骑马开道。克林德害怕途中遭遇不测，还是带了把手枪在身上自卫。

克林德乘着那顶豪华的绿呢大轿和乘小轿的翻译官柯达士在几名德国海军陆战队士兵的护卫下出发了。出了东交民巷后，负责保卫使馆的中国士兵前来引导，克林德表示同意，便将德国士兵遣回，和柯达士在清军的护送下前往总理衙门。行至东单牌楼北大街西总布胡同西口，清军神机营霆字枪八队章京恩海正率队在此巡逻。恩海看见洋人乘轿而来，站在北面高处取枪对准了轿子。克林德发现后在轿中首先向他开枪，没有打中。恩海开枪还击，一枪就将他击毙了。翻译柯达士见了吓得要命，急忙舍轿而逃，躲进附近的一座教堂暂避。两个侍从见清军和旁观者越聚越多，急忙返回使馆，将此事分别告知各国使馆。各国公使闻讯大惊，怀疑是清政府有意派兵戕害，决计预备守御，不愿出京，以免重蹈克林德的覆辙。

恩海等人分取克林德的银表、戒指和枪械等物而去。

关于克林德之死，说法各异。柯达士的说法是：这像是一场设计好的谋杀。另一种说法是：克林德是被误杀了。

为什么克林德的死讯会提前6天就公之于世呢？如果是报社摆乌龙，为什么正好是克林德，而不是其他公使？其中究竟是偶然还是阴谋？此事件成为庚子年间众多极为蹊跷的历史谜团之一。

身临其境的美国传教士明恩溥事后分析，这种提前数天就已弄得满世界都知道的死讯实在是罕见怪事，"考虑到电报线路早在克林德被杀之前就被切断了，由此带来的通信滞后是如此之严重，以至于在北京之外，任何人要想证实这次谋杀，恐怕非得花上整整 12 天不可。而这一次你却能提前一周知道还没有发生的事情"。

西方史学界一般认为，这一精准无比的死亡预告，证明了克林德死于中国是有计划有预谋的暗杀。明恩溥相信，克林德对义和团的残酷镇压导致他成为中国人刺杀的目标。相当多的学者赞同德国使馆卫队的滥杀行动令克林德成了中国的头号敌人。

当时在海关税务司工作的汉学家、美国人马士在其名著《中华帝国对外关系史》中认为，克林德在公使会议上公开提议瓜分中国，甚至囚禁慈禧太后才是他被杀的真正原因。华俄道胜银行的总裁波克提洛夫在使馆解围后写给财政大臣维特的信中揣测道："克林德提议瓜分中国的事被在使馆卧底的中国仆役侦知报告了清政府，清廷随即制定了刺杀计划。"

李希圣在《庚子国变记》中写道："太后谕各国使臣入总理衙门议。德使克林德先行，载漪令所部虎神营伺于道，杀之，后至者皆折回。"

克林德与清军发生冲突，被当场击毙，柯达士惊慌逃脱。开枪的清军士兵是神机营霆字枪队章京恩海。有关冲突的细节主要来自柯达士的回忆，而柯达士既是审判恩海的主审官，又是主要证人，其证词的真实性相当可疑。多种说法无法相互印证甚至相互矛盾：有说是恩海受命刺杀，因此一枪毙命；有说是克林德率先寻衅，并试图拔枪，但被恩海快了一步；也有说是克林德率先开枪，清军还击。

当时在北京的记者莫里森对翻译柯达士进行过采访，柯达士在采访中说："谁射杀了公使，他的同伴是些什么人，这都是没有疑问的。他们不是义和团，而是清兵，都穿着军服。他们无疑是事先在捕房附近埋伏好的。唯有九门提督崇礼方能下此命令……此外，还有一个情况可以佐证公使是被政府军谋杀的：没有人向轿夫和马夫开枪。假如是义和团，他们一般都会以同样的仇恨袭击为洋人服务的中国人。"在《泰晤士报》上莫里森这样报道："太后和端郡王……筹划了一次集体屠杀，根据这一计划，所有外国公使在那天早晨都将大难临头。"

已经提前一周"被死亡"的克林德在这一天终于被击毙了，无论导致他死亡的真正原因究竟是什么，结果是列强彻底关闭了和清政府继续沟通的大门，西总布胡同的枪声，宣告了一场灾难的降临。

6月20日，大沽炮台的最新情况仍然不为北京所知。这天，清廷给裕禄发去一份新的上谕："裕禄于二十一日（17日）后并无续报，究竟大沽炮台曾否开战强占？连日洋兵作何情状？现在招募义勇若干？能否节节接应？拳民大势又是如何情形？著即迅速咨明总署转呈，并遵前旨随时驰报一切。将此由六百里加急谕令知之。钦此。遵旨寄信前来。"

上谕发出后不一会儿，朝廷就收到了裕禄以"八百里加急"快马送来的"捷报"（《接仗获胜折》）："奴才于本月二十一日（6月17日）将洋兵欲占大沽炮台，情形紧迫，请旨饬派董福祥统带所部，来津接应等因，驰奏在案。旋据罗荣光专差来津声称，二十夜戌刻，各国兵官向该提督索取炮台屯兵，该提督未允，恐启衅端等语。随又接据该提督函报，洋人因至丑刻未让炮台，竟先开炮攻取。该提督现在竭力抵御，击坏洋人停泊兵轮二艘，天黑远望不直，未知沉否等语。奴才当查，洋人既在大沽开炮，兵端已开，津防万分吃重。即分饬驻扎天津之武卫军，并本处练军各营队，严加准备，以防不测。并因天津义和团民，近已聚集不下三万人，日以焚教堂、杀洋人为事。值此外患猝来，断难再分兵力剿办拳民，势不得不从权招抚，以为急则治标之计。当将该团头目传集，示以收抚之意。该头目等均称情愿报效朝廷，义形于色。正在筹办间，据各营报称，见有火车十余辆，装载洋兵，由陈家沟北上。该军当拆铁路拦截。彼即开炮攻打，致伤数兵；我军亦遂开炮回击。随有洋兵麇至，意欲包围营盘，我军相机抵御。战至夜分，始行收队。二十二日，紫竹林洋兵复分路出战，我军随处堵截，各营炮台，开炮轰击；义和团民亦四处纷起助战，合力痛击。至日暮始将洋兵击退，而紫竹林租界洋房已焚毁不少。二十三日卯刻，复出队击攻。洋人因巢穴难保，力战尤猛。我军会合团民与之鏖战，良久，敌势力渐不支；各队尽力攻击，午后愈形穷蹙，纷纷窜匿。奴才与聂士成商酌，现事势已如此决裂，似难轻易挽回。拟即一鼓作气，使洋兵巢穴尽覆，以壮我军之威，而夺彼族之气。再议并力接济大沽。至大沽距津一百余里，电线不通，防守情形若何，尚未续得确信。惟传有药库被毁之信，危急可想而知。现已将军粮城一带铁路拆毁，并启陈家沟铁闸泄水，以杜洋人续行进兵之路。并探闻各国前次进京兵队千余人，因前后铁路尽毁，为拳民困于杨村一带，欲由水路窜回天津，亦经分队往御。此洋人开衅，连日力战获胜，并现筹防守之实在情形也。"

大沽炮台的争夺战已经过去三天了，但是裕禄依然以"电线不通"为由，不知或假装不知大沽炮台已经沦陷，他的报告给朝廷的印象是大沽炮台还在清军手里，他现在所做的事情，比如招抚义和团，想方设法打击各国军队，甚至攻击租界，都是为了有需要时"接济大沽"。不仅隐瞒真相，裕禄还建议朝廷扩大战争："奴才伏查，此次中外开衅，实缘民教相仇，势不并立，情势所迫，遂致卒起兵端。自开仗以后，民心极固，军气甚扬。将领胡殿甲、何永盛及各营官弁，均能齐心努力，奋往无前。奴才惟有妥为联络，竭尽心力办理。但彼族经此大创，断不甘心，各国之兵，势必尚有大举。以一服八，军事万分棘手。以天津现有兵力，待八国麇至之师，其何能支？相应请旨，调拨大军，星速赴津援助，以维大局。"

这份"捷报"点燃了慈禧与洋人决战到底的信心。

第二十二章　向列强"宣战"

6月20日早晨，诸王公大臣齐集瀛秀门外。慈禧撇开光绪，单独在仪鸾殿召见庆、端二王及各军机大臣。礼亲王世铎、荣禄、刚毅、王文韶、启秀、赵舒翘都到了。荣禄含泪跪奏道："中国与各国开战，非由我启衅，乃各国自取。但围攻使馆，决不可行。若如端王等所主张，则宗庙社稷，实为危险。就算杀掉几个外国使臣，也不足以显扬国威，不过徒费气力，毫无益处。"慈禧说："你若执定这个意见，最好劝洋人赶快出京，免遭围攻，我不能再压制义和团了。你若除此以外，再无别的好主意，可立即退出，不必在此多言。"荣禄只好叩头退出。启秀从靴中取出拟好的宣战上谕进呈御览。慈禧看了，点头说道："很好，我的意思就是这样。"问各军机大臣意见如何。众人都主张与各国决裂。此时已到平常召见众臣之时，慈禧入宫稍事休息，又到勤政殿召见各王公大臣，恭王、醇王、端王以及各军机大臣、六部满汉尚书、九卿、内务府大臣、各旗都统等都来了。光绪先到，等慈禧轿子到来，将她跪接而入。李莲英在旁边侍候。这次会议徐桐也参加了，他刚从东交民巷逃出来。慈禧祝贺他平安无恙。光绪面色灰白，入座时战栗不已。慈禧厉声说道："此次洋人欺侮太甚，我不能再为容忍。之前我始终压制义和团，不欲开衅。直到看见外交使团致总理衙门的照会，竟敢要我归政，才知此事不能和平解决。皇帝自己都承认不能执掌政权了，他们还要来干预，天津法国领事索要大沽炮台，已经十分无礼,此次各国公使的照会,凌辱我大清主权,尤其悖谬至极。本朝二百余年,深仁厚泽,凡为吾赤子,皆视同一体,无分南北。自从我执政以来,谨守成宪,罔敢废堕。租税之轻,历代所无。偶有偏灾,立发内帑赈济。前此发逆(太平军)作乱,朝廷指授方略,克平大难,重睹升平。今日受外国欺侮,正是我全国臣民合力同心,报效国家之时,奋勉杀敌,永杜外侮。果能全国一心,何难制胜夷人。朝廷平日以怀柔远人为心,不与深校。彼等乃误解,以为懦弱,横肆欺侮。今日当使彼醒悟。本朝政尚宽大,康熙皇帝应许洋人自由传教,此乃过于仁厚,为后来忧患之源。夷狄不知圣人之教,遇事常多无礼,至于其他细微之事,足以败坏我国风俗。自恃兵力,肆无忌惮。但今日中国人已全体发奋,数千万义和拳民,皆奋起以卫国家。我总觉得咸丰十年(1860年),英法联军走得太容易了。那时若有一得力之军,截而杀之,即可转败为胜。但时至今日,我等报复之期已至!"说完,又问皇帝之意如何。光绪迟疑良久,才说:"请太后听荣禄之言,勿攻使馆,将各国公使平安送到天津。这是大事,朕不敢决断,仍请太后作主。"赵舒翘奏请明发上谕,将内地洋人灭除尽净,以免其为外国间谍泄露我国机密。慈禧命军机大臣斟酌此议奏闻。赵舒翘退下后,立山、许景澄、袁昶依次进谏,说以一国向各国宣战,必不免于败绩,恐酿瓜分之祸,内乱必乘机发生,后果不堪设想。袁昶说:"臣在总理衙门当差二年,见外国人都和平讲礼,不信有请太后归政的照会。据臣愚见,各国使臣必不至于干涉中国内政。"载漪闻言大怒,斥骂袁昶是内奸,问慈禧道:"太后肯相信这个内奸的话吗?"慈禧责怪他言语粗暴,命袁昶退出。自此无人再敢进言。慈禧随即命军机宣读开战上谕,将其传送各省。命载勋和载澜为团练大臣,准备致祭太庙。命明白通知各国使臣,有愿今晚离京的,仍由荣禄派兵护送到天津。众人退下后,慈禧单独召见载漪和载澜。载澜奏闻慈禧,他在观看义和团练习时,忽见玉皇大帝降临,称奖拳民忠勇。慈禧说唐朝武后当国时,玉帝也曾降临,与此相同,既有神明护佑,不难灭尽洋人。

未时(下午1点到3点之间),刚毅入宫,见奕劻在军机处,神色惊惶。问他怎么了,才知道有个名叫恩海的满洲兵丁向他报告,说有两个洋鬼子坐轿在东单牌楼经过,被他枪杀了。原来载漪、启秀出有告示,命令各兵如遇洋人,立即杀掉。此次所杀的两个洋人中有一个是德国公使,恩海报告奕劻,希望能得到特别的赏赐。奕劻愁眉苦脸，与刚毅商议，欲将此事奏闻太后。刚毅说："杀一两个洋鬼子，算什么大事儿？过不了几天就要将各国使馆夷为平地，现在杀死一个公使，有什么要紧？"奕劻意见不同，反复说明："杀死外国公使性质严重，此事关系极大，以前所杀洋人，不过是传教的，今日杀掉的是使臣，必然会惹怒各国，看咸丰十年（1860年）拘执英国议和使臣之事就可见一斑。"

随后军机大臣入见，礼亲王世铎将此事奏闻慈禧，说这是洋人咎由自取，他先用枪打人，恩海才开枪还击的。

慈禧闻言大惊，急召荣禄入见。

随后发布紧急上谕："近日京城内外拳民仇教，与洋人为敌，教堂教民连日焚杀，蔓延太甚，剿抚两难。洋兵麇聚津沽，中外衅端已成，将来如何收拾，殊难逆料"，要求各省督抚通盘筹划，联络一气，接济京师，共挽危局。这封上谕分别以电报和六百里加急发往各地。

听说德国公使被杀了，徐桐、崇绮大喜，以手加额道："夷酋诛，中国强矣！"随即合保董福祥攻打东交民巷使馆。

当日清军和义和团开始围攻东交民巷使馆。

袁昶再次上疏，力言奸民不可纵，使臣不宜杀，但没有结果。后来袁昶又与许景澄联名写了第三道奏折《请惩祸首以遏乱源而救危局疏》，请旨严惩酿乱大臣，以遏乱源而救危局。这道奏折尚未来得及奏报，载漪等就已采取行动，命刑部尚书赵舒翘将其抓捕入狱。

礼部右侍郎景善正在家里写日记，家人告诉他有枪弹在天上飞，他耳聋没有听见，大儿子恩珠说甘军已在围攻使馆，仆人刘顺请了七天假回家去了，许多官民都纷纷逃出了京城。

荣禄之前已预备护送各国公使到天津，他手下有两千名满洲士兵，都已布置妥帖，但慈禧不肯阻止甘军围攻使馆，说各国使臣如愿同荣禄出京，可听其便，若留京不去，则是自己讨死，不要说没有事先通知。

6月21日早晨，两宫由西苑搬入紫禁城，从西苑门到西华门，沿途有拳民护卫圣驾。慈禧很高兴，赏银两千两，对庄王载勋称赞拳民忠勇。又对端王载漪说："洋人命运该绝，如鱼在釜中。我四十年来，忍辱含垢，卧薪尝胆，以谋报复，如越王勾践，未尝一日忘记。我待洋人不可谓不宽大，从前我不是还请公使夫人到西苑游玩吗？可她们是怎么对我的？真是忘恩负义之至。现在全国一心，同仇敌忾，必能战胜洋人无疑！”

当日，慈禧以光绪皇帝的名义发布对各国的“宣战书”：“我朝二百数十年，深仁厚泽，凡远人来中国者，列祖列宗，罔不待以怀柔。迨道光咸丰年间，俯准彼等互市。并乞在我国传教，朝廷以其劝人为善，勉允所请。初亦就我范围，讵三十年来，恃我国仁厚，一意拊循，乃益肆枭张，欺凌我国家，侵犯我土地，蹂躏我人民，勒索我财物。朝廷稍加迁就，彼等负其凶横，日甚一日，无所不至，小则欺压平民，大则侮慢神圣。我国赤子，仇怒郁结，人人欲得而甘心。此义勇焚烧教堂，屠杀教民所由来也。朝廷仍不开衅，如前保护者，恐伤我人民耳。故再降旨申禁，保卫使馆，加恤教民。故前日有拳民教民皆我赤子之谕，原为民教解释宿嫌，朝廷柔服远人，至矣尽矣。乃彼等不知感激，反肆要挟，昨日复公然有杜士兰照会，令我退出大沽口炮台，归彼看管，否则以力袭取。危词恫喝，意在肆其猖獗，震动畿辅。平日交邻之道，我未尝失礼于彼，彼自称教化之国，乃无礼横行，专恃兵坚器利，自取决裂如此乎？朕临御将三十年，待百姓如子孙，百姓亦戴朕如天帝。况慈圣中兴宇宙，恩德所被，浃髓沦肌，祖宗凭依，神祇感格，人人忠愤，旷代所无。朕今涕泪以告先庙，慷慨以誓师徒，与其苟且图存，贻羞万口，孰若大张挞伐，一决雌雄。连日召见大小臣工，询谋佥同。近畿及山东等省，义兵同日不期而集者，不下数十万人。至于五尺童子，亦能执干戈以卫社稷。彼尚诈谋，我恃天理，彼凭悍力，我恃人心。无论我国忠信甲胄，礼义干橹，人人敢死，即土地广有二十余省，人民多至四百余兆，何难翦彼凶焰，张国之威！其有同仇敌忾，陷阵冲锋，抑或仗义捐资，助益饷项，朝廷不惜破格茂赏，奖励忠勋。苟其自外生成，临阵退缩，甘心从逆，竟作汉奸，即刻严诛，决无宽贷。尔普天臣庶，其各怀忠义之心，共泄神人之愤，朕有厚望焉。”（《谕内阁以外邦无礼横行当召集义民誓张挞伐》）

在宣战上谕发布的同一天，慈禧颁布了招抚义和团的上谕：“现在中外已开战衅，直隶天津地方，义和团会同官军助战获胜，业经降旨嘉奖。此等义民，所在皆有，各督抚如能招集成团，藉御外侮，必能得力。如何办法，迅速复奏，沿海沿江各省尤宜急办。将此由六百里加紧通谕知之。"

同日发布了嘉奖团民的上谕："裕禄奏：洋人启衅，猝起兵端，连日接仗获胜一折，览奏实深喜慰。我华与各国和好有年，乃因民教相仇之故，竟至决裂，恃其坚甲利兵，攻我大沽口炮台。又由紫竹林分路出战，经裕禄四处分应，经我义民竭力相助，以血肉之躯，与枪炮相搏，二十一、二十二、二十三等日，击坏兵轮两艘，杀敌不少，众志成城，民心既固，民气亦扬。所有助战之义和团人民，不用国家一兵，不糜国家一饷，甚至髫龄童子亦复执干戈以卫社稷。此皆仰托祖宗之昭鉴，神圣之护持，使该团民万众一心，有此勇义。著先行传旨嘉奖，余俟事定后再行加恩。尔团民等惟当同心勠力，御侮效忠，始终勿懈，朕有厚望焉。"

6月22日，清廷发粳米二万石与团民食用，在京城各处设点发米，"月赐太仓粟，在虎坊桥湖广馆发米"，使更多拳民涌入北京。

清廷发布上谕："各省现有快枪快炮，仅能供防营之用，著各督抚将军，分饬各营旗，将旧存枪炮刀矛各种军械，赶紧修理，并添造子药酌带专件，以备民团领用，毋稍迟误。将此由六百里加紧谕令知之"，同时传令直隶总督裕禄，将各州县捕押团民一律释放，发放粳米赏银支持义和团。

当天，景善前去拜访礼亲王。他的轿夫不是回乡就是加入义和团了，无人抬轿，只好坐小车前往。大儿子恩珠和三儿子恩铭想招一百个拳民到家中来练拳，被他拒绝了。他知道拳民一来，就要供应他们的伙食，所费不赀。虽然现在全国人民都应该加入义和团，但如今物价昂贵，生活困难，就算供应爱国拳民，也不能不加以吝惜。从前梁太祖的弟弟萧宏喜好蓄积，每存到一百万两白银，就标一个黄签；存到一千万两白银，就标一个紫签，亲戚们都埋怨他吝啬。景善年老，也学起萧宏来了。几个儿子每次想动他的积蓄，都未能如愿。

景善来到礼亲王府邸。礼亲王家蓄积甚富，才具平庸，既为军机领袖，又怕责任太重，不理解太后为什么选他为军机领袖，接恭亲王的班。礼亲王看起来心情烦闷，他告诉景善，两江总督刘坤一有电奏来京，极力攻击拳民。太后见了，颇不高兴。刘坤一又有一份给荣禄的私电，请他设法阻止太后对外宣战。荣禄复电如何，无人知晓。刘坤一的电奏由保定加紧递来，里面说："苟御外侮，则臣当立即带兵北上；若屠戮使馆中孤立之数洋人，则不愿以堂堂中国之兵队作此用也。"太后朱批，大致言南北相倚，不可歧贰。该督当粤寇之乱，久历兵间，自必深明此义，又引《左传》"唇亡齿寒"做比喻。景善正与礼亲王谈论时，荣禄来拜，形容憔悴，步履蹒跚。一入座，就大声斥责拳民，说他们将来必无好结果。经过后门时，拳民竟然大声斥骂他是汉奸。他口虽不言，心想此名实在相称。回家后，听说端王、庄王派兵围攻法国教堂。那里只有几个洋兵防守，距离礼亲王府邸不过一箭之地，从礼亲王府邸到西华门，必从教堂前经过。礼亲王明知必有攻击之事，而不举家躲避，是害怕一搬迁，府中财物将被抢劫。这座教堂没过几天就被毁了。

景善家中近日已住满拳民和甘勇，简直不能再说此屋为他所有。祸皆起于洋鬼子，令他受此扰乱。一想到这里，他就愤恨不已。

这天戌时，荣禄通过山东巡抚袁世凯给江鄂广诸总督各发了一份电报："尊电敬悉，以一弱国而抵十数强国，危亡立见。两国相战，不罪使臣，自古皆然。祖宗创业艰难，一旦为邪臣所惑，轻于一掷可乎？此均不待智者而后知也！上自九重，下至臣庶，均以受外欺凌至于极处。今既出此，义团竟以天之所使为词，区区力陈利害，不能挽回一二。因病不能动转，假内上奏片七次，无以免。力疾出阵，势尤难挽。至诸王、贝勒、群臣、内侍，皆众口一词，谅亦有所闻，不敢赘述也。且两宫诸邸左右，半系拳会中人，满汉各营卒中，亦居大半。都中数万，来去如蝗，万难收拾。虽两宫圣明在上，亦难狃众。天实为之，谓之何哉！嗣再竭力设法转圜，以图万一之计。始定在总署会晤，冀可稍有转机，而是日又为虎神营兵将德国使臣击毙。从此事局又变，种种情形，千回万转，至难尽述。庆邸仁和，尚有同心，然亦无济于事。区区一死不足惜，是为万世罪人，此心唯天可表。怭怭！本朝深恩厚泽，惟有仰列圣在天之灵耳。时局至此，无可如何，沿江沿海，势必戒严，尚希密为布置，各尽全心。禄泣电复。"

张之洞有电奏来京，自矢忠诚，说臣应否带兵北上御敌，恭候朝命。张之洞为人善观时势，立嗣之举，他也赞成。他博征经史，辩论统嗣之正，全是废话。看风转舵，并无胆力，完全不能和刘坤一相比。刘坤一不顾利害，反对拳民，情操忠贞，无人不敬。

第二十三章　联拳抗洋

　　端王载漪见拳民越来越多，奏请太后以庄王载勋和协办大学士刚毅统率义和团，以英年、载澜协助，会同办理。慈禧准奏，补授庄亲王载勋为步军统领兼九门提督，辅国公载澜为步军统领衙门右翼总兵，命载勋、刚毅为统率京津义和团王大臣，派左翼总兵英年，署右翼总兵载澜会同办理。上谕："义和团民分集京师及天津一带，未便无所统属，著派庄亲王载勋、协办大学士刚毅统率，并派左翼总兵英年、署右翼总兵载澜会同办理，印务参领文瑞著派为翼长。该团众努力王家，同仇敌忾，总期众志成城，始终毋懈，是为至要。"从此兵匪合而为一，抢掠焚杀的事大量发生。

　　二十六日（6月22日）上午九点钟时，京城各街巷枪声忽作，叫嚣哭喊之声，如同雷震——官兵开始劫掠了。

　　当日，许多在京官员和殷实富户之家都被抢掠一空。先到的士兵蜂拥入室，用刀劈开木箱，将衣物扔进庭院，选取好的带走。前兵刚走后兵又来，取品相次一点的拿走。来过七八拨人后衣物就被抢光了，银票等物也被搜攫净尽。如果有人闭门不纳，士兵就翻墙而入，开枪恐吓，饱掠以去。若与他们争论，就会被击毙。士兵若对抢的东西不满意，就会放火烧屋。一时满街塞巷，到处都是抢劫的士兵。儿啼女哭之声，使人闻而心碎。街市间横卧的尸骸，难以计数。各处遭受的抢掠都比不上住在东交民巷一带的居民，因为他们与外国使馆为邻，受祸最惨。

大学士孙家鼐家被抢得更惨，他儿子被抢得只剩一件短衫，别的物品都被搜刮一空。士兵还不满意，又用枪对着孙家鼐，勒令他将黄金、白银交出来，否则就要让他吃枪子儿。孙家鼐被逼无奈，只好告诉他们所藏之处，众兵才放手而去。那时孙家鼐已神魂失措，害怕他们再来，立即乘明轿（入朝所乘之轿）前往徐颂阁（徐郙）大学士处暂避。

各兵纷乱间，忽然喧传有营官马队到来，才各返身而去。此时大营才知道官兵在焚烧抢劫，赶来弹压。过了一会儿，忽又喧传大营下令凡是抢劫者一律斩杀。随即有骑兵提着一个人头来挂在孙家鼐住宅的屋门外，大事始定。当天有几个京官的夫人被士兵戕害，被害的小民更是难以计数。

荣禄知道这事，大为骇异。急忙亲赴各处查看，并往孙家鼐家道惊，查点一切，不仅家伙什物荡然无存，就是屋里的墙壁也多有损坏之处。当晚，台基厂和东交民巷东首火光又起，一路延长如龙。

拳民将翰林院侍读学士黄思永抓到庄王府囚禁了三天，然后送进刑部大牢。杀死编修刘可毅。

各部衙门被拳民焚毁，京城官员纷纷携家南逃，不少官衙已无人办公。

学士黄慎之将家中器具遍托诸位亲友照管，自己逃到通州，随后担心托付不够妥当，又回到京城再次托付了一遍后方才离开。路上遇到拳民，问他出去干什么。黄慎之说："我想出城探视亲友。"拳民说："时间都这么晚了，你哪里是探视亲友，肯定是想逃跑。"说罢就要把他杀掉，被人阻止了，向朝廷请示，让不要杀他，拳民不同意。刚毅和赵舒翘等奏称："不宜惜一人而失众心，宜思善处之道。"朝廷命令将他拿交刑部收禁。

吏部右侍郎陈学棻上朝回来，轿车经过甘军防区，马儿受到惊吓开始乱跑，甘军持枪射击，子弹从轿中穿过，车夫被当场打死。

荣禄闻讯，派材官（低级武官）持令箭前去弹压，甘军士兵用枪对着他，材官吓得连跑带跳才躲过一劫。

陈学棻于五月二十八日（6月24日）到各部验看月官，司官丁某和他一同前去。月官共有十三人，正在验看间，拳民忽然闯进来，任意啰唣。陈学棻对其呵斥道："这是什么地方，你们敢乱来吗？"拳民被惹恼了，对他挥刀就砍，丁某吓得赶紧往外跑。拳民一路追了出去。那时甘军正在外面，见状赶紧阻止道："此人不可杀！"丁某才得以逃脱。随即听见两排枪声，月官被打死三人，陈学菜也死于非命。

那时外地有个姚提督，因保送入京，在街上游行，听见拳民扬言要杀鬼子，对其怒斥道："升平世界，你等不得妄言！你们今天要杀鬼子，只怕过不了多久就会被鬼子所杀！"拳民闻言，哗然道："二毛子来了，应该先把他杀掉！"姚提督极力申说自己不是。按照义和团的规矩，凡是不肯承认自己是二毛子的，就要给他焚一炷香，烧一张黄纸，如果纸灰没有飞起来，就会被视为真二毛子，必定杀无赦。姚提督的朋友李某，是京城军营中的武官，闻信骑马赶来，竭力为他辩解说情。拳民说自己也做不了决定，这事儿要等大师兄来了再说。良久，大师兄来了，对姚提督瞪视了好一会儿说道："这人就是二毛子，必须把他杀掉，不要再狡辩！"李某说："刚才你们已经答应不杀了，为何言而无信？"拳民闻言大怒，连他也要杀掉，李某急忙策马逃去才免于一死。姚提督被拳民杀害，身上携带的三百两银子和金镯、马匹等物全部落入拳民手中。姚提督的亲友闻讯，前来抚尸恸哭，都被拳民杀死了。

新任贵州巡抚邓小赤离开京城时，遇到义和团，拳民叱问道："你是何人？"随从回答道："这位是贵州新抚台邓大人。"拳民叱令他下轿。邓小赤不答应，拳民将他从轿子里拽出来，命令他下跪，邓小赤不从，几个拳民上前把他按在地上跪下来。二师兄为他焚了一炷香，见香烟直上，不是二毛子，让他离开。又问："前后的车子，是跟你一起的吗？"邓小赤说："是的。"二师兄说："哪里用得了这么多？他们都是些什么人？"邓小赤说："是我的儿子和仆人。"二师兄问："你儿子是干什么的？"邓小赤说："在京供职。"二师兄问："那你为什么要把他带走？"邓小赤说："我衰老病弱，想让他在身边侍奉养老。"二师兄说："我看你精神这么好，哪里用得着这样？"让手下将他衣服剥下来，让他赶紧滚蛋。邓小赤仓皇出走。走了二十余里，才遇到一个仆人，带着个包袱，里面只剩下一件麻布袍，不得已，只好取来穿在身上，又走了四十里，才遇到一个挚友，从他那儿借了三百两银子，用一百五十两雇了一辆马车，狼狈地来到德州。沿途地方官员都不知道他是赴任大员。后来邓小赤遇到某公，又从他那里借了几百两银子，才能南行。之前和他同行的眷属和家丁共十二人，都不知道去哪儿了。

江苏某候补太守（知府）从北京返回南方，一路上义和团搜查甚严，遇到逃亡者必焚黄表数道，烟焰直上的才能免去一死。该太守途中屡次遭遇义和团盘查，共焚烧黄表十三道，幸亏都烟焰直上，才得安然无恙。

当拳民肇祸时，崇礼时任步军统领，负责维护京城秩序，与署理右翼总兵载澜不大相合，载澜向载漪告状，想算计他一时找不到机会。正好四恒钱庄因正阳门大火歇业，两宫召崇礼维持市面，崇礼将责任推给署理顺天府尹陈夔龙，慈禧对此颇不高兴。载漪见有间可乘，忙进谗言陷害崇礼。慈禧大怒，下旨免去他步军统领之职，以庄亲王载勋补授。载勋向来诣事载漪惟谨，迷信义和拳。步军统领又名九门提督，就是古时候的执金吾，管理京师地面，权势极重，骑从尤极为煊赫。

崇礼卸任次日，以理藩院尚书入宫供职，在东华门遇到陈夔龙，两人一同下车进宫。崇礼往昔入直，材官、箭手、左右侍从数十人，每次经过都城大道和繁华闹市，轻尘飞扬十丈高，朝野上下都艳羡他的气派。这次入内，侍候的仆役却只有两人，与陈夔龙差不多，气象颇为萧索。崇礼对陈夔龙苦笑道："今日太不像样子了。"陈夔龙说："京师拳民充斥，弹压不易。提督一官，尤难称职。公已轻轻摆脱，岂不很好？"崇礼闻言默然。

载勋主管京城治安后，一味纵容拳民胡来，没有一天不发生杀人放火的事，最终酿成蒙尘之祸。后来各国公使在京议约，惩办罪魁，载勋第一个遭殃，正好成为崇礼的替身。洋兵入城后，崇礼因曾经担任九门提督，纵放拳民进城，差点遭遇大祸。他的府第是东城最豪华的，被洋兵占据。原来存在四恒钱庄的七十万两银子无从索回，只身寄寓在京城西北角的一条穷巷中养病。陈夔龙前去慰问他，崇礼伤心叹息不已。陈夔龙宽慰他道："当日你若一直担任九门提督，今天被杀头的人恐怕就不是载勋了，我正要为你庆贺呢，你有什么好伤心的？"

那时朝廷下诏征兵，海内骚然，羽书相望，以载漪、奕劻、徐桐、崇绮掌管兵事，有请无不从。大权在他们手里，想怎么干就怎么干。奕劻支吾其间，嗫不敢言，不过充数而已；徐桐暮年得到重用，尤为骄横；载漪车骑服色，拟于天子，自称九千岁，出入大清门，呵斥公卿，无人敢惹。

　　载漪遣仓场侍郎刘恩溥往天津招集十余万拳民，传太后旨意给予赏赐。闻讯而来的拳民日益增多，只要没得到赏赐，就公然变作盗贼，掳掠杀人，胁取财物，不满足要求，就将人全家老小杀掉，拳民喜欢放火，一烧起来时常要烧掉数百家。为了避祸，天津以南的居民大量迁徙，拳民等在半路上将其截杀，说是"防奸细"，无辜被杀的人数不胜数。自有文字以来，从未听说奉诏为官寇，将强盗褒奖为忠义之士，像今天这样的。直隶总督裕禄盛言拳民敢于作战，连续打败洋人，斩杀的洋鬼子超过了我方牺牲的数量，洋人极为惧怕义和团。裕禄以招待贵宾的礼节接见红灯照。红灯照都是十五六岁的黄花闺女，穿着艳丽的衣裳和尖头的薄底鞋，义和团自称不如红灯照。

　　自从载漪倡导灭洋之说，庄亲王载勋、辅国公载澜、怡亲王溥静、贝勒载濂及载滢、贝子溥伦都群起谈论兵事。朝廷已招抚拳民为团民，担心诸团游散无归，命载勋、刚毅为统率义和团王大臣，载澜、英年辅佐，在庄王府设立总坛，聚集三四千拳民，倾尽公款赡养。凡在五城游散的拳民和新入团的拳民，都让到庄王府挂号报到，接受统一领导。挂了号的团民叫做官团，佩庄王府赐予的龙旗，上书"奉旨义和团"。何时战防，听候传牌调遣。挂号团员每日可得团费一千六百文。京城周边州县的百姓纷纷加入义和团，每天到庄王府挂号报到的人，络绎不绝。

　　被褒为义民后，拳民群情振奋，争相向清廷登记挂号，接受招抚，并改换旗帜，打出"奉旨义和团"的旗号。各地竞相效仿，将拳民编为乡团，也称官团。一时京津、华北和东北各地团民人数猛增，"奉旨义和团"的旗帜遍地竖起，"扶清灭洋"的口号响彻北方大地。

　　京师里九外七各门、皇城各门、王公大臣各府、六部九卿文武大小衙门，均派义和团驻守。白天插旗摆械，盘诘行人，晚上灯烛辉煌，分班值宿，声势十分威严。

　　刚毅与载漪、载勋、启秀等人自称义和团领袖，团民成群结队出入他们的府第。庄王载勋头裹红巾，身着短衣，一副义和团拳民的打扮。团民表演神术，有一个号称关公上身的大师兄前来拜谒，载勋对其惶恐跪迎，不敢仰视。身强体壮的端王载漪本来就是行伍出身，时常要与大师兄切磋几下，深受拳民拥戴。

拳民越发放纵，头裹红巾，腰挎砍刀，游行街市，没人敢拿他们怎么样。一纸书可启内城门，王公府第皆设坛，声势极大。

载勋感到义和团人多势众，难以指使，就与刚毅商量，想制定团规对其加以约束。刚毅对此深表赞同，二人制定出十条团规，以"参合佛法"的神圣名义颁布，要求各团：

"如遇调遣出征，当谨遵号令，不可稍存观望，违者即非佛法本意，当请佛法惩治"；

"生擒洋人及教匪系职官者，在京应交统率王大臣；在外交地方大吏验明，分别办理"；

"杀死教匪后，查明房间系教匪产业，应即封闭入官，不可烧毁。所有一切什物，应查抄入官，变价充公，不可喝令抢夺"；

"如遇临敌打伙，自当奋勇杀贼，不可畏葸退缩，应与官军联成一家，不可稍存尔我之见，致误事机。各团既系诚心为国，必有神灵保护，绝无意外之虞。其临敌退缩，或存尔我之见，是故违佛法，神灵必不保护也"；

"遇有团内应行联合事件，务须和衷筹商，断不可各存门户之见，致生嫌隙"；

"如有不守团规，徇私偏听，借端生事，诬害良民，或报复私仇，或意图讹诈，任意烧杀抢掠等情，即系匪徒假冒，既为神人所共愤，更为佛法所不容，即将该团销号，驱逐该团大师兄应请佛法惩治"。

团规颁发后，城内各坛首领均表态遵守。载勋向载漪报告此事，载漪甚喜，为方便办事，载漪让他从团民中挑选出一批精壮的充当衙门卫队和官府护兵。

在北京的义和团以乾字团人数最多，势力最大。乾字团总首领是陕西人李来中。李来中入京后，与董福祥关系密切，两人是结拜兄弟。当时董福祥甘军有25营，士兵1万多人，李来中在甘军中能紧密指挥控制的有500多人。李来中由董福祥引至内廷，慈禧太后召见了他两次。董福祥向荣禄推荐李来中，经荣禄许可，李来中率团与甘军共同围攻东交民巷使馆。北京乾字团还有一个重要首领王成得，他在新城板家窝建立坛口，率团到天津时改名王德成，成为天津乾字团首领之一。7月11日，他奉令率团赴京攻打西什库教堂，在他老家板家窝流传着这样的歌谣："板家窝，赛北京；王成得，赛朝廷"，"打油不打醋，专打西什库"。

义和团运动兴起于鲁西南、鲁西北与山东、直隶交界地带，后来直隶、津京地区的义和团都称以上地区的义和团为"山东老团"。山东老团进京人数虽不太多，却是义和团中最具号召力的一支。

1900年6月后，清廷专门派人到东昌府招募山东老团入京御敌，此次共招老团千余人，多来自曹州、德州、兖州。那时进驻京城的山东老团主要有四部：一部住阮府胡同荣宅；一部住什锦花园溥宅；一部住四条胡同聚钱局；一部住北新桥。大师兄姓萧，是山东平原县人。另一名拳首是山东德州齐家桥人李金荣，他在1899年11月曾率拳众进入吴桥县大齐庄进行过反教斗争。吴桥县令劳乃宣说他是直隶和山东交界德州、吴桥一带有影响的拳首，在吴桥辛集之战中死于枪弹。其实李金荣并未死于此役，1900年5月他还率拳众来到了涿州。当时聚集在涿州的山东老团有六七千人。刚毅从涿州考察回来，还带着拳首隆祥和尚和他的徒弟李金荣进京晋谒端王并觐见了慈禧太后。慈禧见李金荣生得相貌堂堂，仪表不俗，不愧为一条山东大汉，大为欢喜，叫他领着义和团当前队，朝廷随后派兵接应。赏赐了他们一万两银子、五千把大刀，还下了一道谕旨。隆祥和尚、李金荣等就喊着"扶清灭洋"的口号，率领大队人马占领丰台车站，烧毁了机器局。山东平阴拳首也率众到直隶景州与当地义和拳汇合，千余人在景州打了一仗，后北上卢沟桥进入京城。

由原住京城的居民组成的义和团民数量不详。当时内城的东城、西城和外城都设有许多拳坛，主要有以下几处。内城东城：泡子河慈云寺、水磨胡同意公府、东单观音寺；皇城：马神庙、旃檀寺；西城：阜成门锦什坊、西单北大街、西城沟南岗子、云台寺；外城：广安门报国寺、珠市口给孤寺、西直门外广善寺。最有影响力的是炸子桥神坛，它与各大王府关系密切，消息最为灵通。毓贤到京后曾去拜访过此坛，称自己"见炸子桥大师兄直如邱长春见世祖"。该坛头目赵八在攻打西什库教堂时战死。琉璃厂的拳坛也很有影响，时人记载："琉璃厂团众误拿人，大为乡里所诟病，白莲教的传闻就是该坛所首倡。"这些拳坛纪律不太好，清廷在上谕中称："惟京师地面辽阔，城隅旷地以及废寺间房最易为匪徒匿迹之所，闻炸子桥、沙土园、白纸坊等处奸徒聚众学习拳棒，并有为首之犯绰号应天禄及李七等，其余匪徒恐尚不止此。"

王公府第所立的团坛最有名的要数设在北京西城太平仓的庄王府与祖家街的端王府，是京城义和团总坛所在。乾、坎二字团入京须赴此两府挂号，"坎字拳"大师兄就住在庄王府上。载澜的邸宅澜公府也设有神坛。此外有名的要数恭亲王奕訢长女荣寿固伦公主府第"大公主府"所设的神坛，豢养拳众达二百余人。

当时满族亲贵加入义和团的特别多，凡是满人，无论男女老幼，几乎都是义和团中之人，他们在腰间缠一根红带作为标志。王公府第团坛服色不一，王府团分为龙团和虎团，龙团头巾红中间黄，虎团红中间紫；公主府团叫仙团，头巾红中间蓝；此外还有兔团，色尚白；龟团，色尚黑。纷纷以此为标志，招摇过市，举国若狂。

载漪等仇洋派利用义和团的声势，使慈禧"既有法不及众之忧，浸成尾大不掉之势"，到后来连慈禧也不放在眼里。载漪手握大权，肆行无忌，慈禧觉得不能做的事，他就矫诏行之，还威吓慈禧说京师的安危操于拳众之手，若不顺着他们的意思，将会杀尽京城中所有的人，连宫廷里面也不能幸免。

载漪、载勋等人想利用义和团"努力王家，同仇敌忾"；义和团却要掌握实权，从庚子年六月以来生杀予夺之权都在义和团手里，义和团说行，大家都说行；义和团说不行，没人敢说行，民权的理念在义和团身上得到了初步体现。

直隶总督裕禄原本就招揽了不少义和团首领，将其奉若上宾，在得到朝廷的招抚谕旨后，天津的直隶总署行署就成了义和团的坛口。裕禄令团民只须持"义和团"三字名帖，便可自由出入衙署。

义和团被招抚后，武器给养全由朝廷供给。在刚毅、载勋、溥静等人统率下，与清军共同守卫城门，日巡街道，夜查户口，关系融洽。京师九重内城门、七重外城门、皇城各门、王公大臣各府、六部九卿大小衙门均有团民驻守。

陈夔龙署理顺天府尹时，各城门、闹市均设有神坛，虽亲贵大臣经过，也喝令下舆行礼，不敢不遵。唯独陈夔龙的车驾经过时，拳民知道他是京城的父母官，转学洋人向他举手为礼。

一天，陈夔龙正在家中与廖仲山喝茶谈天，仆人来报有大师兄求见，陈夔龙让请他进来。大师兄站在台阶下，手里拿着一张刚毅的名片对他说道："现因会中人数太多，饮食不给，我们寄寓的寺庙与府中设立的平粜局相近，打算借拨京米二十石备用。等筹到钱米，即行奉还。"

陈夔龙正在迟疑，廖仲山说："他们也是你的子民，不如给吧。"陈夔龙当即缮发谕帖，让他拿到平粜局去找该局委员接洽，如数拨用。那时天边浓云密布，大雨将至。大师兄见了，仰天叹息道："我们也是好百姓，如果上天半个月下雨，四野沾足，早已披蓑戴笠，从事力作，哪有工夫来京城做这种勾当。"

整编后的义和团由端王载漪统一指挥。禁军唯载漪之命是从。6月22日以后的许多诏谕也由端王发布。载漪通令全国筹款调兵，勤王抗敌："现在中外业经开战，断无即行议和之势。各直省将军、督抚平日受恩深重，际此时艰，惟当勠力同心，共扶大局……务将'和'之一字先行扫除于胸中，胆气自为之一壮"，通令全国废除洋操、洋服，"前因兵勇改用洋操，以至服饰一切，均用洋式，贻误匪浅。当经谕令各省，一律仍归旧制，惟恐各省或因改练业已成军，惮于纷更，仍沿用洋装洋号，将来必致为害。著再申谕各路统兵大臣，务即悉数更换，统归中国旧日兵勇服饰，是为至要"。

6月23日，清廷将"团民仇教，剿抚两难"及战衅由各国先开各情节，谕知李鸿章、李秉衡、刘坤一、张之洞等南方封疆大吏，命遵旨相机极力办理。

那时但凡洋货均被义和团禁用，就是洋火也在禁止之列。住在景善家里的拳民，见他吸的雪茄烟是洋玩意儿，起初打算将其取缔，后来因为他年老，特别开恩许用。义和团的首领，如张德成、韩以礼等，都是不读书的粗野之人，如今却受到了王公贵族般的尊礼。

6月25日，慈禧赏赐神机营、虎神营和义和团白银各十万两。甘军、武卫军前曾赏银四万两，再各赏六万两。

因为皇太后犒赏义和团十万两银子，京城内外游手好闲的人希图分惠，都在各庙宇安坛设团，聚集无业莠民，以保国保家为名乘机牟利。外州县乡团连日纷纷进京，越聚越多。庄王载勋派人持令旗一面，赴京南一带招募三千技艺精熟的拳民赴京听调，应募的拳民大大超过了这个数目，此次仅新城、定兴一带随令旗入京的拳民就有近万人。被招抚的拳民纷纷竖起"奉旨义民保清灭洋"等旗帜听候调遣。入京拳民手执大旗，排队而行，旗上大书某县某村义和团替天行道保清灭洋等字样，守城士兵奉令大开城门任其进入。

怡亲王溥静开始对义和团并不认可，但在载漪等人的鼓动下突然对拳民热情了起来，把流浪在街面上的大师兄及其徒弟请进王府开设坛场，免费提供吃住。因为拳民太多，要让大家都吃上面条也不是件容易的事。但溥静毫不计较，面条管饱。只是用来下面的调料经常不够用。于是他把这个尴尬化作前线动员令，喊出了朗朗上口的口号："吃面不搁酱，炮打交民巷！""吃面不搁卤，炮打英国府！""吃面不搁醋，炮打西什库！"

京城九门大开，拳民从四面八方涌入北京，日夜不绝，多达十万余人。家家念咒，处处设坛。此时京城内，参加义和团成了最时髦的事情，无论士农工商，还是各行贸易之人，无不愿学，经师傅传授符咒，就有某仙附体，或某神附身，立即武艺精通，身体灵爽，刀枪锤械各项技艺娴熟。端王载漪和庄王载勋出行都有大师兄陪侍，随时为其表演特异功能。李莲英引拳师进颐和园为慈禧太后表演神功，见大师兄神灵附体，刀枪不入，红灯照圣母下凡，封枪闭炮，慈禧大为折服，欣然夸赞道："有如此之神勇义士，定能灭洋人，保我大清江山！"

第二十四章 围攻使馆

德国公使克林德被杀后，载漪、刚毅、徐桐等以衅端已启，大沽炮台被列强夺占，战祸料难避免，与其束手待毙，不如拘押各国使臣为人质，纵然洋兵北犯，还可有恃无恐，极力怂恿慈禧围攻使馆。

6月20日，慈禧下令以荣禄为总指挥，调武卫中军和甘军率义和团围攻使馆。

荣禄怕当替罪羊，想装病交出兵权，慈禧不同意。见推托不过，他就让董福祥率甘军去攻打使馆。

慈禧召见董福祥，问他几天可以攻克使馆？

董福祥说："仰仗太后洪福，五天内必能攻破。"

慈禧欣喜道："好，杀尽了洋人，我必要大大地封赏你。"

董福祥谢恩出朝，随即率领甘军和义和团前去进攻使馆，战斗在6月20日下午5点左右打响。

当时使馆内被困人员约有3000名，其中外国男性400人，女性147人，儿童76人；约2000名前来寻求保护的中国教民。另有水兵和海军陆战队士兵409人，配备3挺机枪和4门小口径火炮。使馆内有深水井和甜水井，储存了一定数量的粮食，英国使馆内还有150匹小马可供食用。各国军队进驻使馆后，封锁了东交民巷和东长安街，在使馆区筑起防御工事，由英国公使窦纳乐统一负责指挥抵抗。

董福祥率军将使馆区团团包围起来，命士兵架起土炮，朝使馆开炮轰击。炮声隆隆，日夜不绝，屋瓦自腾，城中皆哭。数万拳民披发禹步，爬上使馆附近的屋顶呐喊助威，吼声震天动地。

开始围攻使馆后，徐桐一生中最扬眉吐气的时刻到来了。面对屋外火光冲天的使馆，徐桐一连二十天，天天请戏班子在家唱戏，闹得比过年都欢。

刚毅和赵舒翘正坐在城楼上督战，饮酒欢呼。刚毅说："攻破使馆，洋人无种，天下从此就太平了！"赵舒翘站起来祝贺他道："自从康有为倡乱悖逆，好事之徒云合响应，多亏公起而铲除，将乱党消灭殆净。皇上病得要死，又失去了天下人心，不足以承宗庙，还好继统有人，定策之功，公为第一。今日义民四起，上下同仇，若非太后圣明，公以身报国，尽除秕政，与海内更新，不能致今日之效。古时有社稷之臣，今天在公身上见到了。"刚毅闻言大喜，斟了一杯酒递给赵舒翘道："展如知我。"赵舒翘能进入军机处，多靠刚毅推荐，所以侍奉他特别谄媚。

刚毅性情傲狠，每天督兵攻打使馆，中午十二点准时前往。清军与馆内洋兵互射数排而退，就像相互约定好了一样，刚毅粗莽不察。一日，天气酷热，清军被洋兵击退，刚毅骑马飞逃。跑了一阵儿，他从马上掉下来，坐在草丛间，气喘欲绝。有个司员经过，见了十分惊诧。刚毅摇着手对他说："不要跑！不要跑！"那时马儿已经跑出好几里远了，他还不知道。

从 6 月 20 日起一连四天，整个东交民巷枪炮声不绝于耳，甘军每天向使馆开炮三百多发，烟雾弥漫，炮声震天。北京与外界通信完全断绝。外界猜测使馆已被夷为平地，伦敦各报纷纷刊出了英国公使窦纳乐与海关总税务司赫德等人丧命的"讣闻"。

清军和义和团攻势虽然猛烈，战斗力却不怎么强，经过五天五夜的激战，仅仅烧毁了比利时、奥地利、意大利、荷兰 4 国使馆和华俄道胜银行，突破了敌人的第一道防线。英、俄、美、法、德等国使馆依然坚守如故，只留下了义和团堆积如山的尸体。团民刚开始进攻使馆时，自恃刀枪不入的神术，每次战斗都踊跃向前，奋不顾身，在被击毙多人后，渐渐知道枪炮不可避，遇到洋兵就相继仓皇逃窜。

甘军和武卫中军与拳民混在一起，趁乱恣意劫杀。贝子溥伦、大学士孙家鼐及徐桐、内阁学士贻谷、副都御史曾广銮、太常寺卿陈邦瑞都被劫掠，仅以身免，家人多被杀害。徐桐和贻谷均附和拳民，也未能幸免。溥伦等告诉荣禄，荣禄也无法可制。数里之内的民居客舍被焚掠一空。使馆用塞门泥封闭，异常坚固，迟迟不能攻破。

尚书启秀奏称："使臣不除，必为后患，五台僧普济有神兵十万，请召之会攻。"曾廉请用决水灌城之法，引玉泉山水灌使馆，淹毙洋人。王龙文奏保普法、余蛮子、周汉（称为"三贤"）歼敌。普法是山东妖僧；余蛮子是个打家劫舍的强盗（尽发蜀中之兵才将其抓住）；周汉是个疯子。御史蒋式芬请戮李鸿章、张之洞、刘坤一。

一天，载漪等奏称，义和团作战奋勇，似宜加以赏赐，以资鼓励。慈禧一时拿不定主意，征求李莲英的意见。李莲英说："要想事情速成，自宜不吝重赏。所谓重赏之下，必有勇夫。"

载漪为团民论功行赏，数十人得封武职，赏查无虚日。载漪每次出行，扈从数百骑，气派浩大如天子，出入大清门，呵斥公卿，没人敢跟他计较。

徐桐说："洋人将要请求投降，不可允许。除非纳贡献地称臣，偿兵费数万万，疏十事上的所有条件都答应，才能接受。"

载漪近日偷得一枚皇玺，准备一有机会，就扶持自己儿子登基做皇帝。

这天董福祥奏称外国使馆即将攻破。慈禧站在宫中高石上看见使馆附近火光很大，以为使馆已毁，正在高兴，许景澄入见上一封奏，与袁昶会衔参劾义和团，说火起之处并非使馆，而是翰林院，甘军放火焚院，希望火势延烧到使馆。

翰林院位于英国使馆往北一点的地方，翰林院建筑群中有几座房子离英国使馆只有几英尺（1英尺＝0.3048米）远。当时一阵大风正朝使馆的方向刮。甘军士兵看准了这个把洋人烧出来的好机会，将煤油洒在翰林院的大树上，想借此引燃英国使馆，进而焚毁整个使馆区。

在枪炮声和烈火的呼呼声中，当时藏身于英国使馆内的伦敦《泰晤士报》驻京记者莫理循记载道："大捆大捆大清帝国最珍贵的图书被扔进了避暑别墅四周的池塘里。这座中国最大的图书馆变成了一堆废墟，飘散着撕毁的书页和木灰。世界上其他大图书馆，如罗马的亚历山大图书馆曾毁于征服者之手，但是我们难以想象一个国家，为了报复外国人，竟然牺牲了自己最神圣的建筑、国家的骄傲和光荣，以及数百年有学之士的智慧结晶。这是一场可怕的大火，是骇人听闻的亵渎神圣的罪行。数百年来一直安安稳稳地放在书架上的珍贵手稿被扔得遍地都是，有的被烧毁，有的被偷盗，数吨珍本被扔进了池塘里。为了保住公使馆，就必须拆除翰林院剩余的建筑物。虽然我们制订了一项计划，抢救较为珍贵的手稿，但是很少有手稿能幸存下来。被当作战利品掠走的书都交到克劳德·窦纳乐爵士手中（窦纳乐爵士在奥地利公使馆被焚毁后，接替了奥地利海军上尉冯·托曼的位子，担任使馆卫队司令官）。翰林院中的熊熊烈火还在烧着，克劳德爵士就已派人给总理衙门送去一封信，告诉总理衙门他已尽力抢救翰林院中的珍贵图书，并要求清朝政府立即派人来监督抢救行动。可是，他的信没有收到任何回音。"

最终翰林院被熊熊烈火烧毁，里面珍藏的《永乐大典》和《四库全书》等珍贵古籍全部化为灰烬。

慈禧知道此事大不高兴，将董福祥召来斥责了一顿。

随后又召荣禄入见，奏对了许久才出来，旁无一人，不知说了些什么。

裕禄从天津传来捷报，称洋人攻击大沽炮台，死者甚众，我军击沉洋人兵船两艘，天津洋人，几乎剿灭净尽。

这天早晨，京城中的教民被杀掉了九百多个，在庄王府外行刑。审问者是庄王、贻谷、桂春。手段残忍至极，多有无辜枉死的，就连几岁的小孩儿也未能幸免。慈禧听闻此事恻然心动，下谕教民如若悔改，可以立即赦免。

大阿哥溥儁时年十四岁，粗野莽撞，状类伧荒，喜着武装。常外出观剧，戴金边毡帽，内穿皮衣，外罩红色军服，如夺标者，与优伶、混混等多相熟稔。颇工马术，擅长音乐。观剧时，如台上鼓板稍错，就离席大骂，甚至自己登台表演。他时常与太监在水上击瓦片，数纵跃次数以赌胜负，俗呼"打水搬"。怪状劣迹，难以悉数。

溥儁为人轻浮，时常与太监私出野游，在宫中拔取皇后的簪珥戏乐，还与宫女胡来，有个侍奉太后的小宫女犯错了，按照规定要受公开脱裤鞭笞之刑，小宫女被带到鹅卵石地上，两个太监手持竹鞭准备动手，结果把裤子扒下来一看，她穿的竟是大阿哥溥儁的内裤。此事很快传遍了整个皇宫。慈禧知道了，大怒，将他狠狠鞭责了一顿。

溥儁在宫中横行无忌，对光绪傲慢无礼，因他爱读外国文字，一天竟称其为"鬼子徒弟"。光绪得知后告知慈禧。慈禧大怒，立即下令鞭打溥儁二十下作为惩罚。载漪对此极为愤恨，但畏惧慈禧不敢发作。

次日（6月25日）清晨，载漪邀集庄王载勋和载濂、载滢率义和团六十余人鼓噪叫嚷着闯进宫来，声称"查验二毛子"。到光绪住所宁寿宫外，拳民大呼："请皇帝出来。"载漪狞笑道："什么皇帝，鬼子朋友罢了。"为了壮胆，他喝了几杯酒，脸上红扑扑的，张口酒气喷人。慈禧正在喝早茶，听见外面人声喧哗，正问太监是怎么回事，又听见外边群呼道："杀洋鬼子徒弟。"慈禧急忙走出来站在台阶上，诸王贝勒和拳民麇集阶下。载漪等人见到慈禧也不下跪，只是举手行义和拳礼。慈禧勃然大怒，厉声斥责载漪："你以为你儿子真是皇帝了？这样胡闹，还成什么体统？你以为趁现在国事纷乱，就可任意攫取皇位吗？那就大错了。赶紧离开，别再来瞎闹了。帝位废立与否，只有我有权决定。你若以为你儿子是储君，就可肆行无忌，不知我可立即废之。你不自量力，我顷刻就可将他废黜。赶紧领这些人出去，以后未奉圣旨，不准进来。你若知罪，赶紧叩头请罪离开。"载漪闻言大惧，跪在地上叩头不已。慈禧下令罚没他一年的俸禄以示薄惩，将二十名在宫中叫嚣的义和团首领立即处决，命荣禄驻扎在外宫门的士兵行刑。从此人人震惧，不敢再觊觎非分。

当拳民噪呼叫嚣之时，光绪栗栗危惧，见慈禧保住了自己的性命，感激不已，跪在地上叩谢太后再生之恩。

慈禧这样做倒不是爱护光绪，而是她从这件事里嗅到了不祥的气息：这载漪还没当太上皇就这么嚣张，要真当上了，可比光绪他爹要难控制多了。溥儁也没有光绪好拿捏，自己想废掉光绪这个负心的，没想到新立的更负心，不由得自己不气。

那天午后，慈禧因为恼怒载漪和义和团，下令停止围攻使馆，命荣禄赴各使馆商议和局。

次日，荣禄带兵往使馆边界悬挂一牌，上书"奉太后谕旨保护使馆"。洋人从使馆中走出来与他商议。有三个小时听不见枪声。但到晚上，双方又重新进入了战争状态。因为慈禧收到了西摩尔联军受阻的消息，又改变了主意，重新信任义和团。

6月24日，肃亲王善耆携家人趁乱逃离京城。洋人占领肃王府，在内修筑工事，抵抗清军和义和团的进攻。从6月25日到7月14日，清军对肃王府、法国使馆、德国使馆发动攻击，其中以肃王府、法国使馆的战事最为激烈。在肃王府，守卫的日军多次打退清军的进攻，清军经过殊死战斗，只攻破了日军第一道防线。在法国使馆，清军用大炮猛烈轰击法国使馆，在法兵防守地段轰开一个缺口，随即进入缺口发起攻击，用长竿系上火把，火攻法军阵地，但多次进攻均被法军击退。清军又采用挖地道、在法军防御工事下埋炸药爆破的办法，逐渐攻破法军防线，使法军放弃了使馆大部分，退守北京饭店。普特南·威尔认为，只要清军再进攻一个星期，法国使馆就会完全陷落。肃王府和法国使馆位于东交民巷外国使馆防线东部的北段和中段，若被清军拿下，将会使整个使馆区防线土崩瓦解。

荣禄近日上奏，引《春秋左传》之言道："兵交，使在其间。"今日围攻使馆，实在大悖公理，极为愚拙，各国将永不能忘，将中国视为野蛮无礼的国家。慈禧说特兰斯（南非）不过是非洲一个小国，而能战胜强大的英国，中国难道就不能战胜列强吗？荣禄说今日之势，实非其比，若此时与列强议和，国家还可以不亡，如果使馆毁灭，江山社稷就危险了。荣禄极力陈说，慈禧的心意渐渐回转。

6月29日，清廷命驻外使节照知各国外交部："此次中外开衅其间事机纷凑，处处不顺，均非意计所及。该大臣等远隔重洋，无由深悉情形，即不能向各外部切实声明，达知中国本意。特为该大臣等缕悉言之。先是直东两省有一种乱民各就村落练习拳棒，杂以神怪。地方官失于觉察，遂致相煽成风。旬月之间几于遍地皆是，甚至沿及京城，亦皆视若神奇，翕然附和。遂有桀黠之徒，倡为仇教之说。五月中旬，猝然发难，焚烧教堂，戕杀教民，阖城汹汹，势不可遏。当风声初起之时，各国请调洋兵到京保护使馆。朝廷以时势颇迫，慨然破格许之。各国通计到京洋兵不下五百人，此中国慎重邦交之明证也。各国在京使馆，平日与地方尚属无怨无德；而自洋兵入城以后，本能专事护馆，或有时上城放枪，或有时四出巡街，以致屡有放枪伤人之事，甚或任意游行，几欲阑入东华门，被阻始止。于是兵民交愤，异口同声。匪徒乘隙横行，烧杀教民，益无忌惮。各国遂添调洋兵，中途为乱党截杀，迄不能前。盖此时直东两省之乱党已镕成一片，不可开交矣。朝廷非不欲将此种乱民下令痛剿，而肘腋之间，操之太蹙，深恐各使馆保护不及，激成大祸，亦恐直东两省同时举事，将两省教士教民使无遗类，所以不能不踌躇审顾者以此。尔时不得已，乃有令各使臣暂避至津之事。正在彼此商议间，突有德使克林德晨赴总署，途中被乱民伤害之案。德使盖先日函约赴署，该署因路途扰乱，未允如期候晤者也。自出此案，乱民皆成骑虎之势，并护送使臣赴津之举，亦不便轻率从事矣。惟有饬保护使馆之兵，严益加严，以防仓猝。不料五月二十日，即有大沽海口洋员面见守台提督罗荣光索让炮台之事，谓如不允，便当于明日两点钟用力占据。罗荣光职守所在，岂敢允让？乃至日果先开炮击台。相持竟日，遂至不守。自此兵端已启，却非衅自我开。且中国即不自量，亦何至与各国同时开衅，并何至恃乱民以与各国开衅。此意当为各国所深谅。以上委曲情形，及中国万不得已而作此因应之处，该大臣等各将此旨详细向各外部切实声明，达知中国本意。现仍严饬带兵官照常保护使馆，惟力是视。此种乱民，设法相机自行惩办。各该大臣在各国遇有交涉事宜，仍照常办理，不得稍存观望，将此各电谕知之。钦此。"

同日，谕准李鸿章等奏请，照成案按期解还洋款。

一连数日，甘军每天向使馆区发射三百多发炮弹，仍无法对其造成大的损伤，董福祥大为焦急，6月30日早上，亲往荣禄家中借武卫中军德式大炮。武卫中军军械极多，若用其大炮攻击使馆，几小时内，使馆必成灰烬，但该炮掌握在荣禄手中，须得他同意方能借到。董福祥等候了一个多小时，荣禄才出来见他。董福祥怒气冲冲地向荣禄索取大炮，荣禄躺在椅子上装睡不理他。董福祥骂他无理，荣禄笑道："你要大炮，只有一个法子，可奏明老佛爷，把我的头取去。我一天不死，大炮一天不能得！"又说："你即刻去见老佛爷吧。你是好汉，老佛爷又信任你，你去求见，没有不答应的。"董福祥大怒，无言而出，立即入宫，那时召见之期已早过了，董福祥也不顾，径直来到金銮殿门外，大声吩咐太监："奏闻太后，说甘军统领立请召见！"慈禧太后正在里面作画，听见这话，大为不悦，说："叫他进来。"董福祥入内跪下。慈禧说："好嘛，我以为你是来奏报使馆已经攻毁了呢，从上月起，你已经奏过十次了。"董福祥答道："臣今日求见，乃参劾大学士荣禄是个奸臣，暗中帮助洋人。他所带武卫军中有大炮，若用来攻打使馆，立时片瓦不留。臣向他索取，荣禄立誓不肯借用，并说就算老佛爷有旨意，也是枉然。"慈禧闻言大怒，斥责董福祥道："不许说话！你是强盗出身，朝廷用你，不过是叫你将功赎罪。像你这狂妄的样子，目无朝廷，仍不脱强盗的行径，大约活得不耐烦了！去罢，以后非奉旨意，不许进来！"董福祥满腹委屈地出去了。刚毅知道此事大为不平，说荣禄的势力一日不倒，使馆就一日不能攻克。又说立山袒护洋人，也不是好东西，那桐曾经参劾过他。

6 月 30 日，清廷发出上谕："此次义和团民之起，数月之间，京城蔓延已遍，其众不下十数万。自兵民以至王公府第，处处皆是，同声与洋教为仇，势不两立。剿之，则即刻祸起肘腋，生灵涂炭，只可因而用之，徐图挽救。奏称信其邪术以保国，亦不谅朝廷万不得已之苦衷矣。尔各督抚，若知内变如此之急，必有寝馈难安、奔问不遑者，尚肯作此一面语耶？"命各督抚勿再迟疑观望，迅速筹兵筹饷，力保疆土。

当日，西太后命令载勋等对义和团"严加约束"，"倘仍有结党成群，肆意仇杀者，即行拿获，按照土匪章程惩办"。

7 月 3 日，清廷命驻日、英、俄三国公使呈递国书，请求三国向各国疏通，设法挽回时局，结束战争。

7 月 3 日下午，慈禧前往西苑，在湖中游玩，有宫妃数人随侍。连日来城中围攻西什库教堂，枪炮之声连续不断，慈禧不爱听，命人传谕西华门驻守军队暂停攻击，等回宫后再行进攻。

7 月 4 日，外面枪炮声很响。临近皇城外，有李秉衡的军队驻扎，架炮于高处，都恨荣禄不借大炮。荣禄手下的士兵十分忠诚，服从命令小心谨慎，不能用贿赂打动他们。荣禄胆量极大，近日与人交谈，常引用《孟子》名言"当纣之时，居北海之滨，以待天下之清"，纣即指端王。

各国公使困守使馆半月有余，水果、蔬菜、大米等生活物资渐渐开始匮乏，难以坚守，只得合拟一份公函，请按总理衙门之前的建议立即离京，但必须要有军队保护，并派一名得力大臣陪伴护送到天津，乘轮船回国。此函到后，军机处和总理衙门共同商酌，认为事属可行，但是派兵恐生枝节，派员伴送尤为困难。

刚毅忽然宣言道："我意中有一人，如令伴送各使，定能胜任。不知他肯去否？"众人问是谁，刚毅说："陈府尹（陈夔龙）曾在总署当差，与洋人素相识。现署京尹（顺天府尹），又是地面官。北京和通州一带，均归他管辖，呼应较灵。"荣禄说："陈府尹现兼武卫中军差使，军事与民事均是熟手，一时恐难离京。"刚毅说："各使来函请派军队护送，陈夔龙现在武卫军，若奏令率军官同往，岂不更好？"荣禄语塞，只说："让我跟他商量一下。"他找到陈夔龙说："伴送洋员出京，此事确实很危险。刚毅说非君莫属。我看各国公使困在使馆，实非了局。他们愿意离京，不如送往天津，搭轮返国，留他日相见地步。君如愿往，可令董福祥派兵一营随同护送。"

陈夔龙说："董军前日戕害日本书记官杉山彬，各国公使对其恨之切齿，万万不能派他们去。"荣禄说："武卫中军右翼统领田玉广，与君同乡交好，派他带兵偕同前往如何？"陈夔龙暗想：各国公使多疑，虽然来函自请离京，不过是故意写这种无聊之词，以为缓攻之计，岂肯自寻荆棘，冒此危险。但默察枢府之意，倒很愿意将计就计，令洋人全数出京。府尹负责地面秩序，奉命伴送各使，也是分内之事，他一时找不到好的借口推托，姑且说了些依违两可的话，以观其后。

两天后，各国公使又来一函，略谓"前函请贵王大臣派员伴送我等出京，继思由京至津二百四十里，火车已断，沿途溃兵拳匪，谅复不少，节节阻止。试问贵王大臣，有何十分把握，能保护我等一律平安抵津？虽有伴送大员，恐中途若遇险阻，无从为力。我等公同商酌，惟有力守使馆，专俟大兵来援。万一竟遭不幸，各国政府岂肯干休？迨时大军来华，定惟贵国枢廷首辅大臣是问"，果然如陈夔龙所料，让他伴送出京的事也同时告吹。一个天大的苦难就此消除，他不禁长舒了一口气，各国公使为自己考虑，无形之中帮了他一个大忙，否则一出国门，溃兵拳匪相逼而来，他与各国公使必将同归于尽，能够化险为夷，对他来说实在是一大幸事。

毓贤近日上一封奏，谈山西教会事。十天前，慈禧曾发出一道密旨，命各省督抚只要遇到洋人就杀掉，不要让一个漏网。近来听说陕西巡抚端方、河南巡抚裕长和蒙古各处接到的谕旨却大不相同，但凡"杀"字都是"保护"字，恐有奸臣窃改，但无人敢以此奏闻太后。

慈禧在毓贤的封奏上批道："我命凡洋人无论男女老幼，皆杀之无赦，以清乱源而安民生。"此谕已加紧递往山西。

荣禄力谏太后，说杀戮妇孺，何足以扬国威，恐为各国所笑，而且这样做有损于老佛爷素来的仁慈之名。慈禧笑道："是的。但洋人要我归政，我不过以此还他。自道光以来，洋人在我国内欺虐我民，反客为主。现在要让他们看看，究竟谁是真主人！"

毓贤自称，曾设一巧计将洋人尽数擒捉，以铁链锁住，悉数在巡抚衙门处决，无一漏网。只有一个洋女人，乳房被割掉后逃走了，藏在城墙下，等找到她的时候已经死掉了。又详细叙述了在桑棉局屠杀修女的经过。

慈禧见杀戮女教士如此残酷，不由动了恻隐之心，命毓贤杀戮女人可以暂缓。

7月8日，清廷发布"保护使馆及各国商民，杀杉山彬、克林德者抵罪"的上谕。载漪大怒，不肯视事。慈禧强行让他起来办理朝政。

当日，清廷任命李鸿章为直隶总督兼北洋大臣。

大阿哥溥儁对慈禧说："请护送太后往热河，让皇帝留在京中，与其洋人朋友讲和。"此为其父载漪之计，欲使慈禧离京后好对光绪下手。此计被慈禧识破，斥责他鲁莽。

有个小太监，想在慈禧太后面前讨好，听见一声枪声，就说："又杀了一个洋鬼子。"慈禧说："前几天枪炮的声音，足够杀尽洋人许多次了，然而总没有那么一回事。"

董福祥率甘军猛攻使馆十数日不下，载漪急火攻心，假传旨意召武卫军开花炮队入都助攻，武卫军分统张怀芝奉檄率部进京。这是一种刚从德国进口的新式大炮，威力巨大，一颗炮弹重达几百斤，只要三两炮，使馆就将尸横遍地。但该炮极重，若不先行建筑炮架，并不适用。以地势而言，这种炮架须建立在东安门内东城城墙上。城外是御河桥，桥南西岸迤逦数十步就是英国使馆，各国公使参随人员和女人孩子等都藏身于馆内。该使馆屋宇连云，鳞次栉比。荣禄以城墙逼近使馆，居高临下，最便俯攻，命张怀芝以所部登城安置炮位。大炮架好，瞄准使馆，正要下令开炮时，张怀芝忽然觉得有点不对劲儿，命令部将先不要发炮，急忙下城直趋荣禄府邸，请示道："城墙距离使馆仅有咫尺之遥，炮弹一发，使馆将立成齑粉，恐怕将来难交涉，怀芝将为祸首。请中堂速发一道手谕，使怀芝能够据以行事。"言之数四，荣禄始终不说话。张怀芝说："中堂今日不发令，怀芝终不肯退。"荣禄不得已，只好说："横竖炮声一响，里边（宫里边）总是听得见的。"张怀芝恍然大悟，立即匆匆辞出，登上城墙，对部将说刚才测量不准，需要重测才能命中。于是将炮位全部改变，对着使馆外的空地，炮弹轰然发出，势若雷奔电掣，掠过使馆屋脊，飞出正阳门直达草厂十条胡同，炮轰了一天一夜，未损使馆分毫，山西票商百川通屋顶被炸出了一个巨大的窟窿。

环居左右的十多家商户惊恐不安，纷纷商议迁移躲避。第二天，收拾银钱账据，全部迁往贯市暂住。后来洋兵入城，各种商号均遭损失。这些山西商号独得保全，不伤元气，未尝不是此炮之力。各国公使经过此番震撼，更加戒备。当议约时，仍反复提及此事，意颇悻悻。

7月12日，荣禄入见，问慈禧如果拳民战败，京城被洋人攻破，将怎么办。慈禧引贾谊"建三表，设五饵"之言来回答。所谓"三表"，即以信谕，以爱谕，以好谕。所谓"五饵"，即文绣以坏其目，美食以坏其口，乐声以坏其耳，高堂邃宇以坏其腹，隆礼厚爱以坏其心。慈禧又提到两年前曾邀请各国公使夫人来宫中游玩，她亲自招待，公使夫人们都玩得很开心。她说："他们虽然向着皇帝，不喜欢我，但我有手段教他们意思转过来。"

7月14日，清军的攻势大为减退，后来一度停止了进攻。这与天津战事有很大关系，7月14日天津被联军攻陷，京津局势日益恶化，慈禧惶恐不已，急于向列强乞和，于是减弱了对使馆的攻势，命令清军将义和团阻隔在警戒线之外，并设法与各国公使取得联系，恢复自围攻使馆以来就已中断的外交关系，双方信使往来不断。

当天，总理衙门在发给各国公使的照会中提出由清兵护送各国公使携带家眷及随员分批出馆，暂居总署保护，但使馆人员出馆时不可携带洋兵。各国公使认为这是清政府的阴谋，未予答复。

7月15日，清廷发布上谕称："朝廷谊重邦交，仍不肯轻于决绝，迭经明降谕旨，保护使馆……"

李鸿章给庆亲王奕劻发来一封电报："闻京城各使馆尚未动手，董军门一勇夫，不可轻信。现在各国兵船各海口皆有，如攻京中使馆，大局不堪设想。如各国兵并进，臣只身赴难，不足有益于国，请乾纲独断。李鸿章拭泪直陈，请代奏。"

7月16日，各国公使接到一封清政府的信件，同意暂时接受各国公使不前往总署寓居的要求，并将对各国使馆予以保护，负责围攻使馆的荣禄与各国公使达成了停战协议。

7月17日，双方暂时处于休战状态。一名清廷信差要给使馆送信，他摇着白旗，在确认使馆卫兵不会伤害自己后，颤抖着走向使馆防线。

清军与使馆卫兵互相挥舞着白色衣服，以示友好。渐渐地，这样做的人越来越多，后来双方士兵跨过壕沟、工事，来到中间的开阔地带，互相交换信息。这样做既可以观察对方阵地，还可打探情报，缓解压力，甚至还能增进友情。

清军士兵主动找使馆卫兵攀谈，他们告诉使馆卫兵，山西过来的勤王部队与董福祥的甘军根本不知道为什么要攻打大使馆，他们只是执行命令被调到这里。许多清军士兵表示，自己并不想打仗，更不想被打死。他们流露出了埋怨的口气，认为如果洋人不派军队进京，现在就不会打仗。使馆卫兵解释说，因为义和团四处闹事他们才被迫派军队进京。清军士兵说，义和团已经被赶走了，京城里已经没有了拳民的踪影。同时反问使馆卫兵："你们已经杀了那么多人，为什么还不撤兵？"使馆卫兵反驳道："那只是你们的一面之词。"当时京城内的义和团仍然大量存在，围攻使馆的人里有很多就是义和团。在另外一个战场，攻打西什库教堂的主力也是义和团。

尽管这样的交流比较温和，一些使馆人员还是不放心，偷偷把手枪藏在衣服里防身。

当天下午，一名法国士兵不顾劝阻，大胆跨过防线，走入清军阵地。使馆人员都认为他精神出了问题，担心他九死一生，有去无回。没想到，清军非但没有伤害他，反而用茶水和糕点对他进行了热情招待。军机大臣荣禄亲自接待了他。荣禄问法国士兵："你们现在粮食够不够吃？死伤了多少人？"

法国士兵说："其他都好，就是天气太炎热，没有消暑的东西。"荣禄立即吩咐手下给他装了一大袋桃子、西瓜带回去，还说自己的部下可以保护使馆。

7月19日，清政府又给各国公使发来公函，劝告他们立即前往天津，如不前往，后果自负。

清廷的这些前后矛盾的行为使各国公使意识到联军正在逼近北京，他们很快就能得到解救。于是各国公使利用清政府对其既威胁又保护，企图以他们为人质来乞求和联军停战媾和的矛盾心态，决定采用拖延战术，对让各国公使前往天津的要求没有明确回绝，但回信要求清政府说明为什么在北京不能保护他们的人身安全，在去往天津的路上就可以。指出他们应该继续留在北京，强调清政府不能放弃保卫使馆人员安全的责任。

当天，一位清廷高级官员突然给使馆押送来四大车西瓜蔬菜，车上插着大清国皇家明黄色的旗子，众人见状纷纷让路，官员口中高喊："太后恩典，赏洋人们消暑果品。"一旁的甘军和义和团口渴如焚，气愤不已地看着他将四车西瓜、蔬菜送进去了。

公使们接受了清政府送来的水果、蔬菜。普特南·威尔在《庚子使馆被围记》中记载："昨日又有一公文来，亦庄王领衔，所言仍系不能行之事，我等又有一公文复之，言我等居此甚为舒服，不过稍需蔬菜及水果而已，故今日有四车西瓜、蔬菜送来，并言系奉太后之命，西瓜剖视，业已红熟，想甚甜美，蔬菜亦甚鲜柔。"

第二天，总理衙门再次给使馆送去蔬菜、水果、大米、面粉、酒等物资。

有总理衙门大臣忍不住大发牢骚：这他娘打的什么仗，又打又送东西，这不是自相矛盾吗？既然打，干脆就把它打下来。

清军和义和团非常生气：自己奋战沙场没少死人，朝廷反倒去慰问敌人，这唱的是哪一出戏？

荣禄怕使馆弹尽粮绝被甘军攻破，朝廷和太后，尤其是他自己，都得吃不了兜着走，暗中派人假扮成车夫小贩，将大量先进的德制后膛枪（装备"七九钢弹"，杀伤力惊人）等军火偷偷运入使馆，加强使馆区的防卫。

清廷的补给毕竟是有限的，使馆里的生活物资更多时候须要买。休战时，双方可以公开做买卖。在开阔的中间地带，清军摆出各种日常用品和生活物资公开贩卖，使馆里的洋人看见了出来购买，用各种语言讨价还价，喧哗热闹如小型集市。

7月19日，一名英国士兵向清军士兵购买西瓜，但他没有现钱，清军士兵不愿意卖给他，英国士兵情急之下打了清军士兵。此事惊动了其他清兵，他们纷纷拿枪过来威胁。使馆里的人闻讯立即赶来解围，将英国士兵双手捆绑，向被打的清军士兵赔偿了1元钱，并向清军购买了鸡蛋等大量新鲜食物。

除了公开买卖，还有暗中交易。清军中有不少人偷偷向使馆卖各种东西，包括弹药。使馆方面与清军接头的都是日本人，在西方人看来，日本人比较擅长干这种事。

双方选择在晚上见面交易，采用暗号接头。两个日本士兵蹲在一间破损的房子里，点着蜡烛，静静等待清兵的到来。一小时后，房子外传来谨慎的刮擦声，日本士兵趴在地上，匍匐着爬到门口，用枪杆轻轻敲一下门。对方传来三下击掌声和枪杆响动的声音作为回应。来的是清军中的一位厨师。他将绑在身上的600发子弹全部卖给了使馆。厨师经常做这种交易，等清兵熟睡后，他们偷弹药、偷鸭蛋，在同伙的帮助下秘密卖给使馆。很多清兵也在私下做这种买卖，被枪毙的不在少数。

7月20日，总理衙门的一位章京带着随从来到英国使馆。章京和随从都很紧张，随从不停地摇着白旗。走到英国使馆炮楼下，卫兵命令他们停下，拿来椅子，让他们坐下等候。

英国大使带着翻译出来与那位章京见面，双方在炮楼下进行了一番交流，但没有取得实质性的结果。双方会面需要有人做牵线搭桥的工作。一天，三名中国吹号手与勤务兵走进德军防线内，被蒙住眼睛带到英国使馆。他们对洋人说，想邀请使馆里的头头和我们的头头在崇文门见个面，谈谈军事问题。

虽然在围困使馆，总理衙门对使馆的照会仍然要送达，外国转寄过来的信件同样如此。转寄的外国信件总理衙门无法看到内容，因为需要密码破译，而密码只掌握在几个重要的大使手里。不知是故意破坏，还是技术问题，外国寄来的信件都需要通过中国电信局转抄，转抄后的信件似乎再也无法破译。千山万水送来的信件，使馆方面根本没法看。

为总理衙门送信是执行清政府的命令，但不是所有清军都认可。除了荣禄手下的武卫中军外，其他的清军根本不受总理衙门控制。负责送信的章京告诉使馆人员，自己只有从总理衙门方向过来才比较安全，其他地方的清军一旦发现有人为洋人送信，会立即格杀勿论。

长期被围困的使馆想要获取外界信息只有两个途径：一是通过总理衙门的信件；二是通过清军士兵，但这类信息主观性较强，比较片面，还具有一定的迷惑性，并不能让使馆方面相信。

使馆里被困的外国人最关心的是联军在天津方面的动向。为此，他们不惜高薪聘请中国人作为联络信使，往来于京津两地。天津的八国联军也在想方设法通过中国人向北京使馆送信，以安慰和鼓励被困的同胞。但很多人中途被清军或义和团拦截，没能成功。

一天，东交民巷攻守正急，突然有一名中国少年手舞白巾，站立在洋兵中。清军将他抓起来审问，得知他是给天津的洋人送密信的，信中有很多重要的话，倒也没有为难他，就让他去了。半个多月后，这名少年又从天津带来回信，才知杨村得手，联军已经启程前往北京了，租界内的洋人额手称庆，给这位少年很多钱表示感谢，他毅然不受，问他叫什么姓名，他也不说，问他为什么要这样做，少年说："我母亲曾经说过，想救中国不亡，必救公使不死，我这样做只是为了国家和母亲，不为别的。"洋人问他能否再给天津送信。他说："我的使命已经完成了，不会再送了。"说完就突然消失了。

7月24日，清军再次向使馆发起了短暂的进攻。

次日，英国公使窦纳乐致函荣禄，抗议他破坏了停战协议。荣禄当即回信，他解释了公使去往天津途中比待在使馆区内能获得更大程度保护的原因。由清军护送各国公使去往八国联军占领下的天津只需要一次性的护送努力，而待在使馆内则需要持续不断地为其提供保护。荣禄在回信中还要求各国公使拍发明文电报，向联军表示自身处境安全。对于第一项要求，各国公使觉得荣禄的解释有些道理，但仍然怀疑这是清政府将其扣押为人质的阴谋，认为待在北京更加安全，从北京去往天津将帮助清政府摆脱政治上的责任。

7月27日，各国公使回复清政府，要求其提供各国公使及随员去往天津所需交通工具的详细情况介绍。对清政府要求他们去往天津的建议不作明确答复，采取"既不接受也不拒绝"的态度与其周旋。对拍发电报的要求，则予以拒绝，因为这会给联军造成使馆人员安然无恙的假象，不利于联军加速前往北京。

7月28日，清政府回复了各国公使提出的交通工具问题，指明他们对各国公使并无恶意。当天，一名信差给使馆送信，使各国公使得到了救援部队正向北京赶来的消息。

7月29日，清军在北御河桥上修筑工事，再次对使馆区开火。之后清军对使馆区不断放冷枪，但攻击的激烈程度远远比不上7月14日以前。

7月30日，英国公使窦纳乐以清军进攻产生的安全问题为借口，对去往天津的建议不予回应。

8月4日，八国联军从天津出发开赴北京。同时情报人员也陆续向北京公使馆传送情报。几天后，使馆里的洋人就得知了这个消息。

八国联军进攻北京的消息再次刺激了清廷，对大使馆的围攻更加猛烈，双方继续刺刀见红。让各方很不理解的是，清军迟迟未能拿下使馆。事实上，清军攻打大使馆，并不是你死我活的战争，而是清廷"以战促和"的一种策略，慈禧希望通过给京城的洋人施加压力，让列强主动进行和谈，迫使八国联军放弃进攻北京的计划。遗憾的是，对于习惯撒谎要计谋的清廷，列强早已不再信任，继续加速向北京挺进。

8月12日，清军再次对使馆发起猛烈进攻。此时联军已攻占北京的门户通州，很快就要打进京城。慈禧等欲图给各国公使施加强大压力，以达到"停战乞和"的目的。但这波猛烈的攻势很快就消退下去了。

8月14日，联军攻陷北京，被困达55天之久的东交民巷使馆终于解围。使馆人员被打死66人，受伤近200人，甘军和义和团死伤数千人。

慈禧后来谈起此事，还不无庆幸地说："依我想起来，还算是有主意的，我本来是执定不同洋人破脸的，中间一段时间，因洋人欺负得太狠了，也不免有些动气。但火气一过，我也就回转头来，处处留着余地，虽是没阻拦他们，始终总没叫他们十分尽意地胡闹。我若是真正由他们尽意地闹，区区一个使馆难道有打不下来的道理？"

第二十五章　袁世凯的选择

当京津义和团蜂拥而起时，山东义和团也闻风响应，四处活动，大有死灰复燃之势，袁世凯正欲派兵镇压，忽然接到朝廷命他招抚团民的上谕，袁世凯为表"忠心"，随即派信使通告山东各州县遵旨"招团御侮"。

那时山东巡抚衙门主办洋务的文案是候补道徐抚辰，向来牵涉洋人的案件均要由他经手，此事却未及寓目，闻之大为惊愕，立即去向袁世凯谏阻："这是乱命，万不可从，否则国破家亡，我公何以自了？"袁世凯不听。徐抚辰退出后即刻摈装出署，留下一封书信告辞而去，信中说道："世界列强，英、俄、法、德、美、奥、义、日本八国也，今以中国战败之后，无兵，无械，无饷，徒恃奸民邪教，手执大刀，杀洋人，焚教堂，围使馆，口念邪咒，不用枪弹，大刀一挥，洋人倒地，有此理乎？古人以一服八，传为谬说。今真以一国弱昧，而服八国明强，洋人能不联合兵队，以陷中国？决不坐视在中国之各国外人任团匪残杀而不问也。我公明知朝廷因戊戌政变，外人保护康、梁，反对大阿哥，触皇太后之怒，端亲王等乃以团匪进，不用枪炮，而用符咒，能制各国军械死命。大学士徐荫轩言，外国有你的格林炮，中国有我的红灯照，亦我公前日所闻也。我公能不遵行乱命，逐团匪于山东境界之外，将来外兵涌至，北京沦陷，皇太后、皇上出走，或有不幸，我公以反对义和团之故，犹可尽旋乾转坤之忠心。如随波逐流，我公一身功名消灭，且恐未能保其身家也。"

　　袁世凯看后如醍醐灌顶，猛然醒悟，急忙派人追回徐抚辰，对他当面谢过，以飞骑分道追回檄文，毅然改变态度，继续保护洋人，剿灭义和团。

　　收到改换旧制、赴京勤王的谕旨后，袁世凯颇为头疼。他的军队自创始以来学习的就是西洋方法，包括服饰、器械、号令等都没有沿用清军的旧制，因为军装短小和洋装颇为相似，当时山东人见到袁世凯的军队都称他们为"二毛子"。现在让他把一切全部换成旧式，哪是仓促之间能够办成的？谕旨命他北上勤王，如果不去就是抗旨，抗旨是杀头的罪名。如果去了又哪是八国联军的对手？袁世凯是义和团的公敌，那时京师已是拳民天下，他知道去了肯定会被碎尸万段。

　　袁世凯左右为难，好在他脑瓜灵光，很快就想到了主意。他虽然接到了圣谕，仍然谎称没有接到军报，借故拖延。手下的人都替他担心，一再向他陈述其中的利害，袁世凯均置若罔闻。当时京津一带哄传袁世凯是汉奸，想占据山东而自立，袁世凯也充耳不闻。那时直隶总督裕禄被义和拳迷惑，捏造战绩，说大沽口被夺回靠的是义和拳和红灯照的神力，大家都信以为真。裕禄将这些战绩用电报发给袁世凯，嘱咐他将此转发给东南各省督抚。袁世凯接到军报，当即将其烧毁。此时，不仅仇洋派不理解袁世凯的作为，就连手下的人也不明白他用意何在。从北京到山东避乱的官绅都劝袁世凯去勤王。袁世凯置之不理，只是毫不懈怠地继续在山东清剿拳匪。

　　到6月中下旬，各国联军齐聚大沽，天津危在旦夕。裕禄迫不得已，专门派道员陈以培到山东请求袁世凯发兵支援。袁世凯对陈以培说："裕禄不是觉得义和拳神通广大吗，怎么会弄到今天这个地步？既然想让山东出兵，为什么不请旨施行呢？更何况他应该先行通知我，也好让我提前做准备。虽然朝廷下令禁止军队穿洋装，但我直到现在还没有接到圣旨，所以我也不敢擅自改变军队的装束。我所练的新军都还穿着洋装，怎么能北上呢？"陈以培知道袁世凯在有意敷衍，但拿他没有办法。

　　天津即将被联军攻陷，慈禧急命袁世凯派孙金彪部增援。袁世凯为保存实力，谎称孙金彪部刚从沿海回来，伤亡惨重，军中又发生了疫情，需休整一二日再赶过去。次日，袁世凯又称潍县出现教堂被焚事件，乱党杀死教士多人，德、奥军队已开赴该地。现已急调孙金彪部赶往该处平定，待战事稍缓，即刻开赴天津。朝廷此刻已经火烧眉毛，十万火急催促袁世凯，说天津危在旦夕，必须立即出兵，不得延误，否则军法从事。袁世凯眼看无法推诿，复告清廷，派夏辛酉带六营兵马，日夜兼程赶往天津。但袁世凯耍了个花招，他告诉夏辛酉，路上要小心从事，不能盲目开战，要懂得保存实力，若天津已陷，即刻回防。夏辛酉心领神会，带着手下人马，一路走走停停，刚入直隶，就得到天津陷落的消息。

8月，袁世凯又颁布了《严拿拳匪暂行章程》。章程规定："无论军民人等，凡有练拳或赞成拳党者，杀无赦……父兄纵听子弟学习邪拳，除将子正法外，该父兄拿获监禁三年。""窝留者与匪犯同罪"等。又张贴告示说：义和团是"黄巾红巾，左道惑人。张角余鹰，粤匪同伦。教本白莲，演拳称神……挑衅速祸害及京津。宗社震动，乘舆蒙尘。官民流离，惨不忍云。揆其由来，匪由祸根……现饬剿办，格杀勿论。炉厂入官，责及四邻。有人捆送，给顶赏银。人人得诛，齐力逡巡。除恶务尽，切忌因循"。与此同时，袁世凯命张勋、雷振春、曹锟等十多名手下将领各带人马，分赴各州、县"团剿"，用洋枪洋炮大规模屠杀广大手握大刀、长矛、木棍的团民，整个山东一片腥风血雨。

炮兵管带雷振春奉命前去齐东县清剿义和团。该县有一个700户人家的大村庄，村民因痛恨列强瓜分中国，不满教民欺凌压榨，大都参加了义和团。该村土寨坚固，兼有快枪防御，军队来围剿时，村民就躲在寨中不出，军队离开后，便四出滋扰。雷振春感到棘手，遂赴济南请示。袁世凯正言厉色地对他说："办大事不可有顾忌心，设再姑容，安有肃清之一日？子即带兵前往，如再抗拒，立即开炮轰洗，造孽归予一人。"雷振春即返齐东，命炮兵猛烈轰击，将该村洗劫一空。8月底，雷振春又奉命攻打滨州皂李庄。该村庄有拳场十多处，聚集着义和团团众一千余人。团众见清兵到来，"摇旗呐喊，齐出迎敌"。雷振春命令先由炮兵轰炸，继由步队进攻，再用骑兵从两翼包抄，枪炮齐发，义和团前赴后继，一批批倒在血泊之中。清军冲进村庄见人就杀，见房就烧，一时间火光冲天，尸横遍野，哭声震天，惨不忍闻。张勋率兵包围阳信东门书院，院内有义和团500余人。义和团民奋勇抵抗，宁死不降，结果被全部杀死，扔进三个大土坑中。

1900年，义和拳、大刀会煽乱，山东平度西南乡的民众也集会立坛。平度知州吴丙南闻讯，驰往劝喻解散。拳党恃其人多，将吴丙南包围起来，勒令他拜跪神坛，吴丙南狼狈而返，从此不敢再去。官府对其睁一只眼闭一只眼。城市儿童大都学样嬉戏作法，义和拳逐渐在平度城中流行起来。吴丙南也不禁止。有个大师兄从昌邑来到平度，设坛于城东王家阑，入会习拳的都是童子。时间久了，他将神坛移到城北山上的龙王庙里。吴丙南派人前去谕令解散，大师兄不从。平度城附近的义和团捣毁了美国浸信会的西关医院与南关教堂，逮捕了一批教民，平度局势紧张。袁世凯闻讯，急命驻潍县清兵防营统带吴长纯率马队前去镇压。又命山东右卫营务处军官祝廷琛率骑兵百余名和平度役卒百余人前去镇压龙王庙的义和团。9月20日，祝廷琛天没亮就率兵赶到那座山前。大师兄告诉拳众不用惧怕，命令他们朝山下发射土炮。士兵大怒，骤进登山。大师兄侥幸逃脱，五十七个习拳的儿童被当场杀掉，首级累累悬在城门上，多用赤绳拴住辫发，看见的人无不哀怜。乡人对吴丙南极为痛恨，都说祝廷琛的军队是他请来的，对其诟骂百端。

在很短的时间内，山东全省被袁世凯部队当场击杀、送县与解省正法的团民，约有数万之众。袁世凯欣慰地说："东省拳匪剿办殆尽。"

袁世凯唯恐侵略者攻入山东地界，连连发电报或写信给各通商口岸的负责人，向他们汇报自己在山东为保护洋人剿灭义和团的情况，说山东全境义和团已被自己消灭干净，让洋人们放心。袁世凯授意手下给已逃到青岛的法国驻济南主教马天恩写信："自主教与神父等驾行后，袁抚帅即派王统领、杨统领……张大人、雷大人……龚老爷等亲督队伍，驰赴各府州县，严拿拳匪，有当场打死者，有送县或解省正法者，有数万人。其匪首房产物业全行入官，为从之匪亦扒房变产不计其数。所有教民及教堂皆得安然无恙。现在各州府县拳匪已净，合即禀明，务望主教转陈各国，千万莫叫洋兵占据山东地界，以副大帅保护之情，并免大帅所遭乡愚妄造之言，实恩公两便。"

英国驻烟台领事在一份报告中指出："我们目前在烟台所处的地位是相当稳固和平静的……我们之所以能够继续留在此地，我认为几乎完全是由于巡抚所采取的态度；无论他的动机怎样，据我的意见，他已经尽力用他掌握的军队把义和拳逐出本省，而且当地所管辖的地区内发生骚乱的时候，将骚乱镇压下去。他的僚属自然遵循他的榜样；直到目前为止山东没有被卷入那个将席卷它的叛乱和掠夺的浪潮。"对袁世凯充满感激之情。

八国联军统帅瓦德西说："袁世凯对我们颇具好意，同时并尽力剿除拳党，系属于明达督抚一流，彼现在竭力促进从速议结和约。据云，彼之为人'易受商量'，因彼曾经力为辅助德国铁路矿山事业之故，可以称为一位促进德国事业的人。"

后来列强对袁世凯特别"开恩"，所有南侵的联军只要一看到山东界牌和村镇墙壁上写着"此山东境"几个大字，立即调转部队，不再进犯。一时间，山东全省的官僚、地主、豪绅大户都钦服袁世凯，莫不对他"齐声感颂，而顶礼日呼东省之福星广被矣"。

第二十六章　东南互保

　　拳乱事急，洋兵北犯时，南方各省谣言蜂起，有说洋兵将攻取长江和吴淞炮台，有说义和拳将率众南下焚劫上海，甚至传言清军已定于某日进攻租界。各种传说纷纷涌现，几乎达到了市中皆虎的程度。

　　长江一带本来就有很多强盗，这时又趁机起来闹事。他们在天门、衡州等地焚烧教堂，江西的教堂被毁掉特别多，浙江强盗连续攻陷江山、常山等县，杀害西安令吴德浦，聚集数万人，东南大扰。

　　洋人对此十分担忧，准备在租界内多方防堵，以备不虞。

　　湖广总督张之洞和两江总督刘坤一认为东南各省若再有兵事，势必糜烂其民，而且洋人多疑，倘若彼此猜忌，难保不肇事端。

　　6月14日，英国驻上海代理总领事华伦建议英国政府立即与湖广总督和两江总督取得"谅解"，帮助他们在辖区内"尽力维持秩序"。

　　6月16日，英国外交大臣索尔兹伯里复电，授权华伦通知刘坤一和张之洞，英国海军将支持他们维持秩序。

　　次日，英国驻汉口领事与张之洞商议长江流域治安事宜。张之洞表示他和刘坤一都非常愿意与英国联络。

　　6月18日，张之洞饬令各州县地方官禁止谣言，捕拿匪徒，对生事者立即正法，对洋商传教士要全力保护。

慈禧向列强发布"宣战"诏书后通电全国，要求各省筹款调兵、勤王抗敌、共渡难关。时任大清电报局督办的盛宣怀在上海最先看到了朝廷的电令，随即给身在广东的李鸿章发去电报："千万秘密，以一敌众，理屈势穷，今为疆臣计，各省集义团御侮，必同归于尽，欲全东南，以保宗社，各督抚联络一气，以保疆土，乞裁示，速定办法。"

李鸿章在接到盛宣怀的电报后，沉思再三，毅然复电道："此乱命也，粤不奉诏。"接到李鸿章的复电，盛宣怀心里踏实了很多。几天前，他接到英国驻上海总领事的通知，说英国政府想派海军进入长江，帮助中国镇压拳匪。盛宣怀知道英国人没安好心，赶紧给两江总督刘坤一发去电报，说各国领事并无占据吴淞之意，英国领事要我请他保护，是一种伪术，若被其所愚，各国必将不服，应告知各国领事，我们可以自行保护长江流域，不要让他们来干预。

当天刘坤一电复盛宣怀："机变甚速、祸在眉睫，敝处数切电北洋，并电约湖广会奏，请速明谕痛剿，未知诸公于意如何？"让盛宣怀出头联系两广总督李鸿章和湖广总督张之洞共商此事。

当天，盛宣怀接到山东巡抚袁世凯的电报："津京洋兵现在已有八千上下，闻乃有万人续到，大局不堪设想，望随时教我，岘（刘坤一）、香（张之洞）两帅有何善策？"袁世凯在山东剿杀义和团，他虽然也接到了朝廷勤王的电报，但迟迟未动。他不想拿自己这支只有几千人的小部队去和几万人的八国联军硬碰，他希望南方各省大佬出头。

接到袁世凯的电报后，盛宣怀心里明白，东南各省封疆大吏虽然政见相同，但各人有各人的算盘，谁也不会主动出头联络，看来自己这个中间人是非当不可了。6月24日，盛宣怀写了一封很长的电报，同时发给刘坤一、李鸿章和张之洞。电文称："济沁电（招拳民御外侮的电诏）万勿声张，沪各领事接津电，津租界炮毁，洋人死甚重，英提（西摩尔）带兵千余殁于路，已各处催兵。看来俄日陆军必先集，指顾必糜烂。如欲图补救，须趁未奉旨之先，岘帅、香帅会同电饬地方官上海道与各国领事订约，上海租界准归各国保护，长江内地均归督抚保护，两不相扰，以保全商民人命产业为主；一面责成文武弹压地方，不准滋事，有犯必惩，以靖人心。北事不久必坏，留东南三大帅以救社稷苍生，似非纵权不可；若一拘泥，不仅东南全毁，挽回全局亦难。乞钧示。"

接到分量如此之重的电报，刘坤一犹豫了，万一失败，那就是抗旨杀头的罪过，这时，他的幕僚张謇在一旁说道："听盛宣怀的话应该没错。"张謇是江苏南通人，状元出身，曾在朝鲜协办军务，与袁世凯私交甚笃，张謇人脉极广，与洋务派和维新派都关系深厚，他的谏言对刘坤一起到了决定性作用，刘坤一很快给湖广总督张之洞发了一封电报征求意见。

张之洞早年曾是朝中清流的代表，专与洋务派作对，参加中法战争后，他大受刺激，转而鼓吹洋务。义和团事发之初，他就反对朝廷参战，在给朝廷的奏折中这样说："从古无一国与各强国开衅之理，况中国兵力甚弱，岂可激众怒召速祸，查拳匪乃乱民妖术，无械无纪，断不能御洋矣，京师时论云，不战必亡，战尚可不速亡，怪极，利害看翻，大病根在此，病根不去，无药可医，不战可以不亡。"对刘坤一的来电，张之洞迅速表示赞同，同意由盛宣怀牵头与各国领事立约互保，还称赞盛宣怀思虑周密。

在刘坤一、张之洞等人的支持下，盛宣怀和上海道余联沅与驻上海各国领事在上海会审公所举行了第一次会议，商议互保之事。

朝廷见各省的救兵迟迟不到，发来谕旨催促："谕李鸿章、刘坤一、张之洞等，此次之变，事机杂出，均非预料所及，却非衅自我开，而沿海沿江各督抚，惟当遵谕旨，各尽其职守之所当为，相机审视，竭力办理，是为至要。"

当拳乱盛时，端王载漪和庄王载勋屡次假托圣旨行事。荣禄密电李鸿章和东南各省督抚："五月二十四日（6月20日）后矫旨不可信。"他跟东南几位督抚一直有电报往来，告诉他们事情很急，要各自用心。下面几位就明白了，朝中斗争比较激烈，但是不能直说。

刘坤一、张之洞和李鸿章互约，凡6月20日以后的上谕概不奉行。慈禧要求"各省督抚招集义民成团"，刘坤一、张之洞等会奏"并无拳会之党可招"。慈禧要"暂行停还洋款"，李鸿章、刘坤一等以"洋款若停，牵动厘金，京饷及北上诸军饷项无从接济"相要挟，奏请按期解还洋款。朝廷再三电令李鸿章迅速来京与各国斡旋。李鸿章想遵命北上，荣禄知道载漪和载勋想趁机杀害他，电告刘坤一和张之洞，叮嘱李鸿章暂缓起行，等待后命。李鸿章因此一直观望不行。

6月26日，上海道余联沅与各国驻沪领事商定了《保护东南章程九款》（又称《东南互保章程》）：

一、上海租界归各国共同保护，长江及苏杭内地均归各督抚保护，两不相扰，以保全中外商民人命产业为主。

二、上海租界共同保护章程，已另立条款。

（《互保上海章程》：

1.租界内的人及产业，应由各国巡防保护。租界外洋人教堂、教民，应由中国官妥为巡防保护。遇有紧急之事，互相知照妥办。

2.地方流氓遇有聚众滋事，或抢劫伤人，无论华洋地界，均须一体严拿，交地方官从重严办。

3.现因商货停滞，各项小工佣趋较难。拟请租界工程局添办新护各界路工程，城内则令疏通河道，并由道台挑选精壮充当勇丁。务使闲民有事，可致消患无形。

4.添办各项工程及添募勇丁，请中外官商公议捐助章程。

5.沪市以钱业为大宗，而钱业须赖银行零拆转输。若银行不照常零拆，或到期收银迫促，钱市一有挤倒，生意必皆窒碍。市面一坏，人心即震动不安。应请中外各银行股东及钱业董事，互相通融缓急，务使钱行可以支持。

6.钞票应照旧行用，只须道台会同各领事出示晓谕，声明各行并不收银，搭几成钞票，由各钱业照付。

7.租界内大小各戏馆应令照常开演，不可停歇。

8.租界内救火章程甚备，租界外浦东亦应仿照，多备救火器具。若有火警，附近居民不可乱动，一面由火会疾驰往救，一面分派巡捕、兵丁，分班巡护，认真弹压，应请先行出示晓谕。

9.租界巡捕应请添募，大小街路均应有巡捕昼夜轮流梭巡。城厢内外以及浦东南市，亦应添募巡捕，多派员弁，分班轮流巡查。

10.查明租界四址出入总散路径，租界内边地则由工部局于要路多派巡捕，每处若干人，建造捕房，常川驻扎，瞭望界外。倘有远处成群来界乱人，即鸣警知会局中，派捕拘捆。租界外边地则由华官派兵搭盖棚帐，常川驻守，弗令成群乱人闯入租界以内。）

三、长江及苏杭内地各国商民教士产业，均归南洋大臣刘、两湖总督张，允认真切实保护，并移知各省督抚及严饬各省文武官员一律认真保证。现已出示禁止谣言，严拿匪徒。

四、长江内地中国兵力已足使地方安静，各口岸已有的外国兵轮者仍照常停泊，惟须约束水手人等不可登岸。

五、各国以后如不待中国督抚商允，竟至多派兵轮驶入长江等处，以致百姓怀疑，借端启衅，毁坏洋商教士的人命产业，事后中国不认赔偿。

六、吴淞及长江各炮台，各国兵轮不可近台停泊，及紧对炮台之处，兵轮水手不可在炮台附近地方操练，彼此免致误犯。

七、上海制造局、火药局一带，各国允兵勿往游弋驻泊，及派洋兵巡捕前往，以期各不相扰。此军火专为防剿长江内地土匪，保护中外商民之用，设有督巡提用，各国毋庸惊疑。

八、内地如有各国洋教士及游历洋人，遇偏僻未经设防的地方，切勿冒险前往。

九、凡租界内一切设法防护之事，均须安静办理，切勿张皇，以摇人心。

为扩大"互保"地区，刘坤一、张之洞和盛宣怀分别致电东南各省督抚，请其赞助参加。李鸿章表示全力支持。袁世凯决心仿照东南各省互保。闽浙总督许应骙于7月14日与英、美、俄、日等六国订立《福建互保协定》。互保范围由苏、沪、赣、皖、鄂、湘扩大到浙、闽、粤、川、陕、豫、鲁等十三个省。

背着朝廷和洋人签订互保条约后，各省督抚心里都很紧张，知道自己做了一件大逆不道的事，他们在向慈禧太后解释时说："实为委曲求全之策"，希望得到朝廷的谅解。

没想到慈禧给他们回复道："甚合我意"，还夸奖他们这一做法是"老成谋国之道"。

随着北方局势日益危急，湖广总督张之洞提出了"李鸿章大总统"方案：一旦京城不保，皇上和太后遭遇不测，就共同推举李鸿章出任中国"总统"主持大局。

第二十七章　天津保卫战

北方局势日益恶化，列强军舰陆续开到大沽口外，各国商议增派军队攻打津京，以解租界和使馆之围。

五月半（6月11日）后，天津义和团越来越多，很快就开始焚烧教堂。传闻义和团焚烧教堂和教民房屋，断不会殃及无辜，拳民先用刀在房屋周围划界，然后点火，火烧到边界就会自动停止，毫厘不爽。谁想刚开始焚烧天津教堂，大火就已殃及四邻。拳民对众人解释道："这是因为邻家妇人的污秽破坏了法术，自取其咎。"焚烧城内教堂时，拳民又勒令附近居民各执香火跪于街衢，以达神庥。老弱妇女，无不遵命。

于是每天都有焚毁教堂、捉杀教民之事。街上行人对义和团畏之如虎，看见他们就赶紧退避到一旁。拳民自命为神，生杀任意，无辜受戮的人不知道有多少。洋货不准买卖，洋货店多被拳民抄掠。为了避祸，天津人将东洋车改名"太平车"。义和团的揭帖告示贴得满大街都是。地方官都唯大师兄之命是听。

洋人担心义和团乘机混入租界放火，防范比之前更严，每晚十点后，行人必须持有照会才能来往，约有十分之二的天津人害怕发生不测，早早做起了南下避难的打算，剩下的人安坐不动，他们认为义和团不过是一群乌合之众，闹不出什么大名堂。

五月十八日（6月14日）晚上十点钟，天津城中忽然红光满天，义和团开始焚烧教堂了。城中共有三处教堂，传教神父此前已经离开。教堂被焚后，风声大紧，天津城内外到处都是义和团，公然手持刀械在街市上往来，毫无忌惮，官兵遇到他们，反要避道而行。

绅士和商人想请求义和团保护，多用粮食等物馈赠他们。义和团扬言十九夜（6月15日）晚上将纵火焚烧紫竹林租界，使用法术毁坏洋楼。租界内的洋人闻讯，加强了戒备。凌晨二点钟，拳民果然在陈家沟和朱傅庄一带放火。人声嘈杂，火光连天，想趁机混入租界。洋兵见相距不远，对其开炮轰击，炸死拳民百余人，附近居民惨遭殃及的难以数计，直到天明才安定下来。

二十日（6月16日）下午，传闻塘沽已经开战，官兵与义和拳联合攻打洋兵，津城百姓都不相信这种说法。

当日风声更紧，租界内的居民不准出去，在租界外的居民不准进来，路上行人很少，街上的店铺都停止营业了。

从大沽口登陆后，联军面对的是天津坚固的城墙和训练有素的清军，各国急需补充兵源。此时七千名德国士兵还在遥远的海上，英军主力被南非的布尔战争所牵制，无法脱身，他们寄希望于同盟国日本，但此时日本并不想出兵，英国表示如果日本出兵两万到三万人，军费将由英国负担。日本最终同意派兵，从广岛抽调了最好的部队第五师团过来。英国从澳洲调来一部分军队，从印度、新加坡和中国香港地区调来雇佣军，主力是印度军。法国也没有多少兵力可调，它抽调得最多的是越南人，叫安南军。只有俄军、日军和美军是本国军队。

英军澳大利亚兵团的奇亚夫上尉日后接受《悉尼先驱晨报》采访时谈到了他对各国军队的印象："德国军队年轻、健壮，纪律很好；没有谁真把法军当回事；俄国人太笨重了，他们的士兵经常被军官毒打，居然也能忍受；意大利人不会打仗，喜欢躲在英军翅膀底下；日本人是一群套着制服的小矮人，他们充满斗志，但很虚伪，可以一边与中国人打仗，一边勾着中国人的脖子称兄道弟；而英军则不该将印度库尔克人调去中国，这些人做做苦力还行，但在寒冷的中国没用。"

天津是京畿的门户，当时由老城和城东南的紫竹林租界两部分组成。

紫竹林庙始建于清康熙元年（1662年），庙里供奉着观世音菩萨，共有正殿三间，两厢有配殿，院内植有竹林，紫竹林也因此而得名。紫竹林北临海河，南临海河大道，邻近马家口，地处水路要冲，是天津的战略要地。1860年《北京条约》签订后，天津被迫开放为通商口岸，法、英、美三国首先将位于城南的紫竹林村沿河一带强行划为租界地。到19世纪90年代末，俄、德、日等国又在海河西岸划定租界，此后这一地区被统称为"紫竹林租界"。它是列强在天津的巢穴，也是八国联军侵华的军事据点。

此时紫竹林租界内有各国水兵560人，自愿军1部，驻守在租界前沿的禁酒厅。另有俄军增援部队1700人控制了通往租界的各条主要干道。联军改装了1辆装甲列车和2艘武装汽艇，担负铁路和白河上的警戒。

自从西摩尔联军进犯北京以来，紫竹林租界就被清军和义和团包围了。联军攻占大沽炮台后，决定先解租界之围，然后夺取天津城，最后攻占北京解救使馆。

清军前线总指挥是直隶总督裕禄，他要求各部先将紫竹林租界内的洋兵击退，然后会合各营节节进剿，直抵大沽。这样做的后果是使越来越多的联军后援部队可以从大沽从容登陆。

此时天津的防御十分空虚，驻守清军总兵力不到1万人：聂士成率武卫前军5000余人驻守在城东的老龙头火车站、城南的广仁堂、南机器局和海光寺机器局；城东的东机器局、城东南的马家口、城北的西沽武库由练军何永盛部2000人守卫；天津城至租界之间的隙地由罗荣光率1700人驻守。为了保卫津城，周边各县的义和团开始大量向天津集结。

6月中旬，曹福田率领静海、盐山、庆云等县义和团数千人到达天津，领导在津的2万多团民。他将总坛口设在吕祖堂内，拳场设在五仙堂。吕祖堂濒临南运河，津西各县义和团来津时大多在此落脚，聚义拜坛，共商对敌斗争大计。此后又有许多义和团陆续来到天津，他们与曹福田合兵一处，共同战斗。

黄莲圣母林黑儿也带着红灯照来到天津。她让人制作了两杆黄旗，上面大书"黄莲圣母"四字，一路鼓吹，送进侯家堠的一个神堂里居住。黄莲圣母坐在神橱中，周围垂下黄幔，香烛清供，万众礼拜。

直隶总督裕禄久闻她的大名，将其迎入直隶总督府，朝服九拜，请求保护。黄莲圣母说："大人不必忧虑，我已将洋人大炮上的螺丝钉悉数盗来，洋人的大炮全都报废了。"裕禄感激地说："求圣母多多保护。"

黄莲圣母出门都坐四人大轿，前有一对大旗，上书"黄莲圣母保护团"七字。每在街上行走，就有二三十个男子相随，均手持洋枪。她妹妹三仙姑外出时，也有几个二十多岁的男子跟随。她们出行时，传谕路人闭上眼睛不能观看，以免亵渎，大家都敬之为神，焚香跪拜。

曹福田刚到天津，就登上土城楼，询问租界在哪里。当地人说在东南方。曹福田立即伏地向东南叩首，良久站起来说："洋楼毁了。"众人急忙向东南方望去，果见黑烟腾起，悚然大惊。其实那是河东民房被拳民纵火焚烧数日，至今未息。

曹福田率队入城，商民跪在地上迎接他。曹福田坐在马上说道："大家快起来，不用跪。"听说各拳坛命令满城百姓均吃白斋，下令无须这样，说我也饮酒食肉，何害于法？听闻洋货店多被团民捣毁，也说不须如此，洋货进入中国很久了，禁止会带来诸多不便，商民有什么罪呢？人家都是小本经营，何堪受此践踏？大家听了，以为理直言正，是真神术，从此尤为信奉他。

曹福田在室中悬挂关帝、赵子龙、二郎神和周仓的神像。

租界内的洋兵很少，又处在被围困的地位，急待大沽增援。

6月17日，联军调2800人从大沽驰援天津，欲解租界之围。

聂士成闻讯率前路统领周鼎臣部在陈家沟至军粮城一线阻击援军，双方展开激烈战斗。裕禄指挥聂军后路统领胡殿甲部5个营与义和团1部进攻租界。天津武备学堂内的清军用火炮猛轰租界。

下午2时许，英军路克少校带领英、德、意、奥军175人乘舢板渡河偷袭天津武备学堂，在遭受了较大的伤亡后将其占领。清军对租界通向火车站的浮桥发动进攻，打死打伤联军21人。清廷传旨对天津前线军民进行了嘉奖。

二十一日（6月17日）下午，天津城内的居民听见炮声忽然响起，排枪声如贯珠一般，炮弹都飞向租界，官兵在开炮了。有与洋行相识的天津居民立即携家迁入洋行，钻进地窖内躲避。这晚枪炮声更紧，火光冲天而起，这是洋兵在焚烧先农坛和芦保铁路公司，直到租界牌坊而止。将要天亮时，巨大的炮声又连续响起，被毁坏的洋房民房数不胜数。居民扶老携幼，号泣奔逃，男女满街，甚至有些没有穿衣服，光着脚争相逃窜。那时炮弹在半空飞舞，枪子急如骤雨，有些炮弹落到地上爆炸，被击中的非死即伤。沿途哭声震耳，惨状难以用言语形容。居民逃到半路被洋兵拦住索取照会，如果没有，就被指为奸细，立即枪毙，只有教民可以幸免。横遭轰毙的人不知道有多少。坚固的洋楼虽可承受炮击，但窗上的玻璃和屋顶上的砖瓦，无不随炮声而飞。

当日，曹福田率领义和团 4000 人奔赴马家口前线。以洋铁造军鼓，吹大螺，前面打着一杆红旗，旗上大书一个"曹"字，侧书"扶清灭洋天神天将义和神团"。

曹福田骑着马，戴着大墨晶眼镜，口衔洋烟卷，身穿青长衫，腰束红带，足蹬乌缎靴，背负快枪，腰挎一把小洋枪，手持一根秫秸秆，对路人说："你们何不前去观看？只要学我手持一根秫秸，临阵一挥，洋人的脑袋就会立即掉下来。"众人闻言，争相拿起一根秫秸跟着他一起去。

入城西门，出城东门，将近马家口时，曹福田对众人说："再前进有地雷埋伏，我已算出，不入洋人陷阱。"随后用渡船将团民渡过河，看起来像要开赴老龙头火车站。渡河后，不再向南开往车站，却向北越过衢巷，经锦衣卫桥到河北，又渡河往南，休整而归，大呼"大得全胜"，向商民索要"得胜饼"和"绿豆汤"，饱餐战饭。

6 月 18 日，紫竹林租界内的联军分路出战，清军与义和团民合力痛击，日暮时将敌人赶回租界。次日上午 7 时，俄军从老龙头火车站的天桥上炮击胡殿甲部。胡殿甲命令炮兵还击，将俄军阵地摧毁，毙伤百余人，缴获两门大炮。俄军向租界联军告急，英军 40 人和日、法、德军小分队相继赶来增援。清军利用壕沟坟包作掩护抗击敌人，给增援敌军造成了较大杀伤。在进攻租界的织绒厂时，清军 4 门野战炮轰击联军司令部信号台的高塔，掩护清军和义和团进攻。英军和德军开炮拦击，进攻部队受阻。

6 月 19 日，裕禄与聂士成商酌，认为租界联军愈加穷蹙，士气不振，遂以步兵、炮兵协同进攻德军阵地，炮击英国领事馆。英军派出 200 名水兵，企图夺取清军的炮兵阵地，遭到清军交叉火力射击，损失很大，没能得逞。在此后 3 天的战斗中，清军继续炮击织绒厂高塔，高塔起火烧毁，英军和意军指挥官遭受重伤，租界联军危在旦夕，只好挂出白旗，请求停战。

二十四日（6 月 20 日），租界中有一名西方军官，不知何故，被中国人用手枪击毙。从此以后，租界内只要一看见中国人出现，就会立即将其枪毙。不知道此项禁令的中国人，被击毙了数十人。

为给被中国人击毙的西方军官报仇，洋兵要搜拿藏匿在各个洋行里的中国人，将其置之死地。后来经各个洋行的股东竭力保护，才得幸免于难。

开战前五天，被联军击毙的官兵及义和团，有数千人之多。

从天津保卫战打响以来，清军一面进攻租界，一面抗击增援的联军。6月21日，俄军2800人从大沽增援天津。火车行至军粮城车站，铁路被义和团拆毁，俄军只好下车步行，行至老龙头车站，守候在那里的清军和义和团奋起阻击，双方激战1天，俄军被打死打伤数百人后，于22日进入车站。

6月23日，从军粮城方向又开来联军600多人，他们与俄军联合进攻东机器局，守卫的清军奋力抗击，将联军打退，毙敌7人。晚上11时，联军再次进攻东机器局，又被清军打退。第二天，联军派出小分队骚扰盐坨、陈家沟、马家口一带，焚烧民宅，企图牵制清军攻击租界。清军派出少量部队应战。

6月25日，清军在白庙、影身树一带拦阻从西沽武库出逃的联军。

6月26日，联军想向天津城开炮，派兵夺据城垣，派人探知城内还有许多官兵，一时未敢进攻。

一天，联军前来进攻义和团。拳民手持大刀长矛扑向敌人。联军见状急忙往回跑，跑了几十步后回身举枪对准拳民射击，却听不见枪响，又往回跑了一阵儿，再次回身举枪瞄准拳民，枪声仍然不响，只好又像刚才一样往回跑。拳民认为洋枪被自己闭住了不能开火，士气大振，极力追赶，眼看就要追到了。联军突然转过身来，排枪骤发，发出嘣嘣之声，其声崩然，当场击毙拳民十几人。拳民急忙后退，枪声又响，又打死了十几人，余众吓得仓皇逃散。那时东机器局中出来一哨巡兵，先悄悄跟在联军后面。联军刚把义和团击散，正要整队归去，清军枪炮骤发，击毙联军三四十人，剩下的惊慌逃散。

联军想攻下专门制造火药、炮弹和枪弹的东机器局（又称"东局子"），但里面有千余名清军防守，若用大炮轰击，局中存储的大量炸弹同时爆炸，租界可能会变成齑粉；如果派兵前去攻夺，局中有大炮，势必会造成很大的人员伤亡。联军开会研究了很长时间，都没有想到好的办法。但他们知道不拿下东机器局，租界不能安枕，还是决定派兵前去进攻。

6月27日，联军分成三路纵队向东机器局发动进攻。聂军急忙上前迎敌。联军远远以排枪射击。不料聂军并不开炮，只以枪对敌。义和团担心联军切断其归路，争相撤退，挡住了聂军前进的道路，还呵斥官军，为其让路。适逢生死存亡的紧要关头，官兵劝拳民留下来共同阻击联军。义和团误以为官兵有意让其速亡，与其激烈哄吵，欲夺路而逃。此时联军已尾随而至，拳民急于逃命，不顾官兵劝阻仓皇逃跑。武卫前军营官潘金山命士兵潜伏不动，待敌人进入火力圈时，立即以排枪开火，将其击退。联军又冲上来，清军再次将其打退，反复冲杀数次，联军被打死打伤多人。这时，从紫竹林中冲出联军2000多人，武卫前军统领姚良才担心潘金山有失，迅速调兵支援，双方正在激战，联军从军粮城方向又调来千余骑兵包抄夹攻清军。清军毫无惧色，顽强抵抗，战斗十分激烈，潘金山右腿被敌人枪弹打穿，仍然裹创力战。下午3时，敌炮打中东机器局弹药库，弹药库猛烈爆炸起火，潘金山部被迫从东机器局撤退。联军乘势冲入，占领了东机器局。有两个士兵留下来埋地雷，联军冲进来时他们毅然拉响地雷，与敌人同归于尽。

联军增援部队以重大代价突破了清军的拦阻，进入紫竹林租界，打通了津沽之间的通道，后续部队陆续到达，租界联军达7000余人。听说联军拿下了东机器局，租界内的洋人都欢呼雀跃，相互祝贺。

6月27日，曹福田派人向紫竹林租界内的洋兵下了一道"战书"："统带津、静（海）、盐（山）、庆（云）义和神团曹，谨以大役布告六国使臣麾下：刻下神兵齐集，本当扫平疆界，玉石俱焚，无论贤愚付之一炬，奈津郡人烟稠密，百姓何苦受此涂炭。尔等自恃兵强，如不畏刀惧剑，东有旷野，堪做战场，定准战期，雌雄立见，何必缩头隐颈，为苟全之计乎？殊不知破巢之下，定无完卵，神兵到处，一概不留。尔等六国数十载之雄风，一时丧尽。如愿开战，定准战期。"

6月，有四个直隶道员结伴去往天津，船经过独流镇，被拳民抓住要杀掉，四人跪在地上叩头乞求饶命。拳民将他们牵赴神坛。张德成审问后发现是大官，连忙将绑缚的绳子松开，请他们到上首坐下，向其夸耀自己的神术，让他们转达直隶总督裕禄，请军饷二十万两白银，自担灭洋之责。四人连声答应，一到天津就给裕禄上书推荐张德成。

裕禄正为联军压境而焦虑发愁，见有这等英雄好汉自愿前来相助，顿时大喜，立即传檄召唤张德成。张德成不理。裕禄屡次召唤，公文雪片似的发来，张德成怒道："我又不是官吏，怎么能用总督的威严来逼凌我呢？"裕禄闻言，赶紧谢过，命人以八抬大轿前去迎接他。

张德成这才满意，6月28日，率"天下第一团"两万拳民高举"扶清灭洋"的大旗开进天津城。到直隶总督府，裕禄以敌体礼与其相见，开启中门将他迎入，在总督府大摆宴席，为他接风洗尘。酒至半酣，张德成忽然趴在桌子上像是睡过去了，连喊了好几声都不答应。过了一会儿，他一边打着哈欠一边伸着懒腰坐了起来，从袖子里摸出几枚铁炮上的机管，说道："刚才我的元神出去了一会儿，这是新从敌军大炮上窃来的零件，现在敌人的大炮已经全部报废了。"裕禄闻言，深为敬服。从此张德成经常出入直隶总督府，向其同党炫耀。

曹福田听说张德成到了天津，立即与他取得联系，两人联合发布文告，约定次日一起攻打租界。

天津的绅士和商人担心开战会导致全城糜烂，力请裕禄与洋人议和。裕禄不敢做主，让他们去向曹福田请命。曹福田不同意，说："我奉玉帝敕意，率天兵天将尽歼洋人，怎敢违背天命？"绅商哀求得急了，曹福田大怒，命令团民将其杀掉，众人苦苦哀求才得以幸免。和议既然不成，众人只好请求另外选个地方跟洋人打仗。曹福田还是不答应，说："若要别择战地，洋人当先将租界归还我。"

张德成来到天津后，众人又向他哀请，张德成都同意了，曹福田还是不同意。众人以商民的生命为请，曹福田说："死者都是劫数中人，待我扫荡洋人后，还要痛戮不忠不孝不仁不义之人，以完此劫数。"

到第二天，他们认为东南风不利，不适合进攻租界，决定先去攻打老龙头火车站。

老龙头火车站位于海河以东，与法国租界仅一河之隔，是京、津、沽之间的交通枢纽，有俄军上千人在此驻守。

6月29日，曹福田和张德成率部联合攻打该站，战斗极为激烈，义和团以血肉之躯向着喷射炮火的俄军阵地猛扑过去，敌炮对准高声呐喊的义和团猛烈轰击，拳民刀枪不入的法术失去了作用，死伤惨重。

曹福田命商民准备数千蒲包麻绳，说要用麻绳来捆缚洋人，拿蒲包蒙住他们的脑袋。曹福田不敢与洋人交战，每日列队在街上游行，遇到武卫军就捆起来杀掉，以报聂士成落垡一战之仇。他们再三向直隶总督裕禄施加压力，要求查办聂士成。

一天，聂士成骑马带队在街上遇到一伙团民。仇人相见分外眼红，团民立即手持大刀朝他马前扑来。聂士成虽极气恼，仍以大局为重，主动避入路旁的直隶总督府。

裕禄为他百般求情，团民仍不肯罢休，将其下属士兵数十人杀掉以泄愤。

6月30日，裕禄向朝廷上奏："各属义和团民，先后来津，随同打仗。兹有静海县独流镇团总张德成，带同所部团民五千人，于本月初二日（6月28日）到津来谒。奴才察看其人，年力正强，志趣向上。现择地驻扎，听候调遣，酌给军火、粮食。除俟立有功绩，另行奏奖外，理合附片具奏。此外各团总，如静海之曹福田、韩以礼，文、霸之王德成，均尚可用。"在裕禄的保荐下，张德成、曹福田等人获赏头品顶戴花翎黄马褂。

在联军不断增兵租界的同时，清军也在向天津增派兵力。6月底，战斗在京津之间的部分甘军被派往天津助战；宋庆率守卫山海关的部队向天津进发；武卫左军马玉昆部15营6000余人从山海关驰抵陈家沟和老龙头火车站附近。聂士成除留下5营驻守芦台外，余部25营万余人分别驻守海光寺机器局和盐坨等地，连同天津原有守军，清军总计约2.5万人。经清廷批准，又在天津招募精壮男子3000人，编为6营，由海运使杨宗濂统领，择地驻守，与各部互为椅角。此外，从静海、庆云、沧州、青县、南庆等地开来义和团2万余人，由曹福田和张德成统一组编，加上原有义和团，共5万余人。

紫竹林租界是列强进攻天津的重要据点，此时盘踞在租界内的各国联军已有数千人，若不消灭他们，天津城防将面临极大威胁。

裕禄和马玉昆等面商，决心先将紫竹林联军击退，然后会合各营，节节进剿，直抵大沽口。马玉昆率部从刘家庄移驻新浮桥，联军乘其不备，实施进攻，马部奋勇还击，击毙联军20余人。翌日，马部统带郭殿邦、张相泰部，在陈家沟同2000余联军交战，分队迭进，昼夜不息，击毙联军百余人。

聂士成亲率2个步兵营和1个炮兵营，在陈家沟击退联军的援兵，毙伤敌军数十人。前路统带周鼎臣率领三营士兵在盐坨一带与联军苦战，牵制了联军的兵力。

7月1日，裕禄召集聂士成、马玉昆、曹福田、张德成等到总督衙门会商战事，决定调整兵力，分路进发，攻取租界。曹福田和马玉昆的武卫左军配合，从东猛攻老龙头火车站；张德成和聂士成率部从西、北、南三面进攻租界。

慈禧每天在处理繁忙的政务之余，必将义和团的咒语念诵七十遍。念完，大太监李莲英就说："又杀掉了一个洋鬼子。"

7月3日，马玉昆率武卫左军与义和团再次对老龙头火车站发动进攻。激战两昼夜，歼灭俄军100多人，占领了车站。随后俄军发动反攻，又夺回车站。双方围绕车站反复争夺，战斗一直在持续。

7月4日，天降大雨，义和团冒雨出战，练军以三门大炮相助，洋兵仅有三人出战，各个执枪对着他们，团民吓得慌忙往回跑，在路上相互说道："下雨了，可以回家种地了，在这儿吃苦有什么好处？"次日就散去不少。

7月5日，裕禄再次召集聂士成、马玉昆、曹福田、张德成研究攻防计划。会商制订了对租界的"三面进攻之计"：一面从西南进攻租界，由聂士成部担任；一面从北向南依次进攻老龙头火车站、东机器局和租界，控制紫竹林租界的西北要道，切断租界与大沽的联系，由马玉昆部担任；一面从西面进攻租界，由罗荣光和何永盛部担任。武卫前军后路统领胡殿甲除派一部助攻东机器局外，其余部队策应机动。曹福田和张德成率义和团负责天津城内防务，扼守东门外靠近紫竹林租界一带的地区，同时配合清军进攻联军。

攻打紫竹林，租界外的地雷阵是必须首先攻克的难关。6月下旬以来清军和义和团的多次进攻让租界内的联军惶惶不可终日。为了防备敌人再次进攻，联军在租界外围各主要街道上构筑工事，安置大炮，并埋下大量地雷，只有突破了地雷阵才能攻克紫竹林。

7月5日晚上，义和团在药王庙召开作战会议，张德成提议效仿古代田单火牛破敌的办法，用火牛阵打破敌人的地雷封锁，提议得到了大家的一致赞成。

当天夜里，张德成通知天津知县准备几十头健壮的黄牛，在每头牛的双角上扎绑一把锋利的匕首，牛尾悬挂一串鞭炮，牛背上捆着硫黄柴草，用火药线与鞭炮相连。

装备完毕的牛群被悄悄驱赶到租界北面马路东端，张德成一声令下，团民将牛尾巴上的鞭炮同时点燃，在一片"噼噼啪啪"的炸响声中，牛尾开始着火，几十头受惊的黄牛咆哮着朝租界狂奔而去。牛脚踩在地雷上，发出一声声巨响。牛尾上的鞭炮放完后，火药线将牛背上的硫黄柴草点燃，被灼伤的牛到处狂奔，撞到建筑物上引发大火。火势蔓延之际，义和团趁机发起猛烈进攻，联军仓皇后退，义和团占领了租界北面的浮桥，控制了租界与外界联系的主要通道，迫使敌人退守三井洋行和萨宝实大厦。

7月6日，聂士成部在小西让城墙的土台上架设两门大炮轰击租界。晚上，聂士成精选弁勇100人组成突击队，乘船渡河潜入跑马场，见有洋兵300多人，用手雷抛击，炸死炸伤许多，剩下的都惊慌溃散，焚毁了该处的3座洋楼。哨官柴和贵率军向租界进攻时，触发地雷被炸伤，仍指挥士兵英勇作战。聂士成率部占领跑马场和八里台，打退了英军1个连的反击。

在聂士成部进攻租界的同时，罗荣光和何永盛部也在租界西面的开阔地带部署大炮攻击租界。一时间租界内炮火纷飞，浓烟滚滚，许多建筑物都起火燃烧。何永盛部趁势插入日军阵地，俘获日军11人，缴获3门大炮。租界联军支持不住，部分进入了地道。马玉昆部连日进攻老龙头火车站，与联军激烈交火，打死了不少敌人。胡殿甲部5次炮击东机器局，局内烟雾弥天，联军被击毙甚多。联军想拆断通往租界的浮桥，遭到清军炮轰，被打死打伤多人。

为了扭转战局，联军想连夜冲出租界，打清军和义和团一个措手不及。张德成得到这个消息后，立即与淮军营官蒋顺发和周行彪组织人马在马家口附近设下埋伏。联军刚刚越过租界边界，就遭到清军和义和团的迎头痛击，大部分被歼，余下的狼狈溃逃。清军和义和团乘胜追击，一路推进到法租界，烧毁了租界内的多座洋房和被联军占领的紫竹林庙。当晚，在法租界标志性建筑物红楼上，义和团的大旗高高飘扬。正在租界唾手可得之时，直隶总督裕禄却命令义和团撤退，让军队在后面用枪督着，一头雾水的义和团不得不撤出租界。裕禄这样做的原因是希望与联军讲条件，以便"各守境地，两不相侵"。不久法租界就被联军夺回了。

六月初十（7 月 6 日）慈禧发布懿旨："此次北省有义和团民，同心同德，以保护国家、驱逐洋人为分内之事，实予始料所不及，予心甚为喜悦。兹发出内帑十万两，交给裕禄发给该团民，以示奖励。"

聂士成作战勇猛，每战必身先士卒，围攻紫竹林租界，在东局子、海光寺、陈家沟一带抗击联军，聂士成曾率军连续血战 12 天。洋人都说："华兵虽众，皆不足虑，所可畏者，聂军门所部耳；聂军有进无退，每为各军之先，虽受枪炮，前者毙，后者又进，其勇猛处诚有非他军所可比拟者。"

聂军猛攻联军时，义和团一开始还能出阵御敌，但几度受创后，便常作壁上观，甚至趁乱四处焚掠，留下官兵孤军奋战。

聂士成对此极为愤慨，他悲叹道："倡灭洋以酿祸开衅者，团匪也，乃临事见不妙而以大敌诿官军；官军再四血战，断头颅、折肢体者十之二三，而彼犹内窃忠义之名以误朝廷，外肆盗贼之行以害闾里，不重惩之，无以慰军人，谢百姓。"一天与洋兵恶战后，刚回到军营就下令："今天尽力攻打拳匪！"派兵四出，击杀了千余拳民。

义和团乘乱四处焚掠，聂士成派兵镇压，团民对其恨之入骨，诋毁他勾结洋人。江西道监察御史郑炳麟以道听途说之言上奏朝廷，罗织罪名告聂士成御状："臣闻提督聂士成骄悍恣纵，擅拔全军，置海防于不顾。包打义和团拳民，玉石不分。烧杀抢掠，穷苦百姓均不聊生。以致众怨沸腾，人心共愤。"

朝廷下旨严厉责备他："旬日以来该提督并无战绩，且闻该军有溃散情事，实属不知振作。聂士成着即革职留任，仍着严督所部各营，迅将紫竹林洋人剿办，并速恢复大沽口炮台，以赎前愆。如再因循致误戎机，定将该提督按照军法从事，决不宽贷。"

聂士成极为悲愤，他对部下说："我聂某上不见谅于朝廷，下且见过于拳匪，事到如今，我唯有一死以自明。"每次战斗都亲自冲锋陷阵，欲以求死。

清军实施的三面进攻紫竹林租界之计取得了一定成效，给联军造成了不小杀伤。但直隶总督裕禄没有抓住有利战机组织兵力，扩大战果，反而着手求和。联军乘机从大沽不断增兵，到 7 月上旬，天津的各国联军总数已达 18000 人以上，解除了租界的危机，并由防御转入进攻。

7月7日，从大沽登陆的联军后援部队13000人进入紫竹林租界，在租界东南小营门架炮向河北和城内轰击。聂士成再次亲率士兵夜袭小营门。临行前他对裕禄说："士成在一日，天津有一日，天津如失守，士成不见大帅。"经过一番血战，最终攻占了小营门。

7月8日，联军用炮轰击天津城，向城里打了百余发炮弹后，联军指挥官登上高台，用望远镜向城中窥视，但见烟尘大起，火光连天。当天英国新运到8门大炮，据说此炮一开，一发炮弹就能将3里之内的村庄城厢夷为平地。以天津城的大小，若用此炮连开50炮，就可让其片瓦不留。英军本想开炮猛轰，被德俄二国劝阻，所以只放了几炮就停止了。德俄两国之所以劝阻，并非爱护中国人，而是二国有很多在天津做生意的商人，如果天津伤损过甚，所有账目将化为乌有，而且元气一伤，将来贸易必有大碍，所以极力阻止。当日，租界中又击毙了八九个没有照会的中国人。

7月9日凌晨五点，租界内的6000多名联军兵分两路扑向天津西南郊，企图包抄那里的清军和义和团。一股日军冲向天津南郊的纪家庄。这里北通八里台和海光寺机器局，是联军从南路攻打天津城的要道。面对日军的猛烈攻击，义和团在首领韩以礼的率领下奋勇抵抗。激战中，日军中队长被当场击毙。因实力悬殊，纪家庄失守。上千名义和团民与平民百姓死于敌人的屠刀之下。与此同时，西南小营门和跑马场也遭到另一股联军的猛烈攻击。他们先以机枪和野战炮集中攻击清军，随后用集团军发起冲锋。驻守的聂士成部难以抵挡，撤退至八里台，联军紧追而来。此时已经攻占纪家庄的日军马队500人赶到，迂回到聂士成军队背后对其形成前后夹击之势。仅剩5500余人的聂军，正面是6000多人的联军，背后是步步逼近的500名日军，聂士成见形势危急，已经无路可退，便指挥军队和义和团与敌人展开决战。这天聂士成穿得很特别，一身朝服，外披9年前朝廷御赐的黄马褂，威风凛凛地骑在马上。见八里台已被联军包围，部下请求增援，聂士成淡定地回答："无援可增，准备打吧。"

战斗进行得十分激烈，联军的炮火将八里台阵地炸了个遍。聂军奋起还击，伤亡十分惨重。聂士成身上多处负伤，仍驱马向前指挥战斗。一位外国官员后来回忆道："我曾见过世界各地的战斗，但从来没有见过比对付这些未经训练过的中国人更为艰苦的战斗了。"

正当聂士成率兵与联军浴血奋战之际，一伙义和团突然冲进他家里，将他母亲和妻女抓走了。聂士成闻报大惊，急率亲兵前去追赶。部下有新招募的军队一个营，多交通义和团，见聂军追赶团民甚急，大呼"聂军反了"，一齐朝其开枪射击。洋兵四面环击，枪炮如雨。聂士成内外受敌，两腿均受枪伤，仍督兵不许后退，指挥军队进攻义和团和联军，亲自骑马突战，以期死敌。

此时，管带宋占标突然意识到聂士成鲜艳的衣服成了敌人的靶子。他冲上前去拉住聂士成的马辔头，劝他退到阵地后面将息。聂士成奋不可遏，仍持刀督战，打马向前。宋占标见状拼死拉住聂士成的马缰。聂士成大喊一声："此吾致命之所也，逾此一步非丈夫矣！"挥刀向宋占标的手腕砍去。宋占标知道聂士成已下定了必死的决心，只能含泪放手，随即也跃马向前与聂士成一起冲向敌阵。

敌人认出了聂士成，随即炮弹和子弹如飞蝗一般向他袭来。一匹战马倒下，聂士成又换另一匹，一连换了四匹战马，他的两条腿先后被打断，骑在马上摇摇晃晃。接着，一块弹片划开了他的腹部，肠子从那里流了出来。但聂士成依然没有倒下。随后，联军占领了小桥，聂士成忍着剧烈的疼痛带领官兵向小桥冲击。一发子弹从他的嘴里打进去，从后脑穿了出来，又一发子弹射穿了他的前胸，最后一发子弹击中了他的太阳穴。聂士成从马上栽倒，滚落在地，壮烈牺牲。聂士成麾下中军兼马步卫队统领王怀庆冒着枪林弹雨将他的尸首抢回。义和团要戮尸，见联军追来了，吓得四散逃去，他的尸体才得以保全。和聂士成一起牺牲的还有管带宋占标、哨官范振先等350余名将士。主将阵亡，八里台很快失守，清军退守西教场，联军攻入海光寺，占领机器西局并纵火将其焚毁，使清军失去了一个重要的战略支点，战局变得更加不利。

聂士成阵亡后，裕禄奏报清廷："据武卫前军王怀庆禀报，直隶提督聂士成于本月十三日卯刻在天津南门外八里台地方督战阵亡。奴才闻信不胜惊愕。查该提督自初十日带队移扎天津城南海光寺后，连日力战，先进据洋人跑马场及八里台一带，烧毁洋楼三座，继复夺取小营门洋人炮台……十三日丑刻，有洋兵大股来袭该军驻扎八里台之队，该提督闻信，驰往督战，洋兵四面环击，枪炮如雨，该提督两腿均受枪伤，犹督兵不许少退，营官宋占标令退后将息，该提督愤不可遏，仍复持刀督战，又被敌枪洞穿左右两腮、项侧、脑门等处，脐下寸许被炮弹炸穿，肠出数寸，登时阵亡。其营官宋占标亦随同殉难。经弁兵等将该提督尸骸夺回。……伏查该提督聂士成，秉性忠纯，勇敢素著。……兹以临阵捐躯，身受多伤，死事甚为惨烈。而当此军务方急之际，遽失良将，莫不同声悼惜。该提督系一品大员，应如何赐恤之处，出自鸿施。"

朝廷研究后准备赐予他封赏。载漪、刚毅竭力阻止。裕禄一再请求恩恤，清廷才给了他一个"误国丧身，实堪痛恨，姑念前功，准予恤典"的评价，到死也还是个罪人。

义和团见聂士成已战死沙场，倒也没再为难他的家属了，但拳民和百姓并不同情他，直到几十年后，仍然有人骂他是"聂等死""聂找死"。

王怀庆把聂士成的血衣送到北京，并亲自护送他的灵柩回安徽合肥老家安葬。

1905 年，在袁世凯的努力下，清政府允许立碑纪念聂士成，并赐谥号"忠节"。碑正面刻着"聂忠节公殉难处"，两侧立柱上刻着"勇烈贯长虹，想当年马革裹尸，一片丹心忍作怒涛飞海上；精诚留碧血，看今日虫沙历劫，三军白骨悲歌乐府战城南"，横额为"生气凛然"。

聂士成牺牲后，清军士气低落，马玉昆等清军将领对义和团的态度发生了明显变化。官兵因义和团妖言惑众，先说能避枪炮，岂料一遇到敌人就被打死了。后来义和团见势不妙，都躲在村庄里不敢出战，官军对其恨之切齿，往村庄搜捕团民，责令他们上前线当先锋杀敌，否则杀无赦。团民无奈，只得执刀前行。

7 月 9 日晚，清军和义和团再次对紫竹林租界发动进攻。清军在后，义和团在前，逼近租界时，洋兵开排枪轰击，团民吓得跪在地上求天保佑，前面的被枪弹击中成批倒下，后面的畏惧欲逃，官兵见状大怒，有退后的就开枪将其打死，到天亮时，总共击毙义和团 2000 多人，清军伤亡极少。

这大大削弱了自己的力量，天津局势急转直下。此时慈禧太后的态度已由抗战转为公开投降，清廷调李鸿章接任直隶总督兼北洋大臣，李鸿章未到任之前，委派宋庆为帮办北洋军务大臣，主持天津军务。

7 月 10 日，联军致函裕禄："清军炮弹若再向租界轰放，我等必当用大炮轰击天津城。"裕禄回书拒绝，措辞甚为激裂。

当天下午，又从英国运到两门新式大炮，名叫"列低炮"，又叫"毒气炮"，威力无比，开炮后，方圆100码以内的人一闻到气味，无不立即倒毙，《万国公法》不允许使用这种武器，在往年的和平会议上曾讨论过这种大炮，平时不得轻易使用，自研发出来后，只在非洲使用过一次。

联军接到裕禄的回绝信后，当晚派出8000名日、德、俄三国士兵分两路进攻天津城。日军轻率冒进，踩到地雷，被炸死炸伤六七百人。

当晚，马玉昆率6营军队由老龙头火车站进袭联军，毁其铁路。右路统领李大川率队先行，左路统领参将郭殿邦随后接应。正要得手，躲在墙垣后的洋兵突然发起攻击，枪炮如雨，李大川中炮阵亡。清军继续炮轰租界。义和团持刀游行，齐声呼啸助战。裕禄赏赐天津各军10万两银子、义和团24000余斤面粉。

7月11日凌晨3时，清军和义和团猛攻老龙头火车站，激战3小时，法军死10人，伤34人；日军死23人，伤60人；英军略有死伤。清军和义和团阵亡300余人。黎明，河东地区发生激烈战斗，清军奋勇作战，将洋军击退。天津市民纷纷送来白糖饼、绿豆汤、西瓜、冰水等慰问将士。

联军见天津军民防守顽强，当天，在进攻中使用了列低炮，并用四五百门各种大炮猛烈攻城。

午后1点，联军开始炮轰天津城。炮声连续不断，分府署被炮弹击中焚毁，南城墙被炸出10多个大窟窿，西南门也中了很多炮弹，总督府中炮弹20余枚，水师营望楼被击毁，金家窑见有炮弹，河北大街也落有炮弹。天津男女老幼纷纷离家外逃，路上到处都是逃难的人民，景象十分凄惨。天津镇总兵罗荣光服毒自尽。

裕禄向朝廷谎报大捷，太后和端王欢喜不已，发帑银十万两犒赏将士。京城附和义和团的官员和士大夫都很欢喜，说洋人不难扫平。

联军由俄国海军司令阿列克谢耶夫任总指挥，分两路进攻天津：一路由阿列克谢耶夫率俄军2600人为前队，德军2个连、法军1个连为后队，从白河东岸进攻清军水师营炮台和天津城东北部；一路由英军少将陶白率英军700人，美将白勒率美军600人，日将福岛率日军2400人，法军上校派拉克率法军800人，携大炮24门，进攻天津城南。

当时，清军水师营驻守五岔河口炮台；马玉昆率 15 营驻守老龙头火车站以北地区；聂士成部 25 营，由胡殿甲率领驻守海光寺机器局和南机器局一带；练军何永盛部、淮军余部分驻南门内外；宋庆部驻守西门。义和团分散于津城各地。

7 月 12 日夜，白河东岸的俄军悄悄向北移动。次日黎明，炮击马玉昆部和水师营炮台。清军抵挡不住，向北撤退，联军进入天津东北部。白河两岸的英、美、日、法四国军队于次日凌晨经海光寺到天津南郊集结。

7 月 13 日凌晨五点，联军兵分两路向天津城发动总攻。左路由俄德两国军队组成，俄国海军司令阿列克谢耶夫任指挥，从火车站沿河进攻天津东北角和三叉河口黑炮台一带；右路由英、日、美、法、奥军组成，日本福岛少将任指挥，从海光寺直扑天津南门。

就在联军对天津城发动总攻的当天，防守天津的清军总指挥宋庆下令军中痛杀拳匪，遇团即杀，年十六岁以下，酌给川资，令其回里。半日间城内外树旗设坛者皆散去。

宋庆大杀义和团后，于 13 日夜间保护裕禄逃到天津城北约 30 公里的杨村，马玉昆率兵退到距天津 10 公里的北仓，其他官员大多逃至天津以西 20 公里的杨柳青。天津城内人心涣散，一片混乱。整个天津城，防御兵力仅有部分义和团、练军、水师营、刚刚组建的芦勇和打雁的猎户等不足万人。面对联军的猛烈进攻，他们决心与天津城共存亡。攻防战在天津城南和城东同时打响，南门外打得最为激烈。

城南本是一片沼泽，守军为防联军攻击，将河堤掘开，城南顿时一片汪洋。当晚，敌人来攻，被埋伏在此的守军打得措手不及，仓皇后撤。此战击毙击伤联军 750 人，其中日军 400 多人，美军 150 多人，法军 118 人。美军上校里斯库姆和两名日军少佐被击毙，法军司令身受重伤。就在联军进退维谷之际，北京新教美以美会派往天津递送情报的内奸郑殿芳将天津东南一段城墙曾经倒塌过的情况（第二次鸦片战争天津沦陷后，英军为出城方便，不顾地方官阻止，强行将天津东南城墙拆开一个孔道，后来虽经修补，但并不牢固）密告日军。

7 月 14 日凌晨，日军一支小分队伪装成义和团，欺骗守军打开天津城南门，溜到城墙根儿，用炸药炸开那段脆弱的城墙，日、英、美、法军一拥而入，冲进城内。清军和义和团与敌人展开激烈战斗，练军守备宋春华等多人战死在城墙上，日、英、美、法军被毙伤 700 多人。早晨 6 时许，大队联军和武装教民占领南城。在南门保卫战进行的同时，攻打东北角黑炮台的俄军和德军遭到水师营和义和团的英勇狙击。他们击退了敌军的数次进攻，毙伤 150 多个敌人。俄军从东面城厢攻入。城内剩余的清军和义和团奋力巷战，与敌人相持到下午，终因牺牲过大，力不能敌，撤出了战斗。黄昏时，美军占领了清军炮台和军械所。天津城沦陷。

各国攻城的士兵，以日军最为勇猛，伤亡也最多。日军初到时，某国官兵见其形类侏儒，毫无英武之气，对其颇为藐视。日军深受刺激，想一雪其耻，所以作战奋勇，以傲视各国。

此时天津城厢内外，已无清军踪迹。城内死人遍地，房屋多遭毁坏。因为联军在攻城时使用了列低炮，很多倒地而死的清军士兵身上都没有伤痕。列低炮的炮弹是用毒药配制而成，落地爆炸后，有绿气冒出，钻入人的鼻孔，人不知不觉就死了。天津城被攻破三个小时后，联军还看见若干清军士兵擎枪倚墙，怒目而立，仿佛要向他们射击，小心翼翼地走近去一看，才知道已中毒气而死，只因身体倚靠在墙上，所以才没有倒地。

天津城中有一座高大的鼓楼，可以俯瞰整座城市，联军率领教民登上楼去，看见逃难的人群拥挤在北门出不去，对其连放排枪，每一排枪响必倒毙数十人。又连放开花炮，炮弹在人丛中穿过飞出城外，死人越多，争相逃命的人就越多。有被炮弹炸死的，有被人群践踏致死的，有因争道用刀乱砍，被活活砍死的，有被砍倒地让人践踏致死的。前面的倒下了，后面的又接着倒下，又践又死，层层堆积，继长增高。从城内鼓楼到北门外水阁，尸体堆积数里，高达数尺。

西门死尸山积，房屋十存一二，被杀的人不计其数，尸体堆积如山，海河上漂浮的尸体阻塞河道，三天都不能清理净尽。城外大街，虽未十分毁坏，但已十去其四。

杀戮之余，联军在天津纵火烧房。整个城市浓烟滚滚，不少街道的民房只剩下冒烟的房梁屋架，成千上万惊慌失措的居民冲向城外逃难，家破人亡的不计其数。联军还大肆抢掠和奸淫妇女。整个天津城笼罩在一片恐怖的气氛之中，殷实之家相继出逃，社会秩序一片大乱。

见日军先进城，天津市民大书"大日本顺民"，或贴在门上，或缠在手臂上，以求保护，拳民一时绝迹。居民和铺户门前，如果写着"大日本顺民"的字样，日军就会保护其安全。

先前很多天津人痛恨洋物，如今大不相同了，看见洋人的破帽、烂鞋、垢衣、穷裤，都要捡起来恭恭敬敬地放在门前；在矮檐白板上写上洋文，草楷杂糅，时有舛错，以自附于洋人寻求保护。

裕禄上奏朝廷："钦奉圣旨，联络义和团民，当将其头目张、曹加意抚循，约其相助，乃该团野性难驯，日以仇教为名，四出抢掠，并不以攻打洋兵为心，而教匪亦乘间效其装束，以红黄布裹首，混迹城乡，暗埋地雷，无从分辨，十七日交战之先，约彼相助，乃借口时尚未至，或云日干不利，任意推诿，已非一次，即至进战，大军奋勇直前，忽四处地雷轰发，数十里内木石横飞，天地变色，当是之时，义和团已不知去向。且值居民惊避之际，或掠良家财帛，或夺勇丁枪械，甚至抢劫衙署，焚烧街市，事后则解去红布，逍遥远避。其素称为团首者，迄今多日，终未见来。逃遁无踪，无从再为整顿。"

仓场侍郎刘恩溥向朝廷上奏："接奉谕旨，饬臣会合团民，短兵相接，出奇制胜。惟团民业已溃散，臣竟无法可施""津城不守之后，洋人声言专杀义和团民，以致东安、武清各团，皆已闻风解散"。

受命赴通州筹办防守事宜的总督仓场兼户部右侍郎长萃上奏道："前经奏准招募两营，扼要驻防，业经出示晓谕，而义和团民竟无应募之人。"

7月15日，联军对天津城实行分区占领。法军占据西北区，英军占据西南区，美军占据东北区，日军占据东南区。北门外由俄、日两国军队占领。联军纵兵行暴，四处纵火。救不胜救，防不胜防，一家被火，殃及多家。北门被焚情形最惨，被烧死者极多。

每日洋兵串行街巷，携带洋枪，三五成群，向各家索取鸡鸭、西瓜、鸡蛋等物，稍不如意，就开枪轰击。还闯进居民家里搜抢首饰、洋钱、钟表等物，翻箱倒箧，居民不堪其扰。稍一阻止，就动手伤人，或开枪轰击。各国士兵以俄法两国最为强暴，不通情理，德国兵也很强横。河东一带，时常有洋兵强奸妇女，他处也有。俄军所踞之地，被害特甚，抢掠焚杀，继以奸淫，居民逃避一空。一天，联军开往天津义和团的大本营独流镇，将该镇焚毁大半，居民死伤、妇女被强奸的，不计其数。

7月16日，慈禧发布上谕："五台山南山极乐寺住持僧普济戒律精严，精通佛法。现在天津事机紧迫，所到夷船甚多。该僧素善修持，心在报国，著即联属义和团民，设法御击剿办，灭此凶夷，毋任肆扰，荼毒生灵，实为厚望。钦此。"

当日，慈禧发出另一道谕旨："现在天津事机紧迫，闻五台山南山极乐寺住持僧普济，戒律精严，深通佛法。该僧现尚在津。着裕禄传旨，谕令该僧联络义和团民，设法堵击，毋令夷逆北窜，是为切要，将此由六百里谕令知之。钦此，遵旨寄信前来。"（此时慈禧尚不知天津已失，故有此谕）

这天，京城消息甚坏，外间传言天津已被洋兵所得，势将节节进逼京师，军机大臣无一人敢将此消息奏闻太后。载漪仗胆入奏道："天津已教洋鬼子占了，都是义和团不虔心遵守戒律，所以打败。但北京极其坚固，鬼子绝不能来。"这天早晨荣禄上奏，说现已查出前日外国公使请太后归政的照会实属伪造，是端王载漪命军机章京连文冲所作。慈禧近日对载漪甚为恼怒，警告他道："若洋兵入京，你头必不保。"慈禧知道端王心怀不轨，欲乘时取得监国摄政之位，对其明斥道："我一天在世，一天没有你做的。放小心点，再不安分，就赶出宫去，家产充公！像你的行为，真配你的狗名！"（漪字有一反犬旁）。载漪狼狈而出，对人说道："迅雷不及掩耳。"除董福祥的甘军外，荣禄已得各军统领之助，都知道围攻使馆之举，势将停止。荣禄自言之所以不借大炮给董军，是怕他伤及宗庙。慈禧近日派人送酒、蔬果、冰等礼物给各国使馆，并命庆亲王奕劻前往慰问。

人言许景澄秘密与各国公使通信往来，今日捉得使馆信差一人，搜出电报十二张，送往庄王府，内有三张，加有密码，未能译出。其余数电，说洋人死伤了二百多人，粮食已将罄竭。

7月中旬，士大夫管鹤逃出天津，沿河所见，浮尸甚多，或无头，或四肢不全。妇人之尸，往往乳头割去，阴处受伤，男妇大小，怆形万状，不忍瞩目，气味恶臭，终日掩鼻，有人说这些都是教民，被义和团所杀，平人不敢过问。

联军占领天津后，在城内外大肆抢掠，首当其冲的是当铺、金店、银号，其次是其他商店和大户人家，各官署衙门所积现银都被洋兵抢走。城北的商业中心地带估衣街、锅店街、竹竿巷、肉市口均遭洗劫。城东的宫南、宫北、小洋货街一带全被抢光。联军还奸淫妇女，整整持续了三天。有目击者说：见河东地方，一望无际，化为平地。转至新马路一带，也与河东相同。城外从马家口到法国租界，周围一里左右，从前都是华屋高堂，法国租界中尤其高楼林立，如今无一幸存。从法国租界到天津城，以前都有铺户居民，自经战事后，只见碎砖破瓦，狼藉满地而已。到闸口二里有余，想求一屋而不可得，幸好闸口上面的海关道、东新街、宫南、宫北，至锅店街口，都还无恙。从锅店街尾，估衣街口起，直到针市街口，被焚烧罄尽。估衣街中都是殷实店铺，如物华楼、播威洋行、瑞林祥、隆聚、恒利、鸿兴楼、庆祥元、义成文、成文义、成合义等，都是著名商铺，资本多则三四百万两白银，少则数十万两白银，或十余万两白银不等，均被焚烧净尽。昔日锦绣繁华之地，转眼变成瓦砾纵横之场。

新来的某国兵，见前人多拥厚赀重宝，大为艳羡，自恨来迟，没有机会劫掠。受难的居民，多向总统衙门或该国军官处控告。

军官问干坏事的人叫什么名字？如果说不出来，此事就会作罢。只有奋力将为非作歹者扭送官府，或许可以请求办理。但没人敢这样做，那时天津秩序紊乱，人人瞻前顾后，相互告诫不敢出门，连洋人都有被抢的，更别说中国人了。

为免遭抢劫，有人将家中储存的贵重财宝藏进棺材里掩埋，被人知道了，悄悄告诉洋人，洋兵大得利市。于是天津四郊之外，以及各省会馆、义冢，几乎无棺不破。尸体被抛弃在路边，野狗村猪，不嫌臭腐，大肆啃嚼，等亲人来认领时，已经肢骸不全。前天津知府李少云的棺材就被打开了三次。

烧杀抢掠持续了很多天。官署、钱庄、商店、工厂、仓库、民宅，均被抢劫一空。日军从长芦盐运使公署抢走 200 万两纹银。美军从地下挖掘出几百万两纹银，可堆成一座 30 英尺高、30 英尺宽的银山。海防公所里珍藏的艺术珍品及造币厂里几百吨存银均被俄军抢掠一空。铸造局里价值 40 万美元的白银被美军全部掠走。俄军从火药库、东局子、营盘等处掠获 300 多门火炮和大量弹药。美军从南门军械所掠获 40 门克虏伯大炮和新式鲁登佛特炮，还有数量可观的小型武器和各种口径的炮弹。日军从水师营和海关道衙门等处抢掠各种枪支 800 多支、火炮 8 门和大批弹药。抢劫最疯狂的时候，连装殓死人的棺材也被联军从地下挖出来劈开，从中寻找金银首饰。

拥有 100 万人口、繁华富丽的天津城，半月不到就变成了一片废墟，只剩下了 10 万人。一名参加抢劫的美军士兵说："天津如一块肥肉，肉均刮尽，只余干枯之骨矣。千奇百怪，可惊可惧之，残害、凌辱皆公然出现于世。"

天津陷落后，张德成率领为数不多的部下携带巨款逃走，来到天津附近一个叫王家口的村庄，听说这里一个姓王的盐商很有钱，就让手下去吩咐他为自己提供轿子。王盐商给他准备了一台二人小轿。张德成见了怒道："我在天津的时候，总督大人用八抬大轿来请我还不爱去，你就是如此亵渎神灵的吗？"王盐商不得已，只好把关帝庙里的绿轿借出来迎接他。张德成到来时，王盐商特意备下盛宴为他接风洗尘。张德成嫌饭菜难吃不能下箸，当场把酒席掀翻了，搞得王盐商非常难堪。村民极为愤怒，气势汹汹地把张德成抓了起来。跟随他的拳民见势不妙，吓得全都逃跑了。张德成跪在地上磕头乞求饶命。众人说："你不是有神功吗，试试能不能避刀剑。"一起持刀向他砍去。张德成在惨叫声中变成了一堆血糜。剩下的拳民逃到白沟河，推举张德成的弟弟张三为首领，号称三师父，将他簇拥到独流镇，又将"天下第一坛"立了起来，宣称张三的神力胜过张德成十倍。联军占据天津后，到各个村庄剿灭残余的义和团。村里人怕受牵连，共同起来驱逐张三，剩下的拳民就四处逃散了。

天津沦陷后，曹福田易装逃走了。冬天独自一人逃到静海，众人发现了呼叫着来抓捕他，曹福田惊吓而逃。次年正月，他潜归乡里，被同乡的人抓起来缚送官府，在静海县被凌迟处死。

天津沦陷后，林黑儿带着两个妹妹逃走了，躲到了运河里的一条小船上。拳民散为强盗，四处抢劫，发现河里的小船上有三名年轻女子，就来抓她们。一个妹妹跳水而死，林黑儿与另一个妹妹被抓了起来。经过审讯，拳民发现她竟然是大名鼎鼎的黄莲圣母，将其捆起来献给联军，获得重赏。联军将姐妹二人关在总督衙门里，百般侮辱蹂躏，作为战利品关在笼子里供人观赏。林黑儿和妹妹坚贞不屈，痛骂洋人。联军决定处死她们。临刑前，一个名叫毕耶尔·洛谛的法国女人出于好奇去看望林黑儿。姐妹俩见了她并不惊慌，表现得十分勇敢。毕耶尔·洛谛想对其施以援手，但被她们傲慢地拒绝了。洋人对这样一个弱女子竟然拥有如此巨大的能量感到惊奇，他们想知道她为什么能够组织起那么多妇女与洋枪洋炮对抗，加上围绕着她的种种传说，洋人觉得在她身上可能真的具有某种神奇的魔力，将其处死后把她的尸体浸泡在福尔马林中带回西方研究，后被制成标本送到博物馆展览，当年去西方旅行的中国人曾经看见过。

也有人说林黑儿没有死，天津陷落后，她划船逆流而上到了山东，后来成为当地民间组织红枪会的首领。1927 年冬，中共根据"八七"会议的部署，准备在山东聊城发动"坡里暴动"。暴动之前曾联络当地的红枪会，劝说他们一起参加革命。当时红枪会的首领是一个五十岁左右的中年妇女，人称"白莲圣母"。"白莲圣母"专门为此作法，请神念咒。据目击者称，"白莲圣母"的施法经过与红灯照的作法仪式极为相似，她的年龄和"黄莲圣母"也十分相仿，推测"白莲圣母"很可能就是当年潜逃到山东隐姓埋名的林黑儿。

俄国率先在占领区强行成立租界，占地面积达五千九百多亩，为各国租界中最大，包括火车站和七里多长的海河沿岸。各国纷起效尤，已占有租界的英、法、日、德继续扩大地盘。未占有租界的意、比、奥也各占一块，形成列强分割天津的局面。

在俄国的倡议下，经过几次内部争吵，联军于 7 月 30 日设立"暂行管理津郡城厢内外地方事务都统衙门"（简称"天津都统衙门"），由俄国沃加克上校、英国鲍维尔上校和日本青木大佐组成 3 人委员会，均称都统，共同主持有关事务。同年 11 月，又增加法、美、德三国军官，扩大为 6 人委员会，更名为"天津临时政府委员会"，俗称都统衙门。下设巡捕队、财务处、发审处、卫生局、粮食局、中国私人财产管理处等管理机构。巡捕处从各国军队中抽调900 人，将天津分为 8 段，每段增添 6 名华人巡捕，疯狂搜捕屠杀义和团，凡是形迹可疑或身着红衣红裤的人，都被当成义和团逮捕或处死。列强下令拆毁天津城墙、天津到大沽口和山海关的炮台，破坏焚毁天津兵工厂和军火库，向天津人民征收层出不穷的苛捐杂税，迫使他们去服名目繁多的苦工劳役，命令居民悬挂所在地段占领国国旗，对天津人民实行殖民统治。

第二十八章　沙俄入侵东北

俄国早就蓄谋吞并东北。东三省土地肥沃，适合畜牧，出产的谷物质量极佳，产量也是内地的数倍。又多产黄金，俄国虽有金矿，但比不上东北。俄国僻处西北，地多不毛，想往东方拓展与欧洲诸国争强斗胜，夺取中国的权利，鞭长莫及，形格势禁，实有诸多不便。他们想夺取东三省的野心，就是三尺童子也知道。

1900 年夏，俄国趁义和团之乱出兵参加八国联军侵华的同时，企图单独攻占东北，以推行其"黄俄罗斯"计划。7 月 6 日，沙皇尼古拉二世宣布自任俄军总司令，以库罗帕特金为总参谋长，征调 13.5 万余官兵，在中国东北周围各个战略要地集结，准备从瑷珲、呼伦贝尔、宁古塔、拉哈苏苏、珲春等方向实施多路进攻，夺占齐齐哈尔、哈尔滨、长春、奉天等重要城市，以实现速战速决、夺取东三省全境的战略目的。那时京、津地区战事吃紧，清廷无力顾及东北，驻守在东北的军队只有 9 万余人，武器装备落后，战斗力低下。东三省各军政要员，有的主战，有的主和，无法进行统一部署和指挥。

清廷向列强"宣战"后，谕令各省将军督抚各自保守疆土，朝廷不为遥制，只是不可以和之一字横梗胸中。

黑龙江将军寿山接到上谕，自知本省兵饷不足，很难与俄国人对抗，就致电奉天商议战守机宜。

那时晋昌担任奉天副都统，事事与奉天将军增祺立异，他坚决主战，电复寿山，许诺若黑龙江遭到俄军攻击，届时会派兵前来增援。

寿山以气节自负，想借此建功立业，收到晋昌的电报，从此有恃无恐。

幕僚王焕上书直言极谏，寿山不听从。王焕自知灾祸不免，独自逃去。寿山派人将他抓回来关进了大牢。王焕又在狱中上书劝谏。寿山一怒之下将他杀掉了。

海兰泡原名孟家屯，位于黑龙江省瑷珲县黑龙江北岸。1858年沙俄强迫清政府签订《瑷珲条约》后将其割占，改名为布拉戈维申斯克（意为"报喜城"）。海兰泡有居民3万人，半数以上是中国人。江东六十四屯位于黑龙江东岸，从精奇里江（结雅河）口往南至霍尔莫勒津屯，南北约一百四十里，东西七八十里不等，历史上曾有六十四个中国居民村屯，故名江东六十四屯。此地土质肥沃，物产丰富，富甲全省，居民达万余人。《瑷珲条约》规定：该处原住之中国人归中国政府"管理"，俄国人"不得侵犯"。俄国早就有侵占这片膏腴之地的企图。

那时清廷向俄、英、法、德、美、日发去国书，称乱民闹事非国家之意，想借此延缓洋人进军，并公开下诏告诫寿山不要启衅生事。奉天将军增祺知道自己兵力单薄，不想和俄国人开战，召五部侍郎清锐、崇宽、萨廉、溥僎、钟灵及讷钦、晋昌前来计议大事。

晋昌迟到了，一来就对众人厉声说道："谁敢违旨就将他治罪！"下令纵容拳民大肆抢掠，杀死俄国护卫"中东铁路"的士兵。俄军退到海城东昌。晋昌等向朝廷连报大捷。

7月8日，俄国海兰泡将军固毕乃脱尔致信黑龙江将军寿山，想派兵借道瑷珲、齐齐哈尔，到哈尔滨保护"中东铁路"。

寿山毅然拒绝道："黑龙江省的铁路，应当由敝国自行保护，倘若贵国定欲发兵前来，本将军只有以军火从事。"

随即收到固毕乃脱尔的回信："黑龙江省铁道，贵国代为保护，敝国实在不能信任。但中俄两国久敦睦谊，二百余年从未轻启边衅，今贵将军定欲与敝国军火从事，足见贵将军英雄勇武，实为中国不可多得之人，敝国只好唯命是听。望贵将军好好考虑！"

十五日（7月11日），寿山给瑷珲副都统凤翔发电报让他加强戒备："如有俄兵过境，宜迎头痛击，勿令下驶！"

凤翔自知瑷珲兵备空虚，强弱不敌，不足一战，电告寿山谏阻衅端。寿山置之不答。

十七日（7月13日）清晨，五艘俄国军舰拖带十三条驳船，运载一千几百名俄军，从黑龙江下驶。凤翔急忙发电将情况报告寿山。到晚上时收到寿山复电，力申开战之议。瑷珲靖边各军立即开赴沿江各沟驻防。

十八日（7月14日）早晨，又有一艘俄国军舰装运军火下驶，统领是俄国边界官廓米萨尔（官名）阔利士密德（人名）。

当军舰行驶到瑷珲上江二十里三道沟时，清军统兵官恒统领出面阻止道："奉有军帅电饬，不许俄国兵船往来江上。"

廓米萨尔就舍舟登陆，与他辩论。恒统领坚持不允许。廓米萨尔含愤回舟，命军士放排枪恐吓，随即正要开炮，清军已先行发炮，二名俄国军官被当场打死，廓米萨尔也中炮负伤，急包扎伤口，乘坐舢板回到海兰泡。

事后，凤翔以两军互击情形电告寿山。

寿山随即发电给固毕乃脱尔，责备俄军轻易开仗，启衅的责任要由俄国承担。

凤翔派武官将他的电报送给廓米萨尔。那时廓米萨尔已身受重伤，仅存一息，仍瞪大眼睛对武官说："誓必荼灭黑龙江而后已。"

自十八日（7月14日）开仗后，黑河统兵官崇统领就连日向海兰泡开炮攻击。俄军也以开花炮还击。

十九日（7月15日），黑河电报局被开花弹击毁。当天，驻扎在海兰泡的俄军突然封锁了黑龙江江面，将在海兰泡做生意的六千多名中国人分四批驱赶到江边。俄军许诺派船护送他们回国。商民闻言，忍着饥饿在江边等了一天一夜。

二十日（7月16日）下午，俄军强令中国人泅水渡江。许多不会游泳的人被淹死在江中。不敢下水的要么遭到俄军射击，要么被俄军用刀斧砍劈，伤重的死在岸上，伤轻的死于江中，尸体漂流，遮满江面。游到对岸得生的只有八十多人。几天内，俄军屠杀中国居民五千多人，制造了20世纪震惊世界的

"黑龙江上的悲剧"。

二十及二十一（7月16日和17日），俄军派数旗骑兵到瑷珲城东，将江东六十四屯的居民驱赶到一间大屋中，锁上房门，纵火焚烧，被烧死的人不计其数，逃走的不到一半。

二十二日（7月18日），俄军又在博多屯至精奇里江口一带屠杀中国居民一千多人，将各屯房屋焚毁一空。江东六十四屯被俄国霸占。

二十二日（7月18日），凤翔见俄军在江东任意焚杀，大为悲愤，派统领王仲良和营官张某率领三百骑兵渡江驱逐俄军，并保护屯民过江。与俄军相遇，双方鏖战一小时之久。清军阵亡军官和士兵三十名，受伤五十余人，前队见枪弹将尽，军心惶恐，王仲良和张营官弃军逃跑，幸亏后路抬枪队奋勇直前，才将俄军击败。俄兵死伤不下百人，都向江边窜逸，正好有俄国轮船行经此处，就将败兵和死伤者运载回去。

二十三日（7月19日），前敌营务处部郎来鹤，鉴于江东之败，害怕孤军虚悬，为敌所乘，昨天三百骑兵渡江抗敌是凤翔指使的，不是自己本意，对凤翔心怀不满，就乘此时传令过江士兵全部撤回。

俄军见清军兵势已怯，就萌生了窥伺瑷珲之心，于二十四日（7月20日），将大炮排列在江边，每天向清军轰击。

二十五日（7月21日），有五十名俄军从五道沟过江，清军驻守此地的仅有二哨，奋力将俄军打回江东。

二十六日（7月22日），又有六千名俄国马步兵从上游五道河偷渡黑河，崇统领营中士兵登高望见，因其穿着清军号衣，怀疑是在漠河金矿护矿的己方士兵，遇乱逃回，所以没敢开炮轰击，等到他们登上岸来，才知道是俄军，被对方打了个措手不及，崇统领所部各兵立即逃散，退到瑷珲，崇统领也在战斗中阵亡了。

当日，清廷在给盛京、吉林、黑龙江三省长官的上谕中说："此次衅端，本由拳民而起，拳民首先拆毁铁路，我仍可作弹压不及之势，以明衅不自我开。各该省如有战事，仍应令拳民作为前驱，我则不必明张旗帜，方于后来筹办机宜可无窒碍。"

二十七日（7月23日），俄军由西山陆路直扑瑷珲。此时凤翔已接到寿山电令，命他奔赴前敌督队，率驻防各沟靖边军退到兜沟子，没有人迎战俄军。

二十九日（7月25日），俄军进入瑷珲城。

凤翔率部下退守兜沟子。此处距瑷珲城七十余里。

俄军于七月初四（7月29日）向兜沟子清军发动进攻，仍用开花弹远远轰击。

凤翔以战为守，与俄军相持数日。

兜沟子地势平坦，虽有高冈遮挡，不足以长期扼守，且枪炮都锈涩不堪使用，跟俄军枪炮打得又准又远，而且使用铜弹，差距很大。

清军屡战失利，士兵相继阵亡。加上黑龙江行军素来没有帐篷，军士白天忍饥苦战，晚上露宿郊野，都口出怨言，有离散之心。

凤翔知道难以抵御，又担心将士哗溃，就以兜沟子难守情形电告寿山，于初十日（8月4日）列队徐徐撤退。

十二日（8月6日），退到距离兜沟子一百六十里的北大岭。此处是瑷珲后路，齐齐哈尔的门户，地势最为险要。但二百多年来讲求边防者，从未在此修建一座炮台，设置一座重镇，所以仓促之时不能阻止敌军前进。

俄军见清军退守，立即跟踪而入。十六日（8月10日），全军进逼北大岭。

凤翔急忙率队迎击，清军有洋枪，无短刀，俄军兼而有之，其利百倍。清军在前面迎敌的士兵不是阵亡就是溃逃，后队也几为所牵动。凤翔见难以支持，害怕全军覆没，传令各军暂时退守，徐图后计。

十七日（8月11日）晨，俄军在山下架起开花大炮，向清军猛攻。凤翔传令全军出队迎敌，徇师而誓道："有退后者斩！"两军相接后，凤翔自统前队督战。前军童统领稍稍退却，凤翔大喝要将其斩首示众。童统领心怀畏惧，只好奋勇直前。后军乘势跟进，清军勇气百倍，大败俄军。俄军将士死伤无数。恒统领被大炮炸伤了一条胳膊，营官瑞某阵亡，武备学堂瞄炮学生也受重伤，军士阵亡不少。

凤翔率队督战，自辰至酉，亲自放枪四百余响，精疲力竭也不休息，左腿右臂中枪受伤很重，从马上掉下来三次，由左右搀扶回营。到晚上，呕血数升而死。军队士气低落。

凤翔死后，寿山的第七子代统其军。当晚，他将凤翔力战阵亡的情形电告寿山。寿山闻信，失声痛哭道："天哪，为何要夺去我的左膀右臂？"电令儿子为凤翔办理后事，就像对待自己父亲一样。随后亲赴北关设立凤翔灵位哭吊祭奠，想把将军印信交给副都统萨保护理，亲自赴前敌督战，萨保不同意。寿山委派齐齐哈尔副都统程德全赴北大岭迎敌。

8月3日，俄军穿着华人服装，从五道河偷渡过来，攻陷墨尔根。

当天，吉林将军长顺收到朝廷的谕旨："该将军当禀遵迭次谕旨，如与俄兵接仗，务令拳民先驱，我军不可明张旗帜。"

8月4日，俄军强行占领黑龙江西岸的瑷珲城，纵火焚城，火光烛天，数日不熄，数千名中国居民被烧死，家园变成一片废墟。

8月12日，俄军攻破海城。

程德全走到博尔多（今讷河市），正值谟讷尔河河水暴涨，数万难民哭号争渡。墨尔根也已失守，站上兵不满千，萎靡不可整顿，已无法组织抵抗。程德全致函寿山，主张向俄军请和。

东北三省地域辽阔，俄军虽多，要处处出击，等到进攻齐齐哈尔时，兵力稍显不足，与黑龙江将军寿山督帅的清军僵持不下。

此时，议和全权大臣李鸿章致电寿山，告知他俄国外交部提议停战，让寿山择机与齐齐哈尔城外的俄军议和。

寿山接到命令，当即委派程德全与俄军议和。

程德全率军到达后，立即照会俄军统兵官停战议和，亲入俄军以情相告。

俄军将领设盛筵款待，一如平日，他们应允了程德全提出的停战议和、不要伤害百姓的请求，只要军队经过之处门上悬挂白旗的都可免祸。

得到俄国人的保证后，程德全放心率队先行，为俄军开路。商民均安堵如常，都称颂程太守功德不止。

经过墨尔根城和百尔多城时，城中遍插白旗相迎。两城中各有一名副都统，都已先期逃避。

当时齐齐哈尔城中的练军，有一半在北大岭迎敌，另一半调防哈尔滨，城中兵备空虚，不能应对突发危急状况。寿山平日办事勇敢，颇为人所称许，但那时各路军情迭变，警报纷至沓来，方寸已乱，无暇简练士卒，只是每天操练义和团百余人，将其倚为长城。

寿山曾于初七（8月1日）、十五（8月9日）等日，传谕城中军民，不得烧火做饭，人人都对此表示反对。有个叫王辅臣的部曹，是寿山的旧友，曾经上书寿山，暗中讽喻他不应该和俄国人开衅。寿山大怒，于二十二日（8月16日）将他和临阵脱逃的张营官同时请令正法。于是众人皆解体。

二十八日（8月22日），城中传言在哈尔滨的俄军已经越过东大岭，即日将进逼齐齐哈尔。寿山下令开城二天，放商民逃离。

八月初一（8月25日），俄军将领戈尔萨尔致函寿山，声称若清军停战，俄军进入齐齐哈尔时将不杀一人，不烧一房。

寿山迫于和谈压力，且守军战斗力又弱于俄军，无奈之下只得接受要求。

八月初二（8月26日），程德全先到齐齐哈尔，入见寿山，面陈与俄军停战议和事宜，说俄军兵官已率师前来，必欲亲见将军。

寿山目睹海兰泡和江东六十四屯屠杀之惨烈，痛感疆土不保，生灵涂炭，极为悲愤自责。自思终不能亲见俄国将领与其屈辱议和，又不想让城中居民无端罹祸，自念世受国恩，应全家殉节，决计誓死报国以谢黑龙江省人民。于是先让妻子和儿子、儿媳自裁。又亲手将幼女摁进水缸中，几乎淹死，幸亏被人及时救起。最后吞下毒药想自尽，也被人解救，得以不死。

初三（8月27日），俄军前队陆续抵达齐齐哈尔城。程德全出为照料，供给陈设颇为周到。俄军都屯扎在关外，百姓不知道敌人已经来了。午后，忽闻枪炮声大作，寿山传令闭城，让程德全出城侦察情况。才知那时正好有顺天仁字军到达齐齐哈尔，与俄军相遇，立即对其开枪相击，俄军也还炮抵御，鏖战良久，仁字军军力不支，阵亡将士二百余人，剩下的都仓皇逃走了。

初四（8月28日）早晨，俄军后队也到了，俄军将领一定要入城面见寿山。寿山闻信，写下遗书给俄军将领，请他不要杀戮城中居民。写完信，寿山让随从把棺材抬进来，穿上朝服戴上礼帽从容躺进棺材，将金子吞入腹中。但是等了很久都没死，他听见俄军进城的号角声，命令儿子对自己开枪射击。儿子拿着枪，手颤抖着不忍扣下扳机。在寿山的一再催促下才开枪，子弹打中他的左胁，没有毙命。寿山呻吟着又让家将继续，一枪打中小腹，仍然不死，呼号声更加惨厉。家将看着他的儿子说道："与其这样，不如让大人快点死，免受痛苦。"于是再开一枪，子弹洞穿胸脯而死。

那时俄军已将入城，急忙把棺材合上，用亲军二百人仓皇护送出城。途中数次被俄军拦截，均由亲军竭力抵御，才得夺路而出。

俄军将领仍然怀疑寿山未死，那时副都统萨保已经率军投降，俄军特令他率军追赶，期望得到寿山的尸体，最终没有赶上而回。

当日，俄军进入齐齐哈尔城。将府库财物、图书档案等抢劫一空，饷银三十余万两和军火全部掠走。

至此，黑龙江全省被俄国占领。战事吃紧时，晋昌的援军迟迟没来。直到俄军兵临城下，仁字军才仓皇赶到，结果一战而败，大局遂解。从海参崴出发的俄军于7月30日攻陷珲春。

宁古塔经激烈抵抗后于8月29日也被俄军占领。至此黑龙江全省被俄国占领。战事吃紧时，晋昌的援军迟迟没来。直到俄军兵临城下，仁字军才仓皇赶到，结果一战而败，大局遂解。从海生崴出发的俄军于7月30日攻陷珲春。

吉林将军长顺派人乞和，8月25日，与俄方在伯力签订投降"和议"，约定"两军相见，以白旗为先，各不开枪，让道而行"。俄军军需、粮食、车辆由当地供给，清军一律缴械，银库、军械由俄兵看守。

9月22日，俄军进入吉林省城长春，拆毁制造军火的机器局，抢走银元厂的大量存银。

一路俄军自旅顺出发，于8月4日占领营口。牛庄、盖平、熊岳也相继沦陷。

9月28日，俄军攻占辽阳。

9月28日，黑龙江将军寿山、奉天副都统晋昌被朝廷罢官。寿山已死勿论，晋昌以祸首被流放到边疆充军。

10月1日，俄军进入盛京。

至此，东北三省全部落入俄国手中。俄军在侵占东北的过程中，通过枪击、水淹、火焚等手段屠杀的中国人不下二十余万。

为达到合法吞并东北的目的，俄军旅大租借地总督阿列克谢耶夫于1900年11月胁迫奉天将军增祺签订《奉天交地暂且章程》，共九条，主要条文有："俄国驻兵盛京及其他各地"；沈阳设俄总管一员，凡盛京将军"所办要件，该总管应当明晰"；"遣散华兵，交出军火"，"拆毁炮台、火药局"；"中国设马步巡捕，数额由双方商定，不得用炮"，"请俄带兵官尽力帮同办理"等。

章程内容被伦敦《泰晤士报》驻北京记者莫理循揭露，引起中国民众和官僚士大夫的无比愤慨和强烈反对。湖广总督张之洞在给总理衙门的一封电报中说："增祺与俄国擅定暂约，事荒万状。果如斯约，东三省及直、晋、陕、甘沿北边一带，皆非我有矣。兵权、利权、政权全失，所谓交还有名无实。"

因为沙俄独占东北有碍自身利益，其他列强也反对清政府承认该章程。英、德两国经过紧急磋商达成了一个原则协议：第一，各国不得瓜分中国领土；第二，中国沿海、沿岸全部向各国贸易和经济活动自由开放。美、法、日等国均附和英、德两国的建议。

在中外巨大的反抗声浪下，清廷被迫于 1901 年 1 月 2 日将增祺革职，宣布此约作废。俄国人并不甘心，又炮制出《俄国政府监理满洲原则》，表面上承认东北三省是中国领土，实际上东三省的一切均须听命于俄国，成了俄国独占的殖民地。1901 年，俄国要求与清政府缔结正式条约，企图使自己占领东北的行为合法化。清政府派驻俄公使杨儒为全权大臣在彼得堡与俄国交涉东北三省事宜。俄国人在谈判时玩弄两面手法，一再提出："议定画押之先，不得使他国预知此事"，蛮横地坚持要求清政府先"批准暂章，再商正约"，胁迫杨儒在条约上签字，以造成既成事实。遭到杨儒的严正驳斥和拒绝。俄国人威胁他道："条约文本已由沙皇批准，一字不能改。你不签字，就不必谈了。俄中两国也就无友好可言了。"杨儒不怕对方威胁，断然说道："我宁愿与你们决裂，宁愿被我国政府治罪，也决不签字！我不能出卖祖国的利益！"俄国人又假意安慰道："你们政府已经授权给你，出了问题责任也不在你。如果你签了字，贵国政府要治你的罪，我们俄国会出面保护你的。"杨儒感觉受到了莫大的侮辱，愤然说道："你何出此言！我是清国官员，怎会寻求你们的保护？"予以断然拒绝。

杨儒担忧国事，心情沉重，加上年事已高，一次谈判归来，不慎在雪地上滑倒，摔成重伤，一病不起。但他仍然坚持自己的主张，不肯向俄国人屈服。

最终，在杨儒的努力和其他列强的干预下，清政府决定拒签条约。俄国人吞并东北的野心未能得逞。

第二十九章　诛杀反战派

7月15日，天津陷落的消息传到京城，慈禧害怕了，她下令停止进攻使馆，命新任直隶总督兼北洋大臣李鸿章迅速北上，与列强议和。这时，一个人的出现，使心慌意乱的慈禧如同在暗夜里突然看见了一缕曙光。这个人就是巡阅长江水师大臣李秉衡。

6月，义和团声势大盛，东南各省督抚联名奏请朝廷剿灭拳匪，由两广总督李鸿章领衔，约李秉衡署名，李秉衡不得已而从之。他随即密奏朝廷请求募兵北上勤王，称洋兵专长水技，不善陆战，引之深入内陆，必能将其悉数歼灭。朝廷命他立即统兵北上。李秉衡招募湘勇十六行营火速开赴北京。不想走到半路时，士兵大多逃散了，他只好返回南京，重新组织军队北上。

李秉衡带领500名士兵抵达京城时，八国联军已经攻下天津，即将打到北京，京城里人心惶惶，风声鹤唳，王公大臣们想到自己的豪宅马车马上就要毁于战火，十分焦急，听说李秉衡带兵前来护都救驾，就像发现了救星似的欢喜不已，他们对李秉衡夹道欢迎，称他是前无古人的大英雄。那时慈禧正忧惶无策，打算与列强言和，听说李秉衡率勤王部队到了京城，大喜过望，亲自在宁寿宫召见他。慈禧问他对和战有何意见。李秉衡说："当前之计，我方战事不利，不诛杀一两个统兵大臣，不足以振我国之势，而外人绝不能除。"极力主张与列强开战，他说："义民可用，机不可失，若用兵法加以约束，必能形成强大战力，攻毁使馆，杀灭洋人，不在话下，宗庙社稷绝不至再受耻辱。"慈禧问他为什么要跟李鸿章、张之洞等公奏主和。李秉衡说："那是张之洞把我的名字硬加进去的，我并不知情。"两人谈了很久，原本已经灰心绝望的慈禧在李秉衡的一再怂恿下又转变了意旨，决定重新信任义和团，与列强决战，任命他为帮办武卫军事务大臣，统率张春发、陈泽霖、万本华、夏辛酉四支勤王部队御敌。

李秉衡到京后，慈禧对他甚为信任。他上奏弹劾荣禄庇护洋人，吃里爬外，慈禧留中不发。

载漪、李秉衡等在载澜家筹划进攻使馆之事。李秉衡主张在翰林院埋地雷轰毁使馆。他曾以此策进言太后，请求效仿攻毁法国教堂之法，用地雷轰炸使馆，洋人必然纷乱，可乘机将使馆攻克。

袁昶致书奕劻，请他劝载漪不要做祸首，书云："端郡王所居势位，与醇贤亲王相同，尤当善处嫌疑之地。"

载漪闻信大怒，随即上奏太后，说袁昶挑拨离间，勾结洋人。

7月23日，袁昶和许景澄联名上了第三道奏折，请求杀掉支持义和团的大臣："窃自拳匪肇乱，甫经月余，神京震动，四海响应，兵连祸结，牵掣全球，为千古未有之奇事，必酿成千古未有之奇灾。……而今之拳匪，竟有身为大员，谬视为义民，不肯以匪目之。……查拳匪揭竿之始，非有枪炮之坚利，战阵之训练，徒以'扶清灭洋'四字，号召群不逞之徒，乌合肇事。……今朝廷方与各国讲信修睦，忽创灭洋之说，是谓横挑边衅，以天下为戏。且所灭之洋，指在中国之洋人而言，抑括五洲各国之洋人而言？仅灭在中国之洋人，不能禁其续至。若尽灭五洲各国之洋人，则洋人之多于华人，奚啻十倍？其能尽灭与否，不待智者知之。……大学士徐桐，素性糊涂，罔识利害。军机大臣协办大学士刚毅，比奸阿匪，顽固性成。军机大臣礼部尚书启秀，谬执己见，愚而自用。军机大臣刑部尚书赵舒翘，居心狡狯，工于逢迎。……臣等有以团民非义民，不可恃以御敌，无故不可轻与各国开衅之说进者，徐桐、刚毅等竟敢于皇太后皇上之前，面斥为逆说。……应请旨将徐桐、刚毅、启秀、赵舒翘、裕禄、毓贤、董福祥，先治以重典。……然后诛臣等以谢徐桐、刚毅诸臣。臣等虽死，当含笑入地。"

慈禧看了奏折，说道："这都是有胆之人。许景澄且不说他。袁昶在戊戌年曾将康有为的阴谋奏知我，此人很忠心。但如今不应固执己见扰乱我心怀，是和是战朝廷自有权衡，岂是他们所能越俎代谋的？不过我也不会怪罪他。"下令对袁昶和许景澄传旨申斥，不得再奏，以扰圣衷。

刚毅将此事告知载漪。载漪大怒，请他入府议计，愤然说道："这两人在废帝立储时就与徐用仪、立山、联元三人一起力言其非，今皇太后宣抚义民，对列强宣战，他们又和徐用仪、立山、联元相结一致反对。四次廷对，他们都站在皇帝一边，结成朋党。今又上疏，恶词相加，竟敢明言指斥刚相及诸大臣，实在可恶至极。"刚毅说："袁、许二逆明为指斥刚某，实则指斥端王。狂言我等都是祸首，谬妄至极！此等奸小，不杀何以平愤！"

李秉衡派亲信给载漪送来两封信。该信是李秉衡奉旨从南京北上入卫时，载漪令他沿途搜捕奸谍时查获的。他率数百拳民在清江北四十里处抓获两人，从一人身上搜出许景澄致两江总督刘坤一的一封信；从另一人身上搜出袁昶致上海铁路督办盛宣怀的一封信。李秉衡见两封信都极力诋毁端王和刚毅，说太后被他们愚弄了，与列强开衅，使江山社稷陷入危局，措辞极为痛愤。下令将二人捆获北上，将信呈送端王府。

载漪得信，更加怀恨，欲请旨逮捕袁许二人，又有些胆怯。恰在这时，董福祥差人送来查获使馆送往天津的九封洋信，信中提到袁昶和许景澄有密信交通驻京公使。刚毅和李秉衡又查出之前将太后寄往各省谕旨中的"杀"字都改成"保护"字的人，正是袁昶和许景澄。载漪大喜，立即让刚毅和李秉衡向太后参劾袁、许二人。

慈禧见天津已失，京城混乱，生怕此时主和大臣与洋人勾结，迫使自己归政，听闻袁昶和许景澄竟然违背自己的旨意擅改电谕，致使南北异局，勃然大怒道："他们胆敢擅改谕旨，如赵高之所为，应治以车裂之刑！"见刚毅、李秉衡奏请诛捕许、袁二人，当即准奏，下令将他们捉拿入狱。荣禄想替二人求情，慈禧不答应，荣禄跪在地上不起来，慈禧怒道："你敢抗旨吗？"

次日，慈禧下旨："吏部左侍郎许景澄、太常寺卿袁昶，屡次被人参奏，声名恶劣。平日办理洋务，各存私心。每遇召见时，任意妄奏，莠言乱政，且语多离间。有不忍言者，实属大不敬。若不严行惩办，何以整肃群僚。许景澄、袁昶均着即行正法，以昭炯戒。"

身为京师大学堂总教习（校长）的许景澄不是不懂明哲保身的道理，他曾告诫学生陆徵祥："要学会缄默，不管遭遇怎样的侮辱和欺凌。"可是国难临头时他自己却没有这样做。他深知与朝中主战权臣为敌，还犯颜直谏，自己处境极为凶险，仍为国事担忧不已，数日之内，鬓发尽白。他对身边的人嘱咐道："各国联军即将入都，国事不堪问，日后和约之苛刻自不必说，君等要预先筹划。"

许景澄在狱中，仍以铁路和学堂办理情形、款存何处，详细列出交给主管官吏。在对家人留下"吾以身许国，无复他顾"的遗言后，更换朝服，慨然赴刑。

许景澄和袁昶被押赴菜市口刑场时，义和团塞途聚观，拍掌大笑，为"卖国贼"被处死而欢呼雀跃。来到刑场，监斩的刑部侍郎徐承煜见二人衣冠齐楚，大声命令手下将其脱去。许景澄说："我们虽奉旨正法，但并未奉旨革职。况且犯事的官员就刑，按照惯例都要身着衣冠，你做官多年，难道连这个规矩都不知道吗？"徐承煜被说得面红耳赤，哑口无言。袁昶问："我二人死固无恨，但因何罪而受大辟，请明白告知。"徐承煜怒叱道："这是什么地方，还容得你大声叫嚷争辩？你的罪过自己应当知道，哪里用得着我来说。"许景澄说："我对朝廷可谓尽忠，无如朝有奸臣，莫可奈何。我二人虽死，留得清名于后世，他日自有公论。洋兵不久必来，你父子二人恐怕万无生理，我们在地下等着你们。"徐承煜听闻此言，顿时面如死灰。袁昶说："我忠于朝廷而死，较你等异日死于洋人之手，终胜一筹。"说罢，仰天大笑，直笑得徐承煜心惊胆战，久久回不过神来。袁昶又说："今年正值彗星出现之际，尚盼乾坤再选，日月重光！"徐承煜这才回过神来，厉声斥责道："你敢胡说？忘清尊汉，背君媚贼，有何面目见人？"袁昶泰然说道："我等本无罪，年后于你等罪魁祸首明正典刑后，我等齐名并称。你等执迷不悟，以小忿之故，遂成叛逆之举，内患滋大，必不得好死。我唯望不久重见天日，消灭僭妄。"监刑的载澜对他怒斥道："你是奸臣，不许多言！"袁昶毫不畏惧，仍大声说道："我死而无罪，你等狂愚，乱谋祸国，罪乃当死！我名将长留于天壤，受后人爱敬。"转向许景澄道："不久我二人就将相见于地下，人死如归家罢了。"载澜气得想上前打袁昶，刽子手已挥刀向他的头砍去。

慈禧对她痛恨的人一向十分残忍，杀"戊戌六君子"时就命令刽子手用钝刀，杀许袁二人同样如此。行刑时刽子手故意把刀砍在脊椎上，使其颈椎断裂而气管犹存，许景澄和袁昶历尽痛苦折磨而死。二人被斩后，无人敢去收尸。兵部尚书徐用仪不忍，出面含泪将其收葬。

许景澄死后，继任北大校长的严复为他作了一副挽联："善战不败，善败不亡，疏论廷诤，动关至计；主忧臣辱，主辱臣死，皇天后土，式鉴精忠。"

湖广总督张之洞赋七绝三章，吊唁袁昶。

其一云："七国连兵共叩关，知君却敌补青天；

千秋人痛晁家令，曾为君王策万全。"

其二云："民言吴守治无双，士道文翁教此邦；

白首青衿各私祭，年年万泪咽中江。"

其三云：江西魔派不堪吟，北宋清奇是雅音；

"双井半山君一手，伤哉斜日广陵琴。"

许景澄和袁昶之死，举国称冤，载漪、刚毅、赵舒翘和董福祥等人相贺于朝，大学士徐桐说："这两人死有余辜！"王龙文说："可以惩戒奸臣，让以后无人再敢妄言。"

兵部尚书徐用仪之前不赞成立大阿哥，载漪非常恨他。拳民进京后，在载漪、刚毅等人的庇护下肆意横行，引发了激烈的外交争端。徐用仪奏请朝廷严禁义和团，但未被接受。

当时京城扰乱，朝野人心惶惶，预感战事不远，大祸将临，各部门官员很多都请假离开了京城。一天，大学士徐桐忽然来到内阁点名查岗，见请假的很多，大为恼火，他声色俱厉地威胁大家：以后如果再有人请假，以前的资历就全部扣除。同样是在这时，兵部尚书徐用仪对下属就比较宽松，任其来去，毫不苛求。他觉得时事已经如此，京城已然乱到拳匪公然杀人放火朝廷都不管不问的地步了，完全没有必要强迫下属，让他们提心吊胆地留在危机重重的京城。

眼看与列强的战争一触即发，社稷危在旦夕，徐用仪会同吏部侍郎许景澄和太常寺卿袁昶联名上书光绪和慈禧，反对利用义和团围攻使馆对外宣战。各国兵舰齐集津沽，慈禧召集群臣讨论和战。徐用仪和许景澄、袁昶、立山、联元五人奏言："奸民不可纵，外衅不可启。"提议严惩肇事拳民，与列强议和。德国公使克林德被杀后，徐用仪预感到灾祸即将降临，劝庆亲王奕劻厚葬克林德。

许景澄和袁昶被杀后，家人害怕触怒载漪和刚毅，不敢为他们收尸。七月天气炎热，尸体极易腐烂，徐用仪行经菜市口，看见许、袁尸骸暴露在街上，不禁凄然泪下，急忙买来棺材将他们收殓。还不顾犯忌，独自一人前往许、袁两人家里哭祭，招来载漪等人更大的忌恨。

许景澄、袁昶死后，徐用仪觉得自己岌岌可危，他在家书中写道："许、袁二公无端被逮，不问口供，猝遭奇祸，邸钞皆莫须有之词，究不知为何事，都下莫不思之，现值国势危迫，朝议纷歧，陈力已穷，扶危乏术，原该见机而作，惜时已晚，以老年而处此危地，生死在所不计，只可听之于天。"

1900年初，慈禧与荣禄密谋废立，立山为了维护"祖制"，不顾慈禧感受起而反对。6月御前会议时，以载漪为首的主战派和以许景澄与袁昶为首的主和派争执不休，相持不下，作为慈禧心腹的立山竟站在了主和派一边，让慈禧和满朝文武大为惊诧。载漪将其视为眼中钉、肉中刺，必欲杀之而后快，不断上奏慈禧处决立山。

户部尚书立山眷恋西城口袋底的一个妓女绿云，载澜也喜欢这个妓女，几番争夺也没能得到她，从此怀恨在心。

立山久掌内务府，敛财无度，家财万贯，挥金如土，载勋曾向他借贷巨款，立山没有答应，载勋愤恨久积于心，中外开衅后，趁机诬奏立山家有地道通往西什库教堂（立山家邻近北堂），潜为洋人接应（接济洋人食物），所以教堂迟迟不能攻下。一天，载勋率领大批拳民闯入立山位于"酒醋局"的家中大肆搜查了一番，没有发现地道，逼勒他上坛升表，拳民因使馆久攻不下，希图卸责，坚称立山信奉洋教，有通敌情事。随后载勋伪造了一份诏书："钦命义和团王大臣奉懿旨，闻户部尚书立山藏匿洋人，行踪诡秘，著该大臣查明办理。该大臣至该尚书宅，搜查并无洋人，当将该尚书拿至坛中，焚香拜表，神即下坛，斥以勾通洋人，行踪诡秘。该尚书神色仓皇，著即革职交刑部牢圈监禁。倘有疏虞，定惟该王大臣是问。"率拳民将立山抓进刑部大牢里关了起来，将其家焚劫一空。

立山跟随慈禧多年，深得太后欢心，虽然将其下狱，慈禧仍嘱咐刑部尚书赵舒翘："立山素来喜欢抽洋烟，你要善加看待他。"

义和团在京肇祸，联元历陈攻击使馆的弊端，语言甚为激切，忤逆太后几乎被杀。拳民仇视洋教，日夜围攻使馆不能下。素负清望的大臣徐桐和崇绮都说："民气可用。"联元与崇绮在光绪皇帝面前争论道："民气可用，匪气不可用。"联军攻陷大沽，载漪等人仍一意主战。联元在御前会议上坚决反对与列强开战，他说："甲午之战，一个小小的日本尚且不能胜，何况如今八大强国？如果战败，宗庙社稷怎么办？"退朝后与同僚谈及此事，联元态度激昂不平，时时悲怆流涕，受到载漪等人的忌恨，认为他与袁昶、许景澄等是一伙儿的，最终招致了灾祸。

那天荣禄正要入对，听说慈禧要杀徐用仪、立山和联元，急忙赶至殿门，想约徐桐一起为他们求情。徐桐神色严厉地说："我曾经弹劾过徐用仪，今日怎肯为他求情，况诛杀内奸以清朝班，正是一件大好事，为什么要给他们求情呢？"荣禄来到太后面前，慈禧从袖中取出赐死诸臣的诏书给他看，荣禄顿首求告道："祖宗时不轻杀大臣，今诛之太急，罪过不明，臣见奕劻，他也说不可如此。"慈禧冷笑道："奕劻也喜欢管别人的事吗？替我转告他，马上就要轮到他了。"

七月十七日（8月11日）辰刻，慈禧下旨："兵部尚书徐用仪屡次被人参奏，声名甚劣，办理洋务，贻患甚深；内阁学士联元，召见时任意妄奏，语涉离间，与许景澄等厥罪惟均。已革户部尚书立山，平日语多暧昧，动辄离间。该大臣受恩深重，尤为丧尽天良，若不严行惩办，何以整饬朝纲！徐用仪、联元、立山，均着即行正法，以昭炯戒！"

申刻，清廷将徐用仪、联元和之前下狱的立山在菜市口处决，仍以徐承煜监刑。

当日天色阴沉，一股阴惨之气充斥在空气里，让人心情压抑。下过一场小雨后，天空才稍稍放晴。

午后，京城几道封闭的城门忽然打开，路人议论纷纷，说今天又要出大差（斩首示众）了。

下午，义和团和兵勇押着几辆囚车，从宣武门出去了。

内阁中书朱彭寿家住在宣武门边的上斜街。装载人犯的囚车要从他家附近经过。此前，许景澄和袁昶两位浙江同乡被朝廷处死，他很不放心，听说今天又要行刑，便走出家门站在路边观看。押解人犯的兵勇和围观的群众很多，无法靠得太近，他踮着脚尖在人丛里看了好一会儿，也没看清囚车上押的到底是什么人，就派仆人到菜市口去打探消息。

等到傍晚，仆人回来报告，说今天被行刑的是兵部尚书徐用仪、户部尚书立山和内阁学士联元，三人同时被斩首了。朱彭寿闻言大惊。徐用仪是他的海盐同乡，他的母亲又是自己父亲的堂姐。

当时形势混乱，传发朝政文书和政治情报的新闻文钞——邸报已停发多时。他无法得知三人获罪的详细情况。

按照惯例，有人受刑时，家属一般都会事先得到消息，官方允许家属随同前往，等行刑结束，可即时将受刑人装棺入殓。

仆人告诉朱彭寿，立山、联元受刑后，亲友已将其尸首收殓抬棺而去。唯独徐用仪横尸法场，无人收埋。

徐用仪被捕时，载漪和刚毅唆使义和团将他家里洗劫一空。家人四散逃亡，不知所终。徐用仪死后，无人料理。

朱彭寿得知情况，赶紧张罗他的后事。

曾在朝廷担任过要职的官员，在遭受极刑后，刽子手按例都要把头和身体缝合起来，才能收殓入棺。不过缝合身首并非刽子手的义务，需要收钱。收多收少，没有常数，刽子手会根据受刑人的家庭情况和官爵地位来确定。

当天，朱彭寿派人去询问徐用仪的身首缝合费用需要多少。刽子手也不客气，直接狮子大开口，说要四百两银子。

朱彭寿为官清廉，拿不出这么多银子。徐用仪的家人已不知去向，银子的事，徐家是指望不上了。正阳门外的街市被拳民纵火焚毁后，银号、当铺基本全部歇业，也没法去这些地方打主意。

事发突然，仓促之间上哪儿去弄这四百两银子呢？朱彭寿十分头疼犯难。

此时正是8月，天气酷热，尸体很容易腐烂。徐用仪横尸法场，不赶紧处理，到后面会更加难以收拾。

要刽子手缝合身首后，徐用仪才能入殓，但四百两银子一时又无法凑齐，朱彭寿只好派仆人去买了几个大冰块来摆在徐用仪尸体边上，防止其腐烂。

他允诺刽子手，自己会尽快凑钱，请他不要离开，帮忙看守尸体。还告诉刽子手：已经派人去这家报信了，他家人得到消息，一定会携带银钱前来收尸。

这时，一个江西人来到刑场，说自己是徐用仪的亲戚，得知他被杀后，急忙赶了过来。朱彭寿急着筹钱，留下仆人在此，请这个江西人帮忙，与他一同照看徐用仪的遗体。

此时，天津早已失守，八国联军正在逼近京师。京城人心扰乱，甘军首领董福祥打着抵御列强侵略的旗号，说要购买车辆支援战争，趁乱对民众进行搜刮。京城百姓不堪其扰，天还没黑，就把家门严严实实地关了起来，到晚上，路上要见个人影都很难。在这种情况下要凑一大笔钱，无疑难如登天。

当天晚上，朱彭寿一家人坐立难安，彷徨无助，晚饭也没吃，没人能睡得着觉。想到亲戚徐用仪的遗体还暴露在法场上，身首异处；周围形势危急，八国联军重兵压境，顷刻之间就可能攻破京城，不知道下一刻，一家人要如何活命？

好不容易挨到清晨，天刚露出一丝亮光，朱彭寿就跟自己的哥哥朱旭辰走访了时任刑部主事的浙江同乡钱能训，邀请钱能训一起前往兵部陆军长官周儒臣家，商量徐用仪的身后事宜。周儒臣是徐用仪的女婿，徐用仪昨天被处死的事他还不知道。朱彭寿、朱旭辰、钱能训来到周家时，周儒臣还没起床，众人急忙把他叫起来。这时，徐用仪夫人的侄儿、身为县令的查维桢也赶到了周儒臣家。大家一起商量如何料理徐用仪的后事。

最后，由查维桢出面，向他的一位军官好友借来了朱提银四百两。这四百两银子是他朋友新领的军饷，共有八枚，是每枚五十两的大元宝。

银钱有了着落，大家分头购置棺木、寿衣、衾枕等物事。派人一再叮嘱刽子手不要走，让他守在遗体旁边。同时不断和他商量，说徐家已被拳民洗劫一空，家人生死不明，音讯难觅，现在料理徐大人后事的都是些亲戚朋友，希望他慈悲为怀，能否将缝合身首的费用减少一些。经过艰苦的沟通，刽子手终于答应降低收费，将缝合费从四百两减到一百两。

大家从天刚麻麻亮一直忙到日头近午，才把一切该预备的东西置办齐全。这天，徐用仪家以前的一个婢女听说他被处斩了，也和她丈夫赶来刑场。她丈夫浑身打扮跟义和团一模一样。他过来问了相关情况后说，这件事如果由他经手处理，刽子手一定还会再让价。

这时，一则已经和刽子手讲好价了，二则大家看见他一副拳匪打扮，内心有些复杂，就对他说：事情已经处理好，就不要再生出别的事端来了。

听见这话，他非常生气地瞪大眼睛看着众人质问道："这事儿是谁管的，怎么会弄成现在这个样子？"经旁人解劝，他才带着怨恨而失落的心情，大不情愿地离开了。

当时情况凶险，众人担心那个婢女的丈夫是义和团的人，如果稍稍违背他的心意，他可能会用一些流言蜚语把这些不相干的人全部抓进庄王府里。为免再生枝节，大家迅速将徐用仪的遗体处理好，穿上寿衣装进棺材，将灵柩送往浙江同乡开的广谊园停放。

在徐用仪的棺材从菜市口刑场送往广谊园的路途中，大家买了一点纸钱，沿路烧化了一下，算是对亡灵的慰藉。

等朱彭寿和众人一起处理完徐用仪的后事回家时，徐用仪家看门的老仆人王某，奉徐用仪太太查夫人之命，带着徐用仪生前所穿的衣服和顶戴来到他家，说是预备给徐用仪入殓的时候用。此时徐用仪已入殓封棺，棺木已经移入广谊园，一切都来不及了。

户部侍郎兼总理衙门大臣张荫桓是广东人，从一个小吏一直做到九卿，才智敏捷，富于机变。清朝延续明朝的制度，吏部和礼部的汉族官员，必须通过科举考试才能做到。唯独张荫桓以监生坐到宗伯的位置。戊戌变法时，康有为时常住在他家里，撰写的密疏通过他上达给光绪，慈禧因此非常痛恨他。戊戌政变后，慈禧宣布训政，捉拿张荫桓，下令将其处死。后经洋人干预，张荫桓得以免死。在谭嗣同等六君子被害的次日（9月29日），慈禧以"居心巧诈，行踪诡秘，趋炎附势，反复无常"的罪名，下令将他革职充军伊犁。先前，光绪皇帝生病，张荫桓曾为他进献西药，此事颇为外间知晓。义和团在京城兴起后，载漪扬言光绪信奉天主教，宫中太监多已入教，率领大师兄入宫大肆搜查，几乎要侵犯到光绪头上，最终没有拿到证据。眼看列强步步逼近京师，载漪、慈禧将内心的怨恨发泄到对开战有异议的大臣身上，先后将许景澄、袁昶、徐用仪等五位大臣处死，又想到曾长期与列强打交道的已革户部侍郎兼总理衙门大臣张荫桓尚在新疆，遂以通俄之罪在7月31日将其处死于戍所。

张荫桓在新疆时，突然心血来潮，在门前造了一座亭子，以此处地势稍高，足资登览。亭成命名时，一时思索不得，因正好身处墙角，遂将其取名为"角亭"。后来他就在这座亭子里被行刑。有人说"角"字为"刀下用"，正好预示了他的命运。张荫桓在临刑前数小时已得知自己将被处死，对侄儿说道："你常要我作画，终因他冗不果，今日当了此夙愿。"拿出扇面二页，在上面作画，从容染翰，模山范水，异常缜密，盎然有静穆之气。画毕从容就刑，此画便为绝笔。

载漪力主攘外，屡次攻战，均未能得逞，遂将仇恨转移到反战大臣身上，半月之内连杀五名重臣，为清朝历史所未有，一时朝野震动，诸臣岌岌可危。载漪、刚毅等还不肯罢休，又上表弹劾李鸿章、奕劻、王文韶、廖寿恒、那桐等15人，奏请"即行正法"，后因八国联军攻入北京而作罢。

从7月28日到8月11日，京城沉阴惨雾，微雨时作，正阳门、崇文门和宣武门白天都关闭着，气象萧条，士民忧愁，知道大祸将至。

第三十章　八国联军攻陷北京

八国联军攻占天津后，继续向天津增兵以加强自身实力，到 7 月中下旬，各国联军在天津集结完毕，准备进攻北京。

8 月 4 日，联军约 2 万人从天津出发沿大运河两岸向北京挺进。日、英、美军沿运河西岸，俄、法、奥军沿运河东岸北进，意军为后备队，因为德军要留在天津等待他们的统帅瓦德西，所以向北京进发的其实是七国联军。

联军的兵力构成：日军八千人，俄军四千八百人，英军（主要由印度人组成，还有香港和威海卫的部分华人）三千人，美军二千一百人，法军八百人（主要由越南人组成），意军五十三人，奥军五十人。联军先头部队分为三路：日军为左翼，英军为右翼，美军为中路，其他国家随后跟进。

这时，北京和天津之间的清军约有十万人，其中驻京武卫军、甘军、虎神营等三万人，从天津撤退的宋庆、马玉昆部一万多人，直隶练军二百余营两万多人，各地"勤王军"三万人。加上在京的十余万义和团，总兵力约有二十万人。

联军进攻北京的消息传来后，京城人心惶惶，官员、士绅等纷纷逃亡，清政府的行政机关基本处于瘫痪状态。慈禧料想京城难守，一面三番五次电催李鸿章迅速北上与列强议和，企图阻止联军向北京进军；一面忙着做逃跑的准备，在宁寿宫将贵重的物品打包，准备车轿骡马，一旦情况不妙，立即命驾

"西巡"。

大沽以上的村庄，有很多义和团出入其中，联军统帅想找人探询其中虚实却难得其人。突然来了一名中国少年，表示自己愿意效劳。联军将领大喜，让几名士兵荷枪实弹地护送他前去。快要进入村庄时，少年回过头来对众人说道："这不是送探子进入敌境的好办法。"洋兵顿时醒悟，一起鼓噪驱赶他，对其拳脚交加。少年喘气流汗，一路狂奔跑进了村子，坐到一棵大树下，一边伤心地哭泣一边愤恨地骂着。拳民经过看见了，以为是自己人，把他带进村子给吃给喝，将村里的机密都告诉了他，并约好时日和他一同出去。

一天，拳民和少年走出村子，被埋伏在外面的联军抓住，一通审问，尽得义和团巢穴虚实。随即将其一举剿灭。联军感激少年的恩德，给他金钱，他不接受，问他姓名住址，他也不说，只知道他是个北方人。

天津失守前，马玉昆率部逃驻北仓，聂士成军残部驻守运河西岸韩家墅。

8月4日下午，联军先头部队进抵北仓。当晚，日军冒雨出动，潜入附近的高粱地，用大炮猛轰清军阵地。马玉昆用万金招募三百人组成敢死队，偷偷向敌军靠近，日军炮弹齐发，三百人全被炸死。8月5日凌晨3时，日军和清军用大炮互相对轰，驻守唐家湾阵地的清军在武卫前军统领周鼎臣的率领下与日军展开激战。日军占不到便宜，又转向西侧练军阵地，练军三千余人拼死迎战，双方鏖战数小时。上午8点，英军将列低炮拉到西沽炮台，向桃花寺清军大营发射，营内官兵和周围数十名百姓全被毒死。后清军将两门列低炮炸毁，终因寡不敌众，韩家墅兵营和桃花寺兵营相继失陷。前军统领蒋遇春奉命断后。15时后，联军陆续抵达北仓，英军从北仓制高点向村内发起猛烈炮击。17时，蒋遇春阵亡，部下多数战死。联军攻入北仓，在村内烧杀抢掠，村民死伤无数，大火彻夜不熄。北仓失守，清军撤往杨村。此战，联军死伤上千人。

荣禄将北仓失陷的消息报告慈禧。慈禧大为惊慌，哭着问左右该如何是好？众人见袁昶和许景澄刚被杀掉，都不敢再发表意见。

七月十一日（8月5日），慈禧命荣禄筹划护送洋人到天津，以阻止联军前进。

几天前，载漪让启秀致函使馆，请各国公使到总理衙门来面议，不要带卫队，想诱使他们离开使馆，在途中将其全部杀掉。启秀自以为得计，连去数函，各国公使都不敢轻身前来。载漪一面致函邀请，一面数次派兵前去进攻使馆。

有一个洋人半身赤裸，在崇文门大街上逢人就跪地叩头，即使碰到挑脚夫也叩头请其饶命，讨钱数枚，说自己不久就要被杀了，但这辈子从来没做过坏事。荣禄的用人将他带回府邸。荣禄询问了一番，见他是个神经病，就把他放了。

因欠饷数月未发，裕禄的士兵哗变溃散，四处抢劫，通州、张家湾等处都被抢掠一空。

8月6日，联军进抵杨村。裕禄和宋庆在天津失陷时已率先逃到这里。裕禄仓促出走，幕僚无人随行，笔札待理，就寻觅本地学究暂时代理。扩廷来见裕禄。裕禄对当前的局势叹息不已，两人谈了一会儿话，裕禄对他说道："我想吸皮丝烟，现在也不能得了。"扩廷说："卑职尚有半包，谨以奉送。"裕禄欣喜道谢。扩廷忙回寓所将烟取来送给裕禄，又送了他两双布袜和一些零星食物。

裕禄和宋庆没料到敌军行动会如此迅速，只好被动抵御。这种既缺乏准备又无士气的战斗，结果可想而知，裕禄被联军穷追猛打，落荒而逃，躲进了一家棺材铺里。他在天津陷落时已被朝廷革职留任，让其戴罪立功，如今队伍连战连败，溃不成军，他感觉自己已经走到了穷途末路，不由萌生了自杀的念头。镇军郑灼三担心他以身殉难，守在他身边寸步不离。裕禄随身带着一把小手枪，这天，属下突然慌慌张张地跑进来报告敌人又发动进攻了，官兵已经战败撤退。裕禄让郑灼三带军出去看是否果真如此。郑镇军刚到外室，就听见屋内传来一声枪响，急忙回来看时，裕禄已经倒在地上，太阳穴上中了一枪，鲜血从创口汩汩涌出，不一会儿就一命归西了。自杀时，裕禄口呼"智穷力尽，辜负国恩"。

宋庆和马玉昆的部队抵挡不住联军的迅猛攻势，从杨村败逃到蔡村，随后又逃往通州。

就在清军节节败退、联军马不停蹄地向京城挥师疾进，慈禧手足无措、彷徨无计之时，七十岁的帮办武卫军事务大臣李秉衡主动请缨拒敌，慈禧欣喜感动之下当即同意。

8月6日，李秉衡留下"宁为国而捐躯，勿临死而缩手"的誓言后，率领各省勤王军队与三千义和团出京御敌。团民各持引魂幡、混天旗、雷火扇、阴阳瓶、九连环、如意钩、火牌、飞剑，称为"八宝"。那时列强大军压境，京城危急，从四面八方涌入京城的义和团有数十万人，号称"禁旅"，大都倚李秉衡为名。李秉衡虽然笼络统率他们，不过徒有虚名而已，义和团骄傲放纵并不怎么听他的使唤。李秉衡名为节制四军，其实并无一兵应命。

8月7日，李秉衡率兵抵达马头，与夏辛酉的军队会合。当天，他在前线召开军事会议，北上勤王的将领没有一个按时来参加，李秉衡有点恼火，他到前线去视察，发现士兵们个个无精打采，士气低迷，问他们为什么这样？士兵们唉声叹气地说："大人，我们已经很久没有领到军饷了，连吃饭都成问题，这个仗还怎么打呀？"李秉衡对此非常愤怒，暗想："朝廷不是已经拨付饷银了吗？"不用说，肯定是被各级军官给截留了。他想管一管，但此时已经没有时间了。

慈禧在李秉衡出战的次日（8月7日），任命李鸿章为议和全权大臣，命他火速进京与列强议和。那时已经停攻使馆，总理衙门章京文瑞带着西瓜、面粉前去慰问使馆人员。英国公使窦纳乐笑着对他说道："贵国以兵戎相见，朝报已经一个多月没有送来了，请想办法为我弄来。"文瑞应诺而去。美国公使康格给国内写信，想送到总理衙门代为转发，载漪不允许，又给退回来了。各国致书询问使臣存亡消息，书信都堆在总理衙门没有送达使馆。

朝廷经过讨论，打算派桂春和陈夔龙护送各国使臣去往天津。使臣们不肯行，回书措辞十分傲慢。御史彭述提议等他们出京时，在沿途数百里大张旗鼓伪以为疑兵，洋人瞧见中国兵马众多，可以让他们不战自退。听到的人都好笑。

官兵在北仓败退，裕禄自杀后，一直叫嚣和洋人开战的载漪、载勋、刚毅等人才知道畏惧。在开碰头会时，载漪和载澜打算收合余烬，背城借一。刚毅认为三十六计，走为上计，一意主张西逃。载澜跳起来指着刚毅大骂道："我等误听你的鬼话，今后身家难保，此时若有刀，一定跟你拼命！"骂还不解恨，又冲过来要抽他的耳光。刚毅吓得飞奔而去。此前口口声声说要把洋人赶进大海里的董福祥已暗中布置好后路，一面将三十万两白银汇往甘肃老家，随身还带着十万两"旦夕备走"；一面收整人马准备撤回西北，继续做地头蛇。

载勋开始厌恶义和团，一天对他们说道："你们一天吃饱了无所事事，何不拿刀上西什库教堂杀洋人去？"

刚毅也说："义和团太无能！"

八国联军逼近通州，为了解决士兵的粮草问题，李秉衡准备向附近的百姓购买一些，但他发现通州附近所有的村镇早就被从北仓、杨村逃来的溃军给抢光了。

8月8日，李秉衡率兵抵达通州与杨村之间的河西务。

此时马玉昆也率部逃到这里。李秉衡本以为他会与自己携手抗敌，并力堵御。但马玉昆早已被联军吓破了胆，尽管李秉衡一再苦口婆心地劝他留下来，马玉昆仍然声言敌众我寡，势不可挡，继续不顾一切地率领残部往南苑逃去。

当天，联军进攻河西务。张春发的军队还没看见敌人就仓皇逃跑了。万本华和夏辛酉的军队被联军打败，战死十分之四五，大量尸体堵塞在河道里，使潞水为之不流。河西务失陷。李秉衡率兵撤退。

李秉衡发现，除了自己带领的部队，别的队伍根本不听他调遣。在联军的猛烈进攻下，到处是清军狼狈逃窜的身影。

陈泽霖率军从武清（杨村）移营，听见联军的炮声，全军皆溃，仓皇逃向济宁；万本华军溃败北遁，逃往山西；夏辛酉军败走山东。

败军数万汹涌溃退，充塞道路，难以阻遏。

陈泽霖部官兵跑到济宁，竟然摆摊做起了生意，拍卖沿途所掠衣裘首饰。

一天，传闻天津和北京之间的某个地方，洋兵与拳民交战，拳众只作揖不动步就能前进，作一揖进数百步，作三揖就与洋兵相接，洋兵来不及开枪就被砍杀，所以无不败北。在闲谈中，有某甲说昨天洋人用船运送出口的尸体，不知有多少，都用蒲席密密包裹，不想让人知道里面是死去的洋人。士大夫管鹤听闻此言，摇头不语。旁边有一个友人素来滑稽，见状对他正色说道："你不信吗？那是中国的河剥船，有好几十只呢，上面装的都是席包，多得不得了，我亲眼看见的！"某甲对管鹤冷笑，转脸对友人说："要不是你亲眼看见，他必然不信。"友人点头说道："这些船上的席包我看见卸到岸上，还看见把席包拆开了。"某甲问："包内的尸身想必已经腐臭了吧？"友人说："没有。"某甲问："天气那么热，为什么不烂？"友人徐徐说道："席包里装的都是落花生，怎么会腐烂？"某甲一听这话，神色沮丧，默然不语。管鹤大笑起来，对友人说道："或许是洋兵尸体在中途腐烂，得到日月精华，忽然都变成了落花生，也未可知。"某甲更加羞赧，逡巡而去。

七月十五日（8月9日），裕禄军队大败、洋人向京城节节逼近的消息传来，慈禧惊恐不已，意欲巡幸热河。荣禄力谏，说即使洋兵进城，也不可离京。载澜不相信洋兵能来，听见别人这样说，就讥笑他杞人忧天。礼部右侍郎景善认为就算洋兵进了城，也不会抢劫杀人。四十年前英法联军进京的情状他还记得很清楚，那时都城虽破，他仍安居未动，没有一个洋人来他家里骚扰，洋兵驻扎在城外，没怎么进城，普通官员百姓未受其害，不过要得到粮食稍微有些困难而已。

8月10日，李秉衡率领残兵向通州撤退。部队没有后勤供应，粮食和弹药几近断绝。他从北京出发的时候，朝廷明确表示无法供应所需弹药，弹药要从山东调拨，这两天他给部队的命令之一就是寻找民间铅器，就地熔化造弹。但联军的炮声一响，李秉衡身边突然没人了，只剩下他从北京带来的几个幕僚。他对几个幕僚说："国运不济，无力回天，各位另谋生计去吧！"幕僚们纷纷散去，只有御史王廷相不肯离开，一直不离不弃地跟随着他。

败报传入都城，载漪、刚毅等隐瞒不奏。

慈禧商议西幸，因车辆不齐，迟迟未行。暗中告诫荣禄和董福祥以军队护驾。计议已定，听人传说李秉衡军取得了大胜，击杀联军数万人，又中止了这个计划。载澜奏请速斩荣禄、王文韶，慈禧不许。

北仓战败后，山西有个刘将官来到京城，早晨入见时对慈禧太后说："三日之内必能攻克使馆。使馆一破，联军闻讯必然惊惧不敢前进。"慈禧又下令猛攻使馆。董福祥的甘军、余虎恩的军队、武卫中军、虎神营、神机营会合在一起，摇旗呐喊，竭力进攻。载澜亲自督战，发誓踏破使馆，杀尽使臣以泄愤；总理衙门时时致函使馆商议和局，想以此误导使馆放松戒备。

载濂之前力主重用义和团，见拳民无用，京城岌岌可危，奏请斩杀祸首载漪，想以此洗脱自己的罪过。

北仓战败后，李鸿章估计太后会西迁，亲自草拟奏章，极言劝谏："应当安坐京师，洋兵虽入城，论公法，保无他虑，倘若车驾出国门一步，则大局糜烂，后患将不可尽言。"致书刘坤一、张之洞、袁世凯约请联名上奏。刘坤一和袁世凯都答应了。张之洞回复道："公不见徽钦（宋徽宗和宋钦宗）之事吗？我不忍陷两宫于险。"李鸿章得书，大为失望，奏遂不行。后来张之洞与幕客喝醉了，私下里对他说："我也知道不会有五国城之祸，但太后在京，洋兵必挟之归政，大事还可问吗？"

义和团攻不下东交民巷使馆，又去攻打西什库教堂。堂中教民坚壁待攻。副都统阿克达春为前锋，屡战不利，载漪大怒之下将其斩杀。

见西什库教堂久攻不下，军机大臣启秀献策于载漪、载勋道："此等义和拳，道术尚浅。五台山有老和尚，其道最深，宜飞檄请之。"载漪派人专骑驰请，十日而至。和尚自称关公附身，法术高强。启秀在军机处庆贺道："明日太平了。"人问其故，他说："五台山大和尚到了。教堂一毁，天下大定。"闻者暗中偷笑。和尚住在庄王府。他先选出精壮的拳民数百人，又选红灯照女子数十人。协同他拣选的是大学士刚毅。韶年女子，手携红巾，脚穿小红鞋，腰系红带，下垂及足，额有红抹，掩映粉黛，口诵神咒，蹀躞于府厅地毯之上。乐部歌姬唱荡韵（京师有此调，颇雅），舞长袖，不能与之相比。拣选完毕，载勋问大和尚："哪天攻打教堂？"和尚轮指卜算道："今天三点钟最吉利。"载勋又问："骑马呢，还是步行呢？"和尚闭着眼睛说道："骑赤兔马，备青龙偃月刀。"于是跨马提刀，携《春秋》一部，率拳民直入西安门，红灯照尾随其后。

刚毅红布裹头，腿上插刀，随之步行。西安门内有两座当铺，早被拳民抢掠一空。和尚暂坐其中，以待吉时。座前放着一壶酒，一盘菜，自斟自饮。刚毅和拳民侍立于庭。将报三点钟，家住北堂附近的巡城御史陈恒庆登上墙头观看，家人阻止他道："枪弹飞来怎么办？"陈恒庆说："今天拼了老命也要看这场好戏。"旋即见和尚策马率众直扑教堂，指令拳民纵火。教堂内猝发数枪，正中和尚要害，和尚轰然坠于马下。冲在前面的大师兄也被子弹击中倒地。后队拳民见状大恐，吓得拼命往后溃逃，几个人拖着两具尸体逃跑。红灯照幼女有被践踏而死的。溃逃的拳民从西安门蜂拥而出。刚毅站立不稳，死死抱住一根屋门前的柱子才没被踏死，愤然骂道："你们在涿州时是怎么说的？像今天这样，大事还有什么希望？我和你们都要被杀掉。"他跛着脚坐在一户人家门口，一个看门的老头子见了，不知他是当朝宰相，笑着对他说："你都这么一大把年纪了，还修炼法术，这是何苦呢？"

拳民拖着尸体直奔庄王府。途中对围观的路人说："和尚和大师兄暂时睡着了，我要用咒语把他们唤醒。"路人窃语道："恐怕长眠不起了。"

有人作诗记此事道："西库围攻计妙哉，佛门弟子是奇才；龙刀一柄经全部，函请神僧下五台。"

此后崇绮又三次带队前去攻打西什库教堂，均未能攻克。

见使馆和西什库教堂都不能攻下，刚毅自知祸不旋踵，那时兵部郎中恩良因病去世了，刚毅哀叹道："恩老爷能替国家办事，怎么好好的就死了？像我这种没用的人为什么不死呢？"那时天津失守，裕禄自戕，刚毅大为沮丧，礼亲王世铎嘲戏他道："刚中堂的神团到哪儿去了？"刚毅苦着脸说："到此光景，你还要戏弄我吗？"

8月11日，联军进逼通州，外乡义和团纷纷逃窜。李秉衡带领部分官兵想迂回到联军后面进行袭击，行进到通州码头张家湾附近时，部下都不愿再战，相继逃去。

李秉衡只好率义和团出师御敌。有大师兄八人，手握"八宝"，从军临敌。见联军来势凶猛，吓得不战自溃，难以遏止。

李秉衡老泪纵横，转身进入一间草屋里，在悲愤绝望之下服毒自尽，临死前留下一份给慈禧的遗折："军队数万充塞道途，就数日目见，实未一战，村庄巨镇如河西坞、张家湾俱焚掠无遗，小村亦然。身经兵火屡屡，实所未见……衡上负朝廷，下负斯民，无可逃罪，若再偷生，是真无心人矣，天下事从此不可问罪臣。"死了没人可怜他。义和团杀平民无数，谎称大胜而回。

王廷相跟随李秉衡出御联军。战败时，到处找不到李秉衡。走到仓头桥，悲伤绝望的他投河自尽。儿子王履丰救之不及，也随父跳进了河里。旁人急救，得以幸免。

王廷相逢迎趋附义和团，和连文冲、鲍琪豹有一拼，猥琐卑贱甚至超过了他们。载澜和刚毅的联名奏折是由王廷相起草的。他曾上疏朝廷请以大阿哥监管国事。尤其好言用兵，李秉衡十分信任他，使其总督军事。王廷相死后，江苏巡抚鹿传霖为他请求恩恤，朝廷下诏嘉奖他的忠诚，赠五品卿，予世职，赏其子王履丰主事之职。

陈夔龙代王培佑署理顺天府尹，每天在枪林弹雨中，力顾考成，代人受过，深觉不值。他告诉荣禄，请其设法让王培佑回任顺天府尹。荣禄起初不同意。陈夔龙又以端王对自己有意见，害怕遭遇危险为由再次提出申请。荣禄只好向慈禧请示，奏调王培佑回归本任。慈禧说："陈夔龙署事以来，百废俱举。且经手承办要件甚多，怎能听其交卸？"荣禄说："陈夔龙奉办各要件，已有端倪，既有本任人员，似乎应该令其到任历练，以免旷职。"慈禧这才答应，继而说道："陈夔龙办事得力，无端让他交卸，未免面子上下不去。"荣禄说："诚如太后所言，奴才查王培佑现署太常寺卿，也是三品大员，可否就让陈夔龙署理呢？"慈禧说："可以。"陈夔龙终于卸脱顺天府尹之任。等到京城不守，两宫西狩时，陈夔龙没有守土之责，得以免遭非议，唯有惭汗而已。

陈夔龙于五月十七日（6月13日）署理顺天府尹，七月十二日卸任，为时不到两月，承办要件极多，其中奉旨督办京津一带转运事宜尤为重要。那时衅端已启，成败未定，朝廷特命他筹备二百辆大车，以备万一翠华西幸之用。于是他就假借转运军需为名，以安定人心而备缓急。

那时京都风鹤告警，京官和眷属纷纷南下，日需车马为数不少。一旦出京，短时间内不会马上回来，京城车马更加缺少。董福祥、余虎恩的士兵到处抢掠，京官自己的车马大半被劫，此时要马上弄来二百辆大车，的确大非易事。他想到北京和通州有十七座粮仓，仓户有数十家，凤为仓蠹。这些人气魄很大，每户保守估计，有大车数十辆或上百辆，若假以辞色，令其急公奉上，仍然从宽给价，他们既可获得较大利益，又能得到报效朝廷的美名，这不正是他们所希望的吗？于是令大、宛两县对其恳切晓谕。仓户们都非常愿意，不到三天，就车辚马萧，聚集在顺天府署左右。

陈夔龙为车辆编号，暗以兵法约束，五车为一起，二百车分为四十起。遇到前线军队需要，车辆轮番转运前去支援，限七天为一个来回。但无论前线所需如何紧急，都要留下三分之一的车辆不许拨动，专备内廷临时之用。不料他刚卸职，接任的王培佑不太了解，遇到各军需要车辆，就尽数任其领取。通州一带败兵充斥，掳掠横行，车马一去不能复还，三天之内就被支取一空。那时陈夔龙仍住在顺天府，一天偶然出门，但见府署左近，空无一车，不像几天前肩摩毂击之象，不由暗暗惊异。

七月十五日（8月9日）上午八点钟，军机处苏拉（即十五岁以下不识字的幼童听差，以防泄露机密）前来传信，说赵舒翘请他即刻前去谈话。赵舒翘那时以刑部尚书的身份进入军机处供职，兼管顺天府尹事。陈夔龙疾趋入内，赵舒翘对他说："顷刻间两宫有西行之意，问君之前筹办的车马还存有多少？"陈夔龙说："先前置办的二百辆大车，因前敌各军运送军粮非常急迫，截至十二日（8月6日）交卸日，共计发出一百二十辆，留存八十辆，均已移交后任收讫。"赵舒翘闻言一脸愕然，叮嘱他回署转告本任王府尹，从速预备。陈夔龙回去告诉王培佑。王培佑大为惊惧，吓得手足无措，涕泣不止。陈夔龙也无可如何。

七月十六日（8月10日）上午八点，军机处苏拉又来找陈夔龙，说赵舒翘又请他到军机处说话。陈夔龙问："是否约现任顺天府尹和我一起去？"苏拉说："并不请王府尹。"陈夔龙对此颇不以为然，但又不能不去，说："昨天赵大人叮嘱预备车马一事，我已转告王府尹，他知道了焦急万状，今日何不约他一同商办？却只催促我去，难道还有别的事要交给我办吗？"苏拉说："上西行之意甚为急切，没有车马不行。此事保之（王培佑字）如何办得来？我想请君不分彼此，助予一臂之力。之前雇来的车马既已载运无存，烦君另行代购二百辆以供上用。"陈夔龙说："此事现在万万办不到。从前人心未去，号令还能行。各仓户尚在京中，车马停在家里，不过费点车旅津贴即可。一听官家收用，马上就可以办好。如今人心惶惶，仓户避乱，迁徙一空。莫说二百辆，就是二十辆也无从雇用。此层苦衷还请公谅解。还有一点要为公申明，从前奉旨命顺天府筹备车马，我本是顺天府尹，自应遵旨承办。如今我已交卸此任，自然应该由顺天府尹来负责。但恐两宫不察此情，说我是承办之员，此事若有延误，应该我来承担责任。我虽不敢分辩，倘若因此而获重罪，岂不大为冤枉？请公在召见时，代为分别婉陈，以免增加我的罪过。我今天就要搬家到南城去，不再寓居顺天府内，明天公若为此事，尽可向保之商办，不要再来约我，就算约我我也不能来了。"陈夔龙故意这样说，以示决绝，以免纠缠，其实尚未搬家。

　　七月十七日（8 月 11 日）上午八点钟，苏拉又来给陈夔龙传信，说礼亲王在军机处即刻候他说话。这天正是徐用仪、立山和联元被杀的日子。昨夜徐用仪和立山被拿交刑部大牢，陈夔龙已有所耳闻，一家人正在惊慌恐惧，忽然听说礼亲王请他说话，妻女相对愁惨万状，不知此去是吉是凶。过了一会儿，陈夔龙的妻子许夫人慨然说道："事已如此，看样子难以托故不去。夫君只管放心前往，倘有意外不测，家中的事我会负责处理。"陈夔龙听了这话就毅然而去了。谁知一到军机处，仍是赵舒翘出来见他。

　　原来赵舒翘担心以自己的名号约不来陈夔龙，所以特意假称是礼亲王相约。陈夔龙这才疑虑顿释，问："公今约我，又有何事？"赵舒翘仍执前说道："上问究竟能预备多少车辆？只要有几十辆也可济用，不必要二百辆这么多。两宫体恤如此，君敢不相助为理吗？"陈夔龙故意问道："今天顺天府尹来了吗？"赵舒翘说他不能办事，未曾约他。陈夔龙至此不能不急，且不能不怒，脸色严肃地说道："这是顺天府尹应该办的事，我现在并不是顺天府尹，一切事权不属。公舍现任顺天府尹不问，独独向我责难，难道是以为我好压制，而将推诿谢绝之罪落到我头上吗？"正彼此争执间，荣禄忽从宫门疾步走出，说车马之事，上知一时无从预办，叹息道："既无车辆，我们决计不走便了。"赵舒翘听了甚为高兴。陈夔龙数日以来的忧愁恐惧也顿时消释了，正要退出，恰好刑部侍郎徐承煜快步走进来，与荣禄密语。陈夔龙从旁窃听，说的大约是监斩徐用仪诸人的事，徐承煜说时顾盼自得。荣禄听了默然不发一言，徐承煜喋喋不休。荣禄厉声道："我还有事，不必再谈！"掉头回北屋去了。陈夔龙也乘车回寓。妻子和女儿早已望眼欲穿。

　　一个朋友来景善家谈了许久，说到义和团威令今已不行，京城街面上流传一首童谣："大师兄，大师兄，你拿表，我拿钟；师兄师兄快下体，我抢麦子你抢米。"小民虽愚也不能大为所惑，可见旁门左道不足恃。

　　起初从各乡村来的团民大多布衣粗食，后来很多人都穿上了绉绸，人人扬扬得意，夸富争荣，寻仇官长，勒捐富户，种种私心，不可枚举。团民随意指认街上某商铺客栈内藏有奸细，就将其所存货物运回坛中加以瓜分。

　　8 月 12 日，联军进抵通州，宋庆等部再次战败溃散。此时，北京已是门户洞开，城中隐隐能听见炮声。

8月12日凌晨4点30分，随着一声巨响，日军将通州城门炸开，蜂拥而入。联军没有遇到任何抵抗。驻守通州的官员大多闻风而逃了，只有少数官兵留在城内，他们虽然没有任何抵抗的举动，但还是被全部杀掉了。原因和过程很奇特：联军将至，驻守通州的某将领大为恐惧，又没有借口逃走，安徽人方长孺是他的至亲，愿意代替他任职，该将领大喜，于是弃军而去。方长孺领军后，带着手下强奸、抢劫无恶不作，通州居民对其恨之入骨，洋兵到来后，大家都跑去控诉他们的罪行。联军很乐于主持正义，将他们围起来全部歼灭了，没有一个人逃脱。

载漪见风声日紧，急欲谋杀光绪。做事不密，被御医姚宝生泄露了出去。载漪大怒，将姚宝生抓进大牢，要把他杀掉灭口。又请杀奕劻、荣禄、王文韶、廖寿恒、那桐，慈禧没有同意。不久京城被联军攻破，姚宝生和徐致靖、龚照瑗、何隆简、黄思永、席庆云趁乱逃走了，后来徐致靖等人都接诏获释，唯独姚宝生因慈禧的旨意被斩杀于昌平。

李秉衡在通州兵败自杀的消息传来，载漪痛哭道："呜呼！老天为什么不保佑我国家，失去了这样得力的辅佐，外衅何时能止？"

荣禄入宫，将此消息报告慈禧。两人相对而泣，慈禧哭着说这都是诸位王公和拳匪酿成的大祸，使我国家陷入如此危险的境地。荣禄极其聪明，此时并不表露自己先前的意见。慈禧见京城危在旦夕，准备逃跑。荣禄恳请慈禧留在北京，下一道谕旨，将载漪和刚毅等人斩首，以正其矫擅之罪，表明朝廷的本意。慈禧仍然希望拳民的法术可救京城，命刚毅接替李秉衡帮办武卫军事务，命令猛攻使馆。

慈禧命宋庆和马玉昆即刻进京，驻扎南苑守卫京师。随后急电南方各省，要求各地"勤王之师"火速北上。

京城大规模调集军队的行动仓促开始。慈禧命令荣禄和载漪等大臣共同商议防御作战计划，但朝廷高层的军事会议始终没能正式召开，即使几个大佬坐在一起，也是各怀心思，说话支吾，态度躲闪，没有讨论任何实质性的内容，当然也就没有什么有效的防御部署。由于慈禧毫无军事经验，她的军事调动十分混乱，最倒霉的就是董福祥的部队。当时甘军二十五个营正防守外城的广渠门、朝阳门和东直门。

8 月 13 日下午，慈禧命令他们立即出城迎敌，上万官兵烽烟滚滚地出了城。到了城外，包括董福祥在内，谁都不知道敌人在哪儿和仗该怎样打，背着步枪拖着土炮的部队在烈日下沿着京城的东南城墙毫无目的地转圈子。天黑时，慈禧的命令又到了，让他们无论行抵何处，立即返城，保卫城池。在漫天暑气中转了一天、疲惫不堪的官兵又只好匆匆回城。

与此同时，慈禧开始频繁召见大臣，整个下午到晚上，召见荣禄八次，召见载漪五次，全体军机大臣被"叫起"达五次之多，几乎没有吃饭的时间。但群臣跪在慈禧面前，都默然不发一言。

慈禧哭着对廷臣说道："我母子无所依赖，你们难道就不能相救吗？"众人面面相觑，默不作声。慈禧想派王文韶、赵舒翘到使馆求和。王文韶说："臣已老，恐怕不能胜任。"赵舒翘说："臣资望浅，不如文韶，且拙于口才，不能力争。"荣禄说："不如先给使馆去一封信，探探他们的意思。"于是写了封信，派总理衙门章京舒文送往使馆。那时诸军正在猛攻使馆，见舒文要往里去，董福祥要把他杀掉。舒文忙说自己是奉诏来与洋人交涉的，才得以免祸。他将书信送进使馆，约各国公使明日午时来总理衙门相见。公使们担心遭遇不测，没有一个人敢来。

忽报各国联军，日、英、美三国兵为左军，法、俄、德、奥、意五国兵为右军，共计四万余人，浩浩荡荡，杀奔前来。

接着，又报日本兵已到，离东直门外五里扎下营寨；俄兵在东便门外三里扎营；英、美两国兵，驻扎在通州河南岸，距城只有七里。又报法兵也到，驻在东城十里外。

八国联军中先期到达的英、美、俄、日四国军队将领议定次日凌晨开始攻城：俄军攻打东直门，日军攻打朝阳门，美军攻打东便门，英军攻打广渠门。

当晚，联军按计划向集结地点移动。此时谁先攻进北京解使馆之围，成了各国角逐的目标。当时清军的武器已全部西化，有克虏伯大炮和最新式的毛瑟枪，联军的武器并不占优，多数武器得自天津的西沽武库。

当晚，城外炮声隆隆不绝。

听说联军已来到城外，董福祥率兵杀出广渠门。与英军一番激战，被杀得大败。时已日暮，北风劲吹，炮声震天，风雨暴至，联军暂时停止了进攻。

短暂休战的北京城，安静得让人害怕。

当天深夜，暴雨停止了。急于抢功的俄军率先逼近城下，参谋长华西列夫斯基一声令下，俄军开始用大炮轰击东直门，数十炮后，城门被轰开一个洞。8 月 14 日凌晨，俄军冲进东直门。就在俄军对攻击城门而无守军抵抗感到纳闷时，激烈的战斗在东直门内打响。

董福祥的军队在城墙上向冲入城门内的俄军猛烈射击，同时有一些官兵冲了下来，和俄军展开肉搏战，俄军被赶出了城门。华西列夫斯基命令骑兵连参加冲击，这些哥萨克人挥舞着他们善于使用的马刀蜂拥砍杀，东直门被俄军占领。

董福祥带着甘军和八国联军在城中展开战斗，在激战中，他击毙了沙俄军官安宁科夫，还打伤了一名将军。

黎明时分，俄军开始向内城进攻。甘军的决死表现令人惊讶，他们从城墙上的每一个垛口后连续不断地向敌人射击，大炮从城墙上直接瞄准敌人，冲击中的俄军顿时乱成一团。拉炮的十几匹马瞬间被打死，冲在前面的炮手全部负伤。俄军仓皇后退，撤退到城墙东南角落的数间民房里。天大亮之后，董军乘胜追击，向俄军藏身的民房呐喊着冲击过来。在丢弃武器、伤员和尸体之后，俄军被赶出了外城。整整一夜的攻击后，俄军又退回到了原地。

就在此时，俄军主力到达，得到兵力补充的俄军立即重新开始冲锋。

早晨 6 时，俄军第 10 团团长安丘科夫率领部队发起第一轮冲锋，他骑在马上高举马刀，身先士卒。董福祥此时也出现在甘军阵地上，他毫不隐蔽地站在高处，挥舞着一把中国战刀，大喊：“退者立斩！”

翰林院侍读学士恽毓鼎在日记中写道：“灯下偶检夏峰语录，读之终卷，开悟甚深，洋兵已破京城，而余尚簀灯静坐看书，几于不知世外事。咦，真亘古以来未有之奇也。”

在甘军的奋力阻击下，俄军很快就退了下去，留下一大片尸体，其中包括安丘科夫团长。华西列夫斯基刚想站起来喊什么，立即被密集的子弹击中，话音未落就栽倒在地。到 14 日中午，俄军仅仅攻占外城一角。

其他联军得知俄军已提前采取行动，急忙赶来，纷纷向京城发起了进攻。

日军进攻的时间是在 14 日早上，目标是朝阳门。在朝阳门城墙上防守的还是甘军。日军刚开始攻击，董福祥就赶到现场。他在东直门和俄军打了一夜，一脸的硝烟和疲惫，但那柄锋利的中国战刀依然在他手上。他站在朝阳门城墙上，说的还是那句话："退者立斩！"

朝阳门炮战，是清朝历史上少见的激烈炮战。甘军调集了可以调集的所有大炮，向日军的炮兵阵地和冲锋的步兵进行密集炮击，日本派出的背负地雷、炸药，企图轰陷城根的敢死队员全部被射倒。接近中午时，日军得到了跟上来的俄军预备队炮兵的支援。立时，联军的大炮达到五十多门，联军炮群统一指挥，集中火力轰击朝阳门城楼。甘军没有预备队，在日、俄炮群的连续轰击下，城墙上出现了大量的伤亡，战斗力逐渐低了下来。但甘军士气并不低落，与日军僵持着，一直到天黑。傍晚时分，日军组织了敢死队，抬着巨大的炸药桶，一波接着一波前赴后继地向城墙接近。甘军拼死阻击，但是，枪声逐渐稀落——城墙上甘军官兵的尸体已堆积得很高了。

突然传来一声巨响，日军敢死队将朝阳门炸开，大军蜂拥而入。

美军攻占广渠门则表现了美国人的精明。他们刚到广渠门就受到甘军的攻击，立即躲藏起来，旁观着俄军和甘军激战。作为前锋的美国第十四步兵团的士兵突然发现在东便门与广渠门之间的一段城墙上有裂缝，立即报告美军指挥官沙飞。沙飞见城墙只有三十英尺高、九英尺宽，而且离中国人的火力较远，决定用梯子爬上去，派出第九步兵团的一支小分队带着临时制作的软梯，沿着城墙裂缝徒手往上爬。由于修建年代久远，墙体上砖缝很深，攀爬起来并不困难。美军很容易就爬上去了，令人不可思议的是，这段城墙上居然无兵守卫，美军未发一枪一弹就登上了城墙，将星条旗插了上去。占领广渠门这一段城墙的美军立即向两边冲击，甘军受到侧翼进攻，猝不及防，纷纷撤退。

8月14日上午，英军向广渠门进攻。他们的先头部队来到广渠门时，只遇到了清军零星的抵抗。曾参加过第二次鸦片战争的英国皇家第十二炮兵团用两门大炮轰开了城门，英军长驱直入，没有遇到有力抵抗，当他们神色紧张地沿着空无一人的外城街道向前推进时，从崇文门城楼上传来了枪炮声，英军士兵这样回忆道："正当我们小心翼翼地向内城城墙靠近时，忽然看见城垛上出现了一个美军信号兵，他用蓝白相间的手旗打出以莫尔斯电码表示的一句话：从下水道进来。接着他用手旗指了指正下方。"

英军司令盖里斯手里有一个"秘密武器",那是联军占领天津时,一个奉英国公使窦纳乐之命从北京使馆冒死突围而出的中国教民送给他的小纸条,上面画着北京内城使馆旁边护城河水面下一个秘密水门的位置,水门直接与英国使馆相连。盖里斯按照小纸条上的标识找到水门,带领官兵下水。作为前锋的印度籍士兵发现,一个七英尺高的水门赫然展现在他们眼前,就在印度士兵清除水门上锈迹斑斑的铁栅栏时,美国海军陆战队的士兵也在另一侧帮着清理水门内的障碍物。不一会儿,这些印度士兵和指挥官就踩着没脚的淤泥穿过幽暗的门洞,在中国教民的引导下登上了御河右岸,向英国公使馆进发。他们沿河而上到达英国公使馆围墙外,周围有许多中国老百姓围观,有人帮着联军搭梯子。

在英国公使馆内,被围的人们听到了机枪声,知道援军即将到来,因为清军和义和团没有机枪。在使馆内守卫了五十五天的美国海军陆战队二等兵奥斯卡·阿海姆在日记中这样写道:"8月14日,好消息,广渠门传来了隆隆的炮声和马克沁机枪不间断的枪声,中国人不管如何努力,都模仿不出这种枪声。下午两点一刻,在城墙上我们阵地的对面,我们看见了英军锡克人士兵,经我们指点,他们在中国人察觉之前就穿过了运河,来到使馆。"

8月14日下午两点半,浑身被汗水浸透,满脚淤泥的印度士兵出现在英国公使馆的网球场上,被围的意大利人卡米拉侯爵夫人这样描述被解救时的情景:"下午两点,一个排的印度兵从运河方向开过来了,一名穆斯林印度军官来到公使房前,他把手里拿着的小旗子插在地上,合掌祈祷,几分钟后印度兵们赶到了,他们浑身泥土、汗水淋漓。英国将军盖斯利和英国公使见面后无言相向,英国人讲究体面,只是握手,这种沉默显得庄重而高尚,而印度兵则放肆地呼喊胜利,使馆中讲拉丁语的人们用吵闹的方式表达着喜悦,围困终于结束了。"

东交民巷被包围不久后撤进英国公使馆的法国公使毕盛目睹了这一场面,他在日记中写道:"将近下午三点时分,有个人急匆匆跑进英国公使馆大声地喊道:援军已到外城,正从御河涵洞进来。这时人群欢呼雀跃,相互拥抱,纷纷跑向涵洞,争先恐后去迎接解救者。我们迎来的是英国军中的印度士兵,他们是一支训练有素、严谨划一的部队,这个场景我永远也忘不了:走在最前面的是旗手，他双手高举军旗，双膝跪地，嘴念祈祷语。陆续进来的士兵向军旗围拢，人数越来越多，紧跟其后的是美国军人……"

美军指挥官沙飞带兵来到使馆，原本以为"这些被围困的人应当是筋疲力尽、饥肠辘辘、衣衫褴褛，或者是受了伤甚至气息奄奄或者根本就已经死亡了"，但当他们进入使馆时，惊讶地发现"绅士们衣着得体地出现在眼前，许多人，如窦纳乐、萨瓦戈和康格都新刮了胡子，虽然穿着便装，但都整整齐齐的；女士们则穿着优雅的夏装，戴着帽子、打着洋伞。联军中有人开玩笑地说，我们是不是意外地走进了一个宴会会场？"相比之下，反倒是联军自己寒酸多了：他们大都蓬头垢面，军装上沾满泥土和汗水，皱巴巴地挂在身上。

由于提前听到了联军到来的消息，使馆内的人员全部盛装出迎，满身灰尘的联军士兵进入时大吃了一惊——看上去被围困的人们过得很好，自己好像不是来解救他们的，而是不小心闯入了一场盛大的宴会。

使馆解围后，神父达道西瓯迫不及待地骑了头驴子去北堂报信，结果走到半路上被义和团抓住杀掉了——这大概是庚子年被杀害的最后一个传教士。

从6月15日起，义和团和清军对西什库教堂的攻打从最初的急火猛攻，到时断时续，从未停止。直到8月14日北京沦陷，西什库教堂已是千疮百孔，最终也没能将其攻下。整个事件中义和团和清军死亡600人以上，联军死伤各10余人。

解围后8月16日，法国公使毕盛前去西什库教堂看望樊国梁主教，他们拥抱为礼，互庆余生。

在联军炮火的猛烈攻击下，外城失守，负责抵抗的清军纷纷作鸟兽散了，京城内外的神机营、虎神营和各地勤王之师六七万人，全部散灭无踪，只剩下董福祥的甘军还坚守在自己的战斗位置上。

喜鹊胡同一带，炮子如雨，到下午外间喧传天安门和西长安门已失守，因相隔遥远，宫中尚未得知。

忽报回部援兵已入东便门，大事不要紧了。慈禧惊喜诧异地问："回部怎么会派兵来援？"李莲英在旁边说道："托老佛爷洪福，也许是董福祥调来的呢。"忽然一个太监慌张入报："洋兵已经入城。日本兵攻破东直、朝阳二门，英兵攻破广渠门了。"慈禧惊慌道："回部援兵怎么样了？"太监说："那是人家误认的，就是俄国的哥萨克兵呢。"

文渊阁大学士昆冈派人去问徐桐："南城外炮声如此震撼，莫非大势有变？"徐桐说："不妨事，东交民巷破在旦夕，天津战事李海城（李秉衡）任之有余，只是贾家墩的二毛子在负隅顽抗，须要增兵剿捕。寄语相公：'放心大胆饮酒食肉，不要咕嗫作儿女子态。'"昆冈善饮，每顿饭都杯盘罗列，以此调侃。

京城被攻破，联军从广渠门、朝阳门和东便门杀入，禁军全部溃散。董福祥逃出彰仪门，纵兵大肆抢劫后往西逃去，粮草辎重丢弃得满地都是。御史彭述正遍谕五城，称我军取得大捷，洋兵已退向天津去了。等到城破，京城百姓看见头缠红布的印度锡克兵屯于道上，还说是回部的救兵来援了。这天，百官无一人朝。徐会澧新被授予工部尚书，入朝谢恩，来到神武门时听到哭声一片，宫中人纷纷逃出，知道京城已破，急忙返回。

8月14日，慈禧在宁寿宫五次召见王公大臣商讨对策，应召而来的大臣越来越少，满朝文武多已溜之大吉，来的人也不敢说话。慈禧对载澜说："事已至此，看来只有走了，你能做护卫吗？"载澜说："臣手上无兵，不能担当此任。"载漪请打白旗投降。荣禄说："姑且致书使馆，请先停战，再慢慢议和，他们应该会听从。"慈禧急切地说："赶快去办，我母子的性命就靠这个了。"众人失声而出，最终也没人敢去送书。

申时，载澜不等通报，匆匆跑进宫来禀告道："老佛爷，洋鬼子来了！"刚毅神色慌张地跟在他后面说："有一大支军队，驻扎在天坛附近。"慈禧说："莫不是从甘肃来的回部援兵吧？"刚毅说："不是，是外国鬼子。请老佛爷即刻出走。不然，他们就要杀进来了。"慈禧愤怒地说："我以为你们已经把洋鬼子赶跑了。几天前还在夸张胜绩，今天就这样了？"满脸怒容地看着李莲英，叹息道："据我所知，只有李秉衡一个人殉节了，其他还有何人？"众人羞惭满面，都不回答。李莲英走出来对众太监说："老佛爷大怒。但也还是无法，归结之计，大抵只有西幸。西幸之后，必待救援，再灭洋鬼子未晚。"

攻破外城后，联军的进攻转向对内城的争夺。

美军占领广渠门后，迅速移动到正阳门。此门是北京内城的正南门。因为美军进攻广渠门时没有遇到太大的阻击，所以认为占领正阳门也是轻而易举的事情。但让美军没想到的是他们在正阳门碰上了劲敌。守卫正阳门的军官马福禄是董福祥手下一员悍将，此时他手下有400余名官兵，面对进攻正阳门的美军，马福禄率领士兵拼死抵抗。

美军指挥官沙飞命令士兵加大攻击力度，没有达到预期效果，他再次下令加强炮火攻击。在美军炮火的猛烈打击下，马福禄的部下死伤逐渐增加，士兵们脸上露出了慌乱的神情。手下的军官向马福禄提出了撤退的建议。

马福禄断然下令道："不论官兵，言退者立斩！"

美军见他们死战不退，集中火力猛轰正阳门城楼，把原有的四层箭楼生生削掉了两层。马福禄眼看身边的士兵死伤累累，美军步兵又不断蜂拥冲向城楼。他意识到死守下去将会全军覆没，只有暂时撤出，再图反击，于是下达了撤退令。

登上正阳门城头后，为阻挡清军反攻，美军在城楼上设置了十道栅栏。盛夏的北京异常炎热，八月天气更是阴晴不定，眼看天色渐渐黑了下来，马福禄认为反击的时机到了。他挥舞着战刀一马当先，带领士兵冒着枪林弹雨向敌人发起了反攻。马福禄第一个登上城楼，冲破了敌军的第一道栅栏；马福禄的弟弟马福祥紧随其后，突破了第二道栅栏。他们英勇奋战，连续毁掉了七道栅栏。交战双方伤亡很大，尸体横陈，鲜血将城墙都染红了。

不久就只剩下最后一道栅栏了。官兵们精神振奋，看到了收复阵地的曙光。这时夜幕笼罩下的天空忽然下起了倾盆大雨。马福禄认为是老天在帮忙，他身先士卒，率领士兵们向敌人发起了最后的冲锋。突然一颗子弹击中了他的左臂。他扯破衣服，胡乱裹扎了一下，又呐喊着冲向最后一道栅栏。这时，又一颗子弹直接射进了他嘴里。马福禄顿时仰面倒地，血流如注，很快就停止了呼吸，他以身殉国时年仅48岁。

和马福禄同时牺牲的还有他的堂弟马福全、马福贵，侄子马兆图、马耀图以及家乡的回族、东乡族子弟兵一百余人。马福祥为了保存仅剩的部队，忍痛下达了撤退令。

8月15日清晨，美军彻底占领了正阳门。

从高大的正阳门进去不一会儿，一道红墙挡在了美军面前，这就是皇城。他们在这里没有遇到清军的阻击，但皇城的城墙太高，没有爬上去的可能，只能破门而入。在攻击进入紫禁城的第一道大门"大清门"时，美军把希望寄托在了炮兵身上，在炮兵连连长瑞利的指挥下，上尉苏莫莱像在靶场训练新兵一样，在大清门门闩的位置画出了一个白色的圆圈，命令炮兵朝圆圈开炮。两次齐射后，大清门门闩被炸断，美军蜂拥而入。

接下来是天安门，这是进入紫禁城的第二道大门。美军在这里遭到了清军顽强的抵抗，天安门城楼上密集射来的子弹使数名美军官兵倒地，包括冲在最前面的瑞利连长。清军的抵抗持续了半个小时，在美军向天安门门闩和城楼上密集炮轰时，没有一个清军放弃阵地。

直到前来增援的英军架着云梯爬到天安门城墙上时，他们发现守卫天安门城楼的清军官兵已经全部阵亡。美军步兵从炸开的天安门城门中冲了进去。

现在紫禁城外只剩下了最后一道午门。美军架好大炮准备对其轰击，俄国人、英国人和日本人急忙赶来阻止。各国司令官在召开紧急会议后决定：为了防止一国独占或先占皇宫，暂停对皇宫的军事行动。

美国海军陆战队二等兵奥斯卡·阿海姆记述了当时的经过："在搜查完通往紫禁城的大门后，各国因该由谁首先进入这一荣誉之门而发生了争执。沙飞将军生气了，命令他的人返回营地。当他和他的部队离开后，其他人似乎不那么急着进入了，都回到了位于皇城中不同地点的营地去了。"

刀枪不入的义和团挡不住八国联军的枪炮，绿营、八旗转瞬之间土崩瓦解。联军破城后，王公大臣和皇亲国戚们都在忙着各自逃命，深宫中的慈禧还蒙在鼓里，对外面的情况几乎一无所知。

8月14日晚上亥时（9点到11点），慈禧最后一次召见军机大臣时，只有刚毅、赵舒翘、王文韶三人来了。慈禧凄怆地说道："怎么只有你们三个？他们到哪里去了？想是都跑回家去了，丢下我们母子不管了。无论有什么事，你们三人必须随驾。"对王文韶说："你年纪太大，受此辛苦，我心不安。你可随后赶来。"又对刚毅和赵舒翘说："你们二人素能骑马，必须同行，沿路照顾，一刻也不能离开。"王文韶答道："臣当尽力赶上。"光绪忽若惊醒，对王文韶说："是的，你快快尽力赶上吧。"当晚，王文韶在内值宿未归。到夜半，又传洋兵进城了。王文韶想出去查问，禁门已经紧闭，不能出入。

8月15日，慈禧寅时（凌晨三点到五点）就醒来了，只睡了一个时辰。她让宫女给自己梳妆，听见外面全是猫叫，正疑心哪里有这么多猫，李莲英惊慌失措地走进来报告道："老佛爷，不好了，洋鬼子打进城来了。德国鬼子进了朝阳门，日本鬼子进了东直门，俄国鬼子进了永定门，把天坛都围上了，消息是澜公爷（载澜）报来的，请老佛爷避一避，免得惊了圣驾。"慈禧闻言大惊。又听着"嗖"的一声，一颗子弹从窗格子飞进来。弹子落地跳滚，仔细一瞧才看清楚，大为惊骇，这才明白所谓"猫叫"原来是子弹在空中飞过的声音。她急得在寝宫里不停地来回转，一眼瞧见载澜跪在帘子外面，载澜颤着声奏道："洋兵已攻入东华门了，老佛爷还不快走？！"

慈禧慌忙起身，急问："皇帝在哪里？"太监回道："在皇极殿行礼。"慈禧叫："快去通报。"这天恰逢祭祀，光绪正在那儿拈香，听见太后叫唤，急忙赶了过来，他头上戴着红缨帽子，身上穿着补服。慈禧神色惊慌地对他说："洋兵已经到了，咱们只得立刻走避，再作计较。"光绪也吓得慌了神。慈禧命人千手百脚地把他身上的朝珠、缨帽一起儿胡乱抛弃，扯卸了外褂，换上了一件黑纱长衫，一条黑布毡裙，光绪穿得像个跑买卖的小伙计。慈禧自己也赶紧改换装束，换上了事先准备好的半新不旧的蓝布衫和洗得有些褪色的浅蓝裤子，让李莲英给她梳了个普通汉妇的头（生平第一次），看起来像个乡间农妇。慈禧叹息道："谁料事情会弄到今天这个地步！"传谕皇后、太妃、格格和大阿哥赶紧换好行装，准备出走，那时一切衣服物事都已顾不得携带，单单走了个光身。

慈禧一路踉跄步行，哭着从宫里走出来，头发都来不及簪上。光绪和隆裕皇后跟在她后面。走到西华门外，看见那儿停着一辆骡车，车夫没戴官帽，一问才知是载澜从外面雇来的车子。一些王公大臣、皇亲国戚和妃嫔宫女们这时才稍稍凑到一块儿。瑾妃穿着直裾单衣，从宫里匆忙走出，遇到载勋，才知道皇帝所在。慈禧先已下了一道谕旨，此刻宫里一个人也不准随行。光绪的宠妃珍妃此时也随众人聚集到了一起，见慈禧要带光绪出逃，斗胆向她进言道："皇帝是一国之主，宜以社稷为重，太后可避难，皇帝不可不留京。"

那时众皆寂然。慈禧本就对珍妃心存厌恨，听闻此言，心中大怒，她脸色铁青，目视珍妃，目光渐露威棱，半响，回顾崔玉贵道："这是哪儿的话？这里有她说话的分儿吗？把她给我扔到井里去！"崔玉贵和几个太监立即取来一张毡毯裹住珍妃，要把她弄走。珍妃拼命挣扎，大声呼叫道："皇上救我！"光绪哀痛至极，急忙向慈禧长跪恳求："老佛爷，珍妃年幼无知，今天请饶她一命吧！"

慈禧怒不可遏，厉声说道："快起来！不要再说了。这都什么时候了，还有工夫讲私情？她既然要死，就让她去死吧，也好警诫那些不孝之人。你没见过鸥鹓吗？从小母亲对它爱护备至，等养到羽毛丰满了，就要啄瞎它母亲的眼睛，这种狼心狗肺的东西不杀留着干什么？"

崔玉贵对珍妃说："你听见老佛爷的话了吗？"珍妃拼命挣脱，跪到光绪身边，抓住他的衣服不放。崔玉贵抓住珍妃的手要强行将她拖走。珍妃涕泣道："让我谢谢主子的恩典，再就死吧。"崔玉贵说："算了吧！老佛爷的旨意，谁也不能违。停刻儿洋鬼子进来了，大家都跑不了。你既体恤主子，不如让主子早些儿陪着老佛爷起驾吧。"崔玉贵和几个太监把珍妃拖走了。珍妃仍然不断地回过头来望着光绪。光绪面无人色，浑身震颤不已。隆裕皇后和瑾妃见状都掩面而泣。慈禧呵斥道："你们哭什么？她是自作自受。也给那些不孝的孩子做个榜样。"

珍妃容貌端庄，性情聪慧，工于书法，擅长棋画，每天陪伴在光绪左右，与他同饮食共玩乐，深受光绪宠爱。珍妃幼时，在家中念书，请的师傅是江西名士文廷式，师生之间，感情极好，在文廷式的指教下珍妃颇通文史。庚寅年，文廷式以第三名考中举人。珍妃在光绪面前屡屡提到她的老师。光绪默记于心。甲午年大考翰林和詹事，光绪亲将文廷式的考卷授予阅卷大臣，将其拔置第一，擢为翰林院侍读学士，充日讲官。文廷式大为感奋，马上向光绪进谏议论政事。那时辽东战败，形势紧急，文廷式与其他朝臣联衔上疏，请起用恭亲王管理军国大事。慈禧素来不喜欢恭亲王的所作所为，不肯允准，光绪力请才起用了他。有太监在宫中散布流言蜚语，诬陷珍妃干预朝政。慈禧大怒，将珍妃笞责宫杖五十，囚禁在三所里，每日仅提供饮食。珍妃的兄长礼部侍郎志锐被贬谪到乌里雅苏台。光绪从此郁郁寡欢。

朱祖谋、王鹏远赋《落叶词》记述珍妃遇害。后人有诗叹道："赵家姊妹（珍妃和瑾妃）共承恩，娇小偏归永巷门。宫井不波风露冷，哀蝉落叶夜招魂。"恽毓鼎赋诗悼念珍妃："金井一叶堕，凄凉瑶殿旁。残枝未零落，映日有辉光。沟水空流恨，霓裳与断肠。何如泽畔草，犹得宿鸳鸯。"后来朱孝臧为光绪还宫哀痛珍妃作词一首："鸣蛰颓城，吹蝶空枝，飘蓬人意相怜。一片离魂，斜阳摇梦成烟。香沟旧题红处，拼禁花、憔悴年年。寒信急，又神宫凄奏，分付哀蝉。终古巢鸾无分，正飞霜金井，抛断缠绵。起舞回风，才知恩怨无端。天阴洞庭波阔，夜沉沉、流恨湘弦。摇落事，向空山、休问杜鹃。"

小太监说："外面的骡车已经带进宫来了。"慈禧对光绪说："快上你的车子去，把帘子放下来，免得有人认识。"光绪仍为珍妃之死悲不自胜。慈禧安慰他道："傻孩子，尽哭做什么，你要哭死我吗？咱们走吧！"传谕溥伦："你挂皇帝的车檐，好招呼。我坐的那辆车，教溥儁挂檐。"对李莲英说："我知道你不大会骑马，总要尽力赶上，跟我走。"隆裕皇后和瑾妃等一同登车。慈禧对车夫说："你尽力赶车，要有洋鬼子拦阻，你不要说话，我跟他说。我们是乡下苦人，逃回家去。我们此时先到颐和园。"催促车夫快走。宫中妃嫔都跪地送别，恭祝太后、皇上万寿。王公大臣或骑马，或步行，尾随在后，从西华门仓皇而出。

洋人炮攻东华门。两宫坐车逃向西直门和德胜门。马玉昆率兵护驾。炮声不绝。圣驾走到西直门，逃难者拥塞如堵，城门拥挤不通。载澜开枪击毙数十人，车驾才得出，径赴颐和园。刚出城门，白旗就遍插城上了。

差役们见两宫突然蒙尘而至，几乎无人敢认。见太后似有不悦之色，立刻打开左门将车赶进。慈禧进入内监房少坐，说自己很饿。太监忙去煮鸡蛋。慈禧下谕：凡园中珍宝，悉数送往热河。差一名太监回宫告知留守人员，速将宫中财物珍宝悉数埋藏到宁寿宫院中。刚交代完毕，听见炮声渐近，慈禧惊慌地说："不吃了。"立即起身上轿而行。随扈诸臣陆续赶上，载漪、奕劻、耆善、载勋、那彦图、刚毅、载澜、载泽、溥伦、溥兴、赵舒翘、英年等十余位王公大臣随行，护卫的清军只有几百人。出京后，天上忽然下起了细雨，从人都未带雨具，全被雨水淋湿，形状萧索凄苦。

8月16日，在慈禧太后和光绪皇帝已经逃走的消息传开后，护城清军放弃抵抗陆续散去，八国联军随后占领各大宫门。当晚，联军基本控制了北京全城。

妃子、宫人被抛弃后，数十人跳水而死。也有不少人携带家伙细软逃跑。

有的走出安定门，在路上遇到溃兵被抢劫，多有散失。载澜的妻子和女儿都不见了，令万本华到处寻找也未找到。王公士民四出逃窜，城中火起，一夕数惊。满洲妇女害怕遭到洋兵污辱，许多都自杀殉难了。

义和团在京城内设坛八百余座，总数超过十万人，城破后均不知去向，只在厕所和井中丢下无数刀剑、红巾。

在保定的各地勤王军有数万人，此时都不敢再言战。之前上书自名忠义大谈灭洋的人，全都走窜山谷，不见踪影。御史彭述甚至抛弃母亲逃跑了。

第三十一章　大臣死难

京师沦陷后，慈禧携光绪、大阿哥和王公大臣们西逃，命荣禄、徐桐、崇绮等为留京办事大臣。崇绮担心八国联军以轻骑追袭銮舆，与荣禄等将所乘之车伪装成皇驾乘舆，从南路直奔保定，以此掩护圣驾西行。到达保定后，崇绮住进莲池书院，每日派人打探京城局势。

崇绮离开后，联军闯进他家，将女眷全部抓走，驱赶到天坛施无礼以为乐（轮奸）。崇绮的儿子公爵葆初羞愤无地，指挥仆人在屋内掘了两个大坑，男女老幼，按昭穆为序分别进入坑中，命仆人填土掩埋。仆人不敢应命，惊慌逃走。葆初自行点燃窗棂，全家人端坐不动，葬身于熊熊烈火之中。

崇绮闻信，如五雷轰顶，心肺俱焚，听说列强要杀掉一切支持义和团的官员，自思在劫难逃，宁可同家人相聚于九泉，也不能被洋鬼子抓住受辱。当晚，这位年近古稀的满蒙状元写下一首绝命辞："圣驾西幸，未敢即死，恢复无力，以身殉之。"自缢于莲池书院，就此绝嗣。崇绮家很富裕，讲求服饰穿着，城破后，家中三千多件华丽衣服被联军顷刻抢光，寸丝尺缣无遗。后来清廷以崇绮能舍生取义，大节无亏，照尚书例赐恤，任内一切处分悉予开复，赐祭葬，谥文节，入祀昭忠祠。

前礼部右侍郎景善身穿朝服想投井自尽，徘徊在井栏旁，迟迟下不了必死的决心。长子恩珠为得洋人封赏，从背后将他推了下去。家中妇女全部吞烟自尽。此事被日本军官得知，将恩珠抓住枪毙了。

前吉林将军延茂驻守安定门，联军入城后，率合家男女老少十二人引火自焚。

兵部主事王铁珊，跌宕有奇气，愤时事危乱，七月十八日赋《绝命诗》，在居住的六安会馆自缢身亡，死前留下遗书道："吾不忍见白旗也！"

国子监祭酒王懿荣，全家投井而死。

醇王聘妻，将于下月成婚，全家自尽。

宗室庶吉士寿富，有文学，尚气节，是侍郎宝廷的儿子，内阁学士联元的女婿。联元被杀后，家属藏在寿富家里。联军入京后，寿富与弟弟富寿和两个妹妹及婢女服毒自杀，寿富和富寿迟迟未死。寿富赋绝命诗二首后，自缢身亡。其诗道："兖衰诸王胆气粗，竟轻一掷丧鸿图；请看国破家亡后，到底书生是丈夫；薰莸相杂恨东林，党祸牵连竟陆沉；今日海枯见白石，两年重谤不伤心。"富寿从容处理完众人的尸体后，也自缢而死。

湖广道监察御史宋承庠，二十一日看见北城火发，以为是皇宫遭难，彷徨终夜，自缢身死。

三品衔兼袭骑都尉候选员外郎陈銮一家，男女三十一人，同时殉难。

安徽巡抚福润，一直居住在京师，母亲已经九十多岁。联军入城后，福润被害，家中遭到洋人劫掠，眷属都被捉走。母亲被某国兵所获，受尽凌辱而死。

国子监祭酒熙元（裕禄之子），工科给事中恩顺，掌江西道监察御史韩培森，江西道监察御史宗室德藩，翰林院侍读崇寿、宗室宝丰，吏部主事钟杰，户部员外郎宗室恩骅、殷育恩、戚善勖，户部主事陶见曾、李慕、铁山、英魁、崇寿、宗室谨善堂、才保，兵部郎中魁麟，兵部员外郎荫德贺、赵宝书、重振，刑部郎中汪以庄，刑部主事郭绍征、王者馨、毛焕枢，工部主事恒昌、白庆、周增和、宗室海明，理藩院主事英顺，内务府员外郎诚年、端鑫、明昭，宗人府经历司宗室纳钦，光禄寺署正王恩第，库使锡麟，内阁中书堃厚、清廉、玉彬、陈廷勋，国子监助教柏山，南城正指挥项同寿，东城兵马司吏目官玉森等自杀殉难。

连日阵亡将校六百四十员。其余文武大小官绅耆民等阖家引火自焚、仰药以殉、投井而死的有一千七百九十八人。

京师中除平民死亡不计外，各级官员以身殉国和全家自尽的不知道有多少，各处穿着朝衣朝冠的男尸和补服红裙的女尸，几乎触目皆是。自缢的人，往往用一根绳子挂在高处，时间长了无人解下，脖子被吊断，脑袋还挂在上面，经过的人看见都悲痛欲泣。

第三十二章　联军暴行

北京沦陷后，各国统帅决定对京城实行分区占领：朝阳门大街以北，西至地安门，东北至城墙下，为日军控制；朝阳门大街以南，西至东四牌楼，东四大街以东至崇文门，为俄军控制；东四牌楼大街以西，至西大街以东，南至南城根，为德军控制；马市以南，大街以西，至东皇城根，南至东长安街，为意军控制；西直门大街以北，至城根，东至新街口的南庄王府，东北至地安门，也属日军控制；西单牌楼以南至宣武门城根，东至前门，北至西长安街，为美军控制；皇城东南由英军控制；西城由美军、法军、英军、意军控制；外城由英军、美军、德军控制。奥匈帝国没有占领区域，是因为奥军人数太少，实力不足。

随着各国军队在京城的势力消长，列强在北京的管辖范围也在不断发生变化，8月底，各国的管辖范围为：前门外大街以东归英国管；前门外大街以西归美国管；前门内大清门以东，至东单牌楼，归英国管；大清门以西，至西单牌楼，归美国管；崇文门内以东归法国管；宣武门以西归英国管；东单牌楼至四牌楼归俄国管；西单牌楼至四牌楼和东华门外归意大利管；西华门外法国管；东四牌楼以北归日本管；西四牌楼以北归法国管。9月初，德军大部队进入京城后，前门外自崇文门以西，骡马市，三里河大街以北，直至彰仪门，均改归德国管辖。10月，管辖区又改为东长安街以北，改归德国管辖；东华门以北，改归意大利管辖。

列强对清政府的各大衙署也进行了占领分配：皇宫、詹事府、顺天府被日军所占；吏部、户部、礼部、宗人府、太医院、钦天监被俄军所占；兵部、工部、銮驾库、天坛被英军所占；景山被法军所占；先农坛被美军所占；理藩院成了各国的公署。

围绕着如何对待紫禁城的问题，各国公使与联军司令官进行了几次磋商。有人力主占领紫禁城，以免中国人误会真有神灵在保佑这片"圣地"，以致联军不敢进驻。有人主张像当年英法联军在圆明园干的那样，掳走皇宫珍宝，将紫禁城夷为平地以泄愤。也有人认为任何对紫禁城的破坏和亵渎都将进一步激怒中国军民，可能导致清廷迁都别处，而要惩罚拳乱的肇事者、索取巨额赔偿等，都需要中国"天子"返回北京才行。几经辩论，在最后一种意见略占上风的情况下，他们决定在紫禁城举行一场盛大的阅兵游行来庆祝联军攻占清朝首都北京，以示对大清帝国的蔑视和羞辱。

8月28日上午，八国联军在大清门内举行了一场特殊的阅兵仪式。各国公使和司令官、随军记者、使馆人员和3000多名士兵参加了这次阅兵。由800名俄军作为领队，其后的队伍由800名日军、400名英军、400名美军、400名法军、250名德军、60名意军和60名奥军组成。参加这次阅兵的还有一支中国军队"华勇营"，是英军驻守威海卫租界的华人雇佣军。俄国的利涅维奇中将军衔最高，代表联军检阅了部队。

阅兵完毕，英军施放礼炮宣告游行开始。八国联军按照列队顺序进入紫禁城游行，依次穿过午门和太和殿，过左内门，出神武门向北行进。一路鼓乐齐鸣，好不威风。这次阅兵和游行，是八国联军对北京的一场象征性的摧毁。尽管时间很短，但这一刻的耻辱已经深深地烙印在了所有中国人心里。

游行结束后，联军关闭了紫禁城，等待清朝皇室返回。日军把守东华门、西华门和神武门，美军把守午门（南门），另有两支俄军中队驻扎保护。法国朱利安·韦奥上校（即后来的作家绿蒂）在其著作《在北京最后的日子》里说：紫禁城两道门都严格地禁止出入，北门由日本兵把守，南门由美国兵把守。但话虽如此，韦奥上校本人还是在日本兵的通融下进入了紫禁城，并命令太监带路参观了这个皇帝的禁地。在离开皇帝卧室时，上校的勤务兵故意迟迟落在后面，并趁机扑倒在那张挂着宝蓝色床帷的床上嬉闹了一番，其中一个人操着加斯科尼口音不无兴奋地对同伴说，"老兄，这样至少我们能说睡过中国皇帝的龙床了！"因为是皇宫，各国碍于情面不便公开抢劫，但暗中偷窃则时时有之。在"入宫参观"的借口下，各国高级军官和公使包括其夫人们、随从们难免瓜田李下，顺手牵羊。意大利公使萨瓦戈就说，即使在紫禁城阅兵时，皇宫里一些小的珍品无疑还是丢失了，因为一些外交官夫人也都进来了，而她们并不仅仅是来看阅兵的；"在北京一个美国女士家的客厅里，我看到一些雕刻得十分精致的玉器……那是在皇帝的客厅里陈设了几个世纪的历史文物"。至于那些无资格入内参观的下级官兵，其中的胆大者也有趁黑夜入内盗窃之事。英国陆军中尉勃纳德私下里承认："我们自己也抢了一点儿，我得到了一些最珍贵的鞑靼丝绸衣服，如有可能我会把它们寄回家。还得到了一些古玩，但是最大的困难是运输问题。我们来这里时总共只能带四十磅的个人装具，不能带帐篷'入宫参观'和'入宫窃取'，名称不同，实质无异。"德军统帅瓦德西抵达北京后，他看到的皇宫情形是，宫中可移动的贵重物件多被窃去，只有难以运输之物，始获留存宫中。故宫三殿前所陈设的八大金缸，因为形巨体重，联军无法窃走，竟将外部之金刮去，刮痕宛然，今犹可见。瓦德西认为在慈禧太后逃出而联军未占领的空隙，或许有太监偷取宫中宝物，但为数应该不多。其他各国军队，确实未尝进据宫内。不过，俄国却曾允许他国一些军官参观该宫，但随时有俄国军官在旁伴行。所有宫中曾贴有印鉴封锁的建筑物，每值参观，则暂行撕去。瓦德西说的"未尝进据宫内"，指的是三大殿之外的后宫，在慈禧太后逃走后，这里由瑜、珣二妃（原同治妃子）暂时掌管。八国联军占领北京期间，这里虽然相对平安无事，但也难免有一些不请自来的参观者不时前来骚扰。

联军入京后，官僚士绅们竖起白旗，穿好朝服，匍匐在大路两旁恭候联军队伍。次日早晨，许多朱漆大门上贴出洋文书写的保护单，挂着洋人用过的破帽、破靴、垢衣、穷袴，以示驯服。各国划定分界后，凡在界内的铺户居民，无论贫富，都在门前插一面白布旗。居住在某国地界，旗上就用洋文书写"大某国顺民"。也有用汉文写"不晓语言，平心恭敬"贴在门前的。还有按某国旗号样式，仿做小旗，插在门前的。

联军占领京城后，先以"肃清"义和团为名，下令在全城搜劫三天。事实上远远不只是搜劫，屠杀、焚烧、强奸、破坏，几乎所有坏事他们都干完了。

各国洋兵在城中四处放火，火光冲天，三天三夜不熄。地安门桥以南、西四至西单全被烧尽，朝阳门城楼和前门城楼均在大火中化为灰烬。义和团曾设拳坛的庙观，一律放火焚毁。京城外焰光、灵光两寺，是翠微山八寺中最著名的。此时拳民余众，匿在两寺内。无所得食，迫令近村富人韩某，出金万两。韩某哀求请减，非但不许，竟把他斫掉。韩妻拟到衙门控告，有人告诉她道："不如进城到洋人那里告去。"韩妻到洋人那里控告了，果然兵队就到。拳众还高卧未知呢，听得枪声，仓皇出御，悉数被杀。只可怜两座庄严佛寺，一刹那间，竟化成数堆瓦砾。此时寺观庙宇，凡是设过拳坛的，无不被毁。

和之前义和团任意指认他人为教民一样，联军也任意指认他人为义和团，手段和方法几乎如出一辙。一名美军指挥官说："我敢说从占领北京以来，每杀死一个义和拳，就有 50 个无辜的苦力农民和妇女儿童被杀。"传教士明恩溥也记述道："许多士兵以射杀外表看上去像一名'异教中国人'的路人为乐，结果闹得通州附近的广大地区几乎不见人影！"

法国步兵前队在路上遇到一群中国人，里面拳民、兵丁和平民相互掺杂。他们见到洋兵，吓得匆忙逃生，法国兵用机枪对着他们，将其逼进一条死胡同里，连续扫射了大约十五分钟，直到不留一人而止。法军在王府井大街抓获了 20 个中国人，由于他们拒不提供任何信息，全被残忍地杀害了。有一个下士用刺刀一口气刺杀了 14 个中国人。一名英国军官好几次看见美国人埋伏在街口，向出现在面前的每一个中国人开枪射击。曾经杀人无数的庄王府，在联军入城后再次成为生灵的屠宰场。为了报复，联军在将庄王府放火烧毁的同时，又将 1700 多名被指认为拳民的人在此斩首处决。

联军将抓获的妇女，不分贵贱老少全部驱赶到裱褙胡同，作为官妓。胡同两头派兵把守，以防逃逸，只留东头作为出入口，派人监管，任由联军等入内游玩，随意奸宿。许多妇女为免奸污跳井、悬梁，或不堪受辱羞愧自尽。同治皇帝的岳父承恩公崇绮的妻妾、女儿、儿媳全被抓到天坛，遭到联军轮奸。已故大学士倭仁的妻子已经 90 多岁，被轮奸致死。

各国洋兵都以捕拿拳匪、搜查军械为名大肆掳掠，处处无遗。三五成群，身挎洋枪，手持利刃，在各街巷挨户踹门而入。卧房密室，无处不至，翻箱倒柜，无处不搜。凡银钱钟表等值钱之物，全部劫掳一空，稍有拦阻，即被戕害。此往彼来，一日数十起。无处不翻，无物不携。有的洋人十分凶暴，不但搜掳财物，还将器皿砸毁。有人家里不光细软遗失，连桌凳家具都被洋人用大车运走。有人被土匪明火执仗，屡遭抢劫。

洋兵将抢来的财物装进箩筐，抢夺大车来运走。拉车的牲口不够，就在路上抓住中国人代骡马拉车。御史陈璧方被联军抓住，做了拉纤的民夫。理藩院尚书怀塔布被联军拿住，让其先去搬运尸体。等尸体搬完了，又叫他负纤拉车。驾车的洋人，常用鞭子抽他的背。怀塔布回首斜睨而笑，连说："老爷别打，横竖这路，是我跑衙门跑熟的，包管不错。"在侍郎李昭炜的居所，有个小孩儿扔石头打伤了洋兵。洋兵不管三七二十一，将李昭炜抓到军营狠狠鞭挞了一顿，把他赶了出去。李昭炜走到御河边，支持不住痛晕坠落到桥下。御史于式枚正居住在贤良寺，闻讯急忙赶来救助才让他慢慢苏醒。

麦美德在日记中记道："俄军的行为极其残暴，法军也好不了多少，日军在残酷地烧杀抢掠……数以百计的妇女和女孩自杀而死，以免落入俄军和日本兽军之手，遭受污辱和折磨……在通州的一个井里有12个姑娘，在一个大水塘里，有位母亲正在把她的2个小女儿往死里淹。"意大利公使萨瓦戈说，联军攻占北京后，总理衙门的一位下级官员在围攻结束后来到使馆，告诉他们发生在崇文门大街西边令人发指的暴行，后来萨瓦戈亲自去了那里，看到小孩被劈开脑袋，脱光了衣服的妇女被残忍杀害——很可能先前已经被强奸了。萨瓦戈痛苦地说："我真希望我能够否认这一切，但我不得不承认，这都是事实。"

此时的北京，已经如同地狱。义和团的骚乱、残败清军的抢掠、八国联军的屠杀，京城的街道上到处都是尸体，有的地方尸积如山，惨不忍睹。当时正是8月盛夏，天气酷热，尸体腐烂后臭不可闻，还很容易引发瘟疫。洋兵到大街上强行抓中国人背尸体出城去扔掉，不管是达官贵族还是平头百姓，只要被抓住，就会被驱遣强迫背尸，稍有不顺，就是一顿皮鞭猛抽。那时近支王公、贝子、贝勒及宗室诸人，除随驾西逃的以外，留在京城的还有很多。怡亲王溥静被某国军队抓住，遭到一番毒打，又让他给士兵洗衣服，督察责罚极其严苛，溥静最终因困苦不堪而自杀。崇礼为联军所拘，日食以面饼数枚，食竟，即使人牵其发辫游行于路。克勒郡王寿岂与庆宽同时被捕，联军对其楚毒备至，逼令二人将死尸驮到城外丢弃，每天要往返数十次，不准稍息，每天只给一个面包，一盂清水。两人养尊处优惯了，哪里受得了这种辛苦，后来乘间去向议和大臣李鸿章哭诉，求他设法解救。李鸿章也无可奈何，安慰了一番就送他们回去了。许多王公、贝子、贝勒等，财产被联军抢光，生计日益艰难，只好拿出宝石顶和朝珠等物沿街求售，以换取糊口之资。

德军尤为强横，答辱公卿贵人，炮击太庙鸱尾，将皇宫城墙凿开为门，大治道途，穿城为铁道，通正阳门。德军还捣毁了大清的外交部总理衙门，在这里大肆屠杀义和团，屠场就在总理衙门正中的匾额"中外提福（寓意中外福安）"下面。

联军在京城四处杀人放火、奸淫掳掠，无恶不作，一些没有节操的官绅还给他们送万民伞、德政匾，以群众之名为其歌功颂德。

8月16日，也就是联军攻入北京的第三天，美国人麦美德登上前门城楼，她看到的是这样一幅凄惨的场景："这是一个令人悲哀的下午，我现在明白战争会使人间变成地狱。……城墙下横七竖八地躺着清兵和义和拳民的尸体，使馆区附近的建筑物都成了一片废墟。我们看到一群一群的难民，男女老少都有，正在逃离这个死寂的城市。我们看到几个城门的门楼在燃烧，还看到城中很多地方有大火。"

日本人植松良三在《北京战后记》中记载道："北京城内外惨状，颇有可记者。……居民四面逃遁，兄弟妻子离散，面目惨澹，财货任人掠夺者有之，妇女任人凌辱者有之。更可恨者，此次入京之联军，已非复昔日之纪律严明。将校率军士，军士约同辈，白昼公然大肆掠夺。此我等所亲见……据某华人云：北清妇女惧受凌辱，往往深窗之下自经者不少，其未受灾害者，仅于房外树一某国顺民之小旗，坚闭门户，苟延残喘，情殊可悯。不幸而遇掠夺军人来，将银钱献出，以求保性命而已。"

罗惇曧在《拳变余闻》中记载："城内外民居市廛，已焚者十之三四。联军皆大掠，鲜得免者。其祖匪之家，受伤更烈。珍玩器物皆掠尽，其不便匿藏者，皆贱值售焉。妇女虑受辱，多自到。朝衣冠及凤冠补服之尸，触目皆是。有自到久，项断尸坠者。其生存者，多于门首插某国顺民旗，求保护。"洋兵闯入居民家中抢劫的时候，遇到井里填满死人是常有的事。

瓦德西在《拳乱笔记》中写道："从塘沽至北京，凡军队行经之地，但见其一片凄凉荒废而已，即北京自身，亦因烧抢之劫而大受破坏，失所流离之民，据估计约有三十万人，但实际上似或多于此数。"又云："沿途房屋未经被毁者极为罕见，大都早已变成瓦砾之场，从大沽经过天津直到北京之路线上，至少有五十万人变成无屋可居。"

相对而言，美、日两军的军纪在联军中还算好的，时人记载："俄军界内，存者唯狗；法意军界，触目萧条，几无人迹；德军界内，惨况倍之；英军界内，虽有人烟，亦甚寥寥；日军界内，熙熙攘攘，往来如市；美军界内，安堵如故，市肆全开。"日军的表现让人有些意外，原因是日本人在甲午战争后初登国际舞台，急于展现自己所谓"文明国家"的形象，因此除了抢劫官署外，对占领区平民的骚扰不算突出。

八国联军占领北京后，曾特许军队公开抢劫三天。但事实上，抢劫行动一直持续到联军撤出北京才宣告结束。

当时一个英国人说："凡是我们需要的东西，都是派出一队一队的士兵去抢劫中国人而得来。中国人稍一迟疑，就免不了送命。"

英国记者辛普森对这些抢掠行动做了绘声绘色的描述：野蛮的印度士兵在昏夜中闯进教民妇女居住的屋子，各自抢劫女人头上佩戴的首饰，就是一根小银簪也要抢；矜持的德国人在乡村骑马而行，鞍上挂满大包，驱赶着前面的牛、马等家畜——都是在路上抢来的；凶猛的俄国人在满载颐和园中的掳掠之物后，还要将那些不便带走的珍贵物品加以破坏，有三个美丽无价的大花瓶遭受此劫，另外几件雕刻奇巧的玉器也同时被粉碎。诸如此类，不胜枚举。就连参与了这类劫掠活动的辛普森对此也颇有微词，称各国军队虽然服装、面貌各异，其实都是盛装骑马的盗贼，他们干的事没有什么差别，都是杀人和抢劫。

面对这些暴行，京城百姓只得想尽一切办法来保护自己，他们挂出白旗或匆忙制作出的各国旗帜，或者请洋人写张字条，说他们家已被掠夺过或此处财产已被某个欧洲人所占有，希望能使自己幸免于难。但即使张贴了类似的旗帜和标语，抢劫者们仍会将其扯下，毫不手软地进行劫掠。

康格夫人曾在《美国信札》中记载了这样一个令人心酸的故事："有一天，

两个俄国士兵闯进了一个中国人家里，大肆抢劫了一番，还试图侮辱那家的女人和孩子。作为丈夫和父亲，那人反抗了，但没有用。最后他拿出短笛，开始吹奏俄国国歌。那两个士兵听见歌声，放下了抢来的东西，终止了恶劣的行径。他们在这个乐手面前站得笔直，安静地听着那动听的乐曲，最后一个乐符结束时，他们向乐手致敬，然后空手走到了街上。"据说这名乐手是赫德乐队的成员。

在毫无节制、持续了多日的抢劫中，各国参与者都充分体现了他们鲜明的特点，譬如俄国人的粗野，法国人的凶蛮；相对而言，美国人要稍讲纪律，但美国的官兵大都是冒险家，他们"颇具精明巧识，能破此种禁令，为其所欲"（瓦德西语）。日本人和英国人的抢劫同样没有节制，但却是抢劫活动中组织得最好的。日本军队的抢劫多为集体行动，据称他们在每一次行动之前，指挥官的怀里都会揣一张北京的藏宝图，按图索骥，因而收获最丰。而且日本人抢得的财物都归国家所有，并不分给士兵。英国人稍有区别，他们的抢劫是自发行为，抢来的财物均须交出，一起堆在英国公使馆大屋里进行拍卖，拍卖所得会作为奖金在军队内部按照官级高低加以分派。这种拍卖活动进行了将近两个月，除了星期天以外，每天都有交易，最终金额达到了 33 万美元，分配时每份为 27 美元，分配份额如下：中将指挥官 10 份，将级军官 8 份，校级军官 7 份，上尉 6 份，中尉、少尉 5 份，准尉和印度军官 4 份，未受任命的英国军官 3 份，未受任命的印度军官 2 份，英国士兵 2 份，印度和华人士兵 1 份。这些只是已经交公的抢掠品而已。

后来联军统帅瓦德西在给德皇威廉二世的报告中说："此次中国所受毁损及抢劫的损失，其详数将永远不能查出，但为数必极巨大无疑。"

民间遭受的抢掠损失当然无法算清，光是公家的损失就已经够惊人了。据内务府后来报告，皇宫失去宝物 2000 余件，内有碧玉弹 24 颗、四库藏书 47506 本；颐和园是慈禧太后的夏季居所，园中存储的奇珍异宝极多，被联军洗劫一空；日军从户部银库抢走 300 万两银子和无数绫罗锦缎，还从内务府抢走 32 万石仓米和全部银两；钱法堂的数万串新铸铜钱、太常寺的金银祭器、光禄寺的金银餐具被联军搜劫一空；被联军洗劫后，天坛损失祭器 1148 件，社稷坛损失祭器 168 件，嵩祝寺丢失镀金佛 3000 余尊、铜佛 50 余尊、铜器

4300 余件等；法军从礼王府抢走 200 余万两银子和大量古玩珍宝，又从立山家抢走 365 串朝珠和价值约 300 万两银子的古玩；连一名大臣藏在深井中的 30 万两银子也被日军发现捞走；法军和德军抢去了古观象台的天文仪器，这些康熙年间制造的天文仪器，瓦德西认为其在科学上固已无甚价值，但在美术上具有极大价值。后来法国人以"天文仪器有一部分是法国制造"为由要求将其运回巴黎，瓦德西则认为这些仪器既然在德军占领区，那就应该作为德军战时捕获品看待。最后，法德两国不顾中方抗议将其瓜分（德多法少）。德军抢走了天体仪、纪限仪、地平经仪、玑衡抚辰仪和浑仪等，并将它们运到德国柏林，直到 1921 年才归还中国。这次抢劫事件引起了各国外交官和国际舆论的一致批评，传教士明恩溥说："这是欧洲大陆军队强盗行径的体现，他们得到最高长官的授权，他们的行为比董福祥手下野蛮人的攻击更加不可原谅……" 1860 年英法联军曾毁坏过的《永乐大典》和《四库全书》，这次再遭洗劫（现在在伦敦和巴黎的博物馆里还能看到它们）。事实上，在法国、美国或者英国的大博物馆中看到任何一件中国的国宝奇珍的时候，人们都有理由联想到 1900 年北京的那次浩劫，时人记载："当洋兵们撤出北京的时候，每人都带着几个大口袋，里面装着各种珍异之物，垂橐而来，捆载而行。"法军司令福里将 40 箱珍贵文物寄往法国；俄军将领利涅维奇带 10 箱物品回国；英军将数十尊精美的古铜佛寄送给英国女王；美国公使康格的秘书在回到美国时，携带的"个人收藏"塞满了几个火车皮。

就连传教士也加入了抢劫的队伍。据一个外国记者报道，有几个著名的传教士说，"收集那些被丢弃的东西不是抢劫，而只有从所有者手中获得财物才叫抢劫"，所以他们都得到了很好的皮货。有些报道则说传教士占据了北京王公富人的住宅，并打着为贫穷的中国教民募款的旗号，把其中的东西廉价出售。令人吃惊的是，有些传教士还参与了北京及其近郊地区的劫掠活动，那就是到教会受到攻击或者遭到破坏的乡村地区去进行"纳贡远征"。

1900 年圣诞前夜的《太阳报》刊载了对美国传教士梅子明的采访记录。在采访中，梅先生声称劫掠是正当的，他重复了其他一些基督教传教士的话："美国人温和的手比不上德国人的铁拳，如果你用温和的手腕对付中国人，他们就会利用它。"美国著名作家马克·吐温随后发表一篇名叫《给坐在黑暗中的人》的文章，对此进行了严厉抨击。在文章中，马克·吐温以辛辣的笔调嘲讽了这种所谓的"传教士的道德"："梅子明牧师已为每一个被杀害者索要到三百两银子，并强迫对所有被毁损的教徒财产给予充分的赔偿。他还征收了相当于赔款十三倍的罚金"；"梅子明先生从贫困的中国农民身上榨取了十三倍的罚款，以使他们、他们的妻子和无辜的孩子们慢慢饿死，然后将这样获得的财富用来传播福音。他这种搜刮钱财的绝技……是对上帝的亵渎，其可怕与惊人，是这个时代或任何其他时代都无法比拟的"。

海关总税务司赫德也说过，在欧洲人面前放一点点诱惑，就会很容易地使他们"退化到野蛮状态"。李鸿章在后来参加谈判时对西方文明国家的所作所为也感到非常费解。他在翻阅了《摩西十戒》后，建议"把第八条戒律（'不可偷窃'）修改为'不可偷窃，但可以抢劫'"。李鸿章虽然无力阻止联军的暴行，但他总会抓住机会拐弯抹角地讽刺那些"文明"国家的暴行。

在对北京占领期间，德国人是最引人注目的。德皇威廉二世听说公使克林德被杀，怒不可遏，立刻派出大帅瓦德西，点兵七千，杀气腾腾地赶赴中国。

7月5日，威廉二世在威廉港为德国首批军队送行时发表演说："战士们，水兵们，德国的旗帜受到了侮辱，德意志帝国的尊严受到了嘲弄。对此，必须进行具有示范意义的惩罚和报复……我派遣你们前往征伐，是要你们对不公正进行报复，只有当德国和其他列强的旗帜一起胜利地傲视中国，高高地飘扬在长城之上，强令中国人接受和平之日，我才会有平静之时。"

7月27日，当德国军队在不来梅港登船时，威廉二世站在登舰舷梯的平台上再次向他们发表了充满血腥味的演说："我们新生的德意志帝国，肩负着伟大的海外使命，远远超出许多同胞的想象。当德意志帝国的国民在海外受到威胁，帝国军队就有义务去拯救和帮助他们，这种在老德意志民族的罗马帝国无法完成的任务，新德意志帝国必须去完成。中国人杀害了德国驻北京的公使，这是对德意志民族的'侮辱'。像中国人这样，悍然置千年固有的国际法于不顾，以令人发指的方式嘲弄外国使节和客人的神圣不可侵犯性，这样的事件，在世界史上还没有过先例。这种罪行出自一个对自己古老文化感到自豪的民族，尤其令人发指。你们应该对不公正行为进行报复，要以1000年前入侵欧洲的匈奴人领袖阿提拉为榜样，对待敌人要像寒冬般冷酷无情，用残酷来建立自己的不朽声望。用你们手中的武器杀死碰到的每一个中国人，决不宽恕，不留活口。让中国人在今后的 1000 年中，也不敢再小看德国人！我终于知道等待德意志人民的未来是什么，我们仍需要获得的是什么，我们要成为那群反对西方的东方人的领袖，我要改变我的欧洲人民的头脑，一旦我们德国人证明法国人和英国人一点也不像白种人，倒像是黑人，我们德国人将站立于这群乌合之众之上！"这场激情演说在德军官兵的欢呼声中结束。

就在威廉二世在不来梅军港号召德军学习匈奴人时，德国外交机器紧急行动，谋求德国对联军的指挥权。自从列强决定联合镇压义和团运动后，各国就开始积极争夺联军的指挥权。大英帝国是当时的世界老大，但之前由英国人西摩尔率领的军队行动失败，让英国人威信扫地，而且被南非"布尔战争"牢牢拴住的英国，此时也无法派出精锐部队，难以与庞大的俄、日军队相比。俄国人在日军介入之前是联军主力，但他们与英国是战略敌对方，因此，俄国不指望自己能获得指挥权，但也坚决反对英、日或美国获得指挥权。后期出兵人数最多的日本，则忙于消化甲午战争的果实及筹备对俄的战略抵抗，本就不希望中国发生动乱而打乱它的战略部署，而且面对俄、德等国咄咄逼人的"黄祸论"，日本人的策略就是韬光养晦，多干活少出头。其他各国，则或因军力不够，或因国际地位不高，难以胜任。

德国人此时不仅占着"理"——公使在北京被杀，而且占着"势"——在以英俄对抗为主旋律的远东国际政治舞台上，他们既得到俄国支持，也能被英国接受。尤其重要的是，德国也出了"力"——德国派出了 7000 人的侵略军，从欧洲本土赶赴中国。经过一番极为复杂的多边外交斡旋，各国终于表态同意。

出任世界近现代史上第一位多国联军统帅的，是时年 68 岁、曾担任德军总参谋长的瓦德西大将。瓦德西当时已处于半退休状态，威廉二世推荐他出任联军统帅，也是为了帮助他获得更多的野战资历，以便在退居二线前还能再上一个台阶，把军衔升格为元帅。

受命之后，瓦德西立即率领参谋人员于 8 月 19 日离开柏林前往中国。此时，联军已经攻占北京，瓦德西这位总司令实际上成了德国的外交特使，他的征程也被媒体戏称为"瓦德西演出"。他先乘火车去拜访了奥匈帝国皇帝、意大利国王，然后从意大利热那亚乘坐商船前往香港会晤香港总督，随后乘军舰在 9 月 21 日抵达上海，25 日到达大沽口，27 日正式进入天津城，担任联军统帅。10 月 17 日，瓦德西将联军司令部移到北京。北京的联军为他举行了盛大的入城欢迎仪式。美军和英军（印度人）骑兵担任入城先导部队，跟在瓦德西后面的是联军司令部人员和前来欢迎的各国军官，日军骑兵殿后。从入城到抵达下榻的中南海，沿途均有各国士兵站岗致敬。瓦德西向德皇威廉二世报告说，全北京城的西方人都出来迎接他了，还有很多华人。瓦德西入城后，德军在城墙上鸣放礼炮，这些大炮都是清廷购置的克虏伯大炮。移驻北京后，瓦德西继续奉行强硬的大棒政策，拒绝接见清廷议和代表李鸿章和奕劻，他在发给威廉二世的报告中说："对待中国人切勿让步，因为中国人将每一种让步都视为软弱的表现。"

　　瓦德西到任时，大规模的战斗早已结束，京津地区均在联军的占领之下。为了展现"德国匈奴"的冷酷，瓦德西制定了各种方案，要求联军对京津周边地区进行"惩罚性的军事报复"，各国在不同的战略动机下附和并参与了其中的部分军事行动，京津地区和东北、山西、山东等之前已被义和团暴乱洗劫过的地区，再度遭到联军的扫荡。

　　德国军队在中国登陆后，瓦德西将其分为三部分：第一旅队驻北京，第二旅队驻保定，第三旅队驻天津。在德皇的命令下，德军在北京的劫掠和随后的行动中最肆无忌惮。意大利公使萨瓦戈记载道："瓦德西特别醉心于死刑，要尽可能多地抓获拳民，处死他们，并当众砍下他们的脑袋，然后将其头颅悬挂在城墙上——很多时候城墙都已被夷为平地。"据杨柳青某士绅记载，德军每经过一地，如疾风暴雨骤至，所到之处，无论官绅百姓，都有被杀被伤的。在北京附近的永清县，时任县令的高绍祥记载了当时德军的如下暴行：1000 多名德军来到永清县西门，未加警告便开枪打死清军和百姓 200 余人。高绍祥和一名游击出城说理，被德军士兵用枪托打倒在地，将两人辫子结在一起，罚其长跪于雪地中。随后德军又将城内来不及逃走的 400 多居民困在城中，直到勒索到一大笔银子后才打鼓吹号、摇着旗子回去了。高绍祥回到城内，见死尸狼藉，侧裂心肝。

　　1900 年 10 月 12 日，德、法、英、意四国侵略军 1 万多人分两路进犯保定。李鸿章急令护理直隶总督廷雍严谕将士，不要轻用武力挑衅，可派弁目执白旗相迎。让清军退出保定，转赴河间一带剿办拳匪。荣禄率武卫军逃往山西。守卫保定的3万清军也相率奔逃，沿路屠杀义和团。法国在10月12日前抢先派出军队于10月13日开到保定。廷雍率官绅开门迎接。19、20日，两路侵略军相继侵入保定。联军以纵容义和团杀害传教士的罪名，将护理直隶总督廷雍和守尉奎恒、参将王占魁三人枪毙，并枭首示众。将各城门楼和义和团住过的地方用炮轰毁。

廷雍是清朝宗室，满洲正红旗人，贡生出身。1900年春，义和团兴起，时任直隶按察使的廷雍极力主张扶植，而直隶布政使廷杰主张镇压，两人为此经常发生激烈争执，直隶总督裕禄对此不置可否。根据保定知府沈家本的建议，将天主教传教士和教徒都迁移到清苑县东闾村和徐水县安家庄两个教徒村，由官府拆毁城内天主教堂，以平息局面。同年6月，清廷明确表示支持义和团后，将主张镇压的布政使廷杰调离，而将主张扶植义和团的廷雍升任直隶布政使。廷杰奉召入京时，廷雍想乘他交印后，嗾使义和团将他杀掉。幕友等力劝不可。廷雍就用六百两银子雇用了六个拳民，假装保护廷杰入京，想在路上把他杀掉，但未能得逞。

直隶的教堂在短期内几乎全部被义和团烧毁、许多传教士被杀害，在保定的新教传教士全部被杀，其中包括北关教堂的美北长老会传教士，南关教堂的毕得经牧师等美国公理会传教士，以及在保定的英国内地会传教士，传教士及其子女被杀共23人，同时中国教徒被杀100多人。屠杀在6月30日和7月1日两天进行，地点在保定南城外凤凰台。廷雍一向憎恶洋人，在屠杀发生时，他下令紧闭城门，不使教民和传教士逃脱，并派张协戎督兵镇压教民。

消息传到天津的洋人那里，他们非常震惊，从此在心里种下了对廷雍仇恨的种子。

7月，八国联军攻陷天津，直隶总督裕禄上书请辞，被慈禧革职留用。

7月8日，清廷调任李鸿章为直隶总督，但李鸿章迟迟不愿北上赴任。

8月5日，裕禄在天津杨村兵败自杀，廷雍被朝廷委任为护理直隶总督。

10月11日，直隶总督李鸿章抵达北京议和，下令官民不准抵抗联军。

联军以保定的义和团曾经杀害传教士，幸免者还逗留在那里，扬言要去兴师问罪。经过共同商议，推举英国提督介斯星率领英、法、德、意四国士兵，于闰八月十九日（10月12日）由京津同时拔队前往。

10月16日，四国军队抵达保定时，法国的游骑兵已先期而至。凡各处要塞，均已悬挂法国国旗。那时清军早已撤往他处。

廷雍见联军大举到来，率所属各官到郊外相迎，以牛酒劳师。

联军起初并无动作，只让廷雍回署，派三百名骑兵入城，绕着城厢转了一圈，将各国旗帜插遍城墙。

10月23日夜，联军将廷雍和守尉奎恒、参将王占魁拘捕，关押在北大街原福音堂内。

11月6日，联军设公案于直隶总督府大堂内，各国统帅以次列坐，士兵将廷雍等三人提来跪在阶下，按照《大清律例》进行审讯，一个一个问他们为什么要杀害传教士。

廷雍侃侃而对，再三辩驳，联军统帅几乎无法让他屈服。

联军指挥官又问："我们听说除了你之外，保定城里还有不少士绅参与了庇护义和团、迫害传教士，有这事吗？"

廷雍说："保定的士绅向来听从命令，此事跟他们没有关系，都是我一个人造成的。如今事已至此，要杀要剐随你们的便，问这么多干什么？"

联军指挥官见他是条硬汉，就按照西方法律判处他和奎恒、王占魁死刑，并特意选在当初廷雍屠杀传教士的凤凰台行刑。

随后，三人被押到临时搭建的行刑台上，被联军全部枪毙了。

行刑后，联军将廷雍的脑袋割下来挂在保定城门上，悬首示众。

很多保定人都为他的遭遇感到悲哀。

廷雍被杀后，其妾燕佳氏也服毒自尽。

道员谭文焕因首率拳民进攻天津租界，也被联军杀掉。谭文焕是行伍出身，改捐道员，被革职后开复，分发直隶候补。谭文焕积极支持天津义和团活动，清廷对外宣战后，谭文焕禀商直隶总督裕禄与义和团联络，发给军械，亲自参与攻打紫竹林租界和守卫海光寺的战斗。后奉裕禄之命为义和团办理粮台事宜，作为其与义和团的联系人。

天津失陷后，谭文焕乘水师营炮艇数艘，携带姬妾和大量财物逃到津郊杨柳青，准备筹措粮食接济团民，炮艇停泊在杨柳青城下，舟中丝竹时作，仆从声势煊赫。很快杨柳青失守，谭文焕又逃到静海独流镇，与义和团首领曹秉义取得联系，准备赴沧州设立义和团粮台，并调山东老团，准备复仇举事。

谭文焕被义和团推崇，在天津时得到大量不义之财。有人将他的斑斑劣迹告诉李鸿章，说他的罪过其实在寻常纵匪、信匪官员之上。李鸿章闻言大怒，电饬直隶藩司廷雍将他拿获正法。之前，谭文焕曾亲往保定谒见廷雍，盛赞义和团忠勇可嘉，自己带来的几个大师兄都有神奇的法术，请试验后予以重用。廷雍见时局已变，没有答应。谭文焕失望地离开了。没过几天，廷雍就接到李鸿章严拿谭文焕的电令，急命游击范天贵追捕。谭文焕逃到高阳，在拒捕中，击伤八名兵勇后逃到青县。廷雍密令驻扎在沧州的梅东益派兵捉拿，谭文焕再次闻风逃跑。梅东益急请新任水师营副营黄星海驾舟追捕，在中途将其捉获，舟中财物已所剩不多。谭文焕被解送到保定。

那时正关押在大牢中。联军经过短暂审讯，判处谭文焕死刑，将其押往天津，处以枭首之刑。

保定知府沈家本经审讯无罪，被联军释放。

联军将保定各城门楼和城东北角的城隍庙、三圣庵等处用大炮轰毁，以示罪城之意。

联军的这种惩罚性的侵略进行了很多次，遍及北京、天津、直隶、山西等地区。每次侵略时联军都会打出"剿除拳匪、解救传教士和教民"的旗号，但事实上他们往往是打听到某处有金银财宝才会采取行动。这些纯属抢劫的行为往往被冠以军事行动的名义，当时被联军称为"惩罚野餐"。在侵略娘子关的一次行动中，德、法联军甚至因为误会而相互攻击：德兵冲上娘子关山头，鸣炮庆祝，却忘记将大炮内的炸弹取出，炮弹呼啸着直向娘子关射去，直接命中了关门。当时娘子关已由法兵驻守，在黑夜中突遭炮击，他们以为是清军来反攻了，随即开炮还击。双方猛烈交火，互相开炮对轰，直到天亮了才知道是一场误会，此时双方已是死伤累累。

南至正定，北至张家口，东至山海关，均在联军势力圈内。联军往来逡巡，足迹殆遍，凡是拳匪巢穴，无论官衙民居，遇到就举火焚毁，往往全村遭劫。

根据马士的统计，从 1900 年 10 月到 1901 年 4 月，联军一共派出了 46 支侵略军；其中有 35 支完全是德国军队，4 支由意大利军队组成，其他 7 支由各国军队混合组成。显然德国人的"报复行动"并没有得到太多响应。瓦德西不断的"惩罚式"侵略，逐渐成为德国人的独唱，甚至还遭到了美国的严正抗议。

经过长时间的骚乱、动荡和杀戮后，京津一带死尸遍野，惨不忍睹。摄影师詹姆斯·里卡尔顿在此期间拍摄了大量的照片，他说，当时在天津的白河上，每天都要派人用长木杆到特定的河段去疏散拥堵的尸体，使之顺流而下，在这些漂流物中有不少人头和许多无头的尸身。另一个外国人埃玛·马丁在沿运河从北京去往天津的路上，对此也作了描述："沿途有许多被枪打死的中国人的尸体，这些尸体在阳光下腐烂发臭，任凭狗咬蛆吃。许多尸体漂浮在水中，发出阵阵恶臭。"类似的记载还有很多，当时进入北京的法国军人绿蒂所著的《在北京最后的日子》中曾这样描述当时的惨状："遍地尸骸和瓦砾，除了出没的狼群，还有被人肉喂饱的凶残的野狗在游荡，自今年夏天以来，它们已经不满足于只吃死人了。"这篇日记的时间为 10 月 20 日，他描述的是早已成为废墟的皇城一带。

李希圣在《庚子国变记》中说："京师盛时，居人殆三百万，自拳匪暴军之乱，劫盗乘之，所过一空，无免者。坊市萧条，狐狸昼出，向之摩肩击毂者，如行墟墓间矣。"

美国人麦美德曾这样反思："人们会说中国是自取其祸——这不是战争，而是惩罚。但是，当我们能够分辨善恶的时候，为什么还要采用使欧洲文明史蒙羞的残暴行为，在 19 世纪的最后几页留下污点呢？"

康格夫人在《北京信札》中说："事实仍未改变，中国属于中国人，她从来就不希望外国人站在她的土地上。外国人来华后会把他的生活强加给中国人，破坏让他们的政府有序运行的车轮上的嵌齿……在最后一搏中，她积聚了不当的力量，试图把外国人和他们造成的影响从她的土地上清除出去……然而……她所采用的方式却是极其可悲的。"

八国联军在中国滥杀无辜在国际上也激起了反抗之声。德国社会民主党主席奥古斯特·倍倍尔在德国议会上慷慨陈词："这是一场彻头彻尾的掠夺战争和报复行为，是一次名副其实的暴力行为。"

1901年11月23日，美国作家和政论家马克·吐温在纽约公共教育协会上发表的《我是一名义和团》的演讲中说："为什么不让中国人摆脱那些外国人？既然我们并不准许中国人到我们这儿来，我愿郑重声明，让中国人自己去决定，哪些人可以到他们那里去，义和团是爱国者，我们祝愿他们成功。义和团主张把我们赶出他们的国家，我也是义和团，因为我也主张把他们赶出我们的国家。"

在华工作了半个世纪的大清海关总税务司英国人赫德，毕生积蓄在1900年夏天的动乱中被义和团洗劫一空，但他仍然这样警告自己的同胞："军事示威能持续到把全部现有及可能出现的团民都斩尽杀绝为止吗？但是怎么能把中国的四亿人民消灭光呢？两千万或两千万以上的人武装起来，受过训练，而且又受到被误解了的所谓爱国教育的团民，将使外国人不可能再在中国住下去，他们将从外国人那里收回从中国夺去的每一样东西。今天的这段插曲不是没有意义的，那是一个发生重要变革的世纪的序曲，是远东未来历史的主调，公元2000年的中国将大大不同于1900年的中国。"

第三十三章　两宫西狩

七月二十一日（8月15日），两宫车驾逃出京城，前行九十里，日暮抵达昌平贯市。晚上住在一座破旧的清真寺里。慈禧召见寺中的老回民，问他："你有现银吗？我出行仓促，未带一钱。"老回民奏道："为人解镖有八百金。"慈禧命他尽数献上。当地老百姓闻讯送来高粱粥，用桶装着抬到寺中，高声呼喊道："请娘娘们喝粥。"老回民立即摇手禁止道："此是何等地方，敢作野人之声？"慈禧和光绪已经一天没有吃饭了，饿得头晕眼花。走得匆忙，没带碗筷勺子，只好用手捧着吃。慈禧边吃边哭。光绪也哭。宫人随从饱餐高粱粥。与当年唐明皇出狩相比，情形无异。晚上天冷，求卧具不得，有村妇拿来布被子，洗过还没晾干。太监在屋里点燃豆萁，烧火取暖。大家纵横交错地躺在一起睡。

甘肃布政使岑春煊率兵勤王，奉命前往察哈尔防堵俄国人，听说两宫到了贯市，忙从昌平赶来护驾。慈禧对他痛哭了一场，说道："我不幸误听那伙人的话，沦落到今天这个地步。"慈禧怒气冲冲地瞪着李莲英。李莲英吓得惴惴不安，面无人色。先前慈禧曾议论道："旬日以来，洋鬼子尚未杀尽，难道是赏赐之力不够吗？今欲专注此事，当用何法？"李莲英首先提议道："依奴才之见，凡得洋鬼子首级的人，立赏百金，杀掉有名的酋目，赏千金。几天之内就可将洋鬼子全部杀尽。"慈禧点头赞许他的建议。等到联军攻进北京，慈禧才知道李莲英的计策完全没用。此时李莲英也知道忧惧，不敢再说大话，害怕太后将罪责推给自己，性命不保。在逃亡途中，慈禧颇泄愤于李莲英，时时对其怒声詈骂。李莲英不敢作一语，只是努力做出小忠小信的模样。慈禧最终没有定他的罪。李莲英是慈禧最宠信的太监，离了他，吃不饱，睡不香。

贯市有个姓李的富商，以保镖为业，许多在北方的行旅都雇他保护旅途平安。给了大量金钱后，慈禧和光绪换了他的骡轿上路。

慈禧仓皇出走，惊悸非常，岑春煊来了，心才稍稍安定下来。

8月15日早晨，王文韶乘坐小轿进城，才知道两宫已于黎明仓促出宫了。因后门和东华门均已关闭，不能回家，就于巳刻和次子王稚夔冲出后门。在路上看见荣禄昏在轿内，轿夫都已四散逃走。荣禄对他说："大事无望了。你我均不信拳匪，如今竟致太后于此。你若见到太后，就说我正在整招军队。若我命能保，稍后必前去随驾。"辞别荣禄，王文韶困惫至极，想到灵鹫庵小憩一会儿。灵鹫庵在安定门和德胜门之间，庵中僧人因洋兵进城，逢庙必烧（因庙中都藏有义和拳），深为焦急，那时安定门到德胜门城门上都有洋兵教民来往放枪，街市间也多有洋兵行走，因此坚决不肯收留他们。王文韶不得已，就到间壁在内务府当差的韩姓旗人家里暂避，车夫、轿夫都已各自逃命。到下午，听说西直门还开着，可以出入，就将车马和一切物件，一概丢在韩家，只带上银钱和随身替换衣服出行，等到天黑，随众出城。临近嘎嘎胡同时，天又下起大雨，就到景宅（景善家）借宿一宵。那时城内枪炮声已停，但见后门外火光满天，彻夜不绝。到寅初，探知西直门已开，洋兵未来，华兵已逃，路上逃难者不计其数，无人盘问。

王文韶本想坐车出城，但见沿途有兵勇抢劫车辆、牲口，让刘弇等将车马押出城外，差点被抢去。自己与儿子步行出西直门，到大桥外，才坐上轿车。

次日骑驴上路，所带随从仅剩五六人，都徒步跑至海淀。王文韶腹中饥饿，欲觅一饭，饭铺已关门，只好沿途寻觅，勉强得了点吃的，饭后继续前行，走了七十里，来到贯市，听闻圣驾已过，就在该处过夜，次日继续追赶两宫。

此次出京，危险至极，沿途居民铺户，均被溃兵以随驾为名（那时驾尚未出）西行抢劫，户户皆空。到圣驾驻跸时，万骑千乘，强买强取，更不堪入目。圣驾经过后，几乎没有遗留。

七月二十二日（8月16日），两宫出居庸关，光绪坐在车内，慈禧坐在车外。突然弹飞如雨，光绪请慈禧入内躲避，自己坐到车外，慈禧坚决不许，说："皇帝是宗社所重，我已老了，无妨。"

行至岔道时，兵已不满二百。辰刻，天降大雨，走到关沟时，山水涨发，銮舆冲水而过。

延庆州知州秦奎良前来进膳。但他带来的食物有限，不能让所有随从都吃到，有人口出怨言。秦奎良有些害怕。慈禧安慰了他一番，换了他带来的蓝呢轿，把他打发走了。

岑春煊扈从勤勉，晚上两宫住在一座破庙里，他彻夜持刀站在庙门外守卫。慈禧在梦中忽然惊叫了起来，岑春煊朗声应道："臣岑春煊在此保驾。"慈禧深为感动，哭着对他说道："若得复国，必无敢忘德。"

沿途各铺户均闭门逃遁，到处均无从购物。两宫仓皇西逃，一路风餐露宿，无人接待，饥寒交迫，狼狈不堪。随侍慈禧的宫女荣儿事后回忆道："人千算万算也有算计不到的地方。老太后这次出走，什么都不带，只随身带了些散碎银子，以为沿途一定会有卖东西的。有钱能使鬼推磨，这种想法到现在完全落空了。由海淀奔温泉，由温泉北上到居庸关的古道，原来是南来北往的要道。做买卖的，开客栈的，尤其是驿站，都应该有人支应，可现在都跑得一干二净。那些败卒残兵，有什么抢什么，一帮一帮戴红头巾的义和拳也是有什么拿什么。殷实一点的人家都躲起来了，剩下不藏不躲的人也就穷得只剩一条命了，目前的光景是有势力没处用，有银子没处花。一两银子也换不出一口吃的来。"

七月二十三日（8月17日），天色阴晦，外面没有消息，沉闷极不可耐。怀来知县吴永终日与署中幕僚亲友楚囚相对，气象阴惨，昏昏然不知身在何处。吴永是曾国藩的孙女婿，曾做过李鸿章的幕僚，到此任职已有三年光景，为官清廉，勤政爱民。义和团在华北蔓延，怀来也深受其扰。朝廷对外宣战后，怀来县城就被义和团控制了，几道城门都有拳民把守，不准官民随便出入。

看天色渐黑，吴永让仆人准备晚餐，打算举酒浇愁，暂图一时暝醉。忽有

拳民送来一份急牒，说是紧要公文，心突突跳个不停，想此时必没有好消息。随即又有家人递来粗纸一团，无封无面，已皱如破絮，吴永站起来小心翼翼地将其在案桌上抚平，像是一张横单（名单）。在灯下仔细观看，上有字迹数行，如下所示：

皇太后

皇上　　　　满汉全席一桌

庆王

礼王

端正　　　　各一品锅

肃王

那王

澜公爷

泽公爷

定公爷

�贝子

伦贝子　　　各一品锅

振大爷

军机大臣

刚中堂　　　各一品锅

赵大人

英大人年　　各一品锅

神机营

虎神营

随驾官员军兵，不知多少，应多备食物粮草。

光绪二十六年七月二十二日（8月16日）

年月日上盖着延庆州的州印。才知延庆知州秦奎良带印公出，两宫圣驾在岔道住宿，离怀来县境只有数十里。阖署惶骇，不知所出。幕友都怀疑这张横单是伪造的。吴永仔细辨认字迹，确认是知州秦奎良亲笔所写，按理说不会有误。有人说即便真是御驾，此山谷荒城，如何办此大差？不如置之不理，听其自去。既无正式上官命令，乱离仓促中，谅必也不至于怪罪。若供应不如意，势必遭受严厉谴责，岂非自取其咎？还有人劝吴永弃官而逃。众人仓皇聚讼，莫衷一是。吴永踌躇再三，想到自己身为守土官吏，拿着朝廷俸禄，岂有君上遭遇患难而途人视之的道理？祸福固然不可测，但尽职而得祸，也可于心无愧；就算巧妙躲避而侥幸保全自己，内心终觉恻怛不安。只有尽力而为，前途祸福，就听命于天吧。于是决计迎驾，不再反顾。

怀来本是京绥孔道，辎车驷马，络绎不绝。因此特置两驿、四军站，设有驿马三百余匹，平时供张仆役，器具干草，颇有储备。无奈此时地方秩序已乱，严城之中，内外隔绝，驿务停顿废弛，百物悉遭损耗。原有驿马，多为溃兵所掠，现仅存五六十匹。其余器物，更加无从征集。但岔道离怀来所属的榆林堡只有二十五里，从榆林堡到怀来又有二十五里，相去只有五十里。明日必当启跸，第一站就是榆林堡。向例大差过境，必当在此地迎候，预备休息打尖；无论如何，万不能不稍有供应。堡中平时本住有司事数人承办驿务，于是先派急足前往知会，命其就地安排饮食。怀来县署雇有厨师三人，厨役十数人，也是办差之需。于是先派一人，携带下灶及蔬果海味等物，黾夜赶赴榆林堡帮同该站司事治办一切，但守门拳民坚决不肯放行，不得已只好用绳子将他从城墙上放下去。这时精壮的拳民都进南山打二毛子了，城中只剩下老弱拳民三四百人。吴永晚上要出城，为首的拳民质问他有什么事。吴永说："前往迎接皇太后、皇上圣驾。"拳首厉声道："他们都已逃走，何配称为太后、皇上？"吴永说："皇上出京巡狩，全国之内都可行。如我是知县，私行出境，才可称为逃走，若下本县各乡去办公，也可说是逃走吗？"拳首转头看着同伴说："这是二毛子口气，应当宰了。"众人于是大呼着想闯进暖阁门。吴永急忙奔入，对马勇说："有入二堂的，立即开枪射杀，不要稍有顾忌。"拳民闻言大惧，相率出署，逼迫市肆居民每家出一人，头上包一块红布，各执灯笼，登城做防守状。那时京畿溃兵，日夜北行，如蚁如潮，络绎不绝，都从城外经过。他们恨拳匪切齿，看见红布蒙首的人，若认为是拳匪，用大炮轰击，城民没有捍御之具，岂不万分危险？吴永深为忧虑，但无法禁止。他有一个侄儿在衙署请博野诸生某君课读，某君自言："我与拳民大师兄某是同乡，我去劝说他，让他率众下城。"吴永高兴地说："很好。"让他赶快去。过了一会儿，他仓皇地返回来了，神色沮丧地说："我去见那个头目，刚开口，他就怒目说道：这是二毛子的说客，快开刀杀掉，不要轻易放过。立即有数人把我捆起来，反接两手，摔令长跪。我叩头哀求了好久，才把我放了。"他瞪着吴永说："今天为了你，差点性命不保。实堪念叹！"吴永对其再三慰藉，仍悻悻不已。

吴永的姐夫缪延福，前月正好避难来署，吴永就请他多写些"尧天舜日"等颂扬朱联。西关有行台一所，本是大员往来过境的公馆，就预备将此作为行宫，连夜裱糊墙壁张贴对联，悬灯结彩，扫除陈设，粗有可观。一面飞请本城官绅筹商一切，请他们转谕居民商肆，相与协力为助。诸绅突闻圣驾到来，都相顾错愕，不敢发一语，吴永好言宽慰道："不用担心，只需要嘱咐本城居民，将贮存的食料拿出二分之一，多制备食物、米饭、蒸馍、烙饼、稀粥等物，越多越好，若能配上蔬菜干和咸菜就更好。所需价额，将来均由本县负责偿给，绝不相累。"

众人哄然应道："如此易办，决当遵命。但拳民顽梗，不可理喻，恐父台不能出城，该怎么办？"吴永说："这个不消多虑。我是守土官，奉旨迎驾，非出不可。这些人向来自称义民，今御驾将临却不准我前去迎接，就是造反。惩治反贼，我自有严法，有什么好顾忌的？"那时署中募有马勇二十名，装械整饬，颇勇敢能效命。吴永将其队长传来，当众下令道："你们明天派八个人随我出城迎驾，可整枪实弹，直接从西门出去。有人敢阻挡，就发枪射击，格杀勿论，我自负其责。"队长唯唯听令。

吴永与诸同寅商量，教官、县丞、主簿都在座。吴永说："我明天拂晓就出城，几个门都被拳匪用泥土堵住了，此时马上开塞搬运也来不及，只有绕道出西门。但东门正当辇道，不能让銮舆绕道西门进来。请诸君立即掘土，打开东门，用堵城的泥土将街心积水坑填平。若有人出头违抗，必杀无赦。"诸人均承诺退去。

正忙乱间，忽见之前派出去的厨役跟跄而前，血淋淋满襟袖，对他说道："小的雇了两头驴子将肴核驮载出城，才走出两三里，两头驴子就被游勇抢去，食物全部丢在地上，小的右臂被刀砍伤，只好回来了。"吴永无可奈何，姑且置之。县城向来没有猪肉铺，吴永命厨夫杀三头猪，除置办筵席外，别以大锅三口，烂煮杂烩蔬肉。忙了一夜，部署初定，东方已白了。

　　吴永的先室曾夫人，在去年己亥小除日（小年）逝世，没有子女。此时尚未续娶，只有前月来署的姐姐姐夫、一嫂一侄、几个幕客和避难来署的京官旧友，此外别无眷属。只得托姐夫缪延福代为主持照料。借用民房、铺户、庙宇，嘱咐他布置扫除，作为王公大臣和随扈官吏的公馆。吴永随即自行检点各事，忙碌了一夜。天刚拂晓，就带着马勇八人，策马径向西门而去。当时义和团的间谍遍布吴永左右，他的一言一动，无不向外报告。吴永昨晚对马勇下的命令，拳民全都知道了，因此不敢相阻。路上红布狼藉满地，拳民听说官兵将至，恐受屠戮，急忙扯脱抛弃了。

　　出城八九里，忽然大雨如注，吴永还穿着补服，雨水淋漓遍体。幸亏他带着紫呢外罩，立即披在外面，在凉冠上加了个油兜，冒雨前行。道路本就坑洼低湿，这时更加泥泞不堪难以纵马奔驰。风吹湿衣，寒冷彻骨，吴永在马上颠簸瑟缩，困顿之状不可描述。好在过了一会儿雨就停了。有一乘驮轿迤逦而来，一骑为其前导。吴永不知是何人，松开油兜外罩，将马停在道旁等候。俄而轿子至近，前骑高声问道："来者是怀来县令吗？"吴永应道："是的。"骑兵说："这就是军机赵大人。"乘舆已行至身畔，吴永正准备下马，赵舒翘掀开帘子止住了他，问："前去有无馆舍。"吴永答道："大人公馆，谨已有所预备，只是得信仓促，恐怕不太周到。"赵舒翘说："有馆舍即可，两宫饥寒已两日夜，情状极困苦。洋兵打进紫禁城，情势不能不走。你只须竭力按需供应，使两宫暂得安适，稍苏积困即可。大驾随后就到，你可立即前去迎驾，我就不多说了。"

　　巳正，吴永带马勇抵达榆林堡。居民已逃徙一空，街市上的房屋全部关着门，寂然无人烟。寻到站所，仅有管驿家丁董福一人还留守未去。问以所事，董福说："全堡已空，稍有余物，也被兵匪掠尽，更无法搜集。驿马只有老赢的五匹，余下的全被乱兵抢去了。此堡有骡马店三处，如今可以选择较为宏整的以备圣驾小憩。几椅铺垫，夹板门帘，朱拓字画，都略有陈设。我本来让每家店各煮绿豆小米粥一大锅。两家店煮的粥已被诸军吏卒掠夺一空，这个店的粥也差点被攫食，小的再三央告，说这是预备御用之粥，始获保存，现在剩下的只有这个了。"吴永说："现在已没有别的办法，唯有力保此锅，不要再被人劫去为要。"自坐在店门口的石墩上，命马勇荷枪侍立，就无人敢入店。

俄而见肃亲王善耆乘马先到。他是吴永的都中旧识。一见就向他致语道："皇太后乘延庆知州的肩舆走在最前面，后有四乘驮轿，皇上与伦贝子共坐一乘，后面皇后坐一乘，再后面大阿哥坐一乘，最后是总管太监李莲英坐一乘。接驾报名时，等四人轿和第一乘驮轿入门，就可起立。"吴永唯唯谨记。旋见十余个导骑，驰骋而来，前骑传呼驾到。远远望见四人抬着蓝呢大轿，将至店门，吴永跪唱道："怀来县知县臣吴永跪接皇太后圣驾。"接着过来一乘驮轿，里面对坐着二个人，吴永又高唱道："怀来县知县臣吴永跪接皇上圣驾。"报名完毕，站起身来，仍然坐在门外石磴上候命。又见双单套骡车七八辆，是谨妃、庆王两女、宫女、女仆、各项首领太监，都陆续进店。其余扈跸王公军校，都散立在街衢或店铺门外，骑步兵卒有数百人，纷错不整。个个脸上都现出饥疲之状。

纷扰略定，忽然一个太监走出门外，大呼道："谁是怀来县知县？"圆睁双眼，大腹便便，声音锐厉，仿佛如演法门寺。吴永后来才知道他是太监二总管崔玉贵。吴永站起来说就是自己。崔玉贵又厉声说："上边叫起，快随我走！"吴永见他气势汹汹，心想或许会有谴责，私下询问他上意吉凶。崔玉贵说："这哪知道，且碰你造化。"径直抓住他的手腕往前走，入院到正房门外声报。里面的太监才掀开帘子让他进来。

那间屋子是两明一暗，正中设一方案，左右摆着两把椅子，太后身穿布衣梳着椎髻，坐在右面的椅子上。吴永立即跪报履历，并免冠叩头。慈禧先问了他的姓名，吴永如实奏答。慈禧又问："你是旗人还是汉人？"吴永奏言："汉人。"慈禧问："是何省人？"吴永答道："浙江。"慈禧又问："你的名字是哪个永字？"吴永仓促间不记得其他的话，信口作答道："长乐永康之永。"慈禧说："哦，是水字加二点吗？"吴永应声称是。慈禧又问："是何班次，何时到任？"吴永一一陈奏。慈禧问："到任几年了？"吴永说："三年了。"慈禧问："县城离这里有多远？"吴永说有二十五里。慈禧问："一切供应有无预备？"吴永谨奏道："已敬谨预备，只是昨晚才得信，实在来不及准备周全，不胜惶恐。"慈禧说："好，有预备即可。"说到这里，忽然放声大哭道："我与皇帝连日遍行数百里。竟不见一百姓，官吏更是绝迹无踪。今日到你的怀来县，你还身着衣冠来此迎驾，可称忠臣。我不料大局坏到如此。我今见你，仍不失地方官礼数，难道本朝江山仍然安全无恙吗？"声音甚为哀恻，吴永也不觉随之痛哭。

慈禧哭罢，又自述沿途困苦的境况："连日奔走，又不得饮食，既冷且饿。途中口渴，命太监取水，有井而无汲器，或井内浮有人头，不得已，只好采高粱秆与皇帝共嚼，略得浆汁，即以解渴。昨夜我与皇帝只得一张板凳，相与贴背共坐，仰望达旦。晓间寒气凛冽，森森入毛发，极其难耐。你看我现在已经完全变成一个乡下老太婆了，就是皇帝也很辛苦。今日到此已两天没吃东西了，肚中十分饥饿，此处是否备有食物？"

对慈禧来说这是一落千丈的境况，与在宫中时相比简直是天堂与地狱的差别："太后之榻铺毡其上，毡之上置厚褥三，俱黄锦缎制者。其上又布软绸被单种种，其色各异。上又蒙黄缎被单，单绣金龙及绿云。太后之枕头甚多，刺绣极美，日间均置之床上。另有一枕，内装茶叶，太后率枕之，谓可以明目。此外又有一枕，其式甚奇，长约十二寸，其中有洞，约三寸见方。枕中所盛者，为曝干之花，云太后卧时置耳洞中可闻声息。黄缎被单上有被六，其色为月白，为枣红，为绿，为淡红，为青，为紫，各各相叠。床为木制，雕刻极精，悬白色绣花绉纱帐其上。床架上悬绸袋甚多，内盛香料，惟香味太浓，嗅之几令人病。太后又喜麝香，亦时时用之。"在宫中，有个专门负责慈禧饮食的西膳房，名厨和侍奉的太监多达数百人。慈禧爱吃的主食、小吃、菜肴有：小窝头、饭卷子、油性炸糕、烧麦、黄色蛋糕、炸三角；荷叶粥、绿豆粥、肉粥、果料粥、小米粥、薏仁米粥、大麦米粥、粳米粥；菜包鸽松、和尚跳墙（把酥造肉和剥皮的熟鸡蛋四枚放在一起上屉蒸熟）。每个名厨只专做一两样菜。

吴永说："本已谨备肴席，但被溃兵掠走了；还煮有三锅小米绿豆粥，预备随从尖点，也被这些人掠食了二锅。如今只剩下一锅，恐粗粝不敢上进。"慈禧说："有小米粥，很好很好，快去拿来。患难中有这个就知足了，难道还要计较好坏不成？"慈禧忽然说："你应当叩见皇帝。"转头看着李莲英说："莲英，你快引他去见皇帝。"那时皇上正立在近左空椅旁边，身穿半旧元色细行湖绉绵袍，宽襟大袖，上无外褂，腰无束带，发长超过一寸，蓬首垢面，憔悴已极。吴永随即依式跪叩。皇上无语。吴永仍还跪在太后面前。慈禧又问了几句话，说："我现在已经累了，你也可以下去休息了。"吴永退出到西厢房，随即命人将小米粥送进去。内监又出来索要筷子，仓促竟不可得。幸好吴永随身佩戴着小刀牙筷，将其拂拭干净呈进。见剩下的人不能遍及，慈禧命折高粱秆做筷子。不一会儿，吴永听见里面争饮豆粥，唼喋有声，似乎吃起来很甘美。少顷，李莲英出来对吴永说话，辞色甚为和缓，跷着大拇指对他说道："你很好，老佛爷很欢喜，你用心伺候，必有好处。"又说："老佛爷很想吃鸡蛋，能否取办？"吴永说："此处已久无居人，上哪儿去弄鸡蛋？我姑且想想办法吧。"李莲英说："好好，你用心承应，能讨老佛爷喜欢，必不吃亏。"吴永出至市中，进入一座空肆，亲自寻觅，最后抽开一个橱屉，里面竟然有五个鸡蛋，吴永大喜，如获拱璧。见从人都已四散照料去了，苦于无法将其弄熟，不得已，就在西厢房里自行烧火舀水，找到一个空锅洗干净，把鸡蛋放进里面煮。随后找到一个粗碗，把煮熟的鸡蛋放进去，佐以食盐一撮，捧去交给太监呈进。俄而李莲英又出来了，说："老佛爷很受用，刚才进上的五个鸡蛋，竟然吃掉了三个；剩下的二个赏给了万岁爷，诸人都不得沾及。这是好消息。适间老佛爷很想抽水烟，你还能觅到纸吹吗？"吴永想这又是一道难题，忽然想到身边还藏有粗纸数帖，勉强可用，于是就在西厢房里自行搓卷。辗转良久，只得完好纸吹五支，随以上供。没过几分钟，太后已掀开帘子走到廊下，手携水烟袋，自点自吸；饱食后，神态似乎稍为闲整。看见吴永在右厢廊间，让他近来说话。吴永不得已只好在院内泥泞中跪听。慈禧先絮絮问了些琐事，说："此行匆促，竟未携带衣服，颇感寒冷，能否设法预备？"吴永奏道："臣妻已故，奁具箱箧都存寄在京中寓所，署中没有女眷，只有臣母尚有遗衣数袭，现在任所，恐粗陋不足用。"慈禧说："能暖体即可。但皇帝衣服单薄，格格们都只有一件随身衣裳，能为他们多备几件更好。"吴永奏答："臣回署就检点呈进。"慈禧说："你可先回去料理，我与皇帝随后就来。"吴永奏道："臣候叩送圣驾即行。"慈禧说："我是乘延庆知州的轿子来的，轿夫已疲劳不堪，此处能换轿夫吗？"吴永奏道："臣已预备齐楚。"慈禧说："延庆轿夫倒很好，所换轿夫，不知能否胜任如前？"吴永说："都是官府的轿夫，向来伺应往来差事，应当不至于贻误。"李莲英从旁接话道："人家伺候大人们不知多少，岂有不会抬轿之理？"说完，吴永就退出去了。慈禧对身边的人说："吴永是个汉人，却很知道礼数。"李莲英说："人家做官多少年，这些区区礼数都不懂得，还配办事吗？"

既而传呼起銮，慈禧坐吴永准备的轿子，光绪坐延庆知州的轿子。吴永在门外报名跪送完，就上马从间道飞驰回县。途经村落数处，不见一人。道旁民舍，皆被溃兵游匪毁坏，门窗户壁，几无一家完整，还有宰杀后尚未烹食的鸡和猪纵横地上，被鸦犬争食。荒凉惨淡，目不忍睹。回到县城时，东门已然洞开，守城的拳民，先已闻讯逃匿。两旁居民店肆，都闭户蛰伏不敢出来。吴永想此象不妥，就传谕各家居民，一律开门，在门外摆设香案，有灯彩的就挂起来，没有的就用红纸张贴，让他们驾到时尽可在门外跪看，但不要哗动。于是百姓才争相收拾布置。吴永先到行宫查看，陈设颇为济楚。不久，就有前站太监乘马先到。吴永带他们到各间住房一一查看，他们似乎甚为满意，对他说："咱们今日可算是走到地头（到家）了。"

少时，銮驾已到。吴永又如式跪迎。两宫先后下轿入内，旋即叫起入见。慈禧颇以温语相慰劳，对吴永说："难为你办理。"吴永退出后，就驰回本署，督促供应。随扈官兵都陆续到县，斗大山城，在坑在谷，一时填塞俱满。据办事人报告，吴永才知道此次随驾同行的人，除前单所列外，还有博公、定公、工部侍郎傅兴及各部司员数人。吴永有过交往的，有提督马玉昆，学士王垿，军机章京鲍心增、来秀、文徵，农部涂国盛，驾部袁玉锡，其他都不认识。扈从兵士，是神机、虎神两营，还有部分武卫军，都零落散漫无统纪，蹩躠而行，馁惫不支，惟肆强掠，路上遇到车马，就将上面的人摔到路旁，牵其车马而去，就是京外官吏也少有幸免。因此，凡是靠近官道的各个村庄，居民都逃徙一空。兵卒搜括财物，鸡犬不留；主将虽三令五申，也不能禁止。旋即传谕：除神机、虎神两营外，所有各军悉归马玉昆统率。

吴永匆匆到署，就打开箱箧搜检衣服，只有亡母柯太夫人的一件呢夹袄，尚觉完整，就预备以此件进奉太后；又找出缺襟大袖江绸马褂、蓝绉夹衫长袍各一件，打算进奉皇上。唯独两位格格的衣服没有相称的。继而想到旗籍妇女可通用男子衣服，就以自用的几件绸绉线夹春纱长衫，拉杂凑置，装成一包，立即驰赴宫内呈送。

吴永的姐姐去世了，姐夫缪延福新续娶了一位夫人，她有一个镜奁，里面梳篦脂粉都有。吴永将其取来进奉，慈禧这才有了栉沐妆饰。

少间，又传起入见，太后及皇上都已将吴永所进奉衣服更换，威仪稍整；两位格格也穿上了他的长衫，伫立在门外闲看，不再像之前那样狼狈了。

吴永旋即向各处馆舍巡视一周，便问各官起居情况，都还颇为周帖。只是沿途所见兵士，不免纷扰。复回宫门，晚间入见时，对太后陈明兵士放纵情状。慈禧皱着眉头说："此辈甚可恨。我在途中已饬令马玉昆严办，正法百数十人，均令在居庸关枭首，仍然不能禁止。今日可授你圣旨，见有抢掠兵士，不问属于何军，可立即就地正法。"吴永这晚往来照料，两脚不停，直到四鼓，才回署假寐。

次日拂晓，就整衣出署。走到街口，看见一群兵士正在劫掠一个当铺。当铺伙计在路旁跪诉，乞求他做主。吴永随从有马勇六人，立即喝令拿办，说："圣驾在此，你们竟敢白日抢劫！我已奉太后旨意，可就地处置。"当场拿获六人，身上都有赃物，吴永立命斩决。当铺靠近西门，铺前有座"腾蛟起凤"的牌坊，吴永命将砍下的首级挂在坊柱上示众。见者无不畏惧，自此稍为安靖。

连日据乡民报告，各方溃兵到处掳掠牲畜骡马，每天有十数起。北方农民，全以骡马耕作，如被掳掠，来春怀来人民都无法耕种，遗患不小。但没有兵力，不能禁止，且在此百忙之中，又怎能兼顾？吴永彷徨搔首，焦急无策。继而想到马玉昆现统禁兵，只有与他商量。急驰前往马玉昆处，告之以故，请为怀来人民造福。马玉昆说："这事本来该办的，但怀来县境如此辽阔，安能处处派兵守护？"吴永说："不是。这些人抢掠牲口，均须携往他处贩卖。本县的七里桥是其出境必经之地，军门只须在此处派兵驻扎，见到没有鞍辔的骡马，便是从乡间掳掠而来，可以严加盘诘，如讯问得实，即予截留，并将游兵严办数人，此风即可遏止。"马玉昆说："这样就很容易了。"当即调兵一哨，驻扎在七里桥。只过了一两天，就盘获骡马八十余匹，就地正法十数人，抢风顿息。马玉昆选去好马四匹，剩下的全部送到县署，说："此君治下之物，依法当统归地方存案，我特向君乞此，聊作惠赠，何如？"吴永说："如此，怀民受赐已至厚；区区几匹马，何足道哉？"马玉昆感谢不止。

这天，吴永又到宫门外请安叫起，对太后奏明此事，慈禧甚为嘉许，对他说："我与皇帝驻跸在此，城内外不许有枪声。下令后如再有人放枪，可即擒拿处斩。我还打算再住一天，一切供支，你可量力而为。你也须稍为将息，不要过于劳苦。"见太后体恤如此，吴永不觉为之感泣。

吴永之前在榆林堡见到甘肃布政使岑春煊。接谈之下，见他激昂慷慨，忠勇奋发，颇将其引为知契。岑春煊本在任内，听闻联军入都，自请带兵勤王。署理陕甘总督陶模知道他为人躁妄喜事，意不谓然；而以其名义正大，不便阻遏。遂拨步兵三营，每营四百余人，骑兵三旗，每旗两百余人，合计约两千人，并给以饷银五万两。岑春煊先行就道，自草地经张家口驰骑入都。陛见时，慈禧问他带来了多少兵，岑春煊以如数对。慈禧觉得事近儿戏，不太高兴，问他兵在何处。岑春煊说："尚在途中。"慈禧下诏令其办理察哈尔防堵事宜，折回张家口迎候来兵，就在该处驻扎，防备俄国人入侵。岑春煊逗留京中，几天后两宫出狩，立即在后追赶，到延庆才遇到自己的骑兵，遂率以护驾，到达怀来，让吴永为他供应夫马。

吴永谒见军机大臣刚毅和赵舒翘，在炕上对坐，偶然谈到岑春煊，两人对他都不满。赵舒翘鄙夷地说："嘻，连他也需要你供应吗？你这山僻小县，哪有那么多闲饭，供应这些不急之人？"吴永说："他因护驾来此，当然不能不一律招待。"赵舒翘说："他奉旨防堵张家口，怎能擅行至此？他敢违奉上旨，何需置理。"吴永此时心里颇为岑春煊感到不平，但也不便反驳，随即告退。

赵舒翘又叫住他婉告道："我还要与你商量一件事。今日当发廷寄，但军机大臣印信没有携带，打算借你的县印用一用何如？"吴永没来得及回答，刚毅又进谗言道："此事我颇不以为然。向来借印，须平行衙门才合体制，县印似乎大不相称。"赵舒翘怫然道："老头，现在是何等时势，有县印可借已是万幸，还想讲体制吗？你要知道在此道路中，任何部院关防印信，恐怕都不如怀来县印有价值。若必要平行印信，庄亲王现带有步军统领印信，可以借用。但八百里加紧文书，怕邮卒会视为不足轻重，反而会导致迟误。"他看着吴永说："渔川（吴永字），你不要听老头的话，尽管办去。"

吴永说："文书封面，均有印成字样，恐不合用，只有白纸禀封，如何？"赵舒翘说："可以。"吴永回到县署，立即禀封十枚印就，亲自送交。赵舒翘已将寄给山东、陕西两省巡抚的廷寄办好，立即封固，令军机章京鲍心增填写官衔年月，交给吴永发递。吴永返署遴选良马，派精壮驿夫飞马驰递。

刚忙完，神机营官长苏鲁岱又来县衙会见吴永，对他说道："兵丁饿不得食，务求筹款发放以解燃眉之急，此是奉端王之命，务请阁下设法，切勿拖延推诿。"

吴永不名一钱，又不敢推辞，忙请城绅郭应斗等数人前来聚议。经过筹商，决定仍向各粮店凑借，遂分头去办。苏鲁岱坐在客厅守候良久，郭应斗等人回来，说已挪借纹银千两，将银子交给苏鲁岱，分发神机、虎神两营各五百两。

吴永正欲出署，忽报王中堂到。吴永出至大堂，见有单套骡车一辆，停在堂上歇息，就近询问，知道是军机大臣王文韶与公子王稚夔同坐而来，因为当时不及随驾，今日才赶上。吴永立即趋前迎候，说道："中堂公馆，业已预备。"王文韶说："我困疲已甚，打算借你署中安息，不愿他往。"吴永说："署中恐太逼仄，奈何？"王文韶说："不管哪里，只要有一间房、一张床、一张桌子就够了。"吴永不得已，只好腾出签押房对面的三间南房，请他迁入，亲自到房中照看了一番。王文韶非常饥饿，向他索要食物。署中厨师都四出供役去了，没人做饭，吴永的嫂子亲自下厨，煎了几个鸡蛋，和泡菜等两三种菜，盛了一竹篮饭（那时食器已告罄）给他们提来。王文韶父子饿坏了，吃起来很香。吃完了，就上床安息。王文韶知道吴永要去宫门，对他说道："烦你代为陈奏，说我已到怀来，今日过于疲顿，已不能赴宫门请起，明早前去当直。"吴永应诺而去，才走出门外，王文韶又呼告他道："还有一句话，烦你奏明，军机大臣印信我已携带在此，至要至要。"吴永说："太好了，今日刚、赵两军机正为此事抬杠呢。"急去拜见刚毅和赵舒翘，告诉他们王中堂已至县署安息，军机大臣印信已带来。二人都很欣慰。

次日一早，王文韶和儿子王稚夔入见两宫，跪地而泣。两宫挥泪不已，垂涕慰劳了他们一番，始命退出。

两天以来，在怀来这个荒城僻县中，千乘万骑，贵要云集，吴永奔走伺应，几乎没有一刻宁息。宫门传呼叫起，每天必有三次以上，让他疲于奔命。随扈军士、太监数以千计，日需供给，为数尤为不赀。沿城十里以内，蔬菜、牲畜、粮食、草秣，均已索尽，见还不知道启跸的时间，吴永内心焦急，不可名状。两宫在此，仍有徘徊观望之意，希望就近获得都中消息，或许交涉得当，还可中道折回。

前两天，乡民进城贩卖蔬菜和日用百物，大筐小筥，相属不绝，在街市屯集如山。到第三天就骤然稀少，想觅个担子已不可得。城中居民的储藏多半也已出供官需。吴永供应食物渐形支绌。因为他从一开始就定以平价和买，丝毫不加科派，民间都愿意鼎力相助，踊跃输送，绝无囤积居奇之弊，所以几天以来物资赖以不匮。但再驻数日，不免情见势绌。

吴永见到刚毅，刚毅皱着眉头代他担忧道："如此小县，怎能任万乘供应？一驻再驻，还不言行期，就不为东道主留点余地吗？"到那天午后，才听说两宫定于次日启跸，吴永心里稍稍松了口气。想到这么多王公贵监，来时草草，去时均需加饬行事，这一番支应，定非小可。无可如何，只得急急八面张罗，尽力筹备一切，以能勉强对付，恭送出境为要。大驾一刻在境，肩负的担子未卸，心里终不免为之惴惴。

下午复叫起入宫，慈禧询问行驾部署，吴永一一奏答，慈禧频频点头答应。既而诸位王公、贝子，纷纷向吴永索取马匹。县中旧有驿马，已多数被掠，幸亏前日在七里桥盘获骡马数十匹，尚可抵应，被他们索借殆尽。从驾亲贵数十人，抬轿子的、赶马的、服役的，扰扰终夜，幸好敷衍完事。连日来劳乏至极，吴永嗓音顿哑，两腿肿胀，脚几乎抬不起来了。怀来县城的街道，填砌着大鹅卵石，油滑莘确，非常妨碍走路。两天里吴永碌碌奔走，靴子前后已洞穿两孔，几乎能看见脚趾和脚跟，苦况可见一斑。

傍晚，忽然宫内传旨，由军机处交来一张字条，吴永打开一看，上面写着："本日奉上谕，吴永着办理前路粮台。"登时大为错愕，几乎不知道该怎么办。自己捐躯牺牲都来不及计较，只是顾念全城生灵，若大驾启行，自己同时随往，地方善后无人负责，溃兵游匪势必同时麇集，若拳匪聚众报复，蹂躏，将无完土，将来何以面对怀来人民？吴永亟赴宫门，准备见李莲英，请其代为陈奏，但他已睡了没有见到。又去见肃亲王和伦贝子（溥伦），求为设法辞卸。肃亲王颇怀疑他别有用心，似乎不愿为国效力，言语之间，颇有些皮里阳秋。吴永再三陈辩，肃亲王又怀疑他是眷恋官缺，奚落道："嘻嘻，毕竟是州县大老爷，滋味固然如此浓挚！这是上面的旨意，我能有什么办法呢？"坚辞不管。吴永不得已，又请见端王，陈达理由。载漪说："我还想保奏你，为何反自推诿退避呢？”似乎甚为诧异。吴永又求王文韶。王文韶也说：“既有明旨，只可遵奉。”吴永又极力陈说地方为难情形，反复再三，至于涕泣。王文韶才始微哂曰：“渔川，你真是为了这个吗？只是这个就很容易处理，只要去跟马玉昆商量一下，请他留一营在此震慑就没事了。”他们都怀疑吴永意图规避，特借地方情形为饰词，似乎天下绝无真心为百姓着想的官员。

吴永当时官场阅历太浅，以为自己为地方利害起见，情切理正，定当易邀垂恤，而不知反以此见疑。他无可如何，只得去跟马玉昆商量。马玉昆已睡下了，吴永站在床边跟他说话，马玉昆披衣起坐。吴永反复祈恳，请他救此一城生灵，并说：“伙食供给，均可就地方筹办。”马玉昆慨然允诺，说：“聂军门（聂士成）残部，现均归我统率，原有马队三十营，现尚有十七八营，虽然都零落不足额，但计算一营还有百数十人，防守怀来足够了。”随即传呼中军官，立召旗牌，在枕上授以令箭，命他星夜飞调某营到怀来。吴永与他约定，明天等圣驾启銮后，再行入城。接洽就绪，吴永才放心回署。草率办装，神魄散乱，殊恍惚不知所措。想到署中没有多少眷属，孤身独客，行止本来就没有多大牵绊，只是还有嫂子、侄儿和其他亲戚、幕客数人与避居于此的京官旧友，不能不稍为安顿。于是在市肆中借来百金，酌量分赠给他们，各为其商定行止。那时吴永还没有儿女，署中只有从子宗熙一人。有执帖家丁刘福，还忠实可靠，吴永向他长跪，含泪相托道：“我兄弟数人，总共只有这一丝血脉，宗祐所寄，今日就托付给你了。我如今孤身到远方去服役，前途祸福不可测。望你念在数年推解之谊上，好生照看我侄儿，不要让他失去安身之所。等日后我平安回来，定不相负。”刘福也跪在地上哭着说：“老爷尽忠保主，前程远大，请安心上路。小人尽绵力所及，就是到了行乞的那天，也一定会尽力侍奉侄少爷，决不相离弃。”

吴永与嫂子痛哭诀别，委托典史暂摄县事，略与诸同僚绅士商洽城守事宜，告诉他们向马玉昆请兵保护情形，众人大为欣喜感激。诸事完毕，吴永就和姐夫缪延福随扈上路。

奕劻借口生病，请求留在怀来，慈禧同意了。载漪想杀奕劻，被溥伦劝止。

吴永跪送两宫后，乘马先行，另雇一辆双套骡车，捎载行李，在后相随。

刚出西关城外，马玉昆所派留驻怀来防守的马队营长就在此处伺候，向他致敬行礼。吴永告诉他已与城绅商妥供应各事，慰托数语，匆匆道别。到数里外才赶上马玉昆，二人连骑同行，在马上互谈。又行数里，忽见岔道上有兵士一人跃马前来，手上还牵着五六匹骡马，将至近处，似乎逡巡不前。吴永详细审视，指着他对马玉昆说："他的骡马均无鞍鞯，满身泥淬，像是农家之物，大概不是从正道上得来的。"马玉昆即令截留诘讯，果然支吾不能对，命卫兵将其驱赶前行。马玉昆手执一把拂尘，扬起来当鞭子，跃马疾驰，转过山麓，转眼就不见了。吴永随后趱行，不久到达一个小村集，见马玉昆将马系在路旁，也下马进村。马玉昆正跨坐在沿街门外，见吴永来了，站起来用拂尘指着上面说："已遵示办理，可以销差了。"吴永随他所指看去，赫然见一个簇新头颅，挂在竿上，鲜血还滴沥不止。俯视道旁，见一具无头尸体被委弃在地上。看年貌不过二十来岁，身穿军衣，符号已扯去，不知属于哪支队伍，右臂上还套着一串佛珠，想必也是偶然从他处抢来的，绝不是专心念佛的人。吴永想到这样一个铮铮壮年男子，竟死于自己一言之下，未免有些嗒然自悔。但又想他抢了这么多牲口，必然不是一次抢的，被害的人家不知有多少，若不将其正法，不知还要贻害多少人，且难保没有奸淫焚杀之事。假如他早一点或晚一点出现在那里，就可躲过一劫，逍遥自在。无端巧遇，以致罹法，仿佛鬼使神差一般。天网恢恢，疏而不漏，老天偶然假手于我，大概不是我所能自主的。

又行了十余里，到达土木驿，离怀来县城已有三十里。此处本有驿马，全被溃兵劫掠光了。居民都逃窜到山谷中，堡内人烟断绝，只准备了茶尖。宣化镇何乘鳌带马队来此接驾，吴永与他相晤。又前行二十里到沙城，在此驻跸。此地设有巡检司，还属于怀来管辖。吴永先已派人在此置备，以一座佛寺为行宫，俗呼"东大寺"，颇为宽敞，勉强可以安顿。吴永因为连日在县中承应，劳顿至极。伺候两宫进入行幄，部署初定，觅得一座荒凉的寺庙，在阶上独坐小憩。忽有各王公府箭手及诸色太监勒索车辆马匹，京官也有陆续赶到的，都纷纷向他索取供应。正扰扰间，又有武卫左军多人，直向前围逼，问吴永索粮饷菽料，说："你是粮台，理当供给军需，岂能任意推诿！"众口喧闹，举枪扬刃，气势汹汹。吴永怒不可遏，挺身告之道："你们这些人都拿着国家的厚饷，如今外兵一至，竟无一人抵御，致令圣驾蒙尘，颠沛至此，还好意思做出这种样子？我受命未到一日，又新从两宫奔走至此，一切都来不及布置，上哪儿去给你们弄粮饷？现在我只有孑然一身，脔割咀嚼，随便你们，饷银却分文没有。"吴永郁气坌涌，不觉据地闭目，放声痛哭，良久睁眼看时，他们不知何时已相率离去，不留一人了。

侥幸得以一哭解围，想到自己身无一文之饷，手无一旅之兵，来日方长，何堪受此缠扰？暗想岑春煊现今携有饷银五万两，略可找他暂时支应，且他带有步骑兵队，弹压也较为得力。这人看起来似乎任侠有义气，不如将督办让给他，自己做会办，相与协力从事，于公于私，均有裨益。但此情将以何法上达，得邀允可？左思右想，往见庄亲王，告之以故，请他带自己面奏。晓聒许久，他竟茫然不省，说："我记不起许多这外官规矩，竟如此麻烦，我带你同往，你自己去陈奏吧。"就携他同入。到东大寺行宫，让太监进去通报。须臾，李莲英从角门出来，低声问道："这时还要请起吗？"庄亲王说："他有事面奏。"李莲英说："既然这样，那我给你通报。"须臾叫起，慈禧站在佛殿正廊，光绪站在偏左的位置。庄亲王向前奏道："吴永有事陈奏。"慈禧回顾道："你说。"吴永奏道："蒙恩派臣为行在前路粮台，本应竭尽犬马之劳。只是臣官仅知县，向各省藩司行文催饷，在体制上有诸多不便，就是发放官军粮饷、布发文告，也多有为难之处。现有甘肃藩司岑春煊，率领马步旗营，随驾北行。该藩司官职较高，向各省行文催饷，系属平行。可否仰恳明降谕旨，派岑春煊督办粮台，臣请改作会办。所有行宫一切事务，臣即可专力伺候。不致有误要差。"那时慈禧正在吸水烟，沉思良久道："你这主意很好，明晨即下旨意。"让庄亲王先退下，慈禧又说道："此次差事，你办得很好。你很忠心，要不了几天就有恩典。我对外间情形知道得很清楚，皇帝心情也好，差事如此为难，断不至于有所挑剔，你可放心，无须忧急。"吴永当即免冠叩首，感激涕流。慈禧又对他说："你的厨子周福，很会烹调，刚才做的扯面条很好，炒肉丝也很有味道。我欲带他随行，不知你愿意吗？"吴永说："厨夫贱役，蒙恩提拔，不但该厨役得有造化，就是臣也倍增光宠。"慈禧甚为喜悦。有顷，吴永退出。傍晚到宫门，有太监告诉他，说周厨已被赏六品顶戴，供职御膳房了。厨师被调走后，吴永无从觅食，当晚只好到巡检署找吴少尹，为备餐馔，勉强得一饱。

8 月 20 日，在沙城，慈禧晨起召见军机后就降旨："派岑春煊督办前路粮台，吴永、俞启元均着会办前路粮台。"吴永正窃喜从此可以分卸重责，不料却惹上了麻烦。

从沙城启銮时，天刚微明，在行宫门前，岑春煊一见到吴永就对他诉怨道："谢谢你的厚意，竟以此破砂锅向我头上罩，令我无辜受累。"其实他心里十分愿意，正求之不得，只是因为出自吴永这个县官的保奏，似乎有损自己的身份，怕吴永向他市恩，所以假装不悦。从此岑春煊节节与吴永为难，不感谢他反而怨恨他，却是吴永始料不及的。这天，口北道观察使钟小舫和宣化县令陈立斋都来此迎驾。

当日，行抵宣化鸡鸣驿。霸昌道英瑞献五千金，慈禧大喜，对其慰劳有加。

这天两宫驻跸在鸡鸣驿，王文韶把吴永叫去，对他怒骂道："你保岑三为督办，也须跟我等商量，为何迳自陈奏？此人如何能干此正事？将来不知要闹出多少笑话，你自己跟着受累。你引鬼入宅，以后任何纠纷，万勿向我央告，我决不过问。"吴永闻语愕然。心中暗叹：噫，少年鲁莽，轻信寡虑，以此开罪军机，不但以后沿途纠葛难以预料，就是一生蹭蹬，也都坐此一事了。这也是命宫磨蝎，数有前定，本来用不着追悔，但掘坑自埋，如今回想起来，可恨尤可笑。

俞启元，字梦丹，是湖南巡抚俞廉三的儿子。俞廉三是刚毅的门生，俞启元与刚毅的儿子很亲近，每日上道，都跟随刚毅左右。刚毅乘间为他奏请赏一差事，于是也将他派为会办。这样随扈粮台就有一个督办、两个会办了。

一天，慈禧为吴永详细讲述当时宫中情事："当乱起时，人人都说拳匪是义民，怎样忠勇，怎样有纪律、有法术，描形画态，千真万确，教人不能不信。后来又说京外人心，怎样的一伙儿向着他们；又说满汉各军，都已与他们打通一气了，因此更不敢轻说剿办。后来接着攻打使馆，攻打教堂，甚至烧了正阳门，杀的、抢的，我瞧着不像个事，心下早明白，他们是不中用、靠不住的。但那时他们势头也大了，人数也多了，宫内宫外，纷纷扰扰，满眼看去，都是一起儿头上包着红布，进的进，出的出，也认不定谁是匪，谁不是匪。这时太监们连着护卫的兵士，都真正同他们混在一起了。就是载澜等一班人，也都学了他们的装束，短衣窄袖，腰里束上红布，气势汹汹，呼呼跳跳，好像狂醉一般，全改了平日的样子。载滢有一次居然同我抬杠，险些儿把御案都掀翻过来。我若不是多方委曲，一面稍稍地迁就他们，稳住了众心，一面又大段地制住他们，使他们对着我还有几分惧怕；那时纸老虎穿破了，更不知道要闹出什么大乱子，连皇帝都担着很大的风险。他们一会子甚至说宫里也有二毛子，须要查验。我问：'怎样查验？'他们说：如系二毛子，只须当额拍一下，便有十字纹出现。这些宫监、宫女们，惶恐得不得了，哭哭啼啼，求我作主。我也不去向拳匪讲人情；阻止他们又不对，万一阻止不了，那更不得下台。我教他尽管出去，果然拍出十字来，也是命数，这何须怕得。如若胡乱枉屈人，那神佛也有公道，难道就听凭教下徒弟们冤杀无辜不成？后来出去查验（召大师兄入宫，令其遍视妃嫔宫女，以察是否为二毛子），也是模糊了事，并没有查出什么人。他们心中明白，得了面子，也就算大家对付过去，还了我的面子。你想这样胡闹，还讲什么上下规矩吗？"吴永叹息不已。

慈禧又给他追述逃难时的情形："逃出京城，怕洋兵追赶，不便屯留，一气直前上道，昼夜趱行。头一日住宿贯市，多方设法，好不容易才觅到几乘驮轿。由贯市赶到岔道，都宿在破店中，要求一碗粗米饭，一杯绿豆汤，总不可得。一直到了怀来，亏你有个预备，才算脱了苦境。难得你如此忠心，而且急忙之中，还亏你赶办得出来，我是十分欣慰的。所以我要你随扈在一起，这会子也总算是患难相与了。"

8月21日，辰刻启銮，前行三十里到响水驿用茶尖，又行三十里到宣化府驻跸。

当天，宣化知府李肇南前来进献千金。刚毅素来骄蹇，接见他时态度很傲慢。李肇南不满地责备了他。太后召见时，李肇南弹劾刚毅败坏国政庇护乱民，罪过最大。慈禧不悦，将其免官归里。宣化知县陈本贿赂了李莲英六千金，在刚毅的保奏下，取代了他的位置。

同日，载濂、载滢、桂春到达宣化。令百官奔赴行在。以英年为前驱，负责安顿住所。李莲英恃宠甚骄，所过供张大多超过了规定。英年颇加削减。

慈禧下旨："直隶怀来县知县吴永，着以知府留于原省候补，先换顶戴。"

8月23日，吴永具折谢恩，入内召见时，慈禧对他说："你忠心又有才干，将来定当大用，希望你好好为国家效力。"吴永叩头谢恩。慈禧又说："以后如有所见，或有重大事宜，准你专折具奏。"言谈之间为他述及义和团乱事始末和出宫情形，挥泪不止。吴永也不觉怆然涕下。

8月24日，吴永上折条陈十事：一、请下罪己诏；二、请派王公大臣留京，办理善后事宜；三、随扈京官，请酌给津贴；四、请刊行在朝报，俾天下知乘舆所在；五、随扈各军，请饬编补足额，恪定军纪；六、各省义和团余众，请饬疆臣酌量分别剿办解散；七、请饬各督抚宣谕逃匿教民，各归乡里；八、请饬各省将应解京饷核定成数，分别解送行在户部，以济要需；九、请饬京外大臣遴保通达时务人才，破格任用，并注意出洋留学生，量才登进，俾得循途自效，免致自投他国，有楚材晋用之消；十、圣驾经过，沿途十里以内，请豁免本年丁粮。

以上十条交军机大臣商酌采用，请旨施行。

8月26日，两宫从宣化起驾，抵达怀安。命庆亲王奕劻回京与各国议和，准许便宜行事。慈禧派人到怀来将他儿子取来作为人质。

8月28日，两宫从怀安启程向山西进发。经过枳儿岭（在河北、山西交界处）进入山西，驻跸天镇县城。天镇县令额腾听说圣驾来到宣化，立即多方设法恭备一切；后因两宫在宣化连续驻跸三日，准备的食品都腐臭了，临时赶办不及。岑春煊大加逼责，额腾无计奈何，怕受太后严惩累及家人，回家当晚就服毒自杀了。慈禧闻讯，嫌他死得大煞风景，很丧气，就给天镇取了个名字叫"丧城"。

慈禧命荣禄在保定收集清兵，固守防卫，防止八国联军从直隶追入山西。

到达山西阳高时，董福祥率兵前来护驾。

两宫车驾行至山西介休境内的义安村时，从官道旁的牌坊后面突然跳出来一条大汉拦住了去路。他穿戴着用纸糊好的"唐僧帽"和"八卦衣"，自称本地义和团首领郭敦源，在介休地面上的名声不亚于天津的张德成和曹福田。张、曹二人在天津兴办义和团被太后赏赐万金，为何介休的义和团首领石世子不但没有得到赏赐，反而被官府设计诱杀，他要太后今天给一个说法。慈禧懒得理睬他。郭敦源大怒，口中自号"不怕枪炮、不怕刀砍"，持刀直奔两宫銮驾。侍卫急忙上前将他围住。郭敦源力竭被捕。慈禧大怒，下令将其就地正法。介休知县陈日稔因此事受到牵连，被罢官革职，永不叙用。

程日稔听说"圣驾"要来，顿时慌了手脚，忙将官绅李天相、任仙洲、胡延斋等人叫来悉心筹备，本想借此机会好好巴结一下太后和皇上，谁想中途竟然出了这档子事，陈日稔被愤怒的太后罢了官，李天相、任仙洲等人也跟着倒了霉。人们用"三句半"歌谣讽刺他们的丑态："知县程日稔，主意拿不稳，听说要召见——发疯；大少本姓程，张兰办行宫，挨了马鞭子——生疼；吉人李天相，人称二知县，钻在桥底下——不见；姓任名仙洲，唾得满脸流，虽然不甚多——干稠；河南胡延斋，乐意办官差，挨打又受气——活该！"

津京失陷，直隶东南义和团更加兴盛，他们扬言时候未到，之前的义和团操之过急，所以大为受创。他们待时而动，到时恢复津京如拾地芥。英俄虽称大国，国土面积不过中国的三四个省，人数不过中国的一二个省，何足惧哉？以此欺诳，仍能迷惑人。

这时拳民聚集党众阻遏山川，到处都有，大群有上万人，他们包围固安，攻破怀柔，怀柔县令一家都死于拳民之手。朝廷谕旨还称之为拳民。黄河以北，拳民遍地都是。他们铸钱掘冢，劫掠行人，死者不可胜数。李鸿章令梅东益剿捕，朝廷却命令他们解散，上下相疑，不敢将其正名为匪。

8月30日，两宫抵达大同。总兵以下大小官员出城到五十里铺恭迎。两宫入城后，驻镇台衙门，供应丰盛，官员随从生活均大有改善。城郊已无散兵游勇踪迹。

以载漪为军机大臣，载澜为御前大臣。护军练兵瑚图理英山抢夺百姓的马匹，被斩首示众。荣禄和董福祥的军队曾大掠京师，慈禧并不过问。太监张天喜因勒索财物被杀。大同县令齐福田以馈献得官。所过郡县搜刮民财，治办供具，唯恐不及。官员贿赂太后左右，动辄千金。潞安府知府许涵度，以拳党厚贿李莲英，得蒙太后召见，被擢升为冀宁道。潼关厅的某官员的贿赂少，李莲英大怒，立即在太后耳边说他的坏话，将其逮捕问罪。

那时陈夔龙还住在顺天府，与顺天府尹王培佑商酌道："和议就在目前，君为地面官，衙署极为宏敞，洋人必来寻问。君若不远走，我愿与君同洋人相机应付，徐图补救之法。"王培佑没有远见，只想逃避。陈夔龙说："君若欲离此地，我无守土之责，不得不先君而行。"正好前敌运输车马回来数辆，陈夔龙忙携妻女出署登车。许夫人不让他的车子先行，自为前驱，说迎面若遇敌兵，拼作一死，留下丈夫为国效力。陈夔龙的友人胡砚孙，因乱回京，寓所在黑芝麻胡同，只派家人看守。陈夔龙当即驱车前去他家暂寓。沿途看见避乱平民，万人如蚁，均往西行，鸦雀无声，景象极为凄惨。

陈夔龙一家困处胡宅三天，一无所知，只听说洋人并无恶意，亟觅奕劻议和。偶然想到总理衙门总办章京舒文，在总署资格最老，与海关总税务司赫德颇有交情，他住在东四牌楼的九条胡同，与自己家望衡相对，中间只隔着一条甬道，于是让仆人去向他探问各方消息。当时吏部尚书敬信、理藩院尚书裕德、理藩院侍郎那桐都在舒文那儿，听说陈夔龙还在京城，都欣然约他速往，会商要事。因为舒文与赫德已洽谈数次，又有日兵驻宅保护，他家隐然成为办事机关。众人引述赫德的话，说各公使寻觅庆亲王奕劻很急，想让他出来议和，已到他家探寻数次。不如据此联衔具奏，请饬令庆亲王回京议约，便宜行事，与各国公使接洽。陈夔龙说这个主意很好。但各国指名请庆亲王回京，万一两宫不体谅，庆亲王也会惹上通夷的嫌疑。不如据情奏请钦派亲信大臣，会同庆亲王来京开议，较为妥善。众人都说应该这样。随后由陈夔龙拟就奏稿。

那时圣驾已抵达山西大同，奕劻因病留滞怀来行馆。稿虽拟定，无人投送。吏部侍郎朴寿也在座，他平时颇感叹自己生不逢时。陈夔龙对他说："君欲建功立业，这正是时候，何不冒险一行？"众人都跟着怂恿。朴寿答应了。陈夔龙另拟了一份给奕劻的公函，详述原委，所具奏折，就请他派专弁径直送达行在，守候恩命。折中具衔的有八人，以昆冈领衔。奕劻接见朴寿后，就将原折派员弁驰递大同行在。那时两宫正要起驾前往太原，接到奏折，就命奕劻迅速入京，并未另简他人，只电催李鸿章迅速到京会同办理。

9月1日，慈禧命溥伦管理前锋护军练兵事。山西布政使李廷箫赶到大同，献银十万两。催百官赴行在。那时溃兵皆起为盗，道路不通。京城西边数百里之间，炊烟几乎断绝，麦苗委弃在地里，无人耕种。昆冈据实以报。慈禧只批一个"闻"字（所奏之事已知）。

9月3日，两宫至怀仁。命荣禄、徐桐、昆冈、崇绮、崇礼、裕德、敬信、溥善、阿克丹、那桐、陈夔龙为留京办事大臣。那时列强正将京城分地而守，无人能过问。

9月4日，两宫至山阴岱岳镇。以敬信权代步军统领。他不敢管事，盗贼时时窃发，无可奈何。

9月5日，两宫至代州广武镇（今属朔州山阴），代州知州带领文武官员，领着鼓乐班子在五里外路旁跪迎，鼓乐喧天，人喊马叫，热闹非凡。两宫驻于光武镇首富杨应魁家的大院，其他王室大臣及兵丁分住民宅。杨应魁招待丰盛，慈禧大喜，赏赐黄马褂，亲书"大夫第"三字赐予他。

9月6日，两宫至代州阳明堡。慈禧登上雁门关，在靖边寺稍事游览，站在关门前，北望凄然，心中郁郁不乐。岑春煊进献黄花一把。慈禧说："塞上早寒，开花较迟，京师今已盛开。"泣下沾衣，让左右取乳茶赐岑春煊。当日驻跸代州阳明堡内贾家大宅。护驾士卒，拔青草充饥，公侯王爷脱红缨帽当食具。光绪在贾家留诗两句："五世同堂真富贵，一心念佛见如来。"

9月7日，两宫至崞县，驻跸原平镇。行宫是民房，知县王某失于觉察，内有旧存空棺数具，经岑春煊查出，驰马回奏，慈禧说："可移则移，如不在紧要地方，不移也可。"驾未到时，俞启元已督同兵丁将棺材全部移出。慈禧在此颁布上谕："此案初起，义和团实为肇祸之由，今欲拔本塞源，非痛加剿除不可。"李鸿章奏请两宫回京。光绪召见原平镇办差的刘四龙，赐予五品军功顶戴，御封原平为"富足镇"。

以荣禄为议和全权大臣，洋人拒不接受。荣禄曾率武卫中军进攻使馆，围攻使馆的主力甘军统领董福祥又是荣禄的部下。洋人诛首祸，荣禄的名字也在其中。荣禄求救于李鸿章，李鸿章设法将其出脱。

9月8日抵达忻州，适逢中秋，在二十里铺换黄轿三乘，绿轿两乘。在忻州贡院驻跸一日。

忻州是晋北锁钥，三关总要，北路晋商的大本营，城池坚固，楼阁华好，物阜民康。忻州知州徐桂芬早得晓谕，在城内贡院竭力张罗，将其布置为驻跸行宫。

慈禧在忻州下轿，稍事休息，光绪带着皇后、妃子前来问安。今天是中秋佳节，皇帝、后妃们齐向太后拜贺节日，随后吃团圆饭。过去一个多月有时吃得好，有时吃得差。这一餐，大小官员们吃到了一路上最丰盛的一顿饭：四个冷荤压桌，四个炒菜，四个小碗，四个中碗，四个大海（碗），四个大盘，最后一大碗公汤，这桌菜称为"四四到底"。

徐桂芬跑前跑后，慈禧却并不搭理他。从各位大臣的脸色和言语中，他预感到自己罪无可逭，双膝一软，跪在贡院行宫外面的院子里，过了很久都没人理睬他。一直跪到将近四更，徐桂芬才由州衙属吏等搀扶回去。晚上露重霜寒，徐桂芬年纪大了，染上感冒，没过几天就重病不起，一命呜呼了。

八月十七日（9月10日），两宫车驾抵达太原。山西巡抚毓贤正统兵驻守固镇，自藩司以下，文武官吏都在省城外数里地齐集迎驾。

慈禧对毓贤说道："今日山西无洋人，是你的功劳。但各国联军强烈要求惩办你，我将你革职，以掩外人耳目。"

毓贤急忙叩头谢恩道："微臣为国锄奸理所当然，任凭发落没有怨言。"

后来慈禧亲自前往毓贤戕害洋人的处所，详细询问办理始末。

两宫到达太原后，以山西巡抚衙门为行宫，堂皇壮丽，略有宫廷气象。凡需要用的帷幄茵褥及一切陈设器件，都是嘉庆年间巡幸五台山时制办的，以备行宫御用。后来御驾未至，遂贮存不用，储藏在太原藩库内。历任藩司，都不敢启视，只在门上再加一道封条，前后重叠，几乎有数十层。因历时过久，已不知库内有无缺失，如一经启视，倘有毁失，对前任已无法根究，对后任便须盘查，以此相沿不问。此次因仓促驾到，无法重新预备，不得已将藩库打开，谁想居然全都灿烂如新，丝毫没有毁损，于是赖以成事，仿佛百年之前就预先为今天准备好的一样。

那时北方几省都遭到义和团的蹂躏，糜烂不堪，只有山东是一片净土，清廷能与东南各省互通消息也全赖山东传递。袁世凯得知议和旨意后，即命提督姜桂题率兵北上，剿灭义和团余孽。朝野上下都认为袁世凯是个能人。两宫逃到太原后，袁世凯马上意识到这是个讨好太后的大好机会，"念山西向来号称穷省，扈从万众，需用众多。于是与司道等筹商，迅速筹集了十万银两……派员押解，奔赴行在"。曹倜是首批押解物资去山西的官员，他回忆这批物资除白银外，另有绸缎二百匹、水果四十桶，从济南到太原共走了十四天。到达太原后，军机大臣王文韶对他说，"各省饷银都没有到，山东首先送过来，可称得上救了急"，两宫大为赞许。袁世凯这一雪中送炭的行为，令慈禧大为感动，为日后提拔他大大增加了筹码。

慈禧驾幸太原后，派人将奕劻的眷属全部携去。

岑春煊自从得到督办之名后，沿途大肆作威作福，对地方供应官吏，时常非法凌辱，暴戾恣睢，气焰极为嚣张。逼死天镇县令额腾，到达山阴后，岑春煊又严责山阴县令道："看你有几个脑袋。"山阴县令惶急失措，向吴永跪泣求救。吴永婉言慰藉了一番，为他向太监疏通，劝岑春煊稍加宽恕，不要重演天镇惨剧。岑春煊大为恚怒，说吴永久任地方官，所以袒护州县，因此和他相抵触。但宫门差务，均由吴永一人祗应，岑春煊虽然到处叫呼肆扰，实则绝不肯分劳。俞启元更是丝毫不问，每天只向吴永诋毁岑春煊，但凡岑春煊的一言一动，都要向他报告，对其极口詈骂。吴永当时阅世过浅，不免随声附和。不料俞启元在岑春煊面前诋毁吴永，也像在吴永面前诋毁岑春煊一样，将吴永的话一一向岑春煊转报，还要添油加醋，反复唆弄，致使吴永和岑春煊恶感日深，以致结下了不解之仇。

每日宫门叫起，必有三五次。宫中内监，自李莲英、崔玉贵以下多半熟习，故出入无所阻碍。进入山西境内后，威仪日盛，地方承应，宫门上已不免有索取钱财使费之事。吴永为之一一规定股份数目，凡各项首领太监，如内奏事处、茶房、膳房、司房、大他坦，及有职掌的小内侍，数金至十数金不等，唯独总管太监位分较高，不便点缀。到处均由吴永一手代为开销，按份俵散。不使有一处空漏，也不令额外取盈，至多不过一百余金，少或八九十金。因此各地办差人员颇感便利。那时各个太监初次出京，刚脱饥寒，幸门未开，欲望尚小，还能安受约束，不至于十分难以驾驭。

先前两宫路过昌平州时，知州裴敏中正患重病，霸昌道凤昌因为先期未奉廷旨，车驾至城下时，怀疑是歹人假托赚门，坚闭不纳，还在城上鸣枪示威。两宫不得已，只好绕城奔驰，害怕洋兵在后面追袭。慈禧因此甚为愤恨。岑春煊询知此事，借端诬罔构陷。等到怀来，拿办裴敏中的圣旨就下来了。岑春煊又自请承办，发令箭派员星夜前往提拿，意欲借此邀功。吴永微闻消息，觉得裴敏中一提到，必无生理；此事在情理本有可原，况州官确在病假之中，依官序论，接驾之事应当由霸昌道负责，就是作为违抗，也不应归罪知州，无端获罪，未免过冤。于是设法使人飞告裴敏中，令其迅速引避。岑春煊派去的人到时，裴敏中已率先逃匿，没有抓到他。岑春煊颇为懊丧，怀疑是吴永所为，大不高兴。但那时吴永是地主，只好曲意顺从，还不敢对他形诸词色。

自从共办粮台后，接触渐多，岑春煊对吴永的意见越来越多。岑春煊自恃官高，与吴永比肩共事，似觉不屑；又以督办位在会办之上，遇事专断，不再通知他，凡有陈奏，都用单衔独上。王文韶说这与体制不合，应以会衔为宜，岑春煊说不可如此。王文韶说："要么就在文牍后面叙明臣会同某某云云，加入名字。"他也不同意。王文韶说："再不然，只有在奏后列衔，如京官九卿奏事体例。"岑春煊始终坚持不可。一天，王文韶对吴永微笑道："我早知岑三必会与你捣乱，今果然如此。但这是你自找的，怪不得别人。我早已声明，不能过问，恐怕以后的笑话还多着呢。"

之前岑春煊从甘肃入都，是从草地经过张家口、宣化、怀来到达京师。有幕客张鸣岐与他相伴同行。张鸣岐本是山东海丰人，岑春煊抵京后，张鸣岐就请假赴献县省亲。岑春煊随驾出行，张鸣岐追到大同，吴永和岑春煊将他派为粮台文案，理当兼受会办指挥，张鸣岐却偏私顺从岑春煊，一切文书都不让吴永过目。有一次他正在屋里缮写公文，看见吴永进来，立即将其藏匿起来。吴永非常生气，对他厉声责备。张鸣岐面红耳赤，说不出一句话。岑春煊与吴永的积怨从此更深了。

一天，二人在太原行宫门内相遇，岑春煊又为了一件小事诘责吴永，辞色甚厉。吴永不服，与他对骂。岑春煊大声咆哮，怒不可遏道："我非参你不可！"吴永也厉声回敬道："你有本事尽管参去，我在此听候。我也奉旨专折，可以参你。我无瑕可指，你的累累罪状都在我腹中，且看谁曲谁直！"岑春煊愤怒至极，径直用手揪住吴永胸前衣襟，挥拳要打他。吴永说："这是宫门，你敢无礼吗？"岑春煊不觉嗒然释手，立刻飞奔到李莲英那儿，对他泣诉道："岑春煊老叔，我受吴某侮辱，必当参奏，求你为我援助，没齿感激。"岑春煊的父亲云贵总督毓英与李莲英有交情，所以岑春煊称之为叔。李莲英受其诡谀，勾结愈紧。但对此事，李莲英极力劝阻道："老侄，你与吴永都是老佛爷眷注的人。你二人自相攻击，使老佛爷难以处置，必不喜欢。咱们都是一起儿办事的人，闹成过节，惹外边议论，面子上也不好看，况且老佛爷说吴永得力，恐怕未必参得动他，那时于老弟分儿上，更没得光彩。还是忍耐为是。"

岑春煊只好怏怏而止，更加视吴永如眼中刺，非去之不可。

9月13日，李鸿章、刘坤一、张之洞、袁世凯联名上奏弹劾载漪、载澜、载勋、刚毅、英年、赵舒翘庇护拳匪。奏折发出后张之洞又反悔了，请将自己的名字去掉，但已来不及。奏章到达太原，光绪将载漪等人召来严厉斥责，慈禧神色不悦。过了好久，光绪才说让王文韶出草诏，自载漪以下获罪不一，但都很轻。慈禧仍然不悦，对王文韶说道："诸臣都为国效忠，如今以罪革去，他日谁还肯为国尽力？"王文韶默不作声。王文韶为人善于顺承意旨，拳乱起时，只知迎合，不敢出言反对。光绪出走时，在路上对王文韶说："如今祸急，不能两全，是宗社为重，还是人臣为重？"王文韶不回答。光绪见载漪和刚毅在场，让他们走开，又问王文韶。王文韶踌躇片刻道："皇上所言固当，但外人还没有说什么，若自己先处理大臣，拿国体怎么办？也怕任事的人寒心。"光绪不悦而起。

当义和团发难时，鹿传霖正担任江苏巡抚。东南各省立互保之约，鹿传霖大不谓然，急率兵数营北上，希望附会端、刚，联合义和团攻击外国，事成之后就南下总督两江。刚走到京城附近时，亲眼看见李秉衡的军队大败，京师马上就将陷落，手下的士兵又多散失，不得已，只好率兵数百人前往定兴。定兴是鹿传霖的老家。听闻北京城破，两宫西幸，急忙赶到途中迎谒圣驾。湖南布政使锡良也和他一起来了。慈禧见之大喜。

那时刚毅已死，抵达太原后，慈禧让鹿传霖进入军机处取代了他的位置。自联军攻破京师，诛杀罪魁，将及一年，国势大变，能首先以旧党新入朝廷中枢的，唯有鹿传霖一人而已。

9月25日，清廷对德国公使克林德赐祭一坛，命大学士昆冈前去祭奠，将克林德灵枢送回德国，又命户部侍郎吕海寰再致祭如仪。书送到德国使馆，德国人推却不受。令那桐前去祭奠杉山彬，给银五千两，日本人也拒绝了。

9月26日，山西巡抚毓贤被免职，以湖南布政使锡良代替。

毓贤出任山西巡抚后，头包红巾坐在堂上，下令杀光山西所有洋人。学政刘廷琛上书指责毓贤好事酿祸。启秀将其奏章呈交端王、刚毅等，刘廷琛差点获罪。随后刘坤一、张之洞也联名上奏弹劾毓贤。慈禧大怒，将奏折扔到地上。

两宫到达太原后，旅兵及岑春煊、马玉昆、董福祥、升允和鹿传霖的军队陆续到来七千余人，十分之五六散而为盗。这年山西大旱，粮食歉收，米价飞涨，跟随的士兵没有吃的，时时出来抢劫，骚扰民间，百姓深受其害。陕甘总督陶模到达行在后，慈禧让他节制诸军，也不能禁止士兵的违纪行为。

鹿传霖在入谒时对太后说，联军将掠保定，追驾西来，太原万不可居，西安险固，僻在西陲，洋兵不易到，力请两宫驾幸西安。

那时两宫驻跸太原，听说议和全权大臣李鸿章已经进京，各国允许议和停战，希望速定大局，让返回旧京，颇有待和议成功，立即就近回銮之意。鹿传霖向太后陈说，以北京万分危险，西安去海遥远，洋兵万不能到，进退战守，无不皆宜。

慈禧本就想往西行，只因两三个廷臣主持于内，十数名疆臣力请于外，都建议两宫"暂驻晋省，静待和议，勿再深入内地"，考虑到群臣的议论，一时踌躇未决，听到鹿传霖的话，慈禧大喜，即日下诏定于 10 月 1 日启銮西幸陕西。鹿传霖因此深得慈眷。

光绪不想去陕西，对载漪、载勋怒道："朕仓卒出走，只因太后之故，难道是吝惜一死？太后今已至太原，更无可虑。你们善侍太后，朕要回京师去，完成议约，希望大难早平。"慈禧不允许。光绪虽极力坚持仍然无用。没人敢劝谏。

两江总督刘坤一得知两宫欲临幸陕西，联合东南各省督抚发电阻止："陕西贫瘠，逼近强俄……内讧外患，在在堪虞。如谓陕西地险，可阻联军，则我能往寇亦能往。山川之险，既不可恃，偏安之厂，亦不能幸成。京师根本重地，不可轻弃。各国曾请退兵，不占土地。回銮决无他变，万不可局促偏安，为闭关自守之计。"措辞极为恳挚。李鸿章、奕劻、昆冈也力请两宫回銮。慈禧害怕洋人对自己不利，没有答应，执意前往西安。

刚毅随驾去往西安，在途中生病留了下来，三日后腹泻而死。

10 月 13 日，李鸿章和奕劻联名上奏弹劾载漪等罪重罚轻，请加以严议。给事中王鹏运和御史李擢英、万本敦又联名请斩载漪、载勋。慈禧都不答复。

10 月 15 日，慈禧命李鸿章统领武卫中军，荣禄奔赴行在。荣禄起初从保定前往太原，刚毅妒忌他，下诏不许前往，至平定而回。等到载漪出任军机大臣，刚毅病死后，李鸿章为荣禄说情，慈禧也怀念荣禄，又重新起用他。先前，刚毅奉命前往东南督办税务，用搜刮的手段为朝廷弄来了数百万两白银粮饷。荣禄趁机挑拨离间，请慈禧用刚毅代替刘坤一出任两江总督，借此将他逐出朝廷中枢。刚毅知道了，更加仇恨荣禄。两人议论政事时，在太后面前争吵，互不相让。慈禧对两人都有所安抚。刚毅死后荣禄就独掌大权了。

10月16日，德、法、英联军进入保定。侵略永平，蹂躏承德，历三边，并塞而南，东扰河间，过真定，自黄河以北大都被骚扰，西出井陉，沿着六国时的用兵故道，逐渐到达山西。到易州，联军扬言要发掘清西陵，李鸿章力争不可，又欲焚烧陵树。慈禧之前曾派人挖掘利玛窦、南怀仁的坟墓，洋人以此作为报复。

载漪在路上，数次谋逆弑君，御前大臣那彦图保护皇上非常周到，计不得施。列强要求严惩"首祸"，逼得越来越急，慈禧让载漪、载勋留在蒲州。载勋私入临潼，慈禧勒令他回来。载漪逃往宁夏。太原以西大旱，流离失所的人很多，沿途州县供应两宫都取之于民，致使百姓更加困苦。慈禧下诏，凡乘舆经过之处，免去今年税租，但大都已经征收过了。武卫军又大肆劫掠，甚至公然抢掳妇女入军。内阁侍读学士裴维侒报告荣禄。荣禄假装不知。孙家鼐在华阴遇到董福祥的甘军，车马资财全被掳走。孙家鼐徒步走入，告诉太后，慈禧默然。

10月26日，两宫抵达西安。

从长乐门大路直抵北院行宫。御道很长，都用黄土铺垫。沿路各商铺都张灯结彩，居民等在道路两边跪迎，都想仰瞻圣容。光绪命扈从人等不许驱逐百姓。慈禧更是赏赐了耆民很多银牌。御驾抵达北院后，办事大臣随后也纷纷到来。派侍卫二百五十人日夜轮班，在大门、二门站防值宿。自此圣心为之稍安。又因陕西遭遇大旱，哀鸿遍地，民不聊生，正当宵衣旰食之时，所有御用衣服，一概用大布制作。诸王大臣等仰体俭德，不敢稍涉奢侈，也一律穿用布袍。

两宫设行在于陕西巡抚衙门。

行宫先驻在南院，后移到北院。南院是陕甘总督行台，北院是陕西巡抚衙门。先驻南院，因署外广阔；后移北院，因署内轩敞。

本来预备南北行宫，听两宫旨意，两处墙垣全部刷成了红色。南院自经慈圣驻跸后，正门就封闭不开，奉旨作为抚署，而由便门甬道出入。北院一切装饰都用红色，"东辕门""西辕门"字也是红漆涂盖，辕门不开，周围以十字叉封禁，如京城大清门的式样。正门上竖立直匾，写着"行宫"二字，中门、左门都不开，从右门出入。入门处有侍卫及一切仪仗，旁边有军机处朝房、六部九卿朝房、巡抚藩司臬司各员朝房、侍卫处，种种名目都用红纸条贴上而已。

大堂里空洞无物，左房为内朝房，右房为退息处。銮阁中有六扇屏门，中间开了两门，设宝座一张，上盖黄布。二堂设宝座一张，也盖着黄布。左有一房，为召见处；右有一房，为亲王办事处。三堂中又有宝座一张，左右房为太后宫室。二堂以东有三间房，是皇上的寝宫。后面又有三间房，是皇后的寝宫。三堂以西的三间屋子由大阿哥居住，行宫内均用洋灯，近来都换上了大保险灯和洋烛，因各省贡物已到，所以顿增华丽。

因为护驾有功，岑春煊被慈禧任命为陕西巡抚。董福祥被封为随扈大臣，节制满、汉马步三军。

此时宫廷草创，光绪穿着布袍，王公大臣都穿着布服。慈禧胃痛时作，不服水土，夜不能寐，就哭，时常让数名太监为她捶背，日夜不休，每见臣工，就凄然涕下。光绪反比在京时健旺，偶与太监戏耍，也嬉笑如常；只是圣衷不悦时，就大骂太监，似乎有所怨恨。

各处进贡之物，慈禧常命太监开单分赐群下，毫不吝惜。凡各省贡品送到内务府，慈禧必悲喜交集。光绪痛定思痛，每见各省贡物送到行在，必对之垂涕；在园中玩耍时，看见太监进来，或避入门后，或趋入宫内，不知何意，人都怀疑他患上了多疑症。

李莲英现下不甚跋扈，只是对各省进呈贡品多方挟制，稍不满意，就挑剔备至。

太后和皇上的御膳费，每天大约有二百两，由岑春煊确定标准。慈禧对岑春煊说："从前在京师，膳费数倍于此，如今总算省极了。"岑春煊奏道："还可再省。"每晚先由太监呈上菜单一百余种，也不过是鸡鱼鸭肉之类，随后贡物燕窝、海参都到了，御食才丰富起来。

从太原开始，两宫的狼狈境况已有所改善，到了西安，各省钱物陆续送达，更是一扫窘迫，穷奢极欲很快又成了慈禧的常态。单单在饮食上，就跟在京城时一样，什么荤局、素局、饭局、茶局、酪局、粥局、点心局等，又都重新设立起来，厨师多得数不过来。

光绪喜欢吃黄芽菜，并不多用荤食。慈禧喜欢吃面筋，也不多吃其他食品，她对太监说："不必多办菜，从前御筵有一百多种菜，皇上不过只吃一二种而已。"

太后、皇上去年（1899年）冬天都喝牛乳，养了六只牛。今年（1900年）春天因为气候太干燥就没再喝了，将六只牛发交西安府喂养，每月需用二百余两银子，另建有牧牛苑。

两宫出京时，仓皇出走，除身上穿的以外，其余衣服都没有准备。不久，京城陆续将两宫随用衣物送到西安。慈禧和光绪又穿上了旧时的衣服。

宫中妃嫔手织棉衣，让太监送至西安行宫。后人有诗叹道："甘泉烽燧逼严城，禁掖传筹夜不禁；承直膳房依例进，寒衣匆就寄西京。"

荣禄也赶到了西安。慈禧命他掌管军机处，授鹿传霖为尚书，同入枢府，制度愈备。载漪等人不敢再言国事。

两宫到西安行在后，并未出宫。

大阿哥溥儁养了一条小狗，光绪将其索去，后来大阿哥又命太监索回，光绪大不高兴，因此曾责罚大阿哥。

两宫到行在时，百姓都能仰瞻圣颜，不过都是跪接。未到行在之前，慈禧曾对王文韶说："我要看看百姓究竟是如何苦楚。"

御车行至乡间，百姓得见天颜，有乡农远远站在田间翘望，并不趋避，慈禧并不加罪。光绪看见乡民形状，甚为稀奇，之前从未见过。慈禧对光绪说道："咱们哪里知道百姓如此困苦！"到达行在后，就命岑春煊办赈济，开粥厂，还时常询问他赈务如何，岑春煊没太放在心上。

军机处还是荣禄问事，王文韶见风使舵，鹿传霖则附和荣禄。一天，有人见三位大臣上朝，先是一名太监手捧一个圆盘，上盖黄绫，引三大臣前进，王文韶先走，荣禄第二，鹿传霖第三。王文韶白发苍苍，面目清瘦，走路吃力；荣禄胡须微白，面扁而黄，有足疾，身材不高；鹿传霖是歪脖子，面目浮肿，尾随其后，似乎欠缺精神。每次召见，总是荣禄一个人说话，王文韶本就耳聋，又怕说错话，干脆闭口不言；鹿传霖近来耳朵也很聋，全靠荣禄在军机处宣示，又多请教于荣禄的幕客樊增祥，否则不知底蕴。

鹿传霖住在木四牌楼，在西安有很多产业。荣禄住在满城。王文韶住在贡院。除都察院、内务府和工部外，其余各衙门都设在贡院内，以红纸长条写着"某部公所"字样而不书衙门。贡院内都是办公场所，各部暂刻木质关防，上写"行在某部关防"。王文韶有太平宰相之称。鹿传霖肝火太重，对两江地区最吹毛求疵，深赖湖广总督张之洞为之调处；荣禄曾劝鹿传霖不要意气过甚，又勉励他凡事要外面圆融，使人不测。各级官员奔赴行在等候引见的有二百多人，朝廷电催吏部尚书敬信奔赴行在，料理引见事宜。等候引见的官员们因西安食用太贵，不堪其苦。各级官员的办公津贴，一二品每月一百廿两，三四品六十两，五六品四十五两，七品以下三十两，不过聊可敷用而已。近来简放各员，颇有人说是由于军机大臣的私心。

各省解往行在的银两，到1901年二月初（农历）核算，已有五百多万两。每有解款到来，太监勒索尤为苛刻。诸臣渐渐来到行在，百物渐集，西安愈加兴盛。

岑春煊预备带六十万两银子前往山西，为各地防营之费，所有已收饷银，都存储在藩库里，尚未大动。有个孙姓太监，与李莲英和黑辛一样跋扈，贪婪也不相上下，湖北解饷交到内务府的银两，由孙太监督同监平，解饷委员说："这是湖北关道平足对宝，每锭五十两，断不短少。"孙太监说："你解过几回饷？你知道什么解饷的规矩？"解饷委员又说："海关道平色实是不短。"孙太监说："那么老佛爷的是假的吗？"说罢，就要对他拳打脚踢，解饷委员急忙退去。内务大臣继禄宽慰他道："你来得辛苦，我们总不叫你们吃亏，不过他们在这里进项太苦是有的，你们要稍稍原谅。"

广东解来贡品二十四种，因为没有贿赂太监，被太监剔出九种退还。某道台解贡前往行在，也遇到了这种事情，出来告诉别人，愤愤不已。听说湖南巡抚俞廉三倚恃李莲英为奥援，去年某令到省候补，带有李莲英的信，因此得与他通消息。

行宫左右地方都驻扎着武卫营兵，街市照常贸易，不愁货物卖不出去，只愁无货可卖，商人们最怕太监来买东西，以为他们不肯付钱。

西安向来有两个戏园，这时大加修葺，召京城里的名角前来演戏。太监见慈禧时常哭泣，就请老佛爷去听戏。慈禧说："你们去听吧！我是断没心肠听戏的！"所以宫内并无戏台，两宫也未曾听戏。行在各官员前去听戏的兴致倒是与在京城时无异，歌舞娱乐如太平时。

长安城外的八仙庵，是唐朝兴庆宫故址。慈禧安排銮驾，亲往礼佛，瞧见庵中牡丹盛开，那绿色的尤为佳美，不胜赞叹。太监折了几枝，携归行宫，供于胆瓶里头。后人有诗咏道："芬敷欧碧八仙庵，移贮铜瓶景泰蓝；一御金根瞻佛座，华鬟云影护经龛。"

西安饥荒，以西北为甚，赤地千里，1901年正月以来，无日不求雨。慈禧特派大臣上太白山祈雨，果然获得甘霖。御制申谢文，泐石山巅。碑首题写皇太后徽号，前代碑文，从无此例。后人有诗叹道："太白参天灵气钟，穹碑丽藻竖层峰；差同玉简投龙璧，不似金轮咏石淙。"

西安府的麦子每斤卖到了九十六文，鸡蛋每个三十四文，猪肉每斤四百文，黄芽菜每斤一百文，鱼类非常稀少，价格极贵，其余一切蔬菜无一不贵。洋灯火油洋烛，无一不贵。洋货绸绫，更不必说，而且没有货，厘金甚为亏短。也有土娼，都是草屋土炕，不堪插足。现在各处陆续运粮不少，然并不用来平粜，都留作士兵口粮。

进入西安后，鹿传霖又想集顽党，修旧政，开战局。因王文韶不附和自己，多不能行，就想全力将王文韶逐出军机，让夏震武、洪嘉与狠狠地弹劾王文韶倚恃洋势，请朝廷予以重谴。

懿旨下来，夏震武和洪嘉与都遭到斥责，不过还是有"心尚怀忠"及"书生之见"等语。王文韶从此一味委蛇。

入岁以后，鹿传霖更加大肆专执，经常对人说载漪和刚毅是国家的忠臣，只是被洋人所逼以至如此，他日得志，必当起复昭雪。听见人们议论变法，就多方阻抑，就是荣禄也拿他无可奈何，他人更不敢置喙。近日鹿传霖又举荐洪嘉与为军机章京，与某制军消息往来甚密，无非为商议阻止回銮亲政等事。

夏震武上折，力保余蛮子可胜经略之任，愿以全家保其与联军背城一战。折中引用尚父韩信两典，请皇上设台拜帅。虽未见施行，而太后赞赏不已。

慈禧喜闻外事，每次召见群臣陈奏完公事，就温言霁色，令大家随意说话。吴永常为她陈述地方利弊和民间疾苦。每问一事，慈禧必要将其从头到尾弄清楚，娓娓不倦，往往要谈一两个小时之久。

一天，李莲英忽然过来，附在吴永耳边说："你已闹出大乱子了！"吴永惊问何事。李莲英说："你昨天在老佛爷面前，说了些什么话？今日诸位军机入见，都大碰钉子。老佛爷对他们厉声诘责。说外间种种情形，你们平时为何无一语奏闻，真是蒙蔽我母子耳目吗？诸位军机相顾失色，都不知所对，只有相率免冠碰头。我想必因你谈及何事，老佛爷才如此发怒。诸位军机必将抱怨于你，须当注意。"吴永才后悔一时轻率尽言，本来想让两宫稍知民间隐情，大臣不说，小臣来说，却没有顾及越分逾等之嫌。

一日在军机房，荣禄、王文韶、瞿鸿機都在座，王文韶忽然正色对吴永道："渔川，我与你是同乡，不能不向你正告。你今日召对，有二点一刻之久，致使我等久候，究竟所说何词？以后在本等范围，自可简单明了，扼要陈奏；切勿东牵西拽，横生枝节。天泽之分，奏事有体，非儿戏也。"吴永唯唯而退。荣、瞿都默然无言，但窥其颜色，似乎都对吴永很不满。向例，两宫每日听政，均先叫外起，凡外官及各部院衙门人员，一一召见完，军机方始入对。自次日起，就改定规制，先召军机，再叫外起。如此，则他人陈奏事件，可以先行探听，为次日入对提前预备。如照旧例，为时太促，无探询预备之余地，空中霹雳，恐不知云起何方。

吴永自受王文韶严肃告诫后，虽极力留意收敛，但因太后眷注过深，出入左右，似多添一重耳目，军机大臣和太监们均视为不便。岑春煊对他尤其不满，死力排挤他。军机诸公，起先对岑春煊也颇为不满，后来因他极力迎合，渐渐亲近，他们都有一个共同的目的——把吴永排挤出去。见太后对他颇为眷注，且遇事谨饬，无间可入，于是合谋定计，改用调虎离山之法。一天军机陈奏，说各省解饷迟滞，非派员前往催促不可，但泛泛遣派，仍不易得力，最好请派随扈大员，精明干练又能深悉此次沿途辛苦状况、为皇太后和皇上所钦信的人，前赴各省，向各督抚详细诉说，引起他们特别注意，才有望激发天良，努力疏解。慈禧问："何人可去？"军机大臣合词奏道："臣等再三思议，只有吴永和俞启元两人最合适。他们都是一路随驾前来，一切情形，无不周悉；又都受皇太后、皇上恩典，定能格外仰体圣怀，为国尽力。"慈禧迟疑良久，道：

"吴永办宫门差事，甚是熟习，他去后让何人办理？"军机大臣奏道："岑春煊原是一同办事的人，一样熟习，可以办理。"慈禧才点头许可。原本打算派吴永去江浙，俞启元去两湖；后因父子回避，就改派吴永去两湖，俞启元去江浙。

下令后须立即启行，吴永和俞启元一同入见太后辞行。慈禧召见他们时，似乎很舍不得，再三温语慰劳道："你两人一路办差，都很劳苦，如今还须你们辛苦一遭，这也是不得已的事。现在如此为难的情形，你两人均所亲历，定能向各方委曲传达，无须多嘱。好好上紧办理，将事情办完后，即刻快快回来，我与皇帝都很盼望你们回来。"吴永和俞启元叩头退出。这件区区小事，岑春煊和军机大臣们内外合力，不知费了多少心思，摆布至此，才算完全达到目的，终于可以"拔去眼中钉，张开两眼笑"。

有人报告李莲英的仆从太监在乡间劫掠。岑春煊奏闻太后，请求明正典刑。慈禧大怒，立命将犯事太监三人斩杀。李莲英仍然逍遥事外。岑春煊想将此事牵扯上李莲英，恐触太后之忌，没敢这样做。从此，岑春煊更加得到慈禧的信任，慈禧对李莲英稍稍淡漠。李莲英愤恨不已地对手下说："我虽受岑三苦痛，但处心积虑，必将恢复我的势力，不过要缓以时日而已。"荣禄到来后，李莲英大喜，以为天助，和他联合起来毁伤岑春煊，经过不懈努力，终于将他驱逐出西安行在，外派为山西巡抚。不久，李莲英就势力全复，比原来更加嚣张了。

第三十四章 议和

清廷在 1900 年 7 月 3 日和 6 日两次催促李鸿章北上，接着在 7 月 8 日任命他为直隶总督兼北洋大臣，恢复了他在 1870 年到 1895 年期间担任的官职。

李鸿章这才于 7 月 17 日奉诏前往上海。他离开广东时，华南震动，万民拥至道旁挽留。

在等待出发前，李鸿章与安徽老乡、南海知县裴景福进行了一次意味深长的谈话。

那时天气很炎热，李鸿章身穿蓝色细葛短衫，脚着鲁风鞋，倚在小藤榻上，对裴景福说："广州斗大一座城中，缓急可恃的能有几个人？你取信于民，此时正可有为，为地方消弭祸患，好多督抚都不如你。只要能遏制内乱，就不会招来外侮，你要好好努力！"

之前，五月十九日（6 月 15 日），大清海关总税务司赫德向李鸿章发电告急，谈到了京城中的情况。李鸿章得信，立即致电荣禄，力言外衅不可开，拳党不可信，后来和京城的电报联系就断绝了，只是每天通过袁世凯从山东发来的电报了解京中消息。那时广州沙面的洋商相继前往香港避乱，李鸿章赶紧添派一营兵力保护沙面，命裴景福和广州协副将前去会晤各国领事，告诉他们会全力保护洋商的生命财产安全，前往香港的洋商又渐渐返回了广州。很快，李鸿章接到朝廷入京的命令，粤中人心又为之一振。裴景福进言道："内乱为外侮之媒，东南的安危，要看上海；上海的安危，要看香港；香港的安危，要看广州；广州的安危，要看沙面。各国领事洋商聚集在此，匪徒日思暴动，以沙面为发难的基地。若沙面不保，香港受其牵动，东南大局，不堪设想。我既为地方官，自当与沙面共存亡。公经过香港时，何不将此意告知香港总督，同心协力，保护东南危局？"李鸿章说："我虽离粤督任，但尚未开缺。若有大事，仍当与静山（广东巡抚德寿）一力主持。"

裴景福说："公已调补北洋，诸位领事今天早晨得到电报，都额手相庆。"

李鸿章拈着花白的胡须自语道："当今之世，舍我其谁？"

裴景福问："公对当前局势和国家命运有何看法？"

李鸿章答道："百足之虫，死而不僵。我朝圣德，人心未失，京师发生灾祸，虽根本动摇，幸袁慰亭（袁世凯）支柱山东，香涛（张之洞）、岘庄（刘坤一）都有定识，必能联络保全，不至一蹶不振。"

裴景福又问："公看京师如何？"

李鸿章说："从各国兵力来看，危急当在八九月之交发生，但聂功亭（聂士成）已阵亡，马（玉昆）、宋（庆）诸军零落，牵制必不得力。日本调兵最快，加上有英国相助，恐怕京师七八月就将不保。"

说到这里，李鸿章潜然泪下，以杖顿地道："内乱如何得止？"良久没有别的话。

裴景福心情沉重，两个人沉默了好久，裴景福要辞别离开，李鸿章制止他道："潮水还没来，先不要忙着走。"于是自饮牛乳，让侍从拿荷兰水招待客人。

裴景福说："论各国公法，敌兵就算入京，也不能无礼于我。"

李鸿章说："是的，但恐京师无人主持，先自动摇。"

裴景福问："万一都城不守，公入京将怎么办？"

李鸿章说："必有三大问题：剿拳匪以示威，惩罪魁以泄愤，洋人必先用这两条来要挟我，然后聚焦兵费偿款，这是势所必至的事。"

裴景福问："兵费赔款大约会是多少，可有办法让国家少受损失？"

李鸿章感叹道："兵费赔款的数目多寡，此时尚不能预料，唯有极力磋磨，展缓年份，尚不知做得到否？我已垂老，还能活几年？总之，当一日和尚撞一日钟。钟不鸣了，和尚也死了。"说罢，老泪纵横。

裴景福心怀怆然，安慰了他一会儿，又问："国难解除后，公将以何事为先？"

李鸿章说："事定后中外局面又将一变，我国唯有专心财政。偿款不清无以为国，但若求治太急，又会因此自困。中国虽地大物博，每年财政收入却不到西方大国一半，将来理财还须另筹善法。"

裴景福说："多取多用，各国都是如此，取天下之财仍还之天下，出入相当，万端就理，有何不可？但还须利不外溢。"

李鸿章说："联军不足以灭亡中国，值得担忧的事恐怕是在难平之后。"

裴景福说："公能考虑到这一层，是天下之福，我有一言为公陈述，中国弱于别人，并非弱于法，人有行失，法无新旧，果得其人，因时损益，法虽旧也新。不得其人，虽博采古今，组织中外，也不过滋生弊端而已。"

李鸿章说："八股旧物，策略为新；策略得也，八股为失。我和你都是八股匠，故说旧话。"

两人聊了很久，裴景福起身告辞。李鸿章命仆从将照片拿来赠给他，将其送到舱口，拉着手再三叮嘱道："保护地方要紧。"

裴景福唯唯应诺，登上岸去，目送李鸿章的轮船起行了。

德寿才具平庸，但不肯自用，始终遵守李鸿章的训示，不敢妄有更张。所以李鸿章离去后，粤东能够安然无事。

李鸿章从广州出发，乘坐"平安号"轮船先到香港。

孙中山闻讯，从西贡赶过来，在船上等消息。

香港总督卜力派人告诉孙中山："李鸿章只要同意两广独立，我们就撤销对你的通缉，你就可以上岸了。"

在此之前，卜力给英国政府殖民部发去了一封电报，他在电报里分析道，反清起义预计将于两周内在中国南方爆发，信任他的中国绅士向他保证，造反者并不排外，并希望在取得一定的胜利后得到英国的保护。如果赞成孙中山和李鸿章总督缔结一项盟约，对英国的利益将是再好不过的。在李鸿章是否会"背叛"清政府这个问题上，卜力的判断是："这位李总督正向这个运动卖弄风情，谣传他想自立为王或是当总统。"

李鸿章在香港上岸时，香港总督府为他准备了盛大的仪仗队，鸣礼炮十七响以示尊重，早已在码头上等候多时的卜力将他请进了一间密室。

在若干礼节性的外交辞令后，李鸿章突然直截了当地问卜力："英国希望谁做中国的皇帝？"

卜力说："如果光绪皇帝对以他的名义所做的事情没有责任的话，英国对他在一定条件下继续统治不会特别反对。"

李鸿章又问："我听说洋人有这样一种说法：如果义和团把北京的所有公使都杀了，列强就有权力进行干预，并宣布'我们要立一个新皇帝'。如果事情真变成那样，你们将会选择谁？"停顿了一下，李鸿章又补充了一句意味深长的话："也许是个汉人？"

卜力说："西方各国大概会征求中国最强有力的人的意见，然后做出决定。"

李鸿章眯起眼睛，过了好一会儿，才用一种缓慢而沉稳的语调说道："慈禧皇太后是中国最强有力的人。"

最擅长破译中国人外交辞令的卜力也弄不清楚李鸿章这句话到底是什么意思，他只感觉到：这个老态龙钟的老人，说这句话时口齿异常地清晰。

海面上的孙中山也在焦急地等待着会谈的结果。但卜力传来的消息却令他倍感失望：李鸿章无意冒险搞什么"两广独立"。

孙中山的革命助手们还不甘心，他们追到船上去，拉着刘学询说能不能再谈谈，条件还可以再谈。

刘学询明确地告诉他们："大人决心已下，此事已经没有挽回的余地了。"

孙中山深感失望。刘学询同样如此，他本来已经私下和卜力达成协议，如果李鸿章不同意两广独立，就将他扣留在香港，然后宣布两广独立。卜力的如意算盘是趁势将两广划入自己治下。为此他甚至都已经为李鸿章准备好了囚室。

但是最后时刻，伦敦方面却传来了新的指示：不得扣留李鸿章。

李鸿章此次北上，职责是与各国列强交涉分赃事宜，英国政府担心扣留李鸿章会让自己成为众矢之的，引来一连串的外交麻烦。

卜力无可奈何，只好放李鸿章坐船走了。

7月21日，李鸿章乘船抵达上海，会见某国领事，某国领事对李鸿章说："清朝的皇位属于满洲人，而满洲人都是些毫无学识之人，多次酿成了野蛮的灾祸。现在有人倡议废除满洲人的世系，让你取而代之，你意下如何？"李鸿章用双手捂住了耳朵。

在抵达上海的第二天，李鸿章接到次子李经述从山东发来的电报："天津十八日（7月14日）午刻失守，裕（裕禄）逃不见，溃勇拳匪沿途抢劫，难民如蚁……伏望留身卫国，万勿冒险北上。"

此时京师内部发生巨变，为威慑主和派，载漪、刚毅等主战派随后将许景澄、袁昶等主和派大臣诛杀。

亲属和部下劝告李鸿章以马关为鉴，勿再北上，以免又成替罪羊。英国政府也对他提出了"善意"的忠告。李鸿章遂以身体不适为由向朝廷请病假二十天，在沪养病，等待局势明朗后再动身。在上海主持南洋公学的张元济跑来拜见李鸿章，请他不要北上为清廷效力。李鸿章说："你们小孩子懂什么，我这条老命还拼得过。"

此时八国联军已经占领了天津。在李鸿章眼里，当时列强大概分为三个阵营，最穷凶极恶的是沙俄，它志在并吞东北，所以要尽量示好中国，它首先从京津撤兵，为各国示范，并最支持李鸿章抗拒列国；另一阵营则是德、法、日、意等瓜分派，它们对中国领土的野心远大于商业利益；最后一个阵营是英、美两国，他们要的是市场，要和中国做生意，其中英国在华利益最大，它最担心别人进来分一杯羹，极力主张维持现状。

在甲午战争前，中英贸易额就已占到了中国对外贸易总量的70%。从第二次鸦片战争以后，英国对中国就再没采取过高压政策，它的政策是尽力扶持中国政府，帮助中国进行改革，英国的利益在于中国的安定团结、在于中国领土主权的完整，它不希望中国发生大的动乱。

美国视中国为太平洋的盟友，它害怕欧洲列强瓜分中国。7月3日，美国国务卿海约翰就照会各国，请与中国保持和好，使其获得永久安宁。

其他列强说英美是中国的看门狗，法国殖民部长提醒西方诸国要提防李鸿章的挑拨离间，他说，李鸿章的分化政策已经起到了效果，他与俄国秘密交涉，对美法请求调解，向德国道歉，对日本以种族情感相感召，对英国诱惑以长江流域的商业利益。

远交近攻、以夷制夷是中国的外交传统，清朝最先提出以夷制夷政策的是林则徐，但真正的施行者是李鸿章。

李鸿章到达上海之初，各国外交官都很提防他，他们深知这个老头儿是个挑拨离间的高手，都对他避而不见。美国驻上海领事古德纳试探性地见了李鸿章一次，嘴上就先吃了亏，李鸿章称美国公使康格和他的夫人为你们的康格和康格他老婆。古德纳略通中文，认为李鸿章的措辞很不礼貌，翻译也颇为尴尬，将李鸿章的话翻译成"康格公使夫人"，谁想李鸿章听懂了，立刻用英文纠正道："wife，wife"，李鸿章是在有意倚老卖老、阴阳怪气，给美国人一个下马威。他知道跟洋人要用痞子腔去打交道，但他骨子里还是一个传统的士大夫。

此时李鸿章得到了令他宽慰的消息，列强并不认为他们和中国处于战争状态，他们只是为了镇压暴乱才派出军队的。俄国占领东北后，急于等待李鸿章北上承认既成事实，于是提出把它的军队撤到天津，以便准备谈判，并秘密表示，它将会为会议定下一个温和的基调，以防其他列强提出更过分的要求。

流亡的朝廷依然受到载漪和刚毅等仇洋派的支配，他们提倡打一场长期的消耗战。为了牵制他们，避免自己一个人背锅，李鸿章要求朝廷任命庆亲王奕劻和军机大臣荣禄协助自己谈判。因为荣禄曾经参与过围攻使馆，列强不接受他作为谈判代表，最终李鸿章和奕劻成为议和大臣。在英、法、美、俄承认由李鸿章和奕劻担任中方议和人选后，其他国家也先后表示了认可。

在滞留上海期间，朝中仍有人弹劾李鸿章。李鸿章在给慈禧的奏折中说："鸿章客寄江南，手无一兵一旅，即使奔命赴阙，道路险阻，徒使乱臣贼子做菹醢（古代酷刑之一，将人剁成肉酱）之资。"他要捞到足够的权力做谈判的资本。

8月7日，清廷授予李鸿章议和全权大臣头衔，催促他火速北上。

8月26日，慈禧太后以光绪皇帝的名义发布"罪己诏"（荣禄幕客樊增祥手笔），承认此次祸变"罪在朕躬，悔何可及"，让李鸿章"即日进京，会商各使，迅速开议"，说他此行"不特安危系之，抑且存亡系之，旋乾转坤，匪异人任"，这不只是在认错，简直是在哀求李鸿章了。

8 月 27 日，慈禧诏令奕劻回京，会同李鸿章与列强议和。

8 月 28 日，洋兵入宫。留在宫中的妃嫔、宫女、太监只有三十多人，都无所得食。日军守在乾清门外，每人一天给薄粥数升。

8 月 31 日，慈禧令两江总督刘坤一、湖广总督张之洞随时函电会商和议。

9 月 3 日，奕劻在英、日军队护卫下回到北京。

奕劻进京后，传令明日午后一点，同在北城广化寺（1860 年商议《北京条约》，恭亲王奕訢接见洋人就在此寺）会面，约赫德同来，陈夔龙与诸大臣都到了。河山风景，举目悬殊，不禁相对饮泣。和谈要等李鸿章到京后，才能着手。众人先与赫德商议，让他转告各国军官，先将各个城门打开，让四乡粮食菜蔬照常入城，以维持京城人民的生计。并告诫各国军队不要强占民房，抢掠奸淫，以保人格。赫德一一允诺。京城半个多月以来笼罩在阴霾中，如今已见一线曙光。这次会议大有造化于商民之势。赫德说："城内有外军驻扎，可保无虞。京城周边各州县镇市，听说还有义和团勾串土匪溃兵，肆行杀掠洋人。各国对此颇有抱怨。此事中国地方官应负责任。倘若外兵出而剿洗，玉石俱焚，所伤实多。"奕劻对陈夔龙说："你可通知顺天府属各州县，一律设防自卫。"陈夔龙说："现任顺天府尹王培佑，不知逃匿到何处去了。大、宛两县也没有消息，容我立即托人探访。"奕劻微笑着说："我以为你还是顺天府尹。虽卸任，此事总得帮忙。"陈夔龙唯唯应诺。奕劻又嘱咐将此次会晤情形详细拟稿，即日六百里驰奏行在（那时电线已断）。昆冈站起来说道："徐中堂（徐桐）以身殉国，从容就义，拟请附奏请恤。"奕劻勃然变色道："徐相已死，可惜太晚了。倘早死数日，何至有徐小云（用仪）尚书论斩之事。"说到 8 月 11 日早间，"徐用仪、立山、联元三人已拿交军署。军机大臣入见，传旨交刑部，即行正法。荣禄碰头呼吁恳求，说外边消息甚紧，京师岌岌可危，不宜骈戮大臣。即使有罪，也须审讯明确。况本日是文宗皇帝（咸丰皇帝）的忌辰，例应停刑，可暂交刑部狱中，讯明再办。太后不许，徐承煜已承命监斩。荣禄退出殿外，与我相遇，对我说道：'今日又杀小云，骇人听闻。此人必须保全，他日议和也得一臂之力，我打算与君再行请起，代为乞恩。'又说：'此数日间，我二人也犯嫌疑，恐难动上听。不如邀同荫轩（徐桐字）、文山（崇绮字）四人请起，力量较大。君在此稍候，我立即去约他们过来。'荣禄先去找崇绮商量。崇绮说：'我与徐用仪虽然没有深交，但对他也没有意见，可以同往。'又去约徐桐，徐桐冷笑着说：'你还想假作好人吗？我看这种内奸，举朝皆是，能多杀几个，才消我气。我儿子奉命监斩，不能代为乞请。'荣禄废然而返，对我说：'此事不成了。冥冥之中，负此良友，奈何！奈何！'这是8月11日的事。小云诸人之命，委实断送于此人之手。假使小云还在，今日议事，多一解事之人，岂不很好。徐桐死事遗折，我不能代奏。"奕劻谈话间，极为愤慨。众人闻言，均各怆然。

奕劻到京后，避难离京的官民也逐渐归来。大、宛两位县令从京西前来谒见。陈夔龙探知王培佑尚在固安，致函约其来京，与自己一同去见奕劻。王培佑贸然说道："此时北京太不成局面，各国弁兵纷纷占据，幸得邸堂到京，请令各公使速将洋兵全数移扎城外，不得在城内居住。"奕劻无词以对，旋即送客。继而对陈夔龙说："此人太不晓事，如何能做府尹？"当日专就此事上奏，请以陈夔龙补授顺天府尹。慈禧接到奏疏，当即允准，令陈夔龙随同全权大臣办理和议。

京师每到冬季，贫民众多，顺天府向来设有粥厂赈济，还给贫民发放棉衣。兵燹之后，库帑无存，不得已，遂电寄山东袁世凯和上海盛宣怀，请各助棉衣、棉裤五千套，即日运到京城。一面和日本军官协商，索回禄米和仓小米两厫，分设粥厂十余处，使孑遗之民免受饥寒。

9月7日，慈禧授予李鸿章和奕劻为议和全权大臣，准便宜行事，将应办事宜迅速办理，朝廷不为遥制。刘坤一、张之洞会办议约事宜，均准便宜行事。

京城沦陷，乘舆播迁，慈禧对义和团恨之入骨。为尽快与列强达成和议，她从9月7日起连续下谕剿杀义和团："此案初起，义和团实为肇祸之由，今欲拔本塞源，非痛加铲除不可。直隶地方，义和团蔓延尤甚，李鸿章未到任以前，廷雍责无旁贷，即著该护督督饬地方文武，严行查办，务净根株。倘仍有结党横行，目无官长，甚至抗拒官兵者，即责成带兵官实力剿办，以清乱源而安氓庶。"并向联军请求"助剿团匪"，将义和团擒斩略尽。

面对如此深灾巨祸，慈禧不能不对天下做个"交代"，在一道道上谕中，她把责任完全推给了诸位王公大臣："此次中外开衅，变出非常，推其致祸之由，实非朝廷本意，皆因诸王大臣等纵庇拳匪，启衅友邦，以致贻患宗社，乘舆播迁，朕固不能不引咎自责，而诸王大臣等无端肇祸，亦亟应分别重轻，加以惩处"，"追思肇祸之始，实由诸王大臣等昏谬无知，嚣张跋扈，深信邪术，挟制朝廷，于剿办拳匪之谕抗不遵行，反纵信拳匪妄行攻战，以致邪焰大张，聚数万匪徒于肘腋之下，势不可遏，复主令卤莽将卒围攻使馆，竟至数月之间酿成奇祸，社稷阽危，陵庙震惊，地方蹂躏，民生涂炭，朕与皇太后危险情形不堪言状，至今痛心疾首，悲愤交深。是诸王大臣等信邪纵匪，上危宗社，下祸黎元，自问当得何罪？"

慈禧为自己辩解道："这都是刚毅、赵舒翘误国，实在死有余辜。当时拳匪初起，议论纷纭，我主张不定，特派他们两人，前往涿州去验看。后来回京复命，我问赵舒翘：'义和团是否可靠？'他只装出拳匪样子，道是两眼如何直视，面目如何发赤，手足如何抚弄，叨叨絮絮，说了一大篇。我说：'这都不相干，我只问你，这些拳民据你看来，究竟可靠不可靠？'他还是照前式样，重述一遍，到底没有一个正经主意回复。你想他们两人，都是国家倚傍的大臣，办事如此糊涂，余外的王公大臣们，又都是一起儿敦迫着我，要与洋人拼命，教我一个人，如何拿得定主意呢？"

列强对清廷任命李鸿章为议和全权大臣反应不一。沙俄为诱迫清廷承认它侵占东三省合法化，首先表示承认李鸿章代表资格，赞同与清廷议和，将在京俄国公使和军队撤往天津。英、德等国希望索取更多利益，强烈反对与素有亲俄倾向的慈禧政权开议，拒不承认李鸿章的代表资格。德国因其公使克林德被击毙而更加忌恨清廷，甚至与英国商定准备拘捕李鸿章，阻挠清廷与俄国的交涉。为此，李鸿章从广州抵沪后迟迟不敢北上。俄国极力为清廷斡旋，力劝英、德放弃了拘捕李鸿章的打算。

李鸿章和俄国人走得最近，李鸿章要议和，俄国人自然表示支持，但支持背后是巨大的阴谋。俄国人和英国人有过节，俄国人支持，英国人就跳出来反对。张之洞、刘坤一和英国人走得近，在他们的安抚下，英国人也同意议和。德国人对议和一点兴趣都没有，铁了心要把中国变成殖民地，他们不信"东亚病夫"还有能力抵抗？所以他们建议，只要李鸿章一到北京，就把他变成俘虏。这下俄国人不干了，俄国人说李鸿章是他们的朋友，你想干吗？德国忌惮俄国在远东的实力，只能暂时屈服。

9月14日，李鸿章搭乘俄国军舰北上。

9月18日，李鸿章到达天津塘沽。德国人见挑拨离间的人来了，不许他上岸。后来在俄兵的护卫下登陆。直隶藩司周馥等人在码头迎接，李鸿章与他执手唏嘘，不胜悲伤。

李鸿章在天津短暂休整，看到满目疮痍，心情无比沉重。垂暮之年，看到熟悉的天津城如今残破不堪，不禁放声痛哭。

李鸿章想在天津谒见瓦德西，瓦德西让人转告他："我统兵主战，君主和，职事不同。"推辞不见。

李鸿章反复与各国交涉，各国始终坚持必须先惩办肇祸大臣，然后再谈议和的问题。奕劻、刘坤一、张之洞、盛宣怀和部分驻外公使也认为若无载漪、刚毅等糊涂官员作乱，也不会酿成如此大祸，建议朝廷重惩肇祸诸臣。慈禧没有回应。

9月20日深夜，李鸿章具折飞寄行在，声称若不惩办首祸诸臣，"各国难允开议，不开议即不停战，即祸无底止"。

在中外压力逼迫下，慈禧只好妥协。9月25日，慈禧以光绪皇帝的名义下诏对肇祸大臣予以惩罚：庄亲王载勋、怡亲王溥静、贝勒载濂和载滢革去爵职；端郡王载漪撤去一切差使，交宗人府严加议处；辅国公载澜、左都御史英年均交该衙门议处；协办大学士兼吏部尚书刚毅、刑部尚书赵舒翘交部议处。

此谕下达后，各国公使极不满意，认为惩罚太轻，拒绝议和，联军仍然四处攻掠，并扬言西进，抓捕慈禧问罪。

10月4日，法国提出6条意见，照会各国以此作为对华谈判的基础：一、惩处各国公使指定的罪犯；二、禁止军火进口中国；三、赔款；四、建立永久性的使馆卫队；五、拆毁大沽炮台；六、允许各国在大沽至北京一线驻兵。第一条就要求重惩肇祸大臣及各地方官员。日本国书指出"惟大皇帝如果切望和平，宜需明降谕旨，断不举用守旧顽固之人，亟应简选中外重望有为者派为大臣，另立一新政府"。德国国书指出"贵国执政王大臣并各省大小臣工所犯之罪，原应论死，以致教化……此等背义之员，即应从严惩办"。在惩凶问题上同俄、法主张一致的美国提出："今酿祸诸臣不特贻害多国，并且获罪中朝"，必须严惩罪首。其他各国也纷纷申明：不重惩肇祸大臣，断难议和。各国公使对甘军首领董福祥尤其关注，明确表示要重惩此人。

1900年闰八月十八日（10月11日），李鸿章带着随从由天津出发前往北京。这天一共雇了四十辆单套轿车，二十辆二把手小车，还不够坐，很多侍从只好徒步相随。沿途看见井邑萧条，居民闭户，残骸败骨，狼藉盈途，李鸿章慨叹不已。

抵达北京朝阳门时，俄军统帅派骑兵数十名前来护卫。途中遇到德国军队，两不相扰，得以安然抵达贤良寺。寺门外有俄兵鼓乐相迎，对他极为恭敬。

英国司令官前去迎接李鸿章，外国摄影师拍下了他刚到北京时的影像（这是他生前唯一的影像）。

李鸿章知道自己一生中的最后一件事就是签这么一个条约。在最关键的时候，还是他来下地狱，因为谁都不愿意下地狱。那些高喊着扶清灭洋的人，洋人的枪炮一响，他们比兔子还快地逃跑了。

对西方人来说，李鸿章的到来只是签订一份投降文件，而对占领区的百姓来说，他则是安定的象征。当时家住北京的国学大师齐如山在自己的回忆录中写道：整个北京城都在盼望李鸿章的到来。那些办义和团、跟着起哄的人（很多是满人）非常高兴，当初义和团兴盛的时候，骂李鸿章的特别多，在他们口中，李二先生（李鸿章，因在家里排行老二，民间称其为"李二先生"）绝对是内奸、卖国贼。但到议和的时候，他们一听说李鸿章要来，都欢欣鼓舞，说这回咱们可有救了。齐如山问："你们不骂他是内奸吗？怎么最后还是指望人家？"他们说："唉，还得指望人家。"这样一个烂摊子最后还得留给他们平时最看不起、必欲杀之而后快的卖国贼来收拾。

李鸿章进京后，仍像以往一样住在贤良寺里——那是他每次进京觐见皇帝和太后时的寓所。奕劻住在庆王府里。他曾邀请李鸿章住到自己的王府里，还给他准备了最好的房间。李鸿章婉拒了他的好意，坚决住在贤良寺里。或许在他心里，还想着在列强环伺的北京城里为大清多保留一块小小的地盘。当时各国军队只承认奕劻和李鸿章两位全权大臣的居所为大清领地，其余均为外国辖境。

在谈判期间，联军派人对庆王府和贤良寺进行了保护，不允许士兵前来骚扰。奕劻住宅外有日兵持枪护卫；李鸿章住所外也有荷枪实弹的俄兵把守。外国报纸评论道：奕劻"如一囚徒"；李鸿章"是受到礼遇的俘虏"。

此时京城已被八国联军控制，满汉大员多已逃光，李鸿章以古稀之年，多病之躯，在京与各国周旋。有法国记者前去采访李鸿章，见守门的是俄国哥萨克骑兵，野蛮凶横。李鸿章的住处一片狼藉，像是准备随时逃亡的模样。李鸿章身着破旧皮衣，精神尚佳。

李鸿章到达北京后两天，就在各国公使间不停地奔走。

二十一日（10月14日），奕劻和赫德到贤良寺来见李鸿章。榷宪拟成议和章程初稿，李鸿章斟酌其间，不卑不亢。随后照会各国公使，定期于二十七日（10月20日）开议和局，并移送议和章程。

照会底稿："为照会事：照得本年入春后，义和拳匪扰及近畿一带，以致向所未闻之奇祸层见迭出。始则各国使馆被围，继则各国兵队汇至京中，随至乘舆播迁远地。试忆此事未出以前，若语人曰：'数月后当有此事！'谁其信之？今者，朝廷始知左右诸王大臣之纵庇拳匪，妄启祸端，是以一面将该王大臣等照中国例交各该衙门严议，一面派本大臣为全权大臣，便宜行事，俾得迅速开议和局，以了此事。惟应与议者，并非一国；且应议之事，各国又有不同；加以事出非常，应议一切，种种较难。再四思惟，不若先将其事之纲领，与与议各国会定通行之专约，后将其事之详细，按照各国情形，各定分约。此外，俟通商条约应否改定，均已办妥，再将约内关系各省应行事宜者，再另定善后章程，以期彼此获益，永无窒碍。兹将先议之通行专约，特拟底稿，附送查阅，以便各国大臣会阅。并请将中国现在如何办法各情形，电达贵国外部，俾期速将应办之事，早得完结。除将拟稿附送，并录钞分送各国大臣查阅外，合即照会。为此照会贵大臣，请烦查照可也。须至照会者。"

各国以俄、德两国公使尚在天津为由予以拒绝。

意大利公使萨瓦戈资望较深，各国都推举他为领袖，这天他来到贤良寺答拜李鸿章。寒暄完毕，萨瓦戈态度傲慢地说："这是什么时候？贵国既已一败涂地，议和还想提条件吗？唯有凛遵各国所示而已！"李鸿章默然不言。

德国首先提出，要以惩凶作为议和的先决条件，应该惩办的头号战犯就是慈禧太后（被杀害的德国公使克林德的夫人就要求慈禧偿命）。有外国民间代表甚至远隔千山万水写来一封信要求慈禧下台，让光绪上位。德国提出以惩办慈禧太后、端王载漪等战争祸首作为议和的先决条件，使得和谈无法进行。列强围绕是否与清廷和谈以及李鸿章代表资格等问题进行激烈争论：俄国支持素有亲俄倾向的慈禧和李鸿章；英、美等国则支持光绪；德国明显倾向英国，以拖延时间，等待他们的元帅、八国联军总司令瓦德西来华，以便扩大对华侵略战争。

李鸿章提出两个谈判纲领：一是驻军长留；二是赔钱走人。并希望和列强单独对谈，以期各个击破。

两天后（10月17日），联军最高统帅瓦德西赶到北京，对李鸿章提出的议和条件，他的态度是：不给予任何理睬。

瓦德西到京后，住进了慈禧太后的寝宫仪鸾殿里。他带兵整队入宫，见到穆宗（同治皇帝）的瑜妃，还向她致以敬礼。殿宇器物，告诫士兵不要毁掠。闲杂人等，不许擅入禁门。每日照例进膳。

瓦德西熟知中华习俗，性情平和喜欢交际，他见华洋感情不洽，建议将京城中的绅士召来参与安民善后各项事宜，每日开会议事。一时京城士民颇为感颂，争相前去看他，王公大臣也掺杂其中。联军遍设警察巡逻各地，维持京城治安，由瓦德西分派绅士主持。除军政大事是由联军自主外，其余民事都要与绅士等商榷后再施行。名列顾问的京中绅士有几十上百人，俨然外国政府的上宾，出而傲视他人。

那时军机大臣等都匆匆随驾西逃，朝署一空，高官显宦的眷属也大多去往天津或南下避难了。不能去的，除了商民外，就是落拓穷途的寒士。一天，瓦德西偶与绅士们纵谈中国政治，忽然问道："我对民事已多有布置，唯独对文学之事一直没有提倡。那些学界人才，会不会说我武人不知是非黑白呢？岂知我幼受教育，年长钻研学问，最喜助成文学之事。我既在此统管一切，不可让学士文人遭受冷落。我想遍招全国学界，根据考试优劣，施以赏罚。将用何种手续做成此事，还望诸君赐教。"

绅士们纷纷建议，有说应开科取士的，有说应特行殿试的，有说应临时举行博学鸿词科的，一一为瓦德西解释其含义。瓦德西说："贵国考试，重在八股试贴。开科取士固然是正当办法，但需时太久，全国士人一时岂易招致？我恐怕也不能居此久候，此条自当取消。至于殿试策论，固然足以测试贵国士子的治道，但名义上却是皇帝的特权。我国也有皇帝，两国权衡，此等名分，似乎不可僭越。博学鸿词的性质，据你所述，也与殿试相同，且是特典，若仓促举行，反恐贵国士子讥讽非议，也不是妥善之道。还请你们另议他法。"

绅士中有个姓丁的，颇为狡黠，站起来说道："聆听了将军的教海，实在令人悦服。将军真是临事不苟，聪明正直的人。鄙人今献上一策，似乎还合于事理，不知可供将军选用吗？"瓦德西让他快说。丁绅士从容说道："敝国平时校试士子，是在书院里，就像外国在学堂里一样。京师最大的书院是金台书院。但凡京兆尹和大官到任，都要莅临书院主持考试。将军有意嘉惠敝国士林，我等自当推戴将军以长官之礼。如蒙将军不弃，考试就在书院中举行怎么样？"

瓦德西大喜鼓掌道："正合我意。书院恰如学堂，我正想询问这个，贵大夫为何如此善体人意？校试学堂，正合我的地位和身份。快速去办理，明天就公示考试时间，三天之内就可以实行。"又说："就敦请丁先生为考试总裁。凡考试一切事宜，均由丁先生全权办理。应拨费用若干，做一张预算表，拿给敝处照拨。好好操办，不要办得过于省俭。要知道这也是一件难得遇到的事。"

众绅士听说瓦德西已全权委托给丁某，还嘱咐他不要办得过于省俭，显然可以得到丰厚的油水，都艳羡垂涎不已，懊悔先前说错了话，现在后悔也来不及了。翌日，丁绅士就将预算表呈交给瓦德西，一切布置费用，需用五万余金。瓦德西略微看了看说："贵国素来崇尚节俭，凡事都不铺张，在这张表上可略见一斑。你真是个热心办事的人。"丁绅士唯唯而退，喜极欲狂。第三天，就广布告示道："瓦德西将军要在金台书院举行考试，凡是名列前茅的人都可得优奖。"那时流落京都的文士，正苦衣食不周，听闻考试可以得奖，都跃跃欲试，宛如饿虎逢羊，相较大比之年，心情更为急切。因为虚荣与实利相比，自不相同。报名应试的人涌如怒潮，参加考试的人员数量原本定在一千，不料三天之内，报名参考的人数已不下三千人。

丁绅士命令立即截止报名，报告瓦德西道："因为将军的威德，士子闻风而来，云集波涌，书院中的座位实在容纳不下，须要扩充座位。但添置所费不赀，超出预算很多，奖金还要增加，是否可行？不得不请示将军。"瓦德西激动地说："这是一大盛事，为什么要吝惜区区几两银子，辜负人家的期盼？你速去添办。一切经费，随加随支，等完事以后统一决算，可不加以限制。请先生立即主持，凡是来报名应考的都不要拒绝。"丁绅士连声答应，奉命而出，趾高气扬，如登云雾。

考试那天，丁绅士先将考试题目进呈瓦德西，并给他解释考题的意思。瓦德西以为他忠于自己，甚为赞成。这天，书院中坑谷皆满，咿唔之声，传到数里之外。考题出来，是《不教民战》的一章，试帖则是一句"飞刍入秦中"。考生见了顿时哗然，有人认为此考题辱国，但为了得奖，也不想捣乱坏事。于是各自研思抽秘，援笔鏖战。悬奖的金额，第一名是一百两银子，以次递减。在瓦德西看来，还以为太少，但相比金台书院以往的惯例，却是破天荒的大奖了。这天，凡是参与考试的人都可得到两块外国点心，以示优异。但参考的人太多，厨师供应不暇，点心里夹杂着粗劣的成分，不堪入口。考试完毕，丁绅士将试卷收集起来，呈交给瓦德西。瓦德西让他分派给各位考官阅卷推荐，然后由丁绅士总阅。阅毕，再呈交给瓦德西。

第一张考卷是个浙江人的，他其实是个翰林院的史官。那时许多翰林院的官员都困守在京城，得此百金，不无小补，所以不顾廉耻来参加考试。没想到瓦德西不解文义，只善中国楷书匀整。浙江人本擅长书法，但此等考试，向来不注重书法，誊抄卷子时大半都用行草，于是被瓦德西排到第五名，只得了三十两银子。发榜时，瓦德西认为百两银子过于微薄，专门给前三名加了二百两银子奖金，第一名加一百两银子，第二、第三名各加五十两银子。事毕，丁绅士从中攫取了不下三万两银子。瓦德西前后总共花费了八万两银子。

李鸿章见联军统帅瓦德西到了京城，觉得应该前往拜谒，以尽地主之谊，且和局开议在即，也须稍通款曲，不无裨益。

瓦德西欲约李鸿章在仪鸾殿会面。

李鸿章谢绝道："君所居太后宫，我是中国大臣，又老病不赖行，不能以人臣礼相见，奈何？"

俄国公使格尔思和新任德国公使穆默到达北京后，英国公使窦纳乐函请奕劻偕李鸿章到公使馆面谈，出示所拟办法五条："一、惩治庇匪元凶；二、偿还兵费；三、赔被毁之产，恤被害之人；四、国家财赋归各国公同掌管；五、总理各国事务衙门，只须遴选明于交涉者综理一切，人数不可太多。"李鸿章问："兵费大约需要多少？"窦纳乐说："约在三十万万之数。"李鸿章说："中国急切之间怎能筹得此数？"窦纳乐说："若由各国掌管财赋，此款尚当可筹。"李鸿章说："若是这样中国就无自主之权了。"窦纳乐说："事已如此，中国还想自主吗？"李鸿章不再跟他说话。各国公使又以李鸿章先将照会及议和章程送交，很有不悦之色，言语之间更觉格格难入。

奕劻见事情棘手，忧心如焚，以致须发皓然，几乎将要一白如锦，他对李鸿章说："我公是国家柱石，实为当今不可缺少之人，凡事均须借重，本爵当拱听指挥。"从此每当与列强聚议时，一切辩驳均由李鸿章陈词，奕劻只是赞助数言而已。李鸿章年虽老迈，精神依然矍铄，加上口若悬河，滔滔不绝，凡事都力争上游，并不稍屈。

李鸿章听说各国使臣认为中国处置纵匪作乱的诸王公大臣过于轻纵，而且两宫逃亡在外，和局必然难成，于是禀商奕劻，拟定奏折，请旨将肇祸诸王公大臣分别从严治罪，万不可仍将其留在行在，以致外人啧有烦言，奏折中说："德皇覆书内以赐奠已故使臣克林德之事未惬于心，诸王大臣纵匪殃民，祸延邻国，法应论死，若中国大皇帝自行惩治，方能折服各国之心……美国外务省来电，亦请严治刚、董诸罪魁，今已令使臣康格查明中朝所定治罪之条是否已足，此外幸逃法纲者尚有几员？"慈禧未作回复。

10月23日，李鸿章再次致电慈禧太后，请求严惩肇祸大臣，以便尽早议和，阻止联军西进。刘坤一、张之洞、盛宣怀和驻外公使杨儒、李盛铎、罗丰禄、伍廷芳等，也纷纷致电外逃的慈禧，奏请自认围攻使馆违背公法，重惩载漪、刚毅、董福祥、毓贤等肇祸大臣，以促成和议开谈，阻止联军四处攻掠。但不管中外如何敦请勒逼，慈禧一直不敢重惩随行大臣，以免变生肘腋。特别是甘军首领董福祥，此时正率精锐部队甘军随驾护卫，如治董福祥死罪，难免他会一怒而反。各国公使见慈禧对各方的敦促毫无反应，就连日自行计议重惩肇祸大臣的数目和办法。

10月26日，两宫逃至西安。慈禧下令各省将应解递京城的钱粮均转输到西安。南漕改道，由汉水进入紫荆关，经过龙驹寨送达西安。慈禧在西安大肆卖官鬻爵，"纳贿鬻权，无所不至"。上行下效，各级官吏拼命聚敛财富。荣禄尤以贪黩著称。他以近幸得弄朝政，政以贿成，所得以巨万亿计。

10 月 27 日，经数日计议，各国公使联合向清廷下达最后通牒，明确要求必须将载漪、载勋、溥静、载濂、载滢、载澜、董福祥、刚毅、毓贤、李秉衡（各国公使不知李秉衡已于 8 月 11 日自杀）、赵舒翘、英年等人一律正法，方可开议。以前各国只是反复要求重惩，并未明说如何重惩，此次提出将上述诸人全部处以死刑，让清廷大吃一惊。各国公使估计清廷不会轻易就范，就派军继续西进，前锋直指紫荆关，再次扬言进攻西安，问罪慈禧。

在宫中居住了很多天，瓦德西也不出来，李鸿章只好会同庆亲王奕劻，带着翻译荫昌等，进宫去谒见他。11 月 9 日，两人在仪鸾殿会面。

瓦德西曾参加过普法之战，此次总督八国之兵，号称二十万，自负为老军事专家，尤为轻蔑侮辱中国。等见到李鸿章，颜色甚为和悦，脱帽迎接，与他握手为礼。彼此坐定，寒暄毕，李鸿章说："贵统帅气色很好。"

瓦德西说："托您的福，中国的天气与我极为相宜。贵大臣与我数年前在德国会晤后，现下贵大臣体气尚好，我很高兴。"

李鸿章说："我之前在德国时，因事忙未能与贵统帅畅谈。今日得见，甚为欣喜。"

瓦德西说："贵大臣在中国声望甚著，我早有所闻。今日得以再见，何其荣幸！"

李鸿章说："贵统帅今年多大年纪，应该有七十了吧？"

瓦德西说："我今年六十八岁了。"

李鸿章说："贵统帅年事已高，还能来中国，真不容易！"

瓦德西说："我仰慕中国已久，很想来华一游，以长见识。"

李鸿章说："中国人都不愿远游，与贵统帅所言正好相反。"

瓦德西说："贵大臣尽可劝令百姓以后应多到他国游历。"

李鸿章说："我在欧洲时，见各国殷实富足，甚为惊愕。"

瓦德西说："英国人韦礼逊所著的书，有谈及贵大臣之事，我曾经读过。韦礼逊说：假如贵大臣能像从前一样劝令贵国人民，贵大臣将有益于国家不浅。"

李鸿章说："不幸中国身居高位者知识甚浅，致使中国大为所害，百姓也不愿有铁路、电线等物。"

瓦德西说："从前德国人也这样，铁路刚出来时，德国人民都不愿有，时间久了也知道它是国家不可或缺之物。"

李鸿章说："和议达成后，中国自当立即开办铁路。"

瓦德西说："如和议一成，欧洲各国将以巨款借给中国，以为建造铁路之用。"

李鸿章说："我很希望中国民智渐开。"

瓦德西说："我深知中国极为富有，但需要设法改变。铁路将来更会大有用处。"

李鸿章说："中国目前仍然贫穷。"

瓦德西说："欧美各处我几乎已经走遍，深知铁路有用。贵大臣在德国时曾谈及毛奇将军。他是我的老师，他也深知铁路的作用。"

李鸿章说："我在德国时，毛将军已经去世数年，唯独有幸与俾斯麦王爵谈了好几个小时。"

瓦德西说："我也深知此事。"

李鸿章说："贵统帅那时在汉勃克附近某处为统带官，俾斯麦王爵的宅第距汉勃克并不遥远。"

瓦德西说："大约一个小时可以到。"

李鸿章问："贵统帅大约与俾斯麦王爵是好朋友？"

瓦德西说："是的，我们二人的友谊始终不渝。"

李鸿章问："现在和伦洛熙王爵是否仍为德国宰相？"

瓦德西说："没有，他近日已经告退了。"

李鸿章问："继任者是谁？"

瓦德西说："是褒洛孚伯爵。他年纪还不是很大。"

李鸿章问："和伦洛熙王爵已年过八十了吧？"

瓦德西说："是的。"

李鸿章问："毛奇将军有儿子吗？"

瓦德西说："毛奇将军没有儿子，他有很多侄儿……北京气候颇为寒冷。"

李鸿章问："贵统帅置有火炉吗？"

瓦德西说："有。这里的天气与我颇为相宜。德国秋冬之间雨水很多，北京不这样。"

李鸿章说："现下非常盼望下雪……德皇目前在柏林吗？"

瓦德西说："在柏林，德皇身体极好，皇子很多。"

李鸿章说："我在柏林时，皇子还没有这么多。"

李鸿章又问："皇后近来身体如何？"

瓦德西说："皇后身体极好。"

李鸿章说："我在柏林时，曾蒙皇后赐宴，我也曾见过皇子。贵统帅共有几个儿子？"

瓦德西说："没有儿子。"

李鸿章问："贵统帅结婚了吗？"

瓦德西说："已经娶亲。"

李鸿章问："贵统帅从 1870 年起，是否一向带兵？"

瓦德西说："是的，中间有时参与办理外交事宜……贵大臣在此颇无所扰吧？"

李鸿章说："是的。"

瓦德西说："兵争一事，无论对谁，都殊为不便。"

李鸿章问："孟公使和立侧尔副将近状如何？"

瓦德西说："孟公使身体很好。立侧尔副将即刻回保定，他素来钦佩贵大臣。"

李鸿章说："立侧尔副将和希立克新，是上等陆军教习。"

瓦德西说："吾极望以后中国再聘用德国教习。"

李鸿章说："联军以德国为首务国，德国出的主意，他国自然乐于遵从。"

瓦德西说："我也希望如此。但贵大臣必须与我会同办理，事情自然没有难办的。"

李鸿章说："我听说联军将前往张家口。"

瓦德西说："不是，不过到长城为止，听闻该处有中国军队。"

李鸿章说："该处如有中国军队，无非为弹压地方起见。"

瓦德西说："保定府附近各处也有中国军队，他们并不剿除团匪。"

李鸿章说："北方的中国军队，专为弹压地方起见，并不与西方人为难。"

瓦德西说："此间中国军队没有纪律的很多，北方人民颇不喜欢他们。"

李鸿章说："我想这只是传闻，并不确切。"

瓦德西说："如果贵大臣能保证中国军队不与联军接近，我必不会派遣军队前往各处。"

李鸿章说："联军所占各处，我不太了解。"

瓦德西说："我将让贵大臣观看地图。"

李鸿章说："谢谢……德军将前往张家口吗？"

瓦德西说："如果中国军队以武力抗拒，德军必然前往。听闻那里有个教会，被百姓所虐待。"

李鸿章说："我知道该处有教会，断不致有危险发生。我今已到京议和，应当更不会有这种事。"

瓦德西说："此军不可不发。"

李鸿章说："保定府是拳匪渊薮，如今已很安靖。"

说到这里，侍从报称庆亲王奕劻来了，瓦德西让军官布立克新去迎接他。

瓦德西问："贵大臣近日有两宫的消息吗？"

李鸿章说："两宫情形，跟之前大略相同。"

瓦德西问："北京与两宫如何通电？"

李鸿章说："从此间致电上海，再转汉口到西安。贵国大皇帝曾劝皇上返回北京，无奈我国皇上甚为胆怯。"

那时奕劻已经进来了，经李鸿章引进，瓦德西和他握手相互问候。

奕劻说："我早就想与贵统帅结交了。"

瓦德西说："今日得见王爷，我心甚喜。"

奕劻说："我想来拜谒贵统帅已久。"

瓦德西说："我也早就想来中国了，今日有幸得以如愿。我之前虽然没有来过中国，但中国的情况，在书上了解了很多。不幸的是，这次是因战争之事而来。"

奕劻说："我曾见过亨利亲王。"

瓦德西说："亨利亲王曾经告诉我：北京人民，待他甚厚。"

奕劻说："我与亨利亲王也曾叙谈过多次。"随即说起德国公使克林德被戕害，我两宫和中国人民都很惋惜抱歉，随后又问："各国统帅觉得北京寒冷吗？"

瓦德西说："我现已按照中国习惯，穿皮衣御寒。北京有上好皮货，实在是天下所仅见。"

奕劻问："德国的气候与北京相同吗？"

瓦德西说："大致相同，只是冬天比北京更短，北京气候似乎更好一些。"

奕劻问："贵统帅今年多少岁了？"

瓦德西说："六十八。我想王爷比我至少小十岁。"

奕劻说："我今年六十三岁。"

瓦德西说："王爷有府邸在北京吗？"

奕劻说："有，不过很小，与这里相距很近。"

瓦德西问："有避暑宫吗？"

奕劻说："有，亨利亲王来华时，曾在该处用早膳。"

瓦德西问："是否与皇上的避暑宫相近？"

奕劻说："是的。贵统帅带有马车来华吗？"

瓦德西说："有，不想此间人民见了，颇为骇异。"

奕劻说："马车在此间极为罕见。"

瓦德西说："马车在欧洲很有用，中国也应该用，马车的用处与铁路相等。"

奕劻问："贵统帅带来的马车是否用两匹马拉？"

瓦德西说："是的，如果要走得远，就要驾四匹马。"

奕劻说："此间道路崎岖，马车行走殊为不便。"

瓦德西说："如驾良马，即可无虞。此间城内布置很好，皇宫里尤其精妙。"

奕劻说："可惜现在只剩废址颓垣。"

瓦德西说："很希望两宫早日回京。"

奕劻说："如想北京一切复旧，这是最难的事。"

瓦德西说："我刚才与李相接谈，因王爷到来而中止。我曾问李相中国皇上能否早日回京。"

奕劻说："我也希望皇上早日东归，只是现在难以布置，请贵统帅转请各国公使早将和议条款议定。"

瓦德西说："大约数日内即可照办。"

奕劻说："很希望如此。近日皇上有上谕说：和议一有头绪，就将返跸。况贵国大皇帝也请皇上回京。"

瓦德西说："王爷须知我已奉令，以皇帝之礼接待皇上。"

奕劻说："很好。一年前亨利亲王来时，敝国也以礼接待。"

瓦德西说："那时德皇知道了很高兴。我德皇也很愿意与中国共守和局，当中东构衅时，德皇就有此言。"

奕劻说："我知道德皇待中国极好。贵统帅在贵国一向身居何职？"

瓦德西说："我任巡阅德国陆军之职。"说到这儿，就看着他的翻译官说："请将此职解释明白，让王爷详知。"

奕劻说："此位很高，只是很辛苦。贵统帅常见亨利亲王吗？"

瓦德西说："我在克伊尔，时常与他相见。"

奕劻问："亨利亲王现管何军？"

瓦德西说："亨利亲王现正休息，明年春天就当复出。"

李鸿章问："德皇太子是否还在学堂读书？"

瓦德西说："没有，已进入军营，一两年内再入大学堂学习。"

奕劻问："太子今年多少岁了？"

瓦德西说："十八岁。"

李鸿章说："我也见过他。"

瓦德西说："做太子的，必须到陆军学堂学习。陆军是国家的根基。"

奕劻说："的确如贵统帅所言，我也当过武官。"

瓦德西看着荫昌说："足下德语极佳，在敝国待了多少年？"

荫昌说："从 1877 年到 1882 年，我在德奥两国。"

瓦德西问："柏林比维也纳好吗？"

荫昌说："各有好处。"

李鸿章又说到联军所占地方之图。

瓦德西说："联军正在修建从杨村到北京的铁路，不久就可开用。铁路附近各处居民，必须保持安静。我希望该处已无拳匪。以后这条铁路，也可作为百姓转运之用。"

李鸿章说："俄军修理铁路工程，并未停止。"

奕劻说："拳匪之前将该处铁路拆毁。"

李鸿章说："拳匪已死，无须再言。只是北京至杨村的铁路，能否恢复？"

瓦德西说："我想自能恢复。只是铁路附近的人民，均须安静，否则当以枪毙。若有事端，该处人民不能辞其责。"

李鸿章说："如有兵保护，则必无其事。该处人民，畏兵如虎。"

瓦德西说："北京居民，外逃未归的还多吗？"

奕劻说："归来的约有大半。铺户因无本钱，所以还有很多没有开业。"

瓦德西说："在京的居民，他们的产业或许可以保全。这里的华人，偷窃他人物件的很多。"

奕劻说："贵统帅说得很对。"

瓦德西说："我的阅历是经历了几场战事得来的，发生战争时，有财产的居民不宜去往他处。如北省一带，能从此安静，我更高兴。"

奕劻说："谢谢。我非常希望以后中外成为一家。"

瓦德西面露微笑。

李鸿章说："很希望和局即可开议。"

瓦德西说："大约日内就可开办。但和议既开，也须早有了结。不过中国须吃亏罢了。如果早日了结，吃亏可以略少一些。"

李鸿章说："现在想跟中国军队通信，因为没有电报，颇为不易。请贵统帅给予通行护照。"

瓦德西说："这不是必需之物，况且贵国送信章程已极好，不必再多此一番周折！"

李鸿章说："如贵统帅给予护照，会较为便益。"

瓦德西说："如中国军队不在联军所占之处驻扎，我能设法让人帮同信差通信。"

李鸿章说："护照不但可作送信之用，就是派员他往，也可使用。"

瓦德西说："如果信中内容能让我知道，即可照办。"

奕劻说："所通各信，自与兵事无关。"

瓦德西说："既与兵事无关，就可由我处代寄。"

李鸿章说："如有上谕送来，也须护照。"

瓦德西说："此事容我考虑考虑。我希望自此以后，能常与贵大臣相见。"

奕劻说："目前各信，均已被联军扣留。"

瓦德西说："我想并无此事。只是现在万不能以护照相送，必须容我三思。"

奕劻说："如所送之信，已经延迟耽搁，信差应当可以放行。"

李鸿章说："既然没有护照，我岂能发遣信差？"

瓦德西说："此事必须容我三思后再做答复。在直隶省的中国军队还有很多，必须遣往他处才行。其余办事员，如对联军有益，自可容留。"

李鸿章说："由此可见贵统帅对在直隶办事的各位中国官员并无阻难之意，深表感谢。"

说到这儿，李鸿章、奕劻就和瓦德西告别了。

后来有一天，联军在殿中烧火做饭，不小心引发大火，将仪鸾殿烧毁。武英殿等多个宫殿也被烧残。瓦德西就搬到了颐年殿居住。

这时，各国议约，往往相难，条约久久不出，兵连未解，颇四出侵扰，闯入长城岭，至大同，山西戒严。李鸿章一面急忙通过赫德向列强说情，一面在 11 月 10 日和奕劻共同上奏，说各国态度坚决，"必欲得祸首而甘心，若能此时自行惩办，当可止其西犯"。刘坤一、张之洞也联衔会奏，称若不速惩祸首，"早定大计，以平各国之愤"，"和议一变，各国分路进兵，匪徒乘机起事，外患内讧，天下骚然，将有瓦解之虞，适激瓜分之祸"。

在列强和洋务派的压迫下，11 月 13 日，慈禧发布了第二道"惩凶"谕旨：载漪革去爵职，和载勋一起发往盛京，永远圈禁；溥静、载滢一并交宗人府圈禁；载濂已革爵职，令闭门思过；载澜停止公俸，降一级调用；英年降二级调用；赵舒翘革职留任；毓贤发往极边充当苦差，永不释回；刚毅已于 10 月 18 日病故，免置议。未提董福祥如何处置，荣禄另电告奕劻、李鸿章，说董福祥正领兵随护两宫，不宜立即处置，宜缓议。慈禧将此加重惩处诏书寄给奕劻、李鸿章，同时令二人切实向各国说明太后苦衷，解释朝廷的无奈，督促各国公使赶紧择定时日议和。

第二次重惩肇祸大臣的诏书送达后，各国公使见慈禧翻来覆去总是革职夺爵，大为不满，不管奕劻、李鸿章如何解释，就是认定一条：必须将祸首治以死罪。董福祥因率甘军围攻使馆，各国公使对其尤为痛恨，执意要将他处死。但董福祥的甘军兵凶将狠，且正随扈左右，慈禧实在不敢动他，无奈之下于12月3日下令革去董福祥甘肃提督职位，但仍留任，命他速率甘军返回甘肃。

为了确保慈禧不被治罪，李鸿章坚持要在条款上写明"懿亲不加重刑"。李鸿章设法让各国明白，中国人以孝为本，以忠治国，太后为一国之母，一定要尊重。

李鸿章要先停火后议和，联军要先议和再停火。联军开出一长串名单要求杀、关、流放和没收财产。李鸿章认为应该严格区分，尽量按慈禧太后懿旨加以保护。

谈判不欢而散，联军继续西进，派兵进犯清西陵和清东陵，直逼张家口，向慈禧施加压力。

慈禧在西安天天心惊肉跳地等消息，"以首祸当议己，常惴栗不自安"，"一日不见京电，便觉无措。然每一见电，喜少惊多，实令胆怯"。

11月21日，她电问李鸿章："列强所索各条是何端倪，曾否见询，有无万不能行之事……应据实密奏。"她对和谈的态度很明确："大局攸关，款议可成不可败，两害取轻。"

11月29日是慈禧太后的生日，十月初六（11月27日），岑春煊想为万寿大肆铺张，与各宗室谈及此事。溥侗厉声说道："国家败衰，已至于此，近日又听说东陵已被联军占据，何以对祖宗？还想做生日？我当极力阻止！"此事遂寝。

岑春煊为人沽名钓誉，曾贴出严禁太监滋扰告示："本部院久已视官如寄，不知权贵为何如人。"其实每日奔走于权阉之前，谄媚逢迎，无微不至，又与内奏事处辛太监换帖，称他为三哥。

西安行在各官，出入不是乘车，就是骑马，要尚书才能坐轿。岑春煊因乘车不甚冠冕，力求太监斡旋，所以才有加尚书衔之命，出行也改车为轿。荣禄声名恶劣，新党视其为逆臣，旧党指其为内奸，尤其以贪黩著称。

荣禄的夫人在彰德府旅次病故，荣禄在西安皮条巷某座寺庙中开吊，车马盈门。庄王载勋的福晋在太原旅次病故，也借西安皇华馆开吊，来客虽多但赙敬远逊于荣禄。

行在有顽固党问何乃莹："肇祸诸臣究竟如何？"

何乃莹说："也不过是做王允罢了。"

旁边有人道："与韩侂胄比，似乎相当。"

何乃莹说不出话来。

赵舒翘初到西安时，就请假十天，携带著名堪舆师赴南关外修理祖坟，竭力培植，以期永久富贵。家中聘请了五名精于子平风鉴的大师，终日讲求命相气色，一日三看，以决休咎。

山东粮道达斌谢恩时，面奏太后，请诛祸首以息外国要求。

慈禧面色颇为不悦。

达斌又奏道："洋人决不肯善罢甘休，与其指出罪状而后办，不如先办以全国体。"

慈禧说："不光王大臣忠心耿耿，就是义和拳也忠心爱国，你当时不在京城，不知其中首尾，不必多说。"达斌只好退下。

起初德国和日本致国书请两宫回銮，各国以此相要约，一致要求只有中国的皇帝和太后回到北京才可以开始谈判。但此时慈禧压根儿就没有回京的想法，理由是担心遭遇不测。远在山东的袁世凯对此也很紧张，戊戌年间就是他把光绪将要发动政变的消息出卖给荣禄的，一旦深得列强好感的光绪回京执政，绝对没有自己好果子吃。

敬信从京师出发奔赴西安行在，前来送行的宾客有数百人，他们都说："京师无恙，太后当早归。"敬信到达西安后，秉承荣禄的意旨，不敢将此事奏闻太后（作为慈禧的心腹，荣禄也怕光绪重新上台会对自己不利）。入对时吞吞吐吐，欲言又止。慈禧大怒，让太监崔永安回京打探情况。崔永安回来后如实奏报。慈禧看着左右，没有表态。侍读学士恽毓鼎以及御史郑炳麟、黄会源均请两宫回銮，军机处都没有报上去。鹿传霖正在咸阳置买田宅，数次说敌情叵测，劝慈禧不要北归。左右多进言回京不便。慈禧也怕回京后洋人会勒令自己归政，不想回去。河南知府文悌大治河南宫室，请迁都洛阳。慈禧就暗命河南巡抚松寿，以行宫未建好为由，请求延期回銮。

11个国家组成的谈判方貌似阵容强大，其实搭的是"草台班子"，个个心里都有自己的小算盘：俄国想要东北这块肥肉；日、英、美等国对此心生嫉恨；法国关心的是天主教在华的顺利传播；德国想在中国插进一只脚。李鸿章看出他们同床异梦，在得到荣禄转达的只要保住慈禧就什么都可以商量的示意后，便积极贿赂俄国使其出面斡旋此事。后来俄国带头表示：你们不跟李鸿章谈，我跟他谈，而且我是无条件谈。列强一听有点慌，知道俄国人没安好心。

不久，英国首相索尔兹伯里就对首先提出惩凶作为议和先决条件的德国人说："绝对不可否认，如果把皇太后牵入此事，我们将冒着废弃中国整个国家组织的危险，这对欧洲来说是不利的。"

中国通赫德也认为在目前的情势下，瓜分大清只会更加乱套，中国这间破屋还得要现在这个政府来维持，当时大清最大的权威就是慈禧太后。

因为慈禧不愿回京，谈判又陷入了僵局。

见回銮之事两宫并未允从，在京各官不敢渎奏再三，惹怒天颜。李鸿章只好单衔驰奏，略称："德皇所复国书中曾有两宫如欲还京，当饬统帅依礼迎迓；美廷亦望早日回銮，以免意外之事。总之偏安不可久……瓜分之局，恐自我酿成。唐代宗仍回故都，遂成中兴盛业；梁元帝一去不复返，遂至沦亡。臣年已八旬，久荷天眷，苟非确有所见，乌敢冒昧上陈？"言辞极为真挚，但慈禧仍无回銮之意。

李鸿章只好以生病为由"以拖待变"。久拖之后转机来了，俄国人准备监理东三省，这引起了日、英、美等国极大的不安，他们不再坚持把"严惩祸首"和"两宫回銮"作为和谈的先决条件，而是转向开始讨论议和的具体内容。

那时公约未定，俄国公使提请另订条约，先行结束东三省要案。各国公使不以为然，日本公使极力阻止。俄国政府不管，速电俄国公使催促李鸿章办理。李鸿章认为此事可行，迅速电告行在，请求朝廷先答应俄国所请。当时虽是两位全权大臣列名会电，但李鸿章时常是在发电后才知照奕劻，这引起了奕劲的不满。

一日将晚，奕劻忽然派材官来催促陈夔龙到府中说话。那时洋兵分区占领京城，晚上七点以后街上就不能通行。陈夔龙第二天早晨前去拜谒奕劻。奕劻将李鸿章的电奏拿给他看，说："李中堂任意坚执，竟曲从俄国人所请，我可担不起这项罪名。我打算上奏弹劾他，你可代拟一稿。"陈夔龙沉思良久，笑着对奕劻说："急脉似宜缓受。此项电奏到西安，必难得到两宫允许，不过仍饬令两位全权合并公约，和衷商办。如今贸然奏劾，两宫必疑两全权先不和衷。文忠（李鸿章）虽是重臣，究是外臣，庆王您则是皇室懿亲。倘因全权不能和衷，生出枝节，贻误议款，朝廷责您必较责李相（李鸿章）为严。且目前正在用人之际，李相又为中外安危所系。纵然奏劾，试想两宫能允许吗？既不邀允，试问两位全权要随时与各国公使议约，相见之下，何以为情？"奕劻说："那你说该怎么办？"陈夔龙说："可将此案详细曲折情形写信密寄西安枢府备查。此间仍和衷办理公约事宜。俄约一事，各国既不允另案先结，行在也断不会允许。于公义私情，庶几两全。"事遂中止。李鸿章对此也微有所闻。次年三月，陈夔龙被慈禧任命为河南布政使。李鸿章告诉奕劻，议约需要人才。两人会电将陈夔龙留下，等和议告成，再赴本任。

李鸿章为保全慈禧太后的地位，在列强公使间辛苦奔走，又请沙俄从中斡旋。12月30日，他和俄国公使格尔思签订了《天津俄租界议定书》，承认俄国强划租界合法，甚至准备以东北三省的主权作为交易。在沙俄的支持下，列强终于同意用苛刻的条件换取对慈禧太后的谅解。

各国公使与各国军官先行商酌条款。有此国以为是，他国以为非的；有各国公使以为然，各国军官以为否的。比如驻军及防护使馆、扩大军队守卫使馆的面积、营建炮台和兵房等事，均由各国军官主导商议，各国公使不得干预。

纷纷扰扰，三月有余。等到议款粗成框架，各国公使派员来告，出示草案，说已与各国军官苦口商酌，竭力争执，才允许如此议定。明知条款极为酷虐，但中国铸此大错，他们也实在无可如何。现有一言奉告，将来条款送到，中国政府万不可批驳答复一字。须知我等公使责任在重修旧好，各军官则想穷兵黩武，意在直捣西安。中国政府若允照款议，自奉旨之日起，战事就会结束。各军官只办交地、退兵等事，大宗军费，也将计算到此日截止。随时再由中国政府与各国公使妥善商议条目细节，慢慢完善大纲未涉及之处，岂非轻而易举？若一时嫌条款酷烈，不允照办，各军官闻之，群相起哄，唯恐兵事一起，动员令一发，为害何可胜言？各国公使竭尽所能重订议款，原有各条款自然难以删去，不知又将新增出多少条件。试问中国还能领受吗？就算幸而仍照原款议定，但经此波折，不知又将费去多少时日。以兵费一项而论，恐怕又要增加数百万两白银以上。李鸿章和奕劻将各国公使所论各细节，意在关切而非恫喝，立即密电行在备案。

各国公使和军官经过反复磋商争执，在法国提出的和议六款基础上又增补了新的要求：扩大惩办罪魁名单，董福祥、毓贤应处斩刑；增加赔款数额；地方官应镇压排外活动；在全国张贴上谕二年，禁止人民加入排外会社，违者处死；修订通商行船条约；取消总理各国事务衙门，任命外务部大臣等。扩充成十二条《议和大纲》：

1. 中国派亲王专使就克林德被杀一事前往德国谢罪，并在遇害之处竖立刻有铭志的牌坊；

2. 严惩祸首，杀害凌辱外国人的城镇停止科考五年；

3. 中国必须用优荣之典就日本书记官被害一事向日本政府谢罪；

4. 中国必须在各国人民坟墓遭到亵渎之处建立墓碑；

5. 军火及制造军火的器材不准运入中国；

6. 公平补偿外国人身家财产损失；

7. 各国驻兵护卫使馆并划定使馆区；

8. 削平大沽炮台；

9. 京师至海边由各国留兵驻守；

10. 永远禁止军民等加入仇视各国的团体；

11. 修改通商行船各条约；

12. 改革总理衙门和各国公使觐见礼节。

1900 年圣诞节的前一天（12 月 24 日），英国、美国、法国、俄国、德国、日本、意大利、奥地利、西班牙、比利时、荷兰十一国公使联合向李鸿章、奕劻递交《议和大纲》，声称以上条款中国若不全部答应，各国就不退兵，要求迅速作出答复。

　　看过条款的李鸿章连连叹息，吩咐立即原文电奏西安，并叮嘱发报人告知接收方，务必用重笔写成电报稿呈交慈禧太后。电文传到西安，舆论大哗。所有人都感到条件极端苛刻，无法接受。得到消息的朝廷重臣联名上书，声称绝不能在这份《议和大纲》上签字，其中以号称清流领袖的张之洞为首。张之洞认为这是丧权辱国之约，绝对不能签。李鸿章对此非常恼怒，他比谁都清楚，八国联军在京城已驻扎雄兵数万，张之洞等人倒是可以隔岸观火，但若再次引发战争，黄河以北立刻会陷入无休止的战乱，列强甚至有可能群起而瓜分中国。他愤然骂道："香涛官督抚二十年，犹是书生之见也。"张之洞在邸抄中见到此语，也大怒道："少荃主和议二三次，便以前辈自居乎？"

　　慈禧和光绪看过和约电稿，觉得条件过于苛刻，坚决不答应。荣禄极力婉言陈述，说事机迫切，若不俯允就不能消弭祸患。慈禧大为愠怒，说请皇上斟酌，她不能管。次日，李鸿章和奕劻又发电来催，说各国公使专等准确消息，以决定军队的进止。

　　荣禄接报，又据以上陈。慈禧恼怒地说："两个全权大臣只知责难于君父，不肯向各国公使据情据理尽力争辩。我既不管，皇上也不管，由你们管去吧！"说完，将电稿扔在地上。荣禄惶恐万状，不敢再说，唯有伏地磕头。光绪过了一会儿说道："你们也不用着急，明日再说吧。"荣禄回到住所，私下议论，看此情状，明天上去也无结果。那时李鸿章和奕劻的电报又来了，情势迫切。荣禄喟然叹息道："此事责任在我，唯有淡中着笔，从权办理，或许可以有用。我看太后的意思，未尝不知道非答应不可。不过答应两字，难以当面说出口。"

　　次日荣禄入见，暂且不提此事。先将他事请旨办完，然后说道："前日两位全权大臣的电奏，已阅数日，又有电报来催，前已面请圣旨，可否由奴才等下去酌拟一稿，呈请改定，再行电发？"慈禧默然，继而说道："这样也好。"荣禄退出，就与诸位军机大臣查照来电之意，大致以宗庙社稷为言，姑为允准。拟就电旨，不敢再请起面呈，交给内奏事处总监呈请圣鉴。

　　慈禧阅后下旨："览所奏各条，曷胜感慨。敬念宗庙社稷关系至重，不得不委曲求全，所有十二条大纲，应即照允。惟其中利害轻重，详细节目，仍照昨日荣禄等电信各节，设法婉商磋磨，尚冀稍资补救。该王大臣等力为其难，惟力是视可耳。"慈禧认为十二条大纲是各国公使"往复密商其政府数十日而定议，非此不能转圜，非此不能结局"，因此"不能不照允"。但还是可以"审度情形，妥筹磋磨，补救一分是一分"。

李鸿章和奕劻虽然奉诏全权议和，却没有盖章的玉玺，瓦德西以此刁难，不肯承认。要每次奏请行在，又怕耽误时间，于是李鸿章和奕劻奏请太后，让宫人打开乾清宫用玺，自为敕书，慈禧批准了。

1901 年 1 月 15 日，李鸿章和奕劻遵旨在《议和大纲》上签字画押。国人声讨又起："卖国者秦桧，误国者李鸿章！"

李鸿章开始咳血，他知道自己已经时日不多，想尽快结束谈判。可《议和大纲》签字后，联军仍没有撤军的迹象。列强的态度是，必须亲眼看到祸首被惩办，必须把赔款的数额定下来，否则决不撤兵。

此时《议和大纲》已在列强内部协商一致，各国公使决定把《议和大纲》和惩办祸首放在一起考虑。在李鸿章、奕劻预拟惩凶方案时，洋务派提出"治罪祸首，应按中国极重之律法从事"，并将其列在十二条之首。

2 月 5 日，各国公使经过反复计议，达成一致，在与李鸿章商议惩处祸首问题时，口头要求将现已查出的载漪、载勋、董福祥、载澜、英年、刚毅、徐桐、赵舒翘、毓贤、李秉衡、启秀、徐承煜等现存各人，均治死罪，否则不再议和。李鸿章大吃一惊。

和约第二次开议。各国公使定期在英国使馆齐集。该馆屋宇轩敞，并不限定中国政府与会人数。那时李鸿章病体初愈，与奕劻一同参会。随往的仍是那桐、陈夔龙及翻译各员，与上次相同。李鸿章和奕劻两位全权大臣坐在中间，各国公使在对面环坐。陈夔龙与那桐坐在全权大臣之后，各国公使与他们较为熟络，礼貌也比上次恭谨。英国公使窦纳乐首先发言："今日特议严办祸首一条，有名单一张在此。但我认为此案罪魁，确是端王一人。若能将端王从严处置，其余均可不论。不知全权之意如何？"奕劻说："端王是皇室懿亲，万难重办。各国也有议亲议贵之条，此事断不能行。我前日于私邸曾对诸君说过，诸君也无他议，何以今日再申此说？"

窦纳乐笑着说："我也知道此事办不到。"说话间将单子上开列的各员名字和所拟罪名，逐一朗读，请中国照办。单内人员很多，难以全部记下来。其中如庄王载勋、左翼总兵英年、刑部尚书赵舒翘、山西巡抚毓贤，均请从重论，余下的以次递减。李鸿章说："庄王、毓贤确实有罪，总兵英年当时并无仇洋实权，不过联衔出有灭洋告示，原难辞咎，但怎能正法？最重不过斩监候罪名。至于赵尚书舒翘，仅随刚毅前往近畿调查过一次义和团情形，所居地位也无仇洋之举，更无罪可判。就算说他不应附和刚毅，将其革职也足以抵罪了，岂可重论？"各国公使唯唯连声。李鸿章又说："前几天诸位所言罪魁，并无尚书启秀、侍郎徐承煜在内，今日忽将二人加入，此是何意？"言未毕，意大利公使站起来说："我前日到贤良寺拜谒中堂，曾问徐侍郎为人如何。中堂告诉我，此人不好。七月初三（7月28日），监斩侍郎许景澄和太常寺卿袁昶的就是他；七月十七日（8月11日）监斩尚书徐用仪、立山等的也是他；七月二十一日（8月15日），两宫西狩，逼令其父相国徐桐自尽的又是他。这种狼心狗肺之人，中国不办，各国只好代办。"

至于启秀之罪，日本公使也获有凭据。李鸿章愕然道："我不过随便一句话，你竟据为实录。"奕劻以他语岔开，意大利公使才不说了。时已傍晚，各国公使说："今日开议此案，未能议结，殊为可惜。请先散会，明日再议。"奕劻出馆时，私下对陈夔龙说："看此情形，英年、赵舒翘或可减罪。"

不料第二天，各国公使联衔照会送到，坚执如故，不肯丝毫减刑。德国公使穆默又怂恿统帅瓦德西，以急下战争动员令相恫吓。

2月8日，11国公使联合发出照会，据奕劻、李鸿章预拟的惩凶方案提出惩处肇祸大臣的具体要求：载漪、载澜发往新疆极边，永远监禁；令载勋自尽；英年、赵舒翘、毓贤、徐承煜、启秀，定以斩立决；从速褫夺董福祥兵权，嗣后再照所许各节定罪；各犯处决之日，各国派员监视，有管理行刑之权。

当日，恭亲王奕訢的孙子溥伟没大没小，见到李鸿章竟喊他少荃（李鸿章字）。正被外务缠得焦头烂额的李鸿章闻言大怒，对其厉斥道："你爷爷恭亲王也称我中堂。"次日李鸿章见到溥伟，提起此事还余怒未消："这个王八羔子，像个唱戏的花旦，家里惯出这种不成人的混蛋。若不看在他爷爷面上，定赏他两个大嘴巴。"溥伟不敢回应，唯唯而退。

奕劻、李鸿章将列强的要求报到西安，慈禧顿觉形势严峻起来，忙于2月

9日命奕劻、李鸿章与各国公使商谈：可否处各亲王为"假死刑"，各国公使不允许；2月11日，慈禧又令奕劻、李鸿章照会各国公使：可否将英年、赵舒翘减罪，启秀、徐承煜释回（那时启秀、徐承煜二人在京被联军拘禁），查明有据，再行惩办，又不被允许。慈禧百般无奈，只好再次下诏重惩肇祸大臣。

2月13日，慈禧第三次下诏惩处肇祸大臣：载勋赐令自尽；载漪、载澜均发新疆，永远监禁；毓贤即行正法；刚毅追夺原官，即行革职；董福祥革职降调；英年、赵舒翘革职定斩监候；已死的徐桐、李秉衡革职，撤销恤典；启秀、徐承煜先革职，查明罪责，再行惩办。同时，应各国公使要求，开复徐用仪、立山、许景澄、联元、袁昶等庚子死节五大臣原职，以示昭雪。

上谕颁布后，列强觉得口气还不够坚决，处理尚欠彻底，再次施加压力。2月14日，英国公使窦纳乐派员告诉李鸿章和奕劻："不许将英年、赵舒翘等人免死，西安方面如再庇护，将祸及自身。"联军统帅瓦德西威胁道："我等所列罪魁，都是从犯，为保全中国体面，祸首罪名，尚未提出。此而不允，我将索其为首者。"

当天，慈禧以光绪皇帝的名义给内阁下了一道谕旨："本年夏间，拳匪构乱，开衅友邦。朕奉慈驾西巡，京师云扰。迭命庆亲王奕劻、大学士李鸿章作为全权大臣，便宜行事，与各国使臣止兵议款。昨据奕劻等电呈各国和议十二条大纲，业已照允。仍电饬该全权大臣，将详细节目，悉心酌核，量中华之物力，结与国之欢心。"

瓦德西在2月15日以联军统帅的名义通令联军做好准备，声称将在本月内进军西安。奕劻、李鸿章大惊，2月17日急电太后，请处英年、赵舒翘等死刑。慈禧惊恐万状，忙在2月18日谕令奕劻、李鸿章，说英年、赵舒翘绝无生理，启秀、徐承煜索回正法。

2月21日，李鸿章收到各国要求处死的12人名单，包括：端郡王载漪、辅国公载澜、庄亲王载勋、都察院左都御史英年、刑部尚书赵舒翘、山西巡抚毓贤、礼部尚书启秀、刑部左侍郎徐承煜、大学士徐桐、协办大学士吏部尚书刚毅、四川总督李秉衡、陕甘提督董福祥。其中除刚毅、徐桐、李秉衡三人已死，载漪、载澜"定以斩监候罪名，如以为应行贷其一死，则遣戍新疆，永远监禁"，董福祥"事缓办"外，其余的人都令自尽或正法。

对于惩凶，一开始英国跟俄国是对立的，俄国提出皇亲国戚不要杀，但英国要求必须杀。经过无休无止的争吵辩论，最后决定刑不上懿亲。

李鸿章急忙电告慈禧。慈禧在祸将及于己的情况下只得于2月21日再次降旨："除载勋已赐令自尽，毓贤已饬即行正法，均各派员前往监视外，载漪、载澜均定为斩监候罪名，惟念谊属懿亲，特予加恩，发往极边新疆，永远监禁，即日派员押解起程。刚毅情罪较重，应定为斩立决，业经病故，免其置议。英年、赵舒翘昨已定为斩监候，著即赐令自尽，派陕西巡抚岑春煊前往监视。启秀、徐承煜，各国指称力庇拳匪，专与洋人为难，昨已革职，著奕劻、李鸿章照会各国交回，即行正法，派刑部堂官监视。徐桐轻信团匪，贻误大局；李秉衡好为高论，固执酿祸，均应定为斩监候，惟念临难自尽，业经革职，撤销恤典，应免再议。"

2月21日，赐载勋自尽于蒲州。

2月22日，将毓贤在兰州正法。

2月24日，赐英年、赵舒翘自尽。

2月26日，杀启秀、徐承煜。

其他"祸首"也一一兑现刑罚。

清廷按照列强要求惩处了肇祸大臣后，各国公使仍不满足，又于4月4日提出惩处外省肇祸官绅名单，总计142人（大部分是根据"风闻的证据"罗列出来的）。清廷在各国公使的勒逼之下，于4月29日下诏惩处了各省不能实力保护教士教民的地方官吏56人（都是中高级官员）。6月11日，在各国的逼勒下，清廷又下诏公布停止各国教士侨民被害城镇文武科举考试五年的地方清单。8月19日，清廷公布第三批惩办名单，这次也有几十人，多为知府、知县。

清廷于4月29日和8月19日发布上谕总共惩办了96名官员：其中4人死刑，11人判死刑后减为永远流放，13人终身流放，4人监禁终身，2人长期监禁，58人永不叙用，2人谴责，2人追夺官职。

河南巡抚松寿在江西毁坏教堂极多，与湖南巡抚俞廉三名在祸首，鹿传霖为松寿向李鸿章求情，将他从"祸首"名单中出脱。荣禄说："松寿是满人，俞廉三是汉人，不如为两人一起求情，以示公平。"俞廉三以教堂偿款私下馈赠了十万金，两人都得以幸免一死。浙江巡抚刘树堂被定罪失官。自长萃、陈泽霖以下被处分的官员将领有数十人。陈泽霖曾率兵攻打景州朱家河教堂。

慈禧像切瓜一样一口气惩处了自己100多个官员后，各国关于惩办祸首的风波才逐渐平息。接下来，赔款问题就成了议和的关键，这也是各国关注的核心问题。

对于赔款的数额与形式，驻华公使团决定成立一个由英、德、比、荷四国组织的"赔款委员会"，研究赔款的标准和范围；日、美、德、法四国组成"财源调查委员会"，负责调查中国的赔偿能力，确定赔偿的担保方式等。

关于中国赔款的具体数额，各国仍然相争不下。俄国率先提出要求赔偿1.3亿两白银。联军统帅瓦德西在来华前夕，德皇威廉二世曾告诉他要"谨记在心，要求中国赔款，务必到最高限度，且必须彻底贯彻主张。因为帝国急需此款制造战舰"。德国提出的赔款数额高达7.5亿两白银。法国要求的赔款也达到了7000多万两白银。他们均要求赔款以现金方式一次性付清。

英、美、日等国害怕过多的赔款压力会削弱中国市场的购买力，从而损害自己的商业利益，因此他们首先需要了解"中国究竟能够偿付多少？"毕竟又要马儿跑得快，又要马儿少吃草，这个平衡点得找到。这时大清海关总税务司英国人赫德的意见至关重要，他担任大清总税务司几十年，对清政府的年收入一清二楚。

他帮列强算账，清政府这么大一个国家，这么大一个穷国，一年能有多少税收，这些税收当中又有多大比例可以作为战争赔款，用多少年时间，积累多么大的数字最为合适。他反复强调，中国的赔偿能力是有限的，如果外国人要求的赔款过多，中国就有可能崩溃。

英国的态度是基于赫德的意见确定的。赫德认为"中国没有准备金"，所以赔款"不能支付现金"。中国是一个入不敷出的国家，"岁入共约八千八百万两白银，支出据说需要一亿零一百万两白银。岁入的四分之一以上要用于支付现有借款的利息；至于亏空或所需用与收入之间的差额，仍然是欠债，因为没有资金偿付它"。他还认为："最合适的偿付方法"是"各国政府同意接受中国政府保证在若干年内每年分期摊付"。俄国提出增加大清的进口关税，将现有关税增加到"值百抽五"。但这样做有损英国的利益，英国是当时对华第一贸易国，这些增加的关税到头来还是要由自己的国民来支付。因此英国人坚决不同意，僵持良久，最后决定在其他免税食物上征税。

和约既定，还有一件李鸿章未了之债，就是"满洲事件"。起初，李鸿章与俄国人签订密约，俄国人有自行派兵保护"中东铁路"之权。义和团兴起后，在东北破坏铁路，俄国人就借端起衅，攻掠吉林、黑龙江等地，直达营口以北。当时清廷正疲于应付联军，对此无力顾及。和议开始后，俄国人坚持与中国单独商议此事，清廷不得已而答应。等到与列强定下和约，满洲的问题又起来了。李鸿章到底是畏俄，还是亲俄，抑或别有不得已的苦衷？虽不可知，但其初议之约，实不啻将东三省全部置于俄国势力范围之下，今录其文（《中俄密约》）如下：

第一条　俄国交还满洲于中国，行政之事，照旧办理。

第二条　俄国留兵保护满洲铁路，俟地方平静后，并本条约之枢要四条，一概履行后，始可撤兵。

第三条　若有事变，俄国将起兵助中国镇压。

第四条　若中国铁路未开通，中国不能驻兵于满洲。即他日或可驻兵，其数目亦须与俄国协定，且禁止输入兵器于满洲。

第五条　若地方大官处置各事，不得其宜，则须由俄国所请，将此官革职。满洲之巡察兵，须与俄国相商，定其人数，不得用外国人。

第六条　满洲、蒙古之陆军、海军，不得聘请外国人训练。

第七条　中国宜将在旅顺口之北金州之自主权抛弃之。

第八条　满洲、蒙古、新疆伊犁等处之铁路、矿山，及其他之利益，非得俄国许可，则不得让与他国。或中国自为之，亦必须经俄国允许。牛庄以外之地，不得租借与他国。

第九条　俄国所有之军事费用，一切皆由中国支出。

第十条　若满洲铁路公司，有何损害，须中国政府与该公司议定。

第十一条　现在所损害之物，中国宜为赔偿，或以全部利益，或以一部利益，以为担保。

第十二条　许中国由满洲铁路之支路修一铁路以达北京。

条约一出，英国、日本大哗，致书力争。上海士人会者数百人，上书奕勖、李鸿章、刘坤一、张之洞，措辞甚危，刘坤一、张之洞接连上疏请朝廷不要答应。张之洞尤以争俄约自名，李鸿章对他颇为厌恶，置之不答。在多方压力下，李鸿章致书俄国请求改约。俄国于是稍许得练兵、交还金州，回书答复，文辞甚为傲慢。李鸿章又以国书请道："敝国东三省已失守矣，而大国许见还，朕图报不遑，何忍违异。无如东三省主权一失，各国皆从而生心，中国将无以自立，大皇帝欲寻旧好，而不免各国藉口分争，度必不忍出此也。况来书所云'仁至义尽'，敝国自庆如天之福，大国必昭大信之言，前此之衅，朕知过矣，今日之事，惟大国实保全之。"

俄国见各国起初苦争不肯相让，时间久了也不再过问，遂胁迫奉天将军增祺签订《奉天交地暂且章程》，增兵至五万大举入侵东北。朝廷大为恐慌，下诏责备刘坤一和张之洞，说他们在南方待久了，亲近英国，置京师根本于不顾，不体谅朝廷苦心。令李鸿章主要负责与俄国议约。俄国也同意更改前议。经过数月交涉，将前约修改数条如下：

第一条同

第二条同

第三条同

第四条　中国虽得置兵于满洲，其兵丁多寡，与俄国协议。俄国协定多少，中国不得反对，然仍不得输入兵器于满洲。

第五条同

第六条删

第七条删

第八条　在满洲企图开矿山、修铁路，及其他何等之利益者，中国非与俄国协议，则不许将此等利益许他国臣民为之。

第九条同

第十条同并追加"此乃驻扎北京之各国公使协议，而为各国所采用之方法"字样。

第十一条同

第十二条　中国得由满洲铁路之支路修一铁路，至直隶疆界之长城而止。

条约没有议成，李鸿章就生病了。英国和日本大肆散布谣言暗中阻挠。张之洞和刘坤一又坚决抗争。朝廷不能决断。

终日的忙碌和劳心，李鸿章终于病倒了，他在拜会完英、德公使回贤良寺的路上受了风寒，一病不起。这次李鸿章真的病了，特别是和俄国的谈判耗费了他太多的心血。

李鸿章的病情进一步恶化，大便失禁，身体日渐消瘦，经常呕血，已到"濒危"的程度，他已经没有精力与洋人再争短长了。他躺在病榻上，指挥下级官员把损失降到最低——从一开始提出的 10 亿两白银降到 4 亿 5000 万两（这是对 4 亿 5000 万中国人所定的数字，"人均一两，以示侮辱"）白银，年息 4 厘，分 39 年还清。只要不追究慈禧太后的责任，一切都好商量。朝廷回电："应准照办。"

1901 年 9 月 7 日，李鸿章和奕劻代表清政府与 11 国代表在北京西班牙大使馆正式签订了《议和大纲》的"最后议定书"，简称《辛丑条约》。

条约除正约外，还有 19 个附件。主要内容是：

一、清政府向各国赔款白银 4.5 亿两，其中沙俄 130371120 两；德国 90070515 两；英国 70878240 两；法国 50712795 两；日本 34793100 两；美国 32939055 两；意大利 26617005 两；比利时 8984345 两；奥地利 4003920 两；荷兰 782100 两；西班牙、葡萄牙、瑞典挪威（曾经是一个国家）212490 两；杂费 149570 两。这些赔款以海关税、常关税和盐税为担保，年息 4 厘，分 39 年还清，本息合计 982238150 两。此外还有各省地方赔款 2000 多万两，总数超过 10 亿两。比利时、荷兰、西班牙、葡萄牙、瑞典挪威 5 国并未参加战争，因为慈禧太后向各国"宣战"，它们名义上也变成了交战国，因此也可以跟着分一杯羹。当时瑞典和挪威是一个国家，直到 1905 年以后才分成两个国家。所谓"杂费"，是为了凑成 4.5 亿两整数而生出来的一个尾数。

二、北京东交民巷划为使馆区，允许各国派兵保护，不准中国人居住。这样，使馆区就成了"国中之国"，世界上任何一个主权国家都不可能出现的景象此时在中国出现了。

三、拆毁大沽炮台，从北京到大沽沿途的炮台一律削平；从北京到山海关铁路沿线的重要地区，即黄村、廊坊、杨村、天津、军粮城、塘沽、芦台、唐山、滦州、昌黎、秦皇岛、山海关允许外国军队驻守（1937 年"卢沟桥事变"

爆发，日军之所以能够驻军北平郊外，就是引用了这一条款）；在天津周围20里内，不准驻扎中国军队。

四、清廷向各国认错道歉。惩办"祸首"大臣，对在义和团运动中曾经支持或主张支持义和团的官员分别处以重刑。保证永远禁止中国人民参加反对外国人的组织。地方官员管辖地区内如出现此类事件，必须立即"惩办弹压"，否则"即行革职，永不叙用"。

五、改总理衙门为外务部，班列六部之首。

另外，对德国公使克林德被杀一事，派醇亲王载沣（光绪的弟弟）作为头等专使前往德国，代表大清皇帝向德国皇帝谢罪，并在克林德遇害之处立碑纪念。对杀害日本书记官杉山彬一事，派户部右侍郎那桐为特使到日本谢罪。

《辛丑条约》是中国近代史上赔款数目最庞大、主权丧失最严重的不平等条约，加强了帝国主义对中国的全面控制和掠夺。它的签订，标志着清政府已完全成为帝国主义统治中国的工具，中国彻底沦为半殖民地半封建国家。

许景澄、袁昶等五位大臣都是以"莫须有"的罪名被杀害的，之后要求给他们平反的竟是外国公使团。各国公使要求清廷颁发一道谕旨，恢复五大臣的名誉："兵部尚书徐用仪、户部尚书立山、吏部左侍郎许景澄、内阁学士兼礼部侍郎衔联元、太常寺卿袁昶，因上年力驳殊悖诸国义法极恶之罪被害，于西历本年二月十三日，即中历上年十二月二十五日，奉上谕开复原官，以示昭雪。"清廷在压力下，除对五大臣开复原职外，还对其子弟进行了追赠和加封。同年，许景澄灵柩被护送南下，沿途出现了万众瞻仰的壮观场面。到达江苏、上海时，"江督以下官吏，及士大夫识与不识，皆往助执绋，祭奠成市，哀挽盈途，所谓万代瞻仰，在此一举者。"宣统元年（1909年），清廷下旨追谥许景澄为文肃。同年批准浙人请建"浙江三忠祠"（许景澄、袁昶、徐用仪）于杭州西湖。

第三十五章　李鸿章之死

在《辛丑条约》的签字栏上有一个让人分辨不清的签名，好像一个"肃"（李鸿章因剿灭太平天国有功被朝廷封为一等肃毅伯）字，这是李鸿章觉得太过屈辱，再也不愿自己的名字出现在卖国条约上，故意将"李鸿章"三个字写在了一起。

他已经承担了一个民族所有的罪责，在这种情况下签《辛丑条约》的时候他还是站出来了，再次沦为国人眼中的内奸和卖国贼。

李鸿章何尝不知道这件事情不能干，只要签了这个和约，自己就是大内奸，就会背上千古骂名。但是不签又不行。他的一生已经背负了太多骂名，在那种情况下可能已经无所谓了，反正自己都已经到了这个年纪，大不了再来一次，再挨一次骂也就罢了。

李鸿章以衰年而膺巨任，忧劳成疾，时病时愈，几以为常。他为签订和约竭尽了全力，离死亡越来越近。

1900 年 12 月底，李鸿章开始生病，一个月后高烧不退。1901 年 7 月，李鸿章病情加剧，不能视事。9 月 5 日又患上伤风感冒，"鼻塞声重，精神困倦"。9 月 7 日不遵医嘱，力疾前往西班牙公使馆，在《辛丑条约》上签字，返回寓所后，李鸿章在签字回来的当天晚上开始咳血，"寒热间作，痰咳不止，饮食不进，益觉委顿难堪"。李鸿章在病榻上上奏朝廷："臣等伏查近数十年内，每有一次构衅，必多一次吃亏，上年事变之来尤为仓促，创深痛巨，薄海惊心，今议和已成，大局少定，仍望朝廷坚持定见，外修和好，内图富强，或可渐有转机。譬诸多病之人，擅自医调，犹恐或伤元气，若再好勇斗狠，必有性命之忧矣。"

此时慈禧正忙着让盛宣怀为她返京采办各种物资，包括在途中的各种精美吃食，以及从外国进口的各色餐具和豪华床上用品等。

接到李鸿章的奏报，慈禧下旨安慰道："李鸿章病尚未愈，朝廷实深悬系。该大学士为国宣劳，忧勤致疾，著赏假二十日，安心调理，以期早日就痊，俟大局全定，荣膺懋赏，有厚望焉。"

李鸿章经过静养，"诸病痊愈"，虽然身体虚弱，"尚可力疾从公"，于10月3日奏报销假。病情一经好转，他就立即恢复了与俄国的谈判。俄国为避免列强干涉，要求中俄两国订立撤军条款，在中国政府与俄属华俄道胜银行之间订立"私方"协定，将东三省采矿权和其他利益全部让给华俄道胜银行。

10月10日，华俄道胜银行驻京代表波兹德涅耶夫向李鸿章提出银行协定草案，坚持先订银行协定，再订撤军条约。李鸿章看过草案大发雷霆，宣称："协定把满洲全境交给银行支配"，这"无疑会引起别国的抗议"，自己"不敢对这种协定承担责任"，"只能就矿产资源的租让权进行谈判"。俄国财政大臣维特不满李鸿章"口是心非的行为"，于10月14日电告波兹德涅耶夫：如果李鸿章不老老实实地在最近几天签订协议，就"分文不给他"。

其时《辛丑条约》已经订立，只有中俄交涉未了。奕劻电奏回銮途中的慈禧，请求前往迎驾并报告京中一切，获得慈禧批准，他总理的外交事务由李鸿章暂行署理。

10月30日，李鸿章到俄国使馆议事，俄国公使对他极尽威胁恫吓之能事，李鸿章回来后大口吐血，呕血碗许，西医诊断为胃血管破裂。

次日，主持外务部的徐寿朋突然死亡。李鸿章闻讯大惊，扪心呕血，昏倒在地。奕劻闻讯立即电奏朝廷。

11月1日，慈禧降旨存问："庆亲王奕劻电称：李鸿章十九夜（10月31日）忽病吐血，次晨微好等语。览奏深为廑念。该大学士为国劳瘁，务须加意调摄，早日痊愈。现在病情如何？眠食能否如常？即行电奏，以纾垂系。"

11月2日，李鸿章在发病的第三天遵谕复电清廷："臣于十九夜丑刻陡咯血半盂，色紫黑，有大块，虚汗头眩，势甚危急。当延洋医，服止血药。两日以来，幸未再吐。现仍不能起坐，坐即头晕。医云，胃家小血管挣破。……惟有仰体圣慈，加意调理，以冀早痊。谨将现在情形先行电陈。再，都中自庆亲王行后，一切平安，臣仍可照常指挥。"

连日延请美、德医生诊治，医治"尚得法"。二十二日（11月3日）、二十三日（11月4日）身体"均见好，眠食亦好"。德国医生保守乐观估计道："不妨事，两礼拜可复元。"但也警告："（病人）年高体亏，非宽养旬余，设有反覆，即难著手。"而沉疴中的李鸿章仍欲力疾视事。二十四日（11月5日），陈筱石致荣禄的电报说："西医虽力戒起坐，相（李鸿章）以庆邸（奕劻）不在京，虑事停搁，仍欲强起视事。"二十五日（11月6日），某人致电盛宣怀称：这天午后，李鸿章说话很多，但舌头已经不灵活了，"话多舌强，所论皆公事时事"，未曾有一语提及家事，只是切齿"可恨毓贤误国至此"，叹息"两宫不肯回銮"。

李鸿章之子李经述、李经迈两兄弟无奈中只好策动有关人士于11月5日致电盛宣怀，请代奏朝廷为父请假。电称："銮驾未回，东事未了，此老关系甚巨，似宜加意护惜。可否乞旨赏假，俾得安心调理。事关大局，不敢缄默。"李经述、李经迈兄弟也于同日亲自致电盛宣怀，请其从旁助力，促成清廷赏假。电云："敬电悉。具见大力，如响斯应，第尚不敢谓为得人。家君自服两药后，幸未再吐。日来起坐片刻，便觉不支。医虽力戒起坐，老人终以邸不在京，虑事延搁。弟等虽暂不以闻，究非久局。医谓若不静卧旬日，设有反覆，即难著手。中外以此老为孤注，亦宜加意护惜，留以有待。与公交最笃，公又隐执朝权，且来电示谓关系匪浅，独不能密致枢府，使知病状实情乎。慈圣眷畀方隆，似虑都中无人，故不肯轻给假期。若局外有言，非静养不能复元者，当必蒙俞允也。昨此间有人电讽要津。我公曷不奋力一击边鼓。述、迈。径，午。"

直到病危的前一天，无论在心目中对自己的病情做如何估计，李鸿章都没有向清廷请病假退休的意思，甚至没有继续向清廷报告病情的意思。这说明他要么怀抱尽忠职守、死而后已的决心，要么心存调治尚可恢复的期望。但以李鸿章之阅历，面对自己年近八十高龄而来的这场凶猛的恶疾，不能不意识到大限之将至。在病中稍感清爽之时，他写下了致盛宣怀的遗书和五言、七言律诗各一首，并请盛宣怀转告上海同人："小别经年，竟成永诀。"他已在明白交代后事。

11月6日凌晨二时，李鸿章病情急遽恶化，不能言语，生命垂危。吴应科在北京致电盛宣怀："李傅相病危，昨晚二句钟不能言语。"幕僚及家人立即以李鸿章的名义电奏朝廷："臣病十分危笃。京师根本重地，非庆亲王回京，不足以资镇慑。敬乞天恩，电饬庆亲王奕劻，无论行抵何处，迅速折回。大局幸甚。现已电令藩司周馥来京交代一切矣。"

慈禧闻报降下懿旨："李鸿章病尚未愈，朝廷实深悬系。该大学士为国宣劳，忧勤致疾，著赏假十日，安心调理，以期早日就痊，俟大局全定，荣膺懋赏，有厚望焉。"但并未接受要奕劻立即返京的请求，而是令其速到开封迎銮。

当日，部下周馥在保定接到"相国病危，嘱速入京"的急电后，马不停蹄地赶到北京见恩主最后一面。此时贤良寺内灵堂已设，身着殓衣的李鸿章唯存一息。弥留之际，俄国公使还站在他床头，大声吵嚷着，逼他在出卖东北的条约上签字。李鸿章不再答话，只是闭目摇头。俄国公使最终放弃离开了。

周馥念及自己从一介书生，追随李鸿章三十余载，蒙其恩泽无数。初识李鸿章那年，周馥一家因战乱在安庆避祸。时李鸿章随曾国藩在此组建淮军，26岁的周馥闻讯前去应募。他的一手好文字受到李鸿章的赏识，被其收入帐下。周馥初为李鸿章文牍，协助其兴办洋务，在北洋海军、武备学堂、天津电报局及开平煤矿创办过程中均有作为，是后期洋务运动实际上的操盘手，助开复旦公学（复旦大学前身）与安徽公学，有功于教育。庚子之乱后，协助李鸿章与列强议和，周旋于各国使节间一年有余。李鸿章视周馥为心腹，每次上前线打仗，都把大印交给他保管。周馥感恩图报，追随李鸿章左右三十多年，两人情同骨肉。

俄国公使走后，周馥大哭道："还有话要对中堂说，不能就这么走了！"李鸿章的眼睛又睁开了，周馥对他说："俄国人说了，中堂走了以后，绝不与中国为难！还有，两宫不久就能回京了！"李鸿章双目炯炯不瞑，张着口似乎想说什么，突然两行清泪从眼角流了出来，在场的人见状无不掩面痛哭。周馥心中大悲，探身在李鸿章耳边哭着说："老夫子，有何心思放不下，不忍去？公所经手未了事，我辈可了，请公放心去。"李鸿章闻言，忽然目张口动，欲语泪流。周馥用手抹他的眼睛，且抹且呼，良久，才瞑目气绝，终年78岁。

据说李鸿章在临终前仍惦念危局，老泪纵横地吟成一诗："劳劳车马未离鞍，临事方知一死难。三百年来伤国步，八千里外吊民残。秋风宝剑孤臣泪，落日旌旗大将坛。海外尘氛犹未息，诸君莫作等闲看。"

李鸿章的病逝对俄国财政大臣、负责俄国远东铁路建设的维特来说颇有兔死狐悲之感。他"这时才发现，一切都需要从头开始，随着失掉了李鸿章和许景澄，不仅我们一派已经完全没有了台柱子，在清廷中央最高当局中，再也没有一个人能够勇敢地站出来与外国人办理交涉了"。

合约签署后，慈禧也就放心了，一改从北京出逃时的狼狈景象，准备风光回京。为了筹集回京的路费，慈禧命东南各省督抚捐银百万两，又令将各省留在襄阳的漕米就地出售。

陕西巡抚升允见慈禧时，只不过问了句能否如期返京，慈禧就大怒道："你只想我早点儿走，好装自己腰包。"慈禧如此奢侈挥霍，难怪两宫西逃的消息传出后，西北一带的富商纷纷举家逃往四川和东南地区，以免家产遭到勒索。

慈禧逃到西安后，挥霍如故，声色歌舞如故。联军退出北京后，慈禧离开西安回銮。当年出逃时一身之外无长物，而此时装载箱笼的车辆，据说多达三千辆，所过之处修筑御道，缮治行宫，极尽奢华。

李鸿章病逝的消息传来时，两宫震悼失次；随扈人员，乃至太监卫士，无不相顾错愕，如梁倾栋折，骤失倚恃。到这种关键时刻，才知道大臣元老对国家安危的重要。此时中外朝野，大都同抱此种感想；就连平时极力诋毁李鸿章的人，也不能不为他的突然离世而扼腕叹息。

11月8日，驻跸荥阳的慈禧发布上谕："大学士、一等肃毅伯、直隶总督李鸿章，器识渊深，才猷宏远，由翰林倡率淮军，戡平发捻诸匪，厥功甚伟。朝廷特沛殊恩，晋封伯爵，翊赞纶扉。复命总督直隶，兼充北洋大臣，匡济艰难，辑和中外，老成谋国，具有深衷。去年京师之变，特派该大学士为全权大臣，与各国使臣，妥定和约，悉合机宜。方冀大局全定，荣膺懋赏。遽闻溘逝，震悼良深。李鸿章著先行加恩，照大学士例赐恤，赏给陀罗经被，派恭亲王溥伟带领侍卫十员，前往奠醊。予谥文忠，追赠太傅，晋封一等侯爵，入祀贤良祠，以示笃念荩臣至意。其余饰终之典，再行降旨。钦此。"

李鸿章死后，朝廷赐银五千两治丧，赏其子李经述以四品京堂承袭一等侯爵，李经迈以京堂候补。其余子孙，复赏有差，赐祭两坛。在李鸿章原籍及立功省份建立专祠，地方官员定时前往祭祀，列入祀典。

《清史稿》对李鸿章的评价："中兴名臣，与兵事相终始，其勋业往往为武功所掩。鸿章既平大难，独主国事数十年，内政外交，常以一身当其冲，国家倚为重轻，名满全球，中外震仰，近世所未有也。"

李鸿章的一生，他自己曾这样概括："予少年科第，壮年戎马，中年封疆，晚年洋务，一路扶摇，遭遇不为不幸，自问亦未有何等陨越；乃无端发生中日交涉，至一生事业，扫地无余，如欧阳公所言'半生名节，被后生辈描画都尽'，环境所迫，无可如何。功计于预定而上不行，过出于难言而人不谅，此中苦况，将向何处宣说？我办了一辈子的事，练兵也，海军也，都是纸糊的老虎。何尝能实在放手办理？不过勉强涂饰，虚有其表，不揭破犹可敷衍一时。如一间破屋，由裱糊匠东补西贴，居然成一净室，虽明知为纸片糊裱，然究竟决不定里面是何等材料，即有小小风雨，打成几个窟笼，随时补葺，亦可支吾对付。乃必欲爽手扯破，又未预备何种修葺材料，何种改造方式，自然真相破露，不可收拾，但裱糊匠又何术能负其责？"

日本首相伊藤博文视李鸿章为"大清帝国中唯一有能耐与世界列强一争长短的人"。德国海军大臣柯纳德称李鸿章为"东方俾斯麦"。美国总统格兰特说李鸿章是世界上四大伟人之首。慈禧视李鸿章为"再造玄黄之人"，将他与曾国藩、张之洞、左宗棠并称为"中兴四大名臣"。

梁启超作挽联悼念李鸿章：

"太息斯人去，萧条徐泗空，莽莽长淮，起陆龙蛇安在也？

回首山河非，只有夕阳好，哀哀浩劫，归辽神鹤竟何之？"

第三十六章　恩海之死

联军攻占北京后，各国士兵都在疯抢财宝，唯独德军在全城搜寻一个人，那就是枪杀德国公使克林德的凶手，他在 6 月 20 日作案后，至今尚未落网。

一天，日本人雇佣的侦探得洛（本是旗营定字第八队的书记）在日军占领区的当铺内访查赃物时，查到一块银质怀表，表上刻有一个字母"K"（这是克林德的图记）。得洛激动地问这是谁当的。当铺主人说这是一个名叫恩海的满人来质当的，此人现住在内城东荤店内。得洛喜出望外，马上跑去告诉日本捕房。

捕头立即带着五名巡捕，以翻译官为引线，一同前去捕拿。

京城沦陷后，恩海还混迹在城中没有逃走，此时他正与一个姓胡的朋友同居。

捕头带人进入院子，看见两三个男子，不知谁是恩海，问道："恩海在家吗？"

恩海不知道这些人是来抓自己的，站出来坦然答道："我就是恩海。"巡捕等立即上前将他抓住，带到捕房审问。

审讯时，恩海泰然自若，毫不畏惧。

日本军官通过翻译问他："德国公使是你杀的吗？"

恩海答道："是的。我奉队长吩咐，路上遇到洋人，可直接杀掉。我等身为军人，只知服从队长命令，不知其他。那天，我率部下数十人在路上行走，恰好看见一个洋人乘轿进入东直门。我急忙让开，在路北边高处站住，取枪瞄准轿子正准备射击，轿中的人向我打了一枪。我侧身躲过一弹，赶紧向他射了一枪。枪声响过，轿夫吓得扔掉轿子向总理衙门逃去。我们到轿前拖出洋人，他已经气息奄奄。摸索他的胸畔，见有一块银表，被我拿了。其余手枪、戒指等物都被其他人分夺而去。我没想到会因此物而犯案。我因杀敌人而死，死无所憾，请速速将我斩首。"翻译问他："你当时是不是喝了酒，乘兴杀人？"

恩海笑答道："没有。酒是大好之物，我平日一天喝个三五斤，也不足为奇。唯独那天确实一滴酒都没喝。你们还以为我是说假话希图减轻罪名的人吗？恩海生平，从不欺人！"侃侃而言，了无惧色。

恩海侃侃而谈，毫不畏惧，参加审判的人都为之动容，觉得中国军队中尚有英雄。

日本人大体查证后，将恩海在捕房拘留了一夜，次日将他移交给德国使馆讯办。

在审讯中，恩海告诉德国人，上司曾许诺事成后会提拔他，还会给他70两赏银，但最后只给了50两。德国人问他上司是谁。他说是端王。

1900年的最后一天，12月31日，恩海在东单牌楼克林德身亡之处被斩首。临刑时，外国记者纷纷为他拍照。恩海仰天大笑道："杀洋人痛快！"从容就刑。

参观了恩海被斩首的联军统帅瓦德西在日记中写道："刺死克林德的凶手，现已执行死刑。自数月以来，这个不幸的人就多次请求早日执行。执行死刑的地方，是在克林德被害之处，那是一条极为繁华的大街。虽然如此，心怀好奇前去观看的人却不太多。离此不到五十步的街头摊子，仍然照旧营业不歇。在那里吃东西的人也不愿放下手中的杯箸。一位说书先生在继续给听众讲述荒唐不经的故事。他对多数听众的吸引力和号召力，实在远远胜过恩海被执行死刑一事。"

恩海的头颅后来和德军抢来的其他财物一起通过"土库曼"号轮船送到了德国。他的照片登上了当时的英文和法文报纸。他给洋人留下的是不畏强暴的英雄形象。

第三十七章　仇洋派下场

　　两宫西逃时，在路上遇到很多义和团民，他们仍在肆意劫掠。后来军机大臣刚毅到了，团民中有认识他的，准备了丰盛的酒食来招待他。刚毅边吃边喟然叹息道："我为你们可谓竭尽心力。你们当初都是快要饿死的人，今日尚有衣食，积蓄丰厚，而我已经家破人亡，不知道将来会怎样。"随即用筷子指着后来的车子说道："我待你们不薄，如果我的家人来了，请看在我的面上，好好护卫。"说完，步行而去，涕泪满襟。

　　刚毅随扈至太原。李鸿章发电弹劾肇祸诸王大臣。慈禧将载漪、刚毅召来痛斥了一番。自出逃后，刚毅忧愁恐惧，不敢再说话。后来随驾去往西安，在途中生了病，折回山西侯马镇。那时联军气势汹汹地要求严惩罪魁。刚毅知道自己难逃一死，对人说道："君辱臣死，今日两宫西幸，可谓奇耻大辱。我为国家大臣，怎敢苟活于人间？"于是开始绝食，痛饮五色瓜汤，腹泻数日，在侯马镇病死，临死前还对友人说道："不是义和拳不能杀洋人，实在是被假的混坏了！"

　　何乃莹每次谈到刚毅，就会伤心流泪，对人说道："中堂身后异常萧条，几乎没有入殓之物，操守廉节，古今罕有，不假以年，岂非天哉！"

　　关于大学士徐桐之死，有不同版本：

　　版本一：八国联军攻入北京，大学士徐桐仓皇失措，躲在马大人胡同某相国的旧居里，起初并无殉难之意。儿子徐承煜预见有杀身之祸，婉劝他说："父亲庇护拳匪，久为各国痛恨，洋兵必不肯宽恕你。若被搜捕，不但自己不能幸免，失去大臣的体面，阖家性命也将不保。若父亲能自杀殉国，既能博得忠义的美名，又可解除各国之恨，家人或许也能幸免。唯独儿子仍当随侍地下以身相随。"徐桐只好哭泣着上吊自杀了，尸体悬挂在房梁上，徐承煜立即弃尸逃跑了。徐桐的夫人、四儿子与女眷共十八人，全都跳井自杀了。

版本二：大学士徐桐家住在东交民巷，与法国公使馆正对着，中外开衅后被毁掉了，迁居到已故大学士宝鋆的旧居中。联军入城后，看到满城降幡，徐桐以为奇耻大辱，对儿子徐承熊说："我是内阁首辅，遭遇国难当死。你三哥（徐承煜）身为侍郎，自己应当知道该怎么办。我死后，你可归隐易州老家，教子孙耕读，不要当官。"他让老仆在屋梁上结了两个绳套，唤来三儿子徐承煜，要他和自己一同殉国。徐桐登上了左边的板凳，踮起脚，将皓然白首伸入绳套，两眼看着右边，希望三儿子跟着自己一起上路。但徐承煜迟迟不肯登上板凳。两人僵持了一会，徐承煜突然大哭道："儿子如果死了，就无法为父亲送终了，请允许我为您老殓葬之后再死。"徐桐拗不过儿子，把脚一蹬，就撒手归西了。徐承煜等父亲咽气后，在后院挖了个坑将其草草掩埋，不敢穿孝服为父亲居丧，换上一身短装，匆匆遁去。

版本三：徐桐的儿子徐承煜一听见两宫西狩、洋兵进城的消息，就提议父亲和全家人自杀殉国。徐桐不肯。徐承煜说："你一个做大臣的，世受国恩，不在这时候留名千古，更待何时？"徐桐不得已，只好勉强答应了他的请求。一家人经过商量，认为跳井自杀最为合适。徐承煜催促家人迅速实行。母亲、妻子、儿女们先后跳进了井里。最后父亲抖作一团，走近井边，徐承煜扶持着他往井里跳。不料井中已人满为患，父亲下去后踩在人上面，水不能浸。徐承煜只好把父亲拉上来，准备和他一起死。想到除跳井之外，上吊是最好的办法，于是就在房梁上打了两个绳套，催促父亲先吊上去。徐桐站在板凳上犹豫不决，浑身战栗着不能把脖子放进绳套。徐承煜极尽人子之劳，连拉带提，用力将父亲脖子伸入套中，一脚踢开凳子，就送父归天了。此时徐家仅存的徐承煜，忽然觉得自己可以不死，留着"有用之身"赶上两宫，再干一场，方不辜负昂藏七尺之身，于是抛下父亲和全家人的尸体，匆匆逃走了。

徐承煜刻深矫情，力主将许景澄等五位反战大臣杀掉。徐用仪等在菜市口被行刑时，身为监斩官的徐承煜面有得色。有手下请用诛杀大臣的礼仪杀徐用仪等。徐承煜对他怒斥道："这些都是内奸，杀掉还算轻了，怜悯他们干什么！"徐用仪等人的家属为此对他恨之切齿。联军攻破北京，徐承煜在全家殉难后独自逃跑，有人向日本军官揭发了他的阴私，日军将他和军机大臣启秀一起抓了起来，囚禁在顺天府的圈牢里，窘辱备至。和议定于明年正月正法。临死前一天，日本军官设宴招待他，蒙在鼓里的徐承煜还以为日本人要把自己释放了，大为兴奋，待到听说次日将被斩首，登时神色陡变，大呼冤枉，痛骂洋人不绝，一夜折腾到天明。次日，他被装在囚车里送到菜市口刑场。监斩官站出来对他表示礼貌。徐承煜已吓得神志不清，人事不省。不一会儿就人头落地，与父亲相会于九泉之下。洋人用相机拍照而去。袁昶和许景澄半年前被斩，举国称冤，唯独监斩的徐承煜扬扬得意。不料一年后，自己也在同一个刑场被处决，人人都说："天道好还！"连王文韶那么一个世故圆滑、从不在背后说人短长的人，也在慈禧太后面前狠狠地刻薄了他一番，说他是"枭獍"。"枭"为食母之鸟，"獍"为食父之兽，用来形容徐承煜再贴切不过。他父亲徐桐虽然愚昧昏庸，但国难当头能以身殉国，毕竟大节无亏；他却欺骗老父自尽，自己苟且偷生，没想到最后还是难逃一死。

北京城破后，军机大臣启秀被日本人抓住拘禁了起来，他母亲受惊吓而死。李鸿章为启秀向日本人请求放假十天，让他回家为母治丧。日本人同意了，怕他乘隙逃走，用绳子拴住他的一只手，令人牵着回家。启秀治丧完毕，前去拜见庆亲王奕劻，希望他能在日本人面前给自己说说情（奕劻和日本人关系很好）。奕劻讽以微词，启秀没有领悟，仍然回去继续受拘禁。朝廷以启秀招来祸乱，下旨将其革职。列强并不满意，要求将他和徐承煜作为"祸首"严惩。袁世凯电告议和大臣李鸿章，建议他劝启秀和徐承煜自杀殉国。李鸿章回电说："日本公使已经劝过他们了，他俩都诉冤求饶，清流伎俩如此。"翌年，将二人正法的命令下来了。日本军官置酒为启秀饯行，席间向他宣布了朝廷的旨意。启秀闻言，神色自若地说："就此已邀圣恩了，我深悔从前的谬误。现在后悔已晚了，愿贵国助我中华光复旧物。"启秀家临近日军占领区，日本军官告诉他，死后会好好保护他的家人。启秀感谢了他的厚意。

次日，刑部派员来提启秀，日本军官说："徐侍郎顽钝如故。启尚书心地明白，可惜他醒悟得太晚了，二人都是贵国大官，已代备车轿运送。"

到刑部衙门，启秀和徐承煜穿戴好衣冠被押到菜市口，启秀下车稍站了一会儿，气度仍然从容，洋人上来围观，给他们拍完照，他们引颈就戮。

八国联军攻破天津的消息传到山西，毓贤上疏自请勤王，欲率义和团前去抗敌。但他也畏惧洋兵，不想真去，以为端王和刚毅等想让自己作为外应，必定不会令他入京。不久，朝廷的旨意下来了，命他统军迅速来京。毓贤大为懊丧，暗中唆使山西民众呼吁朝廷将他留下，义和团也不愿毓贤离去，朝廷不允许，再三下旨催促，毓贤不得已而上路。临行前，他将大师兄等请入衙署，置酒作别，席间叮嘱他们道："教民罪大，烧杀随你们的便，不要让地方官阻止。"席罢，率队出发。走出山西地界不久，京城已被联军攻陷，毓贤在途中遇到逃亡的两宫。那时慈禧已有悔意，不愿见毓贤，命他暂回本任供职。毓贤对家人说道："我将得祸。虽然如此，成败有命，我没有什么好后悔的。"

李鸿章奉命北上议和，德国首先要求惩办罪魁，声称山西杀戮之惨，为各省之最，身为山西巡抚的毓贤必须为此负责。朝廷下旨将毓贤开缺，另候简用，以锡良代替他出任山西巡抚。那时各国以罪魁尚未惩办，不准议约。驻德国公使吕海寰、驻俄国公使杨儒、驻英国公使罗丰禄、驻美国公使伍廷芳、驻法国公使裕祥、驻日本公使李盛铎，联合发电请朝廷惩办罪魁，以李秉衡为首，毓贤、刚毅、赵舒翘、董福祥、载漪、载澜次之，并述各国坚决之意。李鸿章与刘坤一、张之洞、盛宣怀也先后发电弹劾诸人，要求严惩祸首，以谢外人。

毓贤听闻京师失陷，折回山西境内时，义和团仍在山西各地肆意扰乱，杀人抢劫，被视为惯例。地方官员顺承毓贤之意，不将此类事件上报。毓贤心怀忧惧，此时也知道收敛形迹，不再像之前那样兴高采烈。只是义和团羽翼已成，急切不肯收束，比原来更加嚣张，见毓贤惧祸灰心，每日在巡抚衙门聒噪道："京师失陷的消息，纯属谣言，其实京城使馆已被焚毁，洋人悉数被杀，天下指日可望太平，统领不必忧愁烦闷。"毓贤被纠缠不已，不耐烦地道："朝廷的圣旨也是可以假冒的吗？你们快去自谋出路，不要再来耽误我办公。"拳民知道不能再混下去了，于是啸聚各乡同伙，准备大抢一场作鸟兽散。那时，州、县强势的地方官，开始不禀告上官，自行痛剿拳民，毓贤知道了也不过问。平遥县令以家财招募敢死的勇士（江湖侠客），捕获了几百个劫掠的拳民，将其全部杀掉。拳民想报仇，向毓贤投诉。毓贤说："以抢劫为生的人不是义民，怎么知道他们不是假冒的义和拳呢？你们必须去查明青红皂白，我才能代为办理。否则，地方官这样做本来就是为了除暴安良，劫掠之徒，王法所不赦，我怎么能够庇护你们？而且我已被朝旨所驳斥，早晚待罪此间，还能做你们的护身符吗？如今本省洋教已被灭尽，你们最好到京师、天津、山东一带去奋其义勇，自树一帜，千万不要在此骚扰良民了。"拳民语塞，只求毓贤怜悯，发给遣散之资，让兄弟们各寻生路。毓贤说："我做官以来，自誓清正刚直，别无藏镪余财，可以为诸位英豪壮行色。只有几箱破旧衣服，你们拿到当铺去换点银子作盘缠怎么样？"说完，命从人将箱子抬出来打开给他们看，都是破烂不堪的衣物，拳民谢绝道："公真是清官。兄弟们不敢再有所求，而且你不久就要启程了，兄弟们还要凑钱为你庆祝，你不要自寻苦恼，兄弟们一定会吁请朝廷，保公无罪。"毓贤谢过他们，说不必如此，这样会使朝廷生疑。从此拳民不再进入巡抚衙门。

在内外压力下，朝廷于 1900 年 9 月 26 日下旨，将毓贤革职，发配新疆，永不释回。毓贤准备出发。拳民想留住他，有人劝他占据山西，率领拳民叛变，毓贤没有答应，说："我本忠于朝廷，若这样做，之前的清勤忠恳都付诸东流了。"他还自信为后世有名誉的人物。

毓贤即日启程，于十二月抵达甘肃兰州。

列强对将他革职流放的处理结果仍不满意，继续向朝廷施加压力。1901 年 2 月 13 日，朝廷只好再次下旨："已革巡抚毓贤，曾在山东巡抚任内妄言'拳匪'邪术，至今为之揄扬，以致诸大臣受其煽惑。及在山西巡抚任内，复戕害教士、教民多命，尤属昏谬凶残。罪魁祸首前已遣发新疆，计行抵甘肃。着传旨即行正法，并派按察使何福堃监视行刑。"

那时李廷箫署理陕甘总督，接到圣旨后，急忙拿去给毓贤看。毓贤说："我死，是应该的。你又该如何呢？"李廷箫任山西藩司（布政使）的时候曾经附和毓贤，纵拳戕教。李廷箫见他这样，自知难以幸免，就在元旦那天服毒自杀了。

　　兰州士民很多都信奉义和团，说毓贤没有罪，被判处死刑是冤枉的，有人在兰州城内张贴告白，想约会大众为毓贤请命，求朝廷饶他一死。毓贤知道这样做没有用，也贴了一张告白自明心迹，嘱咐大家不要阻止：“贵省仁人君子通知之。尝闻君子爱人以德，成人以美。贤获罪朝廷，死固宜也，既无所悔，又无所惧，身为大臣，理当奉法。顷闻有人在本城各处张贴告白，约会大众，代贤请命。此事万不可行。贤在山西巡抚任内办理教案，未能庇护彼族，实有办理不善之咎。前者朝廷谪贤荷戈出塞，洵属格外保全。奈彼族要挟不已，必欲杀贤而甘心。今者置贤于法，非出朝廷本意，实有万不获已之苦衷，贤所仰体而默喻者也，以故死而无怨。且琴操有言：天王圣明，臣罪当诛。尔等读书人谅必知之。俗谚亦曰：君教臣死，不敢不死。尔听书看戏者亦必知之。若如公等率行妄请，不惟无济于事，朝廷必加贤沽名钓誉、不遵典刑之罪。公等思之，是爱贤乎？抑害贤乎？且纠集千万人，品类不齐，保无哥会匪徒混迹其中，乘机滋事。此又贤为贵省过虑者也。务祈速作罢论，使贤光明正大，守法以死，是为至感、至幸。如不听鄙言，贤惟有刻速自请执法者行刑。是大众速贤之死也。大众之心安否乎？区区微忱惟谅之。”

　　众人看了他的话大为感动，有人忍不住哭了起来。毓贤的老母亲已经八十余岁，独自留在了太原，妻子又病死了，只有一个小妾随行，毓贤知道自己不久就要被行刑，逼令小妾自裁。小妾只得上吊自杀。毓贤见她已死，笑着说道：“她先到地下去驱逐狐狸了。”随即给自己写了两副挽联，第一联云：“臣死国，妻妾死臣，夫复奚疑，最难老母九旬，稚女十龄，未免凋伤慈孝治；我杀人，夷狄杀我，亦有何憾。所愧奉君廿载，历官三省，空嗟辜负圣明恩。”

　　第二联云：“臣罪当诛，臣志无他，念小子生死光明，不似终沉三字狱；君恩我负，君忧谁解，愿诸公转旋补救，切须早慰两宫心。”写好后悬挂在旅馆里，有人将其传抄出去，毓贤忠臣好官的美名，颇震一时，了解他的人都嗤之以鼻。

　　1901年正月初六，何福堃来到什字观，呼叫毓贤出来。毓贤尚未穿上朝衣，知道何福堃来了就要行刑，请求整衣出见，何福堃准许了。毓贤毫不畏缩，端正衣冠走出来，坦然就刑。毓贤跪在地上，何福堃的随从武员举刀向他脖子砍去，把头砍伤了毓贤却没死，毓贤忍住疼痛连呼“求速死”。仆人见状不忍，帮助把他脖子砍断了，众人集资将其收葬。有人追述他屠杀洋教士的惨状，叹息着说："这样死掉，算是幸运了。"

八国联军攻陷北京，载勋随慈禧仓皇逃出京城，被任命为行在查营大臣。"和议"开始，载勋被各国指为"祸首"，先是被革去官爵，就近在山西蒲州府派员管束，拟随后交宗人府发往盛京圈禁。名虽为"戴罪"，仍有爱妾和儿子陪伴，在住所行动不受拘束。列强对这一处理结果十分不满，慈禧不得不于1901年2月13日发布上谕："已革庄亲王载勋，纵容拳匪，围攻教堂，擅出违约告示，又轻信匪言，枉杀多命，实属愚暴冥顽。著赐令自尽，派署左都御史葛宝华前往监视。"

葛宝华奉旨前往蒲州。2月21日，到达载勋的住所，为时尚早，门外放炮迎接。载勋听到炮声，大骂道："何故无端放炮？"随从说："钦差葛宝华到了。"载勋马上警觉起来，问："是为我的事来的吗？"随从也不知就里，说是钦差过境。等葛宝华进来，载勋仍详细询问他行在的各种情况。葛宝华并不深入回答，出堂四处巡视。看见行台后面有一座古庙，里面有一间空房，将其设为庄王自尽之所。命人在梁间挂了一条锦帛，然后锁上房门出去了。随即传令蒲州府和营县派兵前来弹压。传命有圣旨，饬令庄王跪听。载勋接到召唤，挺身而至，对葛宝华说："钦差要我的头吗？"葛宝华不回答，只宣读旨意。载勋听罢，说道："自尽罢了！我早知必死，恐怕老佛爷也不能久活了！"又对葛宝华说："让我与家人一别，可以吗？"葛宝华说："请王爷赶快！"那时载勋的儿子和小妾也到了。载勋对儿子说："你一定要为国尽力，不要将祖宗的江山送给洋人！"儿子哭得不能回答。小妾滚地昏厥，不知人事。载勋问："死所在哪里？"葛宝华说："请王爷到这间屋里来。"载勋进屋来，见锦帛高悬，掉头对葛宝华说："钦差办事真周到，真爽快！"于是悬帛于颈，不过一刻就已气绝。

列强提出"惩凶"，慈禧念在赵舒翘一路陪侍西逃有功，起初只是给了他一个"革职留任"的处分。洋人提出抗议，改为"交部严处"；洋人还是不满意，又改为"斩监候"，由臬司看管，家属均往臬署侍候。那时两宫已逃到西安，先一日慈禧对军机大臣说："其实赵舒翘并未附和拳匪，但不应以拳民'不要紧'三字复我。"赵舒翘闻言，暗自庆幸太后可以饶自己一死。

洋人对"斩监候"的处理仍不满意，要求将赵舒翘"斩立决"。赵舒翘是陕西西安人，为官清廉，爱民如子。消息公布后，西安百姓大为不服，十二月二十九日，西安府城内绅民联合三百余人，在军机处呈禀，愿以全城人的性命保其免死。军机处不敢呈递。刑部尚书薛允升是赵舒翘的母舅，对人说道："赵舒翘若被斩决，天理何在？"到1901年正月初二（2月20日），风声愈紧，奕劻、李鸿章电奏朝廷，声称如不按外国照会办理，将断难阻止瓦德西率军西进。军机大臣从早晨六点钟入见太后，到上午十一点才出来，仍然不能定赵舒翘的罪。那时西安城鼓楼一带，已聚集得人山人海（有近万人），有人扬言要劫法场，声称："如杀赵大臣，我们就请太后回京城去！"

军机处见人情如此汹汹，入奏太后不如赐令赵舒翘自尽。次日早上八点，赐令自尽的上谕下达了，定于酉刻（下午5到7点）复命。陕西巡抚岑春煊奉命前去监督执行。太监宣读完圣旨，赵舒翘跪在地上问道："还有后旨吗？"岑春煊说："没有。"赵舒翘不甘心地说："必有后旨！"夫人对赵舒翘说："我们夫妇一起死吧，必无后命！"执行人拿来金子，赵舒翘吞下少许。午后一点到下午三点，毫无动静，赵舒翘仍然精神十足，与家人交代身后各事，又为老母已九十余岁，见此大惨之事而痛哭，颇为悔恨。那时赵舒翘的亲友很多都跑来看。岑春煊起初不允许，后来就随他们的便了。赵舒翘对亲友说："这是刚子良（刚毅）害我的！"岑春煊见赵舒翘声音宏朗，竟不能死，命人拿鸦片烟来给他吃。到五点钟，仍不死。又给他吃砒霜。这时赵舒翘才卧倒呻吟，以手捶胸，命人推抹胸口，只说难过。赵舒翘身体极为强健，又有意等候太后赦免的旨意，金子、鸦片烟、砒霜所服有限，所以迟迟未死。那时已经半夜十一点钟了，离预定复命的时间已经过去了几个小时，岑春煊大为着急，心想：一点这样的事都办不好，别好不容易护驾护来的前程，就在这里断送了。急道："酉时复命，已经逾时很久了，为什么还不死？"左右说："大人何不用皮纸蘸烧酒捂住他的面孔七窍？这样应当能让他窒息而死。"

岑春煊如法办理，用皮纸蘸烧酒捂住赵舒翘的脸，一共盖了五张皮纸，过了很久终于听不见声息，用手摸他的胸口，也开始变冷。赵夫人痛哭一场后，也自杀殉夫了。

都察院左都御史英年极为胆小，1900年十二月二十五日，朝廷下旨在陕西监禁他，有家人探视英年，他独自一人岑寂，终夜哭泣不止，对人说道："庆王不应该不为我分辩！"人不敢回答。到元旦，众人都忙着准备过年，无暇顾及他。英年哭至中夜，忽然没了声音。到次日中午，家人进屋，见他趴在地上一动不动，满面污泥，忙趋近来看，发现他用污泥蔽塞口鼻，已经气绝身亡了。此时朝廷赐他自尽的旨意还没有下达。众人不敢声张，直到正月初三圣旨下来了，才向岑春煊复命。

谈到载勋、英年、赵舒翘诸人之死，慈禧对人说："上年载勋、载澜诸人，自夸是皇室近支，说大清国不能送与鬼子，情形蛮横至极，几乎将我的御案掀倒。唯有赵舒翘，我看他还不是他们一派，死得甚为可怜。"说到这里，不禁流下泪来。

八国联军攻破北京，慈禧携光绪仓皇出逃，董福祥担任随扈大臣，率甘军一路护送两宫到达西安。因仇杀洋人围攻使馆，在议和时，董福祥被列强一致认定为"罪魁"，坚决要求清廷将其处死。慈禧念及董福祥忠勇可嘉，护驾有功，想倚仗他，将他作为自己的政治资本，对其百般回护。十一国公使先后发出照会，要求将董福祥驱逐远离，不得仍在朝廷左右。李鸿章和奕劻也上奏："若再稍涉游移，必致事机决裂。"刘坤一和张之洞更明确表示："圣驾所在，义当援济，但决不济董。"董军困于粮饷，被迫一裁再裁。在多方压力下，慈禧只好忍痛割爱，让董福祥率亲军数营驰回甘肃，扼要设防，以观后效。

1901 年 8 月，联军西逼井陉，威胁将进攻西安。李鸿章等请求对情节严重、法无可贷的董福祥立正典刑。

董福祥闻讯，给在西安统揽军政大权的荣禄写信责备道：祥辱隶麾旌，任公指使，命攻使馆，祥犹以杀使臣为疑。公言"僇力攘外，祸福同之"。祥本武夫，恃公在上，故敢效奔走。今公执政而祥被罪，祥死不足恤，如军士愤懑何！荣禄收到书信后，没有回复。

考虑到董福祥在陕甘地区声望素著，被奉为一方支柱，若将他问罪处斩，恐怕激起变乱。经与列强反复斡旋，最后双方达成默契，将董福祥即行革职，永不叙用，禁锢于家中。

董福祥对这个处理结果非常不满，一度想自行招募军队赴山西继续战斗。慈禧害怕他破坏和谈，命光绪手书一道密诏对其加以安抚："尔忠勇性成，英姿天挺，削平大难，功在西陲。近以国步艰难，事多掣肘，朝廷不得已之苦衷，谅尔自能曲体，现在朕方屈己以应变，尔亦当降志以待时，决不可以暂时屈抑，隳厥初心。他日国运中兴，听鼓鼙而思归，不朽之功，非尔又将谁属也？"通过荣禄急赠五十万金抚慰他和甘军部属，慈禧又特赏其安家建府银三十万两。董福祥这才屈意就范，解去兵柄，请求屯垦，安心在老家隐居。

董福祥治塞上名田，连绵百余里，牛羊驴马驼以万计，岁入三百万银元，大起宅第，后房妇女数十人，手握重兵观望时局。荣禄贪污好贿，董福祥重啖之，每年进献金玉玩好之物堆积在他门口，派军士三百人从于阗弄来珍贵的玉石送给他，与其深相结纳，为东山再起做准备。

1908 年，董福祥突患重病，多位京医和当地名医前来诊治，均未奏效。临死前两天，董福祥上书朝廷，以"未能尽晚年之忠诚，无以报朝廷为憾"。同时立下遗嘱：将储银 40 万两上交国库，洋枪 1600 多支运存宁夏。

1908 年正月初九（2 月 9 日），董福祥在甘肃金积堡（今属宁夏吴忠市）去世，享年 68 岁。董福祥没有子嗣，过继胞兄董福寿的儿子董天纯为子。父亲死后，董天纯按照遗嘱将 40 万两银子上交国库，继承了他的官职。

慈禧听闻董福祥去世的消息，百感交集，慑于列强的淫威，不敢为他举办丧葬仪式，也未赐予他谥号，只命人在其家乡竖了一块"董少保故里碑"，聊作纪念。

1901 年，"祸首"之一的载澜被遣戍新疆，先后在绥来、迪化两地居住。当时新疆巡抚饶应祺因为载澜是皇亲贵族，不但未按遣犯规定对其严加管制，还给予优待。将新东门内江浙会馆一幢宽广的宅院借给他居住。由藩库每年支给他纹银 8000 两作为生活开支，还派候补官员和仆从多人供其驱使。当时的人都称他为"澜公爷"。虽是流犯，载澜依旧过着像以前一样骄奢靡烂的贵族生活。

到绥来不久，载澜就娶了绥来县陆福纬 17 岁的侄女为姜，人称"公爷夫人"。地方官为投其所好，为他修建了一座公爷府。坐落于县城东关北侧，古式建筑，砖木结构，红砖雕梁，琉璃屋顶，屋脊有翘首张口的兽头。前后两大四合院。有议事厅、望月楼、寝楼、书院、花园等。大门前矗立石狮一对，东西两侧各有铺面三间，整个建筑是两层木楼。上层 7 间，下层 9 间，下层建于地面之下，故有"明七暗九"之说，是一幢十分豪华的王府别墅。载澜在此作威作福，声势显赫一时。

不久，法国"中亚历史考察团"（实为文物盗窃犯）在伯希和的率领下从库车来到迪化。载澜为讨好洋人，将敦煌藏经洞的一件8世纪佛教经卷送给伯希和。狡猾的伯希和如获至宝，问清来历后，立即赶赴敦煌，从道士王圆箓手中骗走了数千件敦煌文书，造成了我国文化史上的一场空前浩劫。

转到迪化后，载澜的生活更加奢侈。经常骑着骏马，驰骋游乐。所选骏马达40匹，按毛色配成20对，马料、马夫都由迪化县供给。玩累了便开办宴会演戏，办车箍辘会，从巡抚起，依次由藩司、臬司、载澜及府县轮流宴乐，除了清室历代皇帝、皇后等忌日不宴客取乐外，几乎无日不宴。专门从天津等地请来戏班子，演唱湖南二黄、花鼓戏和秦腔等助兴。菜肴有24盘、32盘、八松八薰、四甜四咸。八松是将鸡、鸭、鹅、鱼、猪、牛、羊、鸡蛋煮烂，用酱酒炒干制成的丝状肉松。八薰是将上列各品腌制后，用燃烧的松木屑烟熏过的食品。每次宴会，都要耗费几百两银子。1911年的一次宴会，名妓银珍子被召来侑酒。喝得醉醺醺的载澜和酒客为了银珍子发生冲突，拔出手枪要对其开火，吓得满座的人惊惶四散。

载澜非常喜欢水磨沟的景色，迪化官员便在此兴建楼台亭榭，题名"一斗亭""八卦亭""盼云轩"等，供他夏日游宴。为方便接待驻地官员和亲朋好友，载澜还在此修建了接官亭，是座泥木结构建筑，雕梁画栋极为华丽，在民国时期倒塌。

1905年，联魁继任新疆巡抚。他以载澜本系遣犯，不应如此骄奢，将其年供公费削减一半，劝他安分守己，不要太过招摇。载澜才一度有所收敛。

辛亥革命时，载澜曾联系哥老会，打算在新疆、四川等地以湘军旧部为主力参加革命。因为他是清朝皇亲，没有得到多少响应。

辛亥革命后，清帝溥仪退位。载澜唯恐八国联军之一的俄国不准他东归，心怀忐忑地向俄国政府请示，得到不干涉其行动的答复后，载澜携家眷借道西伯利亚回到东北老家，后来病死在沈阳，留下二男一女。

八国联军打进北京后，大阿哥溥儁和父亲载漪随慈禧仓皇出逃。溥儁在逃难途中仍不改纨绔心性，整日玩狗、听戏，有时还要亲自上台敲鼓板、拉胡琴，炫耀自己的特长。

溥儁本就是个浪荡公子，从住进皇宫的时候起就干了不少荒唐事，逃到西安后仍不安分。一天，溥儁在西安行宫大殿上踢毽子。殿官称宝座前不宜做这种事。溥儁骂道："宝座是咱所坐，你敢阻挠吗？"慈禧听见了，对其粗鄙非常讨厌。

溥儁在西安闲居无事，每天和几个太监到戏园去看戏，头戴韦陀金边毡帽，身穿青色紧身皮袍，枣红巴图鲁领褂，打扮得活像个小丑。他最爱看《连环套》和《拾玉镯》两出戏，有个叫严玉的京剧演员，屡次得到他的厚赏。溥儁音乐学问极佳，但凡伶人作乐时稍微不合节律，必当面申饬，或亲自上台敲鼓板，拉胡琴，以炫己长。

一天，溥儁与叔父载澜和哥哥溥僎在一众太监的簇拥下去西安城隍庙庆喜园看戏。去时戏园中座位已满。溥儁与园内甘军为争抢座位发生冲突，多名太监在斗殴中被打得鼻青脸肿，在座的御史彭述和内阁侍读学士裴维侒都遭到殃及。

太监受伤后，不敢报复凶悍的甘军，就迁怒于戏园，叮嘱陕西巡抚岑春煊将各戏园一律封禁，将闹事的戏园园主在通衢大道上枷号示众，还张贴告示："两宫蒙尘，万民涂炭，是君辱臣死之秋，上下共图卧薪尝胆，何事演戏行乐？况陕中旱灾浩大，尤宜节省浮费，及一切饭店、酒楼，均一律严禁。"各个戏园无法做生意，纷纷营求内务府大臣继禄和工部侍郎溥兴，转求李莲英，不久各戏园又启封开演。岑春煊为掩人耳目，又让人张布告示："天降瑞雪，预兆丰盈，理宜演戏酬神，所有园馆一律弛禁，惟禁止滋闹，如违重惩。"闻者无不鼓掌。

那时列强强烈要求将义和团之乱的祸首载漪处决，否则决不议和。慈禧一面敷衍塞责，一面抬出祖宗成法力保载漪，经过无休止的争吵辩论，最后决定刑不上懿亲。

1901年2月，清廷发布谕旨："载漪倡率诸王贝勒轻信拳匪，妄言主战，致肇衅端，罪实难辞"，"若不严加惩处，无以服天下之心，而释列邦之愤，端郡王载漪著革去爵职"，"发往极边新疆，永远监禁"。

溥儁闻报如痴如呆。

　　载漪未奉旨发往极边时，已逃到宁夏。他知道自己罪孽深重，以为要被杀头，接到发配极边的圣旨时，大喜过望，对身边人说："这已是皇上恩典了，咱们还等什么？快些往新疆走，不要等皇上盛怒了！"又忙问左右："阿哥有罪吗？"众人道："没有听说。"载漪松了口气道："本来就不关他的事，谅也无妨。"接旨当天就带着家人兼程赶赴配所，生怕洋人再次要求将自己正法。

　　载漪被革职发配后，地方大臣为平息事态，强烈要求废除大阿哥。吴永奉慈禧之命去两湖地区催征粮饷时，多次与湖广总督张之洞进行交谈。一天忽然谈到大阿哥，张之洞说："此次祸端，其实都是由他而起，酿成如此大变，现在还将其留在储宫，何以平天下人心？且祸根不除，尤恐宵小生心，酿成意外事故。他一日在内，中外耳目，都感不安，对将来和议，必增无数障碍。此时亟宜将其发遣出宫为要着。"受张之洞的委托，吴永回到西安后斗胆上言，请求废止"建储"。议和大臣李鸿章和奕劻也极力反对溥儁继续做皇子，说"罪人之子怎能继承大统？"精于权谋的慈禧清醒地意识到，"己亥建储"已由巩固统治的砝码变成了眼下保权的累赘，为了重新赢得列强的欢心和群臣的拥护，只有废止"建储"。

　　11月30日，回銮途中的慈禧在开封下旨："载漪纵义和拳，获罪祖宗，其子溥儁不宜膺储位，废'大阿哥'名号。赐公衔俸，归宗。"

　　载漪虽被流放，但在慈禧的暗中纵容下，压根儿就没到新疆，而是逃到蒙古阿拉善旗罗王府妻舅家去了。

　　载漪父子来到罗王府，罗王非常高兴，大摆筵宴为他们接风洗尘。席间，溥儁见到了罗王美丽的女儿，穿着与北京王府的格格完全一样，顿生好感。载漪就托来罗王府做客的董福祥向罗王夫妇提亲。罗王的福晋和女儿见溥儁相貌平常，不太满意，但罗王与载漪一向感情很好，便一口应承下来，并很快给他们完了婚。

　　溥儁完婚后，载漪想让他在罗王府常住，但溥儁不习惯草原的苍凉寂寞，想到回惇亲王府可以分到一大笔祖产，日子会过得很安逸，加上那时风声也渐渐平息了，于是不顾父亲和岳父的一再劝阻，执意带妻子回北京。载漪、罗王见其主意已定，不再勉强，临行前分别给了他一大笔钱，派专人送其回京。

　　1910年，罗王病逝。罗王的儿子塔旺布里甲拉承袭了父亲的爵位，被称为

"塔王"。载漪与塔王的关系不大好，不适合继续留在蒙古，只好另觅去处。

甘肃独立后，载漪举家迁往兰州。失去了经济来源，日子过得非常拮据。辛亥革命清朝覆亡后，载漪贫窘更甚，先前挥金如土的一家人，生活一落千丈，房屋、田产几乎变卖殆尽。袁世凯见其可怜，每月赠送 200 块大洋周济他勉强度日。

这时，甘州镇守使马璘写信来邀请载漪全家到甘州（今天的甘肃张掖）居住。载漪求之不得，当即带领家人前往。

当年董福祥率甘军奋勇阻击八国联军时，载漪是主战派的头子，董福祥跟他关系很好。马璘正好是董福祥的部下，他对载漪非常尊重，按照《清室优待条件》为其申请了每月近 100 两银子的补助，自己也经常对他予以资助。

载漪在甘州生活期间，受到了当地民众的敬仰。老百姓敬他是杀鬼子的英雄，送来了成百上千的鸡鸭猪羊。载漪无法处理，干脆开了一家养殖场，贩卖家禽家畜挣钱养家。想当年，载漪一家在京城过着锦衣玉食的王爷生活时，万万不会想到有朝一日自己会开养殖场。

1920 年，载漪的长子溥僎因病去世，年仅 45 岁。载漪老年丧子，悲痛异常，产生了回京定居，以度残年的想法。当年底，载漪一家人回到京城。

在西直门火车站下车后，许多遗老遗少和民国政府的官员前来迎接他。载漪的轿帘上挂着一面小旗，上写"进京就医"四个字。

不料爱新觉罗的家族中有人反对载漪归来，他们造谣说此次载漪回京，带来了许多武器（指行李箱）。载漪在紫禁城见到溥仪皇帝，叔侄俩抱头痛哭。有人据此谣传他们要东山再起，复辟清朝。一时传言满天飞。载漪的住宅外，不时出现可疑的人员（便衣警察）。为了避嫌，载漪只好住进了协和医院。

洋人对载漪擅自回京也非常不满，纷纷向民国政府提出抗议，要求按照《辛丑条约》的规定对载漪进行严惩。

在族人的造谣和列强的逼迫下，载漪一家在北京还没住上一年就被迫离开了。临别时，载漪对前来送行的亲友们说："我的这步棋走错了！"

离开京城后，载漪带着家人来到宁夏，在绥远镇守使马福祥和宁夏镇守使马鸿宾的庇护下苟且偷生。

民国 15 年（1926 年），冯玉祥来到宁夏，得知"端王"载漪在此，很想见一见他。冯玉祥前后三次派人请载漪去他的司令部赴宴，都被载漪托病回绝了。载漪不愿见冯玉祥是因为民国 13 年（1924 年）冯玉祥发动"北京政变"，派鹿钟麟"逼宫"将溥仪赶出紫禁城，废除了清室的优待条款。因此载漪对冯玉祥相当不满，对人说："真是冤家路窄，冯玉祥怎么跑到宁夏来了？"虽然三次遭到拒绝，冯玉祥仍然没有放弃见载漪的念头，一天，他带了 1 个参谋和几名卫士亲自前去拜访载漪。载漪很勉强地让人把他请了进来，自己装成有病的样子坐在客厅里。冯玉祥进来后，载漪只是在座椅上欠了欠身，算是向他还了礼。冯玉祥对此并不介意，仍然对他嘘寒问暖表示关心。谈起庚子年间的事，冯玉祥对载漪杀洋人的行动表示赞同和钦佩，向他提出了若干问题，载漪假装耳聋，一个也没答复，只指着自己的耳朵说："人上了年纪，耳朵也不好用了。"通过催促仆人去给自己拿药等方式来敷衍搪塞。冯玉祥见他态度冷淡，不愿多说，坐了一会儿，安慰了他几句，就起身告辞了。临走时给他留下了1000 块现大洋，从此以后再没来过。

过了几年安稳日子后，载漪于 1922 年 12 月在宁夏病逝（一说 1927 年）。

溥儁夫妇返回京城几个月后，搬回了惇亲王府居住。

辛亥革命后，清朝宣告灭亡，很多曾经的八旗子弟纷纷流离失所，溥儁却因为曾经的"大阿哥"身份当上了总统府参议，虽是挂名，每月仍可领到 500大洋薪俸，加上家里还有一些良田可收地租，生活仍旧富足。

溥儁夫妇婚后感情不好，时常因为琐事吵架。

溥儁常和社会上一些不三不四的酒肉朋友到后门桥附近的戏园和酒楼去鬼混，后来又捧上了几个唱大鼓的女艺人，时常不惜一掷千金。他专门订制了一辆漂亮的洋包车，每天吃完晚饭就坐车到前门外去看戏、听大鼓。后来又抽上了鸦片，还雇了个绰号叫"小媳妇"的女人专门伺候自己抽大烟。

溥儁有二子，长子毓兰峰生性愚钝，是先天智力障碍者。次子虽然自幼聪慧，为其万分疼爱，却因免疫机能低下，五岁时就突患大病死去。突如其来的打击给了溥儁极大刺激，他守在亡儿身边不吃不喝，整整哭了三四天。

1921 年政局动荡，溥儁的总统府参议资格被取消，收入锐减。1924 年，得到苏联暗中支持的冯玉祥，在"北京政变"中将溥仪赶出紫禁城，废除了清室的优待条款，将清室王公的土地以"缴价升课"的方式"变旗地为民地"，由佃农按较低地价分期偿付后，该地即归佃农所有，几年下来，各王府地租来源即告断绝。陷入财务困境，坐吃山空，逐渐濒临破产。

载漪的长孙毓运交卸甘肃省景泰税务局局长职务，回京探望母亲，见到四叔公载瀛和二叔溥儁。载瀛因毓运的祖父和父亲相继去世，就将分给端王一系的惇亲王府东跨院房产交给毓运，并办了过户手续。毓运见二叔溥儁穷困潦倒，生活困顿，就将房契交给了他。溥儁格外激动。留毓运在家吃饭。叔侄俩边吃边谈，聊了很久。

载漪去世后，留下了十几箱古董玉器，他的七侧福晋将其带到北京，准备卖掉后置些产业安度晚年。她找到溥儁商量办法。溥儁此时正值穷极无路，见有宝贝送上门来非常兴奋，吵闹着要和她平分。七侧福晋找他商量本是出于好心，没想到他竟如此贪婪无赖，心中不禁暗暗后悔，把其中一小部分拿出来分给他后，将其余的带回了宁夏。

不久，溥儁忽然来找毓运，说自己现在生活很困难，想和他商量卖掉房产换钱维持生计。毓运见二叔可怜，就同意了，将房产变卖了几千块大洋，绝大部分都给了他。谁料溥儁不知节俭，钱一到手就大吃大喝抽鸦片，很快又挥霍一空。

丧失经济来源的溥儁无力谋生，又不好意思再去找毓运帮忙，只得让妻子去向罗王的儿子塔王求助。塔王当时正在京城担任蒙藏院总裁，见妹妹和妹夫生活困窘，于心不忍，派人每月送钱接济他们，后来还把他们一家人接到自己的王府居住，供养甚厚。

但是好景不长，不久塔王因病去世。塔王的侧福晋平时就对溥儁看不上眼，对这位小姑也不满意，暗中吩咐手下人对他们不要再以亲戚相待，随便找了个借口让他们搬到马号附近的几间小屋去住。溥儁遭此屈辱，只能忍气吞声。一想到曾经堂堂的清朝大阿哥，如今竟然沦落到这般地步，终日长吁短叹，忧愤不已，又没有能力出去自谋生路，只能勉强赖在府里不走。

1942年，北平某家报纸上刊出了一篇《大阿哥近状访问记》，记述了溥儁的状况："在生活高压下，他日夕都为衣食问题所困，终于在去年四月间左目失明……九月，右眼又失明……现在，大阿哥已是一个与世隔绝的人了。坐在那不知是龙床抑是凤床之上，大阿哥以枯槁至极的手臂扶住床栏，用沉郁的语气吐出了如下沉痛心酸的话语：'………我现在每日三餐的粗粮都不能吃饱了。咳！转眼四十余年，宫中生活，俨如昨日事，也许是当年享受太过所致！'语声硬涩，令闻者生出一种怜悯而荒凉的感情……"

　　溥儁晚景凄凉，住进马号后，渐渐积忧成疾，一病不起，于 1942 年去世。在嘉兴寺殡仪馆举行了一个简单的殡葬仪式后，被埋在了寺庙后院的空地里。当年显赫一时的"大阿哥"就这样结束了自己人生的悲喜剧。

第三十八章　克林德碑

　　经过一年多艰苦的谈判，李鸿章和奕劻代表清政府与列强签订了《辛丑条约》，条约的第一款就是中国须派头等专使赴德国，就克林德公使被杀一事向德国皇帝谢罪致歉，并在克林德被害之处修建一座与其品级相当的石牌坊，以中文、拉丁文和德文列叙大清国皇帝惋惜之意，以"涤垢雪侮"。

　　为克林德竖立牌坊，据说是妓女赛金花的主意。在李鸿章与列强谈判的过程中，德国代表提出必须严惩杀害克林德的凶手，克林德夫人更是将矛头直指慈禧太后和光绪皇帝，谈判一度陷入了僵局。这时，号称晚清民初第一名妓的赛金花粉墨登场。

　　据刘半农、商鸿逵《赛金花本事》载，赛金花在受访时曾有如下一段谈话：当开和议时，态度最蛮横、从中最作梗的要算德国了。他们总觉得死了一个公使，理直气壮，无论什么都不答应，尤其是那位克林德夫人，她一心想替丈夫报仇，说出来许多的奇苛条件，什么要西太后抵罪，要皇上赔罪啊，一味地不依不饶，把全权议和大臣李鸿章弄得简直没有办法。我看着这种情形，心里又着急又难过，私下里对瓦德西苦苦劝说了许多次，请他不必过于执拗，给中国留些地步，免得两国的嫌恨将来越结越深。瓦德西说他倒没有什么不乐意，只是克林德夫人有些不好办。于是我就自告奋勇，愿作个说客去劝她。我见到克林德夫人，她对我的态度还很和蔼，让我坐下，先讲了些旁的闲话，然后我就缓缓地向她解释道："杀害贵公使的并不是太后，也不是皇上，是那些无知无识的土匪——义和团，他们闯下祸早就跑得远远的了。咱们两国邦交素笃，以后还要恢复旧好呢，请你想开些，让让步吧！只要你答应，别人便都答应了。"她不依道："我的丈夫平日与中国无仇无怨，为什么把他杀害？我总要替他报仇，不能就这么白白地死！"我说："仇已算是报了。我国的王爷、大臣，赐死的也有，斩首的也有，还不算报了仇吗？"她又说："那不行，就是不要太后抵偿，也要皇上给赔罪。"说这话时，她的态度很坚决。我想了想，便说："好吧，你们外国替一个为国牺牲的人作纪念都是造一座石碑，或铸一尊铜像；我们中国最光荣的办法就是竖一个牌坊。您在中国许多年，没有看见过为那些忠孝节义的人立牌坊吗？那都是能够万古流芳、千载不朽的。我们给贵国公使立一个更大的牌坊，把他一生的事迹和这次遇难的情形，用皇上的名义全部刻在上面，这就算是皇上给他赔罪了。"经我这样七说八说，她才总算点头答应了。

德国人最终同意在中国首都为遇难的外交官建立一座特殊的"贞洁牌坊"。整座牌坊采用中国传统的四柱三间七楼式的形制，汉白玉蓝琉璃瓦庑殿顶式，宽约 4.7 丈（1 丈 ≈ 3.33 米），高约 2 丈，东西横跨繁华的东单北大街。额题"克林德碑"四字，两旁是拉丁文和德文，横匾刻光绪皇帝亲手书写的上谕："德国使臣男爵克林德，驻华以来，办理交涉，朕甚倚任。乃光绪二十六年五月拳匪作乱，该使臣于是月二十四日遇害，朕甚悼焉。特于死事地方，敕建石坊，以彰令名，盖表朕旌善恶恶之意。凡我臣民，其各惩前毖后，无忘朕命。"此碑被中国人视为国耻碑。当年有人记录："今京师东城有石坊，巍然建于道中者，即此大辱之纪念碑也。"

第三十九章　两宫回銮

《辛丑条约》签订后，洋兵陆续撤离，交还京师地面，慈禧还不敢回京。王公大臣逐渐到达西安行在，留京大臣联名上书请求两宫回銮，各封疆大吏又联名力请，慈禧才下诏，定于10月启程回宫。当时京城残破不堪，急须修理。李鸿章和奕劻先期电奏行在，请派大员承修跸路。行在枢府拟定都察院左都御史张百熙和太常寺卿桂春，奏请派充。慈禧笑着说道："此次工程须从在京大员中拣派，情形熟悉，较为得力。我意中已有两人：一是兵部侍郎景沣；一是顺天府尹陈夔龙。不如一并派充，四人合办。"

枢臣承旨后，即刻电告京师遵照办理。桂春前在庄王府任差，有庇护拳民的嫌疑，没有前来。张百熙一时不能赶到，先由陈夔龙与景沣召匠选料，快速开工。二人初次进入东华门，但见蓬蒿满地，一望无际。午门、天安门、太庙、社稷坛等处，被炮弹炸毁。中炮处所，密如蜂窠。想见去年攻战之惨烈，不寒而栗。披荆斩棘，煞费经营。此外如天坛、先农坛、地坛、日月坛和乘舆回来时要经过的庙宇，大半都被焚毁，急须修理，各毁坏的殿堂要全部择地移建，工程浩大，估计须要花费百万两银子，重修正阳门城楼的巨大工程还不算在内。

景沣因循旧例，凡工程估定价目后，堂司各员按例要从中取出二成节省经费。打算按照前例，借工帑余润，以补偿拳乱的损失。陈夔龙对此不以为然。

他说此次拳祸之烈，为二百年所未有。九庙震动，民力艰难，此项工程不得以常例论，应核实一律到工。就是所派员司，也应一律自备夫马，廉洁任事。将来大工告竣，准给优保以酬其劳。景沣不高兴，说陈夔龙有意与他作梗。正好张百熙回到京城，他也颇以陈夔龙所论为是。景沣无可奈何，只好答应会同入奏立案。

正阳门城楼高大宏伟，须向外洋采办木料，一时不能兴工，陈夔龙只好让厂商先搭席棚，缭以五色绸绫，一切如门楼式样，以备驾到时以壮观瞻，就是这样都花费了数万金。

陈夔龙等分期会同司员督理工作，历经三月，工程大致完竣。当即电告行在。奉旨："跸路工程现已修竣，陈夔龙着即赴河南布政使新任，在中途迎銮。"不料陈夔龙在京尚未启程，又奉旨署理漕运总督。即日驰往行在，在河南汤阴县宜沟驿接驾。次日，陈夔龙扈从至彰德府，又接到实授漕运总督的任命。他扈从至直隶磁州，恭谢天恩，送驾离去。几天之内，慈禧太后三次召见他，赏赐优渥，赐白银一千两。送走两宫后，陈夔龙立即折回河南，取道淮安、徐州赴任漕运总督。

洋兵撤离后，京城居民仍不敢夜间出来行走，米价涨到万钱一石，达官贵人多靠贩卖浆水养活自己。

10月5日，军机大臣谕：本日各章京办事毕，二班章京着即先行启程。自京西至阌乡，派头班章京沿途办事；自阌乡至开封，派二班章京沿途办事。并奉前路粮台核准定章，皇差官车两千余辆，驴马应给草料，行路日给一两，驻跸减半。大概布置，都已就绪。

自从中法交战，定下和议，号称太平，清廷大力兴建海军，但费用全部被慈禧挪用来修建颐和园，土木之费几乎花掉了七千万两银子，穷极奢丽，超过了乾隆鼎盛时期。万寿山的园林，复道周阁相属，排云殿在山上，建秋风亭，临玉泉，比拟海中神山蓬莱、方丈、瀛洲。慈禧经常居住的地方，铁道、火车、电灯、轮船齐备。每年元旦至仲春，演鱼龙百戏，曼衍空中叫"放花"，都买自日本，每年要花费几百万两银子。自诸王大臣皆有进奉。盛宣怀献银百万两，得管芦汉铁路，揽获利权。慈禧派太监访求京师名花海棠、牡丹、辛夷之类，尽移植园中，花朵如云，千顷无际。洋兵进园后，将其割下来做柴烧。戊戌政变后，慈禧不敢再居住在郊区，每年派人前去察看，花费仍号称万金。光绪即位后，国家多难，财赋匮乏，朝廷只好靠卖官鬻爵增加财政收入。

两宫到达西安时，陕西大旱，民不得食，出现了人吃人的情况，数十万贫民等待县官赈济，官位价格更加昂贵。慈禧在西安下令开秦晋两省实官捐输，分别等差，以钱买官。有一个浙江人施某托李莲英想用钱买道员，慈禧说："今方蒙尘，价可稍廉，然道员即可擢两司，须万金。"湖南湘潭人袁树勋以 12 万金贿赂荣禄，获得海关道一职。此人龌龊无他长，只是善哭而已。广东人黎国廉和陈昭常献上大量钱财，在召见时得到太后优诏答复。刘毓藻、陈时利、左宗蕃都用金钱换取了九卿之位。卖官鬻爵之风一开，官场更加杂乱腐败，天下人对钱财愈加趋之若鹜。

车驾至临潼，临潼县令夏良材因供应不善遭到谴责。于是郡县承风，各修整道路，缮治宫室，设置厨传，修理寺观神祠以待两宫临幸，数万人做工，花费好几十万两白银，大兴兵卫，大量工匠死在道路上。诸位贵人的奴隶，甚至敢鞭笞拷打州县官员，也不会遭到处分。河南巡抚松寿命江西浮梁镇进献瓷盘十二万个，其他的物品也与此相当，一个驿站的花费几乎都要五万金。

1901 年 7 月 6 日，曾降发一道上谕，略谓"朕侍皇太后暂住关中，晌将经岁，眷怀宗社，时切疚心。今和局已定，昨谕令内务府大臣扫除宫阙，即日回銮。惟现在天气炎热，圣母年高，理宜卫摄起居以昭颐养，自应俟节后稍凉启跸，兹择于七月十九日由河南直隶一带回京，着各衙门先期敬谨预备"等语。此谕宣布后，中外人心，一时大定。因起行日期久久未定，众情惶惑，不免妄生疑揣，有人说两宫将久居西安，有人说两宫将迁都蜀中。又因水陆问题斟酌不定，更加延宕。先有人主张从襄阳到汉口，改由京汉铁路入京，说沿途供应，可省好几百万两白银。南方有人请驾出上海，径直从海道入都。后来经过通盘筹度，说走水道须另造船只，且有数处河道须经修理疏浚，方可通行御船，费用更加难以计算，于是决计取道陆路。至此行期、路线全部确定，中外之心方才释然。

不久陕西巡抚升允奏称天气炎热，道路泥泞；河南巡抚松寿奏称积雨连句，河水骤发，跸路冲毁，行宫损坏。二人均请展缓行期。于是又在七月一日下谕：据奏改定以八月二十四日回銮。那时舆论大哗，都说两宫实无回銮之意，升允、松寿之奏均由西安政府授意，就是二十四之期，也绝不可信，届时必会再改。还有人说第三个行期已预先拟定，将改为九月三日；第四个行期必以太后寿辰为词，改在十月底；第五个行期必以天寒为词，改至明春；逐节延改，终至无期而后已。有人说太后惧怕回京后会受各国要挟勒索抵罪，所以不许皇上回京；有人说李莲英怕太后失势后自己会失去权力，所以极力怂恿太后不宜回京，纷纷扰扰，中外报纸，批评议论无虚日。各国使臣也颇为所动，一再向当局诘问。于是清廷再下谕旨、懿旨各一道，谕旨是豁免陕西、河南、直隶跸路经过地方钱粮，懿旨是赏给陕西人民内帑十万两，借此让各国坚信两宫回京不是假的。同时特派陕西巡抚升允为前路粮台。升允因启銮在即，诸务繁多，奏请交卸巡抚之任。慈禧准奏，将他陕西巡抚的位置交给李绍芬暂行护理。同时委派臬司樊增祥署理陕西布政使，道员吴树菜署理陕西按察使，西安府胡延升署粮道，候补知府傅士炜署理西安知府。几天之内，西安官场全班更动，贺任道喜，满街车马纷驰，闹得烟昏尘起，头目为之晕眩。加上行期已迫，宫府内外，都预备结束准备登程，各位京官也都在准备起行的事，包裹捆扎，大车小杠，纷乱不安难以名状。吴永因奉有前命，不能不勉尽职责；刚到行在，就自行出资雇了二十余名健壮的仆役和二十匹马随行。立即赶赴前途，先行布置一切；略有端绪，就赶回西安省城伺候启跸，以便随驾同行。幸好之前经过一次，办理起来稍为熟悉。且执事太监诸多熟识，所以应付起来还较为顺手。

10月6日辰刻，两宫圣驾从西安行宫启跸。阖城文武官吏，都先在宫门外齐集，伺候升舆。行李车先发。辰初三刻，由二十四面黄龙旗开路，一千名骑兵前导出城，后有三千辆装满金银的大车，百余名太监押运随行。各亲贵王公大臣，或坐车或骑马，跟在后面，编队而行。俄闻静鞭三响，数乘黄轿，从行宫出来，士民均伏地屏息。皇上、皇太后先后乘黄轿出宫（慈禧衣着华丽，端坐轿中）；皇后随后；向有扈驾诸王、大臣，又在其后，最后是大阿哥。后面紧跟重车无数，都是各衙门的档案。曲折穿行在大街中，辰牌向尽，始出南门。沿途市肆，各设香花灯彩；长安父老，均于南门外跪送，恭献九柄黄缎万民伞。出城后仍绕赴东关，到八仙庵拈香进膳。本来直出东门，路线可省三分之二，因体制关系，且取"南方旺气向明而治"之义，所以辇路必出南门。先期奉升允传谕：州县郡守以上，均在灞桥恭送；佐杂千把，在十里铺恭送。并派员于各处点验，查取职名。如有托故不到的，停委二年。所以冠裳跄济，异常热闹。沿途千官车马，万乘旌旗，气象极为严肃，较来时光景，大不相同。吴永在宫门送驾后，就乘马顺御路出南门。前行二十里，到灞桥头。灞桥折柳，从前是送往迎来之地，但千年以来，应当都没有今天这样热闹。又行二十里，驻跸临潼县骊山行宫。

　　10 月 7 日，从骊山行宫启銮，到临口镇驻跸。自骊山至此四十里，都是临潼县境。临潼县令夏良才毫无预备，无法供应，只好避匿不出。许多王公大臣饿着肚子，内膳和大他坦也不得饱食，大他坦没有烟火，夜间在殿上都没有点灯烛。太后赏太监二百两银子，让自己出去觅食。去年吴永在怀来时，拳民围城，溃兵四窜，正在性命攸关之际，两宫仓促驾到，他还能勉力供应，不至于匮乏。这次在半年以前已有行知，有人可派，有款可领，何以草率至此？听说夏良才其实已经领款二万七千金，各啬不肯拿出来用，所以诸事不备。夏良才是湖北人，为陕西藩司李公的同乡，临时委署此缺，本想借皇差以得津润，既贪婪又昏庸，欲牟利而无此才，所以弄得如此荒谬。但两宫竟然没有嗔责他，这也是更历患难，心气平和，所以务从宽大。吴永担心前站有误，立即驰行十五里到升店（属渭南），略事部署；又前行三十五里，到渭南县，时已傍晚，就在西城外寻了一个粮店住宿。行宫设在县署，颇为宽宏整洁，与临潼有天渊之别。

　　10 月 8 日，吴永在渭南候驾。申刻，驾到渭南行宫驻跸，离西安已有一百八十里。督办前路粮台升允，奏参临潼县知县夏良才办事不当，贻误要差，自请议处。慈禧下旨：夏良才加恩改为交部议处，其自请议处之处，从宽免议。两宫因大驾才刚起行，不想因为供应之故重责官员，致使沿途官吏多增疑惧。

　　10 月 9 日，午刻，从渭南启銮，申正至华州驻跸，行宫就在州署。昨晚荣禄的儿子纶庆病故，各官争往慰问吊唁。荣禄年近七旬，只此一子，极为聪慧，暮年丧子，异常悲痛。但中途不便停顿，两宫特意留下胡研孙在此为他料理后事。

　　10 月 10 日，辰刻，从华州启銮。前行四十里，到华阴县驻跸。行宫是用县衙门改造的，铺陈架构，都颇为妥帖如式。

慈禧想去华山拈香，于是召来襄办皇差的陕州知州黄璟垂询华山情形，问他何处可以拈香？黄璟奏报："山路险峻，已派兵一营修路。"慈禧又问："驻跸一日可修竣吗？"黄璟奏请到华阴驻跸一日，或可赶修稍平。后来因为军情吃紧，传旨不登山，就在华岳庙拈香，灏灵殿行六叩礼，圣祖龙牌前行九叩礼。慈禧礼毕，泪下沾襟。又登万寿楼，王大臣等再三请太后乘轿，慈禧不答应，由内侍搀扶，曲折登上三丈梯第一层。皇太后率皇上、皇后、妃嫔、大阿哥、王大臣凭眺良久，自己更上一层。岑春煊、端方、黄璟等在楼门口跪接，慈禧从手巾中拈出人参糖，给他们各赏一枚。

10月11日，两宫前往华山脚下的玉泉院拈香。天上下着雨，道路泥泞。吴永先到院候驾。该院背山面河，有"山荪亭""无忧亭"诸胜景，林泉掩映，古木阴森，颇为欣赏不置。有顷，两宫驾临，王公、百官多半随从，宫眷也有跟随而来的，一时拥挤不堪，以致不能入门。雨势愈急，从官大多通身沾湿，踯躅泥淖中，游兴顿减。听说从此到山顶还有四十里，仙人掌、莲花、玉女诸峰，多在高处，可惜时间仓促不得一览。申刻，圣驾回去，仍驻跸在华阴县。

10月12日，从华阴县行宫启銮。前行五里，至华阴庙前；又行三十里，由蒲津渡河，进入潼关，妇孺跪迎道左，咸捧果物上献。慈禧为之停舆，亲取一二，并以银牌赐百姓。后人有诗咏道：九月蒲津宫渡寒，翠旗夹道万民欢；冰梨火柿家家献，手赐银牌带笑看。

两宫至潼关驻跸。行宫设在道台衙门，颇有园林之胜。

10月15日，传旨：明日巳正启銮。吴永在宫门见到荣禄，他神色颇为惨淡。有河南四品卿衔道员吕永辉上封奏，请两宫迁都洛阳。吕永辉颇为深喜自负，以此为匡时大计，听见的人都看着他窃笑。近年来朝廷的官员士大夫，许多主张将国都迁往陕西，引经据史，侃侃而谈。自从西幸以后，多半亲历其地，都哑然自失，不敢再持前议，书生见识浅薄，大都如此。这天奉上谕："前因有冒充王公仆从，于各州县供给，恃强攫食，曾经降旨严禁。现在将入豫（河南）境，着松寿认真查禁，如有此等情事，着即严拿惩办，勿稍瞻徇。"

之前在临潼，夏良才曾以预备供应之物均被掠食为词推诿，故有这道命令。又奉谕："启銮以来，沿途车骑，诸形拥挤，甚至乘舆已到，尚复填塞，殊不足以昭郑重。着御前大臣认真弹压，并着松寿、夏毓秀、周万顺各派兵勇，分起押送，不准迟滞。至随扈王公、百官，车辆尚多，一经入豫，道途更隘，除有紧要差使者准带行李外，其余均着分起先行，以免拥挤。"一路车辆，彼此争先，以致壅塞难行，欲速反滞，太不成体统，故有此谕。

10月16日，从潼关启銮，至河南阌乡县驻跸。吴永用完早餐，驱行二十里，到阌第镇（属阌乡管辖）。阌乡县令邓华林来此迎驾。

两宫夜宿阌乡行宫。慈禧见河南行宫比陕西更加阔绰，地上铺设芦席，席上覆以红毡，毡上再铺绒毯，墙壁和楹柱都障以黄绫；墙上悬挂名家书画，书案陈设文房四宝；门廊挂华灯瑞彩，庭院种奇花异草。临时行宫，不过作一餐一宿之用，却搞得如此金碧辉煌，足见皇家之奢靡。

吴永给湖广总督张之洞写了一封禀函，杂叙两宫沿途起居，交阌乡县令出四百里排单递送。之前在湖北时，张之洞曾以此事嘱托他；连日在路上忙碌，无法握管，至此才得抽空作一函塞责。此函不知何时竟散落到外面，被好事之徒得到，装潢什袭，有友人拿来嘱咐他自加题跋。吴永重览一过，墨汁如新，不胜今昔沧桑之感。

昨天，喀尔喀亲王那彦图的亲随在潼关卷取铺垫等物，委员候补巡检李赞元上前阻止，该亲随竟将他捆起来在闹市上鞭挞。升允据实奏参，慈禧下旨："那彦图着交理藩院照例议处，其滋事亲随，着升允严讯惩办。"此事大快人心，都说升允风骨凛然，不避亲贵，殊为可敬。

10月17日，辰刻自阌乡启銮，申刻至灵宝县驻跸。奉旨：明日驻跸一日。是日奉谕：本年万寿，停止筵宴。连日都行走在夹沟中。悬崖绝障间，羊肠一线，逶迤屈曲，中间仅容一车经过，如两车相遇，一车必须预先在空处藏避，等对面车子过去，方能上道。沿途车辆，均须互相呼应。近来道路经过特别平治开拓，两车也可并轨而行。随扈诸人，都爱疾驰争先，以致数十辆车衔尾接轴，不能进退。昨天虽有严谕，一时还不能产生十分效力。

10月18日，慈禧派出头站太监百余人，从河南进入直隶，住宿磁州；奕劻将到开封迎銮，在近日出都。奉旨：所遗总理外务部要差，着由李鸿章暂行兼管。并奉懿旨：着李相（李鸿章）就近在保定迎銮，毋庸远赴。

10月19日，天晴。辰刻，从灵宝县启銮。前行六十里，申刻抵达河南陕州。车驾从南门进入，驻跸在河陕汝道署。署中有园圃，颇具池台亭树之胜。吴永与俞启元同寓在此。署中也小有园林，但荒废已久。大堂下有老树一株，大可数抱，古干槎丫，似是数千年物，署榜曰"召伯甘棠"，大概是后人附会。

这天奉旨：江西广饶九南道，着刑部员外郎瑞澂补授。盖前日有旨，以江西按察使柯逢时升任湖南布政使，广饶九南道明澂升任江西按察使，而以瑞澂补其遗缺。瑞澂是葬送大清的重要人物，忽然崭露头角。此时大局已定，两宫安然返回故都，宛然有日月重光、河田再造之气象，不知亡国根芽，已悄然在此种下。

10月21日，自陕州启銮，出东门，行五十里，至陕州张茅镇驻跸。此间地极狭窄，百官多不得栖宿处，都驱车向前趱行。晚上又下大雨，泥中颠簸，异常困顿，以致有在车中过夜的，冻馁交迫，窘不可堪。

10月22日，巳刻自张茅镇启銮，行四十五里，至陕州观音堂驻跸。地势益隘，吴永觅宿不得，只好冒雨前行，到英豪镇住宿。此处已入渑池县境。

10月23日，吴永从英豪镇冒雨前行二十五里，到渑池县，在此候驾。该处正当崤山分支，沿途顽石横梗，极碍车道。道光十四年（1834年）、光绪九年（1883年）曾两次兴工铲削，另辟新路。无奈大车所载过重，砑甸磅礚，不久即成磊砢，十分之九都震轫脱辐，须待修葺；以故大驾不能不因此迟滞。英豪镇就是杜甫诗中所咏的石壕村。吴永蒿目时艰，感怀身世，与杜少陵当日境地颇为相类，更加不胜芒鞋露肘之感。

10月24日，由观音堂启銮，申刻至渑池县驻跸。

10月25日，自渑池县启銮，过石河镇、义昌驿，至铁门镇驻跸，已入新安县境。连日阴雨，泥泞数尺，车行荦确，骡马负重不胜，倒毙在路上的到处都是。随扈大驾，也尝此苦况，行路之难，可为叹息。这天有摺弁（专为地方大员送奏折到京城的邮差）从湖南来，他告诉吴永，自己路过许州时，听说吴永的家眷寓居在许州北关旅店，初六夜半，有盗贼二三十人，明火执仗，毁门而入，劫去银洋首饰无数，还用洋枪击伤亲兵、家丁各一人，亲兵身受七枪，伤势很重，恐有性命之忧，只有家属尚且平安。吴永闻之骇绝。许州是河南南路通衢驿道，并非偏僻之地，关厢逼近州城，商铺林立，俨然闹市。这些强盗竟敢公开肆意抢劫，从容搜掠，实在让人难以理解。少年妇女，无端受此惊悸，其何以堪？吴永以随从属车，孤身远隔，仅凭摺弁口语，又不能详知底细，五内焦灼，不可言状。当即发一电去问讯。辗转空床，不能成寐。

10月26日，午刻自铁门镇启銮，酉刻始抵新安县驻跸。吴永和俞启元先行三十里，经磁涧镇，得知两宫将于明月在此处午休用饭；十五里至谷水镇，已入洛阳县境；又二十五里，至河南府，于南门外逆旅住宿。是日风日清美，道路平坦，旬日以来，只有这一程最为畅适。沿途烽候堆房，都是一律新修的，焕然耀目。

次日，吴永和俞启元前去查看行宫。但见局势宏丽，陈设都备极精好。为了迎接慈禧，河南知府文悌已惨淡经营数月。他下令在新安、洛阳、偃师、巩县等地建造行宫，还对两宫进入河南的道路进行了大整修。铁门镇是两宫回銮的一个宿站，仅修建行宫就花了六万两银子。而当时的豫陕官路，平时缺少维护，路面坑洼难行，因为两宫回銮，这才赶修道路，驱使人民填低平高，洒水压路，一直忙了数月。更费事的是把原宽3.6丈扩宽为8.4丈，占了不少耕地，有庄稼的也得铲除，这一损失无法计算。还有办理皇差、车马供应、银两摊派等，均为数甚巨。

两宫启銮前，曾多次下谕，沿途供应，不得过度奢华，以节省民力，文悌仍然如此铺张，殊失将顺之义。文悌先为御史，戊戌政变，极力迎合太后，奏参新政人物，颇为舆论所不满。此次为了接驾，听说他向省府请领八万金，预备在洛阳供应两宫；延方伯只给了他三万金，文悌快快而回，仍就地罗掘以供所需，故一切部署，无不力从丰赡。又以重赂深结李莲英，终日在李莲英屋内手持水烟袋当户而立，与出入官员招呼点首以示得意。河南的同僚都对他心怀鄙夷。松寿经常对属下说，我们河南现在出了一个红员，指的就是他。

申刻，车驾进入洛阳驻跸。河南巡抚锡良、前湖北巡抚于荫霖、都察院左副都御史张仁黼、前顺天府尹顾璜，均来此迎驾。

慈禧非常迷信，离开西安后每到一地都要从南门进城，从东门离开，来到洛阳也是如此。本来，两宫仪仗是从西边的新安县方向过来，若按直线行走，应当从洛阳西门进入，但两宫行走的路线却是谷水—七里河—五贤街—盐店口—马市街，然后从南门进城，最终来到周南驿居住。

数千人马浩浩荡荡地进入洛阳城，慈禧坐着十六抬大轿，其他大轿前后各加横杠，两端各有轿夫两人，前后共为八人，这就是所谓八抬大轿。抬轿的轿夫据说都是从北京挑选来的，为走长途平稳，又经过了半年的训练。轿夫帽子上插着一撮美丽羽毛，身上穿的是黄色衣裤，上套绿色坎肩，前后心镶圆布，上绣一马，脚穿抓地虎靴，挺身叉腰，抬轿行走，步调一致，虽有波动，却不摆荡，使乘坐的人感觉舒适。轿外有黄绫棉围，轿窗上嵌着玻璃，扶手上装有香炉，内燃檀香。轿阁装着花瓶和镜子。銮驾启行时，侍卫分为左右，由伞扇前导，全部执事列队引行。河南巡抚锡良导于驾前，路的两侧五步一兵，十步一官，面皆向外，戒备森严。凡经过之处，由地方官员带领人民贡献果品，两宫则停跸颁赏，赏赐银牌和小元宝。行走的顺序是光绪的轿子在前，慈禧太后的轿子在后。到行宫前下轿时，光绪先下轿，步行到太后轿前请安，扶慈禧下轿进入寝宫后，才进入自己的寝宫。嫔妃、太监各执其事。各官员分别请安后去往各自宿所。

从陕西西安府威宁县京兆驿，到河南省河南府洛阳县周南驿，有七百八十里。从10月6日到10月27日，在路上共走了二十二天。

此地预备寝宫，原本打算请皇太后和皇上同居一处，恰好侍郎桂春在河南，力言无此体制，诸多不便，乃临时拓地改造。所以光绪的寝宫非常逼窄，大阿哥住处更窄。唯独慈禧的寝宫非常宏敞，后窗外有一个极大的地坑，上安木门，可以燃炭，从地道通入室内，预备在此过冬取暖。行宫工程费用，原先估计要二千四百串铜钱，现已用到三万余两。

10月28日，奉旨在河南府留驻五天。

10月30日，两宫召见军机大臣办事后，辰刻出宫，拜谒关帝陵，临幸龙门、伊阙；进膳后，又前往香山寺。王公大臣多半跟随。吴永也前往侍班，得以历览三龛、涌珠泉、宾阳洞诸胜迹。房廊户牖，均涂上了红色油漆，与吴永夏天经过此地时相比已焕然改观。伊水中流，望对岸香山寺，迤逦山半，游人旋绕如蚁。水上造有浮梁，水白波平，天空如镜。周庐星列，兵卫森罗，不减羽猎长场之盛。吴永渡桥行里许，至香山寺，即唐时乐天（白居易）九老结社处，俯瞰洛水，远眺龙门，山半皆北朝造像。千龛古佛，密如蜂聚。寺内有一厅事，屏风上刻着汪退谷先生书写的白太傅的《香山寺记》，字大几乎超过六寸，筋力雄伟，天骨开张；可惜被俗工加饰粉漆，失其真趣，可叹。未刻驾还，吴永仍到宫门外侍班。

10月31日，召见陕西巡抚升允、河南巡抚松寿。从西安启銮时，以升允为前路粮台，负弩前驱。来到潼关，松寿越境迎迓，慈禧就命升允回任办赈。升允奏称：陕中赈事，藩司自能料理，臣愿从至开封。所以进入河南后的辇路事宜，都是两人同任照料。

11月3日晚有旨：大驾明日启行。

吴永先行登程。到洛城外见有宋太祖庙，颓败不堪，门外有一块石碑，高寻丈（八尺到一丈），上面大书深刻"夹马营"三字，此地正是宋太祖的降生处。前行又有佛寺，规模极为宏敞。吴永入内瞻仰，丰碑古篆，夹道林立，但尘封漫漶，不易辨识。有住持老僧，吴永向他请问该寺缘起，竟瞠目不能作答。回旋许久，不觉日暮，吴永笼烛前行三十五里，到义井铺住宿。听闻大驾明日到此午休用饭，已预备妥当了。

11月4日晨，自河南府启銮，辰刻至义井铺传膳。吴永在宫门外侍班后，先行出发，抵达偃师县。申刻驾至，就在县署行宫驻跸。此地离河南府城有七十里，本日辇道最长，所以启跸特早。这天召见湖北荆襄郧道朱其煊。

11月5日，辰刻自偃师县启銮，申刻抵巩县驻跸。吴永在这天早上，先出城行三十五里到黑石关。大驾就在此处渡过洛河。已造有浮桥，都用民船连属，上覆木板，板上再用土平筑，宛如周行大道。行宫就在河畔。两岸绿树阴浓，群峰环拱，是一幅绝好图画。又行三十五里，到达巩县。大驾不久也到了。吴永在宫门侍班。听说巩县近年频遭洛水之患，横流冲荡，庐舍一空，仅存基址；县衙在水中央，久为泽国。今年曾在城内高处起建行宫，六月间河流暴涨，仍被冲决。后来就在县衙旧基上改建，戽水填土，垫高七八尺，鸠工备材，计日而成。看起来颇为坚固，崇墉屹屹，殊不像新建起来的。城中民居极为寥落，无屋可住。吴永前行出东门外，到离城三里的东寨住宿。该处较为繁盛。会晤周敬舆，留下来一起吃饭。吴永去年秋天经过太原时，承蒙他赠送棉被、墨砚等物，情谊恳挚深厚。他刚刚充任孟巩缉私盐局，偶然听说吴永来了，特来相访。他为吴永述说毓贤去年在山西杀戮洋人、教民、教士情状，横暴凶酷，惨无人理。因此山西一省，洋人索要赔款多达一千余万两，大小官吏，以迎合毓意被罪诛夷降革的达数十人。殃民误国，贻害地方，区区一死，不足以蔽其辜。而此时山西还有赞誉他、可怜他、为他感到冤枉的，实在让人难以理解。

11月6日，巳刻自巩县启銮，未刻抵达汜水县驻跸。吴永早间先行二十五里，到老健坡顶尖（属开封汜水，已出河南府境）。连日均行夹沟中，与前过华阴道上形势无异。今日道路尤为险隘，虽因辇路所出，已大加平治；但陂陀上下，崎岖如故。听说此处原来只有几家村民居住，前任某道，特在沟途中穿凿山穴，创造公馆两处；因此官差过此，稍得安置行李。现在就在坡上建造行宫，寝殿三楹，凭高矗起，八面开窗，可以凌空四望。东瞻嵩少（嵩山与少室山），西瞰黄河，风景壮阔，心目为之一爽。两旁复道回廊，逶迤曲折，都是按地势布置，结构颇具匠心。下坡三十五里，便是汜水县，吴永就在宫门伺驾。城内只有一条街，余则平畴一碧，麦田弥望，极似旷野。县衙也被水漂没，以前借书院来作公廨，现在就在书院遗址上别筑行宫，规制也颇为宏敞。时值菊花盛开，庭阶廊庑，盆盎罗列，五色错杂如云锦，殊觉别有风致。

这天接到李鸿章从京城发来的电奏，说："病势危笃，请速派大臣接替以资镇摄。"那时奕劻已出京奔赴行在，李鸿章特请命其还都，继任办理和议。两宫得奏后，甚为惦念。慈禧召吴永谈及此事，不禁为之流涕，说："大局未定，倘有不测，这如此重荷，更有何人分担？"吴永深受李鸿章的知遇之恩，就私谊论，固然不免悲痛；就为国家而论，中流失船，前途险状，何堪设想？他绕屋彷徨，焦切万状。正好观察到孙慕韩将行李移来，与吴永同室，联床夜话，悲愁的心绪赖以消解。不久孙慕韩入睡了，夜深人静，吴永怅触百端，不能成寐；天色未明，就披衣而起，坐以待旦。

11月7日，辰刻自汜水县启銮，未刻行抵开封荥阳县驻跸。行宫寝殿，陈设均极雅素，在朴质之中，含有一种浑穆气象，反觉别开生面，如入羲皇境界。宫内遍栽菊花，种类比汜水更多。或大如盘盂，或细如松子，奇形异态，五色纷错，大都是目所未见之物，不知从何处罗致而来，想必费去不少心思经营。不久京师来电：合肥相国（李鸿章）已于今日午刻逝世。吴永得此噩耗，宛如片石压入心坎中，只觉眼前百花，立时皆呈惨色。

吴永以后辈身份进入李鸿章幕僚，早晚陪侍左右，将近一年。李鸿章对他以通家子弟相待，督励训诲，无所不至。吴永在贤良寺时，伺候李鸿章最久。

李鸿章出使回国后，吴永也频频与他见面，随时在他寓所中出入。不久，李鸿章南下就任两广总督，吴永也北上赴任怀来县令，南北暌离，无缘接触。每每回想起和李鸿章经年共处的时光，他的音容笑貌，就在吴永眼前历历浮现。此次李鸿章由粤返京，重镇畿疆，吴永正喜随扈入都，可以重瞻色笑；谁料大勋未集，梁木先颓，万古云霄，感痛无极。

当日，内阁奉上谕："朕钦奉慈禧端佑康颐昭豫庄诚寿恭钦献崇熙皇太后懿旨，大学士一等肃毅伯直隶总督李鸿章，器识渊深，才猷宏远，由翰林倡率淮军，戡平发捻诸匪，厥功甚伟。朝廷特沛殊恩，晋封伯爵，翊赞纶扉，复命总督直隶，兼充北洋大臣。匡济艰难；辑和中外；老成谋国，具有深衷。去年京师之变，特派该大学士为全权大臣，与各国使臣妥立和约，悉合机宜。方冀大局全定，荣膺懋赏，遽闻溘逝，震悼良深。李鸿章着先行加恩，照大学士例赐恤，赏给陀罗经被，派恭亲王溥伟带领侍卫十员，前往奠醊；予谥文忠，追赠太傅，晋封一等侯爵，入祀贤良祠，以示笃念荩臣至意。其余饰终之典，再行降旨，钦此。"

当日，慈禧下谕："王文韶著署理全权大臣。"又谕："直隶总督兼北洋大臣，著袁世凯署理，未到任以前，著周馥暂行署理。"又谕："山东巡抚，著张人骏调补。"

11 月 8 日，辰刻自荥阳启銮，行三十里至赵村尖。吴永在宫门侍班后，前行四十里到郑州。走了五六里，一辆车子迎面而来，渐渐走近一看，正是奭良。奭良上年任湖北荆宜施道，吴永到湖北时，奭良屡致书信邀他前往荆州，设宴款待，异常殷挚，并赠送厚礼。二人正在席间畅饮时，忽得急报，奭良被湖北巡抚于荫霖参劾罢职，不禁意兴萧索。奭良是荣禄的门人，此次从京城来此迎銮，实受荣禄之意，借图开复。荣禄嘱咐吴永在内奏事处为奭良说说好话。当晚驾至郑州，有旨驻跸二日。

11 月 9 日，慈禧召见奭良。

先前驾到汜水，升允迎驾后乘马先行。忽有大车并轨奔驰，直冲前道，升允见状，当即命令士兵将其拿住。讯问姓名，对方坚决不肯说，升允下令鞭责四十。那彦图因为之前的过节，对升允怀恨在心，闻知此事，立即奏参升允擅行鞭责宗室侍卫。此人是宗室侍卫，名叫海鸣。升允也奏辩。上派礼亲王查复。本日奉谕：侍卫海鸣，不应乘车奔驰，又不声明宗职，咎有应得；那彦图并未查明实情，率行具奏，迹近报复；该抚尚未查讯明白，即事鞭责，亦有不合。升允着交部察议。此后如有官弁、太监人等恃强滋事，仍着升允、松寿随时据实参办。不得因此案稍涉瞻徇。此案当时各报纸纷纷议论，大都同情升允而厌恶那彦图，说不应对升允加以处分。但那彦图已被议在先，海鸣又被责，受亏在前，算是把两方扯平了。

11月10日，奉上谕：降调荆宜施道奭良，着开复降调处分，以道员发往江苏，遇缺即补。是日奉旨，奭良蒙赏予袍褂料，并燕窝、鱼翅、莲子、大枣、藕粉等食物。

11月11日，辰刻自郑州启銮。行三十里至圃田尖；再行四十里，申刻至中牟县驻跸。

11月12日，辰刻自中牟县启銮，行三十里至韩庄尖，入祥符县境；再行四十里，申正抵达开封省城驻跸。阖省文武，均于城外迎驾。行宫陈设极其壮丽，入内瞻仰一周，俨然有内廷气象。这天，奕劻从京师来此。慈禧立即召见他，详细垂询京中情状。本日谕：奉懿旨，皇太后万寿典礼，概行停止。

由河南府洛阳县周南驿，到开封府祥符县大梁驿，计程四百五十里，沿途共历八天。

11月13日，驻开封。慈禧召见奕劻。奕劻将李鸿章的遗疏递上。上谕：奉懿旨，上年京师之变，该大学士忠诚坚忍，力任其难，宗社复安，朝廷攸赖。近日因病，迭经降旨慰问，该大学士力疾从公，忠靖之忱，老而弥笃，乃骤患咯血，遽致不起。难危之交，失此柱石重臣，曷胜怆恻。前已加恩云云，着再赏银五千两治丧。立功省份，建立专祠；政功战绩，宣付史馆。伊子李经述，着赏给四品京堂，承袭一等侯爵；李经迈着以四五品京堂用，李经方服阕后以道员遇缺简放。伊孙李国杰，着以郎中即补；李国燕、李国煦着以员外郎分部行走；李国熊、李国焘着赏给举人，一体会试。

11月14日，慈禧召见奕劻。是日奉谕：刑部尚书着张百熙调补；葛宝华补授工部尚书。又谕：户部右侍郎着陈邦瑞调补，刑部右侍郎着沈家本补授。

11月15日，慈禧召见奕劻。上谕：奉懿旨，奕劻着加恩在紫禁城内乘坐二人肩舆。普通皆用上谕，惟文忠（李鸿章）及庆邸（奕劻）恩命均称懿旨，是以旧勋宗望，特示优崇之意。

11 月 16 日，奕劻请训回京。吴永前往谒送，奕劻谈到去年在怀来养病时，吴永对他照料非常周到，深表感谢，称吴永对两宫极为忠诚尽职，以"疾风知劲草，板荡识诚臣"之语相奖，吴永为之赧颜。

11 月 20 日，是慈禧的生日，百官都穿着蟒袍补服，到宫门外排班，行朝贺礼。午刻，司房太监首领传旨颁赏。吴永蒙赏给大缎二匹，江绸袍褂料一卷，并蒙加赉橄榄、鱼翅、燕窝、桂圆、藕粉、蜜枣糕等食物多种。衣料还是例行赏赐，余物向来只有亲贵大臣才能沾溉，吴永有幸得到，可为逾格异数。

孙慕韩时与王稚菱同在军机处翻译电文，寒夜服务，手指冻僵，甚为辛苦，此次竟未得到赏赐。吴永偶然在李莲英面前谈及此事，孙慕韩就蒙补赏匹头二件，吴永从司房代为领出，李莲英还当面慰劳了他一番。

这天，李丙吉从京师来，新援例入官，从直隶州分发到直隶，此次在直隶承办皇差，总局派在宫门伺应。李丙吉是吴永在怀来任内延聘的幕友，履任时为吴永接受前任交代，后来前赴他聘，举荐孙鹤巢自代。吴永去年仓促随扈，后任未至，一切城防筹办及后来交代事宜，均由孙君代任其事，王济卿辅佐他，忠诚恳挚，极为得力。如今王济卿已纳粟入官，得有差事。李、孙二君，也同来大梁。劫后重逢，悲喜交集，连日沾酒畅谈，常至子夜。吴永仍延聘孙鹤巢入幕，同赴广东，承欣然允可，为之快慰。

11 月 25 日，内阁奉上谕，略谓：政务处奏请饬各省速办学堂，建学储才，实为当今急务。查袁世凯所奏山东学堂事宜及试办章程，其教规程课，参酌中西，而谆谆于明伦理循理法，尤得成德达材、本末兼赅之道。着政务处即将该署督原奏并单开章程通行各省，立即仿照举办。这道上谕，是大清兴学的滥觞。

11 月 30 日，上谕：溥儁着撤去大阿哥名号，立即出宫，加恩赏给入八分公衔俸，毋庸当差。此事吴永前在西安面奏时，慈禧曾有"你且勿说，到开封即有办法"之谕，吴永以为只是一时权应之语，事过就忘，至此果然将其撤废，足见慈禧处事留心。溥儁秉性顽劣，平日对诸太监毫无体统。众人都狎玩而厌恶他。奉谕后，溥儁即日出宫，移往八旗会馆居住。太后给银三千两，由河南巡抚松寿派佐杂三员前往伺应。随身照料的只有一个老奶妈。出宫时，溥僬涕泗滂沱，由荣禄扶着出门，一路慰藉，情状颇觉凄切。太监等均在旁拍手，以为快事。

12月1日，奉谕：派庆邸（奕劻）等会同前步军统领看视紫禁城值班兵丁奖赏。

12月3日，奉上谕：安徽巡抚着聂缉椝调补，恩寿补江苏巡抚，陈夔龙署漕运总督。

12月4日，奉谕：明年会试，着展至癸卯举行；顺天乡试，于明年八月间暂借河南贡院举行；河南本省乡试，着于十月举行；次年会试，仍就河南贡院办理。在如此仓皇播越之中，朝廷对下年之乡、会试，还如此兢兢注意，足见当时对取士之典，尚为郑重，仍有汲汲求贤之遗意。

12月5日，奉上谕：核定学堂选举奖励章程。学校毕业生有举人进士名目，就始于此。

12月6日，慈禧召见升允。升允预备恭送启銮后，就从开封回任。

12月8日，上谕：奉懿旨，以回銮在即，颁赏有功人员。李鸿章着再赐祭一坛，伊子李经迈以三四品京堂候补；庆亲王奕劻，赏食亲王双俸；大学士荣禄，赏戴双眼花翎，并加太子太保衔；王文韶赏戴双眼花翎；两江总督刘坤一加太子太保衔；湖广总督张之洞、直隶总督袁世凯，均加太子少保衔。余如联芳、那桐、张翼、周馥等，均升赏不一。

12月11日，奉上谕：盛宣怀、赫德，均赏加太子少保衔。外人加宫保衔，此为创典。

从西安到开封，吴永奉命办理前站，对所过地方承应官吏，无不为之格外斡旋，因此地方官都求他帮忙提点一切。凡遇为难之处，吴永都为之负责，执事太监，也不敢十分挑剔。在地方既省无数烦费，而差事转易就绪，因此地方官都对他感激不尽。吴永若效仿岑春煊的办法，与内监联络一气，本可大有生发（大发横财）；但他丝毫不敢有所沾溉，就是从人夫役，也都刻意检束，不敢稍招声气。到陕州时，颜小夏观察从湖南解送贡品来此，一见面就握住吴永的手说："君充偌大差使，顶呱呱的吴大人，我说必定辉煌显赫，无人不晓；但我到处找问，竟似若有若无，不甚知道。热官冷做，难为君做到如此无声无臭的地步，真令我五体投地。"不知吴永却以此故，赔累至数万金，反搅成满身负债。处膏不润，旁人都笑他太傻，不过反之于心，聊觉安帖无愧。

随扈诸亲贵内监，对吴永虽然勉强对付，尚无恶感。但总觉得事事夹在其间，被他阻碍，以致不能有所生发。各宰辅重臣也嫌他木强迂腐，不善逢迎仰体，总得离开辇道为快。内外合谋，又像之前在太原时的光景。

车驾从开封启程前几天，忽从内廷传旨：吴永着迅赴广东新任（雷琼道台），毋庸随扈。

吴永奉命之下，才知受人排挤。但想到自己既无所图利，也无所瞻恋，跳出是非窠，倒正合心意。于是将募雇的夫役马匹，一一解散，结束经手事件，预备从开封携眷上路。

俞启元也同在"毋庸随扈"之列，他是以道员身份分发江苏。同日在便殿召见。慈禧恳切诚挚地对他们两人说："你二人患难相从，跋涉数千里，异常劳苦。今回銮各事，俱有端绪；此去京师，为途已近，途中也无甚事可办。徒累你们重资劳费，我内心甚感不安。所以且令毋庸随扈，藉可稍资休息。只是相处日久，一旦遣去，殊觉难堪。"稍停，慈禧又说："吴永，你忠勤可嘉。今日远去，我实在非常惦念。"说话间，用绯色绉帕频频拭泪，又说："古人君臣知遇，辄称感激涕零，今日始知并非虚话。想你此去，心中当也未能释然，此真够到资格了。但我也不得不放你去。"言下之意，似此事出于军机大臣主张。继而又说："你且先到任也好，我知一年以来，你也尽够赔累了。启元，你也可料理引见到省，此是正经事。"吴、俞两人均叩头谢恩，旋奉恩赏御笔"福"字各一方，白银各千两；吴永又蒙太后特赏太夫人御笔"福"字一方。恩意稠叠，令吴永不能不心生感激。慈禧以为粤中著名繁富，一经到任，即可满载，可以借资弥补，不知广东道缺，自张之洞裁撤规费后，癃瘅已甚，雷琼道每年所得，实不过一万一千金，高廉、惠潮等缺，只有七八千金。

吴永虽奉命赴任，慈禧仍命等大驾启跸再行。因为他经手办理的差务不能突然弃置不顾。吴永一面自行整肃行事，一面又要兼顾宫门。这两天里，上自两宫、王公、以及随扈大臣、宫监、部署司员，均须检束行李。全城纷扰，一如在西安启銮时。打捆者、扛抬者、传夫者、索马者，纷纷扰扰，喧闹不绝。地方办差人员无法应付，以吴永接洽有素，仍然事事向他请教。而他自己又须趁此赶办赴任手续，领文凭，谒吏部，公私交迫，忙碌不可言状。这时吏部尚书是孙家鼐，吏部左侍郎是陈邦瑞，司员是丁衡甫、蒋稚鹤。

12月13日，天气忽变，风雹交作。吴永想到明天是启銮之期，万一风雪不止，不但扈送人员皆感困难，要是黄河波翻浪涌銮舟不得安渡，千乘万骑，滞留河干，势必将会无法安置。在事人员大都同抱此忧，但又不得不照旧预备。这天，吴永冲风冒雪，往来奔走，几无片刻停趾，整夜不得休息。天刚拂晓，就拨冗趋赴荣禄寓所辞别。荣禄待吴永颇厚，他北辙而吴永南辕，从此一别，动经年岁，不能不一申临歧之意。荣禄正准备启程，车马都已备好，门内外均鹄立伺候。荣禄匆促出见，词意殷渥地对吴永说："君既定南向履新，咱们异日须在都中把晤。"吴永说："岭海万里，从此瞻天路远，恐怕趋侍无期了。"荣禄说："这何以至此？"吴永说："道缺循例须六年俸满，始可送部引见。法令所定，安能自由？"荣禄说："你尽管放心前去。要回京都，这还不容易么？早则年底，迟则明春，准可在都相见。暂时小别，不用烦闷。"吴永伺送他登车，立即飞驰出城，到黄河岸口，勘视辇道船渡。瞿鸿禨随后来到，两人在黄幄外相遇。瞿鸿禨问："渔川何来？"吴永说："来此照看河渡。"瞿鸿禨又问："曾见荣相（荣禄）否？"吴永说："我正好从荣相寓中来。"瞿鸿禨问："荣相何言？"吴永说："匆匆并无他语。"瞿鸿禨说："总有数语。"吴永就以所言详细陈述。瞿鸿禨含笑点头道："好好，既是荣相说过。早晚许可陛见，那是准靠得住的。大喜大喜，今年内定可回京相见。"吴永那时全不识官场险恶，直心爽口，一无隐讳，不料瞿鸿禨正怀疑吴永厚荣禄而薄自己，以此探询，吴永刚才的话，正好触犯了忌讳。后来瞿鸿禨对吴永屡相阻遏，苗头就始于此。

12月14日，巳刻，两宫圣驾自河南开封行宫启銮。扈送仪节，与西安略同；各省大员多半趋集，或派员祇候，人数更多，羽林仪仗，更觉整齐鲜耀。最可喜的事，天气忽然放晴，旭日当空，融风四扇，六飞（皇帝的车驾六马疾行如飞）在御，一尘不惊。沿途旌盖飞扬，衣冠肃穆，但闻马蹄车齿，平沙杂沓声，互相应和。出城后，遥望河干，十里锦城，千军荼火（声势浩大，气氛热烈），仿佛如万树桃花，照春齐发。正午，大驾行抵柳园河岸。慈禧、光绪同入黄幄少憩，旋即出幄，设香案焫香奠爵，先祭河神。祭毕撤案，步行登龙舟。文武官员、绅民父老，全体在河岸俯伏跪送。吴永与粮台诸员共为一起，均随升允跪伏道左，仰见太后面有喜色。两宫上御舟后，随扈官员、宫监兵役，以次登舟；随即在船上传进御膳。那时天宇澄清，波平如镜。俄而千桡并举，万桨齐飞，绝似元夜鳌山，一团簇锦，徐徐移动，离岸北向。夹道军民，欢呼雀跃，举头延仁，望舟傍北岸，才一同散队，分途急速返回。申正，两宫至新店行宫驻跸。

12月15日，由新店启銮。申正二刻至延津县行宫驻跸。

12月17日，由延津启銮。申正二刻，行七十里，抵卫辉府驻跸。这天，慈禧召见总兵朱南穆、道员袁鸿祐，询问河南营伍地方情形甚为详细。

12月18日，由卫辉启銮。行五十里，至淇县驻跸。

12月19日，自淇县行宫启銮。申刻抵宜沟驿驻跸。召见陈夔龙。是日上谕，奉懿旨：本月初四（12月14日）由柳园渡河。天气清明，波平如镜，御舟稳渡，万姓胪欢，实赖河神效灵，自应崇加封号以答神庥，着礼部具拟。又谕：河干供差各员，着松寿查明保奖；水手人等，着赏银两千五百两。

12月20日，由宜沟驿启銮，申正抵彰德府驻跸。傍晚传旨：十一日（12月21日）驻跸一日，定于十二日（12月22日）并站前进，至丰乐镇午尖（午间休息吃饭），到磁州驻跸。召见陈夔龙。是日奉谕：着陈夔龙补授漕运总督。

12月21日，驻跸彰德府。陈夔龙奉命迎銮，在河南彰德行在见到荣禄，荣禄对他说："你们在北京应付各国公使，所处极难。我在西安于两宫前委曲求全，得以了结此事，所处更难。今幸回銮在途，河山如故。然一思去年纵拳诸公铸此大错，其肉岂足食乎？"

12月22日，自彰德启銮，驻跸磁州。召见效曾、陈夔龙。

12月23日，由磁州启銮。至邯郸县驻跸。召见大名镇总兵方国俊、大顺广道庞鸿书。是日，上谕，奉懿旨：奕劻等奏，据呈请为已故大学士功德在民、恳建专祠一折，已故大学士李鸿章服官中外四十余年，懋建殊勋，安定疆宇，前经迭降恩旨，优予饰终，已准于原籍及立功省份建立专祠，以彰劳勚；兹据奏请各节，京师建立专祠，汉大臣向无此旷典，惟该大学士功绩迈常，自宜逾格加恩，以示优异。李鸿章著准于京师建立专祠，列入祀典，由地方官春秋致祭，以顺舆情，而隆报享。

12月24日，由邯郸启銮，申刻抵临洺关驻跸。召见陆宝忠、岑春煊等。

奉旨：明日驻跸一天。

12月26日，驻顺德府。召见直隶总督袁世凯。因垂询铁路事宜，召见铁路局员柯鸿年等。

12月27日，自顺德府启銮，未刻驾抵内邱县驻跸。召见袁世凯、松寿、张翼。

12月28日，由内邱县启銮，申正抵柏乡县城驻跸。是日奉上谕：平罗县匪徒伤及教士案内疏防各官，先行革职，勒限缉获。并饬各属教堂教士，认真保护。又谕：奕劻等奏美国使臣请将张荫桓开复等语；已故户部左侍郎张荫桓着加恩开复原官，以昭睦谊。又谕：徐会沣、陈璧奏察看工艺局情形一案，据周馥代奏，已革侍读学士黄思永，请将京师义仓收养游民、创立工艺局招股创办等情，着于京师内外城各设工艺局一区，招绅筹办，由顺天府督率；黄思永所请招股设局，着不准行。

12月29日，自柏乡启銮，申正抵赵州驻跸。召见正定镇总兵董履高。

12月30日，自赵州启銮，申刻抵栾城县驻跸，是日奉上谕：桂春着开去右翼总兵。

12月31日，自栾城启銮，申刻全宫至正定府城驻跸。护送马队一营，官员、太监甚多，行李箱子装了三千辆车。一时旅馆房间不够，部分随从只好露宿街头。晚上天气极为寒冷，气温在零下两摄氏度以下，行人嗟叹，瑟缩流涕，许多下级官吏也没有栖身之所。忽然行宫旁边的马厩起火，幸好立即扑灭了。

召见恭亲王溥伟、岑春煊等。奏事处传旨：明后日驻跸二天。当日奉上谕，二十八日（1月7日）回宫后，即恭诣各祖先殿谒告，并遣官分谒各坛庙及东、西陵。又谕：奉懿旨，东、西陵理应亲谒，着于来春诹吉（选择吉日），率皇帝祗谒，务应破除常格，减节供亿。又谕，奉懿旨，大意系诚饬臣工，以安不忘危，痛除粉饰，君臣上下，同心共济等语。又谕：奉懿旨，回宫后，皇帝于乾清宫择日觐见公使，太后于坤宁宫觐见公使夫人。

觐见礼节，历来不知曾废几许争论。此番和议，也列为重要条件，反复磋磨，颇费唇舌。此等节目，本无矜持之必要，只因此前看得十分郑重，无论如何不肯将就。此时终于唯命是听，更格外要好，添出夫人一道礼数。

1902年1月1日，驻跸正定。召见夏毓秀、吕本元等。

1月2日，召见岑春煊等。是日奉上谕：将甘肃教案凶犯四人正法，仍严拿余犯，又谕：浙江学政着张亨嘉去。

1月3日，銮驾从正定启行，从人都黯然失色，各怀归志，不愿居此受苦。扈驾的王公、官吏们，在冻裂不平的道路中风尘仆仆地赶路，情状极为凄惨。太后、帝妃、总管太监等，所行之路则不同。从西安至此，道路都碾以细泥，用巨石轧平压实，时时有人用扫帚清扫，干净得可以看见地上的头发。铺路费每码（二尺五）要花费鹰洋（墨西哥银圆）五十圆。平时道路荒芜不治，上官驾到时就穷极铺张，这都是旧时遗留下来的陋习，非此不足以表示专制国体的尊严。

巳刻，两宫从正定府启銮，改由铁路北上。两宫分乘花车，于午正一刻驶抵定州，在铁路公司传备御膳；申刻抵达保定府驻跸。

1月4日，驻保定。两宫召见奕劻、梅东益、郑沅、唐绍仪等。奕劻之前曾到开封迎驾，又回到京师；现又到保定迎驾，并报告和议进行情形及都中情状。

1月5日，召见周浩等。是日奉上谕：原任户部尚书立山、兵部尚书徐用仪、吏部侍郎许景澄、内阁学士联元、太常寺卿袁昶，该故员等子嗣几人，有无官职，着吏部迅即咨查声复。

1月6日，召见绍昌、张莲芬、杨士骧、马金叙等。

1月7日，两宫从保定启銮回京。慈禧极为迷信，最信祸福吉凶，每次行动必要选择时日，此次回京亲自定在上午九点半发车。钦天监说下午二点到京是吉日良时。慈禧叮嘱洋人司机杰多第，务必在此时辰抵达永定门，极为紧要，屡嘱不已。杰多第说没有问题，让她尽管放心。慈禧早晨六点就到车站了，其他人到得更早。那时天气极为寒凛，夜景奇丽，人马战栗，真是一幅绝妙的晓行图。慈禧来到站台时，光绪皇帝和隆裕皇后在此跪接。慈禧见为时尚早，亲自查点行李，接见官员，又接见洋员。慈禧对洋员的周到大加赞赏。按照惯例：皇上和太后的行程多是机密，不许人参观。此次乘坐火车已是破例，还破例任人参观，正是开通变更之兆。

铁路局为此专门准备了一列特别火车，共有二十二节车厢：其中上等花车四节。皇上、皇太后各用二节；又上等客车一节，皇后专用；其余各宫嫔及亲王、大臣、福晋、命妇、内监，分乘各车。具体乘坐顺序如下：

前面九节是货车，次为载仆役和骡轿等之车，次为铁路办事人之车，再次是两节头等车，坐王公大臣，后面是皇帝的特别车，再后面是坐荣禄、袁世凯、宋庆、鹿传霖、岑春煊和内务府诸人的车，再次是太后的特别车，又次为皇后、妃嫔等人的特别车，又有两节二等车，坐侍从太监等，有头等车一辆，坐太监总管李莲英，最后是杰多第的事务车。

花车中均以华丽新奇的黄貂绒、黄缎铺饰，设有宝座、睡榻、军机厅等。各妃嫔乘坐的车厢都挂着极厚的帘幕，以免外人窥视（其实各妃嫔都想从窗边眺览外面的景物，这些帘幕也没怎么用）。所有御用瓷器碗盏，均由铁路督办大臣盛宣怀预备呈贡，上面都印有"臣盛宣怀恭进"字样。盛宣怀为筹办这辆特别列车，花费巨大。车站两旁扎有彩棚三十座，前两棚为直隶总督、按察使候送休息之处，剩下的彩棚供送迎官员休憩等候。

诸位王公大臣因头等车只有一节，拥挤不适，想再加挂一节，慈禧不允许，只好作罢。慈禧亲到各个车厢观察，问大家是否安适，众人都说安适。

火车开动时，军队擎枪奏乐。十一点二十五分，驾抵丰台。慈禧大喜，仍以到京时刻为念，时时用自己怀表与火车上的挂钟进行核对。杰多第辞别太后下车。慈禧甚是夸奖他办理妥当。这是慈禧生平第一次坐火车，她对此极为满意，说日后还要再坐。又说："芦汉铁路通车行正式开车礼时，当亲临观摩。"赏洋五千元犒劳铁路执事华洋诸人，赏赐杰多第双龙宝星。列车在丰台站停靠一刻钟，于十一点四十分再次开出。占卜者说太后应当在马家堡站下车，这样既可得吉利，又能遵循祖宗遗制。中午十二点整，火车准时抵达马家堡火车站。先期由步军统领衙门、顺天府五城御史拟定迎銮王公、百官、绅民、营队等接驾处所，绘图贴说，呈经奕劻阅定，由内阁留京办事处进呈御览。具体部署如下：

黄幄迤西自卢沟桥至丰台、马家堡。由马提督、姜提督兵队接连沿途跪接。自丰台至正阳门，由步军五营兵队分段跪接。

黄幄迤东自马家堡至永定门外，由左右营弁兵、五城练勇分段跪接。

黄幄南向全权王大臣军机处留京办事大臣跸路大臣内务府三院，銮仪卫侍卫处顺天府五城街道各衙门。

永定门内东至天桥王贝勒贝子公爵宗人府中书科吏、礼、刑三部理藩院通政司翰林院詹事府太仆寺鸿胪寺钦天监八旗都统各衙门。

永定门内西至天桥王贝勒贝子公爵内阁外、户、兵、工四部仓场都察院科道大理寺太常寺光禄寺国子监八旗都统各衙门。

八旗十二固山参佐领护军统领火器营健锐营圆明园护军营以上各官弁均排列石路东西跪接。

绅士排列在石桥迤北一带，候补官员排列在天桥迤北一带，被免职的官员排列在东西珠市口迤南一带，耆民排列在东西迤北一带，五城练勇分列在大栅栏、鲜鱼口、打磨厂、正阳桥各地。

车将到时，远远望见二十余列长火车渐近车站。从车中一窗看见慈禧面容，她正在察看周围情形。在她旁边的是皇后、妃嫔和李莲英。车站停车场有一座很大的彩篷，装饰华美，中有金漆宝座，以备迎接两宫之用。京内大员数百人候立于此。另有一个特别处所，款待西洋人。

火车在马家堡车站停下。军士擎枪奏乐。诸臣见两宫已到，都跪在地上。西洋人纷纷脱帽敬礼。第一个下车的是李莲英，他去检点随带各省贡物，箱包积如山陵。光绪随后下来，他体貌颇健，匆匆上轿而行，虽有百官在旁，并不接见一语。光绪坐着八抬黄缎轿，抬轿子的轿夫都身穿紫红色缎绣花衣，四围由侍卫、内监拥护，轿前排列兵丁、乐工、大旗；次为御用衣箱、马匹、驮轿；次为骑马从人；再次为弓箭手、长枪手、马步兵。

光绪走后，慈禧才从车上出来，小声对身边人说道："此地有这么多外国人。"略举手答礼。奕劻趋近前来恭请圣安，王文韶后随。奕劻请太后发轿，慈禧制止道："且慢。"她站立在众人中约有五分钟，任人拍照，精神颇为矍铄。李莲英将箱件清单呈上，慈禧细看一遍，又交给李莲英。旋即允许新任直隶总督袁世凯的请求，带铁路洋总管进见。慈禧感谢他一路上的妥善安排。洋总管退下后，慈禧登上轿子，她的黄轿仪仗，与光绪完全相同。轿旁有一名太监随行，为她指点沿途景物。慈禧从轿中往外注视，路上遇到外国人，太监就大声喊道："老佛爷快看洋鬼子。"慈禧微笑不语。跟在慈禧轿子后面的是各亲王、宫嫔的轿子，由马玉昆拥护。以皇后殿后，同坐黄缎轿，仪仗随从，比两宫稍减。宫嫔用绿轿一顶，马车六辆。末后车马甚多，大抵皆随扈官员，内有八个穿黄马褂的人。从西安启銮前数日，四位军机大臣均赏穿黄马褂；在开封又特赏数人，以备回銮仪饰之需。

车驾进入永定门，循着新修御道，缓缓而行。日映鸾旗，风吹羽盖，天仗极为严整。沿途文武官弁，鸾班鹭序，东西衔接，均鞠躬俯伏，肃静无声，只听见马蹄声和人的脚步声，络绎不绝。慈禧坐在轿中，但见一路繁华，经年播越，劫后归来，城郭依然，人民如旧，不禁大为欣悦。

銮驾到达正阳门时，有很多洋人站在城楼上观看，有人脱帽挥动以示敬礼。慈禧在轿中仰视，含笑作答。经过正阳门，到关帝庙下轿，入内上香。慈禧跪在关帝神位前，有道士数人在旁赞礼。礼毕，慈禧登轿直入大清门。入乾清宫，从官仪仗，才各依次散队。到宁寿宫时，正好是下午二点钟。急命太监掘视之前埋藏的金宝，仍然原封未动，慈禧大为欣喜。因念珍妃死节，欲赐以身后之荣。一则危而复安，亟思收拾人心。二则迷信之念，担心鬼魂作祟，想以此对其加以抚慰。慈禧在上谕中称："上年京师之变，仓促之中，珍妃扈从不及，即于宫中殉难，洵属贞烈可嘉，恩著追赠贵妃位号，以示褒恤。"

回銮没几天，朝中大臣们就商议筹款重修正阳门。

光绪反对道："何不留此残败之迹，为我上下警惕之资？"

慈禧不以为然，以诸臣之议为是。

陈夔龙离开北京的第二年，接到张百熙等人发来的书函，得知被毁坏的殿堂已兴建完成，深感欣慰。漕运总督每年可支取养廉费约九千五百两，公费也有一万两。他素来崇尚节俭，不喜奢靡，打算每年省出一万两银子作为重修正阳门城楼的费用，以此给各省封疆大吏做个榜样。全国有二十一个行省，大省报效二万，小省报效一万，可凑集数十万，不难克日兴修。不料各省疆臣竟对此置若罔闻。迟之又久，某位督抚入觐时，慈禧对他说："门楼为中外观瞻所系，急须修建。漕督陈夔龙曾报效一万两银子，各省督抚受恩深重，竟置之不理，不知是何居心。"叹息许久。这位督抚承旨后，就电商各省，多方筹集，得银三十余万两，克期兴工。一年后竣工，京师城墙顿时恢复了旧日的恢宏气派。但各省所筹费用，都是提用公款，欲求各督抚一解私囊而不可得。

洋人记载，慈禧在西狩之前，藏在宁寿宫中的金银约有十六兆两，在太原和西安收纳的金银应当也不下此数，甚至更多。慈禧性尚奢靡，到老容色不衰，只是面容略微苍劲滋润，没有一点皱纹，有人怀疑她有驻颜术，慈禧自称这是经常服用牛乳所致。所服牛乳，常浓厚凝结成酪，食量甚佳。侍者说她有很多美男子，得采补术，如夏姬得道，鸡皮三少。但宫闱之事很隐秘，少有佐证。主要在于她得天独厚，颐养佳良，迥非寻常妇女可比。慈禧最爱装饰，虽到六十岁后，犹似少妇凝妆，一肌一鬓，一花一粉，不肯丝毫苟且。昔日病重，仍然要起来整理装饰，说不可生有一日不修洁容貌。其人云"一生爱好是天然"，慈禧大概也同此性情。她每天花在妆台上的时间，大约占了十分之四。化妆在晨起及午睡后或晚膳后进行，暑天则在沐浴后，沐浴没有固定时间，她化妆时都要对镜匀面，理鬓熏衣，贴花钿，插玉搔头。衣饰奇丽，每天要换好几次。织工绣法及颜色支配极为精妙，必定要完全满足心意，没有一丝缺憾为止。珠宝钻翠等饰物，有数千种，价值不可胜计。四方进贡上来的珍异之物，穷尽人间所有，又能出其心思作用。以使配合穿插，动如人意，可谓天之骄女。有人在皇宫中供职，某日传见，瞥见太后头戴牡丹一朵，淡粉轻烟，其大如盏，与红润丰腴面容相映带，不觉目眩神悚，急敛抑神志，不敢仰视。

慈禧晚年嗜吸鸦片，面容稍显苍白。但不多吸，只是每晚处理完公事作为消遣。日后慈禧下禁烟谕旨，说年过六十的人吸鸦片可以宽恕，这是她推己及人，以为鸦片足以作为老年消闲娱乐之物。有人说太后暮岁还不忘房中术，靠吸鸦片提振精神。

慈禧在逃出京城前，曾藏金于宫中，传闻多达三千余万。回宫后，发现藏金还在，大喜过望，为示好列强，她让荣禄致书各国公使，对他们保护皇宫深表感谢。庚子巨变后，群臣争相谈论新政，朝廷开设经济特科，下诏鼓励天下办学。命张百熙为学务大臣，改总理各国事务衙门为外务部，以瞿鸿機为尚书，新政渐渐繁兴。当初在行在时，慈禧下"罪己诏"，召见群臣时，经常泣涕不已引咎自责，臣下请行新政，多所采纳。等到回京后，中外局势逐渐安定，慈禧比原来更加恣意挥霍，大修颐和园，穷极奢丽，每天要花费四万金，歌舞无休日，已忘丧乱时。回銮一个多月后，慈禧就召外面的优伶到宫里来演戏，外城各班名伶都来参与。以前在慈禧观剧开场之前，光绪都要身着华彩礼服先到后台，从上场门走到台上，作出优伶模样，在台上环步一周，以表

"莱彩娱亲"之意（周代老莱子七十岁穿五色斑斓衣服娱乐双亲）。这种制度不知始于何年。此时上台，光绪深感羞惭，小声说道："此是何等时光？还唱的什么戏？"小太监怒道："你说什么？"光绪急求道："我胡说，你千万莫要声张。"

　　庚子之变，慈禧被洋人彻底打怕了，凡是他们的要求，无不曲意顺从。各国公使夫人，得以时时入宫欢会，间接干预内政。日本内田公使夫人懂汉语，慈禧与她关系尤为浓洽。太监总管李莲英最得势，与白云观高道士结拜为兄弟。华俄银行理事璞科第与高道士交厚，通过他与李莲英结缘，多所密议，干预外交尤为有力。光绪久失爱于慈禧，当初逃难和在西安行宫时，慈禧还时常征询他的意见，回到京城后，又渐渐像从前一样厌恶他。有公使夫人入宫想见光绪，慈禧命人把他召来。光绪只是恭顺地站在旁边侍候，并不发一言。光绪不能过问朝政，凡是臣下的奏折都由慈禧自行批阅，光绪想靠庸下愚昧保全自己。